THE BRITISH EXPEDITION TO LHASA 1904

Alan Winnington · Der Doppelagent

Alan Winnington

Der Doppelagent

Roman

Verlag Das Neue Berlin

Titel des
englischen Originals:
The Double Agent
Aus dem Englischen
von Elga Abramowitz

ISBN 3-360-00198-2

3. Auflage

Lizenz-Nr.: 409-160/284/88 · LSV 7324
Einband- und Umschlaggestaltung: Gerhard Medoch
Printed in the German Democratic Republic
Fotosatzherstellung: (140) Druckerei Neues Deutschland, Berlin
Gesamtherstellung: Karl-Marx-Werk Pößneck V15/30
622 405 0

00980

I

Der Spion

Am Paß ließ sich John Holder auf einen Felsstein sinken, keuchend, vor Anstrengung zitternd, verzweifelt. Er befand sich in nur viereinhalbtausend Meter Höhe, und obwohl der Wind wie die eisige Schneide eines Messers war und ihm Eisnadeln ins Gesicht trieb, schien es hier keine Luft zum Atmen zu geben. Daß er ein halber Tibeter war, bedeutete gar nichts auf dieser ersten Reise zum Geburtsort seiner Mutter. Da er immer nur in Darjeeling und Kalimpong gelebt hatte, war er genauso verweichlicht wie jeder im Tiefland Geborene.

Während des letzten steilen Aufstiegs hatte Holder etwa alle fünfzig Meter eine Pause eingelegt, da sein Herz, bestrebt, den versagenden Muskeln mehr Sauerstoff zuzuführen, immer heftiger und schneller schlug, bis er das Gefühl hatte, das tapfere Organ werde schließlich den Brustkasten sprengen. Dabei waren die Muskeln keineswegs müde, wenn sie auch seine Beine nicht mehr zu heben vermochten. Holder wußte, daß ihnen einfach Sauerstoff fehlte, weil das an die klimatischen Bedingungen des Tieflands gewöhnte Blut in der dünnen Luft des Himalaja nicht genug Nahrung fand, daß er sich aber, wenn er ein paar Minuten nach Luft gerungen hatte, erholen und imstande sein würde, seinen Weg stolpernd fortzusetzen.

Da saß er nun, schwer atmend und voller Haß – auf die Briten, auf die Inder und nicht zuletzt auf die Tibeter; Haß auf seinen englischen Vater und seine tibetische Mutter; Haß auch auf sich selber, weil er ein Anglotibeter war, ein Halbblut, ein Eurasier, weder Fisch noch Fleisch.

Zeit seines Lebens war man ihm mit Verachtung begegnet. In Britisch-Indien hatte man als Halbblut nichts davon, daß man zur Hälfte Engländer war. Inder, die in ihrer verdammten rückgratlosen Art vor den Briten katzbuckelten, spielten sich plötzlich als Herren auf, wenn sie mit einem Halbblut zu tun bekamen. Sie hatten so eine Art an sich, verächtlich den Mund zu verziehen und einen fühlen zu lassen, wohin man gehörte – waren womöglich noch schlimmer als die Engländer mit ihrer brutalen Arroganz und ihrem gottverfluchten Selbstbewußtsein. »Ach, wissen Sie, bei einem Halbblut finden Sie immer das Schlimmste von beiden Welten.« – »Die sind doch alle irgendwie verkommen.« – »Ich würde keinem Eurasier über den Weg trauen.« – »Aber die Frauen sind oft verdammt reizvoll.«

Seit Holder von Kalimpong aufgebrochen war, hatte er tatsächlich dreimal wieder kehrtgemacht und diesen Irrsinn beenden wollen, aber er war nie sehr weit gekommen, und jedesmal hatte er seine Reise fortgesetzt, sich Schritt für Schritt dem Verbotenen Land nähernd. Wenn er jetzt aufgab, war er bei den Briten unten durch, soviel war sicher.

Nachdem sein Vater, ein Alkoholiker, im Delirium gestorben war, hatte es für ihn keine andere Möglichkeit gegeben – wenigstens hatte er keine gesehen –, als weiter in Indien zu bleiben.

Unglaublich, aber seine Mutter war für ihn bereits unwirklich geworden. Es war lange her, seit er überhaupt an sie gedacht hatte – nach den ersten Monaten, in denen er vor Kummer in sein Kissen geweint hatte. Sie war seine Verbündete in dem gemeinsamen Krieg gegen seinen Vater gewesen. Sie hatte ihm Lhasa-Tibetisch beigebracht – sprechen, jedoch nicht schreiben –, aber jedesmal, wenn sein Vater erschien, mußte er sogleich wieder ins Englische verfallen. Samuel Holder haßte die britischen Raj, genauer gesagt, die Engländer, die auf ihn, den einfachen Händler, heruntersahen; aber noch mehr haßte er seine Frau, weil sie eine Tibeterin war, und seinen Sohn, weil er ein Halbtibeter war, und beide, weil er sie in seinem alkoholisierten Hirn dafür verantwortlich machte, daß ihn die arroganten britischen Raj nicht akzeptierten. Von seinem Vater hatte John Holder die Engländer hassen und gleichzeitig beneiden gelernt.

Von seiner Mutter hatte er außer Tibetisch wenig gelernt, aber sie hatte ihm den Nutzen scheinbarer Willfährigkeit vor Augen geführt, den Nutzen der Kunst, zu schweigen und Einverständnis zu heucheln. Sie hatte ihm diese Kunst demonstriert, aber er hatte sie niemals wirklich beherrscht. Der Unterschied lag darin, daß sie unter den geduldigen Tibetern und er in Britisch-Indien bei einem britischen Vater aufgewachsen war.

Samuel Holder hatte es in der Mitte der fünfziger Jahre des 19. Jahrhunderts nach Indien verschlagen. Er hatte genügend Geld mitgebracht, um einige Monate davon leben zu können, und Briefe, die ihn zum Kommissionär verschiedener britischer Firmen bestellten, darunter eines Eisenwarenhandelsunternehmens. Es war eine Zeit wirtschaftlicher Expansion. An jedem Ort, der irgendwelche Bedeutung hatte, bauten die Engländer neue Häuser, Büros, Klubs — und überall brauchte man Wasserbehälter, Toiletten, Eisenwaren und Baumaterial. Samuel zog nach Siliguri, dem Eisenbahnknotenpunkt für Darjeeling und Kalimpong, geriet in den Bauboom und wurde fast ohne Anstrengung rasch ein wohlhabender Mann.

Als gutaussehender Mittdreißiger hatte er Holders Mutter kennengelernt, Turin Boma, die damals sechzehn war. Tibetische Frauen werden später reif und altern früher als die Frauen des Tieflands, und Turin, schlank, groß, schmalhüftig wie die meisten tibetischen Mädchen, stand im besten Heiratsalter. Sie war sauber, und sie verschmähte das dunkle Kutsch, mit dem die meisten ihrer Landsmänninnen sich das Gesicht bestrichen, teils zum Schutz vor der Sonne und den Sandstürmen des Hochlands und teils aus Aberglauben. Damals begleitete sie zum ersten Mal ihren verwitweten

Vater, einen alten, kränklichen Kaufmann aus Lhasa, auf einer Handelsreise. Seine Frau war bei Turins Geburt gestorben – in Tibet ein ganz gewöhnliches Ereignis. Er hatte eine schwache Lunge und wußte sehr wohl, daß ihm nur die Wahl blieb, Tibet zu verlassen, in die Ebene zu ziehen und dort an Heimweh einzugehen oder im Hochland zu bleiben und dort an der Höhenluft zu sterben.

Von einem tibetischen Adeligen, der sich in Lhasa ein neues Haus baute, hatte er den Auftrag erhalten, Glas zu kaufen und es mit einer Yak-Karawane nach Lhasa zu schaffen, und so lernte Turin Samuel Holder kennen. Schlank, aufrecht, mit dem anmutigen Gang der Bergbewohner, trat sie hinter ihrem Vater in das Lagerhaus, in einem Gewand aus schwerem Hangtschauer Seidenbrokat und einer Schürze aus bestem handgewebtem Kaschmir. Samuel Holder war bezaubert von ihrem Aussehen, ihrer sanften Stimme und ihrem freundlichen Wesen.

Danach kam sie mehrere Male anstelle ihres Vaters, dessen Gesundheitszustand sich zusehends verschlechterte. Samuel Holder stand auf dem Gipfel seines Lebens. In den Augen von Turins Vater war er ein reicher Ferenghi, ein würdiger Gatte, vor allem für eine nichtadelige Tibeterin. Als der ungeduldige Samuel um Turin anhielt und eine beträchtliche Summe in Rupien als Ausgleich für den Verlust ihrer Arbeitskraft bot, gab es kein Zögern. Sie heirateten ohne Feierlichkeiten 1863, und 1864 kam John zur Welt. Es war eine schwere Geburt, und Turin wurde nie wieder schwanger.

Darjeeling entwickelte sich immer mehr zur Sommerfrische der Briten. Hier kam eine exklusive Gesellschaft von Beamten, Offizieren und deren Ehefrauen zusammen, die ihre eigenen Moralgesetze und vor allem ihren eigenen Snobismus hatte. Die Kaste war wichtiger als alles andere, Geld ausgenommen, aber Holder besaß nicht genug Vermögen, um die Schranken durchbrechen zu können, mit denen sich dieser kleine Kreis von Leuten umgeben hatte, und die Tatsache wettzumachen, daß er ein Händler, ein Ladenschwengel war und mit einer ganz gewöhnlichen tibetischen Frau zusammen lebte. Es hätte auch keinen Unterschied gemacht, wenn Turin Boma die Tochter des höchsten Adeligen von Lhasa gewesen wäre. Tibeter waren in den Augen der Briten abergläubische und fast noch wilde Primitive, die ihr Geschäft wie Hunde auf offener Straße verrichteten und nicht an die christliche Lehre, sondern an irgendwelchen Hokuspokus glaubten.

Also mußte Holder sich mit Leuten seines eigenen Lebenskreises begnügen – Händlern, Grundstücksmaklern und dergleichen. Man hätte ihn eher akzeptiert, wäre er ein »Mann von Stand« gewesen, der wegen eines Skandals über den Ozean abgeschoben worden war und dessen Monatswechsel sofort ausbleiben würde, wenn er es sich einfallen ließe, nach England zurückzukehren. Bei solch einem Mann durfte man ziemlich sicher sein, daß er eine gute Schule besucht hatte, mit dem richtigen Akzent sprach, beim Dinner nicht die diversen Bestecks und Gläser verwechselte und, kurz gesagt, ein anständiger Bursche war, der Pech gehabt hatte.

So aber redeten ihn die Briten in Darjeeling wie einen Reitknecht mit »Holder« an; er aber mußte sie mit ihren Titeln anreden, und sei es auch nur dem bescheidenen »Mister«, wollte er nicht Gefahr laufen, ihre Protektion zu verlieren.

Tatsächlich stand Holder vor einem unlösbaren Problem. Hier in Britisch-Indien lebte er gut und konnte sich alles leisten, was das Dasein angenehm machte, nur die Gesellschaft seiner eigenen Landsleute blieb ihm versagt. Doch daheim in England, wo er sie hätte haben können, würde er in seinem Alter ganz von vorn beginnen und dabei das Risiko eingehen müssen, nie wieder auf einen grünen Zweig zu kommen.

Er faßte nie einen Entschluß, sondern löste sein Problem mit der Flasche. Er wurde launisch, jähzornig und manchmal sogar gewalttätig. Als John heranwuchs, war sein Vater der Feind, gegen den er und seine Mutter sich zwangsläufig verbündeten.

Samuel Holder war dem Whisky verfallen, und sein tägliches Quantum betrug längst mehr als eine Flasche. Immer häufiger bekam er Wutanfälle, bei denen er Turin Untreue vorwarf – offenkundig eine falsche Beschuldigung, da sie das Haus kaum jemals verließ.

»Ich weiß, daß du es mit einem halben Dutzend Kerlen treibst«, schrie er und stierte sie mit seinen blauen, blutunterlaufenen Augen über die Nase hinweg an, deren geplatzte Blutgefäße suppten. »Wie alle eure Weiber. Alle durch die Bank Huren mit fünf oder sechs Kerlen gleichzeitig und alle syphilitisch durch und durch.«

Manchmal versuchte er sie zu schlagen, obwohl sie stark genug war, mit ihm fertig zu werden. Aber eines Abends, als er eine Flasche nach ihr schleudern wollte, griff sie zum Messer, das sie wie alle Tibeter stets bei sich trug, und zog es über seine Rippen.

John wurde älter, und es war klar, daß er tätliche Angriffe auf seine Mutter nicht mehr ruhig hinnehmen würde. Die Mißhandlungen hörten auf, nicht aber das Geschrei und die Beschimpfungen.

Nach solchen Anfällen war Samuel Holder stets so betrunken und erschöpft, daß man ihn ohne weiteres zu Bett bringen konnte, und dann saßen Turin und John zusammen, unterhielten sich flüsternd auf tibetisch, das John nach dem Willen seiner Mutter lernen mußte, und Turin erzählte ihm von den Herrlichkeiten der Stadt Lhasa. Sie sprachen auch über ihrer beider Zukunft. Es war beschlossen, daß John das Geschäft weiterführen sollte, aber langsam zeichnete es sich ab, daß in ein paar Jahren kein Geschäft mehr dasein würde, das weiterzuführen war.

»Mach dir keine Sorgen, John«, sagte Turin. »Wir könnten in Lhasa einen Laden eröffnen, um den ich mich kümmere, während du durch das Grasland und die Täler ziehst und nach Kalimpong gehst und Handel treibst. Du sprichst Englisch und Tibetisch wie ein Tibeter, und in Tibet sind Händler nichts Geringeres als andere Leute. Jeder treibt Handel, die Adeligen, die großen Lamas, die Klöster. Ein reicher Händler zu werden, ist der schnellste Weg, in den Adel aufzusteigen.«

Während Johns einundzwanzigster Geburtstag näher

rückte, ging es mit seinem Vater rasch bergab. Morgens zitterten seine Hände so heftig, daß er das erste Glas Whisky kaum zu halten vermochte. Es war stets ein sehr großes Glas und mit Milch aufgefüllt, so daß er mit dem Alkohol zugleich sein Frühstück einnahm. Dann ließ das Händezittern nach, so weit wenigstens, daß er sich ein zweites Glas eingießen konnte. Er arbeitete wenig, ließ sich kaum noch in seinem Geschäft blicken, saß meist zu Hause, trank und schikanierte Turin.

Eines Abends, als John sich bitter über das verpfuschte Leben seines Vaters ausließ, sagte Turin: »Ich glaube, er ist gar kein so schlechter Kerl. Aber er ist schwach. Ich habe die Erfahrung gemacht, daß schwache Menschen oft böse zu denen sind, die noch schwächer sind als sie. Er haßt die Ferenghi, doch er wagt es nicht, diesen Haß zu zeigen. Deshalb ist er grausam gegen Inder und Tibeter, und er schämt sich deiner, weil du nur zur Hälfte Engländer bist. – Ich bleibe einzig noch deinetwegen bei ihm, Losan«, setzte sie hinzu, dieses eine Mal seinen tibetischen Namen gebrauchend.

Samuel Holder, der jetzt sechsundfünfzig war, wurde immer hinterhältiger und unberechenbarer. Ständige Warnungen, wie gefährlich das Trinken sei, bewirkten nur, daß er sich einredete, er trinke bereits weniger und sei fast schon auf dem Weg zur völligen Abstinenz.

Wenige Wochen vor seinem einundzwanzigsten Geburtstag wurde John von seinem Vater mit einer Lieferung Goldstaub und Moschus nach Kalkutta geschickt. Von dort sollte er bestellte Waren mitbringen. »Es wird Zeit, daß du dich einarbeitest«, sagte Samuel Holder und vermied es, seinen Sohn anzusehen.

Als John von dieser Reise zurückkehrte, war seine Mutter verschwunden.

»Ha«, sagte sein Vater und verzog das Gesicht. Er war ziemlich betrunken. »Eines Morgens stand ich auf, und da war sie weg, verstehst du? Einfach weg, das Luder. Na, egal. Nicht schade um sie. Wir kommen auch ohne sie bestens zurecht, Junge. Bestens. Gieß dir was zu trinken ein und hör auf zu flennen. Na? Na?«

John trat ans Fenster und starrte, gegen seine Tränen ankämpfend, hinaus. Er wußte, daß seine Mutter ihn nicht ohne weiteres verlassen hätte.

»Also«, fuhr sein Vater fort, »Schwamm drüber. Erledigt. Mir reicht es. Mein Leben hab' ich diesem Luder geopfert. Wir gehn nach England zurück.« Er goß sein Glas wieder voll. »Verstehst du? Wir verkaufen alles und gehn zurück in die Heimat. Hier behandeln sie mich doch bloß wie'n verdammten Eingeborenen. Nichts wie verkaufen und zurück nach London. Wie gefällt dir das, he? Spazierst Piccadilly lang, durch den Hyde-Park, soupierst im Savoy.«

In Wahrheit gab es nichts mehr zu verkaufen. Sie lebten davon, daß sie ihre Lagervorräte abstießen. Samuel Holder trat kaum noch in Erscheinung. Er saß zu Hause bei seinem Whisky und hatte nur noch ein einziges Gesprächsthema, von dem er nicht mehr loskam: verkaufen, mit dem nächsten Schiff in die Heimat zurück und Piccadilly langspazieren.

John begriff, daß das Ende nicht mehr fern war, und als er eine Annonce las, daß junge Leute mit erstklassigem Englisch zur Ausbildung als Telegraphisten gesucht würden, bewarb er sich. Nach Samuel Holders Tod – er hinterließ nichts als Schulden für Whisky und Lebensmittel – trat John eine Stellung als Telegraphist in Darjeeling an.

Am Fuß des Berges hatte Holder wie ein Tibeter einen Stein aufgehoben, um ihn auf den Haufen ähnlicher Steine zu werfen – wie Generationen von Reisenden vor ihm, die den Göttern dafür hatten danken wollen, daß sie glücklich am Paß angelangt waren. Er sah zu, wie der Stein auf den etwa zehn Fuß hohen Obo hinunterkollerte, auf dessen Spitze Stöcke mit zerfetzten Gebetsfahnen steckten.

Sein Atem und sein Pulsschlag waren jetzt wieder normal, und er fühlte sich imstande, seinen Weg fortzusetzen.

Als er sich erhob, hörte er Glöckchengeklingel aus der Richtung, aus der er gekommen war, dann Peitschenschnalzen und lautes Geschrei. Um einen Felsvorsprung bogen die Leitponys einer Karawane, rotgefärbte flatternde Yakschwänze zwischen den Ohren und Messingglöckchen am Hals, gefolgt von brüllenden Treibern zu Fuß. Den Schluß der Karawane bildeten hochbeladene Yaks, die wie gewöhnlich schwerfällig dahintrotteten.

Holder verließ den Saumpfad und erklomm einen Felsabhang, von dessen Kamm aus man auf ein Tal blickte, hinter dem sich eine Bergkette nach der anderen bis in jene Ferne verlor, wo der schimmerndweiße Tschomolhari mit seinem Mantel aus ewigem Eis stumm in einen kobaltblauen Himmel ragte.

Das Gesicht vom Weg abkehrend, drehte er seine Gebetsmühle entgegen dem Uhrzeigersinn und murmelte den Schlußsatz des lamaistischen Vaterunsers vor sich hin: »Om mani padme hum – Heil dem Edelstein im Lotos.« Er hatte sich noch nicht in seine Rolle eingelebt, vor allem hatte er Schwierigkeiten mit dem Atmen. Ein Tibeter, der in lächerlichen vier- oder fünftausend Metern Höhe nach Luft rang, war etwas so Absonderliches, daß er unweigerlich Aufmerksamkeit erregen mußte, aber niemand würde einen einsamen, im Gebet versunkenen Pilger beachten, einen frommen Mann im frömmsten aller Länder.

In eine Staubwolke gehüllt, zogen die Männer vorbei, brüllend und peitschenknallend; die Yaks drängten grunzend, gegeneinander stoßend, rasch vorwärts, und ein großer Bullenbeißer mit einem an eine Löwenmähne erinnernden roten Wollkragen schoß eifrig, heiser bellend, hin und her.

Als der letzte Treiber und das letzte Tier vorüber waren, kehrte Holder wieder zum Paß zurück. Jelap La war ein Stück ebenes Land zwischen zwei annähernd fünftausend Meter hohen Bergen. Die Stelle, wo er jetzt stand, an der südlichen Seite des Obo, lag noch in Sikkim, auf britischem Territorium, aber wenn er den Steinhügel hinter sich gelassen hatte, befand er sich bereits in Tibet – ein Grenzverletzer und ein Spion.

Von hier an, das wußte er, verlief der Saumpfad über eine

Strecke von vierundzwanzig Meilen vorwiegend eben, und diese Tatsache allein hielt ihn aufrecht. Erfahrene Männer hatten ihm versichert, daß sich der Körper, wenn er ständig in Bewegung blieb, in ein oder zwei Wochen an die dünne Luft gewöhnte, und danach biß einen die Kälte nicht mehr so schmerzhaft.

Er schritt an dem Obo vorbei und begann seine Reise in das Verbotene Land.

»Ich kann mir nicht vorstellen, daß irgend jemand für diese Aufgabe besser geeignet wäre als Sie, Holder«, hatte Compton gesagt und ihn mit blaßblauen Augen über harten, rosigen Wangen angestarrt, um festzustellen, wie seine Worte aufgenommen wurden. »Ideal geradezu. Wirklich erstaunlich, wie tibetisch Sie aussehen.«

»Meine Mutter war Tibeterin«, sagte Holder bitter.

»Ganz recht.« Compton schien die Bitterkeit nicht bemerkt zu haben. »Und soviel ich weiß, sprechen Sie perfekt Tibetisch.«

»Ich spreche leidlich Tibetisch mit einem tadellosen Lhasa-Akzent.«

»Sehen Sie, das meine ich ja.«

»Was meinen Sie?« Holder zeigte sich störrisch, kindisch störrisch, wie er selber spürte.

»Ah, ich meine – ah –, daß Sie für diesen Auftrag der ideale Mann sind.«

Compton machte eine Pause und versuchte seinen Faden wieder aufzunehmen. »Aber Ihr Vater war Engländer. Als sein Sohn haben Sie doch sicherlich den Wunsch, etwas für das Vaterland zu tun.«

»Was das Vaterland angeht«, sagte Holder, »so hat es mir ganz schön die kalte Schulter gezeigt.«

Compton versuchte Mitgefühl in seinen Blick zu legen, aber er tat es widerwillig.

»Darüber sprechen wir noch, Holder. Sie sind sich doch klar darüber, wie die Dinge hier liegen – wie sie hier draußen liegen *müssen*. Ich kann nicht zulassen, daß irgendwelche

Verwirrung entsteht – jeder muß wissen, wer wer und was was ist.«

Ohne jeden Zweifel, dachte Holder. Es war das erste Mal, daß er diesen stinkvornehmen britischen Klub betreten hatte. Von einem indischen Diener in Turban und weißem Baumwollgewand war er an dem Schwimmbecken und den Tennisplätzen vorbei zur Bar geführt worden, wo er jetzt mit Compton saß und trank. Die Bar war aus massivem Mahagoni und acht Meter lang. Von ihr führten Türen zu der Bibliothek, dem Billardzimmer, dem Kartenzimmer, den Leseräumen, dem Restaurant und dem Empfangszimmer. In solchen exklusiven Stätten ging kein Geld von Hand zu Hand. Engländer – das heißt englische Gentlemen – pflegten kein Bargeld bei sich zu tragen. Sie unterzeichneten Bons.

Ein anderer hochgewachsener weißgekleideter Inder brachte ihnen neue Drinks, und Compton sagte: »Zum Wohl!«

Während sie tranken, bemerkte Holder, daß Compton verstohlen zur Wanduhr blickte. »Haben Sie noch eine andere Verabredung?« fragte er und machte eine Bewegung, als wollte er sich erheben.

»Nein, nein. Nichts, das nicht warten könnte, Holder.«

Holder.

Diese verdammte Arroganz! Was gab Compton das Recht, ihn Holder zu nennen, wo er es zweifellos als grobe Unhöflichkeit angesehen hätte, wenn er, Holder, ihn seinerseits einfach Compton genannt hätte!

Er schluckte das »Holder« und vermied es sorgfältig, Compton direkt anzureden. Captain Compton. Der Teufel hole dich.

»Ich wäre gänzlich unbrauchbar für dieses Unternehmen«, sagte er. »Aber ganz abgesehen davon: Warum sollte ich es tun?«

Der Bursche wollte Schwierigkeiten machen. Comptons Gesicht wurde hart, aber seine Stimme behielt ihren gelassenen Ton.

»Behandeln wir also die beiden Punkte in dieser Reihenfolge. Wir schicken dauernd alle möglichen Leute nach Tibet, Eingeborene, die ohne Schwierigkeiten nach Lhasa und wieder zurück kommen, aber sie bringen nichts mit, was wir brauchen könnten, nur lächerliche Übertreibungen, Basarklatsch, irgendwelchen Nonsens, den sie sich in ihrer Dummheit aus den Fingern gesogen haben, weil sie dafür ein paar Rupien zu kriegen hoffen. Wir benötigen exakte Informationen. Und noch mehr: Wir brauchen jemand, der sich dort einnisten kann wie dieser Russe – dieser Dorjew.«

Compton leerte wieder ein Glas.

»Ich würde sofort selber gehen, aber mit meinen Augen und meiner Gesichtsfarbe wäre das sinnlos. Außerdem beherrsche ich die Sprache nicht. Jeder Vorsteher, Laie oder Lama, in jedem Dorf oder Dzong riskiert seinen Hals, wenn er einem Ferenghi erlaubt, durch sein Gebiet zu reisen. Ferenghi, so nennen sie uns doch.«

Uns. Die verdammten Briten.

»Als ich hörte, daß Sie Ihre Zeit in diesem Telegraphenbüro mit dem Abhören von Morsezeichen verschwenden, sagte ich mir: Das ist unser Mann. Natürlich können Sie das. Zunächst mal müssen Sie ja nur hingehen, sich umsehen und feststellen, wie die Dinge liegen. Dann kommen Sie zurück und erstatten uns Bericht.«

Nach einer wirkungsvollen Pause setzte er hinzu: »Und wir sorgen dafür, daß sich die Sache für Sie lohnt. Es hängt eine ganze Menge davon ab. Womit wir bei der nächsten Frage wären.«

Zwei Tennisspieler, ganz in Weiß, kamen herein, grüßten Compton und starrten Holder neugierig an. Sie gingen durch die Bar zu den Umkleideräumen.

»Die Hauptsache ist natürlich, wie ich schon sagte, daß wir unserm Vaterland einen Dienst erweisen. Darin stimmen Sie doch sicherlich mit mir überein, Holder.«

Captain Compton war nicht geübt im Überreden, und diese Worte klangen aus seinem Mund sehr gönnerhaft.

»Aber ich verstehe auch Ihren Standpunkt, daß Ihnen das Vaterland die kalte Schulter gezeigt hat, wie Sie es formuliert haben. So liegen die Dinge eben in den Vorposten des Empire.«

Er sagte das mit übertriebener Betonung, um deutlich zu machen, daß Holder es als Witz aufnehmen sollte. »Der einzige Ausweg für Sie bestünde darin, nach England zu gehen.«

»Das will ich ja auch.«

»Gut. Ich weiß das. Sehen Sie, Holder, ich habe mit meinen Vorgesetzten gesprochen. Sie wollen, daß ich Sie auf die Gehaltsliste setze, inoffiziell natürlich, Sie anständig bezahle, Sie ausbilde und – nun – mit Ihnen arbeite. Es wird dafür gesorgt, daß Ihnen alle Türen offenstehen.«

»Wollen Sie damit sagen...?«

Compton unterbrach ihn.

»Die Einzelheiten haben wir noch nicht erörtert. Aber ich bin ermächtigt, Ihnen zu erklären, wenn Sie fair zu uns sind, sind wir auch fair zu Ihnen. Ich kann nicht sagen: noch fairer. Wenn Sie meinen Rat hören wollen, dann nutzen Sie die Situation, um Ihr Tibetisch zu vervollkommnen, lernen Sie die Schrift, erforschen Sie das Land gründlich, und natürlich arbeiten Sie für uns – sozusagen nebenbei. Später würden wir Ihnen dann Empfehlungen geben, damit Sie Ihre Kenntnisse in England gut verwerten können, als Lehrer und so weiter. Ich glaube, ich brauche nicht ausdrücklich zu betonen, daß diese Unterredung streng vertraulich ist.«

Holder saß einige Augenblicke schweigend da, innerlich kochend vor Wut, aber das durfte er nicht zeigen. Er hatte keine Wahl. Sie wußten es, und er wußte es ebenfalls. Wenn er ablehnte, würde er seine Stellung in dem Telegraphenbüro verlieren, und alle Türen würden ihm in Zukunft verschlossen bleiben. Dies hier war Britisch-Indien. Wenn er den Auftrag annahm, konnte er vielleicht erreichen, daß sie ihr Versprechen wenigstens zum Teil hielten, oder zumindest Geld genug zurücklegen, um die Reise nach England bezahlen zu können.

Schließlich sagte er: »Ich werde mir alle Bücher über Tibet ausleihen müssen, die Sie hier zur Verfügung haben.«

»So ist's recht«, sagte Compton. »Wir unterhalten uns ein andermal über die Einzelheiten. Ich muß mich jetzt doch beeilen – ich habe noch eine Verabredung.«

Er hob die Hand. Ein indischer Diener erschien lautlos wie ein Geist.

Der Captain unterzeichnete die Bons mit seinen Initialen und verließ mit Holder die Bar.

Holder befürchtete nicht, daß jemand seine Verkleidung durchschauen könnte. Es war ja auch kaum eine Verkleidung. Aber er war beunruhigt wegen der Rolle, die er zu spielen hatte. Was seine äußere Erscheinung betraf, so konnte er in England für einen Engländer und in Tibet für einen Tibeter gelten. Er war schlank und hochgewachsen, mit den schmalen Hüften vieler junger tibetischer Männer und Frauen; seine Augen waren braun, seine Haare fast schwarz (wenn er sie mit Butter einfettete, sogar völlig schwarz); er hatte eine Adlernase und hohe Wangenknochen. Für gewöhnlich rasierte er sich selten, doch jetzt zupfte er sich wie ein Tibeter seine spärlichen Barthaare aus. Zu seiner Rolle gehörte es ferner, daß er sich von der Sonne verbrennen ließ, bis seine Haut jene rotbraune Farbe aufwies, die für die Hochlandbewohner charakteristisch war.

Er trat als kleiner Händler auf, der eine Pilgerreise unternahm – nicht zu arm, nicht zu wohlhabend. Sein wichtigstes Kleidungsstück war eine butterfarbene Schaffellschuba, die mit dem Pelz nach innen getragen wurde. Sie war schmutzig, aber nicht geflickt oder zerrissen. Die meisten einfachen Tibeter hatten unter ihrer Schuba nichts weiter an, aber Holder trug, um die Einheitlichkeit seines Lebensstils zu wahren, darunter ein vielfach geflicktes, verwaschenes, aber immer schmutziges Hemd, das er in seine schmutzige graue Hose aus dicker, unzerreißbarer, handgesponnener Schafwolle gesteckt hatte, und die Hosenbeine wiederum hatte er in seine kniehohen Stiefel gestopft, schwarze »Handels«lederstiefel mit vier Zentimeter dicken, aus mehreren Schichten ungegerbten Leders bestehenden durchgenähten Sohlen.

Die Schuba, eine Art weites Wickelgewand, reichte, wenn er sie ohne Gürtel trug, bis auf den Boden, und ihre sehr weiten Ärmel fielen etwa dreißig Zentimeter über seine Fingerspitzen. Sie mußte ihm außer als Mantel auch als Bett und, falls nötig, als Wohnung dienen. Für gewöhnlich trug er sie übereinandergeschlagen, Ärmel hochgestreift, in der Taille mit einem Strick aus farbiger Yakwolle zusammengehalten, so daß sie knapp seine Knie bedeckte. So gegürtet, bildete der obere Teil rings um seinen Körper einen großen Beutel, in dem er seine Besitztümer verwahrte.

Da waren zunächst die üblichen Gegenstände: eine Holzschale; ein weicher Lederbeutel, gefüllt mit getrockneter und gemahlener Gerste, die man in Tibet Tsamba nannte und die, mit Suppe oder Buttertee genossen, das tibetische Grundnahrungsmittel darstellte; ein zweiter Lederbeutel mit gedörrtem und pulverisiertem Hammelfleisch; ein Stück Ziegeltee; ein Kochgefäß, das um die Schale paßte; ferner Feuerstein, Stahlschlegel und Zunder. Damit konnte er, wenn notwendig, kurze Zeit auskommen. Ein kleiner Beutel, unter dem Gürtel verwahrt, barg etliche Rupien und mexikanische Silberdollars, welche die Tibeter als das sicherste Zahlungsmittel betrachteten.

Außerdem trug er eine ziemlich große Gebetsmühle und den üblichen Rosenkranz bei sich, den er, wenn er ihn nicht gerade für seine Paternoster benötigte, um das linke Handgelenk schlang. Sein schwarzes Haar hatte er lang wachsen lassen und es auf tibetische Art noch durch hineingeflochtene Pferdehaare und bunte Bänder verlängert, so daß er bei windigem Wetter seinen an die Kopfbedeckung der Ghurkas erinnernden Filzhut damit festbinden konnte. Im durchbohrten linken Ohrläppchen trug er einen schweren Messingohrring mit einem falschen Türkis.

Soweit war er der typische einfache Tibeter, der in einem Land reiste, das nie ein Rad gekannt hatte und dessen einzige Transportmittel Beine waren, menschliche und tierische. Ein Fremder, der ihn erblickte, mußte annehmen, daß er sich auf einer Pilgerreise zu den heiligen Stätten von Lhasa befand, um sich in den Augen der Götter verdient zu machen und seine Aussichten zu verbessern, auf einer höheren Stufe wiedergeboren zu werden.

Wäre Holder von einem eifrigen Beamten angehalten und gründlich durchsucht worden, hätten einige seiner Besitztümer ebensoviel Überraschung hervorgerufen wie Gullivers Uhr. Im Heft des kurzen Schwerts, das in seinem Gürtel steckte, und im Griff des Messers, das in einer Scheide an seiner Hüfte hing, verbargen sich Reservepatronen für eine Pistole und ein weiterer Vorrat von Rupien und Annas. Der hohle Griff seiner Gebetsmühle enthielt ein Siedepunktthermometer für Höhenmessungen. Ein zusammenlegbarer Sextant war zum Teil in der Schwertscheide und zum Teil in Spezialtaschen seiner Stiefel versteckt. Sein Rosenkranz, der eigentlich hundertacht Perlen hätte haben müssen, eine für jedes Buch der buddhistischen Heiligen Schrift, wies nur hundert auf — mit ihm konnte man Entfernungen messen, indem man ihn alle hundert Schritt um eine Perle weitergleiten ließ.

Seine Gebetsmühle sah unschuldig genug aus, aber auch sie war eine Spezialanfertigung. Sie enthielt einen Kompaß, einen Drehbleistift mit Reserveminen und anstelle der üblichen Rolle dünnen Papiers, endlos mit dem Paternoster Om mani padme hum bedruckt, einfaches Bambuspapier, um darauf Notizen zu machen.

Comptons Glanzstück, bei dessen Anblick Holder zum ersten Mal den Wunsch empfunden hatte, aus der ganzen Sache auszusteigen, waren zwei doppelläufige Pistolen, klein und handlich, aber auf kurze Entfernung tödlich.

All diese Ausrüstungsgegenstände hatten keineswegs dazu beigetragen, sein Selbstvertrauen zu stärken, ganz im Gegenteil. Er konnte sich vorstellen, wie sich Captain Compton, rotwangig und draufgängerisch, in dieser Verkleidung auf den Weg machte, wie er so tat, als genieße er die Kälte, die Unbequemlichkeit und den Sauerstoffmangel, und vielleicht machten ihm all diese Strapazen auch wirklich nichts aus, und wenn man ihn entdeckte, würde er, der Engländer, es als ein ihm von Gott verliehenes Recht ansehen, überall dorthin zu gehen, wo es ihm, zum Teufel noch mal, beliebte.

Während der nächsten zwanzig Meilen durch das Tschumba-Tal wurde Holder wieder er selber. Der größte Teil des Weges verlief unterhalb der Viertausendmetergrenze, und zum ersten Mal empfand er die belebende Wirkung des Sauerstoffs. Sein Herz, seine Lungen und Muskeln trugen ihn ohne Anstrengung auf Höhen hinauf, die er vor seiner Reise nach Tibet nur keuchend bewältigt hätte. Das Tschumba-Tal war eine Schwemmlandebene, auf der Getreide angebaut wurde. Leibeigene rackerten sich mit Holzpflügen ab, deren Spitzen manchmal mit ein wenig Eisen beschlagen waren und die von störrischen Yaks gezogen wurden. Schwalben flogen tief und schossen wieder in die Höhe, Schmetterlinge tanzten ziellos über der Gerste, und hoch am Himmel schwebten mit reglosen Flügeln Geier, die unentwegt nach Sterbenden oder Toten ausspähten. Alle paar Meilen kam Holder eine Karawane schwerbeladener Yaks entgegen, oder aber er überholte eine Yakkarawane, und jetzt fühlte er sich schon so sicher, daß er die Treiber mit einem »Taschidele« grüßte. Sein Mittagessen bestand aus gekochtem, mit rotem Pfeffer gewürztem Yakfleisch und einem hochprozentigen weißen Schnaps, der Arok hieß und aus Gerstenbier destilliert wurde. Nie in seinem Leben hatte er sich besser gefühlt.

Doch immer, wenn eine Karawane in Sicht war oder wenn er einzelnen Reisenden begegnete – vor allem aber in dem Tasam-Haus, wo er seine Mahlzeit eingenommen hatte –, beunruhigte ihn der Gedanke, was geschehen könnte, falls ihn jemand ansprach oder falls er eine unpassende Antwort gab, die ihn sogleich als Fremden entlarven würde. Er gab sich alle Mühe, solchen Gefahren aus dem Wege zu gehen, indem er ein finsteres Gesicht machte oder in den Himmel starrte und seinen Rosenkranz betete.

Der Weg führte wieder bergan, aber das Klettern fiel ihm jetzt nicht mehr so schwer. Er beschloß, noch bis Phari zu laufen und dort die Nacht zu verbringen. Von Phari aus waren es nur noch zehn Meilen bis zum höchsten Punkt des Saumpfads, und von dort ging es über eine Strecke von fast hundert Meilen mehr oder weniger bergab.

Als er kurz vor Phari an einem gefrorenen Wasserfall anlangte, kam ein scharfer Wind auf, der Eisstückchen und Sand mit sich führte. Er stolperte weiter, immer bergauf, und fühlte wieder den schmerzhaften Druck rings um sein überanstrengtes Herz, aber nicht mehr so schmerzhaft wie vorher, und dann erblickte er glücklich den Dzong, der sich mitten in einer kahlen, unwirtlichen Ebene erhob, und die jämmerliche Stadt Phari, die sich gegen die Mauern der Festung zu drängen schien, als hoffe sie dort Schutz vor dem schneidend kalten Wind zu finden.

Von seinen Studien kannte Holder Phari dem Namen nach. Es war die erste Stadt im eigentlichen Tibet, wenn man von Süden kam; sie lag fünftausend Meter über dem Meeresspiegel und war somit die höchste Stadt der Welt, ständig heimgesucht von einem mit Sand geladenen Wind; sie stand überdies in dem Ruf, die schmutzigste Stadt der Welt zu sein.

Holder war bislang geneigt gewesen, diesen letzten Punkt für die Übertreibung einer Handvoll westlicher Reisender zu halten, die in den vergangenen zwei Jahrhunderten ihren Fuß nach Tibet gesetzt hatten, doch sagte er sich, irgendwo müsse es eine Stadt geben, die auf diesen Ehrentitel Anspruch erheben durfte. Nachdem er in Phari angelangt war, wußte er, daß der Titel hierher gehörte.

Die windgepeitschte Ebene, auf der sich die Stadt erstreckte, lag ein ganzes Stück oberhalb der Baumgrenze, und hier wuchs nichts als kurzes, hartes Gras. Es gab kein Wasser, das nicht gefroren war; und der Yakmist, der einzige Brennstoff, der sich hier fand, verbrannte mit einem dichten Rauch, der alles, einschließlich der Bewohner, mit einer schwarzen, fettigen Rußschicht überzog.

Die Straßen der Stadt waren in Wahrheit nur die Zwischenräume zwischen den etwa fünfhundert Hütten, die sich aneinander und an den Dzong lehnten. In diesen Durchgängen häufte sich so viel Schmutz und Abfall aller Art, daß die Erhebungen höher als der übrige Boden waren und oft die winzigen, durch hölzerne Läden vor dem Wind geschützten Fensteröffnungen verdunkelten. Zu den morschen Türen gelangte man in grabenartigen Rinnen, die sich durch die stinkende Müllflut zogen.

Auf seinem Weg durch die Stadt beobachteten ihn die Einwohner, meist Frauen, durch die Türöffnungen. Ihre Gesichter waren seit ihrer Geburt ungewaschen und ihre Kleider seit dem Tag, da sie in Gebrauch genommen worden waren. Holder wäre die vier Meilen bis zum nächsten Dorf weitergelaufen, doch der Wind und seine Müdigkeit zwangen ihn, die Nacht in Phari zu verbringen.

Eine Hütte wirkte etwas weniger verwahrlost als die anderen, und ihre Tür stand offen. Der herausziehende Rauch zeigte an, daß drinnen gekocht wurde. Holder trat über den Kadaver eines Hundes hinweg und beugte sich hinunter in den Rauch. In der Hütte sah es aus wie in einem Kamin. Eine alte Frau, fast so schwarz wie die Wände und in dem Rauch und der Finsternis nahezu unsichtbar, teilte ihm murmelnd in einem schwerverständlichen Dialekt mit, daß sie Rübensuppe und Buttertee für eine Karawane zubereite, die Nachricht geschickt habe, daß sie auf dem Weg nach Gjantse sei. Wenn er eines von beiden oder beides wünsche, mit Tsamba selbstverständlich, sei er willkommen, und für einen Kupfertranka könne er auf dem Boden übernachten wie alle anderen auch.

Holder hockte sich neben den Lehmherd, wo er vor Zugluft geschützt war, und genoß die Wärme, bis seine Anwesenheit die Wanzen zum Leben erweckte, die in den Ritzen der Lehmwände saßen; auch die immer noch nicht sehr zahlreichen Körperläuse wurden munter, die er auf seiner kurzen Reise von Indien bis hierher aufgelesen hatte.

Die Suppe war fertig, und sie war heiß und salzig. Da er herzhaften Hunger hatte, schmeckte sie ihm großartig. Mit der Tsamba war es eine andere Sache, aber er mußte mit diesem Problem fertig werden, da Tsamba das Grundnahrungsmittel bildete. Tsamba war ein Triumph menschlichen Erfindungsgeistes über physische Schwierigkeiten. Die Getreideart, die auf den Hochebenen, wenn auch schlecht, so doch immer noch am besten wuchs, war Berggerste. Wasser hatte einen niedrigen Siedepunkt, trotzdem war das Kochen ein langwieriger Prozeß, weil über Yakmistfeuer gekocht wurde und getrockneter Yakmist nicht gerade der Brennstoff war, der die größte Hitze lieferte. Tsamba war die Lösung des Problems. Holder hatte in Tschumbi zugesehen, wie sie hergestellt wurde. In einem Topf wurde Sand erhitzt, die Gerste dazugeschüttet und das Ganze so lange umgerührt, bis es Blasen warf. Dann wurde der Sand herausgesiebt und die gewürzte Gerste zu einem feinen, kremfarbigen Mehl vermahlen, das einen leichten Biergeschmack hatte. Weiteres Kochen war nicht mehr erforderlich, aber für die, die diese Kost nicht gewohnt waren, lag die Schwierigkeit im Essen.

Bei einem Tibeter sah alles ganz einfach aus. Er zog die Schale aus seinem Gewand, die alle Tibeter bei sich trugen, goß Tee oder Suppe, Gerstenbier oder sogar Wasser hinein, schüttete Tsamba obendrauf und knetete daraus einen Teig, der zu Klößen gerollt und so gegessen wurde. Die Kunst lag darin, nicht etwa einen Brei zu produzieren, der an den Fingern festklebte, oder den Teig so trocken zu machen, daß man ihn unmöglich hinunterschlucken konnte. Holder mußte das auf alle Fälle noch lernen, nicht nur, weil Ungeschicklichkeit verräterisch gewesen wäre, sondern auch, weil ein Tibeter mit einem Sack voll Tsamba, einem Stück Ziegeltee, Feuerstein und Stahlschlegel durch diese kahlen Wüsten reisen konnte, ohne die mindeste Gefahr zu laufen, Hungers zu sterben.

Während er aß und ihn allmählich das behagliche Gefühl der Ruhe und der Sättigung überkam, vernahm er in der Ferne das Glöckchengeklingel einer Karawane.

Die Türöffnung verdunkelte sich, und mehrere Männer traten ein, stampfend, prustend, den Sandstaub aus ihren Kleidern klopfend. Sie grüßten die alte Frau und Holder, der ihnen zunickte, aber kein Wort sprach.

Es waren nepalesische Kaufleute, die nicht, wie die Briten, als Fremde angesehen wurden. Einer von ihnen zog eine Steinflasche voll Bier hervor und nahm einen langen Schluck daraus. Nachdem er so gezeigt hatte, daß der Inhalt nicht vergiftet war, beugte er sich vor und bot sie Holder an.

In diesem Augenblick nahm die alte Frau den Topf von dem Yakmistfeuer, und die flackernde blaue Flamme erhellte Holders Gesicht.

Der Nepalese erstarrte mitten in der Bewegung – er hatte die Flasche Holder halb entgegengestreckt – und betrachtete ihn forschend in dem trüben Licht. Holder erkannte ihn sofort. Er hatte ihn oft im Geschäft seines Vaters gesehen.

»Mein lieber Freund«, sagte der Nepalese in jenem sonderbar akzentuierten Englisch, das Inder, Nepalesen und Pakistani voneinander lernen. »Laß mich überlegen, mein Freund – ich kenne dein Gesicht von irgendwoher.«

Holder sah, daß er die Augen vor Staunen weit aufgerissen hatte und sein Mund offenstand. Er starrte seinerseits den Nepalesen an und versuchte sich etwas auszudenken, das er erwidern könnte. Erst im allerletzten Augenblick erinnerte er sich, daß er ja tibetisch sprechen mußte.

»Vergib mir, Meister«, sagte er, »ich verstehe deine Worte nicht.«

Der Kaufmann ließ seinen Blick nicht von ihm.

»Ah«, sagte er erleichtert, »ich hab's. Du bist der Sohn von Mr. Holder, der den Eisenwarenhandel in Kalimpong hat. Wie geht es dir? Wie geht es deinem Vater? Warum trägst du tibetische Tracht?«

Er wandte sich zu seinen Gefährten um und erklärte ihnen auf nepalesisch, dies sei ein Mann, den er in Kalimpong kennengelernt habe, ein Engländer. Dann übersetzte er seine Worte für Holder ins Tibetische. Holder schüttelte den Kopf und brachte ein schwaches Lächeln zustande.

»Das ist ein Irrtum«, sagte er. »Ich stamme aus Lhasa und war noch nie in meinem Leben in Kalimpong.«

Die Antwort befriedigte den Nepalesen nicht. Wenn es keine natürliche Erklärung gab, blieb eben nichts anderes übrig, als nach einer übernatürlichen zu suchen. Im Verlauf der Diskussion wurde klar, daß Holder die Gabe besaß, sich aus einem Engländer in einen Tibeter zu verwandeln. Das war nicht überraschend, denn war nicht Königin Victoria selber der wiedergeborene weibliche Schutzpatron der Regierung in Lhasa, die Paldenlhamo? Das erklärte alles. Voller Ehrfurcht, aber neugierig, setzten die Nepalesen Holder mit Fragen zu und baten ihn, ihnen auf dem Weg nach Gjantse Gesellschaft zu leisten, auf daß er sie mit seinen religiösen Kräften beschütze.

Holder erwiderte nichts mehr. Er widmete sich seinem Rosenkranz und seinen Manis, und schließlich ließen sie ihn, vielsagende Blicke tauschend, in Ruhe.

Während sie mit ihrem Tee und ihrer Tsamba beschäftigt waren, ging er hinaus, wie um draußen sein Geschäft zu verrichten. Im Westen war der Himmel noch immer nicht ganz dunkel. Er bog um eine Ecke, so daß man ihn vom Rasthaus aus nicht mehr sehen konnte, und schritt dann eilig weiter, ohne seine Suppe bezahlt zu haben. Die Nepalesen mochten sein Verschwinden ruhig einem neuen Wunder zuschreiben, oder vielleicht vergaßen sie auch die ganze Angelegenheit und sagten sich, ihr Gefährte müsse sich geirrt haben. Plötzlich kam Holder die Absurdität des Vorfalls zum Bewußtsein, und er fing an zu lachen. All diese Vorbereitungen und Comptons eingehende Anweisungen – und dann wurde er durch Zufall bereits in der ersten tibetischen Stadt erkannt!

Das Lachen tat ihm gut, aber er durfte die Sache natürlich nicht auf die leichte Schulter nehmen. Es hatte jetzt keinen Zweck mehr, auf dem Hauptpfad nach Schigatse zu gehen. In den Tasam-Häusern konnte man nach dem Essen nichts weiter tun als trinken, schwatzen und lieben, wenn man das Glück hatte, eine Partnerin zu finden. Die Nachricht von seinem Auftauchen würde blitzschnell den Hauptpfad entlangeilen, und alle würden nach ihm Ausschau halten, ganz gewiß aber die Dzongpons und die hohen Lamas.

Leute wie Compton, die »mindere Rassen« verachteten,

hielten sich etwas darauf zugute, daß sie einen Hottentotten nicht von einem Buschneger und einen Chinesen nicht von einem Japaner unterscheiden konnten, und so hatte Compton irrtümlich angenommen, daß ein Mann, der in seinen Augen wie ein Tibeter aussah, von Tibetern und Nepalesen ebenfalls für einen Tibeter gehalten werden müsse.

Die Sache war sonnenklar: Holder mußte den Hauptpfad meiden und einen anderen Weg nach Lhasa finden, so gefährlich es auch selbst für einen Pilger war, durch Nomadenland zu ziehen.

Als es dunkler wurde, ließ der Wind nach. In dem endlosen Meer von Bergen rings um ihn erhob sich kein Laut, und es gab kein Zeichen menschlichen Lebens außer dem Pfad unter seinen Füßen. Zu seiner Rechten hauchte, alles andere überragend, der Tschomolhari im Mondlicht seinen eisigen Atem auf ihn herunter; sein Gipfel erhob sich dreitausend Meter über der Stelle, wo Holder sich augenblicklich befand.

Nachdem er einige Meilen gegangen war, bog er auf einen Nebenpfad ab, der in die Berge führte. Der Pfad zog sich an einem reißenden Bach entlang, und nach einer Weile fand Holder, wonach er gesucht hatte – einen überhängenden Felsen mit Sandboden unter dem Überhang. Er nahm den Hut ab und tat alle seine Besitztümer hinein, die er bisher in der Schuba getragen hatte; dann löste er seinen Gürtel und setzte sich hin. Man hatte ihm immer wieder eingeschärft, er solle, wenn er sich zum Schlafen niederlegte, die Stiefel ausziehen und sie in der Schuba austrocknen lassen. Nachdem er sie von den Füßen herunter hatte, zog er die Arme aus den Ärmeln und wickelte sich in den weiten Schaffellmantel ein, den Rücken gegen den Felsen gelehnt.

Er war zu müde, sich Sorgen über den nächsten Tag zu machen. Der Wildbach neben ihm murmelte geschwätzig, und er schlief ein.

In den nächsten Tagen und Nächten quälten Holder Kälte, Einsamkeit und Angst derart, wie er es nie für möglich gehalten hätte. Er fragte sich immer wieder, was Menschen dazu bewegen konnte, in diesen Einöden zu leben. Aber sie lebten hier, und mehrere Male erblickte er den Beweis dafür in Gestalt von Mauergevierten, gefügt aus Steinen, Erde und Mist, die dazu dienten, die Yakwollzelte vor dem Wind zu schützen. In diesen Lhegas fand er meist etwas trockenen Mist zum Feuermachen und einen Platz, wo er sich zum Schlafen niederlegen konnte. Doch die Menschen waren hinab ins Grasland gezogen, wo ihre Tiere weiden konnten, bis das Gras oberhalb der Baumgrenze etwas üppiger wuchs. Er sah überhaupt keine lebende Seele. Er ging weiter in die Richtung, die er für die richtige hielt; aber oft, wenn der Pfad durch einen Bergfluß blockiert wurde oder an einem Abgrund jäh endete, mußte er einen Umweg machen.

Er war schlecht ausgerüstet für das Überleben in dieser Ödnis, denn bisher hatte er keine Ahnung gehabt, wie schwierig es war, mit Stahlschlegel und Feuerstein ein Yakmistfeuer zu entfachen, wenn es schneite. Es war ein Triumph, wenn es ihm gelang, ein Feuer in Gang zu halten und etwas Schnee für seinen Tee abzukochen. Oft mußte er sich damit begnügen, die Tsamba und das getrocknete Hammelfleisch mit kaltem Wasser hinunterzuspülen, und beides blieb ihm in der Kehle stecken, bevor sein Hunger gestillt war. Für eine Tagesstrecke verbrauchte er mehr Energie, als er sich durch Nahrung zuführen konnte.

Und immer noch war kein Ende in Sicht. Wenn er auf einem Kamm angelangt war, erhoben sich tausend neue Gipfel und Bergketten, die zu bezwingen waren, und verloren sich in einer dunstigen Ferne.

Häufig sank er bis zum Rand seiner Stiefelschäfte im Schnee ein und bei Schneeverwehungen sogar bis zu den Hüften. Noch schlimmer – einmal stolperte er plötzlich zwischen Steinen im eisigen, reißenden Wasser eines Wildbachs umher, den die Schneedecke verborgen hatte, und verstauchte sich den Knöchel. Es gelang ihm, ans Ufer zurückzuhumpeln, aber nun froren seine Stiefel sofort bretthart und scheuerten seine im Wasser weich gewordenen Füße auf. Er marschierte weiter, um seinen Kreislauf in Gang zu halten, aber langsam verlor er jedes Gefühl in den Füßen, und als er sich schließlich tödlich erschreckt hinsetzte, die Stiefel auszog und die nassen Fußlappen abwickelte, entdeckte er, daß er Erfrierungen hatte. Er steckte seine Stiefel unter die Schuba, um sie anzuwärmen, und rieb die Füße verzweifelt mit Schnee, so lange, bis das Blut langsam wieder in sie zurückfloß. Wenn er nur einen Stock gehabt hätte, um festzustellen, wie tief der Schnee war, aber in dieser Wüste von Steinen, Schnee und hartem Gras gab es kein Holz.

Seine geringen Vorräte nahmen gefährlich ab, und er mußte um jeden Preis versuchen, sie irgendwo aufzufüllen. Er hatte nur eine vage Ahnung vom Kompaßlesen, doch er sagte sich, wenn er die Sonne im Rücken hatte und dem Sonnenaufgang entgegenging, müsse die Richtung ungefähr stimmen.

In all diesem Ungemach gab es einen Hoffnungsstrahl. Noch nie in seinem Leben hatte Holder sich besser gefühlt. Das eiserne Band um seine Brust war verschwunden. Er erklomm steile Abhänge, ohne daß er das Gefühl hatte, gleich werde sein Herz den Brustkorb sprengen. Die Kälte spürte er kaum mehr. Er entdeckte, wie man sich die Natur zunutze machen konnte. Wenn die Sonne schien, zog er sich nackt aus, trocknete alle seine Sachen auf einem Stein und drehte sich in den heißen Strahlen wie Fleisch am Spieß, denn sonst wäre diejenige Seite seines Körpers, die der Sonnenbestrahlung direkt ausgesetzt war, in Minuten verbrannt, die im Schatten liegende Seite hingegen erfroren.

Die Hitze trieb einige Läuse aus seinen Kleidern, trocknete die durchgeweichten Stiefel und belohnte ihn mit einem Gefühl des Behagens und des Wohlbefindens, als Ausgleich für die Verzweiflung, in die er immer wieder versank. In diesen Tagen, da der Himmel hier oben blauer war als je unten im Tiefland und die Wolken weißer als weiß, konnte er zeitweilig seine ständigen Gefährten vergessen: die schneidenden, messerscharfen Winde, den Schnee, das Eis, die Frostbeulen und den Hunger.

Er merkte, daß er langsam in niedriger gelegene Gebiete

kam, und die Schneedecke wurde allmählich so dünn, daß das Gras darunter hervorlugte und er die reißenden Wildbäche umgehen konnte.

Schließlich gelangte er an einen Paß, an dem sich ein kleiner Obo erhob. Bis dahin hatte er gar nicht bemerkt, daß er sich auf einem Saumpfad befand, und er empfand etwas von dem Schrecken, der Robinson Crusoe überkommen haben mußte, als er die Fußstapfen seines späteren Gefährten Freitag entdeckte. Er lief zurück zum Fuß des Bergrückens, hob, grienend über seinen eigenen Aberglauben, einen Stein auf und warf ihn auf den kleinen Haufen ähnlicher Steine.

Vorsichtig Deckung nehmend, ging er weiter, bis er sehen konnte, was vor ihm lag. Etwa hundertsiebzig Meter unter ihm erstreckte sich zwischen schneeweißen Bergen eine weite, mit nur wenig Schnee bedeckte Schwemmlandebene, und auf dieser Ebene erhoben sich schwarz und rechteckig fünf Nomadenzelte, die ersten, die er zu Gesicht bekam. Die Dächer wurden von Seilen gespannt, die über Stangen liefen; diese Stangen waren in einigem Abstand vom Zeltrand in den Boden gerammt. Die Seile waren dick, aus schwarzem Yakhaar. Es sah aus, als hockten dort Spinnen mit langen, dünnen Beinen, deren Bäuche auf dem Boden ruhten. Hier und dort grasten in Gruppen Yaks und Schafe.

Die Nomaden waren mit verschiedenen Arbeiten beschäftigt, ohne jedoch allzu großen Eifer an den Tag zu legen. Einige butterten, andere rieben Schaffelle mit Butter ein, um sie haltbar zu machen; wieder andere verspannen auf Handspinnrädern Wolle zu Garn, und ein paar saßen in der Sonne, hatten ihre Schubas abgelegt und machten Jagd auf Läuse. Ein Mann schoß mit Bogen und Pfeil fortwährend auf einen in den Boden gerammten Zielstab. Wenn er die verschossenen Pfeile wieder eingesammelt hatte, ging er zurück und begann von neuem zu schießen. Eine kleine Schar Männer hockte zusammen und unterhielt sich offenbar mit irgendeinem Spiel.

Das Tal sah idyllisch aus und mußte Holder unweigerlich in einem romantischen Licht erscheinen. Er betrachtete es, nahm jede Einzelheit in sich auf, fasziniert von der Einfachheit des pastoralen Lebens dieser Menschen, die der Natur näher waren, als er es je für möglich gehalten hätte, ihrer Umwelt so angepaßt wie ein Fisch dem Wasser. Wenn es »reine« Tibeter gab, dann mußten es diese hier sein, die Hochländer. Es lag auf der Hand. In Zeiten feindlicher Einfälle konnten sie sich in ihre Bergfestungen zurückziehen, wo Eindringlinge unweigerlich zugrunde gingen, selbst wenn sie durch das feindliche Land dorthin gelangten. In dieser mörderischen Umwelt vermochten sich nur die Robustesten zu behaupten, Männer und Frauen, die sich zu schützen wußten. Und was war hier oben schon zu holen, wo man ohnehin nur mit äußerster Anstrengung ein kärgliches Leben zu fristen vermochte! Dies hier waren die wahren tibetischen Edelleute, nicht die hohen Lamas und der sogenannte Adel in den Tälern.

Die Gemeinschaft dort unten schien Holder nach tibetischen Maßstäben wohlbegütert zu sein. Zum Beispiel besaß sie Pferde, die sie mit gefesselten Vorderbeinen grasen ließ, und die Kaufsumme für ein oder zwei Yaks würde sie stets erübrigen können. Da und dort sah er Bullenbeißer mit dicken Yakwollkragen, die an kurzen Eisenketten vor sich hin dösten.

Es war in der Tat ein friedliches Bild. Die Anwesenheit von Frauen zeigte Holder an, daß die Menschen da unten keine Banditen, sondern Nomaden waren, Hirten. Einfache Gemüter, die frömmsten Leute in einem Land, in dem Religion Gesetz war und Mönche die Herrschaft ausübten. Dennoch zögerte er.

Alle Lamaisten glauben, daß es eine Sünde sei, ein Lebewesen, gleichgültig welches, zu töten. Aber das hindert keinen von ihnen daran, Fleisch zu essen. Die da unten knackten Läuse, obwohl ihrer Überzeugung nach in jeder dieser Läuse die Seele ihres eigenen Großvaters wohnen konnte. Ein Raubmord war, das wußte Holder, eine noch schwerere Sünde. Aber die Härte des Lebens im Grasland mußte unweigerlich dazu führen, daß religiöse Vorschriften mit einer gehörigen Portion gesundem Menschenverstand umgangen wurden. Wenn ein Nomade sich einen vernünftigen Vorteil davon versprach, daß er ihn, Holder, umbrachte, würde er sicherlich erwägen, daß er diese Sünde ja später durch verdienstvolle Taten sühnen könnte.

Holder hatte auch gehört, daß die tibetischen Hochländer hitzige Leute waren, die häufig dort eine Beleidigung vermuteten, wo gar keine beabsichtigt war, und sie nicht deshalb für geringer hielten, weil der Beleidiger zuwenig Feingefühl besaß, um sie überhaupt zu empfinden.

Aber bei diesen so friedlich aussehenden Menschen da unten gab es etwas zu essen, und Essen mußte Holder haben. Er beschloß, das Wagnis auf sich zu nehmen. Wieder hob er einen Stein auf und warf ihn auf den Obo, um seine Chancen zu verdoppeln. Er wußte nicht, daß dies nach tibetischer Anschauung ein Gegenzauber war.

Als er aus seiner Deckung hervortrat, geschah etwa zwei Sekunden lang nichts. Dann plötzlich schienen alle Lebewesen im Tal ihre Blicke auf ihn zu richten, einschließlich der gelangweilt aussehenden Yaks. Männer liefen hin und her, schrien, überprüften ihre alten Musketen, schlugen Feuerstein gegen Stahl, um die langsamen Lunten ihrer Gewehre zu zünden, zogen ihre Schwerter aus den Scheiden und trieben die Kinder zusammen. Die Bullenbeißer, graue, zottige, gefährlich aussehende Ungeheuer, bellten ihm heiser entgegen, an ihren Ketten zerrend, gewürgt von ihren Halsbändern.

Holder ging mit festen Schritten auf das ihm zunächststehende Zelt zu, das eins der größten war, zeigte seine Handflächen, verbeugte sich und streckte die Zunge heraus, zum Zeichen, daß er in friedlicher Absicht komme.

Unterdessen hatten sich etwa vierzig Männer und Frauen und eine Anzahl Kinder um einen kräftigen, hochgewachsenen Mann geschart, der offenbar ihr Führer war. Holder schritt ruhig weiter. Der hochgewachsene Mann wies die übrigen an: »Wartet!« und trat auf den Fremden zu, ebenfalls seine Handflächen zeigend und die Zunge herausstreckend.

»Taschidele«, sagte er höflich und sog seinen Atem ein, um zu bekunden, daß er die Luft nicht verunreinigen wolle, die der Fremde einatmen müsse.

»Taschidele«, erwiderte Holder, seinen Atem ebenfalls einziehend. »Ich führe nichts Böses im Schilde – ich bin ein einfacher Pilger auf dem Weg zur Heiligen Stadt.«

Der Mann hob die Augenbrauen. Warum sollte jemand, der nach Lhasa wollte, diesen Weg wählen?

Holder hatte das im voraus bedacht und erklärte nun, er sei Losan Namgyal, ein Kaufmann aus dem Westen, aus Dzonka. Man habe ihm geraten, auf dem einsamen und schwierigen Saumpfad über die Berge und Hochebenen zu ziehen, um seine Pilgerreise in den Augen der Götter noch verdienstvoller zu machen. Aber jetzt habe er nichts mehr zu essen und sei bereit, alles Geld, das er bei sich trage – ein oder zwei Kupfertrankas – hinzugeben, wenn er dafür soviel Mundvorrat bekäme, wie er brauche, um zum nächsten Ort zu gelangen, wo er betteln könne. Er entschuldigte sich für diese Worte und fügte hinzu, er wolle keineswegs unterstellen, daß sie einem Pilger nicht ohnehin helfen würden, aber er wisse, daß zu dieser Jahreszeit Nomaden für gewöhnlich selber nicht allzuviel zu beißen hätten.

All das wurde offenbar als ganz normal hingenommen, und tatsächlich war an einer solchen Pilgerreise nichts Auffälliges. Viele Pilger wanderten Tausende von Meilen nach Lhasa, wobei sie sich den ganzen Weg lang immerfort zu Boden warfen, so daß sie oft die längste Zeit ihres Lebens für diese Reise brauchten.

Die Leute drängten sich um die beiden Männer, begierig zuhörend, grienend, froh über ein Ereignis, das die Eintönigkeit ihres Daseins unterbrach. Aber bald empfand es ihr Anführer als seine Pflicht, Gastfreundschaft zu bekunden, und er ging, von den übrigen gefolgt, auf das große Zelt zu. Die meisten drängten sich mit hinein, und diejenigen, die drinnen keinen Platz mehr fanden, spähten von draußen durch die Zeltöffnungen, so daß kaum noch Licht in das Innere drang.

Wongdiu, der Älteste dieser Klangruppe, war einer von zwei Brüdern, die eine gemeinsame Ehefrau hatten, da keiner von beiden es sich leisten konnte, eine Frau für sich allein zu besitzen. Sie war kräftig gebaut und offenbar diejenige, die im Zelt das Regime führte, gleichgültig, welche Machtstellung einer ihrer Ehemänner außerhalb des Zelts einnehmen mochte.

Sie bat Holder, ihr seine Schale zu reichen, und füllte sie mit Buttertee. Er verspritzte ein paar Tropfen davon in die Luft, als Tribut an die Götter, und trank ihn dankbar, denn er war salzig und nahrhaft, und er wärmte. Als nächstes bekam Holder kräftige Yakbrühe mit viel fettem Fleisch darin. Einer der beiden Ehemänner holte aus einer Ecke einen Krug voll Arok.

Glas folgte auf Glas und Gericht auf Gericht. Einige Männer eilten in ihre Zelte, brachten Essen, das sie vorbereitet hatten, und neue Krüge voll Schnaps, und was mit Buttertee zum Empfang des Gastes begonnen hatte, wurde nun zum Festschmaus, der nach Einbruch der Dunkelheit mit Liedern von Liebe und Kampf seinen Fortgang nahm. Die Alkoholvorräte schienen sehr reichlich zu sein. Die jüngeren Mitglieder der Gemeinschaft flirteten miteinander und tauschten Zärtlichkeiten aus, und erst kurz vor Einbruch der Morgendämmerung ging das Fest zu Ende. Holder, betrunken und erschöpft, legte sich wie alle anderen im fahlblauen Licht des Yakmistfeuers schlafen, das infolge des Sauerstoffmangels fast unsichtbar brannte. Es gab keine Betten, aber er als Gast bekam ein paar Schaffelle als Unterlage. Nach seinen jetzigen Maßstäben war es ein geradezu luxuriöses Nachtlager, obwohl die ungewöhnliche Wärme die Läuse munter machte, die sich in seinen Kleidern erheblich vermehrt hatten.

Man hatte ihm nicht lange zuzureden brauchen, ein oder zwei Tage zu bleiben. Seine Gastgeberin legte ihm dringend nahe, sich auszuruhen und Kräfte zu sammeln, da sie aus dem Zustand seiner Kleider schloß, daß er beim Abschied sicherlich ein paar Kupfermünzen zurücklassen werde.

Als Holder sich durch Arokdünste langsam wieder ins Bewußtsein zurückkämpfte, war sie, abgesehen von einem nackten, etwa fünfjährigen Kind, der einzige Mensch im Zelt. Sie hatte vom Abend ein schönes Stück gekochte Yakrippe zurückbehalten und briet es nun über der Glut. Es schmeckte köstlich, und er spülte es mit Buttertee hinunter und fühlte sich imstande, über den Mond zu springen.

Draußen war bereits die Sonne aufgegangen, und das Gras dampfte von Rauhreif. Im Nebel wurde eine Gruppe von Männern sichtbar, die mit dem Vieh draußen gewesen waren – sie ritten, zerzaust und zottig, auf rundbäuchigen, muskulösen Pferden; zwischen ihnen Wongdiu mit einem hohen Hut, der wie ein ungewöhnlich langer, schmaler Zylinder mit flachem Rand aussah.

Im Morgenlicht begrüßten die meisten von ihnen Holder freundlich, aber es gab auch ein paar, die ihm argwöhnisch oder sogar feindselig begegneten, wiewohl sie ihm anscheinend nichts Böses wünschten. Wie gewöhnlich in solch abgelegenen Nomadenlagern, war alles Nicht-Alltägliche ein Ereignis. Sie beschlossen, auf die Jagd zu gehen und nur ein paar Männer als Wachen zurückzulassen, und sie liehen Holder ein Pferd.

Ihm war bereits aufgefallen, daß jagbare Tiere in Tibet kaum auf Menschen achteten. Menschen waren sehr viel seltener als Tiere, und gejagt wurde ausschließlich für den Kochtopf, nie aus Sport, da es ja eine Sünde war, ein Lebewesen zu töten. Die übliche Jagdwaffe war eine Muskete mit eisernem Lauf, ein Vorderlader; und geschossen wurde mit selbsthergestelltem Schwarzpulver und selbstgegossenen Bleikugeln. Fast immer waren es Luntengewehre. Wenn ein Jäger Glück hatte, konnte er ein Tier auf eine Entfernung bis zu hundert Metern treffen. Bei größerer Entfernung verfehlten die locker sitzenden Kugeln entweder ihr Ziel oder verloren ihre Durchschlagskraft. Und das Drum und Dran des Ladens, das Zünden der Lunte, das Auflegen des Gewehrs, das Zielen und Feuern ließen dem Wild so viel Zeit, daß es gewöhnlich gelangweilt davonzog, bevor ein Krachen und eine blaue Rauchwolke anzeigten, daß aus der Waffe ein Schuß abgegeben worden war.

Eine Ziegenherde verweilte lange genug für alle Vorbereitungen auf einer Stelle und schien fast mit Ungeduld auf deren Ende zu warten. Dann krachte auf ein Signal hin eine ungleichmäßige Salve, und die erschreckten Tiere stoben davon, ohne daß ein einziges getroffen worden wäre.

Einer der Jäger, ein kräftig gebauter Mann, der ohne Sattel ritt, war nur mit Bogen und Pfeil bewaffnet. Er sah eine Möglichkeit, die Tiere seitlich zu umgehen, und trieb sein Pferd eine steile Anhöhe hinauf und die andere Seite hinunter. Sein erster Pfeil verfehlte das Ziel. Der zweite traf eine Ziege zwischen den Schulterblättern, aber anstatt umzufallen, lief sie weiter, wobei der Pfeil grotesk im Rhythmus ihrer Schritte zitterte. Langsam blieb sie hinter den anderen zurück. Nach einer scharfen Jagd über eine Meile holte der Schütze sie ein und warf sich von seinem Pferd hinunter auf sie. Das war die einzige Beute des Tages – eine Mahlzeit für das ganze Lager.

Der Mann mit dem Bogen war offenbar ein berühmter Jäger.

»Gut gemacht, Galei. Du hast es wieder mal geschafft und unser Ansehen gerettet«, sagte Wongdiu zu ihm, als er mit dem toten Tier auf dem Pferd zurückkam.

»Und nicht mal einen Pfeil eingebüßt«, griente Galei befriedigt.

Sie ritten gutgelaunt ins Tal zurück, froh ob der Aussicht, einen Abend mit frischem Fleisch, Arok, Gesprächen und Gesang in der Wärme der Zelte verbringen zu können, während der Wind draußen wütete.

Als sie die letzte Anhöhe erklommen, zügelte der vorderste Reiter plötzlich sein Pferd und hob eine Hand.

Er lehnte sich zurück und rief: »Da sind sie!«

Alle waren stehengeblieben, und ein kalter Schauer fiel über die Gruppe.

An Wongdius Zelt sah Holder zwei schwarzgekleidete Männer stehen, deren Hüte wie große flache Pilze geformt und mit leuchtend roten Troddeln geschmückt waren. Um sie drängten sich die im Lager zurückgebliebenen Mitglieder der Gemeinschaft.

»Zwei Dienstleute vom Dzong, Wongdiu«, rief einer der Reiter dem Ältesten zu, der noch nicht so weit den Abhang hinauf war, daß er etwas hätte sehen können.

»Sie wollen noch mehr Ula, die Hunde«, sagte er. »Du, Galei, läßt dich mit dieser Ziege lieber nicht blicken«, und zu Holder gewandt: »Du auch nicht, wenn du weißt, was gut für dich ist. Da du ein Fremder bist, können sie dich ohne weiteres zum Dzong mitnehmen, und dann...« Er hob achselzuckend die Hände.

»Jetzt haben sie uns gesehen«, sagte der vorderste Reiter.

»Dann los. Wir kommen sowieso nicht um die Sache herum. Ihr beide bleibt hier.«

Holder und Galei stiegen ab und hockten sich auf ihre Fersen, jeder seinen Zügel festhaltend.

Galei war ebenso groß wie Holder, aber schwerer gebaut. Er sah aus, als verfüge er über beträchtliche Körperkräfte. Sein langes, verfilztes Haar trug er offen, nicht zu einem Zopf geflochten. Er war barhäuptig. Seine Schuba, zurückgeworfen, damit der rechte Arm frei blieb, war, abgesehen von ein paar Flicken, ganz, aber sehr alt. Sein Gesicht war dunkelbraun gebrannt, mit einer Spur von Purpurrot darin, und von feinen Falten durchzogen; rings um die Augen hatte er, wenn er nicht gerade lächelte, viele weiße Krähenfüße. Holder schätzte ihn auf ungefähr fünfunddreißig.

Sein schwerer Bogen, den er jetzt wieder abnahm, war aus kunstvoll zusammengefügtem, schön gezeichnetem Yakhorn und hatte eine Spitze aus geschnitztem Holz einer seltenen Art. Die Sehne war kein Darm, sondern Seide, zusammengebunden zu einer dicken, sehr starken Schnur, die in der Mitte, wo die Schlinge saß, eine Verzierung aufwies. Die Pfeile waren nicht ganz einen Meter lang, zu einem Drittel ihrer Länge mit Federn besetzt und hatten schwere Eisenbarben an den Spitzen. Galei zog den Pfeil aus dem Körper der Ziege und begann ihn von dem getrockneten Blut zu reinigen. Das übliche kurze Schwert steckte in seinem Seilgürtel, von dem außerdem in einer Scheide ein Messer herabhing. Holder, der ihn betrachtete, staunte über den edlen Typ, den das harte Leben im Hochland hervorbrachte.

Galei schien nicht die Absicht zu haben, eine Unterhaltung anzufangen. Als er den Pfeil in den Köcher steckte, fragte ihn Holder: »Warum jagst du mit dem Bogen statt mit dem Gewehr?«

»Ich habe kein Gewehr. Aber ein guter Bogen ist ohnehin besser als ein schlechtes Gewehr. Man braucht lange, um mit dem Bogen umgehen zu lernen. Nicht viele nehmen diese Mühe auf sich.«

Wieder herrschte Schweigen. Galei schärfte sein Messer an seiner Schuhsohle, zog den schlaffen Ziegenkörper vom Pferd und begann ihn zu enthäuten.

»Wer sind die Männer, die da gekommen sind?« fragte Holder.

»Dienstleute vom Dzong.«

»Was wollen sie? Deine Kameraden können sie offenbar nicht leiden.«

»Nicht leiden!« schnaubte Galei. »Wenn die auftauchen, gibt's immer Ärger. Wenn sie nicht wegen Fleisch oder Schulden kommen, dann wegen Ula – Transport-Ula oder Arbeits-Ula. Und jetzt steht gerade der Pferdemarkt bevor. Das ist unsere schlimmste Zeit.«

Holder durfte nicht zu viele Fragen stellen und dadurch seine Unkenntnis verraten. Der Hirt zog dem Tier so geschickt das Fell ab, daß die nackte Haut nie den Erdboden berührte.

»Du sprichst wie ein Mann aus Lhasa«, sagte Galei hochschauend.

»Früher lebte ich in Lhasa. Dann bin ich nach Dzonka gezogen.«

»Ihr Tiefländer wißt nicht viel über unser Leben.«

Holder erwiderte nichts.

Nach einer Weile fragte er: »Warum wollte Wongdiu, daß wir außer Sicht bleiben?«

Es war eine törichte Frage, und Galei sah ihn stumm, mit

einer Mischung aus Argwohn und Verachtung an. Er häutete das Tier fertig ab und blickte, auf den Fersen hockend, zu den Bergen in der Ferne.

Ein Hirt kam über den Kamm geritten. »Galei!« rief er. In einem Hagel von Steinen sprengte er zu ihnen herunter und glitt vom Pferd, bevor es zum Stehen gekommen war.

»Komm schnell, Galei.«

»Sind sie fort?«

»Ja. Aber komm. Deine Mutter – sie hat Eisenhut gegessen.«

Frauen standen weinend an dem Zelt, das Galei und seine Mutter mitbewohnen durften, und die Männer starrten mit finsteren Gesichtern zu Boden. Galei war drinnen.

Wongdiu trat zu Holder.

»Sie stirbt«, sagte er. »Sie glaubte, die Dienstleute vom Dzong seien erschienen, um sie und Galei wegen ihrer Schulden mitzunehmen. Deshalb hat sie Eisenhut gegessen. Aber sie kamen nur wegen Transport-Ula – um zwei Männer und vier Yaks zu holen.«

»Jetzt ist es zu spät«, sagte eine der Frauen weinend. »Wir wollten ihr helfen, sich zu übergeben, und sie mit Milch retten, aber sie sagte nein. Sie sagte, sie sei alt und für Galei doch nur ein Klotz am Bein. Wenn sie nicht mehr sei, sei Galei frei. Aija, arme Frau. Eisenhut wirkt schnell.«

Galei trat aus dem Zelt.

»Meine Mutter ist tot«, sagte er und wandte sich ab.

An diesem Abend aßen sie die Ziege und tranken Arok, bis es Zeit für Ischans Bestattung war. Sie hatte fünfundfünfzig Jahre gelebt, eine lange Zeit für eine arme Nomadin, und jetzt hatte sie ihre Seele freigelassen, auf daß sie im Bardo wandere, bis sie in einen neuen irdischen Körper einziehen konnte.

»Das Leben war nicht immer so«, sagte Wongdiu zu Holder. »Hier im Hochland waren wir freie Menschen, nicht Leibeigene und Sklaven wie unten in den Tälern. Jeder war dem anderen gleich und hatte ein Schwert, um das zu beweisen. Aber jetzt haben uns die Klöster und die Adeligen und der Kaschag um unsere Weiderechte betrogen und nehmen uns fast alles weg, was wir produzieren.«

Er machte eine Kopfbewegung zu Galei hin.

»Der da«, sagte er, »er und Ischan hatten mehr Schulden, als sie in ihrem Leben hätten abzahlen können. Im letzten Jahr hatten wir soviel zusammengekratzt, daß wir wenigstens einen Teil der Zinsen zahlen konnten, aber mehr konnten wir nicht aufbringen. Nächstes Mal, beim Pferdemarkt, werden sie an ihm ein Exempel statuieren.«

»Wie?« fragte Holder und starrte zu Galei hinüber, der langsam betrunken wurde.

Wongdiu machte die Bewegung des Auspeitschens. »Sie werden ihn töten.«

Eine Frau trat ins Zelt und sah ihn an.

»Wir müssen uns von der toten Ischan verabschieden«, sagte Wongdiu.

Es sollte eine Wasserbestattung werden. Ischans Körper mußte in Partikel aufgelöst und den Elementen zurückgegeben werden – der Erde, der Luft, dem Wasser oder dem Feuer –, damit die freigelassene Seele nicht in ihre alte, ausgediente Behausung zurückkehren konnte. Da es keine Radschjaba gab, um den Körper zu zerlegen und ihn den Geiern zum Fraß zu überlassen, keinen Brennstoff, um ihn zu verbrennen, und da der Boden zu tief gefroren und zu felsig war, um ein Grab auszuheben, blieb nur das Wasser. Ganz in der Nähe gab es einen reißenden Fluß, in dem von der Leiche sehr bald nichts mehr übrig sein würde.

Sie brachen, wie es sein mußte, in der Dunkelheit auf, so daß der Himmel nicht sehen konnte, was vor sich ging. Ischans nackten Körper hatten sie, bevor die Leichenstarre einsetzte, in sitzender Haltung zusammengebunden und ihr Haar geflochten, damit der Geist den Körper ungehindert durch den Schädel verlassen könne. Und so trugen sie sie auf ihrem zerlumpten Kleid zum Rand des zischenden, donnernden Gebirgsstroms, der von den Schneebergen zu Tale raste, Steine mit sich führend, und stießen sie von einem hohen

Felsen hinunter, auf daß die Fische und die Stromschnellen ihr Werk täten.

Als sie zum Lager zurückkehrten, war Galei nicht zu finden, und am nächsten Morgen war er immer noch nicht da.

»Der kommt nicht wieder«, sagte einer der Männer.

»Aber er hat sich doch nicht verabschiedet«, klagte Holder. »Ich hoffte, er würde mir sagen...« Er hielt inne, da er merkte, daß er nur wieder seine Unwissenheit verraten würde.

Der Hirt sah ihn ein wenig mitleidig an. Schließlich war der da einer aus dem Tiefland.

»Wir gehören dem Kloster Sera«, erklärte er. »Wenn er Lebewohl gesagt hätte, wären wir verpflichtet gewesen, ihn festzuhalten und zum Dzong zu bringen, sonst wären wir selber bestraft worden. Der kommt nie mehr zurück, da kannst du sicher sein.«

Holder verbrachte diesen Tag im Lager. Er war fasziniert von den großen, schlanken, kraftvollen Hochlandtibetern mit dem langsamen, leichten Gang der Bergbewohner. Ihre Gesichter waren von Sonne, Wind und Schnee wie Leder gegerbt und von feinen Runzeln durchzogen. Sie hatten vorstehende Backenknochen, Adlernasen, schwarze Augen und eine ursprünglich helle, nun tiefbraun gebrannte Haut.

Die Frauen fand er noch eindrucksvoller als die Männer, und er beobachtete, daß sie in der Familie die beherrschende Stellung einnahmen. Selbst über unwichtige Dinge fällten die Männer kaum Entscheidungen, ohne die Frauen zu befragen.

Sie waren schmalhüftig wie die Männer und hatten den gleichen würdevollen Gang, aber sie trugen ihre Schubas bodenlang und wirkten dadurch noch schlanker und anmutiger. Ihre Stimmen waren tief und wohlklingend, und wenn die Sonne heiß brannte, gingen sie bis zur Taille nackt und setzten ihre kräftigen bronzefarbenen Schultern und Brüste der Sonne und dem Wind aus. Sie schienen an Kältegrade gewöhnt zu sein, bei denen Holder die Zähne klapperten, und die Kinder liefen oft sogar bei Schnee ohne Kleider und Schuhe herum.

Als er sich wieder auf den Weg machte, gaben ihm die Hirten Fleisch, getrockneten Käse, Butter und ein Amulett mit, das ihn vor den Khampas schützen sollte. Ein Khampa war eigentlich ein Einwohner von Kham, dem östlichen Tibet, aber in ihrem Munde bedeutete dieses Wort soviel wie Räuber oder Bandit und bezeichnete einen Angehörigen jener Banden, die, bald hier, bald dort auftauchend, das Hochland unsicher machten, Pferde und Waren stahlen, die Frauen vergewaltigten und für ihre Grausamkeit berüchtigt waren.

Wongdiu weigerte sich, Geld anzunehmen. Aber Holder wickelte ein Zwei-Anna-Stück in ein Stück Stoff und gab es heimlich der Frau, die es bereitwillig und ebenso heimlich nahm.

»Meine Männer würden es doch nur für Arok verschwenden«, flüsterte sie und griente.

Es tat ihm leid, diese Menschen zu verlassen.

II

Die entflohene Leibeigene

Namu lag ausgestreckt da und sah zu, wie das heiße Wasser ihre langen Beine umspielte. Ihre Schuba und ihre Stiefel lagen knappe zwanzig Meter entfernt auf einem flachen Stein, und ihre übrigen kleinen Habseligkeiten stapelten sich daneben auf einem anderen Stein. Fünfzig Meter entfernt trat das Wasser fast kochend aus dem Felsen, da in fünftausend Meter Höhe der Siedepunkt ziemlich niedrig liegt. Es strömte auf sie zu, sich langsam abkühlend, obwohl es dort, wo sie sich jetzt befand, immer noch sehr heiß war – zu heiß, um einfach hineinzusteigen. Sie glitt tiefer hinein und bewegte sich auf den Fingerspitzen langsam gegen die Strömung, bis sie zu schwitzen begann. Abgesehen vom Essen, waren es die heißen Quellen, die ihr an dem tristen Nomadenleben am besten gefielen.

Sie hatte ein wenig Butter gestohlen, sie in der Wärme weichgemacht und sich ins Haar gerieben, um die Läuse zu ersticken oder zumindest unter Kontrolle zu bringen. Jetzt war sie damit fertig und lag wohlig durchwärmt in dem leicht schwefelhaltigen Wasser. Es war ein großer See und ganz still; die Dampfwolken, die darüber schwebten, verdichteten sich auf den Felsen ringsum zu Eis, und dort, wo ihre Kleider lagen, verengte sich der See zu einem Bach und trat dann seine lange Reise hinunter ins Tiefland an. Wie sie da lag, konnte sie zwei Landschaften sehen, eine davon auf dem Kopf stehend: tiefblauer Himmel, Hügelketten, dann die eigentlichen Berge und ein weißer Gipfel, ein einsamer Kegel aus ewigem Eis und Schnee, dessen Namen sie nicht kannte – einmal in den Himmel hinauf-, das andere Mal in den See hinabragend.

Namu badete nicht aus Gründen der Reinlichkeit, die für sie nicht mehr bedeutete als für die meisten Tibetaner. Im Wasser war es warm und erholsam, und außerdem war es eine Gelegenheit, von Ngari fortzukommen, dem jüngsten ihrer Ehemänner, den die beiden anderen, als sie zur Jagd aufbrachen, im Lager zurückgelassen hatten. Ngari war nicht ganz richtig im Kopf und unberechenbar.

Nach ihrer Schätzung war ein ganzes Jahr vergangen, seit sie Schigatse mit seinem von Menschen wimmelnden Marktplatz unter dem großen Dzong und den dahinter aufragenden goldenen Dächern des Klosters Taschilunpo verlassen hatte, wo der Pantschen-Lama, die Inkarnation des Gottes Opame, in seinem irdischen Körper Aufenthalt genommen hatte.

Sie seufzte. Schigatse war eine richtige Stadt. Die Leute behaupteten, sie hätte zwanzigtausend Seelen, obwohl eine solche Zahl Namu nichts sagte. Aber es war ein Ort, wo geschäftiges Leben herrschte, wo jeden Tag lärmende Karawanen aus Süd und Nord eintrafen, greinende Bettler sich auf den freien Plätzen drängten, Taschendiebe riskierten, daß man ihnen die Hand abschlug, Hunde bei Tag in der Sonne schliefen und nachts in Scharen herumstreunten, um andere Hunde und sogar Menschen zu töten, wenn sie sich nach Einbruch der Dunkelheit zu Fuß aus ihren Behausungen wagten. Auf diesen leeren Hochweiden aber hatte Namu monatelang keine anderen Menschen als ihre Ehemänner zu Gesicht bekommen. Es gab nicht immer genug zu essen, und vor Ngari fürchtete sie sich noch mehr als vor Tjima, doch immerhin war sie am Leben.

Entspannt lag sie da und sah zu, wie ihr Atem bei einer Temperatur unter null Grad in der unbewegten Luft weiß wurde.

Plötzlich gab es ein Geräusch, Kiesel schlugen gegeneinander, und eine männliche Stimme sagte: »Mein Gott! Entschuldigen Sie bitte.«

Holder, der sich im Gehen seinen Tagträumen hingegeben hatte, war ins Englische verfallen.

Namus Dolch lag griffbereit auf einem Felsstein. Sie richtete sich im Wasser auf, und im Nu war der Dolch in ihrer Hand. Sie schwankte, gewann ihr Gleichgewicht wieder und stand ihm nun gegenüber, die Scheide in der linken, den Dolch wie einen Fechtdegen in der rechten Hand, die Spitze auf ihn gerichtet.

Der Mann, ebenso überrascht wie sie, trat einen Schritt zurück, dann noch einen. Er sah sie nicht direkt an, sondern starrte über ihre Schulter hinweg in die Ferne. Doch in seinem Blickfeld hatte er eine große, gutgewachsene Frau, von deren blassem Körper Dampf aufstieg, mit festen Brüsten, flachem Bauch, schmalen Hüften. Ihre Augen spähten rasch nach links und nach rechts, als wolle sie sich vergewissern, daß er allein war. Sie ließ keine Verlegenheit erkennen. Holder war befangener als sie, denn er war in Britisch-Indien aufgewachsen, wo bereits der Anblick eines baumwollbestrumpften Knöchels unter einem langen Rock aufregend erotisch war. Er hatte gehört, daß bei den sommerlichen Picknicks in Lhasa Männer und Frauen im Fluß Kyi nackt zusammen badeten.

»Was sagtet Ihr?« fragte Namu, die höfliche Anredeform gebrauchend.

Holder faßte sich und antwortete jetzt auf tibetisch: »Es tut mir leid, daß ich dich gestört habe, liebe Frau. Der Dampf und die Hoffnung auf ein warmes Bad haben mich hierhergeführt. Entschuldige. Ich gehe wieder. Du wirst deinen Dolch nicht brauchen. Ich tue niemandem etwas Böses an, weder Mensch noch Tier. Ich bin ein einfacher Pilger auf dem Weg in die Heilige Stadt.«

Als er das sagte, flackerten ihre Augen. Sie betrachtete ihn von oben bis unten und zwang ihn, der soeben noch über ihre Schulter hinweg krampfhaft in die Ferne gestarrt hatte, seinen Blick auf ihr Gesicht zu richten. Ihr glänzendes schwarzes Haar war in zwei dicke Zöpfe geflochten, die sie wie einen Kranz um den Kopf gewunden hatte. Ihr Gesicht wurde unterhalb der Stirn und der breiten Wangenpartie schmäler und endete in einem kräftigen Kinn. Mittendrin lagen Mandelaugen, hohe Wangenknochen und eine Adlernase. Eine attraktive eher als eine schöne Frau. Im Haar hatte sie mit Nadeln ein Amulettkästchen befestigt, um sicherzugehen, daß sie es nicht vom Körper verlor, und sie trug es wie eine kleine Krone.

»Du bist wirklich ganz allein?« fragte sie.

»Ganz allein.«

»Mir wird kalt.«

»Dann: Taschidele. Ich muß weiter. Ich wußte nicht, daß du hier bist.«

»Und wenn du es gewußt hättest?« fragte sie schalkhaft. »Wärst du umgekehrt, ohne dich mit mir bekannt zu machen?« Sie ließ sich wieder ins Wasser gleiten, aber den Dolch behielt sie in der Hand.

»Ich bin sicher, du bist kein schlechter Mensch«, fuhr sie fort. »Ein Fremder ist eine Seltenheit in diesen Gegenden, und ich muß dein Erscheinen ausnutzen. Ich möchte von deiner Pilgerreise hören. Komm, leg deine Waffen ab und steig ins Wasser. Da drüben.«

Jetzt sah er ein Stück entfernt, nah der Quelle, ihre große Schaffellschuba und die Schneestiefel, die Holzschale, den Rosenkranz, ein paar silberne Schmuckstücke.

»Hier ist es zu heiß, um gleich hineinzusteigen«, rief sie. »Kriech langsam von drüben hierher. Es ist herrlich angenehm, wenn man hier liegt, und dabei draußen so kalt.«

Etwas machte ihn stutzig.

»Wie heißt du?« fragte sie, als er ihr den Rücken zudrehte und sich auszuziehen begann. »Ich heiße Namu Lhamdiu.«

»Losan Namgyal«, sagte Holder.

Jetzt wußte er, was es war. Ihr Dialekt. Sie sprach ein ganz anderes Tibetisch als die Hochlandnomaden, deren Mundart für ihn schwierig zu verstehen war, sehr ähnlich dem Lhasa-Dialekt, den er von seiner Mutter gelernt hatte. Auch ihre Art war nicht so barsch und geradezu wie die der Nomadenfrauen.

Sich bei dieser Temperatur zu entkleiden war äußerst unangenehm. Er mußte zuerst seine Stiefel ausziehen und dann seine Hosen und auf den glatten, mit einer Eisschicht bedeckten Felssteinen balancieren, während er alle Gegenstände aus der Schuba nahm und sie auf einen Stein packte. Schließlich legte er auch noch die Schuba ab und stand nun nackt da.

Er kroch rückwärts ins Wasser und drehte sich dort auf den Bauch.

»Kriech langsam her zu mir«, rief sie. »Es ist wunderbar hier. So warm. Nun berichte mir von deiner Pilgerreise.«

Holder erzählte ihr seine vorbereitete Geschichte. Er sei in Lhasa geboren, aber er habe lange Zeit im Westen, in Dzonka, gelebt und ziehe nun auf dem schwierigsten Weg nach Lhasa, um sich in den Augen der Götter mehr Verdienste zu erwerben.

Namu lag still da, fuhr mit den Fingernägeln sanft durch ihr Haar und ließ hin und wieder eine Laus ins Wasser fallen, die rasch davontrieb. Sie fragte ihn nicht über seine Familienverhältnisse aus, denn das wäre unhöflich gewesen.

»Du hast eine beschwerliche Reise vor dir, Losan Namgyal«, sagte sie. »Und dir drohen Gefahren auf dem Weg. In der ganzen Gegend hier wimmelt es von Khampas. Du mußt auf der Hut sein, sonst könntest du leicht ausgeraubt oder sogar umgebracht werden.«

»Auf einer solchen Pilgerreise zu sterben ist allein schon eine Bürgschaft dafür, daß man in einer höheren Form wiedergeboren wird«, sagte Holder, aber er war keineswegs so zuversichtlich gestimmt, wie seine Worte glauben machen sollten.

»Es ist gut, sich verdient zu machen«, pflichtete ihm das Mädchen bei, »aber ich für mein Teil habe es nicht eilig, dieses Leben hinter mir zu lassen.«

Holder wechselte das Thema. »Du bist nicht von hier, Namu Lhamdiu. Das höre ich an deiner Sprache.«

Er vermutete, daß sie eine entlaufene Leibeigene aus der ländlichen Umgebung einer Stadt sei.

»Du hast recht. Ich bin nicht von hier. Mein Vater war ein Leibeigener ersten Grades – ein Thralba. Wir hatten fruchtbares Land vom Gutsherrn, und wir waren wohlhabend, bis mein Vater krank wurde. Da konnten wir unsere Ula-Arbeit nicht mehr leisten und auch anderen Verpflichtungen nicht nachkommen, und mein Vater geriet in Schulden, obwohl er ein fleißiger Ackerbauer war. Unser Gutsherr war kein schlechter Mensch, und er war nicht einverstanden, als der Verwalter uns das Land wegnehmen und meinen Vater zum Sklaven machen wollte. Tatsächlich wollte der Verwalter das Land für jemand aus seiner eigenen Familie haben; er war ganz versessen darauf. Es wäre besser gewesen, wir wären alle Sklaven geworden.«

Sie lachte bitter.

»Unser Gutsherr hatte einen großen Heiligenschrein in seinem Haus, und in dem Schrein stand eine goldene Butterlampe. Eines Tages fehlte die Lampe. Natürlich würde kein armer Bauer so etwas stehlen – wie sollte er das denn verkaufen? Aber sie durchsuchten jedes Haus. Der Verwalter fand die Lampe in unserem Tsambasack. Er mußte sie dort versteckt haben.

Sie brachten uns vor den Richter und schlugen uns, damit wir gestehen sollten. Um uns zu retten, gestand mein Vater, er hätte die Lampe gestohlen. Der Richter war ein Beamter fünften Grades, und der Gutsherr war gerade in Lhasa. Der Verwalter und der Richter waren Freunde. Es war hoffnungslos für uns.«

Namu drehte sich auf den Bauch, starrte an ihm vorbei und fuhr leise fort: »Sie schleppten uns auf den Marktplatz. Mein Vater mußte zusehen, wie meine Mutter und ich ausgepeitscht wurden. Dann töteten sie ihn. Sie schlugen ihm beide Hände ab, als Warnung für Diebe, tauchten die Stümpfe in heißes Fett, damit sie aufhörten zu bluten, nähten ihn in eine nasse Yakhaut ein und legten ihn in die Sonne. Als die Haut trocknete, schrie er, und Blut kam aus seinem Mund. Zu guter Letzt warfen sie ihn von einem Felsen hinunter in den Fluß.«

Das Mädchen hörte auf zu sprechen. Sie weinte. Holder wartete, und langsam faßte sie sich wieder.

»Und deine Mutter und du?«

»Sie machten uns zu Sklaven – Langtsan –, aber wir liefen fort. Wir dachten, wenn wir nach Lhasa gelangen könnten, würden wir dort vielleicht Arbeit im Haus eines reichen Mannes finden. Aber meine Mutter konnte sich nicht mehr von der Auspeitschung erholen. Sie war zu schwach, und das Grasland war zu beschwerlich für sie. Sie zitterte ständig und hustete. Nachts schreckte sie aus dem Schlaf hoch und schrie nach meinem Vater, wie sie es auf dem Marktplatz getan hatte. Nach ein paar Tagen starb sie. Der Tod war wirklich eine Gnade für sie. Sie starb in einer kleinen Höhle, und ich verrammelte den Eingang mit großen Steinen, damit sie eine Erdbeisetzung bekam, auf daß ihre Seele den Körper verlassen und sich einen neuen suchen könnte. Aber mein Vater...«

Nach einer Pause setzte sie hinzu: »Ihn haben sie auch in seinem künftigen Leben bestraft. Das ist furchtbar.«

Holder nickte, obwohl ihm nicht klar war, was sie mit dieser letzten Bemerkung meinte. Es gab nichts zu sagen.

Namu drehte sich wieder im Wasser herum und wechselte das Thema.

»Ich bin nicht gastfreundlich. Du mußt hungrig und durstig sein, und ich schwatze hier in einem fort. Unser Zelt liegt unterhalb dieses steilen Berges, und es dauert eine ganze Weile, bis wir dort sind. Wir besitzen sehr wenig, aber dieses Wenige teilen wir gern mit einem Pilger. Wer weiß? Vielleicht haben meine Ehemänner etwas zum Abendessen geschossen.«

»Und eine Sünde begangen.«

»Kommt der Arme darum herum, Sünden zu begehen? Aber du brauchst dich nicht zu fürchten. Töten ist Sünde, Essen nicht. Die Mönche essen alle Fleisch, und die können nicht sündigen.«

Sie lachte.

»Ich wäre froh, wenn meine Männer etwas mehr sündigen

würden, aber ihre Gewehre taugen nicht viel, und Pfeile sind teuer. Letztes Mal hat Tjima, mein ältester Gatte, ein Stück Wild mit zwei Pfeilen getroffen, aber es lief weg, und die Pfeile waren verloren. Jetzt haben er und Dagzel, der zweite Bruder, nur noch vier Pfeile übrig, deshalb müssen sie mit Gewehren jagen. Manchmal fange ich Murmeltiere, die sind sehr schmackhaft. Es ist wohl besser, wir gehen jetzt.«

Sie glitt langsam an Holder vorbei durch das Wasser, sich leicht mit den Fingerspitzen vom Boden abstoßend, bis zu der Stelle, wo ihre Kleider lagen. Nasse Haut blitzte kurz auf, und einen Augenblick später schlang sie den Seilgürtel um ihre Schuba und schlug das kalte Schafsfell um sich, um es warm zu machen. »Das ist das Unangenehmste«, sagte sie, vor Kälte bebend, setzte sich hin und zog die zerrissenen Kniestiefel an. »Beeil dich.«

Holder drehte ihr den Rücken zu, während er sich ankleidete. Bei ihm dauerte es länger. Die Frauen und die meisten Männer waren unter ihren Schubas nackt, aber er trug Hosen und ein Hemd darunter und zitterte am ganzen Leibe, bis er beides anhatte.

Das Mädchen betrachtete interessiert seine Besitztümer, vor allem seine Börse, die er in seiner Verwirrung und Verlegenheit vorhin hatte offen liegenlassen.

»Da drüben ist der Weg«, sagte sie und winkte auf tibetische Art leicht mit der ganzen Hand, da es unhöflich gewesen wäre, mit einem Finger zu zeigen. Sie ging einen Schritt vor ihm, und in dem sachten Wind konnte er die ranzige Butter in ihrem Haar riechen und den halb tierischen, halb menschlichen Geruch des langen Schaffellmantels, der bis auf den Boden reichte und ihrem anmutigen Gang etwas Würdevolles gab. Sie war fast so groß wie er. Im Gehen drehte er seine Gebetsmühle, um seine Pilgerrolle möglichst echt zu spielen.

»Und was wurde aus dir nach dem Tod deiner Mutter? Oder vielleicht willst du mir das nicht erzählen«, sagte er.

»Es gibt wenig genug zu erzählen, das irgendwen interessieren könnte.«

»Mich interessiert es.«

»Nun, ich bestattete meine Mutter, und dann wußte ich nicht, was ich beginnen sollte. Ich besaß kein Geld und nur ein paar Handvoll Tsamba und diese Kleider hier. Nach einigen Tagen war ich hungrig und halb erfroren, und mir war klar, daß ich bald sterben würde. Ich lief immer weiter, denn hätte ich haltgemacht, hätte es so ausgesehen, als wartete ich nur auf den Tod, und wenn ich weiterlief, mußte der Tod schneller kommen. Dann gelangte ich zu einem Berg, an dessen Fuß sich eine kleine Ebene erstreckte, und auf der Ebene stand ein Zelt. Ich blieb in Deckung und beobachtete das Zelt lange. Es wohnten drei Männer darin, aber keine Frau. Sie hatten zwei Yaks und einige wenige Schafe. Es ist ziemlich egal, ob man auf diese oder jene Weise stirbt. Natürlich war es ein Wagnis, hinunterzugehen, aber weiterzugehen bedeutete den sicheren Tod. Also nahm ich das Wagnis auf mich.«

Sie streichelte das Messer, das in einer hölzernen Scheide an ihrem Gürtel hing.

»Ich steckte das hier in den Ärmel und stieg hinunter. Sie sprachen wenig, aber das ist oft so bei den Leuten in den Hochsteppen. Sie gaben mir zu essen, ließen mich in ihrem Zelt schlafen und fragten mich nicht aus. Ich erzählte ihnen, ich hätte keinen Herrn, stünde allein auf der Welt und besäße keinen Tranka. Am nächsten Tag molk ich die Yaks und kochte. Ich blieb noch eine Nacht da; dann mußte ich überlegen, was ich tun sollte. Mein Magen war gefüllt, aber fortzugehen bedeutete einen Sprung ins Dunkel. Ich konnte jedoch nicht bleiben. Also fragte ich den ältesten der Brüder, Tjima, welches der Weg nach Lhasa sei.«

»Und er fragte dich, ob du ihn heiraten wolltest.«

Sie nickte.

»Und du nahmst seinen Antrag an.«

Sie nickte wiederum und setzte nachdenklich hinzu: »Das war die einzige Möglichkeit.«

Holder verschluckte die Fragen, die er hatte stellen wollen, und wartete, daß sie weitersprach.

»Ich fragte sie nach ihrer Familie. Tjima sagte, ihr Vater sei tot und ihre Mutter so hinfällig geworden, daß sie sie mit etwas getrocknetem Käse in den Bergen zurücklassen mußten.«

»Um dort zu sterben?« fragte Holder entsetzt.

Namu sah ihn verwundert von der Seite an. »Ja.«

»Aber sie hatten nicht geheiratet?«

»Nein. Sie waren zu arm. Doch ich war ja auch arm. Tjima sagte, wenn ich als ihre Frau bleiben wolle, sei ich willkommen.«

»Und sie sind drei Brüder?«

»Ja. Ich habe sie noch einmal deswegen gefragt, um ganz sicherzugehen. Ich wollte nicht mit drei Männern verschiedenen Blutes zusammen leben; das wäre sehr anstößig.«

»Und keiner der Brüder ging ins Kloster?«

»Tjima sagte, sie hätten den jüngsten geschickt, aber er sei gestorben, als die anderen bereits zu alt gewesen seien, um einzutreten.«

»Es war eine glückliche Fügung für dich«, sagte Holder.

Sie erwiderte nichts.

Nach einer Weile fragte sie ihn: »Wie kommt es, daß du auf diesem Weg nach Lhasa ziehst? Das ist sonderbar.«

Holder sagte: »Ich bin ein kleiner Kaufmann. Ich wurde in Lhasa geboren, als einziges Kind meiner Eltern, und meine Mutter wollte mich ins Kloster geben, aber mein Vater war dagegen. Er und ich gingen fort aus Lhasa, nach Dzonka, und als ich heranwuchs, lernte ich die Künste und Kniffe des Kaufens und Verkaufens. Als mein Vater starb, führte ich seinen Handel weiter. Einmal, als ich mit einer Karawane unterwegs war, hatte ich einen Traum; mir erschien eine Gestalt, die mir riet, einen bestimmten Saumpfad zu meiden. Der Eindruck war so stark, daß ich die Karawane verließ und auf einem viel längeren Weg weiterzog. Die Leute, die auf jenem Saumpfad geblieben waren, wurden von Banditen überfallen und allesamt umgebracht. Ich ging zum Dzonka Gompa, überreichte Geschenke und bezeigte meinen Dank. Der Abt befahl mir, auf diesem schwierigen Weg zur Heiligen

Stadt zu pilgern und dort einen Monat lang jeden Tag den Lingkhor-Kreis zu laufen.«

Das Mädchen sah ihn groß an. »Und du fürchtest dich nicht vor Khampas?«

»Ich fürchte alles im Hochland, einschließlich der Khampas, aber mein Guru sagte, mein Traum beweise, daß ich beschützt würde, und jeder, der mir etwas antäte, würde mehrere Leben hindurch ein schreckliches Schicksal haben.«

»Banditen kümmern sich nicht groß um ihre künftigen Leben, weißt du.«

»Aber ich bin ein armer Pilger. Was wäre bei mir schon zu holen?«

»Dein Schwert, deine Kleider, das Geld, das du vielleicht bei dir trägst. Deine Gebetsmühle würde ihnen einen Silberping einbringen.«

Der Weg war an dieser Stelle schlecht zu gehen und steinig. Namu schritt behende von Stein zu Stein, ein Tempo anschlagend, bei dem Holder nur mühsam mithalten konnte. Sie gelangten zu einem niedrigen Paß und blickten auf der anderen Seite zu einer kleinen, grasbedeckten Schwemmlandebene hinunter.

Vor dem staubgeladenen Wind durch die Bergkette geschützt, erhob sich am nördlichen Rand ein schwarzes Zelt. Hier und da verstreut grasten einige Schafe, zwei Yaks und drei Pferde, denen man die Vorderbeine gefesselt hatte. Drei Männer standen zusammen; also waren die beiden älteren Brüder von der Jagd zurück.

»Ich sage ihnen Bescheid«, rief Namu.

Leichtfüßig lief sie den steinigen Weg hinunter und über das Gras.

Ein Hund löste sich von seinen Herren und raste bellend dem Mädchen entgegen. Es war nicht der übliche Bullenbeißer, sondern ein häßlicher, spärlich behaarter Köter, der zu hinken schien, dabei aber äußerst schnell und stark war. Einer der Männer ging ins Zelt und kam mit einer langen Muskete und einer Gewehrauflage wieder heraus.

Namu eilte zu ihnen und begann auf sie einzureden. Sie

zeigte zu Holder hinüber. Der Hund näherte sich ihm argwöhnisch, machte jedoch keine Anstalten, ihn anzugreifen, als er, unablässig seine Gebetsmühle drehend, auf das Zelt zuschritt.

Obwohl die Männer nur mittelgroß waren, wirkten sie in ihren dicken, roh gegerbten, mit Seilen gegürteten Schaffellschubas riesenhaft und unförmig. Der Mann mit dem Gewehr, Tjima, war offensichtlich der älteste. Ein rundes Gesicht, schwere Augenlider im Verein mit dicken Lippen betonten noch seine Vierschrötigkeit. Sein Filzhut, der längst jede Form verloren hatte, war mit schmutzigem geflochtenem Haar unter seinem Kinn festgebunden. Seine Haut war rotbraun gebrannt und glänzte vor Hammelfett oder Butter.

Die beiden anderen Männer sahen weder ihm noch einander ähnlich. Der Holder Zunächststehende – Dagzel hatte ihn Namu genannt – starrte ihn aus zusammengekniffenen Augen an. Er war größer und ansehnlicher als Tjima, wirkte aber genauso vierschrötig und blickte ebenso finster drein. Er trug, ungewöhnlich für einen Hochlandbewohner, nicht die üblichen selbstgefertigten Kniestiefel mit den wie Schiffsschnäbel hochgebogenen Spitzen, sondern lederne »Handels«stiefel. Der andere, der anscheinend noch keine zwanzig war, kicherte einfältig, als Holder näher kam. Namu, die hinter den Männern stand, machte ein verlegenes Gesicht.

Die Männer waren Holder nicht geheuer. Mit keiner Geste hießen sie ihn willkommen, wie es Wongdiu und Galei in ihrem Lager getan hatten. Das Schweigen wurde beunruhigend, bedrohlich.

Er wäre am liebsten weitergegangen und hätte diese wenig vertrauenerweckenden ungastlichen Leute sogleich wieder verlassen, aber es war spät, und er verspürte keine Lust, so kurz vor Anbruch der Dunkelheit aufzubrechen, zumal erste Anzeichen darauf hindeuteten, daß sich bald ein Sturm erheben würde. Und falls sie böse Absichten hatten, würde ihr Hund sie zu jeder Stelle führen, die er sich zum Schlafplatz wählen mochte, und zu so später Stunde konnte dieser Schlafplatz nicht weit entfernt sein.

Jemand mußte das Eis brechen.

»Taschidele«, sagte er lächelnd, nannte seinen Namen und erzählte ihnen seine Geschichte von der Pilgerreise nach Lhasa. Würden sie ihm erlauben, diese Nacht in ihrem Zelt zu schlafen, und ihm etwas zu essen geben? Natürlich war er bereit, dafür zu bezahlen. Gleich nachdem er das gesagt hatte, wurde ihm klar, daß er einen schwerwiegenden Fehler gemacht hatte. Reisende zahlten in der Regel nichts für gastliche Aufnahme unter solchen Bedingungen, am allerwenigsten Pilger.

»Wieviel?« fragte Tjima barsch.

Seine Mundart war entschieden nicht die der Nomaden in dieser Gegend, aber es war auch nicht die Sprache eines Mannes aus der Stadt.

Plötzlich kam Holder die Erleuchtung. Diese Männer waren Khampas.

Er versuchte Namus Blick aufzufangen, aber sie vermied es sorgfältig, ihn anzusehen.

»Ein Anna«, sagte Holder.

»Silber?«

»Zwei Annas. Zwei Annas«, leierte der jüngste Bruder, kicherte und schlug sich mit den Händen auf die Schenkel. Anscheinend war er schwachsinnig.

»Halt den Mund, Ngari«, sagte Tjima und versetzte ihm einen Schlag auf den Kopf. »Aber trotzdem wären zwei Annas besser. Abgemacht?«

Holder nickte.

Tjima streckte eine kurze, dicke Hand aus, in die sich der Schmutz von Jahren eingefressen hatte.

Holder wurde plötzlich bewußt, daß er keine losen Geldstücke griffbereit hatte und daß es gefährlich wäre, seine Börse hervorzuziehen – er, ein einfacher Pilger!

Er beschloß, die Sache mit Dreistigkeit durchzufechten. Auf Tjimas Hand und dann in seine Augen blickend, sagte er: »Wenn ich nicht auf einer Pilgerreise wäre, würde ich solch eine Beleidigung meiner Ehre nicht hinnehmen. Ich werde meine Gastgeberin beim Aufbruch bezahlen, da ihr Bezahlung verlangt. Wenn euch das nicht paßt, dann sagt es gleich, und ich gehe meiner Wege.«

Er drehte seine Gebetsmühle und wandte sich zum Gehen. Dagzel trat einen Schritt vor.

»Tjima wollte dich nicht beleidigen. Wir sind ungebildete Leute, nicht in der Stadt aufgewachsen. Du kannst bleiben.«

Holder erwiderte, da es nicht in ihrer Absicht gelegen hätte, ihn zu beleidigen, nehme er ihre Gastfreundschaft mit Freude an, und er tat, als bemerkte er ihre finsteren Blicke nicht. Am beunruhigendsten war für ihn, daß Namu seinem Blick beharrlich auswich. Dies verriet ihm eindeutiger als alles andere, daß etwas im Gange war, etwas für ihn Tödliches, und daß sie die Komplizin ihrer Ehemänner war.

Dagzel ging zu den Schafen und wählte eins zum Schlachten aus. Offensichtlich hatten die Brüder bei der Jagd kein Glück gehabt. Die Zubereitung des Essens würde einige Zeit dauern, und Holder sagte, bis sie ihn riefen, wolle er in Einsamkeit meditieren und Manis für sie beten.

Als er ein Stück entfernt war, zog er seinen kleinen Taschenspiegel hervor und sah darin, wie sie miteinander redeten und gestikulierten. Er hörte Ngaris irres Lachen und sah, wie er sich aufgeregt auf die Schenkel schlug.

Holder verschwand hinter einem Felsen und korrigierte seinen Fehler mit dem Geld. Dann zog er seine Pistolen aus den Ärmeln, prüfte sie sorgfältig, nahm die Patronen heraus und kontrollierte den Mechanismus. Es waren Hinterlader mit kurzen Läufen, einer über dem anderen, jeder mit einem extra Abzug, und die aus ihnen abgefeuerten Mantelgeschosse mit weicher Spitze würden jeden Körper zerfetzen, aber er hoffte, er würde diese Waffen nicht brauchen.

Es blieb ihm nichts anderes übrig, als langsam im Uhrzeigersinn rings um die kleine Ebene zu gehen, seine Gebetsmühle zu drehen und so zu tun, als gebe er sich seinen Meditationen hin.

Als sie ihn schließlich riefen, war es nahezu dunkel. Ihre kümmerliche Handvoll Tiere hatten sie bereits in der Nähe des Zelts mit einem langen Seil festgebunden. Obwohl niemand außer dem schwachsinnigen Jungen wirklich lächelte, versuchten sie doch offensichtlich, den schlechten Eindruck zu verwischen, den sie auf Holder gemacht hatten, denn Tjima winkte ihn zum Ehrenplatz, und sie holten sogar etwas Arok herbei.

Die Sitte verlangte, daß der Gast als erster trank, aber Holder sagte sich, das sei angesichts des ringsum wachsenden Eisenhuts zu gefährlich. Er entschuldigte sich mit den Worten, er sei zwar für gewöhnlich dem Alkohol nicht abgeneigt, habe aber geschworen, während seiner Pilgerreise keinen zu sich zu nehmen. Als er sah, wie die anderen aus der gemeinsamen Flasche tranken, bedauerte er sich ein wenig.

Von dem gekochten Hammelfleisch, das aus dem gemeinsamen Topf in die Schüsseln verteilt wurde, die jeder in seiner Schuba bei sich trug, konnte keine Gefahr drohen. Er war hungrig, aber die düstere Verbindung zwischen dem geschlachteten Schaf und ihm selber raubte ihm den Appetit. Alle anderen langten herzhaft zu und schauten rasch fort, wenn er in ihre Augen blicken wollte, die über einen Knochen hinweg auf ihn gerichtet waren, kohlschwarz funkelnd im fahlblauen Licht des Yakmistfeuers. Sie aßen schweigend, nur hin und wieder murmelte der eine oder andere: »Gutes Fleisch.«

Danach legten sie sich schlafen. Holder zog seine Schuba nicht aus. Er lag da, das kurze Schwert dicht am Körper und den Beutel unter dem Nacken. Auch die Stiefel behielt er diesmal an. Er nahm sich vor, auf alle Fälle wach zu bleiben und auf der Hut zu sein.

Seine Gastgeber schienen sogleich fest eingeschlafen zu sein. Trotz des harten Bodens und seiner Ängste hatte Holder Mühe, gegen die Müdigkeit anzukämpfen, und er schreckte immer wieder aus einer Art Halbschlaf hoch. Er legte sein Schwert unter sich, um noch unbequemer zu liegen.

Ein fahlblauer Schimmer hing über dem Yakmistfeuer, fast unsichtbar in der sauerstoffarmen Luft, kaum mehr als eine etwas hellere Schattierung der übrigen Dunkelheit. Draußen bewegten sich die Tiere, grasend und schnaubend. Es knisterte, wenn ihre Hufe auf das gefrorene Gras traten. Seine vier Schlafgefährten lagen reglos da, dunkler als die Dunkelheit. Die Stille war unheimlich, aber sie wirkte einschläfernd, den Läusen und Wanzen zum Trotz.

Holder versank in tiefen Schlummer und erwachte auch nicht, als die anderen sich noch vor dem ersten Frühlicht erhoben. Als er die Augen aufschlug, war die Morgendämmerung schon ganz nahe, und er konnte sehen, daß das Zelt leer war. Er stand auf, entsicherte eine seiner Pistolen und verbarg sie in der Schuba, wo er sie mit der linken Hand fassen konnte, so daß die rechte für sein Schwert frei blieb.

Wenn sie ihn umbringen wollten, bestand wenig Aussicht, daß er mit dem Leben davonkam. Er hatte Angst. Wie hatte Namu gesagt? »Es ist ziemlich gleich, ob man auf diese oder jene Weise stirbt.« Nein, nicht völlig gleich. Es war ein Unterschied, ob man sich ohne Gegenwehr abschlachten ließ oder die Mörder mit Blut und vielleicht noch mit mehr bezahlen ließ. Er vergewisserte sich, daß sein Schwert griffbereit war und locker in der Scheide hing; dann trat er aus dem Zelt in eine strahlendweiße Welt hinaus.

Dichter, schimmernder Rauhreif bedeckte das Gras und die Tiere, deren Atem weiß in der Luft stand. Die Wolken verbargen die Berge ringsum, berührten fast die Ebene.

Dagzel und Namu standen ein Stück entfernt und schauten nach Westen. Er blickte ebenfalls in diese Richtung. Die beiden anderen Brüder, Tjima und der schwachsinnige Ngari, waren kaum mehr auszumachen, ebenso der frei laufende Hund.

So weit, so gut. Jetzt war nur noch einer übrig. Holder begrüßte Dagzel mit einem »Taschidele«, das dieser mürrisch erwiderte; dann wandte er sich zum Zelt und winkte Namu, ihm zu folgen.

»Essen«, knurrte er und machte die entsprechende Bewegung, indem er die rechte Hand mit aneinandergelegten Fingerspitzen zum Munde führte.

Ein Teetopf mit langem Hals dampfte auf dem Herd. Namu nahm ihn hoch und schwenkte ihn, um den Tee mit der Butter zu vermischen. Sie ging auf Holder zu, aber sie vermied es, ihm in die Augen zu sehen. Er holte die Birkenholzschale aus seiner Schuba hervor und streckte sie ihr höflich mit beiden Händen entgegen. Nachdem sie sie gefüllt hatte, füllte sie Dagzels Schale und ihre eigene. Holder wartete, bis Dagzel getrunken hatte, bevor er selber trank. Gift war das Nächstliegende. Mit derselben Vorsicht wählte er ein Stück Fleisch von der anderen Seite der Schüssel und wartete, bis die beiden zu essen begannen.

Es war das Hammelfleisch vom vorigen Abend, am Feuer gewärmt und sehr schmackhaft. Er spülte es mit dem heißen Buttertee hinunter, von dem er zuvor die Haut aus ranzigem Fett hinunterblies. Holder wußte inzwischen die belebende Wirkung dieser dicken, salzigen Brühe zu schätzen, seine Spannung ließ allmählich nach, und er begann seine Lage optimistischer zu beurteilen. Sicherlich waren die Männer nur einfach mürrisch, nicht an Fremde gewöhnt, und Namu war durch ihre Gegenwart eingeschüchtert.

Nachdem er ausgiebig gegessen und getrunken hatte, erhob er sich und sagte: »Ich danke euch von ganzem Herzen für eure Gastfreundschaft. Ich breche jetzt auf. Aber zuerst natürlich . . .«

Er fuhr mit der Hand in die Schuba, dorthin, wo er ein Zwei-Anna-Stück versteckt hatte, und hielt ihnen das winzige Silberstück auf den Fingern seiner linken Hand entgegen, wobei er die Fingerspitzen der Rechten höflich unter den Ellbogen legte.

»Zwei Annas«, sagte er.

Dagzels Hand schoß vor und ergriff das Geldstück. Die Sitte verlangte, daß die Frau des Hauses es in Empfang nahm.

Holder zuckte die Achseln, und sie verließen das Zelt.

Dagzel ging zu seinem Pferd und führte es am Zügel zurück. Im Westen war jetzt von den beiden anderen nichts mehr zu sehen.

»Du wanderst nach Norden«, sagte Dagzel. »Der Weg ist

schwierig zu gehen. Du kannst ein Stück auf meinem Pferd reiten, und ich reite dann auf ihm zurück. Dieser Dienst ist mit den zwei Annas bezahlt.«

Die lange Rede, die so wenig zu dem Mann paßte wie sein Angebot, wirkte einstudiert. Holders Befürchtungen erwachten von neuem.

Er blickte an Dagzel vorbei auf Namu. Sie kniff die Augen zusammen, spitzte den Mund, schüttelte warnend leicht den Kopf und legte ihn in den Nacken, um ihm zu bedeuten, daß er denselben Weg zurückgehen solle, auf dem er gekommen war, an der heißen Quelle vorbei. Es war verwirrend, aber instinktiv hätte er das ohnehin getan.

Jetzt, da die Sonne aufgegangen war und die Wolken verschwunden waren, begriff er, daß die beiden anderen Männer hinter den Bergen umkehren und ihm den Weg abschneiden konnten und daß Dagzel gemeinsame Sache mit ihnen machen würde. Auf welcher Seite aber stand Namu?

Er wandte sich an Dagzel. »Das ist sehr entgegenkommend von dir, aber ich kann soviel Gastfreundschaft nicht annehmen. Es wäre unsinnig, dir diese Mühe zu machen.«

»Ach, das tut nichts«, knurrte Dagzel. »Los, wir brechen jetzt auf.«

Holder schüttelte den Kopf.

»Ich hatte ohnehin beschlossen, den Weg zurückzugehen, auf dem ich gekommen bin. Wie du sagst, ist der andere Weg nicht leicht zu gehen, und dieser hier bietet keine Schwierigkeiten. Du brauchst also deine Zeit nicht zu verschwenden. Ich danke dir zehntausendmal für deine Freundlichkeit und werde zehnmal hundertacht Manis für dich und die Deinen sprechen.«

Dagzel stand zwischen Holder und dem in südlicher Richtung verlaufenden Pfad, und als Holder an ihm vorbeigehen wollte, pflanzte er sich drohend vor ihm auf.

»Dort lang«, sagte er, mit der Hand zeigend.

Nun war alles klar. Einen Augenblick standen die beiden Männer da und starrten einander an. Keiner von beiden wußte, was er nun tun sollte.

Dagzels Waffe war eine Luntenmuskete und im Ernstfall ganz nutzlos.

»Dort lang«, wiederholte er laut und ließ den Zügel seines Pferdes fallen. Mit einem kratzenden metallischen Geräusch fuhr sein Schwert aus der Scheide. Er richtete die Spitze auf Holders Kehle.

»Es sei, wie du es willst«, sagte Holder wie ein besiegter Gegner und drehte sich um. Er griff in seine Schuba und wollte die Pistole fassen, aber da schrie Dagzel ihn an, er solle seine Hände so halten, daß man sie sehen könne. Die Pistole rutschte ihm weg, außer Reichweite, und als er sich jetzt umdrehte, sah er Dagzel auf sich zukommen, beide Hände über dem Kopf erhoben, im Begriff, ihm mit dem Schwert den Schädel zu spalten.

In diesem Augenblick stürzte sich Namu mit einem Hechtsprung auf den vierschrötigen Mann und warf ihre Arme um seinen Hals. Die Wucht des Anpralls ließ ihn taumeln, das Schwert entglitt seiner Hand und traf Holder mit der Breitseite.

Auch zwei Namus hätten gegen Dagzel wenig auszurichten vermocht, und er drehte sich sofort in ihren Armen und packte sie mit zermalmender Kraft. Keuchend setzte sie sich zur Wehr, umklammerte seine Beine mit ihren Beinen und schrie: »Schnell! Schnell!«

Holder, noch halb betäubt, hob das Schwert auf und stieß es mit aller Kraft in den Rücken des Hirten. Der Stoß wurde von dem dicken Schaffell aufgefangen.

Dagzel hatte die Hände um den Hals des Mädchens gelegt und würgte sie. Ihr Gesicht färbte sich dunkelrot. Sie trat ihn in den Bauch, und beide fielen zu Boden.

Dagzels Kehle war der einzige entblößte Teil seines Körpers. Holder, gegen seinen Ekel ankämpfend, stieß das Schwert in die Höhlung über Dagzels Schlüsselbein und stützte sich mit aller Kraft darauf. Er schloß die Augen, als es langsam bis zum Heft eindrang. Dagzels Hände ließen Namus Hals los, und das Mädchen fiel auf Holders Handgelenke. Der Körper des Hirten zuckte wild hin und her. Im

Nu hatte Namu ihr Messer in der Hand, stieß es dem keuchenden Mann in den Nacken und schlitzte die Halsader auf. Das Blut schoß in einer Fontäne hoch und wurde schließlich zu einem dünnen Rinnsal, während Dagzels Bewegungen immer schwächer wurden und am Ende in einem Zittern hie und da verebbten.

Namu stand schwer atmend da und rieb sich mit der freien Hand die Kehle. Ihre Schuba war mit Blut bespritzt.

Holder wandte sich ab und übergab sich. Kalter Schweiß bedeckte seine Stirn. Es war unglaublich. Er hatte einen Mann getötet. Er hatte gespürt, wie die Klinge auf den Knochen traf, und gesehen, wie der Mann sich krümmte. Als er sich umsah, war Namu verschwunden. Er ging weiter, den Blick starr auf den Toten geheftet, wie gebannt von dessen plötzlicher Verwandlung.

Namu trat aus dem Zelt. Sie trug den Messingteekessel, eine lange Schnur, auf der Stücken getrockneter Käse aufgezogen waren, den Rest des Ziegeltees und eine Tafel Butter in einer Schafblase.

Holder sah sie apathisch an.

»Komm«, sagte sie scharf. »Nimm dich zusammen. Wir müssen uns beeilen, bevor die beiden anderen zurückkommen.«

Er riß die Augen auf.

»Wir?«

»Ja, wir.« Ihr Blick blieb kühl. »Du wirst mich nach Lhasa mitnehmen. Du hast Geld.«

»Das ist unmöglich.« Holder dachte an all das, was die Briten von ihm erwarteten.

Sie trat dicht an ihn heran, erregt. »Du wirst mich mit nach Lhasa nehmen. Ich habe dir das Leben gerettet, und ich verlange es. Versprich es mir!«

»Wir vergeuden Zeit«, sagte er. »Brechen wir auf, und reden wir später darüber.« Er wandte sich zum Gehen.

Sie versperrte ihm den Weg.

»Nein.« Wieder zog sie ihr Messer. »Ich will, daß du es mir jetzt versprichst. Jetzt, beim Gjalwa Rimpotsche.«

»Und wenn ich es nicht tue?«

»Sei kein Narr. Dann erzähle ich ihnen, daß du ihn getötet hast. Du brauchst meine Hilfe in jedem Fall. Im Tiefland kämst du mit deiner albernen Pilgergeschichte nicht weit.«

Er starrte sie an.

»Was willst du damit sagen?«

»Jetzt bist du es, der Zeit vergeudet. Unsere Aussichten, davonzukommen, sind schlecht genug. Sie haben einen Hund. Versprich es mir.«

»Ich verspreche es.«

»Beim Großen Fünften?«

»Beim Großen Fünften.«

»Daß wir zusammen nach Lhasa gehen. Sag es.«

»Daß wir zusammen nach Lhasa gehen.« Er blickte prüfend nach Westen und Norden zu den Bergen hinüber. »Wir sollten uns beeilen.«

Kleine glucksende Geräusche von sich gebend, ging Namu zu dem Pferd und kam mit ihm zurück. Holder hielt den Zügel, während sie die Vorräte hinter dem primitiven Sattel auflud und festband.

»Die Stute kann auch noch ein Lamm für uns tragen«, sagte sie und lief zu den Schafen hin. Einen Augenblick später lag ein junges Lamm zuckend im Gras. Sie wischte das Messer an seinem Fell ab und warf es über den Widerrist des Pferdes.

So begannen sie den Aufstieg zu dem niedrigen Paß, der zu der heißen Quelle und zu Wongdius Lager führte.

Namu ging voran, das Pferd am Zügel führend. Holder betrachtete sie von hinten und fragte sich, welche Beweggründe sie für ihr Verhalten haben mochte. Bei den Ereignissen des heutigen Tages hatte sie eine überraschende Rolle gespielt. Wenn sie ihn in das Lager der drei Brüder, ihrer Gatten, gelockt hatte, damit diese ihn ausrauben konnten, warum hatte sie dann plötzlich die Partei gewechselt und ihr Leben gewagt, um seins zu retten? Was ihn mit Entsetzen erfüllte, war die Art, wie sie dem Mann, dessen Ehefrau sie gewesen war, die Kehle durchgeschnitten hatte. Wie hieß es bei Kipling? »Denn in dieser Gattung ist sie weit gefährlicher als er.« Unsinn. Dagzel war äußerst gefährlich gewesen, und sie hatte allenfalls in Notwehr gehandelt. Aber sie hätte ja überhaupt nicht einzugreifen brauchen. Dabei war sie keineswegs eine brutale Frau. Besser, sie auf seiner Seite zu haben.

Das Pferd hatte seine eigene Gangart. Sowohl er wie sie hätten schneller gehen können.

»Die Stute will nicht geführt werden«, sagte Namu. »Einer von uns muß vorausreiten. Nach einer Weile bindet er das Pferd irgendwo an und geht zu Fuß weiter, und der andere reitet dann die nächste Strecke. Und so fort.«

Holders Argwohn erwachte erneut. »Nein, wir bleiben besser zusammen.«

Sie seufzte, widersprach aber nicht, und sie zogen weiter.

Holder trat hinter einen Felsstein, um sein Bedürfnis zu verrichten. Da hörte er Schiefer unter den Hufen des Pferdes prasseln, und als er wieder hervorkam, war sie auf dem Pferd fort. Sie verschwand über einen Bergkamm, und Holder folgte ihr so schnell, wie es in dieser Höhe möglich war.

Die nepalesischen Kaufleute, Namu, die drei Brüder und nun wieder Namu. In diesen Gegenden war das Leben für Einfaltspinsel schwer und kurz. Er überlegte, was er hätte tun können. Er hätte Namu binden und knebeln sollen, sie und Dagzel in das Zelt schleifen, still warten und die beiden anderen Khampas mit seinen Pistolen zur Strecke bringen. Das alles hätte durchaus im Bereich des Möglichen gelegen. Aber nicht für ihn. Er hätte in Dajeeling bleiben und sich mit seiner niedrigen sozialen Stellung im Leben abfinden sollen. Jetzt war er in einer Wildnis allein auf sich gestellt, hatte zwei berittene Männer gegen sich und einen Hund, der ihn aufspüren konnte. Sich in einer Höhle zu verstecken bedeutete nur die Verlängerung der Todesangst.

Getrieben von der Furcht vor Tjima und seinem schwachsinnigen Bruder, stolperte Holder halb gehend, halb rennend weiter. Er schwitzte so, daß er die Schuba zurückwerfen und eine Schulter entblößen mußte.

Auf dem Bergkamm angelangt, sah er sich um. Keine Spur

von den beiden Khampas. Der Weg führte jetzt etwa eine Meile abwärts, und dann kam ein neuer Berg. Wenn nur der Hund nicht gewesen wäre!

Als er den niedrigen Paß erreicht hatte, blickte er noch einmal hinter sich, aber immer noch war von den Brüdern nichts zu sehen. Er kroch geduckt über den Kamm, um sich nicht gegen den Himmel abzuzeichnen, und da stand das Pferd, an einem Felsstein festgebunden. In weiter Ferne entdeckte er einen kleinen, sich bewegenden Punkt. Namu!

Als er sie einholte, hatte er genügend Zeit zum Nachdenken gehabt. Sie drehte sich zu ihm um und schaute ihn an.

»Traust du mir jetzt?« fragte sie.

»Es tut mir leid, Namu.«

»Gut«, sagte sie. »Bald wirst du verstehen, warum du mich mehr brauchst, als ich dich brauche. Steig jetzt auf und reite weiter. Aber nur ein oder zwei Li. Falls sie uns einholen, ist es besser, wenn wir zu zweit sind.«

»Und sie werden uns einholen.«

Sie zuckte die Achseln. »Wenn wir bis zum Einbruch der Dunkelheit einen guten Vorsprung halten können, haben wir eine Chance. Jeder verlorene Augenblick ist gefährlich. Reit los, Losan.«

So zogen sie weiter. Die Sonne überschritt den Zenit. Sie tranken Wasser aus Flüssen, aßen getrockneten Käse, unterbrachen aber niemals ihren Aufstieg in die Berge. Jetzt zeichnete sich die Schneegrenze dicht über ihnen scharf ab. Die ganze Welt war ein stürmisches Meer gefrorener Felsen mit scharfen Fangzähnen, aus dem hier und da ein mächtiger Pfeiler aus Eis und Schnee in die Federwölkchen am Himmel ragte. Sie gelangten zu einem Paß, der über sechstausend Meter hoch liegen mußte, denn selbst Namu war außer Atem.

Auf der Seite jenseits des Passes herrschte anderes Wetter. Dichte, tiefhängende schiefergraue Wolken versperrten jede Sicht. Eine Schneeflocke fiel auf Holders Hand.

»Lobe die Götter«, sagte Namu.

»Es ist sehr wenig«, sagte Holder. »Nur gerade soviel, um unsere Fußspuren sichtbar zu machen.«

»Jetzt müssen wir zusammenbleiben«, sagte Namu.

Der Schnee fiel dichter, aber nur eben dicht genug, um alles in fünfzig Meter Entfernung auszulöschen. Jemand, der ihrer Spur folgte, würde sie unbemerkt einholen können.

»Losan«, sagte das Mädchen, »ich denke, in den Bergen hätten wir eine bessere Chance. Vielleicht finden wir eine geeignete Höhle. Wir müssen aufhören, wie die Yaks dahinzutrotten.«

Ein Windstoß riß ihr die Worte vom Mund. Vom Süden her wälzte sich eine weiße Mauer mit solcher Wucht auf sie zu, daß sie taumelten. Sie mußten sich ihr entgegenwerfen, um auf den Beinen zu bleiben. Augenblicke später waren sie in dicken, nassen Schnee eingehüllt.

»Du hast recht«, schrie ihr Holder zu. »Steigen wir hoch, solange wir noch etwas sehen können.«

Namu zog das Pferd nach rechts, wo die Steigung weniger steil war. Holder blieb ein Stück zurück, um festzustellen, wie lange es dauerte, bis der Schnee ihre Fußstapfen zudeckte. Sie wurden sehr schnell ausgelöscht, und er beeilte sich, Namu einzuholen.

Dann erblickte er den Hund, einen dunklen Schatten inmitten von lauter Weiß. Der Hund sah ihn ebenfalls, blieb stehen, machte ein paar Schritte, blieb wieder stehen, eine Pfote angezogen, winselte, bellte halblaut und flüchtete zurück.

Holder klomm keuchend aufwärts, sich mühsam durch den weichen Schnee arbeitend.

»Der Hund. Der Hund.«

Namu drehte sich um. »Wo?«

»Er ist wieder zurückgelaufen.«

»Er läuft zu ihnen und führt sie dann zu uns.«

Sie hörten ihn in der Ferne kläffen.

Namu übergab ihm den Zügel und wischte sich den Schnee aus dem Gesicht.

»Der Hund kennt mich.« Sie machte sich an dem Kadaver des Lamms zu schaffen, schnitt ein Stück Fleisch mit Haaren ab, drehte es um.

»Geh weiter, Losan. Der Hund kommt ganz gewiß zurück.«

»Und die Männer auch.«

»Aber die nicht so schnell. Der Hund wird auf unserer Spur bleiben.«

»Ich erschieße ihn.« Er tastete in seiner Schuba nach einer seiner beiden Pistolen.

»Nein, nein«, zischte sie ungeduldig. »Geh weiter, aber nicht zu weit. Wir dürfen uns nicht verlieren. Geh schnell.«

Holder führte das Pferd weiter hinauf, bis er Namu, die in dem weißen Gewirbel wartete, nur noch undeutlich erkennen konnte. Er hörte sie lockend rufen: »Komm, mein Kleiner, komm.«

Der Hund tauchte aus dem Schnee auf, blieb stehen, erkannte sie, näherte sich argwöhnisch, blieb wieder alle paar Schritte stehen.

Sie ging auf ihn zu, das Fleisch in der linken Hand.

»Komm. Komm.«

Der Hund wackelte mit dem kümmerlichen Schwanz und dem Hinterteil, kroch mit geifernder Schnauze auf sie zu.

Namu hielt das Fleisch hoch, und der Hund sprang danach, die Kehle und den Bauch zeigend.

Sie hielt es so lange, bis der Hund seine Zähne hineingeschlagen hatte, und als er daran zerrte, stieß sie ihm das Messer in die Halsschlagader. Er starb ohne einen Laut.

Ihre Fußstapfen wurden in Sekunden von den nassen Flocken zugedeckt, und sie konnte Holders Spuren nicht mehr sehen. Leise rief sie nach ihm, und er antwortete. Sie stiegen weiter empor, bestrebt, soviel Abstand wie möglich zwischen sich und die Khampas zu legen. Es war unwahrscheinlich, daß diese in dem Schneesturm auch nur den Leichnam des Hundes finden würden.

Sie stolperten weiter, von Furcht getrieben, über Steine fallend, die der nasse Schnee verbarg, erschöpft durch die Höhe und schwach vor Hunger. Hinter dem Schneesturm wurde der Himmel dunkel.

Namu sagte: »Wenn wir jetzt nicht bald in Sicherheit sind,

dann will ich sterben. Wir müssen eine Stelle finden, wo wir schlafen können, Losan.«

»Und ich muß etwas essen. Dieser getrocknete Käse ist ja hart wie Stein. Aber wie wollen wir das Lamm kochen?«

Sie lachte. »Wir essen es roh, mein Lieber.«

Sie liefen in die Richtung, in die der Wind sie trieb, und dann, als sie an einer großen Felswand vorbeikamen, sah Holder unter sich eine schwarze Fläche. Es war ein in Richtung des Windes überhängender Felsen, unter den kein Schnee geweht war. Sie stolperten hinunter und fanden eine große Aushöhlung mit einem Sandboden, nach drei Seiten offen, aber innen trocken und sogar groß genug für das Pferd. Der vom Wind glattgefegte Sand war weich und warm. Draußen raste der Schneesturm, und sein Tosen erhöhte das Gefühl der Behaglichkeit in dem geschützten Winkel.

Namu nahm das Lamm auf dem sauberen Schnee aus und kam mit zwei Stücken Fleisch zurück. Zum ersten Mal in seinem Leben aß Holder rohes Fleisch und fand es zart und angenehm im Geschmack. Er aß es genau wie sie, indem er seine Zähne hineinschlug und das Fleisch dicht an seinen Lippen mit dem Messer abschnitt. Für das Pferd, das zitterte, schnaubte und stampfte, hatten sie kein Futter.

Es war noch immer so hell, daß er Namu undeutlich wahrnehmen konnte, und er sah auch die Silhouette des Pferdes, die sich gegen den Schnee abzeichnete. Sie zog ein Stück selbstgewebten Stoff aus ihrer Schuba, breitete es neben sich auf dem Sand aus und legte ihre Habseligkeiten darauf. Dann zog sie ihre Stiefel aus. Ihr Gürtel war ein langer Stoffstreifen. Sie wickelte ihn auf, zog die Arme in die Schuba und war fertig für die Nacht. Holder saß da und massierte seine Knie. Jetzt, da die Gefahr vorüber und die Erleichterung, in Sicherheit zu sein, abgeebbt war, erhob sich eine Schranke zwischen ihnen.

Es war das Mädchen, das sie zu durchbrechen versuchte.

»Losan«, flüsterte sie.

Er gab ein leises Geräusch von sich, zum Zeichen, daß er gehört hatte.

»Warum bist du so still? Ich glaube, wir brauchen uns wegen der beiden keine Sorgen mehr zu machen.«

»Ich mache mir auch keine Sorgen mehr. Es ist etwas anderes.«

»Sag's mir.«

»Diese Männer sind keine Hirten, nicht wahr? Sie sind Räuber.«

Nach kurzem Schweigen antwortete Namu: »Ja.«

»Und du hast mir das nicht gesagt. Du hast mich sogar zu ihnen geführt, damit sie mich ausrauben und töten konnten.«

»Ausrauben, ja.«

»Aber sie hätten mich umgebracht. Und du hast mich belogen. Du logst, als du erklärtest, sie wären Hirten.«

Nach einer weiteren Pause sagte das Mädchen: »Das habe ich getan. Und du logst auch. Du bist kein Pilger, und du kommst auch nicht aus Dzonka.«

»War das der Grund, warum ich ausgeraubt und umgebracht werden sollte?«

Sie erhob die Stimme. »Du bedeutetest mir nichts. Du logst. Ich wußte nicht, warum, und ich weiß es auch jetzt nicht. Du sahst so aus, als hättest du Geld. Das Leben ist hart.«

Das war zumindest ehrlich. Aber es gab noch viele Fragen zu beantworten. Nach einem kurzen Schweigen sagte Holder: »Diese Männer sind auch keine Khampas, nicht wahr?«

»Keine echten. Aber so etwas Ähnliches. Ich weiß nicht, was sie sind. Sie stammen aus Kham.«

»Wongdiu hat mir von den Khampas erzählt«, fuhr Holder fort. »Er sagte, sie leben in Gruppen mit ein paar Zelten und mit einigen wenigen Tieren, und die sind nur zum Essen bestimmt. Sie haben gute Pferde. Und keine Frauen. Sie sind schnell und kampfkräftig genug, um Nomadensiedlungen anzugreifen. Sie schlagen plötzlich ohne Warnung zu, entwaffnen die Männer, essen ihnen ihre Tiere und ihre Vorräte weg, trinken ihren Schnaps, stehlen ihr Silber und vergewaltigen ihre Frauen. So daß eigene Frauen nur eine Last für sie wären. Stimmt das?«

»Ich glaube, ja. Ich habe so was auch gehört. Ich weiß nicht, was diese drei Kerle eigentlich sind.«

»Nicht mal, ob sie wirklich Brüder sind. Aber du hast sie geheiratet. Das ist sehr merkwürdig«, setzte er ironisch hinzu.

»Wie kannst du es wagen, in diesem Ton mit mir zu sprechen?« sagte Namu aufgebracht. »Du verdankst mir dein Leben. Vergiß es nicht. Auch wenn du mich nicht an der heißen Quelle getroffen hättest, wärst du den Weg weitergegangen und zu ihrem Lager gelangt. Oder bestreitest du das?«

»Und wenn ich heute morgen nicht da gewesen wäre, hätte man dir die Kehle durchgeschnitten. Stimmt das nicht?«

Sie fiel ihm ins Wort. »Was meine Heirat mit Tjima und seinen Brüdern betrifft: Ich mußte tun, was sie wollten, oder fortgehen und sterben. Sie sind schlecht und grausam. Sie nahmen mich zur Frau, aber sie behandelten mich schlimmer als eine Sklavin. Und ich mußte es ertragen. Es gab keine andere Möglichkeit.«

Sie schwieg, und Holder sagte reuevoll: »Es tut mir leid, daß ich auf solche Art mit dir gesprochen habe, Namu. Es stimmt, du hast mir das Leben gerettet, und ich greife dich an. Ich sollte dir statt dessen dankbar sein.«

Sie lachte bitter. »Tu doch nicht so, als wärst du ein Gast. Und du brauchst dich nicht bei mir zu bedanken. Was ich getan habe, habe ich für mich getan; als ich dich in das Lager mitnahm und auch als ich dir half zu entfliehen.«

»Aber trotzdem danke ich dir und bitte dich um Verzeihung.«

Erneutes Schweigen. Holder fühlte, daß er eine Wand zwischen sich und Namu aufgerichtet hatte. Er versuchte, das Gespräch in eine unverfänglichere Richtung zu lenken.

»Und du glaubst, diese Männer sind aus Kham?«

»Bestimmt, nach ihrem Dialekt zu urteilen. Glaubst du nicht auch?«

»Mmm!«

»Sie redeten nicht viel. Ich glaube, sie gehörten ursprünglich zu einer größeren Gruppe, wie dir dein Wongdiu erzählt hat. Vielleicht hatte sich Tjima mit dem Anführer zerstritten. Vielleicht wollte er sich selber zum Anführer machen, und das gelang ihm nicht, und er mußte fliehen. Aber Ngari ist wirklich Tjimas Bruder. Da er nicht ganz richtig im Kopf ist, steht er unter dem Schutz der Götter, und wenn Tjima sich nicht um ihn kümmern würde, brächte ihm das Unglück. Natürlich waren sie zur Armut verurteilt. Zwei Männer und ein Schwachsinniger können keine Nomadensiedlung angreifen. Sie können allenfalls hier und da ein Schaf stehlen und einen Reisenden wie dich ausrauben.«

»Haben sie dich mißhandelt?«

»Ngari war der Schlimmste. Er biß mich. Wenn die beiden anderen fort waren, zwang er mich, ihm zu Willen zu sein, und dann biß er mich und zerrte mich an den Haaren. Alle schlugen sie mich mit ihren Schulterriemen. Da ich aus der Stadt kam, wußte ich nicht, was sie waren – die Leute im Tiefland wissen nicht viel von den Hochländern. Einfältig, wie ich war, erzählte ich ihnen, daß ich meinem Gutsherrn – der Name ist jetzt gleichgültig – weggelaufen war und wo das Gut liegt. Später wurde mir klar, daß sie weder richtige Hirten noch richtige Khampas waren. Aus Ngari konnte ich herausbekommen, daß sie nach Kham zurückgehen und sich dort einer anderen Bande anschließen oder eine eigene bilden wollten. Aber mich mochten sie nicht behalten. Jeder, der mich zu meinem Gutsherrn zurückbringt, erhält dafür eine Belohnung – vielleicht vier oder fünf Trankas. Eine Menge Geld. Das wußten sie. Dann würde ich ausgepeitscht werden. Möglicherweise würde man mir die Fußsehnen durchschneiden, damit ich nicht noch einmal weglaufen kann.«

Holder schauderte es in der Dunkelheit. Solche Greueltaten betrachteten Namu und andere, wie Galei, offenbar als ganz normal.

Sie fuhr fort: »Dann kamst du. Du wirktest ganz und gar nicht wie ein Pilger, und du sprachst wie ein Mann aus Lhasa. Deshalb glaubte ich, du hättest diese Verkleidung gewählt, um auf der Reise nicht ausgeraubt zu werden, und ich sagte mir, du hättest höchstwahrscheinlich Geld. Ich dachte, wenn ich dich zu unserm Zelt mitnähme, würden die Männer mit dem Geld zufrieden sein, das sie bei dir finden könnten, und mich nicht zu meinem Gutsherrn zurückbringen.«

Ihre Stimme klang gleichmütig, als sei es ganz normal, dem Opfer mitzuteilen, aus welchem Grund man es Räubern ausgeliefert hatte.

»Aber als sie dich sprechen hörten, waren sie überzeugt, daß du ein Adeliger sein müßtest.«

In der Dunkelheit verzog Holder das Gesicht zu einer Grimasse. Als er seine Reise begann, war er überzeugt gewesen – und sein britischer Auftraggeber Compton hatte ihn in dieser Überzeugung bestärkt –, daß er mit seinem Äußeren und seinem tadellosen akzentfreien Tibetisch völlig sicher sei. Aber selbst diese Leibeigene hatte sofort erkannt, daß etwas mit ihm nicht stimmte.

»Sie wußten also ohnehin, daß du nicht das warst, wofür du dich ausgabst. Und sie wollten dich ausrauben. Dann begriff ich, daß wir beide in Gefahr waren, du und ich. In Lebensgefahr.«

»Warum? Sie brauchten uns doch nicht umzubringen.«

»Doch. Unwissend, wie sie waren, glaubten sie, du seist ein Aristokrat. Aber es ist gefährlich, einen Adeligen zu berauben. Die Adeligen haben überall ihre Leute, und ein solches Verbrechen wird nie vergessen. Ein Gemeiner, der einen Adeligen beraubt, muß ihn töten und darf auch niemanden am Leben lassen, der die Tat verraten könnte. Sie versuchten ihren Plan vor mir geheimzuhalten, deshalb gingen Tjima und Ngari auf die Jagd, und deshalb bot dir Dagzel an, dich zu begleiten. Und mir war klar, daß sie natürlich auch mich umbringen müßten. Als die beiden anderen fortgingen und Dagzel allein zurückblieb, begriff ich, daß meine Chance darin lag, dir zur Flucht zu verhelfen und mit dir zu gehen. Deshalb habe ich dir das Versprechen abgenommen, mich nach Lhasa mitzunehmen.«

»Und wenn ich das nicht getan hätte?«

»Daran habe ich nicht gedacht.« Ihre Stimme klang, als unterdrücke sie ein Lachen.

Wieder herrschte Stille in ihrem geschützten Winkel; man hörte nur das Heulen des Schneesturms und ab und zu ein Geräusch, wenn das Pferd sich bewegte.

»Ich will jetzt schlafen«, sagte Namu.

Holder band die farbigen Stoffstreifen auf, die die Stiefelschäfte unter den Knien zusammenhielten, zog die Stiefel von den Beinen und steckte sie für die Nacht zum Trocknen in seine Schuba. Als er seine anderen Utensilien hervorholte, überlegte er, daß er, seit er Tibet betreten hatte, nichts für die Briten hatte tun können und daß er nun an diese Frau gefesselt war, bis er Lhasa erreichte.

Er zog die Arme in die Schuba und wickelte sich darin ein, so daß sie ihn wie eine große Schaffelldecke von Kopf bis Fuß bedeckte. Namu lag einen Meter von ihm entfernt, und er konnte sie atmen hören. Seiner Schätzung nach befanden sie sich in fast sechstausend Meter Höhe, und er merkte, daß sein Herz wie rasend schlug und das Blut durch seinen Körper und in seine Lungen trieb, die in der dünnen Luft nach Sauerstoff verlangten.

Ruhelos wälzte er sich hin und her.

»Losan«, flüsterte Namu. »Es ist schwierig, in solcher Höhe zu schlafen, wo das Gift der Pässe in der Luft liegt.«

»Und der Wind heult so laut.«

In den nächsten zehn Minuten sprach keiner etwas, aber Holder spürte, daß zwischen ihnen eine Spannung wie ein Magnetfeld entstand. Selbst die Stille war falsch.

»Losan«, ihre Stimme klang tief und melodisch, »Losan, wir hätten es wärmer, wenn wir dichter zusammen lägen.«

Er rückte zu ihr heran, so daß sich ihre Schubas berührten.

»Nein, Losan, das meinte ich nicht. Ich meinte dichter zusammen in unseren Schubas.«

Er schluckte und hielt vor Erregung den Atem an. Sie lag nun so dicht bei ihm, daß er nur die Hand auszustrecken brauchte – Namu, nach Hammelfleisch und Butter riechend, warm, groß, schlank, begehrenswert und begehrend.

Plötzlich sah Holder Tjimas vierschrötige Gestalt vor sich, den finsteren Dagzel und den grienenden, äffischen Ngari. Er hörte seinen Vater seine Mutter anschreien: »Allesamt Huren, eure Frauen, alle treiben sie's mit fünf oder sechs Kerlen gleichzeitig, alle sind sie verseucht bis zu den Augenbrauen.« Seine Begierde erstarb. Die Erregung blieb, aber er schwieg.

»Hörst du, was ich sage, Losan?«

»Ich bin ein Pilger und durch einen Eid gebunden.«

»Hu! Das muß ja wohl so sein. Verdienst kann man noch später erwerben, aber man kann im Leben nichts nachholen.«

Er antwortete nicht.

Nach einer Weile fragte sie: »Machst du dir nichts aus Namu?«

Sie drehte sich zur Seite, streifte ihre Schuba hoch, machte mehr Geräusch, als nötig war.

»Aija. Du bist sonderbar, Losan. Ich würde mich gerne von dir lieben lassen.«

Holder schwieg hartnäckig.

»Ich weiß, daß du wach bist«, sagte sie. »Aber gut. Vielen Dank übrigens dafür, daß du mich nach Lhasa mitnimmst, wenn du es auch gar nicht willst. Gute Nacht.«

Holder brauchte einige Zeit, um einzuschlafen.

III

Die Verbotene Stadt

Der Mönchsdiener drückte den Deckel auf das feinziselierte Gefäß aus massivem Gold, in das sich der junge Gottkönig erbrochen hatte, und entfernte sich, rückwärts gehend, mit niedergeschlagenen Augen. Er übergab das Gefäß einem zweiten Mönch und erhielt ein anderes. Keine Ausscheidung des Kostbaren Beschützers durfte verlorengehen – sei es Erbrochenes, Urin oder Kot; auch keine abgeschnittenen Haare oder Nägel. Solche Reliquien bildeten eine beachtliche Einnahmequelle. Sie wurden in Amulette eingefügt oder zu besonders wirksamen Pillen verarbeitet, die in dem Ruf standen, jede Krankheit zu heilen, denn Krankheit war Teufelswerk, und welcher Teufel konnte der Kraft einer so vollkommenen Heiligkeit wie der des Dalai-Lama Widerstand leisten?

»Heute scheint es ein wenig besser zu gehen, mein Lehrer«, sagte der Dalai-Lama, sich die Lippen mit einem Stück feiner Seide abwischend.

»Ich wäre wahrhaftig glücklich, wenn ich glauben könnte, daß die leichte Besserung anhält, Eure Heiligkeit. Leider weiß ich nur zu gut, daß dies nicht der Fall sein wird.«

Der Gottkönig verharrte reglos in einer charakteristischen Pose – die weinrote Kaschmirtoga zurückgeworfen, den rechten Arm nackt, und sein kräftig entwickelter Bizeps zuckte, als er die Perlen seines Rosenkranzes durch die Finger gleiten ließ.

»Sei so freundlich und erkläre mir, was du meinst, mein Lehrer«, sagte er zu seinem Gefährten, einem Mönch, nach dem geschorenen Kopf zu urteilen, der aber in seiner sonstigen Erscheinung nichts Mönchhaftes an sich hatte.

Das war Aguan Dorjew, ein burjätischer Mongole, mit rundem Gesicht, Wangenknochen, die wie Apfelhälften geformt waren, und Augen, in deren engen Schlitzen die Augäpfel nur als schwarzer Schimmer sichtbar wurden. Sein Äußeres ließ nicht ahnen, daß dies ein hochgelehrter und hochbefähigter Mann war, der, aus dem Norden nach Lhasa gekommen, im größten Kloster der Welt an Rande von Lhasa studiert und solches Wissen und solche Heiligkeit erworben hatte, daß er der Abt-Tutor des Dalai-Lama geworden war. Er war der Lehrer des jungen Gottes in Menschengestalt, aber zu seinen Pflichten gehörte es auch, ihn, seine Bücher und seinen Altar mit Safranblütenwasser zu besprengen – eine symbolische Reinigung. Er war stets um den Gottkönig, vielleicht der einzige Mensch, dem der Dalai-Lama vertraute. Seit seiner Anwerbung durch den zaristischen Geheimdienst hatte Dorjew volle zwanzig Jahre gebraucht, um diese Schlüsselstellung zu erobern.

»Das ist eine sehr schwierige Aufgabe«, sagte der Burjäte. »Aber es ist der Grund, warum ich Euch heute morgen einen Spaziergang in diesen Gärten vorgeschlagen habe. Und ich ersuche Eure Heiligkeit, bei dem, was ich jetzt sagen werde, keinerlei Zeichen des Entsetzens von sich zu geben, die andere sehen könnten. Wollt Ihr Euch bitte sammeln und nicken, wenn Ihr bereit seid?«

Dorjew hielt inne und wartete einen Augenblick, und der Dalai-Lama nickte leicht.

»Eure Heiligkeit, Ihr werdet vergiftet.« Er hielt erneut inne. »Man tut Euch Gift ins Essen, und das ist die Ursache Eurer Krankheit.«

Der zwanzigjährige Gottmensch erbleichte, und leichter Schweiß trat auf seine Stirn, aber sonst ließ er sich nichts anmerken.

Sie spazierten in den Gärten des neugeschaffenen Norbu

Linka, des Juwelenparks, wo sich der Dalai-Lama den Sommer über aufhielt. Der Norbu Linka lag weniger als eine Meile vom Potala entfernt, dem offiziellen Palast und der Winterresidenz des Gottkönigs. Ein leichter Wind bewegte die gelben Blätter, und die Sonne schlug feurige Pfeile aus den goldenen Dächern von Lhasa und brachte den Pulverschnee auf den Bergen ringsum zum Schmelzen, die zweitausend Meter und höher über dem nahezu viertausend Meter hoch gelegenen Norbu Linka aufragten. Es war ein milder Tag, der den finsteren Ernst von Dorjews Worten Lügen zu strafen schien.

»Woher weißt du das?«

»Im Kloster Drepung leben zehntausend Mönche«, sagte Dorjew. »Die hohen Lamas kommen aus allen Adelsfamilien des Landes. In jenen Mauern sind viele Geheimnisse verborgen, und ich habe es mir zur Aufgabe gemacht, sie herauszufinden.«

Der hochgewachsene und kräftig gebaute junge Mann – die dreizehnte Inkarnation Tschenresis, des tibetischen Schutzgottes – nahm auch diese Mitteilung in guter Haltung entgegen, aber er war spürbar verstört.

»Bist du ganz sicher? Es ist unglaublich.«

Dorjew griff das letzte Wort auf. »Ist es wirklich unglaublich, Eure Heiligkeit, wenn man bedenkt, daß seit der Zeit des Kesang Gjatso, der siebenten Inkarnation, bis heute kein Dalai-Lama länger als sieben Jahre regiert hat? Das ist eine Zeitspanne von hundertzwanzig Jahren. Alle Dalai-Lamas starben, bevor sie alt genug waren, in ihr Amt eingeführt zu werden. Warum also nicht auch Ihr, Eure Heiligkeit?«

»Ich weiß das alles. Ich hoffte, die Zeiten hätten sich geändert.«

»Die Liebe zur Macht bleibt unveränderlich. Es liegt im Interesse der Chinesen, wenn die Dalai-Lamas ihre Ordinierung nicht erleben. Es liegt auch im Interesse des Regenten. Ein Dalai-Lama, der selbständig regiert, vor allem einer, der bereits seine Geistesschärfe unter Beweis gestellt hat, wie Ihr es getan habt, Eure Heiligkeit, kann den Chinesen und ihren tibetischen Handlangern nicht gefallen.«

»Dann vermag man also nichts zu tun«, sagte der Dalai-Lama. Er intonierte den Satz wie eine Frage. »Du bist mein einziger Freund, mein Lehrer. Weißt du, wer es ist?«

»Vergebt mir, Rimpotsche. Ich habe einen bestimmten Verdacht, aber ich will ihn Euch gegenüber nicht äußern, damit Ihr nicht erkennen laßt, daß Ihr im Bilde seid, und den Bösewicht dadurch so erschreckt, daß er sich zu raschem Handeln entschließt.«

»Lieber schnell, wenn es sein muß«, sagte der junge Gottmensch müde. »Vielleicht wäre es besser, du hättest mir nichts gesagt.«

»Nein, nein. Möglicherweise habt Ihr keine Freunde, und Eure Familie kann Euch nicht helfen. Aber Ihr habt Verbündete – wir haben Verbündete. Ich habe Eure Heiligkeit gebeten, mit mir diesen Spaziergang zu machen, denn wenn Ihr und ich und einige andere entschlossen handeln, besteht gute Aussicht, die Pläne Eurer Feinde zu vereiteln und sie zu entlarven.«

»Ach, lieber Freund Dorjew!« Der Dalai-Lama ergriff die Hand des Mönchs – eine unzulässige Bekundung ihrer Intimität.

Dorjew sah sich um und löste sie sanft von seiner. Hohe Blumenhecken verbargen sie vor fremden Blicken.

»Vorsicht bitte, Rimpotsche«, sagte er. »Darf ich Euch mit Eurer Erlaubnis die Situation erklären? Denn jetzt, da Eure Heiligkeit nahezu volljährig ist, müssen wir verschiedene Interessen ins Auge fassen. Als erstes dürfte klar sein: Die Chinesen sind aufs höchste daran interessiert, daß in Lhasa auch weiterhin ein Regent scheinbar die Macht innehat.«

Der Dalai-Lama nickte.

»Aus demselben Grund begünstigt der Regent, der Abt von Tengje-ling, offen die Chinesen. Aber Drepung, Sera und Gaden, die drei großen Mönchsklöster in Lhasa, die früher die Herrschaft des Regenten begünstigten, da sie keine Schwierigkeiten mit Peking haben wollten, nehmen jetzt eine andere Haltung ein, und das ist gut für uns. Sie sehen, daß Pekings Einfluß schwächer geworden ist. In der jüngsten Geschichte sind die Chinesen zweimal von den Engländern geschlagen worden; sie haben den Aufstand des Tai Ping Tien Kuo, des Himmlischen Königreichs des Großen Friedens, hinnehmen müssen, und sogar eine so unbedeutende Macht wie Japan hat Peking auf die Knie gezwungen. China ist ein krankes Raubtier, über dem bereits die Geier kreisen.«

»Ich möchte nicht ungeduldig erscheinen«, unterbrach ihn der Dalai-Lama, »doch ich würde gern hören, in welchem Zusammenhang das mit dem Problem steht, das du angeschnitten hast.«

»Geduld bitte, Eure Heiligkeit. Diese Tatsachen sind für ein wirkliches Verständnis unerläßlich. Vor fünf Jahren gingen die Chinesen demütig nach Indien und unterzeichneten dort einen Vertrag mit den Engländern, in dem es um Tibet ging. Tibet hat, trotz verzweifelter Anstrengungen des Pekinger Vizekönigs Ju Kang, diesem Vertrag niemals zugestimmt. Die Chinesen beanspruchen Rechte in Tibet, aber sie sind nicht imstande, sie wahrzunehmen. Und im Ernstfall könnten sie die Engländer nicht daran hindern, in Tibet einzudringen.«

Dorjew hielt inne und sah sich erneut um. Er dämpfte seine Stimme.

»Mächtige Gruppen des kirchlichen und des weltlichen Adels meinen, daß durch die Fortdauer der Regentschaft als Folge des – vergebt mir, Eure Heiligkeit – des Hinscheidens des Dreizehnten Körpers die chinesischen Ketten um Tibet gerade zu einem Zeitpunkt fester gezogen würden, wenn wir sie lockern oder zerbrechen könnten. Wenn nachgewiesen werden könnte, daß man einen Anschlag auf den Körper vorbereitet, den Eure Heiligkeit gegenwärtig bewohnen« – Dorjew stockte einen Augenblick, um seinen Worten größeren Nachdruck zu verleihen –, »dann würde dies das Ende der Verschwörer bis hinunter zum letzten Mitglied ihrer Familien bedeuten.«

Mit einem schwachen, verzerrten Lächeln setzte der Dalai-

Lama hinzu: »Wenn sie nicht zuerst zuschlagen. Es hat den Anschein, daß sie das können.«

Er zeigte auf seinen Magen.

Dorjew nickte. »Genau das befürchte ich. Sie gehen mit großer Geschicklichkeit vor. Diese Anfälle von Übelkeit sollen den Eindruck erwecken, daß Eure Heiligkeit nicht gesund ist. Gleichzeitig wird ein Gerücht in Umlauf gesetzt, daß Ihr kein echter Gottmensch seid, sondern ein gewöhnlicher Sterblicher, den die Krankheiten der Sterblichen befallen. Dann, in einem gut gewählten Augenblick, wird man Euch die tödliche Dosis verabfolgen.«

Der Gottkönig verzog das Gesicht. »Nun also, Meister«, sagte er, »da du mein Freund bist, was rätst du mir? Als die Inkarnation Tschenresis sollte es mir eigentlich völlig gleichgültig sein, ob dieser Dreizehnte Körper lebt oder stirbt. Und doch fürchte ich mich. Aber ich bin auch voller Zorn.«

»Das ist gut.«

Dorjew machte ein paar Schritte in die eine und die andere Richtung, um sicherzugehen, daß sie nicht belauscht wurden.

Mit gedämpfter Stimme fuhr er fort: »Ich habe einen Plan, Eure Heiligkeit, und da ich Euer Abt-Tutor bin, habe ich mich bereits in der Lage gesehen, einige Schritte zu unternehmen. Aber ich brauche noch ein paar Tage mehr. Die Gefahr, die Euch droht, kommt vom Essen, Eure Heiligkeit. Bis mein Plan fertig ist, dürft Ihr nichts von dem essen oder trinken, was man Euch vorsetzt.«

Er sah sich noch einmal um.

»Heute abend müßt Ihr bekanntgeben, daß Ihr Euch zurückziehen wollt, um zu fasten und zu meditieren, und daß Ihr bis zu Eurem Wiedererscheinen nicht gestört zu werden wünscht. Laßt alle Butterlampen in Eurer Meditationskapelle auslöschen. Auf dem Heiligenschrein stehen eine Reihe von Opferschalen mit Wasser. Ich habe das Wasser ausgewechselt. In der goldenen Statue des Tschenresi ist getrockneter Sahnekäse versteckt. Auf dem Schrein liegen Opfergaben: getrocknete Aprikosen, Nüsse, gebratene Tsambafladen. Es ist eine dürftige Nahrung, aber sie wird ausreichen. Eßt und trinkt in jedem Fall nur dann, wenn es ganz dunkel ist, nach Sonnenuntergang und vor Sonnenaufgang. Ihr werdet Hunger haben, aber es gibt Gucklöcher, und man wird Euch die ganze Zeit beobachten. Meditiert. Spielt Eure Rolle und benehmt Euch ganz natürlich.«

»Und du, Meister? Was wirst du tun?«

»Ich muß mit vielen Leuten sprechen. Zuerst werde ich den Schaffi Phen-tso Dorje aufsuchen.«

»Den Schata Schapé? Traust du ihm?«

»Wem kann man trauen, wenn es um die Macht geht? Aber ich habe ihn sondiert. Ich glaube, er ist gut für uns, weil er ein Feind der Chinesen und der Engländer ist.«

»Dann sollte er eigentlich ein Freund Tibets sein«, sagte der Dalai-Lama und lächelte.

»Er wurde nach Darjeeling geschickt, weil er den Chinesen verdächtig war. Doch in Darjeeling wurde er eines Tages vom Rad einer Rikscha umgerissen, in der eine englische Dame saß. Er erhob sich mühsam und erwartete eine Entschuldigung. Zu seiner Verblüffung sah er sich von einer Gruppe von Engländern umringt, die auf englisch auf ihn einredeten – eine Sprache, die er nicht versteht. Zum Schluß warfen sie ihn in einen Brunnen. Es ist die Frage, ob er die Chinesen mehr haßt oder die Engländer. Er hat großen Einfluß auf die anderen drei Schapés.«

»Aija. All diese Dinge sind zu verwickelt für mich. Aber ich stimme deinem Plan zu. Wie erfahre ich, daß die Zeit meiner Meditation vorüber ist?«

»Über der großen Butterlampe in Eurer Meditationskapelle hängt ein langer fransenbesetzter Khata. An ihm habe ich einen dünnen Faden befestigt, der durch die Wand in meine kleine Kapelle läuft. Er ist nicht zu sehen. Wenn alles fertig ist, ziehe ich daran, so daß der Khata hin und her schwingt. Dann wartet Ihr hundertachtmal hundertacht Manis lang und tretet aus Eurer Klausur hervor.«

»Es ist alles klar. Ich vertraue meinen – ich vertraue diesen Dreizehnten Körper Eurer Obhut an.«

»Wollen wir dann gehen?«

Mit einstudierter Würde, wie sie für einen Gottkönig unabdingbar war, schritt der Dalai-Lama auf den Sommerpalast zu. Der Palast wurde von riesenhaften Mönchspolizisten bewacht, deren Schultern ausgestopft waren, um ihr Äußeres noch schreckenerregender zu machen und um Schwertstreiche aufzufangen. Am Fuß der Treppe trennte er sich von Dorjew.

»Bleibt nicht zu lange fort, Meister«, flüsterte er niedergeschlagen.

»Gebt mir Euren Segen, Eure Heiligkeit«, sagte Dorjew und verneigte sich, als der Gottkönig die rechte Hand hob.

Es schien unbegreiflich, daß zahllose Fremde bei ihren Versuchen, von Indien nach Lhasa zu gelangen, gescheitert waren. Die Entfernung war kurz – einige hundert Meilen –, und der Weg führte durch eins der am dünnsten besiedelten Länder der Erde. Sogar auf den meistbenutzten Saumpfaden begegnete man oft tagelang keiner Karawane. Es schien kinderleicht zu sein, aber gerade in dieser Abgeschlossenheit lag die Gefahr.

Im vergangenen Jahrhundert hatten die Ferenghi, wie die Tibeter die Engländer nannten, sich einen schlechten Ruf erworben. Ein hoher Beamter in Lhasa hatte erklärt, sie seien kriegslüstern, stets geneigt, sich in andere Länder einzuschleichen und, wenn sie einmal dort waren, Unruhe zu stiften und die Macht an sich zu reißen.

Daraufhin war an alle tibetischen Beamten Befehl ergangen, jeden Ausländer anzuhalten und ihn zurückzuschikken. Die Mißachtung dieses Befehls hätte höchstwahrscheinlich den qualvollen Tod des betreffenden Beamten und den seiner Familie zur Folge gehabt. Die Verantwortung für das Aufspüren und Denunzieren von Ferenghi wurde von den Beamten ihrerseits auf die übrige Bevölkerung übertragen. Die eingeborenen Tibeter kannten jeden Menschen in ihren winzigen Dörfern, und die Wirte der Gasthäuser kannten die normalen Reisenden, die in ihre schmutzigen, aus Lehm gebauten Tasam-Häuser einkehrten. Alle Fremden wurden mit scharfen Augen beobachtet, sei es auch nur aus Neugier, aber es war eine Neugier, die sich rasch in Argwohn verwandeln konnte. Ein Wort zu dem nächsten Beamten genügte, und dieser eilte zu Pferd herbei und verlangte ein gültiges Dokument, wie es die unverdächtigen Nepalesen oder die Kaufleute aus Bhuta stets bei sich trugen.

Des öfteren fing Holder den auf ihn gerichteten Blick des Mädchens auf, und immer sah sie dann rasch weg. Offenbar versuchte sie ihn abzuschätzen. Er vermied es zu reden, da er sich darüber klar war, daß jedes Wort seine Unwissenheit in bezug auf alles, was mit Tibet zusammenhing, enthüllen konnte.

Sie zogen auf den Bergkämmen weiter, und wenn sie einen Saumpfad überqueren mußten, vergewisserten sie sich zuerst, daß keine Karawane in Sicht war. Einmal wartete Holder auf einem Kamm oberhalb eines Dorfes, während Namu hinunterstieg, um Tsamba, Butter und Tee einzukaufen. Er fragte sich, ob sie zurückkommen oder ob sie ihn verraten würde, und dabei merkte er, daß er nicht mehr den Wunsch verspürte, sie loszuwerden. Wenn sie nicht wäre, würde er entweder Hungers sterben müssen, oder man würde ihn entlarven.

Jetzt sah er ein, wie töricht es gewesen war, sich in dieses feindliche Land zu wagen, noch dazu mit all jenen sorgfältig versteckten Ausrüstungsgegenständen, von denen er bisher keinen Gebrauch hatte machen können, die ihn aber, wenn man sie bei ihm fand, schwer belasten und unweigerlich seinen Tod zur Folge haben würden. Er verwünschte Compton wegen seiner Ignoranz, seiner Unfähigkeit, und als sie wieder auf heiße Quellen trafen, deren dampfender Atem ein Wegzeichen bildete, ließ er Namu genüßlich im Wasser plätschern und vergrub nahebei alles, was mit seiner Rolle als Spion zu tun hatte; nur seine Pistolen behielt er bei sich. Um sicherzugehen, daß er die Stelle wiederfinden würde, errichtete er dort eine Pyramide aus runden weißen Quarzsteinen von der Sorte, die, sorgfältig aufeinandergeschichtet, dem Gläubigen Verdienst bringen. Er wußte, daß niemand solch heilige Opfergabe antasten würde.

Als er mit dieser ungewöhnlichen Tätigkeit fertig war, entdeckte er, daß Namu ihn neugierig beobachtete.

Bisher hatten sie stets im Freien geschlafen, aber das Mädchen sagte ihm, das werde nicht immer möglich sein.

Sie zogen durch schwieriges Gelände, über Sumpfboden, der, in den frühen Morgenstunden hart und gut begehbar, nun in der heißen Sonne heimtückisch weich geworden war. Die Hufe ihres Pferdes sanken bis über die Gelenke ein. Das Tier wurde ohnehin immer schwächer, da es nur hartes Gras zu fressen bekam; es war einzig noch dazu gut, ihre Vorratssäcke zu tragen.

Namu, die hinter Holder ging, sagte: »Losan, du machst dir Sorgen.«

Er stolperte schweigend weiter.

»Losan. Ich möchte mit dir reden. Ich fühle, daß du dir Sorgen machst. Ich bin auch besorgt. Wir müssen uns aussprechen.«

»Laß mich in Frieden.«

»Nein.« Sie schrie das Wort, ließ den Zügel fallen und lief und schlitterte auf dem tauenden Schlamm an ihm vorbei.

»Ich habe genug!« Sie legte Verzweiflung und Verachtung in diesen Ausruf. »Wir müssen miteinander reden. Ich will wissen, was in deinem Kopf vorgeht.«

Erschreckt über ihre Heftigkeit, verzog Holder müde das Gesicht. »Ich kenne mich selber nicht.«

Sie schüttelte den Kopf. »So geht es nicht, Losan. Du willst wirklich nach Lhasa?«

»Natürlich.«

»In dieser Aufmachung?«

»Wie denn sonst?«

»Und so, wie du sprichst?«

»Ich dachte, mein Tibetisch wäre ganz gut«, sagte er spöttisch.

»Zu gut.« Wieder schüttelte sie den Kopf und musterte ihn von Kopf bis Fuß. »Im Hochland kriegen sie nicht viele Leute aus den Tälern zu sehen, aber im Tiefland würdest du ebensoviel Aufsehen erregen wie ein fünffüßiger Yak oder ein in Goldbrokat gekleideter Schapé bei der Feldarbeit. Du kannst...«

In diesem Augenblick hörten sie hinter sich ein Scharren und ein saugendes Geräusch, und dann begann das Pferd zu schreien.

Es lag auf dem weichen Sumpfboden, eingebettet in schwarzen Schlick. Es hatte sich ein Vorderbein gebrochen und versuchte nun, sich wieder zu erheben. Seine Schreie gingen Holder durch Mark und Bein, und das Unerwartete dieses Vorfalls lähmte ihn. Namu faßte den Zügel und zog scharf daran. Mit einer gewaltigen Anstrengung richtete sich das Pferd auf. Das gebrochene Bein kam aus dem Schlick hervor und hing einen Augenblick lang lose in der Luft, dann sank das andere Vorderbein ein. Holder wandte sich ab und kämpfte gegen den Brechreiz.

Namu sah ihn an und sagte: »Wir müssen es hierlassen.«

Sie band bereits die Säcke von dem primitiven Sattel los. Das Pferd lag da, keuchend von der Anstrengung, halb eingesunken im Morast.

»Wir können es doch nicht einfach verhungern lassen.«

»Das ist sein Schicksal«, sagte das Mädchen. »Es ist nicht an uns, die wir nichts verstehen, uns dem Willen der Götter zu widersetzen.«

»Wir müssen es töten«, sagte Holder. Jetzt, da das Pferd ruhig dalag und keine Versuche mehr machte hochzukommen, fühlte er sich besser.

»Du kannst es tun, wenn du willst, aber wir müssen weiter.«

Holder wollte sie nicht sehen lassen, daß er Pistolen bei sich trug, und bei der Vorstellung, das Pferd mit seinem Schwert zu töten, wurde ihm erneut übel, vor allem, da er keine Ahnung hatte, wie man das anstellte.

»Du hast das Lamm getötet«, sagte er.

»Um es zu essen.«

»Und ich bin auf einer Pilgerreise.«

Namu warf ihm einen sonderbar spöttischen Blick zu.

»Außerdem weiß ich nicht, wie man es macht. Und wir könnten ja etwas von dem Fleisch mitnehmen.«

Nach einem Augenblick des Schweigens streckte Namu die Hand aus. »Gib mir dein Schwert.«

Sie trat zu dem keuchenden Tier, aber so, daß sie nicht in den Bereich seiner Hufe kam, und tastete von hinten sanft nach der Halsschlagader; dann stieß sie ihm die Klinge bis zum Heft in den Hals. Es schlug wild um sich und lag dann reglos da, während das Blut aus seiner Kehle strömte. Holder hatte die Augen geschlossen, als Namu zustieß, und er konnte sich kaum dazu überwinden hinzusehen, als sie ein großes Stück Fleisch aus der immer noch zitternden Lende schnitt. Sie stopften es in den Buttersack und zogen weiter.

»So ist es ganz gut«, kommentierte Namu. »Wir hätten es nirgends verkaufen können, und so haben wir wenigstens etwas Fleisch von ihm. Du hast noch nie gesehen, wie ein Tier getötet wurde?«

Holder gestand es ein.

»Sonderbar. Sehr sonderbar. Ich habe dich beobachtet, Losan. Ich weiß nicht, was du bist, nur, daß du sehr seltsam bist und vieles vor mir geheimhältst.« Sie seufzte. »Du kannst natürlich tun, was du willst, und soviel Aufmerksamkeit erregen, wie du willst. Aber wenn ich bei dir bin, schauen die Leute, die dich ansehen, auch auf mich. Wenn wir zum Tscha-lam kommen, sollten wir uns lieber trennen. Dann kann jeder seines Weges gehen.«

Holder war entsetzt. Sie hatte so viel Wesens davon gemacht, daß sie ihm das Versprechen abgerungen hatte, sie nach Lhasa mitzunehmen, und deshalb hatte er zunächst geglaubt, er tue ihr einen großen Gefallen, wenn er sie tatsächlich mitnahm. Sehr bald jedoch hatte er begriffen, daß sich die Sache in Wahrheit genau umgekehrt verhielt, aber der Gedanke war ihm nie gekommen, daß auch sie das erkennen und entsprechend handeln könnte.

»Ja«, sagte sie als Antwort auf seinen fassungslosen Blick, »wenn ich bei dir bleibe, handle ich mir nur Schwierigkeiten ein. Du bist ein Rätsel. Frauen sind ziemlich sicher auf dem Saumpfad. Sie haben immer etwas zu bieten – wenn sie nicht zu alt sind.«

»Aber du bist eine entflohene Leibeigene, und eine Frau erregt an sich schon Aufmerksamkeit.«

»Das stimmt. Aber nicht so viel wie eine Frau, die mit einem Mann herumzieht, der wie du gekleidet ist und so spricht, wie die Leute in Lhasa sprechen.«

»Warum bist du dann überhaupt mit mir gegangen?«

»Um meinen Ehemännern zu entkommen. Um nach Lhasa zu gelangen. Weil es so aussah, als hättest du Geld. Aber du weißt, wie es passierte. Ich hatte keine Zeit, mir alles richtig zu überlegen. Und damals konnte ich auch noch nicht sehen, daß du ein als Schaf getarnter Ziegenbock bist.«

»Aber du hast doch kein Geld«, sagte er und wünschte, er hätte diese Worte zurücknehmen können – sie klangen so grausam.

Sie lachte verschmitzt. »Doch, ich habe welches, Losan. Während du schliefst, habe ich deine Börse um eine Rupie und vier Zwei-Anna-Stücke erleichtert. Es tut mir leid, daß ich dich bestohlen habe, aber du hast ja noch mehr Geld, und bisher haben wir alles brüderlich geteilt. Das reicht für mich, um nach Lhasa zu kommen und dort einen Khata für den großen Dscho zu kaufen.«

Holder lächelte trübselig. Sie hatte ja recht, was seine Aussichten betraf, unbehelligt auf den Tscha-lam und nach Lhasa zu gelangen. Sie waren äußerst gering. Je tiefer er in dieses Verbotene Land eindrang, desto undurchführbarer erschien ihm sein Auftrag. Wie hatte Compton gesagt: »Wir schicken ständig alle möglichen Leute nach Tibet, und sie kommen auch ohne Schwierigkeiten nach Lhasa und wieder zurück, aber was sie mitbringen, ist Nonsens, Basarklatsch. Sie sind der ideale Mann für die Aufgabe, Holder.«

Mit Namu zusammen hatte er sich sicherer gefühlt. Wenn etwas eingekauft werden mußte, hatte sie das erledigt. Dank Namu hatte er es bisher vermeiden können, mit Leuten zusammenzutreffen, die seine Tarnung hätten durchschauen können. Der Gedanke, jetzt auf dem Tscha-lam allein auf sich gestellt zu sein, erschreckte ihn. Er zweifelte sogar daran, daß es ihm gelingen würde, wieder nach Indien zurückzukommen. Und selbst wenn, so hatte er keine Stellung und keine Aussicht, je eine zu kriegen. Er würde auf der Schwarzen Liste stehen. Irgendwie mußte er Namu dazu bringen, ihren Entschluß zu ändern.

»Das braucht dir nicht leid zu tun, Namu«, sagte er. »Es ist wirklich nur gerecht. Aber ich werde sehr traurig sein, wenn du mich verläßt. Bitte, sag mir, woran es liegt, daß ich wie ein als Schaf getarnter Ziegenbock aussehe. Diesen Gefallen kannst du mir doch immerhin tun.«

Sie nickte. »Das Schlimmste ist die Art, wie du sprichst. Aber du bist auch ganz falsch gekleidet. Jemand wie du trägt nichts unter seiner Schuba, und er würde auch keine ledernen Handelsstiefel tragen. So was erregt Aufsehen. Du siehst eher wie ein Kaufmann aus.«

»Aber ich bin ein Kaufmann«, konterte Holder hartnäckig.

»Du bist ein Pilger. Und außerdem bist du nicht schmutzig genug, und dein Haar ist viel zu gepflegt.«

»All das könnte man ja ändern.«

»Außer der Art, wie du sprichst.«

»Und angenommen, ich spreche überhaupt nicht?«

»Mmmm. Losan, wärst du wirklich traurig, wenn ich wegginge?«

»Sehr traurig.«

Das stimmte, aber er hätte nicht genau erklären können, warum. Jetzt, da er darüber nachdachte, merkte er, daß es nicht nur deshalb war, weil sie ihm Gesellschaft leistete und in diesem unbegreiflichen Land wie der Strohhalm war, nach dem der Ertrinkende griff.

»Mir täte es auch leid, Losan. Du bist sehr sonderbar, aber du bist der netteste Mann, den ich je gekannt habe. Sanft und freundlich, nicht roh.«

»Wirst du dann also bis Lhasa bei mir bleiben?«

»Ich muß es mir noch überlegen.«

Am nächsten Tag begannen sie mit dem Abstieg, und am Nachmittag erreichten sie den Tscha-lam. Hier und da sahen sie bestellte Felder – sie waren jetzt bereits im Tiefland, nicht mehr als viereinhalbtausend Meter hoch. Eine Karawane tauchte auf, und Holder versteckte sich, während Namu herauszufinden versuchte, wo sie sich befanden.

Kurz vor einem Dorf bogen sie vom Pfad ab und gelangten zu einem einsamen Rastplatz, wie er von Nomaden und armen Reisenden benutzt wurde, die den Preis für eine Übernachtung in einem Tasam-Haus nicht zahlen konnten. Es gab dort einen etwa einen Meter hohen Lhega mit Wänden aus Torf und Stein, um den Wind abzuhalten, und einen halbverfallenen Lehmherd. Yakmist war in Mengen vorhanden, und sie brieten das letzte Pferdefleisch an Holders Schwert.

Dann machte sich Namu daran, Holders Äußeres zu verändern. Sie beschmierte sein Gesicht und seine Schuba mit dem fettigen Ruß des Dungfeuers, ebenso ihre eigene Schuba, dann kamen ihre und seine Hände an die Reihe, bis sie beide fast wie Einwohner von Phari aussahen. Holder mußte sein Hemd und seine Hosen ausziehen und sie zu einem Bündel zusammenrollen, das er an seinen Gürtel hängte. Nachdem er sich das Haar zerrauft und ein paarmal auf seinen Hut getreten war, unterschied er sich nicht mehr von einem echten tibetischen Reisenden.

»Gut«, entschied Namu. »Fünf Li von hier liegt Ralung, und dort soll es zwei große Tasam-Häuser geben, wie man mir sagte. Gehen wir dorthin, und verbringen wir unsere erste Nacht unter einem Dach.«

Holder war dafür, das Unternehmen zu verschieben. »Ich bin nervös. Ich brauche einen Tag, um mich an mein neues Aussehen zu gewöhnen.«

»Aber du kannst dich doch gar nicht sehen.«

Auf dem Weg sagte sie plötzlich: »Losan, was willst du sein, wenn wir dort ankommen: mein Bruder, mein Onkel oder mein Mann?«

Er errötete unter der Schmutzschicht.

»So schüchtern in deinem Alter?«

Er sagte: »Gegenwärtig wollen wir Bruder und Schwester sein.«

»Gegenwärtig! Das ist lang. Du machst dir nichts aus Namu. Ich weiß, ich bin nicht schön.«

»Das stimmt nicht. Du bist sehr schön.«

»Aber du bist ein Pilger. Ist das der Grund?«

Er starrte vor sich hin.

»Also gut, Losan. Wenn du mein Bruder bist, wirst du sicherlich nichts dagegen haben, wenn ich in dem Tasam-Haus einen Liebhaber finde.«

Es war Holders erste Bekanntschaft mit einem Tasam-Haus, in dem ein Reisender für einen halben Kupfertranka einen Schlafplatz auf dem Lehmfußboden inmitten des Schnarchkonzerts und der Flöhe seiner Mitreisenden und der zum Haus gehörenden Wanzen in Anspruch nehmen konnte. Für einen weiteren halben Tranka konnte er sich an dem im Haus gekochten Eintopf satt essen, und wenn er sich für seine Tsamba eigenen Buttertee kochen wollte, so kostete das gar nichts. In dem großen Gemeinschaftsraum war die Luft geschwängert vom Rauch der Yakmistfeuer und der Butter- oder Hammelfettlampen, von den Ausdünstungen warmer, ungewaschener Menschenleiber und dem Gestank eines zweifelhaften Tabaks.

Sie waren erleichtert, als sie feststellten, wie dunkel es drinnen war, denn die unverglasten Fensteröffnungen waren winzig klein, damit die Wärme nicht entweichen konnte. Namu fand in einer Ecke zwei Schlafplätze nebeneinander und erinnerte ihn ganz überflüssigerweise daran, daß er nicht sprechen solle; dann entfernte sie sich, um einen Topf voll scharf gewürzter Fleischsuppe, ein Stück dickes, auf einer Pfanne gebackenes Brot und eine Flasche Arok zu kaufen.

Außer Namu befanden sich nur noch zwei Frauen im Raum, beide mit ihrem männlichen Anhang, und so dauerte es nicht lange, bis zwei der jüngeren Männer, beide mit Arok bewaffnet, zu ihnen in die Ecke kamen. Holder verharrte in mürrischem Schweigen, und Namu erklärte, dies sei ihr Bruder. Der Schnaps hatte ihr offenbar die Zunge gelöst.

»Mein Bruder Losan«, sagte sie, »ist blöde. Es geschah vor zwei Jahren. In der Nähe unseres Sommerlagers gab es einen Leoparden, der immer wieder die Tiere angriff; sogar Männer und Frauen fürchteten sich vor ihm. Die Lamas sagten, er sei ganz sicher eine Inkarnation, und wir zahlten ihnen Geld, damit sie die Seele austrieben, die diesen Körper zu ihrer Wohnstatt gemacht hatte, aber die einzige Wirkung war, daß der Leopard unseren kleinen Neffen tötete. Da hat mein Bruder den Leoparden erschossen.«

Namu nahm erneut einen Schluck, offenbar gewillt, mit dieser Geschichte fortzufahren, solange sich Zuhörer fanden. Eine Gruppe versammelte sich um sie, und Holder konnte nichts weiter tun als dasitzen und beten, daß Namu sie nicht beide ins Unglück stürzen möge.

»Unmittelbar danach wurde er blöde. Von einem Tag zum andern. Also gingen wir zu den Lamas, und sie sagten, das sei die Strafe, weil er den heiligen Leoparden ermordet hatte. Sie banden ihm ein rotes Tuch um den Hals, um das Böse auszutreiben. Es half nichts. Sie sahen in dem Verzeichnis der vierzig Krankheiten nach. Sie gaben ihm Pillen, sogar Pillen, aus dem Exkrement des Pantschen Rinpotsche gefertigt, und schließlich hatten wir kein Geld mehr, das wir ihnen hätten geben können. Da sagten sie, es bestünde nur noch eine Hoffnung – er müsse eine Pilgerreise nach Lhasa machen und einen Monat lang im Kreis auf dem Lingkhor laufen, ohne sich durch Regen, Schnee, Wind oder Kälte abhalten zu lassen, und er dürfe seinen Lauf nur zum Schlafen, Essen und Beten unterbrechen.«

Aus der kleinen Gruppe der Zuhörer kam ein beifälliger Seufzer. Das war die Art von Geschichten, wie sie in den Tasam-Häusern nach dem Essen gern gehört wurden. Jeder wußte, daß dabei auf jedes Körnchen Wahrheit eine Menge Dichtung kam und daß an manchen dieser Geschichten kein wahres Wort war, aber das tat nichts, sie waren trotzdem spannend.

Einer nach dem andern überboten sie Namus Erzählung mit Berichten über Dinge, die ihnen selbst zugestoßen waren, bis schließlich das Essen, der Alkohol, die schlechte Luft und die Anstrengung des Tages, der Kampf mit den Bergen, ihre Wirkung zeitigten und die Leute zu ihren Schlafplätzen gingen. Ein gutaussehender Treiber ließ sich neben Namu nieder. Zuerst wurde viel gekichert, und dann folgten unmißverständliche Bewegungen, während Holder geniert und eifersüchtig dalag.

Da hörte er sie sagen: »Nein, nein. Vielleicht begegnen wir uns wieder, aber nicht jetzt. Mit meinem Bruder neben mir wäre es mir peinlich.«

Sie hatte ganz offenkundig so laut gesprochen, damit er es hören sollte.

In seiner Meditationskapelle saß der Dalai-Lama in Lotoshaltung auf einem breiten Thron. Fast alles in der Kapelle hatte den sanften, matten, unverwechselbaren Glanz reinen Goldes. Die ganze Stirnwand bedeckten in Gold getriebene und mit kostbaren Steinen besetzte reichgestaltete Reliefs. Auf einem langen, geschnitzten Tisch standen in einer Reihe zwanzig oder mehr goldene, mit Opferwasser gefüllte Schalen und vor ihnen in Hüfthöhe goldene Butterlampen. In der Mitte trug ein goldener Drache mit Schuppen aus Türkisen eine riesige Butterlampe, die einen Durchmesser von mehr als zwei Fuß hatte.

Auf Befehl des Gottkönigs waren die Lampen nicht angezündet worden, da sie ständiger Wartung bedurften, er jedoch völlig ungestört sein wollte. Und auch, weil er absolute Finsternis brauchte, um während seiner »Fasten« zu essen, ohne daß die Augen es sehen konnten, die ihn, wie er wußte, stets durch winzige, wohlversteckte Öffnungen in der goldenen Wand beobachteten, hinter der sich ein schmaler Gang befand. Diese Überwachung, die auch dann nicht aussetzte, wenn er die Toilette aufsuchte, störte ihn nicht mehr; aber nur völlige Dunkelheit befreite ihn davon.

In der Nacht hatte er gegessen, was Dorjew für ihn zurückgelassen hatte, und aus jeder Schale ein wenig Wasser getrunken, so daß man annehmen konnte, es sei verdampft.

Es war der dritte Tag seiner freiwilligen Klausur. Von Kindheit an war er daran gewöhnt, lange Zeiträume in stummer Meditation zu verbringen, denn die Regeln, die ein Gottmensch einhalten mußte, waren strikt und unabänderlich. Aber jetzt wartete er auf eine Entwicklung der Dinge, von der sein Leben oder sein Tod abhängen konnte, und jede neue Minute war schwerer zu ertragen als die vorangegangene.

Nur selten war der lange Khata außerhalb seines Blickfelds. Dorjew hatte das Signal gut gewählt. Vor der goldenen Stirnwand hing ein Querbehang aus Brokat von der Decke herab, von einer Seite der Kapelle zur anderen, so daß der seidene Khata den Blicken der stummen Späher verborgen blieb.

Die Aufmerksamkeit des Dalai-Lama war so angespannt, daß er es beinahe nicht bemerkt hätte, als der Khata sich tatsächlich bewegte. Er heftete den Blick auf ihn, und jetzt bewegte er sich deutlich noch einmal.

Nun mußte er warten. Er schritt auf und ab, und während er die hundertacht Perlen seines Rosenkranzes über den Zeigefinger gleiten ließ und sie mit dem Daumen zählte, psalmodierte er leise: »Om mani padme hum – Heil dem Edelstein im Lotos.«

Dorjew, der jeden Tag etwa um diese Zeit erschienen war, um zu fragen, ob sein junger Schüler die Meditationen bereits beendet habe, verließ jetzt den kleinen geheimen Raum, über den er in seiner Funktion als Abt-Tutor verfügte und in dem er an dem mit dem Khata verbundenen Seidenfaden gezogen hatte.

Ein leibeigener Mönch stand mit Dorjews Pferd draußen am Trittstein, und einen Augenblick später ritt der Abt-Tutor aus dem Eingangstor des Juwelenparks, dann bog er nach links ab und preschte in die Richtung des Klosters Drepung. Aber kurz vor dem Klosterkomplex wandte er sich zu dem Na-tschung Tschos-kjong, dem goldbedachten Tempel des

Staatspropheten, dem man Nachricht gesandt hatte, daß die vier Schapés, die das tibetische Kabinett bildeten, seinen Rat wünschten.

Es war Dorjew gelungen, den Schata Schapé davon zu überzeugen, daß man den Staatspropheten über die Gründe befragen müsse, warum der Dalai-Lama an immer wiederkehrenden Anfällen von Übelkeit litt, die auf eine Vergiftung deuteten. Er hatte darauf hingewiesen, daß der Zeitpunkt der Ordinierung des jungen Gottkönigs rasch näher rückte und daß die Chinesen und der Regent bei den letzten vier Dalai-Lamas dafür gesorgt hatten, daß diese ihre Ordinierung nicht mehr erlebt hatte. Jetzt, da von den Briten so kriegerische Töne kamen, wäre es unangebracht, einen toten Dalai-Lama und einen Regenten zu haben, der nichts anderes als ein Vasall Pekings war. Jetzt sei der Augenblick gekommen, das chinesische Joch abzuwerfen. Nachdem Dorjew den Schata Schapé überzeugt hatte, konnte er es beruhigt ihm überlassen, seinerseits die restlichen Kabinettsmitglieder zu überzeugen, und er hatte es getan.

Die Befragung des Staatsorakels, die jetzt vor sich gehen sollte, war der Höhepunkt von Dorjews geduldigen und vorsichtigen Vorbereitungen. Er hatte allen Grund zu der Annahme, daß man den Dalai-Lama zu vergiften trachtete, denn er selbst hatte in der letzten Zeit dem Essen, das dem Gottkönig gereicht wurde, immer größere, aber nicht tödliche Dosen Strychnin beigemischt.

Nun, da die entscheidende Kraftprobe unmittelbar bevorstand, war Dorjew nicht im mindesten nervös. Er ritt die Steintreppe zum Tempel hinauf, an einem geschnitzten und bemalten Wandfries vorbei, auf dem abgehäutete menschliche Körper, mit Blut gefüllte Trinkschalen aus menschlichen Schädeln und rötliche Eingeweide dargestellt waren. Im Hof stieg er ab und warf den Zügel einem leibeigenen Mönch zu. Die Tür, durch die er schritt, hatte einen geschnitzten Rahmen, der aus Totenschädeln und abgeschlagenen Köpfen bestand, alle sorgfältig bemalt. Überall waren ähnliche Schreckensbilder dargestellt: Eingeweide, herausgerissene

Zungen, ausgestochene Augäpfel und Menschen, die auf entsetzliche Weise gefoltert wurden.

Dorjew erschien gerade noch rechtzeitig im Thronsaal des Orakels, wo der Magier gerade mit jener Zeremonie begann, in deren Verlauf der Gott des Tempels von seinem Körper Besitz ergreifen und durch seinen Mund sprechen würde. Das Gesicht des Magiers hatte sich bereits in eine starre Maske verwandelt, und plötzlich begann sein Körper zu zucken, als sei er drauf und dran, am Starrkrampf zu sterben. Er zitterte heftig. Schweiß bedeckte seine Stirn. Zwei Tempeldiener traten auf ihn zu und setzten ihm eine schwere Maske auf. Er erhob sich von seinem Thron und begann sich mit Tanzschritten zum dunklen Klang von Oboen im Kreis zu bewegen. Seine Fäuste trommelten auf seine schweren goldenen Brustplatten. Dann hielt er inne und blieb, von Tempeldienern gestützt, schwankend stehen.

Einer der vier Schapés trat vor und breitete ehrerbietig ein Tuch über den Kopf des Magiers, dann verlas er mit leiser Stimme die vorbereiteten Fragen. Ein älterer Mönch, der Vertraute des Magiers, stand neben ihm und schrieb mit zitterndem Federkiel die Antworten des Orakels nieder, die niemand sonst hören konnte.

Dorjew, der hinter den etwa fünfzig Würdenträgern stand, die diesen Befragungen beiwohnen durften, verfolgte das Schauspiel mit gespielter Ehrfurcht, behielt dabei aber stets den Federkiel im Auge, der über das rauhe, handgemachte Papier glitt. Der Schreiber schien keinen Augenblick zu zögern. Dorjew atmete insgeheim auf. Es war die übliche Kombination, die man anwandte, um den Mönchsorden zu korrumpieren: Geld, die Aussicht auf Beförderung, verhüllte Drohungen, in diesem besonderen Fall gewöhnliche Erpressung. Dorjew hatte herausgefunden, daß der Schreiber regelmäßig einen kleinen Bauernhof in dem nahe gelegenen Dorf Sching Dongka aufsuchte und dort sexuellen Verkehr mit Schafen hatte – eine Verirrung, die selbst in der verderbten Luft der geistlichen Kreise von Lhasa einen Skandal auslösen konnte.

Der Mongole wartete draußen in der hellen Sonne, während die Schapés die Ergebnisse der Orakelbefragung in einem geheimen Raum prüften. Es waren drei weltliche Schapés und ein geistlicher, der Tekang Schapé, ein Lama – alle natürlich Adelige.

Nach einiger Zeit kam der Tekang Schapé mit wichtiger Miene und sehr nervös heraus, und ein Leibeigener brachte ihm eilig sein Pferd. Sein Ornat aus goldenem Brokat, der unter dem roten Kaschmir des Mönchsordens getragen wurde, glänzte im Sonnenschein, als der Diener ihm auf das Pferd half. Er winkte einen riesenhaften Mann zu sich heran, der selbst für einen Mönchspolizisten außergewöhnlich brutal aussah, und die beiden ritten in Richtung auf den Juwelenpark davon, gefolgt von den übrigen, einschließlich Dorjew.

Als sie dort anlangten, sahen sie die Diener und Beamten des Juwelenparks in alle Richtungen laufen. Der plötzliche Entschluß des Dalai-Lamas, seine Meditationen zu beenden und wieder aus seiner Abgeschlossenheit hervorzutreten, hatte diese Geschäftigkeit ausgelöst. Aber für die Eingeweihten hatte das Erscheinen zu diesem Zeitpunkt eine besondere Bedeutung.

Ein Leibeigener nahm Dorjew sein Pferd ab, und Dorjew stellte die geziemenden Fragen hinsichtlich der Gesundheit des Gottkönigs nach der langen Klausur.

Pferdehufe klapperten, während sich die Schapés und die übrigen hohen Würdenträger im Juwelenpark versammelten. Ein Trupp berittener Mönchspolizisten hielt aufgeregte Leute aus dem Volk mit Peitschenhieben und Schlägen ihrer eisenbewehrten Knüttel davon ab, dem Tor zu nahe zu kommen.

Die Ranghöchsten, denen sich Dorjew diskret anschloß, stiegen, ihre langen, in einer Art Rock endenden Gewänder hochraffend, die Treppe hinauf und betraten unter den wachsamen Blicken von zwei Eisenstabmönchen den mit Brokat ausgeschlagenen Empfangsraum, wo sie ehrerbietig auf das Erscheinen des Gottkönigs warteten. Er trat feierlich ein, mit langsamen, abgemessenen Schritten, wie der Darsteller eines Greises in einer chinesischen Oper, und nahm seinen Platz auf dem Thron ein. Diener breiteten sein Gewand aus. Nachdem sie sich zurückgezogen hatten, begann der Tekang Schapé zu sprechen.

»Dürfen wir uns ehrfurchtsvoll nach der Gesundheit des Dreizehnten Körpers erkundigen?«

»Dieser Körper hat, seit er sich zur Meditation zurückzog, seine gewohnte Kraft und Frische in vollem Umfang wiedererlangt. Doch während Unserer Meditation quälten Uns böse Vorahnungen. Wir vernahmen warnende Stimmen, die sagten, es gäbe Leute in Unserer Umgebung, die Böses gegen Uns im Schilde führten.«

Die vier Schapés warfen einander bedeutungsvolle Blicke zu. Ein Schauer der Erwartung ging durch die Schar der höchsten Würdenträger Tibets.

»Eure Heiligkeit«, fuhr der Tekang Schapé fort, »stimmt es, daß der Bruder des Regenten dem Rimpotsche kürzlich ein Geschenk überreicht hat?«

Der Dalai-Lama schien zu überlegen. Er fing Dorjews Blick auf und sah, daß der Burjäte unmerklich nickte.

»Das stimmt. Der Minister war so freundlich, Uns mit verschiedenen neuen Gewändern zu beschenken, die auf seinem Gut im Norden angefertigt wurden.«

Wieder wechselten die Kabinettsmitglieder Blicke und nickten einander zu.

»Gehörten dazu auch Stiefel, Eure Heiligkeit?«

Der Dalai-Lama nickte.

»Sind es die, die Eure Heiligkeit augenblicklich trägt?«

»Nein. Wir trugen sie, bis Wir Uns zur Meditation zurückzogen.«

»Und weiß Eure Heiligkeit, was mit den Stiefeln geschah, die Euch der Minister geschenkt hat?«

»Das ist etwas, worüber vielleicht der Abt-Tutor Auskunft geben kann.«

Aller Augen waren jetzt auf Dorjew gerichtet, der so tat, als denke er nach.

»Es ist üblich, die Kleidungsstücke des Rimpotsche dem Garderobenmeister zu übergeben.«

Eine winzig kleine, magere Gestalt trat schlurfend vor und verneigte sich erst vor dem Thron und dann vor den Versammelten.

»Eure Heiligkeit, sie befinden sich in der Garderobe.«

Der Dalai-Lama sagte: »Wir verstehen nicht, was das alles zu bedeuten hat, Tekang Schapé. Ist es denn wichtig?«

»Es könnte mit der kürzlichen Krankheit Eurer Heiligkeit zusammenhängen. Kann man die Stiefel herbringen?«

Der Dalai-Lama nickte, und der Garderobenmeister verschwand.

»Wann werden Wir über die Gründe für diese ungewöhnliche Überfüllung des Empfangsraums und diese seltsame Bitte unterrichtet?«

Der Schapé verneigte sich.

»Wir kommen von einer Befragung des Staatsorakels, betreffend die Krankheit des Dreizehnten Körpers.«

»Und konnte das Orakel helfen?«

»Das ist noch nicht bekannt. Es ist immer möglich, die Nachricht mißzuverstehen, die der Magier während seiner Trance gibt. Jedenfalls hielt der Geist Einzug in seinen Körper und verkündete, der Minister habe zwischen die Sohlen der Stiefel eine Zauberformel eingefügt, bevor er sie Eurer Heiligkeit zum Geschenk machte. Diese Formel, die von einem Schwarzknochen-Magier stammt, verzaubert den Träger und vergiftet ihn allmählich.«

»Das heißt diesen Dreizehnten Körper.«

Die versammelten Würdenträger atmeten schwer, aber keiner sagte ein Wort. Der Garderobenmeister kam mit einem Kissen zurück, auf dem die schöngearbeiteten, wie Galeonen geformten Stiefel lagen.

»Untersucht sie«, befahl der Dalai-Lama.

Einer der weltlichen Schapés löste sein Messer von der silbernen Kette, die an seiner Hüfte hing, und hielt es hoch, auf daß der Rimpotsche es segne, dann nahm er einen Stiefel und riß, eine nach der anderen, die mit der Hand zusammengenähten Schichten ungegerbten Leders ab, aus denen die zwei Zoll dicke Sohle bestand.

Keine Spur von einer Zauberformel. Ein Flüstern ging durch die Versammlung, daß der Sekretär des Staatspropheten sich zweifellos geirrt habe. »Er wird allmählich etwas schwerhörig.«

Der Schata Schapé fing Dorjews Blick auf, aber dieser Blick war unergründlich. Das Gesicht des Mongolen trug wie immer einen Ausdruck, der ein Lächeln vortäuschte, aber daran waren allein die hochgezogenen Mundwinkel und die schmalen Augenschlitze schuld.

»Ah!« Der Schokang Schapé, der jetzt damit beschäftigt war, die Sohle des zweiten Stiefels auseinanderzunehmen, fuhr mit den Fingern zwischen zwei Schichten Leder, und Totenstille breitete sich in dem Raum aus. Er zog einen langen, zusammengefalteten Papierstreifen heraus. Dann plötzlich überkam ihn Furcht, und er warf das Papier auf den Fußboden, wo es liegenblieb.

»Wer soll es öffnen?« fragte der Tekang Schapé, sich an niemand Bestimmten wendend.

»Eigentlich ist das die Aufgabe des Abt-Tutors«, sagte der Schokang Schapé, vor dem unheiligen Papier zurückweichend.

Dorjew trat vor und erhielt die Erlaubnis, das Papier auseinanderzufalten. Er besprenkelte es mit Safranwasser aus einer Flasche, die von seinem Gürtel herabhing, und dann, um die Berührung mit ihm zu vermeiden, entfaltete er es mit seinem eigenen Messer und dem, das der Schokang Schapé bis jetzt in der Hand gehalten hatte. Er breitete es aus, und alle reckten die Hälse.

Auf dem Papier sah man, mit einer aus Yakmistruß und Wasser hergestellten Tinte gezeichnet, ein in acht Segmente geteiltes Rad; in jedem dieser Segmente befand sich ein mystisches Symbol von unbekannter Bedeutung, und rund um das Rad verlief eine seltsame, ebenfalls nicht deutbare Schrift.

Ungläubige Ausrufe wurden unter den Anwesenden laut.

Der junge Gottkönig sagte ruhig: »Und dies ist also die Quelle Unserer Krankheit und Unserer schlimmen Vorahnungen?«

»Der Bruder des Regenten!«

»Ja. Aber wer sonst noch?«

»Der Regent muß dahinterstecken.«

»Und das Kloster Tengje-ling.«

Der Tekang Schapé als ranghöchstes Kabinettsmitglied hatte das Empfinden, daß er jetzt Führereigenschaften beweisen müsse. »Eure Heiligkeit, darf ich demütig vorschlagen, daß der Regent, seine Brüder, ihre Frauen und Kinder und ebenso die höchsten Lamas des Gompa Tengje-ling peinlich befragt werden.«

Der Vorschlag wurde mit beifälligem Gemurmel aufgenommen. Jetzt war der Zeitpunkt gekommen, die eigene Position deutlich zu machen und sich den Hunden zuzugesellen – der sicherste Weg, nicht für einen Hasen gehalten zu werden. Dorjew merkte, daß die Begeisterung des Horkang Schapé gespielt war. Er hatte ihn immer als den schwächsten der drei Laienschapés und als einen Handlanger des chinesischen Vizekönigs angesehen.

Er selbst hielt sich diskret im Hintergrund. Obwohl er der Lehrer und Erzieher des Dalai-Lama war, erachtete er es für klug, nie erkennen zu lassen, daß er in die Politik von Lhasa verwickelt war.

»So sei es«, sagte der Dalai-Lama nach den Worten des Tekang Schapé.

»Die Untersuchungen sollte aber nicht der Geistliche Rat vornehmen, dessen Mitglieder in der Hauptsache vom Khampo von Tengje-ling ernannt wurden«, riet der Schata Schapé.

»Wer dann?«

»Darf ich in aller Demut vorschlagen, Eure Heiligkeit, daß die Äbte von Drepung, Sera und Gaden gemeinsam mit zwei Laienschapés dafür verantwortlich sein sollten.«

»Sehr gut«, sagte der Dalai-Lama. »Aber beeilt euch. Diese Nachricht wird schnell bekannt werden. Wir müssen rasch handeln. Geht alle. Und erstattet Uns täglich Bericht. Oder sogar noch häufiger, wenn es wichtige Neuigkeiten gibt.«

Unten hörte man Hufgeklapper.

Ein Lama blickte auf den Vorhof hinab.

»Es ist der Minister selber.«

Der Dalai-Lama nickte den beiden Eisenstabmönchen zu, die den Eingang zum Empfangsraum bewachten. »Nehmt ihn fest«, sagte er.

Sie gingen eilig rückwärts hinaus, sich fortgesetzt verneigend.

Das war das erste Mal seit hundert Jahren, daß ein Dalai-Lama seine weltliche Autorität geltend gemacht hatte. Bis zu diesem Augenblick hatte der Dreizehnte Körper sein ganzes Leben ausschließlich in der Gesellschaft von meist älteren Mönchen verbracht, die sich bei Tag und bei Nacht in seiner Nähe aufhielten und jede seiner Handlungen bestimmten.

Gehorsam zu finden, war ein neues Gefühl, und er genoß es. Seine Augen funkelten, aber er hatte sich gut in der Gewalt, und sein unbewegtes Gesicht verriet nicht, welches Vergnügen ihm das Bewußtsein seiner Macht bereitete.

Er entließ die Schar der Würdenträger, und während sie langsam, sich verneigend, rückwärts hinausgingen, konnte er die Entrüstungsschreie von unten hören, als man den Minister vom Pferd zerrte, um ihn, mit Stricken gebunden, in die steinernen Kerker und Folterkammern unter dem Potala zu schaffen.

Seit Prinz Tang-Tong im 15. Jahrhundert eine berühmte, an Eisenketten aufgehängte Brücke hatte errichten lassen, war Verfall das Los Tschakam-Tschaksams gewesen. Jetzt waren einzig noch die Ketten übrig, und den Fluß konnte man nur in Fährbooten überqueren, die wie längliche Kisten aussahen und mit geschnitzten Pferdeköpfen verziert waren. Zum Glück für Holder und Namu war eine große Karawane auf dem Weg nach Lhasa, und der Karawanenführer, der in dem Alter stand, in dem alle Tibeter an den nahenden Tod denken, ließ die beiden mit seinen Tieren übersetzen, da er hoffte, sich bei den Göttern ein wenig verdient zu machen, indem er ab und zu einem Bettler half.

Sie befanden sich jetzt in einer Höhe von nur viertausend Metern, und dort, wo ebener Boden war, erstreckten sich hier und da mit Gerste bebaute Felder. Unter Gruppen von Pappeln wuchsen Vergißmeinnicht, Schierling, blaue Passionsblumen und wilde Möhren; Margeriten sprenkelten das storre Gras. Sie sahen auch ein paar von Getreide- und Gemüsefeldern umgebene Dörfer. Es war angenehm, im Sonnenschein zu liegen, dem Gesang der Vögel und dem Gesumm der Bienen zuzuhören.

Auf der anderen Seite des Jalutsangpo hatten Pilger durch die Jahrhunderte auf jedem Zoll des Weges ihre Wahrzeichen hinterlassen, aus Dankbarkeit dafür, daß Lhasa nicht länger fern war und auf dem Tscha-lam keine Gefahren mehr drohten. An jeder Wegbiegung waren gewaltige Buddhareliefs tief in die glatten Felsen eingemeißelt, in jeden dafür geeigneten Stein war ein Om mani padme hum eingeschnitten, oft bemalt in der heiligen Folge der Farben: weiß, grün, gelb, blau, rot, indigo oder schwarz. Ausgeblichene und zerfetzte Gebetsfahnen flatterten überall dort, wo böse Geister umgehen mochten, auf eine Gelegenheit wartend, ihre Untaten zu verüben.

Je näher Lhasa rückte, desto häufiger wurden diese Zeichen religiöser Verehrung, und der Tscha-lam verwandelte sich fast in eine Verkehrsstraße, auf der sich Yaks, Pferde, Affen und alle Arten von Pilgern drängten, die nun an ihrem Ziel ankamen. Ein Pilger legte das letzte Stück Weg zur Heiligen Stadt zurück, indem er sich der Länge nach zu Boden warf, wieder aufstand, sich mit den Fersen an jene imaginäre Linie stellte, die er mit den Fingerspitzen erreicht hatte, und sich dann erneut lang ausgestreckt in den Staub fallen ließ.

Auf der Milchebene, wo die Heilige Stadt lag, bog die ungepflasterte Straße um einen Felsvorsprung, an dem sich der größte Obo befand, den Holder und Namu je gesehen hatten. Als sie bei ihm anlangten, wurde ihnen der Grund klar. In der Ferne hing über den Getreidefeldern und den dunkleren Silhouetten der Bäume ein schwacher goldener Schimmer. Sie blieben stehen. Das war das erste Zeichen der Stadt, nach der so viele vergebens aufgebrochen waren, dort lag sie, die Himmlische, wie ein Juwel eingefaßt von Bergen mit Mänteln aus Eis und Schnee, die den Zugang zu ihr durch Höhe, Kälte, Steinhalden, Geröll, Sand, reißende Flüsse und kahlen Karst versperrten. Es war ein unvergeßlicher Augenblick. Holder und Namu hoben jeder einen Stein auf und warfen ihn auf den Obo; dann zogen sie weiter, dem Berg entgegen, auf dessen Rücken die goldenen Dächer des Potala Lichtpfeile aussandten.

Jetzt, da Lhasa bereits in Sicht war, hatte Holder das Empfinden, als kenne er jeden Stein auf dem Weg – so viel hatte er über die Heilige Stadt gelesen. Zur Linken, nicht mehr als vier Meilen von der Stadt entfernt, erstreckte sich zwischen zwei Bergausläufern das größte Kloster der Welt. Der riesige weißgetünchte Komplex trug seinen Namen zu Recht: Drepung, der Reishaufen. Man schätzte, das zwischen acht- und zehntausend Mönche, meist aus dem einfachen Volk stammend, in seinen Mauern lebten – halb soviel, wie die Stadt nichtgeistliche Einwohner zählte.

Die Milchebene umschlossen zerklüftete, baumlose Berge, die weitere zweitausend Meter hoch oder höher aufragten und noch immer mit morgendlichem Pulverschnee bedeckt waren. Vom Kloster Drepung an verlief die Straße auf einem Damm. Sie führte über die sumpfige Ebene hinweg direkt zum Pargo Kaling, dem Westtor der Stadt – vorbei am Juwelenpark, hinter dessen langer Mauer der Dalai-Lama nach der Entlarvung des Regenten und der Verhaftung des Ersten Ministers seine zweite Woche als tatsächliches Staatsoberhaupt begann.

Der Pargo Kaling war ein prachtvoller Tschorten mit einem Bogentor, durch das man in die eigentliche Stadt gelangte. Zu beiden Seiten des Tschorten standen zwei gleichgeformte Obelisken, die durch Schnüre mit bimmelnden Glöckchen verbunden waren.

Zerlumpte Bettler, unglaublich schmutzig, verseucht, blind, verkrüppelt, mit eitrigen Augen und eitertriefenden, oft selbst beigebrachten Wunden, standen, saßen oder lagen dicht am Tor, streckten die Zungen heraus, zogen an ihren Ohren, verneigten sich unablässig und flehten greinend um Almosen.

Holder hatte viel über den Potala gelesen, der als eins der architektonischen Weltwunder galt – eine Einschätzung, die er bisher als maßlose Übertreibung exaltierter Reisender abgetan hatte. Als er jetzt die Stadt betrat, die ihm und allen Ferenghi bei Todesstrafe verboten war, wandte er die Augen absichtlich ab, weil er diesen Bau das erste Mal im ganzen auf sich wirken lassen wollte, und zwar von vorn, mit der Sicht auf die Hauptfront.

Lhasa mit seinen Baumgruppen, seinem Sonnenschein und seinem milden Klima war gewiß nicht so schmutzig wie Phari, aber Holder war dennoch entsetzt über das, was er hier erblickte. Fauliges Wasser bedeckte den verkarsteten Boden; dahinter erhob sich ein Wall aus stinkendem Unrat und Müll, auf dem tote Hunde lagen. Raben hüpften um die Kadaver herum und hackten mit ihren Schnäbeln auf sie ein. Zwischen Ständen, die Fleisch, Butter und Tsamba verkauften, lag ein halbes Dutzend räudiger Köter schlafend in der Sonne. Andere Stände boten jene Dinge feil, die für das Leben in Tibet unentbehrlich waren: Gebetsmühlen, Rosenkränze, Musketen, Schießpulver, Schrotkörner, Bogen und Pfeile, Ziegeltee, Ballen grober Stoffe.

Die meisten dieser Verkaufsstände wurden von Frauen betrieben, fröhlichen, lachenden, nach tibetischen Begriffen sauberen Frauen, die sich zum Schutz vor der sengenden Sonne und den staubgeladenen Winden die Gesichter mit dunkelrotem Kutsch bestrichen hatten.

Als Holder ungefähr in der Mitte vor der Hauptfront des Potala angelangt war, richtete er den Blick auf den Palast und stand wie gebannt da. Nicht einmal in seinen Träumen hätte er sich die Harmonie, die Anmut und kraftvolle Schönheit dieses Bauwerks vorzustellen vermocht, dem durch die Jahrhunderte zahllose Pilger ihre Huldigung dargebracht hatten, überzeugt davon, daß nur Götter ein solches Wunder geschaffen haben konnten.

Der Potala mit seinen gleißenden Dächern ließ die Berge im Hintergrund zusammenschrumpfen, die trotz ihrer gewaltigen Höhe nur eine Kulisse für dieses unglaubliche Menschenwerk bildeten. Er schien aus dem Felsplateau emporzuwachsen, auf dem er stand – leicht nach innen gewölbt im tibetischen Stil, kühn auf Symmetrie verzichtend und gerade deshalb voller Harmonie. Es war atemberaubend.

Holder merkte, daß Namu ihn am Arm zog, und ließ sich von ihr hinwegführen, weil er dieses architektonische Wunder noch von anderen Seiten betrachten wollte. Doch es war bereits Nachmittag, und sie mußten sich eine Unterkunft in der eigentlichen Stadt suchen, die eine halbe Meile entfernt lag. Der Blick auf sie wurde von den Bäumen versperrt, aber sie konnten sehen, wie sich das Licht der untergehenden Sonne in den goldenen Dächern des Dschokhang-Tempels widerspiegelte.

Sie hatten nur die Wahl zwischen zwei Wegen, und einer davon stand unter Wasser; also nahmen sie den anderen über die Türkisdachbrücke, die auf den Dschokhang führte, das wahre Herz des Lamaismus, den eigentlichen Lha-sa, den Platz Gottes, der der Stadt ihren Namen gab. Als sie zum Eingang dieses Tempels aus dem 7. Jahrhundert kamen, wandten sie sich nach links, um die heilige Stätte zu ihrer Rechten zu haben, drängten sich durch eine Horde von Bettlern und betraten den zweiten heiligen Bezirk von Lhasa. Heilig mochte er sein, das bewiesen die Scharen von Pilgern, die ihn, ihre Gebetsmühlen drehend, im Uhrzeigersinn umschritten, aber in diesem Bezirk erhob sich ein Verkaufsstand neben dem anderen und drängten sich wandernde Höker, alle Arten von Waren anbietend, die sich auf Yaks transportieren ließen. Es herrschte ein farbenreiches Durcheinander von Mönchen, berittenen Beamten in Seidenroben mit ihren peitschenschwingenden Dienern, Nomaden, Bauern, Männern, Frauen und Kindern, die kauften, verkauften, Gebete leierten, ihre Rosenkranzperlen durch die Finger gleiten ließen, kochten, Buttertee rührten, Tsambafladen brieten – ein lärmendes, vielfältige Gerüche ausströmendes, buntgemischtes Leben, wie es das vor tausend Jahren in Europa gegeben haben mußte.

Plötzlich drängte alles in östliche Richtung, hin zu einem kleinen viereckigen Platz. Holder und Namu wurden von der Menge mitgerissen und wie diese plötzlich zum Stehen gebracht, als Gerichtsdiener mit roten Troddeln an den Hüten ihre Peitschen schwangen, um den Raum vor der Granittreppe frei zu halten, die zum Amtssitz des Stadtrichters emporführte.

Die Rücken zweier schwarzgekleideter Männer wurden sichtbar, die etwas durch die offene Tür in den Sonnenschein zerrten. Das Bündel, das sie da auf den terrassenartigen Vorbau und dann die Treppe hinunterschleiften, war eine Frau, mit wirrem Haar und völlig aufgelöst, aber wie eine Adelige gekleidet.

Sie weinte und beteuerte, sie sei völlig unschuldig. »Ich habe nur gestanden, weil ich die Schmerzen nicht mehr ertragen konnte. Ich habe nichts getan, bitte, glaubt mir doch! Peitscht mich nicht! Peitscht mich nicht!«

Ihr Flehen hatte nicht die mindeste Wirkung. Die beiden Gerichtsdiener hielten sie fest, während jetzt zwei andere die Treppe herunterkamen, Stricke und schwere Rohlederpeitschen mit geflochtenen Schnüren in den Händen haltend.

Nun erschien der Stadtrichter selber, ein Mann mit gemeinem Gesicht. Auf dem dünnen Haar trug er den gelben, wie eine Untertasse geformten Wollhut, der ihn als Beamten des Fünften Grades auswies. Ein langer Ohrring, der in einer Träne aus türkisblauem Glas endete, hing von seinem linken Ohr herab. Er stand auf dem Vorbau, ohne der unten versammelten Menschenmenge irgendwelche Beachtung zu schenken.

»Fangt an«, befahl er den Gerichtsdiener.

»Nein, nein«, kreischte die Frau, aber sie schleuderten sie brutal mit dem Gesicht nach unten auf den Boden und streiften Schlingen über ihre Hände und Füße, so daß zwei der Männer sie der Länge nach ausstrecken konnten.

Die anderen beiden schlugen ihre Röcke hoch. Wie alle tibetischen Frauen trug sie keine Unterkleider und war von der Taille bis zu den Schäften ihrer kniehohen Stiefel nackt. Die zwei nahmen ihre Plätze zu beiden Seiten der ausgestreckt liegenden Frau ein, die jetzt in stummem Entsetzen wartete.

Sie schüttelten ihre Peitschen und ließen sie schärfer als Pistolenschüsse durch die Luft knallen. Die Frau sah sich so weit um, wie es ihr möglich war, und heulte: »Nein. Nein. Nein.« Die Büttel blickten zu dem Richter hoch, und er nickte. Nicht ein Laut kam aus der Menge.

Einer der beiden ließ seine Peitsche durch die Luft pfeifen und zog sie mit geübter Hand im richtigen Augenblick zurück, so daß sie mit schrecklicher Kraft schnalzend auf dem nackten Fleisch der Frau landete. Sie schrie entsetzlich, und ihr ganzer Körper wurde steif. Ein dicker dunkelroter Striemen entstand, und einen Augenblick später schlug die zweite Peitsche von der anderen Seite zu. Die Frau schrie in einem fort, während die Peitschenhiebe auf sie niederprasselten. Die Haut riß auf, und an beiden Seiten lief das Blut herab. Keiner der Männer achtete auf ihr Geschrei. Aber sie peitschten sie nicht hinter die Knie, die Methode, mit der man Menschen zu Krüppeln schlug.

Der Richter zählte die Peitschenschläge an seinem Rosenkranz ab. Langsam wurden die Schreie zu einer Art Stöhnen, und auch das erstarb, als sie das Bewußtsein verlor, aber die Strafaktion ging weiter, bis der Richter die Hand hob.

Entsetzt sah Holder Namu an.

»So haben sie es auch mit meiner Mutter und mit mir gemacht«, flüsterte sie. »Die Narben verschwinden nie mehr.«

Die Diener zogen der Frau die Röcke über das Gesäß und banden ihre Hände und Füße los. Sie wählten einige Männer aus der Menge aus, die die Frau in das Gerichtsgebäude tragen mußten. Die Menge begann sich zu zerstreuen.

»Weshalb geschah das?« fragte Namu eine Frau.

»Ich weiß es nicht. Die Stadt ist voller Gerüchte.«

Ein in der Nähe stehender Händler, ein Ladakhi, sagte: »Das war die Frau des Ersten Ministers, des Bruders des Regenten. Den Regenten können sie nicht finden.«

Die Frau, die immerfort ihre Handspindel drehte, berichtete: »Gestern war ein schrecklicher Tag. Die Mönche aus dem Drepung, besonders die Dob-dobs und die mit Ruß auf dem Gesicht, kamen brüllend in die Stadt, rasten und tobten, tranken und griffen nach jeder Frau, die sie sahen. Es hieß, sie suchten nach dem Regenten.«

»Er ist der Abt des Klosters Tengje-ling, das gleich hier um die Ecke liegt«, sagte der Händler.

»Ich hörte, sie haben den Dalai-Lama umzubringen versucht – er und sein Bruder.«

»Was? Den Rimpotsche umzubringen?« rief ein fassungsloser Pilger und versetzte seine Gebetsmühle in schnellere Umdrehung.

»Man vermutet, daß die Chinesen dahinterstecken!«

»Meine Schwester lebt in Scho und trägt jeden Tag Wasser in den Potala. Sie hat gehört, daß der Erste Minister hier im Kerker ist.«

»Er ist doch ein Guru! Warum kann er nicht wegfliegen?«

»Oder sich unsichtbar machen?«

»Hoffentlich finden sie ihn«, sagte die erste Frau. »Keine Strafe ist zu hoch für Menschen, die den Rimpotsche zu ermorden versuchen.«

Namu sagte: »Na, ich hoffe nur, sie fangen die Männer und lassen nicht alles die Frauen entgelten. Glaubst du, daß diese Frau mit im Komplott war?«

»Muß sie doch wohl. Sie haben ihr die Daumenschrauben angelegt und den Stein gegeben. Da reden sie schnell«, warf ein Neuankömmling ein. »Ich hörte, sie muß eine Woche lang jeden Tag im Block sitzen und wird dann nach Bome verbannt.«

»Ich finde, es ist eine Schande, eine Frau für das zu bestrafen, was die Männer getan haben.«

Ein Pilger mit einer Krücke sah Namu erschreckt an und entfernte sich eilig mit den Worten: »Wer sind wir, daß wir beurteilen können, was hier Recht und was Unrecht ist?«

Allmählich leerte sich der kleine Platz. Namu und Holder waren müde und hungrig. Sie setzten sich in den Schatten, tranken eine Schale Buttertee, aßen einen gebratenen Fladen, den sie an einer Bude gekauft hatten, und sahen zu, wie das Sonnenlicht auf dem Parkhor tanzte.

Auf der anderen Seite des Platzes standen mehrere Buden nebeneinander, meist von Frauen betrieben, die in der Stadt viel zahlreicher waren als die Männer, wenn man die mehr als zwanzigtausend Mönche in den Klöstern der Umgebung abrechnete.

Holder sah den Frauen zu, während er in Ruhe seinen Gerstenfladen aß, doch plötzlich hörte er auf zu kauen und blickte starr auf eine von ihnen, eine sauber gekleidete Frau mittleren Alters.

Er konnte sich gerade noch so weit beherrschen, daß er nicht aufsprang und auf sie zustürzte.

Es war seine Mutter.

Vierzehn Jahre war es her, seit er sie zuletzt gesehen hatte, an dem Tag seiner Abreise nach Kalkutta, und sie war mit den Jahren etwas dicker geworden, doch ohne jeden Zweifel war es Turin Boma.

Er warf einen raschen Blick auf Namu und war beruhigt. Fasziniert von dem geschäftigen Leben und Treiben einer großen Stadt, hatte sie nichts bemerkt.

Nie hatte er ernsthaft mit der Möglichkeit gerechnet, seiner Mutter in Tibet zu begegnen, und jetzt, zwei Stunden nach seiner Ankunft in Lhasa, hatte er sie gefunden! So unglaublich das im ersten Augenblick auch schien, im Grunde war es gar nicht überraschend. Da sie einen Verkaufssstand am Parkhor betrieb, wo jeder vorbeiging, der nach Lhasa kam, war das Zusammentreffen eigentlich unvermeidlich gewesen. Aber er hatte nichts von dem Verkaufsstand gewußt, und bevor er nach Tibet aufbrach, hatte er sich auch nicht klargemacht, wie dünn bevölkert dieses Land war.

Turins Kleidung unterschied sich in nichts von der Kleidung einer Frau aus der Adelskaste. Ihr Haar trug sie in der Mitte gescheitelt und in zwei dicke Zöpfe geflochten, die an den Enden mit Türkisen geschmückt waren. Ihr Untergewand war aus rosa Seide, und das bodenlange Obergewand, über das sie eine gestreifte Rockschürze von guter Qualität gebunden hatte, bestand aus importiertem schwerem Wollstoff. Das unvermeidliche Amulettkästchen, das sie an der Brust trug, war aus Silber.

Nachdem Holder seinen ersten Impuls, zu ihr zu laufen, unterdrückt hatte, wurde ihm klar, daß er Zeit zum Nachdenken brauchte. Wenn sie ihn erkannte, was sicherlich der Fall sein würde, sobald sie den Blick auf ihn richtete, war sein ganzes Unternehmen in Lhasa höchstwahrscheinlich gescheitert. Noch Schlimmeres war möglich. Wenn sie jemandem erzählt hatte, daß sie einen Sohn von einem Ferenghi hatte, und dieser Sohn tauchte nun plötzlich auf – wie lange konnte es dauern, bis die Behörden davon erfuhren? Zuerst der kleine Nepalese in Phari und nun dies! Zeit zum Nachdenken war jetzt das Allerwichtigste, und er wandte das Gesicht von Turin ab, die gerade mit einem Kunden feilschte, drückte sanft Namus Arm und wollte mit ihr in westliche Richtung weitergehen.

In diesem Augenblick ertönten Schreie am westlichen Ende des Parkhor, und eine Menge Menschen strömte zusammen, durcheinanderrufend, Meinungen austauschend, bemüht zu ergründen, was dort los war.

In der Ferne hörte man Rufe wie »Noch einmal die Drepung-Mönche!« – »Schon wieder die Dob-dobs!« – »Sie ziehen zum Tengje-ling!« Alle liefen nach Westen, und die Läden und Buden blieben ohne Kundschaft.

Holder und Namu, die sich eingehakt hatten, wurden von der Menge mitgerissen, nach rechts vom Parkhor hinunter- und am Marktplatz entlanggedrängt, wo eine Schar von Lastyaks in Panik geriet, und dann nach links in Richtung des als chinesenfreundlich bekannten Klosters Tengje-ling getrieben.

Ein doppelter Kordon von Eisenstabpolizisten, großen, kräftigen, prügelfreudigen Männern mit dick ausgestopften Schultern, versperrte, ihre eisenbeschlagenen Knüttel quer vor dem Körper haltend, der herandrängenden Menge den Weg, während andere Peitschen auf die Schultern und Gesichter von Männern, Frauen und Kindern niedersausen ließen.

Innerhalb dieser Polizeikette drängten sich rotgekleidete Mönche. Ihre ursprünglich weinroten Gewänder waren ausgeblichen und vielfach geflickt, so daß alle Schattierungen von Zinnoberrot bis Blaßrosa vertreten waren, manchmal an einem einzigen Gewand.

Die meisten dieser Mönche waren völlig verschmutzt und hatten rohe, stupide Gesichter. Sie gehörten zur untersten Klasse der Geistlichkeit, waren von ihren Familien, die andernfalls mit Vergeltungsmaßnahmen hätten rechnen müssen, den Klöstern als Diener geschenkt worden. Sie genossen das Tohuwabohu, drängten vorwärts und wieder zurück, schwenkten Stöcke, hielten Steine in den Händen und verlangten brüllend, die Mönche des Klosters Tengje-ling sollten ihnen den Regenten ausliefern.

»Wir wollen den Regenten!« – »Gebt uns den Chinesenfreund heraus!« – »Wo ist der Handlanger Pekings, der versucht hat, den Rimpotsche umzubringen?«

Hinter den steinernen Mauern und der festen, eisenbeschlagenen Klostertür blieb alles still.

»Schlagt die Tür ein!«

Ein Mönch schleuderte einen Stein gegen die Tür, der wirkungslos abprallte.

Eine lange Stange wurde über den Köpfen der Mönche weitergereicht, und die Dob-dobs räumten den Platz vor der Pforte, um die Stange als Ramme zu benutzen. Viele Hände packten sie der Länge nach, und die Reihe schmutziger, kahlgeschorener, zerlumpter Mönche rannte gegen die Tür an, die in ihren Angeln bebte, aber nicht nachgab.

Oben öffnete sich ein Fenster, und die Menge blickte hoch.

»Brüder!« Die zitternde Stimme, schwach vor Alter und

Furcht, gehörte einem alten Mönch, dessen dünner Hals wie ein ausgewrungenes graues Tuch aussah.

»Brüder!«

»Heraus mit dem Sohn eines räudigen Köters, der auf einer verwesten Leiche gezeugt wurde!«

»Brüder! Wir haben überall gesucht, aber wir konnten den Regenten nicht finden.«

Brüllendes Gelächter war die Antwort, und ein paar Steine flogen gegen den Fensterrahmen. Der alte Mönch zog sich zurück.

Durch die Menge drängte sich eine Gruppe von Dob-dobs mit einem steinernen Spitzpfahl und begann ihn mit Stricken und Stoffstreifen am Ende der Stange festzuzurren.

Ein anderer Mönch erschien am Fenster.

»Wir ersuchen euch dringend, euch nicht zu vergehen gegen dieses –«

»– Schlangennest chinesischer Spione und Giftmörder«, vollendete einer unter dem Beifallsgeschrei der Menge den Satz.

»Wenn ihr zehn verantwortliche Männer delegieren wollt, die uns bei der Suche helfen, werde ich Anweisung geben, die Pforte zu öffnen.«

Hohngelächter war die Antwort auf diese flehenden Worte. Jetzt bot sich eine einmalige Gelegenheit, das reiche Kloster zu plündern.

Eine rohe Stimme rief hinauf: »Halt deine dreckige Tsambaschnauze, du Hund. Wieviel hat dir der chinesische Amban bezahlt? Willst du, daß man dich in eine nasse Yakhaut einnäht oder dich ein paarmal durch den Fluß zieht?«

Hände griffen munter nach dem fertigen Rammbock, und unter anfeuerndem rhythmischem Geschrei fuhr die plumpe Säule auf die Pforte zu; doch bevor sie auf dem Holz aufschlug, wurde die Tür von innen geöffnet, und die Säule schoß vorwärts, fiel die Treppe hinauf und in den Türspalt. Die Menge brach in Lachen aus, und Hochrufe wurden laut.

Die Mönche strömten in das Kloster, und während sie das dunkle, dumpfige Innere zu durchsuchen begannen, stopften sie alles, was nicht niet- und nagelfest war, unter ihre Gewänder. Doch nur wenige golden schimmernde Gegenstände waren wirklich aus Gold – ihre Bewacher hatten sie längst durch eine Art umgekehrter Alchimie in Messing verwandelt.

Der Regent kauerte in einem der drei vergoldeten Tschorten der großen Versammlungshalle und horchte auf die lärmende Jagd. Unter seinen Füßen knisterten die trockenen Knochen und die übrigen staubigen sterblichen Reste des heiligen Ga Lama. Der üble Geruch in dem metallenen Grabmal setze sich aus den gewöhnlichen Klosterdüften und dem Gestank der Exkremente des Regenten zusammen, mit denen seine Schuhe und seine Kleider beschmiert waren.

Der Lärm verklang, und der Regent schöpfte wieder Hoffnung. Die größte Sorge bereitete ihm sein Ornat aus Goldbrokat, den zu tragen nur wenigen hohen Beamten gestattet war. Er mußte ihn um jeden Preis loswerden und sich in gewöhnlichen roten Kaschmir hüllen. Wie weit er sich noch auf seine eigenen Mönche verlassen konnte, wußte er nicht. Wegen der angeheizten antichinesischen Stimmung in der Stadt würden sie den Kopf einziehen, und sicherlich waren nur wenige darüber erhaben, ihn zu verraten, um die eigene Haut zu retten.

Sein ganzes Leben lang war der Regent in das Ränkespiel der Großen verwickelt gewesen, und obwohl es für ihn eine Frage von Leben und Tod war, verzog er unwillkürlich den Mund zu einem schwachen, verzerrten Lächeln, als er daran dachte, mit welchen Mitteln man ihn matt gesetzt hatte.

Es war ein Meisterstreich gewesen, dem Dalai-Lama etwas einzugeben, das ihn krank machte, ohne ihn jedoch umzubringen, und dann ein Zetergeschrei gegen ihn, den Regenten, und seinen Bruder, den Ersten Minister, zu erheben.

Die Ironie lag darin, daß der Regent, in Absprache mit dem chinesischen Amban Ju Kang, zweimal versucht hatte, den jungen Gottkönig zu vergiften, der Anschlag jedoch in beiden Fällen durch die Wachsamkeit seiner Umgebung vereitelt worden war.

Da war zunächst und vor allem, erkannte er jetzt, dieser burjätische Mönch Dorjew. Er hatte den scheinbar so harmlosen, ständig lächelnden Mongolen völlig unterschätzt, denn jetzt stand für ihn fest, daß dieser Mann der spiritus rector des ganzen gegen ihn gerichteten Komplotts und der »Offenbarungen« des Staatsorakels sein mußte.

Sein eigener Plan bestand darin, bei Einbruch der Nacht aus dem Tschorten herauszusteigen, einen der Vorhänge in der Versammlungshalle in Streifen zu reißen und sich daraus eine Toga zu winden, sich das Gesicht und die Hände schmutzig zu machen und auf den Morgen zu warten; es wäre Selbstmord gewesen, in der Dunkelheit hinauszugehen, wo die Köter die Straßen unsicher machten. So feige sie auch in der Nacht waren, im Rudel waren sie lebensgefährlich. Am Morgen aber war nichts Auffälliges an einem Mönch aus der Klasse der Leibeigenen, der in der Stadt einen Auftrag zu erledigen hatte.

Die Muskeln seines Körpers spannten sich. Die heulende Meute kam zurück. Auf dem Weg nach draußen, ins Freie?

Eine dröhnende Stimme rief: »Hat irgendwer schon in diesem Tschorten nachgesehen?«

Hände tappten an dem Metall, fanden den verborgenen Schnäpper, der die Tür verschlossen hielt.

Sie zogen den Regenten heraus, traten und schlugen ihn, verhöhnten ihn wegen seines mit Unrat beschmierten Goldbrokatornats, zerrten ihn durch den Versammlungsraum und hinaus in den Sonnenschein des späten Nachmittags.

Die Menge brach in lautes Triumphgeschrei aus.

Holder schlief schlecht in dem stickigen, unsauberen Gemeinschaftsraum des billigen Rasthauses, in dem er und Namu ihre erste Nacht in Lhasa verbrachten. Von draußen hörte man das unaufhörliche Jaulen und Bellen der in Scharen herumstreunenden Straßenköter. Drinnen vertrieben sich die Gäste, meist Karawanentreiber, im fahlen Licht der mit Butter gespeisten Lampen die Zeit mit Glücksspielen und Trinken, bestrebt, ihren Aufenthalt in der Hauptstadt nach Kräften auszukosten. Andere streckten sich, in ihre Schubas eingewickelt, auf dünnen Matratzen oder auf dem nackten Fußboden aus. Namu schlief zwischen Holder und der Wand, ein ruhiges Lächeln auf dem schmutzigen Gesicht, und einmal, als sie sich bewegte, sah er in dem schwachen Licht eine Brust mit einer dunklen Brustwarze.

Als er erwachte, war Namu bereits verschwunden. Am Abend hatte sie angekündigt, daß sie in der Stadt erkunden wolle, wie man sich seinen Lebensunterhalt verdienen könne; zur Nacht werde sie ins Rasthaus zurückkommen.

Auf dem dreieckigen Marktplatz wurden, als Holder dort erschien, bereits zahlreiche Lastyaks entladen, Stände aufgebaut und auf Stoffstücken Waren auf dem Boden ausgebreitet. Mitten auf dem Platz erhob sich ein steinerner Sockel, auf dem in stoischer Gelassenheit die Frau des verhafteten Ersten Ministers saß. Sie war zu stolz, sich anmerken zu lassen, welche Qualen sie litt. Um den Hals trug sie einen schweren Holzkragen, und in den gefesselten Händen hielt sie eine Holzschüssel, in die die Vorübergehenden etwas Eßbares hineintun konnten, um sich so ein wenig Verdienst zu erwerben. Es stellte einen seltsamen Kommentar zum Lamaismus dar, daß diejenigen, die ihr etwas spendeten, auch stehenblieben und zusahen, wie sie sich abmühte, das Essen über den Holzkragen hinweg in den Mund zu bekommen. Es machte großen Spaß, das zu beobachten. Das Verdienst lag im Geben.

Es war früh am Morgen. Auf den Gipfeln ringsum war der Nachtschnee noch nicht geschmolzen, aber die Geschäfte florierten bereits, und besonders lebhaft in jenen Zweigen, welche die Religion verbot, der alle in Verehrung anhingen. Fleisch – frisches Yak- und Hammelfleisch –, das nur durch das Töten von Lebewesen gewonnen werden konnte, gab es in Fülle. Ausgeweidete, in der Hochlandluft getrocknete Schafrümpfe standen gegen die Mauern gelehnt und erinnerten an die Traghölzer mit den vier Griffen, die man in Europa für den Fleischtransport benutzte. Überall wurden Musketen feilgeboten, grobes schwarzes Schießpulver,

Bleikugeln, Lunten, Dolchmesser, Schwerter, Bogen und Pfeile und andere primitive Angriffswaffen.

Holder beobachtete alles mit gespannter Aufmerksamkeit. Außer in den Häusern der Reichen gab es in Lhasa keine Toiletten, aber niemand trug Unterkleider, Männer und Frauen gingen in langen Röcken, und elementare Bedürfnisse konnte man ganz ungeniert dort verrichten, wo man sich gerade befand, ohne daß die Vorübergehenden auch nur hinsahen. Er hatte eine Weile gebraucht, um sich daran zu gewöhnen und ebenso an den Uringeruch, der in warmen Räumen von den Rocksäumen der Männer und Frauen aufstieg.

Unter den Budenbesitzern befanden sich Angehörige aller möglichen Völker: Nepalesen, Ladakhi, Bhutanesen, Mongolen und sogar ein paar Inder, nur Ferenghi oder Fringhi – ein Wort, das eigentlich Engländer bedeutete, aber auf alle Europäer angewendet wurde – gab es nicht. Sehr viele Kaufleute waren Mönche, die mit »klebrigen Händen« im Auftrag ihrer Kloster Handel trieben. Kein »dritter Stand« stellte die Vorherrschaft des Klerus und des Adels in Frage. Alle adeligen Familien waren in den Klöstern vertreten, alle hohen Lamas waren Aristokraten, und ein Mönch, ein Adeliger, ein Beamter und ein Kaufmann konnten sehr wohl alle in einer einzigen Person verkörpert sein.

Dieses buntscheckige Gewimmel von Händlern bot feil oder kaufte von den Erzeugern Gewürze, Walnüsse, Rüben, Zuckerballen, Salz in Blöcken, indische Zigaretten der Marke Pedro, Bauernäpfel, ranzige, in Yakblasen eingenähte Butter, den berühmten Ziegeltee aus Ja-an, getrocknete Pfirsiche, Kerzen, getrockneten Käse, der Tschura genannt wurde und hart wie Stein war, irdene Töpfe, Messing- und Kupfergefäße von erlesener Schönheit, Wolle, Moschus, Opium, Alkohol, handgesponnene und importierte Tuche, Gebetsmühlen und Gebetsfahnen, Tsamba und gebrauchte Kleidungsstücke, die aussahen, als seien sie nur noch dazu gut, ins Feuer geworfen zu werden.

Ebenso buntscheckig war die Kundschaft: Nomaden aus

dem Hochland oberhalb der Baumgrenze, Bauern aus der Umgebung, Leibeigene und Sklaven, Bettler und Pilger. Holder war fasziniert: Was er hier sah, glich einer Szene aus dem Europa des Mittelalters, auf wunderbare Weise bewahrt mit Klassen und Kasten, Aberglauben, blinder Unwissenheit, Seuchen, Armut und Reichtum. Hier herrschte Stillstand oder vielmehr Rückschritt, weil jeder Fortschritt verhindert wurde. Die weitblickenden Mönche hatten das Rad verboten, weil es Wechsel bedeutete, Veränderung, und die einzigen Räder, die es in diesem Lande gab, waren Gebetsräder – genauer gesagt: Gebetsmühlen. Der Lamaismus forderte Bewegung; kein immobiles Gebet konnte den Weg zu den Göttern finden. Eine Gebetsmühle zu drehen, sei es per Hand, sei es durch Wind, Wasser oder Yak, war verdienstvoll, ob man es nun mit konzentrierter Aufmerksamkeit tat oder nicht.

Auf einer Seite des Marktplatzes entdeckte Holder eine Tür, die in einen dunklen Raum führte, aus dem in Abständen das Gebimmel eines Glöckchens ertönte. Als seine Augen sich an die Finsternis gewöhnt hatten, sah er, daß der Raum nichts als eine riesige Gebetsmühle enthielt, neun Fuß hoch und drei Fuß im Durchmesser, die sich oben an einem Deckenbalken und unten in einer Höhlung des schwarzen Schieferbodens drehte. Ein alter, gebrechlicher Mann ging unablässig im Kreis und betrieb die Mühle. Sie enthielt, auf feinem Papier eng gedruckt oder geschrieben, die heilige Formel »Om mani padme hum«, die überdies unvorstellbar oft in winzigen Zeichen in die große Walze gehämmert war – zehn Millionen Mal, zwanzig Millionen Mal, hundert Millionen Mal? In den schwarzen Schieferboden hatten fromme Füße eine tiefe Rinne getreten, und immer, wenn der alte Mann einen Kreis vollendet hatte, läutete, von dem Rad in Bewegung gesetzt, das Glöckchen.

Holder erschien es absurd, daß die Leute ihre kleinen Mühlen drehten und das Gebet unaufhörlich wiederholten, wobei sie jedesmal eine Perle ihres Rosenkranzes durch die Finger gleiten ließen, wenn die große Mühle mit einem halben

Dutzend Umdrehungen so viele Manis »sprach«, wie ein einzelner Mensch vielleicht in seinem ganzen Leben nicht aufsagen konnte. Ein Tibeter würde es vermutlich für unsinnig halten, eine solche Frage überhaupt aufzuwerfen. Es ist so, es war so, und es muß so bleiben.

Aus Büchern hatte Holder gelernt, daß die Tibeter rückständig, schmutzig, von der übrigen Welt isoliert und in finsterem Aberglauben befangen seien, bestrebt, durch die strikte Einhaltung religiöser Vorschriften von der endlosen Wiedergeburt in diese Welt des Leidens befreit zu werden und in das Nichts des Nirwana einzugehen. Er hatte sich vorgestellt, sie müßten so finster dreinblicken und sich so ernst und feierlich geben wie englische oder schottische Missionare. Statt dessen gehorchten sie heiter den formalen Vorschriften ihres Glaubens und brachen ebenso heiter seine heiligsten Gebote. Darin unterschieden sie sich grundlegend von den Christen: sie waren keine Heuchler.

Da nur Mönche bei den Göttern Fürsprache einlegen konnten, war es gut, einen Mönch in der Familie zu haben. So kam es, daß die adeligen Mönche in den Klöstern stets genügend Leibeigene zu ihrer Verfügung hatten, und so bekam wenigstens ein Sohn genug zu essen.

Das mönchische Zölibat – im Verein mit der Vielmännerei, die die Aufteilung von Familienbesitz verhindern sollte – hatte zur Folge, daß sehr viele tibetische Frauen ohne Männer blieben. Aber abgesehen von den wenigen Lebenden Buddhas, die, wie der Dalai-Lama und der Pantschen-Lama, nie unbewacht blieben, wurde das Zölibat der Mönche nicht strenger eingehalten als im Europa des Mittelalters.

Holder überraschte die Fröhlichkeit der schlanken, hochgewachsenen, anmutigen und selbstbewußten Tibeterinnen, die heitere, natürliche Würde der einfachen Tibeter, sowohl der freundlichen Riesen aus dem Hochland wie der Laienhandwerker von Lhasa. Die Frauen waren anders als die unterwürfigen Inderinnen. Sie verdienten sich ihren Lebensunterhalt selber, hielten sich einen Mann, wenn sie einen fanden, schliefen, so schien es wenigstens, mit wem sie wollten, schlossen und schieden ihre Ehen mit einem Fingerschnalzen, und das alles taten sie mit einem ausgeprägten Sinn für den Spaß und den Reiz des Lebens. Holder merkte allmählich, wie wenig er bisher von den Tibetern gewußt hatte. Gleichzeitig begann er ihnen Respekt zu zollen.

In diesem Land hatte sich jahrhundertelang fast nichts verändert. Aber ferngehalten durch die höchsten Berge der Welt, die allerschwierigsten physischen Bedingungen und die Entschlossenheit der tibetischen Herrscher, ihre Lebensweise zu bewahren, saßen, nur einen Zwölftageritt von Lhasa entfernt, wenn man gute Pferde hatte, die Ferenghi in ihren mit elektrischem Licht erhellten und durch elektrische Fächer gekühlten Räumen, tranken ihren Gin oder ihren Whisky mit Soda und fuhren in Dampfzügen.

Lange wanderte Holder durch die Heilige Stadt, stattete dem Potala einen neuen Besuch ab und ließ die fremdartigen Bilder auf sich einwirken; dann ging er in ein Gasthaus und nahm dort ein herrliches Mahl zu sich: geschmortes Yakfleisch mit Arok. Niemand schenkte ihm auch nur die geringste Beachtung, und er brauchte kein Wort zu sprechen.

Von einem unwiderstehlichen Verlangen getrieben, kehrte er zum Parkhor zurück und drückte sich in einen Winkel, wo er seine Mutter sehen konnte, aber selber nicht gesehen werden konnte.

Nach dem Schock, den das Wiederfinden seiner Mutter für ihn bedeutete, hatte er eine unruhige Nacht verbracht. Außerdem beschäftigte ihn der Gedanke, daß nun, da sie in Lhasa angelangt waren, Namu ihre eigenen Wege gehen könnte. Daß er als britischer Spion hier war und nicht die leiseste Ahnung hatte, wie er seine Tätigkeit beginnen sollte, bekümmerte ihn im Augenblick nicht so sehr.

Nun stand er in seinem Winkel im Schatten, den Blick auf Turin gerichtet, und überlegte, was er tun sollte. Eine gefühlvolle Szene würde seine Aussichten, in dieser winzigen, nicht einmal einen Quadratkilometer großen Stadt unerkannt zu bleiben, zunichte machen. Wie konnte er seiner Mutter erklären, warum er hier in Lhasa war, sich wie ein Hochländer kleidete und sich als Pilger ausgab? Sie war nicht dumm und konnte sehr wohl zu dem Schluß kommen, daß er für die Briten arbeitete. Wahrscheinlich wußte sie nicht einmal, daß ihr trunksüchtiger Mann tot war. Wenn er noch lebte, wäre er jetzt erst zweiundsiebzig, überlegte Holder. Er stand da und beobachtete sie, von dem Verlangen erfüllt, zu ihr zu gehen. Als sie ihre Waren einzupacken begann und sie in ein nahe gelegenes Haus brachte, machte er eine Runde um den Marktplatz; als er zurückkam, war sie samt ihrem Stand verschwunden. Erleichtert atmete er auf. So blieb ihm noch etwas Zeit, seinen Plan auszuarbeiten.

Namu war es nicht gelungen, Arbeit zu finden.

Auch das bedeutete eine Erleichterung für ihn. »Du kannst nicht erwarten, daß es gleich am ersten Tag klappt«, tröstete er sie. »Und außerdem haben wir im Moment noch Geld genug.« So, wie sie lebten, war Lhasa sehr billig.

»Du kommst nicht mal bis an ihre Tore heran«, sagte sie, »und noch viel weniger kannst du jemand um Arbeit bitten. Ich habe es bei ein paar Häusern am Markt versucht, wo die Nepalesen wohnen, aber . . .« Sie zuckte die Achseln.

In dem Rasthaus »Zum Sorgenfreien Treiber«, in dem sie logierten, setzte man ihnen ein schmackhaftes Mahl vor. Sie spülten es mit Gerstenbier hinunter, das Tschang hieß. Als sie fertig gegessen hatten, stellten sie eine Schale voll Arok zwischen sich auf den Fußboden, und Holder ließ die Geschichte vom Stapel, die er sich ausgedacht hatte.

»Namu«, begann er, »ich habe dir einen Haufen Lügen über mich aufgetischt, und du hast das sofort gemerkt, nicht wahr?«

»Es waren keine sehr guten Lügen.«

»Nein. Aber jetzt sollst du die Wahrheit erfahren.«

Sie blickte ihn mit ihren großen mandelförmigen Augen an. »Das ist nicht nötig. Wir sind in Lhasa, und wir sind nicht aneinander gebunden; wir können jeder unsere eigenen Wege gehen. Du hast mir gezeigt, daß du dir nichts aus mir machst.«

»Das ist nicht wahr. Ich mag dich jetzt sehr gern.«

Sie verzog spöttisch den Mund und zuckte die Achseln.

»Willst du mir nun zuhören?«

Er erzählte ihr die Wahrheit bis zu dem Zeitpunkt, da er nach Kalkutta gereist war und Turin bei seiner Rückkehr nicht mehr vorgefunden hatte. Dann fuhr er fort: »Als mein Vater starb, hinterließ er etwas Geld, und ich dachte immerfort an meine Mutter. Ich hatte Sehnsucht nach ihr und wollte sie unbedingt wiedersehen. Sie stammt oder stammte aus Lhasa, darum spreche ich wie die Leute hier. Man sagte mir, Lhasa sei so klein, daß sie vermutlich leicht zu finden sei, wenn sie sich in der Stadt aufhalte. Sie gehörte ja auch zu keinem Adelsgut. Aber es gab eine Schwierigkeit. Mein Vater war ein Ferenghi, und ich spreche seine Sprache. Ich fürchtete, die Dzongpons könnten mich festhalten und wieder zurückschicken, vielleicht sogar ins Gefängnis werfen oder mir noch Schlimmeres antun. So wählte ich die Tracht eines Pilgers oder was ich dafür hielt. Dann traf ich in Phari mit einem Kaufmann zusammen, der mich kannte. Ich bekam Angst und zog hinauf ins Grasland, und dort bin ich dir begegnet.«

Namu hob die Holzschale hoch und starrte eine Weile hinein; dann nahm sie einen langen Schluck und reichte sie Holder. »Das klingt wie eins der Märchen, die ein herumziehender Geschichtenerzähler auf dem Marktplatz erzählt, nur daß der dazu mit einem Knochen auf den Boden klopft.«

»Du glaubst mir also nicht?«

»Die Sache geht mich nichts an. Aber sehen Ferenghi wie du aus? Ich dachte, sie hätten rote Gesichter, vergißmeinnichtblaue Augen und gelbes Haar.«

»Ich bin ein halber Tibeter, Namu. Und außerdem sind manche Ferenghi so dunkel wie Tibeter. Mein Vater hatte braune Augen und dunkles Haar. Glaubst du immer noch, ich tische dir Lügen auf?«

Sie streckte die Hand aus, die jetzt nicht mehr rauh und kalt, sondern weich und warm war, und streichelte die seine.

»Nimm's nicht so schwer.« Sie lachte. »Wer einmal lügt, dem glaubt man nicht mehr. Was spielt es für eine Rolle? Wir sind in Lhasa. Jetzt kannst du dir Kleider wie ein Kaufmann zulegen und bist alle Sorgen los. In Lhasa sind die Kaufleute Könige.«

Holder spielte seine Trumpfkarte aus. »Ich habe gelogen, weil du für mich eine Fremde warst. Ich konnte dir nicht vertrauen, daß du mein Geheimnis bewahren würdest. Doch gestern auf dem Parkhor habe ich meine Mutter gesehen. Und heute wieder.«

Ihre Augen weiteten sich. »Und du hast mir kein Wort davon gesagt! Bist du ganz sicher? Oder ist das nur wieder eine deiner Lügen? Hast du mit ihr gesprochen? Nein. Du scherzt.«

»Sie weiß nicht, daß ich hier bin. Ich möchte keinen großen Auflauf auf dem Parkhor. Die Leute würden nur Fragen stellen und herausfinden, daß ich kein Recht habe, mich in Lhasa aufzuhalten. Aber wirst du mir helfen?«

»Ich will nicht in Schwierigkeiten geraten. Ich habe schon genug davon, auch ohne daß ich in Geschichten mit einem Ferenghi verwickelt werde.«

»Da ist keine Gefahr. Meine Mutter hat einen Verkaufsstand auf dem Parkhor. Sie macht einen ganz wohlhabenden Eindruck. Ich weiß nicht, wo sie wohnt. Du könntest ihr zu ihrem Haus folgen und ihr erzählen, ihr Sohn Losan habe dich auf der Straße angehalten und dich gebeten, herauszufinden, wo sie wohnt. Du brauchst ihr nicht mal zu sagen, daß du mich kennst, wenn du das nicht willst.«

»Also Losan ist dein richtiger Name, kein ausgedachter?«

»Ja. Losan Namgyal. Ich habe auch einen Ferenghi-Namen.«

»Schsch.«

»Willst du das für mich tun?«

»Und du sagst jetzt bestimmt die Wahrheit?«

»Ich schwöre es.«

»Schwöre es bei meinem Amulettkästchen.«

Er streckte die Hand aus. »Ich schwöre es.«

»So.« Sie machte ein nachdenkliches Gesicht. »Wenn deine Mutter Kaufmann ist, vielleicht kann sie mir helfen, Arbeit zu finden, ohne daß man mir zu viele Fragen stellt.«

»Da siehst du«, sagte Holder, »wir können immer noch etwas füreinander tun.«

Er versank in Nachdenken. Namus Bemerkung »In Lhasa sind die Kaufleute Könige« hatte ihn auf eine Idee gebracht. Welch bessere Tarnung konnte es geben? Es würde nicht allzuviel kosten, seiner Mutter einen Laden einzurichten. Die Briten würden das bezahlen. Nach allem, was er bereits von den Mönchen wußte, mußte es möglich sein, sich für Geld ein echtes Dokument zu beschaffen, das ihn bevollmächtigte, für eins der Klöster Handel zu treiben. Dann könnte er nach Belieben zwischen Indien und Lhasa hin und her reisen und hätte eine feste Operationsbasis in der Heiligen Stadt.

Die Frage war, was mit Namu geschehen sollte. Wie unvorsichtig von ihm, ihr zu erzählen, daß er ein halber Ferenghi war! Jetzt bereute er seine Aufrichtigkeit. Dann überlegte er, wenn Namu seiner Mutter bei dem neuen Unternehmen, das er plante, zur Hand gehen würde, könnte er immer ein Auge auf sie haben.

Die Dinge schienen sich günstig zu entwickeln. Seine Niedergeschlagenheit vom Morgen war verschwunden, und das war, wie er sich sagte, keineswegs auf den genossenen Alkohol zurückzuführen. Nein, ganz und gar nicht. Es hatte ihn allmählich beunruhigt, daß er bisher nicht das mindeste für seinen Auftraggeber Compton getan hatte: keine Messung, keine Höhenbestimmung, keine Notiz, die sich als nützlich erweisen könnte. Nun war ihm plötzlich klargeworden, daß ihn das Glück im richtigen Augenblick nach Lhasa geführt hatte. Der Regent war abgesetzt, die Stellung der Chinesen erheblich geschwächt, und nach dem, was Compton sicherlich als »Marktgeschwätz« abgetan hätte, war der Dalai-Lama ein zäher und kluger Mann und durchaus imstande, die Herrschaft auszuüben und Entscheidungen zu fällen, was vier Generationen lang kein Dalai-Lama getan hatte.

Jetzt hatte er etwas, was er Compton mitteilen konnte und was die Briten überzeugen würde, daß es sich lohnte, Geld in ihn zu investieren.

»Du bist so nachdenklich, Losan«, sagte Namu. »Die Aussicht, deine Mutter nach so langer Zeit wiederzusehen, muß dich sehr aufregen.«

Er fuhr zusammen.

»Ich kann es kaum abwarten. Aber das Leben ist seltsam. Wer weiß? Vielleicht hat sie wieder geheiratet und es für das beste gehalten, mich zu vergessen. Du wirst mir helfen, das herauszufinden, Namu.«

»Losan, es gibt keine Freundschaft ohne Aufrichtigkeit. Ich habe dich belogen, als du ein Fremder für mich warst. Aber du hast mich belogen, als wir schon Freunde waren. So etwas tun nur schlechte Menschen. Du bist vielleicht nicht schlecht, aber jemandem wie dir kann man sein Leben nicht anvertrauen.«

Holder war tief beschämt, da er wußte, daß er sie auch jetzt noch belog. Wenn der richtige Zeitpunkt gekommen war, mußte er ihr die Wahrheit sagen. Sie mochte eine Leibeigene sein, aber sie besaß natürliche Würde, und er fühlte sich ihr unterlegen.

»Wirst du mir trotzdem helfen?«

»Ja. Aber ich werde vorsichtig sein.« Sie lachte. »Das ist alles sehr ernst. Du benimmst dich wie ein Lama, außer daß du deine Eide nie brichst. Vor kurzem sagtest du, daß du mich jetzt gern magst. Vielleicht stimmt das, aber du zeigst es mir nicht. Du liest nicht die Läuse aus meinem Haar.«

In dem Gemeinschaftsraum hockte eine lärmende Schar um das in der Mitte brennende Feuer und vertrieb sich die Zeit mit einem Glücksspiel. Sonst gab es nur wenige Gäste.

»Wollen wir da drüben im Dunkeln schlafen?« sagte Namu und nahm seine Hand. »Komm.« Sie führte ihn zum Ende des Raums und schob zwei Matratzen nebeneinander. Holder schlug das Herz so schnell wie damals in Phari.

Sie nahm alle ihre Habseligkeiten aus ihrer Schuba und legte sie auf ihre Stiefel. Holder tat das gleiche.

Dann löste sie ihren Gürtel und zog die Arme aus dem Umhang, so daß er nur noch auf ihren Schultern hing. Sie stand mit dem Rücken zum Feuer, und als sie die Schuba öffnete, sah er ihren schlanken nackten Körper und das kleine Büschel schwarzer Haare, das er bei ihrer ersten Begegnung an der heißen Quelle gesehen hatte.

Sie trat einen Schritt vor, knüpfte seinen Gürtel auf und trat wieder zurück, wobei sie seine Schuba offenhielt.

»Losan«, flüsterte sie, »du bist sehr schön. Komm, laß uns zusammenliegen.«

Ihre Lippen waren weich und heiß. Sie roch nach mit Butter eingeriebenem Schaffell, nach Schweiß, nach Moschus, nach Frau.

Als seine Hand über ihr Gesäß glitt, fühlte er die Narben der Peitschenschläge.

»Ah.« Sie lächelte und strich ihm übers Haar. »Schließlich bist du doch ein Mann, mein Losan.«

Als die Begrüßung und die Umarmungen vorüber, die Tränen getrocknet und die Ausrufe des Erstaunens verklungen waren, schickte Turin Boma ihre Dienstmagd Lansa auf den Markt.

Der Gang erforderte einige Vorbereitungen, denn das Mädchen sollte Fleisch, Arok, Tsamba, Butter der besten Qualität und echten Gomang-tschupa-Ziegeltee aus Ja-an einkaufen.

»Sie ist unglaublich dumm, Losan«, sagte Turin in Gegenwart des Mädchens. »Aber sie ist billig. Sie gehört dem Kloster Sera, mit dem ich viele Geschäfte mache, und ich zahle fünf Kupfermünzen im Jahr dafür, daß sie bei mir arbeitet. Aber sie frißt wie ein streunender Köter. Geh jetzt, los. Morgen erkundige ich mich an den Verkaufsständen, wieviel jeder einzelne Artikel kostet.«

Inzwischen hatte sich Holder umgesehen. Die Wohnung bestand aus zwei Räumen in einem zweistöckigen Lehmhaus mit weißgetünchten, fast ein Meter dicken Mauern. Der Fußboden war ebenfalls aus getrocknetem Lehm. Turin war gut eingerichtet. Auf dem Fußboden lagen dicke Matratzen, auf denen man sitzen konnte, und zwischen ihnen stand ein niedriger Tisch. In einer Ecke erhob sich ein einfacher Altar mit ein paar Götterbildern und einer mit Wasser gefüllten Opferschale aus Messing. In der Mitte stand auf einem Dreifuß aus Ton, unter dem ein Yakmistfeuer brannte, ein Messingtopf mit Buttertee, aus dem ständig eingegossen wurde. Durch die offene Tür konnte er in dem anderen Raum Turins Bett sehen, eine breitere, flachere Matratze mit einer großen Felldecke. Es war das Heim einer auf bescheidene Weise wohlhabenden Frau.

Namu war mit der Nachricht zurückgekommen, er solle seine Mutter in ihrer Wohnung aufsuchen, sobald man am Dschokhang-Tempel die langen Hörner geblasen habe. Als er sie über Turin ausfragen wollte, hatte sie ausweichend und ohne Wärme geantwortet. Sie sagte, seine Mutter sei überrascht und erfreut gewesen. Obwohl Holder keine großen Erfahrungen mit Frauen hatte, begriff er doch, daß sie nicht allzu gut miteinander ausgekommen waren. Das würde sich ändern, sagte er sich.

Er beobachtete seine Mutter, während sie von ihrem Leben in Lhasa berichtete. Sie mußte den Richter, der ihr die Erlaubnis erteilt hatte, einen Verkaufsstand zu betreiben, und das Kloster Sera, dem das Haus gehörte, in dem sie wohnte, durch alle möglichen Geschenke günstig stimmen. Ferner mußte sie eine Bande sogenannter Schützer dafür bezahlen, daß sie den Stand am Parkhor nicht entzweischlugen, und ebenso die Eisenstabmönche, damit sie sie während ihrer jährlichen Orgie in der Stadt in Ruhe ließen. »Diskrete Zuwendungen« nannte sie diese Bestechungsgelder. Kein Wunder, daß ihr Gesicht schärfer geworden war und daß ihr Mund, ihr Kinn und ihre Augen etwas Unbarmherziges hatten.

Lansa kam mit einem Korb und ein paar Töpfen von ihrem Einkauf zurück. Turin stand auf und prüfte die gekauften Waren. Sie steckte einen Finger in die Tsamba und leckte daran.

»Was ist das?« fragte sie und schlug das Mädchen ins Gesicht. »Und das hier? Dieser Tee ist kein Gomang-tschupa, es ist ganz gewöhnlicher Jya-pa. Und dieses Hammelfleisch!« Sie gab Lansa eine zweite Ohrfeige.

»Ah, Losan«, sagte sie, Holders Blick auffangend, »das ist wirklich die einzige Art, wie man diesem Geschöpf etwas beibringen kann. Man muß es ihr einprügeln. Fort mit dir«, sagte sie zu dem Mädchen, »und koch uns einen anständigen Brei.«

Sie erzählte weiter. »Ich habe nie wieder geheiratet, Losan. Einmal war genug. In Lhasa gibt es außerdem viel mehr Frauen als Männer, wenn man von den Mönchen absieht. Mönche sind Teufel. Reich einem Mönch den kleinen Finger, gleich nimmt er deinen ganzen Arm. Die Männer, die keine Mönche sind, sind Kaufleute, Handwerker oder Faulenzer. Die Kaufleute sind Betrüger, die Handwerker sind Leibeigene und die anderen sind Bettler. Und was die Adeligen betrifft...« Sie zuckte die Achseln.

Holder sagte: »Als ich aus Kalkutta zurückkam, warst du verschwunden. Ich habe niemals herausgekriegt, warum.«

Turin warf einen Blick auf Namu, sah, daß sie nicht zu ihr hinsah, runzelte die Stirn und schüttelte den Kopf.

»Ach, das ist eine lange Geschichte«, sagte sie. »Ich werde dir alles erzählen, wenn diese Frau gegangen ist. Sie will doch sicherlich nicht mit Familienangelegenheiten gelangweilt werden. Doch ich danke dir vielmals dafür, daß du mir Nachricht von meinem Sohn gebracht hast, und hier ist ein Tranka für deine Mühe.«

Der Wink war unmißverständlich.

»Vielen Dank«, sagte Namu, »aber ich kann kein Geld dafür annehmen.«

Sie blickte Holder fragend an, und er bedeutete ihr mit einer kleinen Grimasse, sie solle ihn mit seiner Mutter allein lassen.

»Nun«, sagte Namu, »ihr habt sicherlich noch eine Menge zu besprechen, da gehe ich lieber in das Rasthaus zurück.«

»Wo waren wir stehengeblieben?« sagte Turin, als sie

Namu hinausgeleitet hatte. »Ach ja, was hat dir dein Vater als Grund für meine Flucht genannt?«

»Er sagte, als er eines Morgens aufgestanden sei, hättest du dich mit einem Mann aus dem Staube gemacht. Er hat mir nie etwas anderes erzählt. Nach einem Jahr war er tot.«

»Eine Lüge«, sagte sie. »Er war ein Feigling durch und durch, der Arschlecker dieser hochgeborenen Briten. Er hat mich aus dem Haus getrieben.«

»Aber wie? Warum?«

»Er war ein Narr. Er hätte von Anfang an wissen müssen, daß es Wahnsinn war, eine Tibeterin zu heiraten und mit ihr einen Sohn zu haben. Aber es gab in Darjeeling keine Frauen, die für ihn in Frage kamen. Die vornehmen Engländer behandelten ihn so, wie man hier einen einfachen Tibeter behandelt. Und was dich betrifft, so warst du weder Fisch noch Fleisch. Er war ein Narr, aber wie viele Narren auch ganz gewitzt. Er hat mir oft gesagt, deine einzige Hoffnung läge darin, nach England zu gehen. Ich wußte, daß der einundzwanzigste Geburtstag für die Engländer irgendeine magische Bedeutung hat, und du warst fast so alt. Schau her, so sahst du damals aus.«

Sie öffnete ihr Amulettkästchen und zeigte ihm die Innenseite des Deckels. Es war eine Daguerreotypie, ausgeblichen und braun, die unmittelbar vor seiner Abreise nach Kalkutta gemacht worden war. Holder erinnerte sich, wie er sich, den Kopf in einer Zwinge, für die Aufnahme in Positur gesetzt hatte.

»Nachdem du abgereist warst, sagte mir dein Vater, er könnte einen Mann bestechen, eine Urkunde auszustellen, wonach deine Mutter Engländerin und vor langer Zeit gestorben sei. Er sagte, er werde einen Meineid auf das Heilige Buch schwören müssen und ich müßte fortgehen, zurück nach Tibet, oder man würde euch beide ins Gefängnis werfen.«

Holder schüttelte erstaunt den Kopf. »Er hat dieses Dokument, diese Geburtsurkunde, nie bekommen«, sagte er auf englisch.

»Das wundert mich nicht. Ich vermute, es war alles eine

Lüge, um mich loszuwerden. Du hättest ohne weiteres für einen der dunklen Engländer gelten können. Ich wollte dich nicht daran hindern, nach England zu gehen. In Indien ist ein Halbblut einfach Dreck. Und mein Vater war ein Lehnsmann des Klosters Sera, der sich losgekauft hatte, so daß ich gegen ein paar Kupfermünzen im Jahr von der Ula-Zwangsarbeit freikommen konnte. Also sagte ich, ich würde gehen, wenn er mir etwas Geld gäbe und ich noch so lange bleiben dürfte, bis du aus Kalkutta zurückkämst.«

Sie drehte den weißen Muschelarmring, den sie am linken Handgelenk trug. Holder erinnerte sich aus jenen Tagen an ihn.

»Davon wollte dein Vater nichts hören. Er sagte, ich müsse vorher gehen. Er wolle keine ›Szenen‹« – sie gebrauchte das englische Wort –, »denn das würde ihm bei den Engländern nur Schwierigkeiten machen. Er gab mir fünfzig Rupien, aber ich besaß schon viel mehr, fast fünfhundert Rupien; die hatte ich mir in all den Jahren vom Haushaltsgeld zurückgelegt.« Sie lachte bitter. »Also ging ich fort, und du bliebst. Die ganze Zeit habe ich mir vorgestellt, du bist in England, spielst Polo, jagst Wildschweine, trägst englische Kleider und hast eins dieser englischen Mädchen mit fahlblondem Haar und blauen Augen geheiratet, die falsche Hintern unter den Röcken tragen.« Sie seufzte. »Aber das alles ist Vergangenheit, und jetzt wollen wir etwas trinken und sie begraben.«

Holder stieß mit ihr an, Schale gegen Schale. »Auf hundert Jahr«, trank er ihr zu.

»Natürlich«, sagte Turin, »wollte ich nicht darüber sprechen, solange diese Frau hier war. Wenn es ruchbar wird, daß du Halbengländer bist, könnten die Leute auf die Idee kommen, daß du für die Ferenghi spionierst. Letztes Jahr fingen sie einen Scherpa, einen Spion der Briten – er hatte alle möglichen Sachen zum Spionieren und Notizenmachen in seiner Gebetsmühle –, und sie banden ihm die Füße zusammen und schleiften ihn hinter einem Pferd zu Tode.«

Holder durchfuhr ein kalter Schauer. Er fühlte die Pistolen in seinen Ärmeln; sie waren hart und schwer.

»Sie weiß es.«
»Was? Woher?«
»Ich habe es ihr gesagt.«
»Oh. Sie spricht wie die Leute in Schigatse, und sie könnte eine Duitschun sein. Wenn man sie fängt und foltert, wird sie reden, um ihre Haut zu retten. Oh, das ist schlimm.«
»Nicht so schlimm«, sagte Holder. »Wir leben zusammen.«
»Ihr lebt zusammen! Und nicht mal zwei Tage in Lhasa! Das ist Wahnsinn. Du solltest dich vorsehen mit den Mädchen, die du hier aufliest. Die meisten haben Syphilis.«
Holder lachte. »Das sagte Vater auch immer. Aber es ist anders, als du denkst. Wir haben uns vor Wochen im Hochland kennengelernt.«
»Du kannst ja tun, was dir beliebt«, sagte Turin. »Ich jedenfalls will sie nicht hier haben.«
»Das ist doch unvernünftig, Mutter«, sagte Holder. »Da sie Bescheid weiß, ist es besser, sie bleibt bei uns. Ich wollte dir gerade vorschlagen, daß ich ins Rasthaus gehe und sie zum Essen herhole.«
Turin schüttelte den Kopf. »Sie soll nicht in mein Haus.«
Für Holder kamen ihre Warnungen zu spät. Seit seiner ersten Begegnung mit Namu in jenem dampfenden See zwischen Schnee und Eis hatten sie viel miteinander durchgemacht. Und dann die letzte Nacht. Er war verliebt in sie und machte sich keine Gedanken mehr über Syphilis.
»Das ist sehr schade«, sagte er. »Ich wollte mit dir über meinen Plan sprechen, in Lhasa einen Laden für dich einzurichten. Namu könnte dabei nützlich sein. Du brauchst keine Sorge zu haben, daß sie dir oder mir etwas Böses antun könnte. Aber wenn du dich fürchtest, können sie und ich auch in dem Gasthaus essen, in dem wir bisher gewohnt haben.«
Seine Mutter starrte mit zornigen Augen vor sich hin. Aber er hatte gesagt: »Einen Laden einrichten.« Sie wollte mehr darüber wissen. Alles andere konnte warten. Er mußte also Geld haben. Und hatte sich von einer kleinen Duitschun einfangen lassen!
»Nun gut, Losan«, sagte sie. »Es wäre ein Jammer, wenn

wir uns streiten würden, und übrigens hast du vielleicht recht – es ist sicherer, wenn wir ein Auge auf das Mädchen haben. Es wird spät, deshalb hol sie jetzt gleich, wegen der Hunde.«

Holder erhob sich. »Natürlich muß sie hier wohnen bleiben.«

»Das versteht sich«, stimmte ihm Turin bei. »Lansa kann draußen im Gang schlafen.«

Holder machte sich auf den Weg zum »Sorgenfreien Treiber«. Er fühlte, daß die erste Wiederbegegnung mit seiner Mutter nach so vielen Jahren eine Enttäuschung gewesen war. Aber das Gute war, daß er nun eine Verbindung in Lhasa und Informationen für Compton hatte, die er ihm so bald wie möglich zukommen lassen wollte. Und außerdem war er verliebt.

IV

Galei

Melancholisch stieg der Dalai-Lama aus seinem mit Seide ausgeschlagenen Palankin, in dem er die traditionelle Reise von Norbu Linka durch das jubelnde Spalier der gesamten Einwohnerschaft von Lhasa zum prachtvollen Riesenbau des Potala unternommen hatte. In den erhabenen Mauern dieses Palastes mußte er nun die Zeit bis zum nächsten Sommer verbringen.

Nga-Wang Lobsang Tup-den Gjatso, die Dreizehnte Inkarnation Tschenresis, seit kurzem der wahre Herrscher Tibets, war in der mit Vorhängen versehenen Sänfte bis zu der Stelle getragen worden, wo die schrägen Rampen endeten. Von dort aus mußte sich der Lebende Gott wie ein gewöhnlicher Sterblicher zu Fuß zu den goldenen Dächern hinaufbegeben, unter denen sich die Grabmähler seiner früheren Verkörperungen befanden. Auf fast senkrechten Leitern, die durch langen Gebrauch, tropfende Butterlampen und verschütteten Buttertee glitschig geworden waren, mußte er zu dem flachen Dach emporklimmen, auf dem er, hundertfünfzig Meter über dem Erdboden, in seinem schmucklosen Dachhaus lebte. Vom Dach aus, auf dem er sich, so gut es ging, Bewegung machte, konnte man die Milchebene überblicken, und wenn man von den Sommern in Norbu Linka und den seltenen Besuchen nahe gelegener Klöster absah, mußte er die meiste Zeit seines Lebens mit dieser Aussicht vorliebnehmen.

Eine bessere aber war kaum vorstellbar. Tief unten sah

man die Türkisdachbrücke, den Dschokhang-Tempel, den Ramotsche-Tempel, die Häuser der Reichen in ihren gepflegten Parks, den Fluß, dies alles umschlossen von einem Kranz von Bergen, die noch einmal mehr als zweitausend Meter über der viereinhalbtausend Meter hoch gelegenen Stadt aufragten.

Genau unter dem Dachhaus des Gottkönigs lag das kleine Dorf Scho, wo die Laienbediensteten des Potala lebten, wo nackte Kinder spielten und Yakmistrauch in die Luft stieg. Von dort kroch Tag für Tag eine endlose Prozession schwerbeladener Frauen und armer Mönche wie Ameisen die Rampen und steilen Leitern empor. Die einen schleppten Fäßchen mit Wasser auf dem Rücken, das man für die Tausende von Opferschalen und den Buttertee der Mönche benötigte, die anderen die gewaltigen Buttermengen für die Tag und Nacht vor Altären und Grabmälern brennenden Lampen. Manche dieser Lampen wurden von dicken, einen Zentner schweren Buttertafeln gespeist, in denen mehrere Dochte gleichzeitig brannten, jeder von einem kleinen See geschmolzener Butter umgeben.

Nie erstarb der zitternde Widerhall weit entfernter Trommeln, nie verstummte der leiernde Gesang aus dumpfigen, lichtlosen Kapellen und heiligen Stätten. Die tausend Gewölbe und Keller des Potala bargen Schätze, die als Lösegeld für ein Dutzend Könige ausgereicht hätten. Unter den goldenen Dächern lagen die Grabmäler aller früheren Körper mit Ausnahme des Sechsten – jenes genußsüchtigen, Frauen liebenden Dalai-Lama, der einige der besten tibetischen Liebeslieder geschrieben und die anderen zwölf Inkarnationen entehrt hatte.

Außer Atem langte der Gottkönig am Fuß der letzten Leiter an. Sein Abt-Tutor Dorjew, der vorausgestiegen war, um das Dachhaus des Dreizehnten Körpers zeremoniell zu reinigen, half ihm hinauf. Der Dalai-Lama befahl den übrigen Lamas mit einer Handbewegung, ihn mit seinem Lehrer allein zu lassen. Er trat mit Dorjew an die Brüstung, die das flache Dach umgab, stützte sich darauf und blickte auf den sandigen

Weg hinunter, der ohne Unterbrechung von Indien durch Tibet, China und die Mongolei in das weite russische Reich führte.

»Ach, Meister«, sagte er seufzend, sich dem Mönch zuwendend, »ich habe keine Regierungserfahrung, und ich muß Tag und Nacht über religiöse Fragen und über Staatsangelegenheiten nachdenken. Ich weiß nicht mehr ein noch aus.«

Dorjew sah ihn mit seinem eigentümlichen halben Lächeln an und schüttelte den Kopf.

»Jetzt ist wohl kaum die rechte Zeit zu verzagen, Eure Heiligkeit. Wir haben die entscheidende Schlacht gewonnen. Es ist uns gelungen, dem Schicksal der früheren Gottkönige zu entgehen, und wir haben uns des Regenten entledigt, bevor er sich unserer entledigen konnte. Mit der Zeit werden wir lernen zu herrschen.«

»Ich habe das Gefühl, daß ich von Personen umgeben bin, die ihre eigenen unterschiedlichen Ziele verfolgen.«

»Es ist wahr, Eure Heiligkeit, daß sich einige Adelsfamilien Vorteile davon versprechen, daß sie mit den Chinesen zusammenarbeiten. Andere möchten die Engländer beschwichtigen. Aber die Mehrheit wünscht, wie Eure Heiligkeit, daß das Leben in Tibet so bleiben möge, wie es bisher war.«

Der Dalai-Lama wandte sich von Dorjew ab und blickte auf die winzigen Gestalten hinunter.

»Ich fürchte, ich kann diese mißtönenden Stimmen nicht zu einem Wohlklang vereinen – kann es ebensowenig wie diese Analphabeten da unten.«

Der Mönch lächelte zum Rücken des jungen Mannes hin.

»Tibet kann sich wahrhaftig glücklich schätzen, in dieser Stunde der Not einen Herrscher zu besitzen, der nur an das Wohl seines Landes denkt und der bescheiden und aufrichtig ist.«

»Und nicht weiß, was er tun soll.« Der Dalai-Lama drehte sich wieder zu ihm um und sah ihn an.

»Einige Zeit solltet Ihr Eure Aufmerksamkeit auf weltliche Angelegenheiten richten, Eure Heiligkeit. Die Verschwörung ist noch nicht zu Ende. Die Verschwörer müssen ausgerottet werden, in erster Linie die Familien der Chinesenknechte im Tengje-ling.«

»In einer zu großen Falle fangen sich vielleicht auch Schafe.«

»Den Leoparden muß man um jeden Preis fangen.«

»Meister, du bist weise und weitgereist. Wir würden gern hören, was deiner Ansicht nach das Beste für Tibet ist.«

»Es unabhängig zu erhalten.«

»Das ist etwas zu simpel«, sagte der Dalai-Lama lachend und setzte hinzu: »Wahrscheinlich bist du auch gegen Sünde.«

»Auch.« Dorjew lächelte ebenfalls. »Peking ist schwach, und die britische Drohung wächst. Es wäre klug, beiden durch engere Freundschaft mit Rußland Schach zu bieten.«

»Das heißt, den Löwen durch den Bären vertreiben. Und wer vertreibt den Bären?«

»Bitte, Eure Heiligkeit, vergeßt nicht, daß die Briten vor unserer Tür stehen. Sie können in zwei Wochen hier sein, die Russen aber brauchen dazu vier Monate.«

»Was können die Russen dann tun?«

»Dank seiner Stärke im Osten vermag Rußland Druck im Westen auszuüben. Zar Nikolaus der Zweite sagte einmal zu einem Abt, den er in Audienz empfing: Es liegt in meiner Macht, den Verlauf des Krieges in Afrika zu ändern. Ich brauche nur die Armee mobilzumachen und sie an der Grenze aufmarschieren zu lassen. Es muß nicht einmal ein Schuß fallen.«

»Aber ...«

Der Dalai-Lama verstummte, als Dorjew die Hand hob – eine freundliche Gebärde des Lehrers gegenüber dem Schüler. Der Burjäte fuhr fort: »Für Tibet bedeutet eine engere Bindung an Rußland keine Gefahr. Expansion nach Tibet kann niemals ein Ziel der russischen Politik sein. Aber Rußlands und Tibets Interessen stimmen überein, wenn es darum geht, Tibets Unabhängigkeit von England zu sichern.«

»Das ist logisch.«

Dorjew sah, daß er nun Argumente liefern und überzeugen mußte.

»Eure Heiligkeit, der russische Zar ist ein frommer Mann. Ein Christ zwar, aber die Frommen aller Religionen wollen, daß die Menschen ein besseres Leben haben. Der Zar schickt keine Missionare, denen dann Kanonenboote folgen, und er zwingt auch nicht andere Länder, Opium einzuführen, wie es die Briten tun. Sein engster Berater ist ein großer Heiliger, ein Priester, Rasputin.«

Dorjew dämpfte seine Stimme und blickte sich um. Es sah aus, als habe er dem Dalai-Lama eine höchst bedeutungsvolle Eröffnung zu machen.

»Ihr wißt, der Zar ist der weiße Khan, der Erbe Dschingis Khans und der Mongolenkhans, die lamaistische Buddhisten waren. Guschi Khan schlug sein Zelt über dem Grab des Tsong Kaba auf, und dieses Zelt steht immer noch dort. Er verlieh dem Großen Fünften Dalai-Lama diesen Titel. Zar Nikolaus zeigt höchstes Interesse für den tibetischen Buddhismus und erwägt, diesen Glauben anzunehmen. Das aber würde mehr als nur das Ende britischer Ambitionen bedeuten – nämlich eine enorme Ausdehnung des geistlichen und weltlichen Einflusses Eurer Heiligkeit. Es wäre eine historische Entscheidung.«

Er ließ für eine Weile die Stille wirken. Man mußte den jungen Gottkönig ermutigen, der die Macht liebte, aber ihre Verantwortung fürchtete, und Dorjew verstand sich darauf.

»Eure Heiligkeit, ich bitte um Vergebung, daß ich mir die Freiheit genommen habe, die einflußreichsten Familien zu sondieren. Wir können uns auf den Premierminister des Kabinetts, den Schata Schapé Lha-lu, den Tschi-kjap Kempo und ebenso auf die Klöster Drepung, Sera und Gaden verlassen.«

»Und angenommen, wir würden uns für engere Beziehungen zu Rußland entscheiden – wie müßten wir vorgehen?«

»Ich werde verschiedene Vorschläge ausarbeiten, Eure Heiligkeit.«

Insgeheim atmete Dorjew erleichtert auf, als er jetzt seinen Blick von neuem über die Milchebene schweifen ließ. Sie hatten eine Brücke überschritten.

Eine Woche nachdem er seine Mutter wiedergefunden hatte, trat Holder die Reise nach Indien an, diesmal zu Pferde. Die paar Tage hatte er gebraucht, um alles Notwendige vorzubereiten, und nun hatte er es eilig, denn er wollte möglichst der erste sein, der die Briten über die politische Entwicklung in Lhasa unterrichtete.

Er war einigermaßen zuversichtlich. In einer Tasche im Futter seines linken Stiefels steckte ein Dokument, für das seine Mutter fünf Rupien bezahlt hatte und das bescheinigte, er treibe Handel für das Kloster Sera. Mit Turins Hilfe hatte er sich einige passende Kleidungsstücke beschafft, darunter ein Obergewand aus importiertem chinesischem Tuch. Sein Haar war jetzt, trotz Namus Protest, kurzgeschoren, und auf seinem Kopf ging es erheblich weniger lebhaft zu als bisher. Pferd und Sattel hatte er recht vorteilhaft für fünfundsiebzig Rupien erstanden, und der Verkäufer hatte sich bereit erklärt, ihm für weitere hundert Rupien ein altes einschüssiges Henry-Martini-Gewehr mit dem Jahresstempel 1869 zu überlassen, einen der wenigen Hinterlader in Tibet, und dazu zwanzig Patronen. Holder hatte noch nie mit einem Gewehr geschossen; bei den Engländern hatte er nur gelernt, mit seinen beiden großkalibrigen Pistolen umzugehen. Doch allein schon die Tatsache, daß er eine solche Waffe bei sich trug, würde, so hoffte er, verhindern, daß sich ihm jemand in böser Absicht näherte.

Er hatte Turin ein Entgelt für Namus Kost und Logis bezahlt und Namu seine restlichen Rupien zur Aufbewahrung übergeben. Namu bat Holder inständig, sie mitzunehmen, aber er wandte ein, das würde für ihn eine erhebliche Verzögerung bedeuten, da einfache Tibeterinnen keine Pferde reiten durften. Er müsse jedoch zusehen, so schnell wie möglich nach Indien zu kommen und dort die Waren einzukaufen, die sie für ihr gemeinschaftliches Unternehmen brauchten. Turin hatte eine Liste der einzelnen Posten für ihn aufgestellt.

»Deine Mutter kann mich nicht leiden«, sagte Namu.

»Das beruht ganz auf Gegenseitigkeit«, erwiderte Holder. »Aber bitte, versuch doch, diese kurze Zeit mit ihr auszukommen. Wenn ich wieder zurück bin, werden wir die Sache regeln.«

Sie versprach es, da sie keine andere Wahl hatte, und sie begleitete ihn, seinen Steigbügel festhaltend, bis zum Pargo Kaling. Hinter ihnen stieg die Sonne aus den weißen Bergen hervor und hing wie eine riesige rote Scheibe in dem dunklen Himmel. Auf der Milchebene flogen die Schwalben so tief, daß sie fast den Weg berührten, und die Lastyaks der Karawanen trotteten grunzend und einander stoßend dahin. Auf dem ebenen Gelände vor dem Kloster Drepung hockten Hunderte von Mönchen, ihre Gewänder um sich gebreitet, und verrichteten ihre morgendliche Notdurft. Lämmergeier hingen hoch in der Luft und warteten darauf, daß diejenigen, die in der Nacht gestorben waren, zum »Bestattungsfelsen« geschafft und ihnen zum Fraß überlassen wurden.

In Tschaksam erwischte Holder gerade noch die letzte Fähre. Beim Abendessen hörte er, wie sich eine Gruppe von Treibern über einen Bergpfad unterhielt, einen nicht sehr guten Lam, der südlich von Ralung direkt nach Kang-ma führte und vierundzwanzig Meilen kürzer war als der übliche Weg. Er hatte diesen Lam auf keiner britischen Karte verzeichnet gesehen. In der letzten Woche hatte ihn der Gedanke beunruhigt, daß er vielleicht schon zu spät kam. Höchstwahrscheinlich wußte Compton bereits von der Machtergreifung des Dalai-Lama, aber wenn er, Holder, diesen unbekannten Saumpfad erforschen könnte, würde er wenigstens nicht mit leeren Händen kommen. Aufmerksam lauschte er dem Gespräch und erfuhr so, daß der Pfad das ganze Jahr lang passierbar sei, wenn nicht Schneestürme tobten, daß er aber wenig benutzt werde, da alle Tasam-Häuser am Tscha-lam lagen, der in einem Dreieck nach Gjantse und von dort nach Süden, nach Indien führte.

Am nächsten Abend machte er Station in Pedi-dzong. Hier traf eine Karawane nach der anderen ein, und die grasreiche Ebene war übersät mit den schwarzen Körpern der weidenden Yaks. Das Rasthaus war recht anständig; die Gäste hatten die Wahl zwischen Yak- und Hammelfleisch, Tschang und Arok und sogar zwischen mehreren Freudenmädchen.

Der Gemeinschaftsraum war überfüllt, und Holder, der zuerst sein Pferd versorgt hatte, fand nur noch einen Platz in einer Ecke weit weg vom Feuer. Es war warm, und Holder war schon lange nicht mehr empfindlich gegen menschliche Ausdünstungen. Er saß da, angenehm satt nach dem Essen, schlürfte seinen Arok und ruhte sich aus.

Da sah er am Feuer, halb im Schatten, ein Gesicht, das ihm bekannt vorkam. Es gehörte einem Treiber, einem hochgewachsenen Mann, dessen rechter Arm bis zur Schulter nackt war. Vom Zu- und Aufbinden ungegerbter Lederriemen waren seine Finger schwarz und glänzend wie Stahlglieder. Sein Teint hatte die Farbe alter Bronze, und über einem dicklippigen Mund sprang zwischen hohen Backenknochen eine Hakennase hervor. Das Haar trug er nach Hochländerart: Es hing in wirren Strähnen um seinen Kopf.

Irgendwo war Holder diesem Menschen schon einmal begegnet. Vielleicht im Rasthaus in Lhasa? Er zermarterte sich das Hirn, und schließlich fiel es ihm ein – es war der Jäger, der aus Wongdius Lager verschwunden war, nachdem sich seine Mutter mit Eisenhut vergiftet hatte.

Er wartete, bis der Mann hinausging, um sein Wasser abzuschlagen, und folgte ihm.

Draußen sprach er ihn an. »Verzeih. Bist du nicht aus Wongdius Klan, vom Stamm der Tsendo?«

Der Treiber machte einen Satz zurück und hatte im selben Augenblick sein Schwert gezogen.

Holder trat ebenfalls einen Schritt zurück, aber er ließ sein Schwert dort, wo es war.

»Bei den Göttern, wer bist du?« zischte der Hirt.

»Ich führe nichts Böses im Schilde«, sagte Holder freundlich. »Erkennst du mich nicht?«

»Nein. Ich will dich auch nicht kennen. Wer stellt schon solche Fragen? Wer bist du?«

Seit ihrer ersten Begegnung hatte Holder sich das Haar kurz scheren lassen und das Aussehen eines wohlhabenden reisenden Kaufmanns angenommen.

»Ich bin der Fremde, der an dem Tag in Wongdius Lager kam, an dem deine Mutter starb. Damals sah ich anders aus.«

Der andere beugte sich vor, so daß Licht auf sein Gesicht fiel. Er stieß sein Schwert in die Scheide zurück.

»Tatsächlich. Tatsächlich. Aber für allen Tee von Ja-an kann ich mich nicht mehr auf deinen Namen besinnen.«

»Losan.«

»Losan. Und ich bin Galei. Komm, darauf wollen wir trinken. Die Götter haben es offenbar gut mit dir gemeint. Das ist ausländisches Tuch, was du da trägst, nicht wahr?«

Am nächsten Tag zog Holder bis zur Mittagszeit in Galeis Karawane mit. Dann mußte die Karawane haltmachen, damit die Yaks weiden konnten. Das war der einzige Nachteil des »Grunzochsen«: Er vermochte in Höhen zu leben und Lasten zu tragen, wo nichts als Gras wuchs und wo andere Tiere krepiert wären, aber man mußte ihn den größten Teil des Tages grasen und wiederkäuen lassen.

»Ich muß weiter, Galei«, sagte Holder.

»Du hast's eilig, wie?« Galei musterte ihn aufmerksam. »Aber deine Idee, von Ralung bis Kang-ma den Lam zu nehmen, ist Wahnsinn, Losan. Er ist ganz einsam, und du bist kein Hochländer. Dort gibt es böse Geister und auch Khampas. Bleib auf dem Tscha-lam, mein Freund.«

»Ja, Galei.«

»Und solltest du dich entschließen, eine eigene Karawane zusammenzustellen, denk an mich, Losan. Doch jetzt: taschidele. Alle Seelen begegnen sich auf dem Tscha-lam von Lhasa und auf der Milchstraße.«

Holder glaubte nicht, daß es auf dem Lam von Ralung nach Kang-ma Khampas geben könnte. Nach dem, was er gehört hatte, war der Weg völlig menschenleer und wurde nur von bösen Geistern, Teufeln, unsichtbaren Riesen und dem ganzen Arsenal tibetischer Dämonen unsicher gemacht. Er konnte höchstens fünfundzwanzig Meilen lang sein, und wenn er gut war, brauchte man dafür nur einen Tag.

Holders Frühstück am nächsten Morgen bestand aus in rotem Pfeffer schwimmendem Hammelfleisch, das man nur mit Mo-mo, weichem, auf der Pfanne gebackenem Brot, und Mengen von Buttertee hinunterbrachte. Inzwischen hatte er Übung darin, mit der Spitze seines Dolchmessers die Fleischreste von den Knochen zu schaben. Als er alles aufgegessen hatte, leckte er seine Schale sauber, wischte sich mit den fettigen Händen über das Gesicht und war reisefertig.

Kurz hinter dem Kloster Ralung zweigte der Nebenweg nach Kang-ma vom Hauptweg nach links ab. Nachdem sich Holder vergewissert hatte, daß niemand in Sicht war, bog er auf den Pfad ein.

Es war ein schlechter Weg. Der Boden bestand entweder aus Schiefergeröll oder aber aus unnachgiebigem Felsgestein. Er mußte immer wieder aus dem Sattel, damit sein Pferd die Steigung schaffte, und bergab zu reiten war völlig unmöglich. Doch jetzt wollte er nicht mehr umkehren. Alle paar Augenblicke schaute er hinter sich, um festzustellen, ob ihm jemand folgte. Es war nichts Verdächtiges zu sehen, aber das bewies noch gar nichts.

Am nächsten Paß ritt er drei- oder vierhundert Meter weiter, hinaus aus dem Schußbereich einer Luntenmuskete oder eines Pfeils, und ging mit seinem Pferd in Deckung. Er ließ eine Patrone in den Verschluß seines alten, ausgedienten Henry-Martini-Gewehrs mit dem gezogenen Lauf gleiten, stellte das Visier auf vierhundert Meter ein und legte sich, die Mündung auf den Paß gerichtet, auf die Lauer.

Zwanzig Minuten später erschien die Silhouette eines Reiters am Horizont. Holder trat hervor. Es war Galei.

Er sprang vom Pferd und streckte die Hände aus, die Handflächen Holder zukehrend. Sein Bogen war nicht gespannt, seine Luntenmuskete nicht schußbereit, also blieb ihm nur das Schwert. Holder ging mit gesenktem Gewehrlauf auf ihn zu, und als sie noch etwa fünfzig Meter voneinander entfernt waren, bedeutete er ihm durch eine Geste, er solle stehenbleiben.

»Was ist los?« fragte er aufgebracht.

Galei sagte: »Warum bist du so wütend? Es ist gefährlich für dich, allein auf diesem Weg zu reiten. Ich dachte mir gleich, du wolltest mich nur in Sicherheit wiegen, also ließ ich mich auszahlen und ritt dir nach. Zwei sind besser als einer.«

»Glaubst du, ich bin ein Narr, Galei?«

»Wieso?«

»Warum solltest du deine bezahlte Arbeit aufgeben und mir nachkommen? Was bedeute ich dir denn?«

Galei zwinkerte ihm zu. »Vielleicht bist du kein Narr. Du fragst, was du mir bedeutest. Ich sagte mir: Wenn dieser Losan sich in so kurzer Zeit aus einem armen Pilger in einen reichen Kaufmann verwandeln konnte, dann lohnt es sich bestimmt, für ihn zu arbeiten.«

Es war eine heikle Situation. Holder mußte mit seinen Andeutungen vorsichtig sein, obwohl er argwöhnte, daß Galei vielleicht mehr an schnellerer Beute lag. Aber die Hochländer waren bekannt dafür, daß sie rasch und gefährlich auf Beleidigungen reagierten.

Er sagte: »Etwas so Wichtiges sollten wir nicht übereilt entscheiden. Begleite mich bis Kang-ma, und dort beraten wir dann, was zu tun ist. Ich beabsichtige, in Tschumbi eine Karawane zusammenzustellen, und da könnte ich Hilfe brauchen.«

Galei nickte. »Ich komme mit.«

»Aber«, sagte Holder, »da wir einander nicht kennen, wollen wir beide einen feierlichen Eid schwören, daß wir unser Essen und alle Gefahren miteinander teilen werden, daß jeder den anderen vor Feinden schützen wird, bis wir auf dem Tscha-lam sind. Schwörst du?«

»Auf meinen Gao.«

»Ich auch.«

Sie legten ihre Amulette aufeinander und schworen, daß sie bis Kang-ma Brüder sein wollten. Dann ritten sie weiter bis Njeru, den einzigen Ort an diesem unbenutzten Lam, der einen Namen trug.

»Hier sollten wir lieber nicht bleiben«, sagte Galei, als sie den Haufen jämmerlicher Lehmhütten erreicht hatten, aus denen schmutzige Gesichter sie anstarrten. »Da ist es im Freien besser.«

Nach einer Weile führte der Pfad bergab. Ein bleierner Himmel schüttete Sturzbäche auf sie herab, vom Wind gepeitschte Regenfluten. Sie suchten Schutz unter einem überhängenden Felsen, doch es gelang ihnen nicht, ein Feuer anzuzünden. Sie nahmen ein jämmerliches Mahl zu sich, und bald floß ein schmales Bächlein durch ihre Zufluchtsstätte, so daß sich jeder Gedanke an Schlaf von selbst verbot. Am nächsten Morgen sah Holder, daß in dieser Einöde die heilige Formel Om mani padme hum in drei Fuß hohen Lettern in den Felsen gemeißelt war.

Die Strecke, die nun kam, erwies sich als genauso schwierig wie der erste Wegabschnitt, und es war ganz unmöglich, schnell zu reiten.

Am frühen Vormittag erblickten sie über sich auf einem Bergkamm zwei zottelhaarige Reiter mit Musketen und Bogen auf dem Rücken, die zu ihnen herunterstarrten. Sie entboten ihnen keinen Gruß; sie rissen die Pferde herum und verschwanden.

Galei spannte seinen Bogen.

Holder hatte ein seltsames Gefühl im Magen. Furcht überkam ihn, als er vergeblich versuchte, sein Pferd anzutreiben, denn der Boden aus Schiefer- und Felsgestein, der Schlamm und die Pfützen, die der erbarmungslose Regen geschaffen hatte, ließen eine schnellere Gangart überhaupt nicht zu.

Jetzt begann ein noch schlimmerer Abschnitt des Lam, und bevor Holder eine Möglichkeit hatte abzusteigen, ging sein Pferd bereits auf einem schmalen Sims, das man aus dem nackten, fast senkrecht aufragenden Felsen herausgeschlagen hatte. Am Fuß des Felsen toste ein reißender Fluß. Das Tier fand kaum Platz für seine Hufe, und einmal rutschte es mit der Hinterhand über die Felskante ab, kämpfte einen grauenvollen Augenblick lang darum, sein Gleichgewicht zurückzugewinnen, und balancierte dann mit dem zu Tode erschrockenen Holder weiter.

Endlich wurde der Weg wieder eben, und sie konnten sogar leichten Galopp reiten.

Aber nicht lange. Plötzlich zischte ein Pfeil dicht an Holder vorbei, der hinter Galei ritt, und bohrte sich in die Flanke von Galeis Pferd. Der Gaul stolperte und warf seinen Reiter ab. Holder fing gerade noch Galeis überraschten Blick auf, als er, sein Tier mit der Peitsche bearbeitend, an ihm vorüberpreschte. Ein Pfeil verfehlte ihn um ein ganzes Stück, und dann war er um eine Biegung verschwunden. Vor ihm lag eine Schwemmlandebene, die von niedrigen, im Regen fast unsichtbaren Bergen umschlossen war. Holder ließ sein Pferd laufen, was es hergab; er war zu sehr bestrebt, sich zu retten, als daß er einen Gedanken an Galeis prekäre Lage verschwendet hätte. Er konnte keinen Pfad entdecken, der aus der Ebene hinausführte, und so ritt er in die Berge hinein und eine Schlucht hinauf. Einsetzender Regen begrenzte seine Sicht auf wenige Meter, und er überließ es dem Pferd, den Weg zu finden. Er hatte jedes Gefühl dafür verloren, in welche Richtung es lief.

Als er das Wiehern eines zweiten Pferdes hörte, hielt er an. Ein Windstoß vertrieb für einen Augenblick die Nebelschwaden, und er erblickte tief unter sich die beiden Banditen. Sie hatten Galei die Hände vor dem Körper zusammengebunden und zogen ihn an einem Strick hinter sich her. Galei konnte sich nur mit Mühe auf den Beinen halten.

Als Holder abstieg, paßte sich sein Pferd der Gewichtsverlagerung an und stieß einen Stein den Abhang hinunter. Einer schrie auf, und alle drei sahen hoch. Ohne zu überlegen, ohne auch nur zu zielen, richtete Holder sein Martini-Henry-Gewehr auf die Khampas und drückte auf den Abzug.

Plötzlich bekam er einen Schlag, der ihn fast umgeworfen

hätte, und sah, daß dicht neben seiner linken Armhöhle der Schaft eines Pfeils aus seinem Gewand ragte. Er empfand keinen Schmerz.

Hätte Holder gezielt, so hätte er höchstwahrscheinlich danebengetroffen. So aber rutschte der Mann, der als erster ritt, aus seinem hohen Sattel und hing mit dem Kopf nach unten in den Steigbügeln.

Im Bruchteil einer Sekunde hatte sich Galei auf den anderen gestürzt, den Bogenschützen. Obwohl seine Hände gefesselt waren und er keine Waffe hatte, verliehen ihm Wut und Verzweiflung enorme Kraft, und er schleuderte den Mann zu Boden. Das Messer des Banditen blitzte auf, aber Galei packte seinen Kopf und schlug ihn gegen einen Stein. Es knackte, wie wenn man die Schale einer Kokosnuß aufschlägt, und der Kampf war vorbei.

Der Mann, den Holder getroffen hatte, war nicht tot; er lag stöhnend da und versuchte sich aufzurichten. Mit seinen gefesselten Händen zog Galei das Kurzschwert des anderen aus der Scheide, trat zu dem Verwundeten, stellte ihm einen Fuß auf die Kehle und stieß ihm das Schwert unterhalb des Brustkorbs ins Zwerchfell und ins Herz. Der Mann bäumte sich auf und starb.

Als Holder, sein Pferd am Zügel führend, unten anlangte, hatte Galei das blutige Schwert zwischen seine Knie geklemmt und schnitt seine Fesseln durch.

Der Pfeil hatte Holders Schulter so durchbohrt, daß die eiserne Pfeilspitze hinten, der gefiederte Schaft vorn herausragte. Galei durchschnitt die Schnüre, mit denen die Spitze am Schaft befestigt war.

»Brich ihn ab«, sagte Holder. »Jetzt fängt es an weh zu tun.«

»Pfeile sind teuer«, sagte Galei. »Ich kann den hier reparieren, daß er wieder wie neu wird.«

Der Schaft ließ sich leicht herausziehen.

»Du hattest Glück, Losan«, sagte Galei. »Er hat nur die Haut geritzt.« Er massierte die Wunde, damit sie zu bluten anfing, und desinfizierte sie mit dem Arok der Banditen.

Aus Furcht vor neuen Khampas ritten sie schnell weiter. Sie nahmen das eine Pferd und diejenigen Besitztümer der Toten mit, für die Galei Verwendung hatte.

Einige Meilen von Kang-ma entdeckten sie eine Höhle, und bald kochten sie über einer blaßblauen Yakmistflamme ihren Tee, während es draußen unablässig regnete.

Holder wußte nicht, wie er seine plötzliche Panik rechtfertigen sollte. Er beschloß, bei der Version zu bleiben, er sei nur deshalb geflohen, um zurückkehren und die Banditen aus dem Hinterhalt angreifen zu können. Es war Galei, der die Initiative ergriff.

»Ich schulde dir eine Erklärung, Losan«, sagte er, »und ich verdanke dir mein Leben.«

Holder erwiderte nichts.

»Als du an mir vorbeipreschtest, dachte ich, das wäre das Ende. Ich glaubte, du wolltest nur deine eigene Haut retten. Ich habe mich geirrt, und ich schäme mich, daß ich so etwas glauben konnte.«

Holder wurde rot in der dunklen Höhle. Um seine Verlegenheit zu verbergen, trank er vom Arok der Banditen und verschluckte sich. »Kein Wort mehr darüber«, krächzte er. »Nimm auch einen Schluck, Galei.«

»Wenn du bei mir geblieben wärst und gekämpft hättest, wären wir beide verloren gewesen. Allerhand, das im Bruchteil einer Sekunde zu erfassen. Kein Wunder, daß du in Lhasa so gut vorangekommen bist. Du siehst ganz bieder aus, aber du bist schnell wie ein Fuchs.«

Galei hätte sich noch weiter über die Umsicht und den Mut seines Gefährten ausgelassen, aber Holder brachte das Gespräch etwas gewaltsam auf ein anderes Thema.

»Galei, damals in Wongdius Siedlung, warum wollten die Büttel vom Dzong dich und deine Mutter auf dem Pferdemarkt auspeitschen?«

»Wegen unserer Schulden natürlich. Weshalb sonst?« Galei nahm einen langen Schluck. Für ihn schien dieser Punkt damit erledigt zu sein.

Um ihn auszuholen, sagte Holder: »Als ich zuerst in euer Tal kam und die Zelte und die Menschen und die Tiere und dich sah, wie du mit deinem Bogen übtest, da dachte ich: Welch glücklicher Ort, welch glückliche Menschen! Und schon am nächsten Tag erschienen diese Männer vom Dzong, deine Mutter brachte sich um, und du liefst fort. Ich konnte es nicht verstehen.«

Nach einer Weile antwortete Galei, langsam, bedächtig: »Ihr Leute aus dem Tiefland wißt nicht viel über unser Leben auf den Hochweiden. Einst gehörten die Weiden den Stämmen, heißt es, aber jetzt gehören sie alle den Klöstern oder der Regierung oder den Gutsherren. Wir dürfen die Weiden nur dann benutzen, wenn wir mit Fleisch, Butter, Wolle, Leder und Mist dafür zahlen. Aber wir können nicht immer zahlen, und wenn unsere Schulden zu groß werden, peitschen sie uns auf dem Pferdemarkt aus. Meine Mutter und mich wollte man schon auf dem letzten Pferdemarkt bestrafen, aber Wongdiu hatte Glück und gewann fünf Kupfertrankas, und die gab er mir, damit ich den Büttel bestechen konnte. Aber dieses Jahr war es ganz hoffnungslos. Meine Mutter und ich schuldeten hundert Ping Silber und zweihundert K'e Butter. Unsere ganze Siedlung hätte in drei Generationen nicht soviel verdienen können.«

»Und du glaubtest, die Männer vom Dzong wären gekommen, um euch beide mitzunehmen.«

»Ja. Dabei wollten sie nur ein paar Männer und ein paar Zugtiere für die Fronarbeit.«

»Aber warum hattet ihr soviel Schulden?«

Galei seufzte in der Dunkelheit, als wollte er sagen, Holders Unwissenheit sei wirklich grenzenlos. »Es gibt zwei Arten von Tieren auf den Hochweiden, verstehst du. Wirkliche Tiere – lebende und sterbende, wie man sagt – und Geistertiere, ›ohne Leben und Tod‹. Ein Teil der wirklichen Tiere gehört den Hirten, und ein Teil gehört ihnen – den großen Drei: Kloster, Regierung, Grundherr. Unser Grundherr war das Kloster Sera. Wir mußten die wirklichen Tiere versorgen, die dem Kloster gehörten, und für sie Fleisch, Butter, Wolle und so weiter abliefern. Aber die Geistertiere gehören alle dem Kloster Sera, und obwohl sie gar nicht existieren, mußten wir doch ihre Produkte abliefern. Natürlich nahmen wir sie von dem, was uns unsere eigenen wirklichen Tiere lieferten.«

»Aber das ist doch glatter Betrug.«

»Oh, sie hatten ihre Gründe. Sie sagten, die Geistertiere warten auf ihre Wiedergeburt in Gestalt neuer Kälber und Zicklein. Die meisten Leute kommen in guten Jahren gerade so hin, aber wir hatten Pech. Meine Mutter hatte ein schlimmes Bein, und unsere Familie zählte nur vier Köpfe: mein Vater, mein Bruder, meine Mutter und ich. Hätten wir noch eine Schwester gehabt, dann hätte sie mehrere Brüder heiraten können, und wir hätten mehr Arbeitskräfte gehabt, aber wir vier mußten sieben Yaks, ein Pferd und dreißig eigene Schafe versorgen, dazu sechs wirkliche Yaks, vier Geisteryaks und achtundvierzig Geisterschafe für Sera. Daher konnte sich's meine Familie nicht leisten, einen Sohn ins Kloster zu schicken, denn dann wären wir zuwenig Personen gewesen, um die Tiere versorgen zu können.«

Galei seufzte und hielt inne.

»Aija. Eine Familie, die keinen Sohn ins Kloster schickt, muß mit Schlimmem rechnen. Es ist, als hätte man die Wahl, von einem Berg herunterzuspringen oder sich die Kehle durchzuschneiden. Eines Tages trieb ein Kaufmann seine Schafe durch unsere Gegend, und dann meldete er dem Dzongpon, daß ein paar davon spurlos verschwunden seien. Ich bin sicher, es fehlte nicht eins. Aber sie kamen und holten meinen Vater und meinen Bruder. Ich war damals nicht daheim, und deshalb konnten sie mich nicht anklagen. Wir haben meinen Vater und meinen Bruder nie wieder gesehen.«

»Und du bist nicht zum Dzong gegangen und hast dich nach ihnen erkundigt?«

Galei überhörte die Frage.

»Sie nahmen uns die Hälfte unserer wirklichen Schafe weg, um den Kaufmann damit zu entschädigen – so sagten sie jedenfalls. Uns blieben nicht mehr genug Tiere übrig, um die Abgaben für die wirklichen Schafe und die Geisterschafe des

Klosters Sera leisten zu können. Bald hatten wir überhaupt kein Vieh mehr – wir mußten alles verkaufen, um dem Kloster einen Teil unserer Schulden bezahlen zu können, denn jedes Jahr kamen noch die Zinsen zu den Schulden hinzu, und wir mußten für andere Hirten arbeiten, um unser Leben fristen zu können. Und dabei wurden die Schulden immer größer und schließlich so groß, daß die Mönche erklärten, sie würden ein Exempel statuieren. Ich konnte nicht fliehen und meine Mutter zurücklassen, deshalb hat sie sich mit Eisenhut vergiftet – damit ich von dem Klan fortlaufen konnte. Wongdiu wußte Bescheid. Er ist ein braver Mann.«

Nach einem Schluck aus der Arok-Flasche fuhr er fort: »Aber dieses Wasser ist schon längst den Fluß hinuntergeflossen. Das Leben auf dem Lam ist auch nicht leicht, aber immer noch besser als auf den Hochweiden.«

Holder sagte: »Morgen sind wir in Kang-ma, und ich reite dann weiter nach Tschumbi und Kalimpong. Willst du mitkommen?«

Compton war entzückt, um nicht zu sagen verblüfft, über den ersten Vortrag seines Geheimagenten, wie er Holder gern bezeichnete.

Vor Holders Ankunft in Darjeeling hatte es eine Flut wilder Gerüchte über den Umsturz in Lhasa gegeben. Holder hatte das Glück, als erster einen zusammenhängenden Bericht über das vereitelte Attentat auf den Dalai-Lama, die Verhaftung des prochinesischen Regenten und die Machtübernahme eines Gottkönigs zum ersten Mal seit einem Jahrhundert geben zu können.

»Mein Gott, das ist eine Ohrfeige für Peking«, rief Compton begeistert. »Ich werde es sofort nach Kalkutta telegraphieren.«

Es war nicht nur eine Ohrfeige für Peking, sondern auch ein nicht unerheblicher Pluspunkt für Captain Compton.

Außerdem war er voll des Lobes, daß es Holder gelungen war, den Weg zwischen Ralung und Kang-ma zu erforschen.

»Sie sagen, er ist ziemlich schlecht, und ich hoffe nur, daß

Sie bald noch genauere Angaben liefern können, Holder – Höhe, Entfernungen, Terrain und so weiter. Glauben Sie, daß man diesen Pfad ohne allzu großen Aufwand an Menschen und Material verbessern könnte?«

Das war der einzige Hinweis darauf, was dem britischen Wunsch, mehr über Tibet zu erfahren, zugrunde lag.

Holder erwiderte, er glaube, daß das möglich sei.

»Diese neue Tarnung als Kaufmann ist geradezu ideal«, fuhr Compton fort. »Jetzt brauchen Sie sich wenigstens nicht mehr mit einer Gebetsmühle und all diesem Unsinn herumzuschlagen. Ein Kaufmann kann ohne weiteres geschäftliche Notizen in seinen eigenen Hieroglyphen machen und leicht ein paar Thermometer und einen Sextanten in einer Satteltasche verstecken. Sie können jetzt auf diese Pistolen verzichten, denke ich. Ein Revolver ist besser. Noch einen Scotch?«

»Ja, danke. Ein guter Revolver wäre wirklich nicht schlecht. Und vielleicht ein Mannlicher-Gewehr.«

Sie saßen in der Halle des Peak Hotels, einem der wenigen Orte, wo Compton sich mit einem Mann wie Holder treffen konnte – offenbar einem Kaufmann, der für ein Kloster arbeitete, nach seinem geschorenen Kopf zu schließen. Compton goß sich und Holder einen großen Whisky ein.

Holder hatte keineswegs die Absicht, noch einmal zwischen Ralung und Kang-ma sein Leben zu riskieren. In Zukunft würde er den Tscha-lam benutzen. Er hatte auch keine Lust, sich mit einem Haufen Vermessungsinstrumente erwischen zu lassen. Ein Siedepunktthermometer war etwas anderes. Er konnte es wegwerfen und, wenn nötig, drauftreten. Aber jedenfalls war es klüger, Compton in dem Glauben zu lassen, seine idiotischen Pläne würden ausgeführt werden. Das konnte auf keinen Fall schaden. »Und was halten Sie von meiner Idee, einen Laden zu eröffnen?« fragte er.

»Sehr gut«, sagte Compton. »Absolut erstklassiger Einfall. Wie teuer wird das kommen? Ich muß eine Anweisung für das Geld ausschreiben.« Er leerte sein Glas, wischte sich seinen dicken blonden Schnurrbart und sagte: »Prosit.«

Holder trank schweigend und machte sich einen Spaß daraus, umständlich mit den Fingern zu rechnen.

»Die Miete für einen Laden mit Nebengelaß, in dem man wohnen kann, beträgt in Lhasa allerhöchstens fünfzig Rupien im Jahr.«

»Mein Gott! So wenig.«

»Das Leben in Lhasa ist in mehr als einer Hinsicht billig«, sagte Holder trocken. »Und Sie haben so einen Laden noch nie gesehen.«

Er vermied es sorgfältig, Compton mit einem Titel anzureden. Er brachte es einfach nicht über sich, ihn »Captain« oder »Sir« zu nennen.

»Wenn ich mich als Kaufmann niedergelassen habe, werde ich mir meinen Unterhalt mehr oder minder selber verdienen, aber da ich Geschäfte für das Kloster Sera tätige, wären anständige Schmiergelder bestimmt nützlich. Und wenn ich irgendwelche Informationen haben will, muß ich natürlich etwas springen lassen. Sagen wir: tausend Rupien im Jahr und dazu das, was Sie mir für meine Arbeit zu zahlen bereit sind, plus tausend Rupien für den Einkauf von Waren. Das reicht, denke ich.«

Einen großen Teil dieses Geldes konnte er sicherlich in die eigene Tasche stecken. Es war ein angenehmer Gedanke, es für Notzeiten zurücklegen zu können. Und selbst wenn er in Tibet in Schwierigkeiten geriet, gab es kaum ein Problem, das man mit einer diskreten Zuwendung nicht zu lösen vermochte.

»Das ist eine ganze Menge«, sagte Compton, »aber ich werde sehen, was ich tun kann.«

»Eigentlich ist es sehr wenig. Es ist ja nicht so, daß Sie mir einen Gefallen tun, nicht wahr?« Holder vermochte den Zorn in seiner Stimme nicht gänzlich zu unterdrücken.

»Nein, nein, mein Freund. Davon kann doch gar keine Rede sein. Sie haben nur keine Ahnung, was es heißt, den Leuten hier Geld aus der Nase zu ziehen. Es ist so verdammt schwierig, diese Beträge in den Büchern zu verschleiern.«

»Kann ich mir vorstellen«, sagte Holder, und es klang, als

könne er es sich keineswegs vorstellen. »Ich frage Sie: Ist das Geld zu beschaffen? Ich möchte sehr schnell eine Karawane ausrüsten und nach Lhasa zurückkehren.«

»Natürlich. Das ist die Hauptsache. Ich sehe zu, daß Sie morgen zweitausend kriegen.« Compton zündete sich eine Zigarette an und wechselte das Thema. »Aber nun zu diesen beiden Frauen. Können Sie ihnen trauen?«

»Ich dachte, ich hätte es Ihnen schon erzählt. Die eine betreibt einen Verkaufsstand in Lhasa. Alt genug, um meine Mutter zu sein.« Es machte ihm Vergnügen, das zu sagen. »Die andere ist um die Zwanzig – vielleicht ein bißchen darüber. Sie war mir bei der Reise nach Lhasa behilflich.«

»Hübsch?« Es klang lüstern. »Man erzählt, die Weiber haben alle die Syphilis. Vorsicht, mein Freund.«

Der Whisky ließ Compton seine Sahib-Manieren vergessen.

»Weder hübsch noch häßlich. Nichts Besonderes.«

»Und wieso glauben Sie, daß Sie ihnen trauen können?«

»Ich traue ihnen ja nicht.«

»Aber...«

»Es hat nicht viel Sinn, Leuten zu trauen, nicht wahr? Ich glaube auch nicht, daß sie mir trauen, obwohl sie nicht wissen, daß ich ein Spion bin.«

Bei diesem Wort zuckte Compton leicht zusammen.

»In Tibet ist Handel die einzige Aufstiegsmöglichkeit, verstehen Sie, ähnlich wie jetzt in England. Geld ebnet den Weg in die Aristokratie. Aber ganz abgesehen davon – ich kann mich insoweit auf sie verlassen, als ich ihnen als Partner nützlich bin.«

»Fragt die Ältere denn nicht, was für sie dabei herausspringt?«

»Das braucht sie nicht zu fragen. Jeder reisende Händler braucht jemand in Lhasa, später vielleicht auch in Schigatse, der seine Interessen vertritt, während er in Geschäften unterwegs ist. Sie schätzt sich gewiß glücklich, jemand wie mich gefunden zu haben, dem sein Vater etwas Geld hinterlassen hat, der neu in der Branche ist und sich nicht auskennt.«

»Und das Mädchen?«

»Sie ist eine Duitschun – eine entflohene Leibeigene. Es wäre schlimm für sie, wenn man sie an ihren Gutsherrn ausliefern würde. Solche Leute sind die billigsten Arbeitskräfte. Das Mädchen arbeitet für mich nur für das Essen und ein paar Kupfermünzen.«

»Und tut alles, was Sie sonst noch verlangen, wie?« Compton zwinkerte ihm zu und goß ihm noch einen Scotch ein. »In einem Nest wie Lhasa kann man doch nicht viel anderes tun, stell' ich mir vor.«

Sekundenlang sah Holder Namus stolzes Gesicht vor sich. Er nahm einen Schluck, um über den Augenblick des Ekels hinwegzukommen.

Compton betrachtete ihn wohlgefällig. »Sie scheinen sich wirklich gut etabliert zu haben, und Sie sehen ganz echt aus. Es war eine Prachtidee, sich das Haar abzurasieren.«

Namu und Turin hatten Holder vor seiner Abreise kritisch inspiziert. Unter seinem wollenen Obergewand trug er ein ausgefranstes weißes Hemd; an dem Gürtel aus abgewetztem Leder hingen eine silberbeschlagene Scheide, in der ein Messer und ein Paar Eßstäbchen steckten, und an einer kurzen Kette eine Feder aus Holz, ein Tintenfäßchen aus Horn, ein Siegel und Siegelwachs.

»Vielleicht sehe ich echt aus. Aber ich fühle mich nicht so. Deshalb möchte ich einen tüchtigen Treiber mieten, der die Aufsicht über die Karawane übernimmt. Ich will lieber für faul als für dumm gelten.«

Tatsächlich hatte er Galei diesen Posten bereits zugesagt.

Galei war ein echter Gewinn. Holder brauchte nichts weiter zu tun, als sich auf sein Pferd zu schwingen und wieder abzusteigen. Galei hatte seinerseits noch zwei Männer gemietet, die er von zahlreichen Begegnungen auf dem Lam her kannte, und er schwor, sie seien vertrauenswürdig. Nichts auf der Welt konnte einen Yak dazu bringen, mehr als seine gewöhnlichen zweieinhalb Meilen in der Stunde zurückzulegen, und auch das bloß wenige Stunden am Tage; die übrige Zeit mußte er grasen. Aber nur der Yak fraß das harte Hochlandgras und verwandelte es in Muskelkraft, Fleisch, Wolle, Leder, Milch und Horn – all das, was man brauchte, wenn man mit einem beweglichen Warenlager durch Tibet zog.

Am Nachmittag verließ Holder häufig den Lam und unternahm kurze Abstecher in die Umgegend, wobei er seinen Weg stets sorgfältig mit Steinen markierte, denn Nebel und Wolken konnten in wenigen Augenblicken jede Sicht unmöglich machen. Nichts schien friedvoller zu sein als diese Art des Reisens. Hoch oben in den höchsten Bergen der Welt veränderten die dünne Luft und die ultraviolette Strahlung alle Werte, erhöhten die Leuchtkraft der Farben, halbierten Entfernungen, verdoppelten das Wohlbefinden. Holder begann die wilde Kahlheit dieser Berge zu lieben, wo alles rein und unberührt war, wo oberhalb der Grasgrenze auf Fels- und Schiefergestein kein Leben mehr existierte, wo die prachtvollste Aussicht sich langsam, wie in einem Zeitlupenkaleidoskop, in eine noch grandiosere verwandelte.

Abends dann ein Tasam-Haus, ein harter Lehmboden, in der Mitte ein Yakmistfeuer und um das Feuer zahllose Töpfe, in denen Essen gekocht oder Tee gebrüht wurde. Fast immer bekam man in diesen Rasthäusern für eine Kupfermünze eine Portion geschmortes Rind- oder Hammelfleisch, Ziege, Hirsch oder sogar Murmeltier und für den gleichen Betrag so viel Arok, daß sich zwei Mann damit betrinken konnten. Die Unterhaltung drehte sich meist um den Lam, seine unberechenbaren Gefahren, die Geister, die an den Pässen umgingen, und die besten Methoden, sie unschädlich zu machen. Einige Gäste würfelten, spielten Karten oder riskierten auf andere Weise ihre schwerverdienten Groschen.

Holder lernte aus solchen Gesprächen, daß Erdbeben von Riesen verursacht wurden, die eine Meile groß waren, aber so winzige Münder hatten, das sie nicht einmal ein Tsambakörnchen hineinbekamen. Die Erde bäumte sich auf, wenn sie sich in Hungerqualen wanden. Eine bestimmte Art von Ungeheuern, die Noidschins, hausten in Gebirgspässen und atmeten La-du aus, den giftigen Hauch der Pässe, der die Menschen in großen Höhen schwach und krank machte. Jedes Dorf und jeder Bezirk hatte seine eigenen Götter und Dämonen – vor allem Dämonen. Krankheiten waren stets das Werk sehr kleiner, aber äußerst bösartiger Geister. Der Laie konnte sich zwischen all diesen teuflischen Wesen unangefochten nur mit Hilfe der Lamas bewegen, die ihm gegen ein Entgelt vorschrieben, was er zu seinem Schutz zu tun hatte.

Langsam brannte das Feuer nieder. Die Treiber schliefen. Von draußen hörte man das Grunzen der Yaks, hin und wieder Rascheln und das Schnauben der Pferde, die schlafend unter den riesigen Sternen standen, bis schließlich die Morgendämmerung rosarot über die zerklüfteten Gipfel kroch und auf dem bereiften Grasboden das Leben von neuem erwachte.

An einem solchen Morgen überquerten Holder und seine Männer den Karo La. Jeder warf seinen weißen Stein auf den Obo, und die Sonne leuchtete riesig und kalt zwischen ihnen und den fernen Bergen. Aber die Hoffnung auf einen schönen Tag erfüllte sich nicht, denn auf der Ostseite des Passes trieb messerscharfe Kälte in mit Eisnadeln gefüllten Wolken heran und umhüllte Menschen und Tiere mit bretthartem Eis. Sie kämpften sich durch den Schneesturm, und langsam brannte sich die Sonne durch das Eis und überflutete alles mit strahlender Helle.

Zu ihren Füßen lag Nagartse Dzong und rechts davon der herrliche Jamdok Tso, der Türkissee, eine riesige kreisförmige blaugrüne Wasserfläche. Von nun an führte der Weg nach Lhasa die meiste Zeit bergab.

Das Rasthaus von Nagartse lag dem Dzong gegenüber. Es war ein ausgedehnter Komplex ineinandergeschachtelter unregelmäßiger Lehmbauten, die sich alle um einen Hof gruppierten, auf dem die Pferde etwas Schutz vor dem Wind fanden.

Aus der reinen, kalten Luft des Himalaja in ein Rasthaus zu treten bedeutete immer einen Schock. Drinnen war die

Luft geschwängert von Yakmistrauch, Küchendüften, den Ausdünstungen ungewaschener Leiber, dem Geruch von Alkohol, Hammelfleisch, ranziger Butter, Tee und Schnupftabak, den man mit Weihrauchasche vermischt hatte, um das Schnupfen weniger sündhaft zu machen. Diejenigen, die regelmäßig auf dem Lam reisten, kannten einander; wenn sie eintraten, gingen sie von einem zum andern, begrüßten sich, wechselten Scherzworte und boten einander Schnupftabak oder einen Schluck aus der Arok-Flasche an. Es ging lebhaft und heiter zu an diesem Ort mit seinen vielfältigen Gerüchen, wo man fünftausend Meter über dem Meeresspiegel eine Zuflucht vor der unbarmherzigen Natur, Wärme und Geborgenheit fand.

Galei, Holder und die beiden anderen Treiber ließen sich in einer Ecke nieder. Die Fleischsuppe war gut, und der Wind, der draußen heulte und in einem Astloch in der Tür pfiff, erhöhte drinnen das Gefühl der Behaglichkeit. Ihnen bot sich der übliche Anblick: Menschen, die miteinander schwatzten, würfelten, tranken oder bereits überall auf dem Fußboden des großen, durch Pfeiler abgestützten Raums schliefen. Holder wickelte sich in eine Yakhaardecke ein, die er sich gekauft hatte und die ihm als Umhang, Regenmantel und Satteldecke diente. Sein Mannlicher-Gewehr und seinen Revolver hatte er in einem seiner Stiefel versteckt; sein altes Henry-Martini-Gewehr, das immer noch eine gute Waffe war, hatte Galei geerbt. Er schlief sofort ein, wie er es jetzt immer tat.

Irgend etwas weckte ihn. Er öffnete ein Auge. In dem Raum war es dunkel, und die meisten schliefen fest, nur eine Gruppe von Männern saß im Licht einer Butterlampe und trank. Das Feuer war nur noch ein schwachblauer Schimmer.

»Losan.«

Er grunzte.

»Losan.«

Es war Namus Stimme.

»Namu«, murmelte er und wollte wieder einschlafen.

»Schschsch!«

Eine Hand rüttelte ihn. »Losan.« Es war kein Traum, es

war wirklich Namu, ein dunkler Schatten in der Finsternis. Sie hatte sich das Gesicht mit Kutsch bestrichen, was sie für gewöhnlich nicht tat, und ihr Haar quoll in wirren, schmutzigen Strähnen unter einem alten Hut hervor.

»Was ist passiert? Was tust du hier?« fragte er und schlang die Arme um sie.

»Schschsch. Komm, laß mich neben dir liegen, ich erzähl's dir dann.«

Sie schlüpfte mit den Armen aus ihrer zerrissenen Schuba und legte sich hin. Er rückte ein Stück beiseite, um Platz für sie zu machen, und deckte sie und sich mit der Decke zu.

Sie küßte ihn, ließ ihre Hände über seinen Körper gleiten und begann leise zu weinen.

»Ach, Losan, Losan. Preise die Götter, daß du hier bist. Ich glaubte schon, ich hätte dich verfehlt, und war vor Angst halb tot.«

»Beruhige dich, mein Schatz. Was ist passiert? Komm, jetzt ist ja alles gut.«

Er liebkoste sie sanft, hielt sie fest an sich gepreßt, küßte ihr tränennasses Gesicht, und langsam beruhigte sie sich, schluchzte nur noch ein paarmal erleichtert auf.

»Fühl das hier«, sagte sie, zog seine Hand auf ihren Bauch hinunter und hielt sie dort fest. Der Bauch war runder als vorher und fest.

»Ich bin schwanger«, flüsterte sie.

So viel geschah auf einmal! Er fühlte das feste, glatte Fleisch und ihr Gesicht an seinem. Sie war jetzt ruhig.

»Du wirst Vater. Wie gefällt dir das?«

»Ich finde es herrlich.«

»Das ist gut.«

Sie lagen entspannt da, genossen ihre Nähe, warteten darauf, daß noch mehr geschah, obwohl sie es nicht besonders erstrebten.

Nach einer ganzen Weile sagte Namu: »Aija. Es war doch richtig so. Schließlich habe ich dich gefunden. Du wirst nicht zulassen, daß man mich nach Schigatse zurückschickt, nicht wahr? Versprich es mir.«

»Wovon redest du? Warum bist du hier? In deinem Zustand solltest du nicht allein auf dem Lam reisen. Denk an unser Kind.«

»Es ist alles in Ordnung? Du liebst Namu?«

»Ja, ja, aber was...?«

Sie legte ihm die Hand auf den Mund und zog seine Hand auf ihre Brust.

»Sag, daß du mich liebst.«

»Ich liebe dich.«

»Und ich liebe dich. Mein Bericht kann warten. Komm zu mir, Losan. Du warst so lange fort.«

Wahrscheinlich, überlegte Holder, waren seine Kindheits- und Jugenderinnerungen an die Mutter von dem Bündnis gefärbt, das sie beide gegen den stets betrunkenen Vater geschlossen hatten. Oder vielleicht hatte sie sich auch wirklich verändert. Jetzt jedenfalls zeigte sie alle Wesensmerkmale einer kleinen Händlerin: sie war berechnend und hatte nicht allzuviel Skrupel. Er fand das verständlich. In Lhasa geschah nichts, wenn man nicht Schmiergeld zahlte, und Korruption im Verein mit Drohungen war ein Teil des Lebens. Die Treiber und reisenden Händler auf dem Lam waren freundlich, umgänglich und geradezu; sie griffen, wenn sie sich beleidigt fühlten, rasch zum Messer, aber sie vergaßen es auch niemals, wenn man ihnen einen Dienst erwiesen hatte. Turin hingegen und Menschen ihres Schlages im Tiefland hatten nichts anderes im Kopf als Handel, Gewinn und Verlust; sie machten sich lustig über die Einfalt der Hochländer, die sie geschickt ausnutzten.

Von Anfang an hatte Turin kein Hehl daraus gemacht, daß Namu in ihren Augen für ihren Sohn nicht gut genug und außerdem hinter seinem Geld her sei. Sie versuchte zu verhindern, daß Namu mit dabei war, als sie und Holder das zukünftige Unternehmen besprachen, und wenn das Mädchen anwesend war, ignorierte sie es absichtlich.

Auf Holders Anregung hin hatte Namu vorgeschlagen, da sie während Holders Indienreise bei Turin wohnen werde, könne man die Dienstmagd Lansa zu ihrer Familie zurückschicken.

Aber Turin wollte davon nichts wissen.

»Nein, nein. Es wäre mir sehr peinlich, wenn ich die Geliebte meines Sohnes bitten müßte, niedere Arbeiten zu verrichten. Außerdem sind Lansas Angehörige Langtsan – Sklaven, nicht mal Leibeigene. Sie wohnen in einer jämmerlichen Hütte, in die sich kaum ein Straßenköter hineinwagen würde. Lansa soll hier bleiben. Sie kann essen, was wir übriglassen, und im Flur schlafen.«

Namu sah sie erstaunt an. »Wie du willst, Turin. Du bist die Hausherrin. Du führst das Kommando. Zumindest, bis Losan zurückkommt. Aber mir scheint doch, zwei Frauen werden mit einem so kleinen Haushalt spielend fertig.«

Es war ein vernünftiger Einwand, und auch Holder wunderte sich, warum seine Mutter das Mädchen unbedingt behalten wollte. In Lhasa war es üblich, die Straßen und Häuser einmal im Jahr, zum Frühlingsfest, sauberzumachen.

Als er an jenem strahlenden Morgen seine Reise antrat, hatte ihm Namu am Pargo Kaling so lange nachgewinkt, bis er aus ihrem Blickfeld verschwunden war, und dann beschlossen, sich zum ersten Mal seit ihrer Ankunft in Lhasa die Stadt gründlich anzusehen.

Da sie bereits am Westtor war, wollte sie den obligatorischen Gang im Uhrzeigersinn auf dem Lingkhor machen, dem Heiligen Weg, der die Stadt Lhasa samt dem Potala umschloß und so heilige Eigenschaften besaß, daß jeder, der das Glück hatte, auf diesem sieben Kilometer langen Kreisweg zu sterben, sogleich ins Nirwana einging.

Namu zog los und ließ dabei die Perlen ihres Rosenkranzes über Daumen und Zeigefinger gleiten. Der Lingkhor begann als breiter, sandiger Weg, zog sich im kühlen Schatten der Pappeln des Lu-kang dahin, führte bergauf und wieder bergab, schnitt die schmutzige Straße, die das Viertel der Radschjaba, der Parias, begrenzte und von schwarzen Schweinen unsicher gemacht wurde, zog sich dann am Fluß Kyi entlang und endete wieder am Pargo Kaling. Namu ließ sich Zeit, und erst kurz nach Mittag langte sie wieder am Potala an. Sie kaufte sich an einer Bude etwas zu essen und setzte sich auf den Boden, um der endlosen Prozession von Männern und Frauen, Mönchen und Laien zuzusehen, die alle den Rundgang auf dieselbe Weise wie sie machten: die Heilige Stadt zur Rechten, so daß ihnen niemand entgegenkommen konnte, und immerfort die heiligen sechs Silben murmelnd, die die Tore der sechs Höllen geschlossen hielten.

Danach besichtigte sie das Dorf Scho am Fuß des Potala und starrte wie alle anderen in der Hoffnung nach oben, einen Blick auf den Rimpotsche werfen zu können oder sogar einer segnenden Handbewegung vom Dach herunter teilhaftig zu werden. Dann spazierte sie über die Türkisdachbrücke, betrat den Dschokhang-Tempel und absolvierte darin den heiligsten aller Rundgänge um das heilige Standbild des Dscho.

Es war ein langer Tag, und sie fühlte sich müde, als sie ihren letzten Rundgang auf dem Parkhor machte. Sie hatte die heiligen drei Kreise an einem Tag geschafft, und als sie vor Turins Haus anlangte, versank die Sonne bereits hinter den Bergen.

Turins Tür war verschlossen.

Namu trommelte dagegen. Keine Antwort, obwohl Turin ganz sicher daheim war.

»Turin!« rief sie, erst leise und dann, voller Angst, lauter.

Immer noch keine Antwort. Es war zwecklos, an eine andere Tür zu klopfen, denn niemand würde so spät öffnen. Des öfteren versuchten Diebe, sich mit diesem Trick Einlaß in die Häuser zu verschaffen.

Ganz in der Nähe heulte ein Straßenköter, und gleich darauf fiel ein zweiter in das Geheul ein.

Namus Herz schlug schneller. In Lhasa war es gefährlich, sich nach Einbruch der Dunkelheit allein, unberitten und unbewaffnet im Freien aufzuhalten.

Angelockt durch ihr wütendes Klopfen, schlich ein Hund zu ihr heran und beschnüffelte sie.

»Turin!« rief sie leise. »Laß mich ein. Hier sind Hunde.«

Alles blieb still.

Jetzt war keine Zeit mehr zu verlieren. Sie mußte zusehen, daß sie das Rasthaus »Zum Sorgenfreien Treiber« erreichte. Verblüfft über ihre eigene Kaltblütigkeit, ging sie ohne Eile, denn sie hatte gehört, daß es äußerst gefährlich sei, vor Hunden davonzulaufen. Eine rennende Gestalt weckte in ihnen offenbar den alten Jagdinstinkt und befreite sie von den Hemmungen einer uralten Dressur und ihrer jahrtausendealten Furcht vor dem Menschen.

Im Gehen summte sie mit gespieltem Gleichmut vor sich hin. Einer hinter dem andern schlichen ihr die Köter nach, leise winselnd, unentschlossen. Aber sie wußte, was kommen würde. Einer würde sie anspringen und versuchsweise nach ihr schnappen. Und gleichgültig, ob sie diesen Angriff ignorierte oder sich zur Wehr setzte – das Rudel würde dann Mut fassen.

Sie hatte ihr Messer gezogen, aber auch das würde nichts nützen.

Es waren immer noch fünfzig Schritte zu gehen.

Plötzlich wurde Namu klar, warum Turin darauf bestanden hatte, Lansa, das kleine Sklavenmädchen, zu behalten.

Einer der mutigeren Hunde lief an ihr vorbei und schnappte dabei nach ihrem Gewand, ohne es jedoch mit den Zähnen festzuhalten.

Jetzt konnte sie bereits die Tür des Rasthauses in ihrer dunklen Nische erkennen.

Unfähig, die angstvolle Spannung noch länger zu ertragen, rannte sie auf die Tür zu und trommelte dagegen. Hinter ihr bellte und knurrte es wütend. Sie fuhr herum und hielt den Kötern ihr Messer entgegen.

»Wer ist da?«

»Laßt mich ein. Die Hunde . . .«

»Einen Augenblick. Die Tür ist verriegelt.«

Der Hund, der nach ihrem Saum geschnappt hatte, näherte sich ihr, immer noch unentschlossen, die Oberlippe über die Zähne hochgezogen. Er sprang, und Namus Messer fuhr durch die Luft. Der Hund winselte. Als seine Kumpane das

Blut rochen, stürzten sie sich knurrend und jaulend auf ihn und bissen zu.

Die Tür öffnete sich, und der warme Brodem des Rasthauses schlug ihr entgegen.

»Ach, du bist's«, sagte der Wirt. »Sehr leichtsinnig von dir, dich im Dunkeln draußen herumzutreiben. Komm herein. Komm herein. Wir haben noch Schafshirn in kräftiger Brühe übrig, das wird dir schmecken.«

Namu stand früh auf und ging geradewegs zu Turins Haus.

Turin zeigte nicht die geringste Reue. »Natürlich, ich habe dich ausgesperrt. Du wirst hier nicht wohnen bleiben.«

»Das soll Losan entscheiden.«

»Losan! Der frißt dir doch aus der Hand. Er weiß nichts vom Leben. Losan ist wohlhabend, er kann ein reicher Mann werden. Soll er eine Duitschun heiraten? Nur über meine Leiche! Er hat dir Geld gegeben. Das ist genug.«

Turin hatte sich viele Gedanken gemacht, seit Holder mit einem offenbar reichlichen Vorrat an Rupien in Lhasa aufgetaucht war. Sie hatte niemals angenommen, daß sie ihren Sohn noch einmal wiedersehen, geschweige denn, daß er Geld mitbringen und lebhaftes Interesse am Handel zeigen würde. Das änderte ihre Situation mit einem Schlage völlig.

Losan war jung, sah gut aus, sprach Lhasa-Tibetisch und Englisch und war nicht arm. Geld aber öffnete in Lhasa alle Türen. Auf dem Parkhor gab es ein Dutzend wohlhabende Händler mit Töchtern im heiratsfähigen Alter. Da war zum Beispiel der alte Tzedschu, der vier Töchter und keinen Sohn hatte, und man wußte, daß er nach einem passenden Mann Ausschau hielt, der alle vier auf einmal heiraten und sein Nachfolger im Geschäft werden könnte.

Aber Turin gab sich noch kühneren Träumen hin. Losan stand erst am Anfang seiner Karriere als Kaufmann. Vielleicht besaß er wirklich *viel* Geld. Er hatte es ihr nicht verraten. In diesem Fall konnte er sehr wohl in den Adel aufsteigen: Er brauchte sich nur ein kleines Amt zu kaufen und die reizlose Tochter irgendeines mittellosen adeligen

Gutsherrn zu heiraten. Hier ein Geschenk, dort eine Bestechung erleichterten den Weg nach oben.

Es war wirklich zum Verzweifeln, daß er, dem so viele Türen offenstanden, sich in dieses niedriggeborene Geschöpf aus Schigatse verliebt hatte, das höchstwahrscheinlich eine Duitschun war und einen Mühlstein am Hals bedeutete.

»Das soll Losan entscheiden«, wiederholte Namu.

»O ja«, gab Turin höhnisch zurück. »Er wäre ein großartiger Fang für dich, mein Täubchen, nicht wahr? Aber wenn du erst auf dem Marktplatz von Schigatse im Stock sitzt, möchte ich wetten, daß du innerhalb einer Stunde als entflohene Leibeigene erkannt wirst.«

Namu erstarrte.

»Aha, das hat gesessen, wie? Ich warne dich. Wenn du hier bleibst, werde ich dafür sorgen, daß man dich peinlich befragt, wohin du gehörst. Jedermann weiß, woher ich komme. Ich bin vertrauenswürdig, und niemand braucht auf meine Münzen zu beißen. Ich bin keine Duitschun, sondern eine achtbare Frau.«

Namu setzte sich hin und starrte auf ihre Hände, die schlaff in ihrem Schoß lagen. Obwohl mindestens ein Drittel der einfachen Leute Duitschuns waren und sich für gewöhnlich niemand darum scherte, konnte es doch übel ausgehen, wenn sie von einem Feind angezeigt wurden – von jemand, der sich einen Vorteil davon versprach, wie jetzt Turin. Richter konnten bestochen werden, und wenn eine Duitschun dann nicht die Unterstützung einer einflußreichen Persönlichkeit oder eine besser gefüllte Börse als der Denunziant hatte, würde man sie zu dem Gut zurückschicken, auf dem sie geboren war.

»Ich versuche doch nicht, Losan einzufangen«, antwortete sie schließlich. »Wir möchten zusammen leben. Er braucht mich. Er braucht meine Hilfe. Und wir sind Mann und Frau. Wir wollen es beide.«

»Mann und Frau«, sagte Turin verächtlich. »Was bedeutet das schon bei zwei Niedriggeborenen? Ich habe andere Pläne für Losan.«

»Ich warte hier seine Rückkehr ab. Dann soll er entscheiden.«

»Das wirst du nicht. Jedenfalls nicht hier in meinem Haus.«

»Aber er hat es so verfügt. Ich bleibe hier, bis er zurückkommt.«

»Ich habe dich gewarnt, mein Kind. Du bist eine entflohene Leibeigene.« Turin zuckte die Achseln. »Wenn du unbedingt den Stein auf dem Kopf und einen blutenden Hintern willst, bitte schön. Du hast es so gewollt.«

»Treib mich nicht zum äußersten, Turin«, sagte das Mädchen verzweifelt.

»Haha! Was kannst du schon tun? Du bist ein Nichts hier, aber ich kenne alle Leute auf dem Parkhor, und ich kenne auch die Dob-dobs und den Sekretär des Stadtrichters.«

Namu saß wie niedergeschmettert da. Die ältere Frau betrachtete sie triumphierend.

»Also fort mit dir, und laß dich nie mehr hier blicken.«

»Turin«, sagte das Mädchen ruhig, »ich bin erstaunt über dein Verhalten. Losan hat mit solcher Liebe von dir gesprochen und deine Freundlichkeit gepriesen, und ich sehe nur eine wütende Hündin.«

»Ich will das Beste für meinen Sohn.«

»Du hast mich gewarnt, Turin, und jetzt warne ich dich. Was bedeutet es schon, eine Duitschun zu sein? Niemand kümmert sich um Duitschuns. Es gibt sie überall. Aber wenn du das tust, was du mir angedroht hast, dann werde ich ihnen sagen, daß dein Sohn ein Ferenghi ist und daß du ihn versteckst und mit ihm zusammenarbeitest.«

Jetzt war es an Turin zu erschrecken. »Und dein Mann, wie du ihn nennst? Was geschieht mit ihm? Eine schöne Frau, die ihren Mann verrät.«

Namu sprach weiter, ruhig und traurig. »Ich habe es nicht so gewollt, Turin. Losan auch nicht. Jetzt verstehe ich, warum du Lansa nicht zu ihrer Familie zurückschicken wolltest. Wie tückisch von dir, mich auszusperren, sobald Losan den Rücken gekehrt hatte! Und wenn ich fortginge, würdest du ihm erzählen, daß ich mit einem andern Mann durchgebrannt bin, und alle möglichen Lügen über mich verbreiten. Nein, nein. Eh' ich allein zugrunde gehe, Turin, richte ich uns alle zugrunde.«

Die ältere Frau saß da, sprachlos über Namus Drohung. Sie hatte sich nicht klargemacht, daß Namu diese Trumpfkarte in der Hand hielt und daß man sie, wenn es ihr beliebte, sie auszuspielen, wahrscheinlich eher belohnen als bestrafen würde.

Einige Augenblicke saß sie reglos und schwer atmend da, dann stand sie auf und begann die Sachen vorzubereiten, die sie zu ihrem Verkaufsstand am Parkhor mitnehmen wollte.

Als sie verschwunden war, ging Namu zum Markt. Sie trug das Geld, das Holder ihr gegeben hatte, immer in einem kleinen Stoffbeutel unter ihrem Kleid bei sich. Es sollte ein Notgroschen sein, aber heute kaufte sie davon einige Delikatessen – pulverisiertes Hammelfleisch für die Tsamba, weichen Sahnekäse, gebratene Gerstenfladen und Zucker. Sie hatte beschlossen, ein gutes Essen zu kochen, und wollte versuchen, sich mit Turin zu versöhnen.

Turin hatte offenbar denselben Einfall gehabt. Sie brachte ebenfalls Delikatessen und Arok mit. Ihr Verhalten entschuldigte sie mit übernatürlichen Einflüssen.

»Ein Dämon zwingt mich, mich so sonderbar zu benehmen«, sagte sie. »Ich war schon öfter von ihm besessen. Einmal habe ich diesen bösartigen Zwerg sogar gesehen – er ist nicht größer als mein Daumen und nährt sich von Gestank. Heute erzählte ich das dem Lama, der am Parkhor sitzt, und er will versuchen, den Dämon durch Beschwörungen auszutreiben. Er war es, der mir diese bösen Gedanken eingegeben und mich verleitet hat, dich aus Liebe zu Losan so lieblos zu behandeln.«

Namu war glücklich, daß sich die Atmosphäre im Haus gebessert hatte. Sie half Turin beim Verkauf ihrer Waren, erledigte die Einkäufe und kochte das Essen. Sie vergaß, was vorgefallen war.

Einige Wochen nach Holders Abreise merkte sie, daß sie schwanger war, und sagte es Turin.

»Nun werde ich Großmutter«, sagte Turin. »Ich hätte nie mit so etwas gerechnet, aber jetzt, da mein Sohn wieder bei mir ist, wollen die Götter mir diesen Segen zuteil werden lassen. Jeden Tag werde ich einmal den heiligen Weg gehen, damit das Kind gesund zur Welt kommt.«

Und gleichgültig, wie das Wetter war, machte sie getreulich wie die anderen Beter ihre Runde auf dem Lingkhor, bevor sie ihren Stand öffnete, und am Abend nähte sie Babysachen. Die Nachbarn konnten diese fürsorgliche Schwiegermutter nicht genug loben.

»Jetzt müssen wir Lansa natürlich behalten, damit sie dir nach der Geburt des Kindes zur Hand gehen kann«, sagte sie.

Eines Tages überbrachte ihnen der Kurier einer adeligen Familie einen Brief, in dem stand, daß Holder noch vor Ablauf eines Monats mit seinen Waren in Lhasa eintreffen würde.

Ein oder zwei Tage später blieb Namu wie gewöhnlich am Verkaufsstand, während Turin zum Essen nach Hause ging.

»Ich habe Rindfleischsuppe für dich warm gestellt«, sagte sie, als sie zurückkam. »Von Dschingbaps Wirtshaus. So wie du sie gern hast, mit viel rotem Szetschuan-Pfeffer und viel Rüben.«

Namu lief quer über den Markt nach Hause und verbrachte zehn Minuten damit, an einer Bude um ein Stück Stoff zu feilschen. Als sie ins Haus trat, drangen aus dem neben dem Hof liegenden Raum sonderbare Geräusche zu ihr.

»Lansa«, rief sie.

Sie hörte ein langgezogenes Stöhnen.

Das Sklavenmädchen lag zusammengekrümmt auf dem Fußboden, die Hände auf den Magen gepreßt, und übergab sich. Sie war in kalten Schweiß gebadet. Namu zog sie auf eine Matte und holte Wasser.

»Was ist?« fragte sie.

Lansa deutete matt auf den irdenen Topf, der auf dem winzigen Lehmherd warm gestellt war.

»Du hast davon gegessen?«

Das Mädchen nickte und würgte.

Namu betrachtete den Topf. »Ich habe Rindfleischsuppe für dich warm gestellt«, hatte Turin gesagt.

Sie zog ihren silbernen Ring vom Finger, den Ring ihrer Mutter, und legte ihn in die hölzerne Kelle, mit der Lansa sich aufgetan hatte, senkte die Kelle in die Suppe und hob sie dann samt dem Ring wieder heraus. Das Silber war angelaufen. Gift!

Sie holte frisches Wasser, ließ das Mädchen davon trinken, bis sie nicht mehr schlucken konnte, steckte ihr dann den Finger in den Schlund und zwang sie so, sich zu übergeben. Es ging über die Kissen. Dann flößte sie ihr wieder Wasser ein, und das Mädchen begann sich zu erholen.

Jetzt war kein Zweifel mehr möglich. Turin hatte Theater gespielt, sie eingelullt, den Nachbarn gezeigt, was für eine besorgte Schwiegermutter sie war, und dabei hatte sie die ganze Zeit einen Mord geplant.

Was nun? Turin würde bald zurückkommen, atemlos vor Spannung, in der Erwartung, Namu tot oder doch in einem Zustand vorzufinden, in dem keine Rettung mehr möglich war.

»Die Herrin Turin wird wütend sein«, jammerte Lansa. »Sieh doch, was mit den Kissen passiert ist.«

»Sag ihr, ich war's«, sagte Namu.

Sie mußte fort. Diese Frau war zu allem fähig, nun, da sie wußte, daß Namu das Kind ihres Sohnes trug und er bald zurückkehren würde.

Sie tastete nach dem Geldbeutel unter ihrem Kleid.

»Sag ihr, ich hätte von der Suppe gegessen und mich übergeben.«

»Danke«, sagte das Sklavenmädchen. »Ich danke dir.«

Namu ging in der Gegenrichtung auf dem Parkhor entlang, am Haus des Jutok Schapé vorbei, auf den Potala und das Westtor zu. Sie hatte noch zwei Stunden Tageslicht vor sich, und in diesen zwei Stunden mußte sie Sching Dongkar erreichen, wo sie zwischen zwei Rasthäusern wählen konnte.

V

Doppelagent

Holder hatte keine Ahnung, ob es Tag oder Nacht war. Kein Licht drang in das Verlies, in das man ihn gestoßen hatte, offenbar eine unregelmäßig geformte kleine Höhle. Der Boden war mit Sand bestreut, dem getrocknete Exkremente untergemischt waren.

Man hatte ihn von Lhasa nach Drepung hinter einem an Blähungen leidenden Pferd herlaufen lassen, und die Knüttel zweier Eisenstablamas hatten ihn ganz unnötigerweise zur Eile angetrieben. Sie waren spät am Abend angekommen, so daß er keinen Eindruck von Tibets wichtigstem politischem Machtzentrum hätte gewinnen können, seinem größten Kloster, in dem mindestens achttausend Mönche lebten. Man hatte ihn durch schmale Gäßchen getrieben, kopfsteingepflasterte Rampen hinauf, ihn durch dunkle Gänge geschleift und schließlich in das schwarze Loch gestoßen, in dem er jetzt hockte.

Also wußten sie Bescheid.

Für einen Ferenghi-Spion gab es nur eine Strafe: den Tod.

Nein. Nicht den Tod. Tibetischen Lamaisten und allen, die in irgendeiner Form Buddhas Lehre anhingen, war es verboten zu töten, und sei es auch nur eine Laus. Diese Laus konnte die Inkarnation einer Seele sein, die sich auf dem Weg ins Nirwana befand. Die Versteinerung eines Glaubens bewirkt am Ende sein Gegenteil.

In der Dunkelheit schnitt Holder eine verzweifelte Grimasse. Was auf ihn wartete, war kein Todesurteil, sondern etwas viel Schlimmeres, das unweigerlich zu genau demselben Resultat führte.

Tibets herrschende Mönche waren Meister der Sophistik. Ihr Klima verlange, daß sie Fleisch äßen, erklärten sie. Aber sie selber töteten keine Tiere. Die Schlächter von Lhasa waren die Parias, die Radschjabas, und diese begingen die Sünde des Tötens. Ein lamaistischer Würdenträger, der eine Fliege aus seinem Tee zog und sie in die Sonne legte, damit sie dort wieder zu sich käme, würde gleichzeitig ohne Zögern eine Strafe von fünfhundert Schlägen mit der schweren Peitsche verhängen, obwohl er wußte, daß das Opfer während oder nach der Auspeitschung sterben würde.

Sie hatten Namus Vater in eine nasse Yakhaut genäht und ihn, als er fast nicht mehr atmen konnte, in einen Fluß geworfen.Natürlich war es das Wasser, das ihn getötet hatte, so wie der Erdboden den Mann getötet hatte, den man vom Potala hinuntergestoßen hatte.

Diese Gedanken, denen er nicht Einhalt gebieten konnte, halfen Holder kaum, die Stunden in der pechschwarzen Finsternis herumzubringen.

Sie holten ihn ganz plötzlich, und es ging sehr schnell. Die Tür flog auf; ein Lichtstrahl drang herein; kräftige Arme und Körper; Stoßen, Zerren, barsche Stimmen – die allgemein üblichen Polizeimethoden, um zu verhindern, daß das Opfer seine Fassung wiedergewinnt, und es für das Verhör weichzumachen.

Holder blieb keine Zeit mehr zum Überlegen. Ehe er sich's versah, stand er blinzelnd in einem modrig riechenden Raum vor einem sitzenden Mönch, offenbar einem hohen geistlichen Beamten.

Eine harte Hand packte ihn im Nacken und zwang seinen Kopf hinunter, so daß sein Körper einen rechten Winkel bildete. Er verharrte in dieser Haltung und versuchte den Mönch unter seinen Augenbrauen hervor zu mustern.

»Name?« ertönte die Stimme des Mönchs.

Holder richtete sich auf, um zu antworten, und sah, daß der Mönch das Dokument studierte, in dem Losan Namgyal bescheinigt wurde, daß er im Auftrag des Klosters Sera Handel treibe.

»Sera!« Es klang verächtlich.

»Kopf 'runter, du Hund!« heulte einer der Büttel. Holders Kopf wurde erneut hinuntergestoßen, und ein Schlag mit einem breiten Lederriemen ins Gesicht trieb ihm die Tränen in die Augen.

»Name?«

»Losan Namgyal, Eure Hoheit.«

»Stand?«

»Einfacher Bürger, Hoheit. Beauftragter des Klosters Sera, Hoheit. Ich verkaufe für das Kloster vor allem Wolle und Moschus und bringe ihm dafür Salz und andere lebensnotwendige Dinge.«

»Wir sind darüber unterrichtet, daß du in Wahrheit ein Ferenghi bist, der vorgibt, ein Tibeter zu sein – der verkleidet nach Lhasa gekommen ist und sich unter falschen Vorspiegelungen in die Dienste von Sera eingeschlichen hat.«

Den Blick auf den Boden gerichtet, sagte Holder: »Eure Hoheit, mit Verlaub, diese Information ist falsch. Vielleicht hat sich eine übelwollende Person diese Verleumdung ausgedacht, weil sie hoffte, dann mein Geschäft übernehmen zu können.«

Es war natürlich aussichtslos. Irgend jemand mußte ihn erkannt haben. Vielleicht der Nepalese, dem er in dem Tasam-Haus in Phari begegnet war.

Aber in den Stunden, die Holder in völliger Finsternis zugebracht hatte, war er sich über eins klargeworden: daß er nur dann Aussicht hatte, am Leben zu bleiben, wenn er weiterhin leugnete, ein Ferenghi zu sein. Es war immerhin ein Hoffnungsschimmer. Er fragte sich, warum man ihn ins Drepung gebracht hatte und nicht ins Kloster Sera, in dessen Dienst er zu stehen behauptete.

Ein Mönchsschreiber, der mit untergeschlagenen Beinen auf dem Fußboden hockte, sagte: »Eure Hoheit, diese Bescheinigung ist gefälscht. Mit diesem Wisch kann man höchstens einen Dzongpon hinters Licht führen.«

»Ah«, murmelte der Lama.

»Ich habe sie für echt gehalten, Eure Hoheit«, sagte Holder zum Fußboden hin. In einem verzweifelten Versuch fügte er hinzu: »Mein Geschäft geht sehr gut, und ich bin sehr wohl imstande, für verdienstvolle Zwecke zu spenden.«

Der Lama überhörte das Bestechungsangebot.

»Du willst also nicht zugeben, daß du ein Ferenghi bist?«

»Mit Verlaub, Eure Hoheit, da ich keiner bin, muß ich es verneinen.«

»Ich komme mittags zurück«, sagte der Lama zu den beiden riesenhaften Bütteln, die Holder aus dem Verlies geholt hatten. »Rührt ihn vorläufig nicht an.«

Die Erleichterung, die Holder bei diesen Worten empfand, war nur von kurzer Dauer. Jetzt, da ihm gestattet war, sich umzublicken, sah er, daß der große Raum, in dem er sich befand, eine Folterkammer war. Unter den Gegenständen, deren Verwendungszweck offenkundig war, befanden sich Daumenschrauben, schwere Peitschen aus ungegerbtem Leder, biegsam dank häufigem Gebrauch, Zangen, eine Eisenstange, ein mit Holzkohle geheizter Rost, ein Stein mit einem Loch in der Mitte. Er hatte gehört, daß man die Zöpfe des Opfers durch das Loch zog und sie an einem Balken festknotete, während der Stein auf dem Schädel lastete.

Holder nahm an, er werde hier warten müssen, bis der Beamte zurückkehrte. Aber die Büttel packten ihn mit brutaler Gewalt und banden ihm die Hände auf dem Rücken zusammen. Einer hielt ihn aufrecht, während der andere ihm erst den linken, dann den rechten Fuß auf der Kante eines prismenförmigen, am Boden liegenden Holzblocks festband. Er stand jetzt mit gespreizten Beinen und nackten Sohlen auf der scharfen Kante. Es war qualvoll.

»Gut so, Bundu«, sagte der, der Holder festhielt. »Bring das Seil.«

Bundu trat hinter Holder, befestigte ein Seil an seinen gefesselten Handgelenken und zog es über einen in der Wand eingeschlagenen Haken. Holders Arme wurden zurück- und hochgezogen. Er schrie.

»Halt's Maul, du Hundesohn«, sagte Bundu und kniff Holder so fest in die Nase, daß ihm Tränen aus den Augen schossen. »Ein oder zwei Stunden, und du erzählst alles ganz von allein.«

Dann schlang er ein zweites Seil locker um Holders Hals und zog seinen Kopf nach vorn, so daß sich der Druck auf das Rückgrat verstärkte.

Die beiden Büttel verließen den Raum.

Holder hatte ein Gefühl, als werde er langsam in Stücke gerissen. Der Schmerz war unerträglich. Er versuchte einen Fuß zu bewegen, um den Schmerz in der Sohle zu lindern, aber der Druck auf seine Schulterblätter wurde so schrecklich, daß er aufschrie und das Bewußtsein verlor. Ein noch durchdringenderer Schmerz brachte ihn wieder zu sich. Es war unmöglich, die Qual an einer Stelle zu lindern, ohne sie an einer anderen zu verstärken. Und das schlimmste war, daß er jedes Zeitgefühl verloren hatte. Nach einer Weile umfing ihn eine tiefe Ohnmacht.

Er spürte das Licht vor den geschlossenen Lidern, aber er schlug die Augen nicht auf. Er genoß es, daß er im Augenblick keinen Schmerz empfand.

Dann merkte er, wie sich jemand über ihn beugte, und plötzlich durchzuckte ihn ein unerträglicher intensiver Schmerz. Er schrie und fuhr hoch. Ein Rauchwölkchen stieg von seinem Unterarm auf, und der Büttel trat zurück und blickte den Würdenträger an. Holder sah ihn jetzt zum ersten Mal genau – ein fetter Greis, den rechten Arm bis zur Schulter entblößt, schlaffe, faltige Haut, ein Gesicht, in dessen Runzeln Schmutz saß, aber ein Aristokrat, nach seiner Kleidung zu schließen. Er drückte den goldenen Deckel auf seinen Becher mit Buttertee und beugte sich rülpsend vor.

»Du bist ein Ferenghi. Gib's zu und erspar dir weitere Unannehmlichkeiten.«

Holder schwieg. Der Lama nickte den Bütteln zu.

Sie packten Holder mit der gleichen brutalen Kraft wie vorhin, streckten ihn lang auf dem Fußboden aus, banden ihm Füße und Handgelenke mit Stricken zusammen, die von den Wänden herabhingen, und zogen ihm die Hosen herunter.

Über seine Schulter hinweg sah er, wie sie lange, mindestens anderthalb Zentimeter dicke Stöcke auswählten, und dann trat der eine links, der andere rechts neben ihn.

Der Lama nickte.

Einer der Büttel schwang mit beiden Händen den Stock über seinen Kopf und ließ ihn mit einem wuchtigen Hieb niedersausen, der tief in Holders Gesäß einschnitt und ihn im Bruchteil einer Sekunde in ein schreiendes Bündel Qual verwandelte, das an seinen Fesseln zerrte und um Erbarmen winselte.

Während er wieder zu sich kam, sagte der Bundu genannte Büttel zu dem andern: »Nicht gleich wieder. Er muß ganz bei Bewußtsein sein, bevor du ihm den nächsten verpaßt.«

Plötzlich spürte Holder, der sich in Erwartung des zweiten Hiebs zusammenkrümmte, daß sich die Atmosphäre veränderte.

Eine Stimme sagte: »Bindet ihn los. Verflucht seien eure Augen.«

Holder fühlte, wie die Wellen des Schmerzes langsam abebbten und sein Magen wieder an der richtigen Stelle saß.

»Ich habe euch befohlen, diesem Mann kein Haar zu krümmen.«

»La-les. La-les.«

»Bringt ihn sofort in meine Privatkapelle.«

»La-les. Sofort, Herr.«

Ein Fußtritt in die Rippen bedeutete ihm, er solle aufstehen. Er zog die Hosen hoch, taumelnd vor Schmerz, Entsetzen, Hunger, Durst und Furcht.

Eine Tür hatte sich geöffnet, und sie stießen ihn einen Gang entlang, hinter der in Brokat gekleideten Gestalt her, deren Dazwischentreten ihn gerettet hatte.

Nach tibetischen Begriffen war es ein großer Raum. Zwischen Holzpfeilern, die in leuchtenden Farben bemalt waren, lagen dicke Teppiche. An einer Wand standen Schreine mit den üblichen staubigen vergoldeten oder buntbemalten Göttern und Dämonen, Opfergaben in Form von Getreide, Wasser in Messingschalen und seidenen Khatas. Die Farben Rot, Hellblau und Gold herrschten vor.

Holder sah sich einem mittelgroßen Mann mit geschorenem Kopf gegenüber, der jedoch nicht wie ein Lama gekleidet war. Er trug ein gestepptes Brokatwams über einem Rock aus dem gleichen Material und ein Käppchen auf dem Kopf. Sein apfelrundes Gesicht hatte zwei schmale Augenschlitze, eine kleine Nase und zeigte ein stereotypes Lächeln.

Holder zuckte zusammen, als er sich auf der hohen, gepolsterten Sitzbank niederließ. Ein Mönchsdiener brachte Tee, gebratene Gerstenfladen und Tsamba. Seine Hände waren ungewaschen, und unter den von der Arbeit rissigen Nägeln saßen dicke Schmutzränder.

»Bitte, langen Sie zu«, sagte der andere. »Lassen Sie sich Zeit. Ich habe heute meinen Fastentag, doch ich werde Ihnen zur Gesellschaft ein wenig Wasser trinken.«

Holder war ihm gegenüber hoffnungslos im Nachteil. Dieser Mann hatte ihn verhaften und »weichmachen« lassen und ihn dann »gerettet«, und jetzt, während er Wasser in kleinen Schlucken trank, sah er zu, wie sein Gegenüber heißhungrig über das Essen herfiel.

»Lassen Sie sich Zeit«, wiederholte er. Er ließ die Perlen eines Rosenkranzes durch seine Finger gleiten und flüsterte seine Manis, bis Holder alles aufgegessen hatte. Aber Holder war immer noch hungrig.

»Ich bin schuld an dem, was Ihnen geschehen ist«, sagte der Mann, »weil ich mich nicht deutlich genug ausgedrückt habe. Diese Esel kennen nur die Methoden, die sie ständig anwenden. Ich bitte Sie auch um Verzeihung dafür, daß ich Sie habe hierherbringen lassen.«

Er war ein wenig unachtsam gewesen, Holder hatte dafür bezahlen müssen, und er hatte sich dafür entschuldigt. Unsinn. Holder war klar, daß die ganze Sache sorgfältig inszeniert war und daß sein Gegenüber wußte, daß er, Holder, die Lüge durchschaute. Aber warum dieses komplizierte Manöver? Gewiß doch nicht, um ihn hinterher zu liquidieren. Er schöpfte wieder Hoffnung. Er sagte nichts.

»Also«, fuhr der Mönch fort, »Sie spionieren für die indische Regierung – für die Briten.«

»Das behauptet Ihr Foltermeister. Es ist eine Lüge.«

»Aber nicht doch. Auf der Hand liegende Unwahrheiten helfen niemandem. Wir wußten von Ihrem Auftrag, seit Sie den Fuß nach Lhasa gesetzt haben, und wir sagten uns, die Sache sei nicht weiter gefährlich. Was können Sie den Briten berichten, das sie nicht bereits wüßten?«

Es war ein alter Trick: zuerst die Folter, dann der freundliche Mensch, der das Opfer rettet; dann die vertrauliche Unterhaltung zum Beweis dafür, daß das alles nicht so schlimm sei; dann das erste Eingeständnis, und schon saß man in der Falle. Hier ein Widerspruch, dort eine Lüge, dann die Daumenschrauben oder ein, zwei Eimer Wasser, die einem durch einen Trichter eingeflößt wurden.

Holder blieb stumm.

Der ältere Mann betrachtete ihn unter beinahe geschlossenen Lidern hervor. Daß man einen solchen Burschen für diesen Auftrag ausgewählt hatte! Aber vermutlich hatten die Briten nichts Besseres. Das sah ihnen übrigens ähnlich – der große Stock, alles plump und direkt, kein Sinn für Feinheiten. Er hatte von Anfang an über Holder Bescheid gewußt. Der nepalesische Kaufmann in Phari wurde gut dafür bezahlt, daß er gelegentlich Informationen weitergab. Einige Zeit lang hatte man Holder beobachtet, für den Fall, daß er sich als nützlich erweisen könnte.

»Also, Mr. Holder« – er sprach es »Meester Holdeer« aus –, »wir wollen uns doch gut miteinander stellen. Sie sind vor einiger Zeit, als Kaufmann getarnt, hierhergekommen. Sie haben verschiedene Berichte verfaßt und Informationen weitergeleitet, die kaum mehr als Marktgeschwätz sind. Alles recht harmlos, obwohl unsere Behörden darüber anderer Ansicht sein mögen. Sie neigen dazu, solche Tätigkeiten als todeswürdiges Verbrechen zu ahnden.

Sie wohnen unweit vom Marktplatz, zusammen mit einer Frau aus Schigatse und Ihrem kleinen Kind, einem Mädchen namens Aneh. Ihre Mutter, die zugleich Ihre Geschäftspartnerin ist, wohnt nicht weit vom Parkhor. Obwohl Sie Halbengländer sind, haben Sie doch so viele Bindungen in Tibet, daß es mir schwerfällt zu begreifen, warum Sie gegen die Interessen Tibets arbeiten.«

Holder saß da, ließ die Hände zwischen den Knien baumeln und hörte zu, wie dieser Mann seine »Geheimnisse« enthüllte. Er wußte *alles*. Und sein letztes Argument war sehr geschickt gewählt. Die Arbeit, die Holder für die Briten leistete, wurde, auch wenn sie scheinbar nutzlos war – höchstens dazu gut, Compton Material für Berichte an seine Vorgesetzten zu liefern –, immer unangenehmer, je mehr er die Tibeter und ihre Lebensweise schätzenlernte und je besser er sich in seine Rolle als Familienvater einlebte. Aber ihm fiel nichts ein, was er hätte erwidern können; in seinem Kopf herrschte völlige Leere. Dieser Mönch hatte ihn gründlich matt gesetzt.

»Nun?«

»Wer sind Sie?« fragte Holder. Er hörte, wie seine Stimme zitterte.

Sein Gegenüber lächelte. »Hier nennt man mich Tse-ni Kempo – eigentlich ein Titel, den mir meine theologische Arbeit im Kloster Drepung eingetragen hat. Mein wirklicher Name ist Aharamba Aguan Dorjew. Ich bin der Abt-Tutor Seiner Heiligkeit, des Dalai-Lama.«

»Dorjew!«

»Aus Ihrer Reaktion schließe ich, daß Ihnen mein Name nicht unbekannt ist.«

Dorjew genoß die Situation sichtlich.

Holder war erschrocken. In Indien war der Name des Mongolen in aller Munde – er galt als die Verkörperung der russischen Gefahr in Tibet, des großen zaristischen Beutezugs nach Asien, der Großbritanniens Vormachtstellung im Fernen Osten bedrohte.

Compton hatte Holder anläßlich einer seiner sogenannten

Instruktionen gesagt: »Die offizielle Politik der britischen Regierung sieht so aus: Wir haben keine Absichten auf Tibet, aber wir wollen auch nicht, daß jemand anders sich dort festsetzt. Da ist nun aber dieser Dorjew – was führt er im Schilde? Vielleicht können Sie sich an ihn heranmachen und das rauskriegen.«

Die Ironie des Schicksals hatte es gewollt, daß sich Dorjew an ihn, Holder, herangemacht hatte.

Und Compton hatte hinzugefügt: »Ich gestehe Ihnen auch freimütig, daß wir froh wären, wenn wir jemand in Lhasa hätten, der ebensogut wie Dorjew ist, aber die Buddhisten, die wir kontrollieren, können ihm nicht das Wasser reichen.«

Tatsächlich war Dorjew schon vor langer Zeit vom russischen Außenministerium ausgewählt und für die Aufgabe vorbereitet worden, das riesige tibetische Hochland unter russischen Einfluß zu bringen. Es war ein kluger Schachzug gewesen, einen Burjäten zu schicken. Seit Jahrhunderten blühte zwischen Tibet und der Mongolei der Saumpfadhandel mit Häuten, Yakschwänzen, Perlen, Gewürzen, Gold und Moschus, und außer den kommerziellen Verbindungen gab es auch noch religiöse durch die Pilgerzüge in die Heilige Stadt. Dorjew wurde ein hervorragender Gelehrter des lamaistischen Buddhismus. Im Jahre 1884 nahm er an Prjewalskis Expedition in das nördliche Tibet teil und trat bald darauf als Novize in das Kloster Drepung ein, wo er schnell zum Tse-ni Kempo aufstieg.

Gegen einen Mann dieses Formats hatten die Briten einen Compton aufgeboten und Compton seinerseits einen John Holder.

Compton, Captain, später Major und noch später Sir George Compton, war das typische Produkt der Außenposten des britischen Empires und der Public Schools, die ihn und seinesgleichen erzogen hatten. Für Compton war die Überlegenheit der Briten über alle »niederen Rassen« ein Naturgesetz und das Recht auf britische Oberherrschaft unbestreitbar, wenngleich die Eingeborenen es in ihrer Unkenntnis der Wohltaten britischer Zivilisation manchmal in

Frage stellten. Captain Compton ging immer mit der Zeit und wußte sogar etwa soviel von den Forschungen »dieses Burschen Darwin«, wie in einem Schulbuch für die unteren Klassen stand. Der einzige Punkt, der Compton an Darwin wirklich interessierte, war das Schlagwort vom »Überleben der Tüchtigsten«. Die Tüchtigsten aber waren ganz zweifellos die Briten, das höchstentwickelte Produkt in all jenen Äonen, in denen sich lebende Organismen immer weiter vervollkommnet hatten. Die Kluft zwischen den Briten (zumindest jener Gesellschaftsklasse, der Compton angehörte) und allen anderen Gruppen, die auf die Bezeichnung Homo sapiens Anspruch erhoben, war unüberbrückbar. Tibeter, Inder und andere Minderrassige waren nicht immer bereit, das als feststehende Tatsache anzuerkennen. Für diesen Fall galt der Reim: »Whatever happens we have got the Gatling gun and they have not.« Inzwischen jedoch war das Gatling-Gewehr durch die viel wirksamere Erfindung des Mr. Hiram Maxim ersetzt worden.

Holder empfand kein Verlangen, den Kampf gegen einen Dorjew fortzusetzen, und noch dazu ohne Waffen.

»Ja, ich habe von Ihnen gehört«, sagte er zu dem Mönch. »Ich will auch nicht länger ableugnen, was Sie ohnehin wissen, obwohl Sie dasselbe tun wie ich, wenn auch unvergleichlich besser.« Er setzte hinzu: »Spionage, meine ich.«

Dorjew sah ihn beinahe mitleidig an. »Es gibt doch wohl gewisse Unterschiede zwischen Ihren Arbeitsmethoden und meinen, und außerdem spielt da auch die Geographie eine Rolle.«

Auf Holders fragenden Blick hin fuhr er fort: »Einfache Geographie. Ihre britischen Herren wollen Tibet zu einer Kolonie machen. Die Chinesen, die Anspruch auf die Oberherrschaft über Tibet erheben, könnten sie nicht daran hindern. Die Russen können Tibet nicht in eine Kolonie verwandeln und wollen verhindern, daß die Briten es tun. Die Tibeter wollen, daß alles so bleibt, wie es jetzt ist, zumindest diejenigen, die eine Stimme haben – und die anderen zählen nicht.«

»Warum zählen sie nicht?« warf Holder ein. »Sind sie nicht genauso Menschen wie die Despoten, die sie regieren?«

»Mein guter Holdeer, ich bin jederzeit bereit, mich mit Ihnen in eine Diskussion über diese Fragen einzulassen. Wir Lamaisten glauben, daß der Status eines Menschen in diesem Leben die Folge seines Verhaltens in früheren Leben ist. So können also die Niedrigen und Geringen in ihren folgenden Existenzen eine Stimme gewinnen, wenn sie sich Verdienste in ihrem jetzigen Dasein erwerben.«

»Sophistik«, sagte Holder. »Wer könnte glauben, daß diese korrupten, grausamen Lamas und der Laienadel deshalb im Reichtum leben, weil sie sich in ihren vergangenen Leben gut benommen haben?«

Dorjew winkte gelangweilt ab. »Könnten wir diese ziemlich primitive Debatte auf einen anderen Zeitpunkt verschieben? Ich wollte nur darauf hinweisen, daß die Tibeter unabhängig bleiben wollen und daß die Russen, aus welchen Gründen auch immer, darin mit ihnen übereinstimmen.«

»Vor allem, weil sie selber nicht hierher können«, warf Holder ein.

»Geographie, wie ich schon sagte. Aber Sie, Losan Namgyal, Sie, John Holdeer, Sie stehen in jeder Hinsicht auf der falschen Seite. Wie können Sie so tief sinken, für die Briten zu arbeiten? Sie wissen doch, wie die Briten über Mischlinge denken. Darin sind sie wie die Chinesen. Ban-bans heißen sie bei den Chinesen, ›Halbhaarige‹ – man hat sogar noch unhöflichere Bezeichnungen für sie! Sie stehen einfach auf der falschen Seite.«

Wieder hatte Dorjew den wunden Punkt getroffen.

»Ich hatte keine Wahl«, sagte Holder.

Dorjew nickte. »Typisch für die Briten. Primitive Burschen. Sie verstehen sich nur auf Hinterlist und Heimtücke und nicht auf feinere Methoden. Ich glaube, es war Ihr Dichter Oscar Wilde, der gesagt hat, solche Leute kennen den Preis von allem und den Wert von nichts. Primitive. Sie schicken ihre christlichen Missionare überallhin. Die Gewinne sind zweifelhaft, aber die Verluste stehen fest. Sie ernten die Feindschaft derer, die sich zu den Landesreligionen bekennen, und das sind die Leute mit Einfluß.«

Ein Mönchsdiener kam herein und hob den Deckel von dem Teekelch.

»So. Ich nehme an, Sie sind sich jetzt über Ihre Situation im klaren«, sagte Dorjew.

»Ich weiß, daß ich in Ihrer Gewalt bin, aber ich weiß nicht, was Sie wollen, wenn es mein Tod nicht ist.«

»Tot sind Sie für mich nutzlos. Lebend können Sie mir nützlich sein.«

»Wie?«

»Ich weiß es noch nicht. Vielleicht überhaupt nicht. Aber immerhin könnten wir uns darüber zu gegebener Zeit unterhalten. Was meinen Sie dazu?«

»Soll ich gegen die Engländer arbeiten?«

Dorjew zuckte die Achseln.

»Und die Alternative?«

Dorjew führte seinen Tee zum Munde.

»Wir wollen doch unsere Unterhaltung auf einer freundlicheren Ebene führen.«

»Ich bin den Briten keine Treue schuldig«, sagte Holder. »Was wünschen Sie, das ich tun soll?«

»Machen Sie so weiter wie bisher. Ich brauche Sie vielleicht für eine kleine Aufgabe – nichts Gefährliches. Sie werden gut dafür bezahlt. Ich lasse Ihnen Nachricht zukommen, wenn es soweit ist. Sie und ich haben mehr gemeinsam, als Sie denken – unsere Liebe zu diesem schönen Land und seinen Bewohnern.«

Dorjew betrachtete sein Gegenüber mit einem eigentümlichen schwachen Lächeln. »Also abgemacht?«

Holder nickte.

»Ich lasse Sie nach Hause bringen. Es ist dunkel, und die Hunde von Lhasa ... Was werden Sie sagen, wo Sie gewesen sind?«

»Auf einer kurzen Geschäftsreise.«

»Das hier, um Ihre Auskunft glaubhaft zu machen. Und als Zeichen dafür, daß man Sie für alles, was Sie tun, belohnen wird.« Dorjew schwenkte einen kleinen Lederbeutel, in dem es dumpf klirrte. »Und auch als Wiedergutmachung für die Irrtümer meiner Büttel.«

Er warf Holder den Beutel zu, und Holder fing ihn auf.

Dorjew legte ihm freundlich die Hand auf die Schulter. Er ging ihm voraus in den dunklen Hof, wo drei Pferde und die zwei Büttel warteten. Einer von ihnen war Bundu, der Holder ausgepeitscht hatte. Er hatte über einem Auge eine tiefe Narbe. Dorjew drehte sich um und ging zurück.

Er war sehr zufrieden. Als Retter des Dalai-Lama und als sein engster und einflußreichster Berater vereinigte er mehr Macht in seiner Hand und zog an mehr Drähten als jeder andere Mensch in Tibet. Und nun hatte er einen Mann angeworben – wie gering auch immer dessen Fähigkeiten als Agent sein mochten –, der beinahe Zutritt zum erhabenen Lord Curzon hatte, dem Vizekönig von Indien und Rußlands unerbittlichstem Gegner. Das aber war ein geradezu klassischer Coup.

Sechs Monate vergingen, bis Holder Dorjew wiedersah. In der Zwischenzeit waren seine Reisen mit Namu und Aneh zum Schwarzflußgebiet, nach Gjantse, nach Kalimpong und Darjeeling für ihn zur Routine geworden. Namu hatte sich geweigert, bei Turin zu wohnen oder auch nur in Turins Reichweite in Lhasa zurückzubleiben, während Holder fort war.

Als er nach dem Zusammentreffen mit Namu in Nagartse nach Lhasa zurückgekehrt war, hatte er seine Mutter zur Rede gestellt. Turin hatte für alles eine Antwort parat gehabt. Sie hatte Namu gar nicht aussperren wollen. Sie hatte geglaubt, Namu habe Holder vielleicht bis Sching Donka begleitet und sei dort über Nacht geblieben. Sie, Turin, hatte an dem bewußten Tag etwas getrunken, war eingeschlafen und hatte das Klopfen nicht gehört. Und wo war Lansa? Sie hatte ihr erlaubt, ihre Eltern zu besuchen.

»Gift?« sagte sie. »Kannst du dir so etwas vorstellen? Deine eigene Mutter! Schwangere Frauen haben manchmal Wahnvorstellungen. Die Suppe war in Ordnung, ich selber habe den Rest aufgegessen. Namu hat sicherlich ein Schwangerschaftserbrechen für etwas anderes gehalten.«

Natürlich habe sie Namu niemals gedroht, sie als Duitschun anzuzeigen. Absurd. Kein Mensch mit gesundem Verstand würde sich zu so etwas hergeben. Wenn man einmal mit der Stadtpräfektur zu tun bekam, wurde man gleich alles los, was man besaß.

Sie hatte, das gab sie zu, Namu gesagt, ihr Sohn hätte eine bessere Partie machen können. Aber das war natürlich allein seine Angelegenheit.

Schließlich akzeptierte Holder einfach, daß die beiden Frauen nicht miteinander auskamen und daß das nicht zu ändern war. Turin blieb also in Lhasa und führte den neuen Laden; Namu und die inzwischen geborene Tochter Aneh reisten mit Holder. Er war froh über die Lösung, denn bei dem Tempo der Yak-Karawanen vergingen Monate, bis er wieder nach Lhasa kam. Nur wenn er nach Kalimpong und Darjeeling reiste, blieb Namu in Tibet zurück.

Inzwischen liebte er diese Art Leben, die Berge, die Saumpfade über die vereisten Pässe, die Rasthäuser, wo man immer ein paar bekannten Gesichtern begegnete. Da er nach den Maßstäben des Lam ein reicher Mann war, konnte er es sich leisten, dort, wo es private Zimmer gab, einen Raum für sich zu mieten, denn obwohl er nun daran gewöhnt war, sich wie alle anderen auf der Straße hinzuhocken, konnte er es doch noch immer nicht über sich bringen, in einem von Menschen wimmelnden Raum mit seiner Frau zu schlafen. Galei kümmerte sich um die Transportfrage, und der Handel, den er auf eigene Rechnung betrieb, vermehrte die kleinen Depots von Silbermünzen, die in Felshöhlen entlang des Tscha-lam angelegt wurden.

Zu Holders großer Befriedigung sah Aneh völlig tibetisch aus. Ihre Haut war gelblich wie vielgebrauchtes altes Elfenbein, und ihre Augen waren so schwarz wie feuchte Schlehen. Namu gedieh bei dem guten Leben, und sie freute sich über das Kind. Apart eher als schön, groß, schlank, mit anmutigen

Bewegungen, war sie so sauber wie eine Lhasa-Aristokratin, sogar erheblich sauberer als manch eine.

Holders Plan, nach England zu gehen, der nie sehr feste Gestalt angenommen hatte, verlor immer mehr an Realität. Er konnte sich nicht vorstellen, wie es wäre, Namu und Aneh mitzunehmen, und noch weniger vermochte er sich vorzustellen, daß er sie in Tibet zurücklassen könnte. Aber es erschien ihm auch unvorstellbar, ein ganzes Leben auf den Saumpfaden und in den winzigen Ortschaften zu verbringen, die Tibets größte Städte waren. So ließ er sich treiben und wurde dabei immer gesünder. Es gab Wild in Fülle, und sehr oft, wenn genug Yakmist zum Feueranmachen vorhanden war, kampierten sie im Freien, brieten frischgeschossenes Wildbret und schliefen dann unter den riesigen Sternen, während die Yaks durch ihre festgepflockten Nasen schnaubten. Aber das war nur in Gegenden möglich, die nicht von Khampas unsicher gemacht wurden.

Holder wunderte sich immer wieder, daß in diesem so überaus religiösen Land niemand über Religion sprach. Die Menschen glaubten, daß die Schwierigkeiten und Kümmernisse in ihrem Leben das Werk allgegenwärtiger boshafter Geister seien, heimtückischer Teufel, die fortwährend besänftigt werden mußten. Furcht vor diesen Geistern und Furcht davor, was im endlosen Kreis der Seelenwanderung geschehen mochte, waren die Antriebskräfte für das Einhalten der religiösen Gebote.

Jede Seele mußte ständig wiedergeboren werden, als Laus oder Lama, als Hund oder Adeliger, je nachdem, welche Verdienste sie sich in ihrem vergangenen Leben erworben hatte. Frömmigkeit und vor allem Spenden für die Klöster wurden durch Wiedergeburt auf einer höheren Ebene belohnt, bis endlich der vollkommene Friede des Nirwana erreicht war und die Seele jegliche irdische Existenz hinter sich ließ.

Niemals hatten Priester die Unwissenheit habgieriger ausgebeutet, als die lamaistischen Mönche es taten, überlegte Holder. Sie verschlossen die Türen zum Fortschritt mit dem versteinerten Schlüssel ihrer Religion.

Niemand konnte unaufgeklärter, unwissender sein als der einfache Tibeter, doch er kam einem stets höflich und gastfreundlich entgegen. Ein Tibeter nahm alle Teufels- und Wiedergeburtsdrohungen ganz heiter hin, hoffte auf das Beste und rechnete mit dem Schlimmsten, zahlte seine Kupfermünzen, damit Mönche für ihn beteten, und schoß ungerührt Wild, wenn es so lange auf einem Fleck stehenblieb, daß er seine Muskete anlegen, seine langsame Lunte zünden und Feuer geben konnte.

Während seiner Einkaufsreisen nach Kalimpong und Darjeeling fütterte Holder Compton mit sehr leichter Kost, die hauptsächlich aus erfundenen Nachrichten bestand. Gewöhnlich stimmte er seine Antworten auf die Fragen ab, die Compton ihm stellte. Er brauchte die Briten kaum noch, denn sein Handel florierte, und der Laden seiner Mutter wurde schnell bekannt als gute Einkaufsquelle für feine Woll- und Baumwollstoffe und andere Luxuswaren, die der Adel zu schätzen wußte.

An dem Tag, da er zum zweiten Mal mit Dorjew zusammentreffen sollte, hatte er Galei befohlen, mit Namu, Aneh und den Karawanentreibern zurückzubleiben und sich um die Karawane zu kümmern, während er selber nach Sching Dongka vorausritt, das ein paar Meilen vor Lhasa lag, um ihnen in einem der beiden Rasthäuser Schlafplätze zu sichern.

Als er zurückreiten wollte, versperrten ihm plötzlich zwei riesige Mönchspolizisten mit geschwärzten Gesichtern, ausgestopften Schultern und schweren eisenbeschlagenen Knütteln den Weg.

Holder hielt sein Pferd an und tastete in seinem Hemd nach seiner Handelsvollmacht. Als er aufblickte, sah er, daß einer der Männer eine Narbe über der einen Augenbraue hatte. Er kannte dieses Gesicht. Es gehörte einem der Folterknechte aus dem Drepung. Er merkte, wie sich ihm der Magen umdrehte.

Das bedeutete Dorjew. Er hatte ihn fast schon vergessen.

»Losan Namgyal?« fragte der Mann mit der Narbe. Wie hieß er doch noch? Ah ja, Bundu.

»La-les«, erwiderte Holder.
»Komm mit.«
»Aber ...«
»Kein Aber.«

Bundu griff nach Holders Zügel. Holder ließ ihn fallen, so daß Bundu sein Pferd führen konnte.

Sie ritten los, und Holder nahm an, daß man ihn wieder ins Drepung bringen würde. Doch sie ließen das Kloster hinter sich und ritten weiter zum Na-tschung Tschos-kjong, dem Tempel des Staatsorakels, vorbei an Fresken, die geschundene menschliche Leiber, mit Blut gefüllte Schädel und herausgerissene Eingeweide darstellten.

Ein schwerer schwarzer Vorhang hob sich, eine Tür ging auf, und Holder wurde in einen fensterlosen Raum geführt oder vielmehr gestoßen, den eine einzige Butterlampe erhellte. Im Halbdunkel außerhalb des matten Lichtscheins glänzten prachtvoll gearbeitete Götterbilder; abstoßende Gottungeheuer blickten finster auf ihn hernieder; überall hingen staubige Khatas, blauer Rauch wölkte sich über Weihrauchstöcken, und von ferne hörte man leiernden Singsang, begleitet von leisen Schlägen auf ein locker gespanntes Trommelfell.

Dorjew saß auf einem der flachen, mit feinen Teppichen bedeckten Kissen, die rings um einen niedrigen Tisch verstreut lagen.

Sein apfelrundes Gesicht zeigte das stereotype schwache Lächeln.

Vor ihm standen gekochte Eier, getrocknete Aprikosen, Sahnekäse, Gerstenfladen und zwei goldene Kelche für Buttertee.

»Taschidele«, begrüßte er Holder, ohne aufzustehen, und winkte ihm, er solle sich zu ihm auf ein Kissen setzen. »Wie wär's mit einem kleinen Imbiß? Oder vielleicht wollen Sie lieber Ihr Abendessen mit Ihrer Familie einnehmen?«

Der übliche schmutzige Leibeigene goß den Tee ein.

Auf dem Weg von Sching Dongka hierher hatte Holder sich den Kopf darüber zerbrochen, was man von ihm wollen mochte. Der Hinweis auf das Abendessen mit seiner Familie erfüllte ihn mit Hoffnung.

Dorjew hob den Deckel von seinem Kelch und blies die Butterhaut von dem Tee. Er lud Holder mit einer höflichen Handbewegung ein, mit ihm zu trinken.

Holder rührte sich nicht. Das war eindeutig unhöflich, und Dorjew tat den Deckel wieder auf den Kelch.

»Aber nicht doch, mein Freund Meester Holdeer«, scherzte er gutgelaunt. »Eine Schuld ist eine Schuld.«

»Woher wußten Sie, daß ich in Sching Dongka war?« fragte Holder aufgebracht und merkte, wie kindisch das klang.

»Eine kleine Mühe«, sagte der Mönch. »Aber wir wollen uns doch wie zivilisierte Menschen betragen.«

Er hob seinen Teekelch, tauchte einen Finger hinein und versprengte, wie es Sitte war, einige Tropfen für die Götter. Holder tat dasselbe.

»Eine Schuld ist eine Schuld«, wiederholte Dorjew.

»Ich schulde Ihnen nichts«, sagte Holder.

»Nur Ihr Leben. Sie kommen mir vor wie Ihr Doktor Faust.« Dorjew schüttelte bekümmert den Kopf. »Gereiztheit macht nichts besser. Ich finde, alles, sogar Unangenehmes, läßt sich in einer freundlichen Atmosphäre besser regeln, auch wenn sich beide Parteien der Schwierigkeit bewußt sind. Ich hoffe, ich beleidige Sie nicht, wenn ich auf meiner Bitte um Hilfe bestehe.«

Holder wußte, daß er sich wirklich kindisch benommen hatte.

»Es tut mir leid, wenn ich unhöflich erscheine«, sagte er schließlich. Es war eine konventionelle Entschuldigung. »Ich bin etwas überrascht. Ich würde gerne erfahren, ob ich Ihnen tatsächlich von Nutzen sein kann.«

Mein Gott, dachte er, ich rede schon wie einer von ihnen.

»Nun ja«, sagte Dorjew, sich jetzt seinerseits entschuldigend, »ich frage mich wirklich, ob ich in einer so unwichtigen Angelegenheit Ihre Hilfe in Anspruch nehmen soll. Vielleicht können Sie mir einen Rat geben. Die Sache ist die, daß ich mit acht anderen Personen von Darjeeling oder Siliguri aus mit der Eisenbahn nach Kalkutta fahren muß – natürlich ohne Wissen der britischen Behörden. Würde das allzu schwierige Probleme aufwerfen?«

Holder wollte etwas sagen, doch Dorjew hob eine Hand.

»Selbstverständlich wird man Sie sehr gut bezahlen, ganz abgesehen vom Preis der Fahrkarten.«

»Die praktische Seite ist nicht schwierig«, sagte Holder.

»Was dann?«

»Sie nehmen ein großes Risiko auf sich. Bei der gegenwärtigen Stimmung in Indien würde man Sie sicherlich als Spion erschießen, wenn man Sie fangen würde.«

»Ich hoffe, Sie helfen mir, nicht gefangen zu werden, so wie ich Ihnen behilflich sein konnte. Zufällig hat es sich ergeben, daß ich so schnell wie möglich nach Sankt Petersburg muß. Über Kalkutta brauche ich von hier aus zwei Monate. Für die andere Route brauche ich mindestens fünf. Und was das Risiko angeht«, setzte er trocken hinzu, »so glaube ich nicht, daß mich die Briten erwarten.«

Holder saß ein paar Augenblicke schweigend da.

»Ich fürchte, wenn man Erste-Klasse-Fahrkarten für so viele – wie soll ich sagen – hiesige Leute kauft...«

»Eingeborene, sagt man doch wohl.«

»... würde das auffallen.«

»Und das bedeutet?«

»Daß Sie als ... nun ... als Eingeborene reisen müßten, und das ist sehr unbequem.«

»Alle sind an Unbequemlichkeiten gewöhnt. Ich möchte in einer Woche aus Lhasa abreisen. Sie besorgen die Fahrkarten und bringen sie so schnell wie möglich nach Tschumbi. Das bedeutet, daß Sie morgen aufbrechen müssen.«

»Aber das läßt mir keine Zeit mehr, meine Geschäfte abzuwickeln.«

»Ich bezahle Ihnen Ihre Verluste und mehr.«

Der Mönch erhob sich und zog eine buntfarbige, primitiv gedruckte Banknote der Münze von Lhasa mit dem roten Siegel des Dalai-Lama aus seinem Gewand. Er zerriß sie in zwei unregelmäßig gezackte Stücke.

»Wenn Sie Tschumbi in östlicher Richtung verlassen, kommen Sie an ein Rasthaus. Es ist das letzte Haus. Dort händigen Sie die Fahrkarten der Person aus, die Ihnen die andere Hälfte dieser Banknote zeigt. Es liegt in Ihrem Interesse, daß alles glatt geht.«

Er gab ihm die eine Hälfte. Holder steckte sie in die kleine Tasche im Schaft seines Stiefels.

»Und wenn es nicht glatt geht?«

»Es ist sinnlos, sich über unvorhersehbare Schwierigkeiten den Kopf zu zerbrechen. Ihre Aufgabe ist es, die Fahrkarten nach Tschumbi zu bringen. Sie werden dort bleiben, bis ich Kalkutta verlassen habe. Es dauert nicht lange. Sicherlich sehen Sie ein, daß diese Vorsichtsmaßnahme meinerseits notwendig ist.«

Dorjew hatte nur zu recht gehabt mit seiner Bemerkung, es läge in Holders Interesse, daß alles glatt ginge. Es lag auch in Namus, Anehs und Turins Interesse.

»Wann können Sie aufbrechen?« fragte Dorjew.

»Morgen früh.«

»Ich reise, wie gesagt, eine Woche später ab. Das läßt Ihnen genügend Zeit. Wenn Sie mich jetzt verlassen, wird man Ihnen am Eingang zehntausend Rupien aushändigen. Das ist großzügig, denke ich.«

Holder nickte. Es war ein kleines Vermögen.

»Was übrigbleibt, behalten Sie natürlich. Die Götter mögen Ihren Weg ebnen.«

VI

Vorwärtspolitik

Es war die Nacht des großen Maskenballs im Regierungspalast von Kalkutta. Etwa tausend Gäste strömten aus dem Ballsaal in die übrigen Räume und den Garten.

Indische Diener in scharlachroten Livreen schlängelten sich behende durch die Scharen der Gäste und achteten unauffällig darauf, daß jeder ständig mit Getränken und Erfrischungen versorgt war. All diese Dinge trugen andere Diener in Dhoolies aus den zweihundert Meter entfernten Küchen herbei. Die Musik war gedämpft, die Tänze waren zeremoniell. In der heißen Luft draußen sorgten fliegende Füchse, Schakale, kreischende Papageien, Fledermäuse und stinkende Zibetkatzen für einen stimmungsvollen Hintergrund.

Niemand konnte Lord Curzon, dem neuen Vizekönig, den Vorwurf machen, er sei altmodisch, obwohl er strikt an der Tradition festhielt. Im Jahr seines Amtsantritts hatte er im Regierungspalast elektrisches Licht installieren und im Jahr darauf die mit der Hand betriebenen Punkahs durch elektrische Fächer ersetzen lassen. Im südwestlichen Flügel, in dem während der vier oder fünf Wintermonate, in denen der Regierungspalast benutzt wurde, Lord Curzon mit seiner Familie wohnte, war sogar ein elektrischer Fahrstuhl eingebaut worden.

In einem Raum, der ein ganzes Stück vom Ballsaal entfernt lag, saßen vier Männer um einen niedrigen Tisch. Wie alle anderen an diesem Abend waren sie im Stil des vergangenen

Jahrhunderts gekleidet, mit Perücken, langschößigen Rökken, Seidenstrümpfen, Zierdegen und Schleifenschuhen. Dies war der Einfall Seiner Lordschaft gewesen, weil der Regierungspalast vor genau hundert Jahren eröffnet worden war.

Ein Inder in scharlachroter Livree stand in der Nähe des Tisches bereit, um die Wünsche der vier Männer zu erfüllen, die meist Whisky betrafen. Aus dem Ballsaal drangen Musik und der gedämpfte Lärm herüber, den die Creme der guten Gesellschaft von Kalkutta vollführte, Briten wie Inder. Keinem Halbblut war je Einlaß in den Regierungspalast gewährt worden. Sowohl für die Inder der oberen Kasten wie für die Briten waren Mischlinge unannehmbar.

Einer der Männer hatte gerade einen Vers rezitiert, der mit schallendem Gelächter aufgenommen wurde.

»Ich weiß auch noch einen, der seinerzeit in Oxford über ihn kursierte«, sagte ein anderer.

»Ich, George Nathaniel Curzon, bin
ein großer Herr mit stolzem Sinn.
In Blenheim lädt man mich zum Essen.
Wer wagt es, sich mit mir zu messen?«

Das Gelächter, das darauf folgte, klang sonderbar jungenhaft, obwohl alle Anwesenden bereits im mittleren Alter standen. Es war das Lachen der Public-School-Umkleideräume und der exklusiven Klubs. Public Schools und exklusive Klubs waren das, was diese Männer gemeinsam hatten.

»Er würde mir wirklich viel besser gefallen, wenn er nicht jeden Tag bis zwei, drei Uhr morgens arbeiten würde.«

Der Sprecher klopfte an sein Glas, und der Inder trat geräuschlos vor und goß es voll.

»Was das betrifft, Groggy«, sagte ein hagerer Mann mit einem schwarzen Schönheitspflästerchen auf der einen Wange, »es gibt Leute, weißt du, denen nur die Arbeit wirklich Spaß macht. Außerdem hat Curzon einen schwachen Rücken.«

»Was zum Teufel hat das damit zu tun?« sagte der mit Groggy Angeredete. »Nein, nein. Ich glaube, die Ernennung zum Vizekönig ist ihm zu Kopf gestiegen. Und er war schon immer ein wütender Russenfresser.«

»Kurz vor meiner Abreise aus London«, sagte der eine, der bisher noch nicht gesprochen hatte, ein untersetzter, massiger Mann, dessen dicker schwarzer Schnurrbart einen besonders albernen Kontrast zu seiner gepuderten Perücke bildete, »hat Campbell-Bannerman ein ganzes Mittagessen und den größten Teil des Nachmittags damit verbracht, mir auseinanderzusetzen, daß Curzon uns unweigerlich in einen Krieg mit Rußland hineinreiten würde.«

»Campbell-B. ist nicht der einzige, der das denkt«, sagte Groggy und schwenkte sein Whiskyglas im Halbkreis um sich, bevor er es leerte. Der Diener trat vor. »Ich habe erfahren, daß Sir William Harcourt Curzon einen Brief geschrieben hat, in dem er ihn anfleht, nicht noch zu seinen, Harcourts, Lebzeiten einen Krieg mit Rußland vom Zaun zu brechen.«

»Das ist köstlich. Après moi le deluge.«

»Ich weiß einfach nicht, was Hamilton im Schilde führt. Er muß doch wissen, daß Curzon durchaus imstande ist, das Spiel zu überreizen und uns in einen idiotischen Krieg zu verwickeln, den niemand wünscht. Nehmen Sie doch nur die heutige Sitzung!«

Es war diese Sitzung des Gesetzgebenden Rates, die den gegenwärtigen Meinungsaustausch ausgelöst hatte. Lord Curzon war ungewöhnlich schlecht gelaunt gewesen und außerdem wütend über die – wie er fand – saft- und kraftlosen, hasenherzigen Anweisungen des britischen Kabinetts, die ihm der Staatssekretär für Indien, Lord George Hamilton, übermittelt hatte.

Eine peinliche Sitzung. Die zehn Mitglieder des Gesetzgebenden Rates warteten vor dem Sitzungssaal zehn Minuten auf den Vizekönig, der jedem von ihnen die Hand schüttelte und sich an das obere Ende des Tisches setzte. Hinter ihm hing das berühmte Bild Warren Hastings', und die beiden

Längswände bedeckten Porträts der früheren Generalgouverneure und Vizekönige von Indien.

Lord Curzons Zorn war dem Umstand zu verdanken, daß ein Brief mit dem vizeköniglichen Siegel, den er dem Dalai-Lama geschickt hatte, ungeöffnet zurückgeschickt worden war. Curzon hatte Lord Hamilton mitgeteilt, er sei empört über die Verachtung seiner Person und damit der britischen Krone, die in dieser Geste zum Ausdruck komme.

»Dieser unbedeutendste aller Duodezpotentaten«, telegraphierte Curzon, »dieser lächerliche Klüngel unbewaffneter Mönche, zweihundert Meilen von unserer Grenze entfernt, wagt es, uns Trotz zu bieten. Es ist grotesk.« Hinter der tibetischen Verstocktheit, erklärte er, stehe Rußland, das heiße Dorjew, der im russischen Auftrag die tibetische Politik leite.

Lord Curzon blähte seine feingeschnittenen Nasenflügel. »Ich habe den Staatssekretär davon unterrichtet«, ließ er den Rat wissen, »daß Tibet immer mehr zu einer Brutstätte gefährlicher Machenschaften wird. Rußland stößt nach Asien vor und wirft seinen Schatten auf dieses Land.

Ich sagte«, fuhr er in seiner dozierenden Art fort, in der stets Verachtung für seine Hörer mitzuschwingen schien, »Sie schicken mich als Experten nach Indien, und dabei schlagen Sie meine Ratschläge in den Wind, als sei ich ein naseweiser Schuljunge.«

»Und wie hat Hamilton auf diese Unverschämtheit reagiert?«

Der Frager war Lord Kitchener, der Oberbefehlshaber der in Indien stationierten Streitkräfte, ein erklärter Widersacher des Vizekönigs.

Curzon überhörte den Einwurf.

»Ich meine«, dozierte er weiter, »die vornehmste Aufgabe englischer Staatsmänner muß darin bestehen, Rußlands feindliche Absichten zu vereiteln.«

»Darf ich meine Frage noch einmal wiederholen, George«, sagte Kitchener.

»Ja«, erwiderte Curzon scharf. »Hamilton irrt sich. Er sagt, die Tibeter seien nur Bauern im Schachspiel, aber Türme, Läufer und Springer könnten verlorengehen bei dem Versuch, sie zu nehmen.«

»Hmmm«, grunzte Kitchener, der Curzon nicht unterstützen wollte, aber Hamiltons Meinung nicht teilte.

»Hamilton hat zur Vorsicht geraten«, fuhr Curzon fort, nachdem er Kitchener diese Abfuhr erteilt hatte. »Er weist auf Chinas Oberhoheit hin, die in Wahrheit nicht existiert. Das Kabinett hat Angst, in das russische Wespennest zu stechen; es tut, als glaube es nicht daran, daß die Russen in Lhasa am Werk sind. Wir müssen mehr Beweise dafür beibringen. Ich habe Captain Compton herbeordert, der für die Geheimdiensttätigkeit in Tibet verantwortlich ist. Gibt es noch Fragen oder Bemerkungen, meine Herren, bevor ich ihn hereinbitte?«

Curzon behandelte den Rat als eine bloße formale Institution und pflegte seine Entscheidungen ohne ihn zu treffen. Nur Kitchener nahm eine unabhängige Haltung ein und fürchtete den Vizekönig nicht, doch meist war Curzon, der erst Vierzigjährige, der brillant und arrogant war und immerfort beweisen mußte, daß er recht hatte, dem schwerfälligen General eindeutig überlegen.

»Ich möchte darauf hinweisen, daß Vorsicht ganz sicher ratsam ist«, sagte Kitchener.

Captain Compton wurde hereingeführt und nahm schneidig Haltung an.

»Captain Compton war verantwortlich für die Rekrutierung und Ausbildung des einzigen Geheimagenten, den wir in Lhasa gegen Dorjew einsetzen können«, sagte der Vizekönig. »Der Name, Compton?«

»Holder, my Lord. John Holder.«

»Ah, ein Engländer«, sagte Sir Ronald Template. »Ganz was anderes als diese verdammten Eingeborenen.«

»Vater Engländer, Mutter Tibeterin, Sir. Spricht beide Sprachen fließend.«

»Hmmm«, murmelte Kitchener.

»Holder ist der Mann, der als erster die Nachricht brachte,

daß es dem Dalai-Lama gelungen sei, sich der prochinesischen Gruppe um den Regenten zu entledigen und selber die Macht zu ergreifen«, sagte Lord Curzon. »Seitdem hat sich Holder mit ausgezeichneten Dokumenten in Lhasa niedergelassen und versorgt uns – Captain Compton wird mich korrigieren, wenn ich etwas nicht Zutreffendes sage – mit einer Menge nützlicher Informationen in bezug auf den russischen Einfluß in Lhasa.«

Curzon sah Compton fragend an.

»Das ist richtig, my Lord.«

»Es ist so, wie wir vermuten. Der Dalai-Lama ist durchaus imstande, die weltliche Macht auszuüben, und sein Hauptratgeber – im Grunde sein einziger Ratgeber – ist Dorjew. Etwa hundertfünfzig als Militärtechniker getarnte Russen sind an den Ostgrenzen Tibets gesehen worden. Einem unbestätigten Bericht zufolge stehen zweitausend Russen ungefähr zwei Tagesreisen nördlich von Lhasa. Ein weiterer Bericht besagt, daß die Münze von Lhasa zum Arsenal für russische Waffen und zur Gewehrfabrik umgebaut wird.«

Wieder warf er einen Blick auf Compton.

Während der Ausführungen des Vizekönigs hatte Captain Compton mit gespielter Teilnahmslosigkeit vor sich hin gestarrt.

Gewiß hatte Holder mit seiner Nachricht vom Staatsstreich des Dalai-Lama und seiner Erkundung des Nebenwegs nach Ralung recht vielversprechend begonnen. Er hatte einige Dinge überprüft und verschiedene falsche Angaben über Höhen und Entfernungen korrigiert. Aber es war ihm nicht gelungen, mit jenen Kreisen in Lhasa in Kontakt zu kommen, die die Politik machten oder zumindest wußten, was sich bei den entscheidenden Leuten tat.

Das meiste von dem, was Lord Curzon nun zum besten gab, war kaum mehr als Marktgeschwätz. Tatsächlich hatte Holder einen Umweg gemacht und herausgefunden, daß an dem Gerücht, zweitausend Russen stünden in der Nähe von Lhasa, kein wahres Wort war. Er hatte sich ferner durch Bestechung Einlaß in die Münze verschafft und dort nichts als einen Handstempel für Münzen und Holzstöcke für den Handdruck von Geldscheinen entdeckt.

Compton hatte all dies weitergemeldet. Warum tischte dann Curzon dem Gesetzgebenden Rat diesen Haufen Lügen auf?

Die kalten Augen des Vizekönigs bohrten sich in seine, und er mußte etwas sagen. Er schluckte. Wenn er nicht wollte, daß seine militärische Karriere ein plötzliches Ende nahm, durfte er Curzon vor den anderen nicht blamieren.

»Haben Sie noch etwas hinzuzufügen, Captain?«

»Nichts, my Lord.«

»Einen Augenblick, George«, warf Lord Kitchener ein. »Was ist dieser Holder für ein Mensch, Compton? Verläßlich?«

Compton überlegte blitzschnell. Offensichtlich wollte Lord Curzon einen ganz anderen Eindruck hervorrufen als den, den die Tatsachen rechtfertigten. Nun gut. Aber er mußte auch an seinen eigenen Ruf denken.

»Nun, meine Herren, Holders Herkunft ist für uns ebenso vorteilhaft wie seine Schwäche. Er könnte in London als Engländer und in Lhasa als Tibeter gelten. In Indien aber ist er bloß ein Halbblut, und er möchte weg von hier, nach England. Ich habe ihm zu verstehen gegeben, daß wir das arrangieren würden, wenn er gute Arbeit für uns leistet. Natürlich könnte ihn das veranlassen, Nachrichten zu liefern, die uns in den Kram passen, und deshalb sollten wir so weitermachen wie bisher und seine Berichte cum grano salis zur Kenntnis nehmen.«

»Nun denn«, sagte Curzon, »ich denke, wir können den Captain entlassen. Wir danken ihm.«

»Guter Mann«, polterte Kitchener, als sich die Tür hinter Compton schloß. »Ich werde ihn im Auge behalten.«

Und kurz darauf war die Sitzung beendet worden.

Die Musik aus dem Ballsaal ging weiter, manchmal lauter, wenn Türen geöffnet wurden.

»Wenn ihr mich fragt«, sagte Groggy, dessen Name Sir Gregory Makepeace war, »was George uns da heute morgen über Rußland aufgetischt hat, ist doch lauter dummes Zeug, zurechtgeschneidert für diese Ignoranten im Kabinett. Natürlich ist der Spion da bestrebt, Nachrichten zu liefern, aber Compton war sehr zurückhaltend. Ich bin kein Militär, doch ich kann mir einfach nicht vorstellen, daß die Russen so dumm sind, zweitausend Mann in der Nähe von Lhasa kampieren zu lassen. Allein schon das Nachschubproblem!«

»Natürlich, absolut lächerlich, Groggy«, sagte der Mann mit dem Schönheitspflästerchen, der Ehrenwerte Joseph Cholmondely, »ich glaube, George ist nicht mehr ganz . . .« Er klopfte an seine Stirn.

Sir Ronald Template, der Mann mit dem dicken schwarzen Schnurrbart, quetschte sein Kinn zwischen Daumen und Fingern, schob die Unterlippe vor und gab sich auch sonst das Air eines Mannes, der angestrengt nachdenkt.

»Ich war mit Curzon in Eton und in Balliol«, sagte er. »Er holte sich alle Auszeichnungen und alle Preise, offenbar ohne sich auch nur im geringsten anzustrengen. George ist kein Narr. Er sieht die Sache so: Die Chinesen, die zweitausend Meilen weit weg in Peking sitzen, haben ihren Amban in Lhasa; die Russen in Sankt Petersburg, die noch weiter weg sind, haben Dorjew, den Lehrer des Dalai-Lama; und die dummen Engländer, die nur zweihundert Meilen entfernt in Indien stehen, kriegen ihre Briefe ungeöffnet zurück.«

Sir Ronald machte einen Zug an seiner großen Kalabasch-Pfeife, stellte fest, daß sie ausgegangen war, und ließ sie von einem Diener neu anzünden.

»Wir sind in der besten Position, mit Tibet Handel zu treiben – es zu öffnen. Wer weiß, was unter diesen Bergen vor sich geht? Wir schreien Zeter und Mordio wegen ein paar Grenzposten, aber in Wahrheit kommt es doch darauf an, einen Mann in Lhasa zu haben.«

»Du glaubst, Ronnie, dieser Streit zwischen Hamilton und Curzon wurde nur deshalb vom Zaun gebrochen, um den zahlenden Kunden Sand in die Augen zu streuen?«

»Ich meine, das Ganze ist, wie üblich, ein Gerangel zwischen den Anhängern der Vorwärtspolitik und ihren

Gegnern. Was könnte klarer auf der Hand liegen? Denkt ihr denn, Hamilton hätte Curzons Ansichten nicht gekannt, als Curzon Vizekönig wurde? Unsinn. Curzon hat sie schon in Eton austrompetet. Aber da das Kabinett zur Hälfte aus den Verwandten unseres rückgratlosen Premierministers besteht, was tut man da? Man heizt die Stimmung an, man schürt die Spannung.«

»Zynisch, Ronnie. Zynisch.«

»Wie ihr wollt. Aber ich glaube, George will als der Brite in die Geschichte eingehen, der Tibet oder zumindest eine dicke Scheibe davon dem britischen Empire einverleibt hat.«

»Holla«, sagte Sir Gregory, »dort kommt der große Mann persönlich. Er strahlt nicht gerade vor Glück.«

»Hochnäsiger Wichtigtuer«, sagte der Ehrenwerte Sir Joseph.

Der Vizekönig, George Nathaniel Curzon, Vierter Baron Scarsdale of Kedlestone Hall in Derbyshire, erster und, wie es das Schicksal wollte, letzter Marquess Curzon of Kedlestone, trug einen schweren Brokatrock, eine Seidenweste und dazu seidene Kniehosen in einer abstechenden Farbe, weiße Seidenstrümpfe, schwarze Schuhe mit großen silbernen Schnallen, ein Spitzenjabot und Spitzenmanschetten. Mit seiner arroganten Haltung und seinem hochmütigen Gesicht machte er eine eindrucksvolle Figur, als er die breite Marmortreppe herunterschritt und auf die vier Männer zukam, die sich erhoben hatten. Er verkörperte die britische Majestät in Indien.

Curzon beeilte sich nie, und das einzige Zeichen von Erregung, das man je an ihm beobachtet hatte, waren die – wie jetzt – leicht geblähten Nasenflügel.

Er machte den Dienern ein Zeichen, sie sollten den Raum verlassen, und forderte die Ratsmitglieder durch eine zweite Handbewegung auf, sich zu setzen.

Ohne ein Wort zu sagen, zog er aus seiner breiten Manschette ein Stück Papier, das er auseinanderfaltete und auf den Tisch warf. Es war eine dechiffrierte Botschaft von Lord Hamilton. Sie begann mit der Mitteilung, daß Aharamba

Aguan Dorjew, »der Erste Tansit Hamba des Dalai-Lamas von Tibet«, wie er genannt wurde, heimlich durch Indien nach Sankt Petersburg gereist sei, an der Spitze einer, wie die russische Presse schreibe, »Außerordentlichen Gesandtschaft von acht prominenten Tibetern, deren Ziel die Festigung guter Beziehungen zwischen Rußland und Tibet und die Einrichtung einer ständigen tibetischen Vertretung in Sankt Petersburg ist, der diese Aufgabe obliegt«.

Des weiteren stand darin, daß die Tibeter vom Zaren und der Zarin in Audienz empfangen worden seien. Sie hätten dem Zaren einen Brief überreicht und einen zweiten Brief dem russischen Außenminister Graf Lambsdorff. »Nowoje Wremja« habe geschrieben, das sei das logische Resultat der russischen Siege in der Mandschurei und Nordchina. Dem Dalai-Lama müsse eine Annäherung an Rußland als ein ganz natürlicher Schritt erscheinen, denn einzig Rußland sei imstande, die geheimen Pläne Großbritanniens zu vereiteln, das auf eine günstige Gelegenheit lauere, sich den Eingang nach Tibet zu erzwingen.

Als die vier die Botschaft gelesen hatten und sich in Haltungen zurücklehnten, die Bestürzung und angestrengtes Nachdenken verrieten, sagte der Vizekönig mit eisiger Ironie: »Es scheint, als ob unsere Lobesworte für Captain Compton heute morgen gelinde gesagt übertrieben waren.«

»Durch Indien nach Sankt Petersburg ...«, wiederholte Sir Gregory, vor Entsetzen fast stimmlos. »Das ist doch der Gipfel der Unverschämtheit!«

»Fürwahr. Und unser lächerlicher Grenzgeheimdienst hatte nicht die leiseste Ahnung davon. Übrigens schreibt Hamilton noch, daß Dorjew bereits im vorigen Jahr quer durch Indien zum Zaren gereist ist und sich damals wie heute in unseren Häfen eingeschifft hat. Wer hätte es für möglich gehalten, daß bei Verhandlungen zwischen Lhasa und Sankt Petersburg der Weg nicht durch Sibirien, die Mongolei oder China geht, sondern durch Britisch-Indien, sozusagen vor unserer Nase?«

Der Vizekönig setzte sich und legte seine lange, feingliedrige Hand schützend über die Augen. Diesmal schien es so, als habe er tatsächlich die Fassung verloren. Er, dem man befohlen hatte, vorsichtig zu sein, sah sich einem Gegenspieler gegenüber, der mit einer an Provokation grenzenden Kühnheit handelte.

Es dauerte eine Weile, bis sich jemand zu einem Kommentar aufraffte, und dann war es der zynische Sir Ronald.

»Unter Umständen hat Dorjews törichter Leichtsinn das Gute, daß London die russische Präsenz fortan ernster nehmen muß. Sie haben das Kabinett wiederholt darauf hingewiesen, daß Tibet für die Russen nicht notwendig ist. Aber ein russisches Protektorat dort würde eine unmittelbare Bedrohung Britisch-Indiens bedeuten. Vielleicht hat uns Dorjew einen Gefallen getan.«

»Auf jeden Fall hat er erreicht, daß wir wie unfähige Idioten dastehn«, brach Sir Gregory aus. »Ich würde gern wissen, wie ein Mongole und eine schnatternde Schar Tibeter das fertiggebracht haben, ohne irgendwem aufzufallen. Meiner Ansicht nach müssen sie einen Helfer gehabt haben.«

Curzon nahm die Hand vom Gesicht. »Es ist Ihre Aufgabe, Template, das herauszufinden und zu verhindern, daß es noch einmal passiert. Bitte, kümmern Sie sich darum. Sollte sich der Vorfall wiederholen, werde ich vorschlagen, daß wir alle unsere Koffer packen. Ich habe die Absicht, privatim an Hamilton zu schreiben und ihm klarzumachen, daß man nur dann etwas erreichen kann, wenn man die Tibeter einschüchtert. Und wenn wir sie so weit eingeschüchtert haben, daß sie zu Verhandlungen bereit sind, werde ich darauf bestehen, daß diese Verhandlungen in Lhasa stattfinden. Nur in Lhasa.«

»Und die Chinesen?«

»Chinas Oberhoheit ist eine Farce. Sie wird nur vorgeschoben. Wir verhandeln allein mit Tibet.«

Als Holder das nächste Mal mit Compton zusammentraf, hatte er fast schon vergessen, daß er Dorjew über die Grenze Britisch-Indiens geschmuggelt hatte. Compton aber hatte

Dorjew nicht einen Augenblick vergessen, seit er in Kalkutta zu Sir Ronald Template befohlen und mit roten Ohren entlassen worden war.

Alle seine Nachforschungen waren ergebnislos geblieben. Holder war so vorsichtig gewesen, den Kauf der Fahrkarten über einen Zeitraum von mehreren Tagen zu verteilen und immer nur zwei oder drei Karten auf einmal zu kaufen; er hatte das Äußere der Reisenden überprüft und ihnen geraten, einzeln zum Bahnhof zu gehen. Dorjew hatte sich als blinder bettelnder Pilger verkleidet.

Daher war es Captain Compton nicht gelungen, etwas über die Reise der »Außerordentlichen Gesandtschaft« durch Indien herauszufinden, und so hatte er die erste beste Gelegenheit genutzt, Sir Ronalds Zorn und seinen eigenen auf Holder abzuladen.

»Wie zum Teufel ist es möglich, daß solch eine Gruppe Lhasa verlassen, die Grenze überschreiten und in einen Zug nach Kalkutta steigen kann, ohne daß Sie davon erfahren?«

Holder sah ein hartes, aber gutgeschnittenes Gesicht vor sich, mit vorstehenden Backenknochen, Augenbrauen, die sich vom Ansatz der scharfen Nase herabsenkten, gekerbtem Kinn und kleinem Mund; das Haar war militärisch kurz geschnitten. Es war aber auch ein dummes Gesicht, von dem man ablesen konnte, daß sich sein Besitzer als Brite über alle Nichtbriten erhaben fühlte.

Holder konnte nicht begreifen, warum er diesen Engländer als ihm überlegen empfand, obwohl er dessen anmaßende Borniertheit durchschaute, obwohl er erkannte, daß Compton im Vergleich mit Galei zum Beispiel gar kein richtiger Mensch war. Trotz aller bewußten Anstrengung vermochte er dieses Gefühl nicht zu überwinden. Vermutlich rührte es daher, daß ihm die Kreise verschlossen blieben, in denen sich der andere so selbstverständlich bewegte, daß er durch Blicke und Benehmen in seine Schranken verwiesen wurde, daß er ein einfacher »Holder« war, dem man das »Mister« vor seinem Namen verweigerte.

Der andere Aspekt der Angelegenheit war, daß er nicht

mehr den Wunsch hatte, nach England zu gehen. Ihm war klargeworden, daß er Engländer noch niemals gemocht hatte, seinen eigenen Vater nicht ausgenommen.

Sie waren entweder Sahibs – Regierungsbeamte oder Armeeoffiziere, die durch die Bank exklusive englische Schulen besucht hatten, derselben begüterten, privilegierten Klasse entstammten und die gleichen Ansichten hatten; oder sie waren einfache Soldaten, brutal, Bier und Gin trinkend, lautmäulig, servil gegenüber ihren Vorgesetzten, deren Benehmen gegen die »Eingeborenen« sie nachäfften; oder aber Händler, die vor den Höhergestellten krochen. Holder hätte nicht einmal sagen können, ob die in Indien lebenden Engländer repräsentativ für ihre in England lebenden Landsleute waren.

Jetzt, da er in das Gesicht seines Gegenübers blickte, verwünschte er die Umstände, die zu seiner Verbindung mit Compton und Dorjew geführt hatten. Er sah nur eine einzige Möglichkeit: den Weg des geringsten Widerstands zu gehen und so lange zwischen den beiden hin und her zu lavieren, bis sich schließlich eine Chance bot, ihnen zu entkommen.

»Wie ist das möglich in einer so kleinen Stadt wie Lhasa?« beharrte Compton.

Holder schüttelte mitleidig den Kopf angesichts solcher Unwissenheit.

»Nichts ist leichter als das in einer Stadt und einem Land«, sagte er, »das von einer Handvoll Adelsfamilien in den Klöstern und auf den Landgütern regiert wird. In der Geschichte Tibets ...«

»Ich will keine Lektion über tibetische Geschichte, verdammt noch mal.«

»Nun gut. Ich wollte nur sagen, daß man den Tod des Fünften Dalai-Lama, Ngawong Gjatso, in Lhasa fünfzehn Jahre lang geheimhalten konnte, während der Potala langsam seiner Vollendung entgegenging. Sie dürfen nicht vergessen, daß es zwischen dem einfachen Volk und den herrschenden Kreisen überhaupt keine Berührung gibt – abgesehen vom Büttel und der Peitsche.«

»Ausflüchte. Ausflüchte.«

»Wie Sie wollen. Jedenfalls Gründe. Es tut mir leid, wenn Ihre Vorstellungen von Lhasa nicht der Wirklichkeit entsprechen.«

Compton mißfiel dieser Ton. Der verdammte Bursche wurde etwas zu großspurig.

»Aber haben Sie denn gar keine Erklärung dafür?«

»Wofür?«

»Wie zum Teufel es Dorjew fertigbringen konnte, unter unserer Nase heimlich durch Indien zu reisen. Jemand muß diesen Kerlen geholfen haben – hat die Fahrkarten gekauft und so weiter. Soweit ich mich erinnere, waren Sie ungefähr zu dieser Zeit in Darjeeling.«

»Ich? Wollen Sie unterstellen ...«

Compton wollte im Grunde nichts unterstellen, aber er erinnerte sich an Sir Ronalds letzte Worte: »Sie sollten den Burschen im Auge behalten – genau die Sorte, die für beide Seiten arbeitet.« Was, wenn man ihn tatsächlich erwischt und »umgedreht« hatte? Dieser Holder hatte offenbar gar keine Schwierigkeiten in Tibet. Geheimdiensttätigkeit war sowieso ein heikle Sache. Bei der Artillerie hatte man's leichter, dafür aber auch weniger Freiheit.

»Ich unterstelle gar nichts. Ich will nur sagen, Sie kennen die Markthändler und so weiter. Vielleicht fällt Ihnen noch was ein, was passiert ist, oder Sie hören was, oder Sie können diskret Erkundigungen einziehen.«

»Das kann ich natürlich tun.«

Compton erhob sich und schritt auf und ab, nunmehr besessen von dem Gedanken, daß man Holder im Auge behalten müsse. Aber wie zum Teufel sollte man das anstellen?

»Irgendwelche Anweisungen, was ich als nächstes tun soll?« fragte Holder.

»Nein. Nichts Konkretes. Wie Sie selber sagen, der Jammer ist, daß Sie nicht die richtigen Kontakte haben. Gibt's denn gar keine Möglichkeit, Zugang zu den offiziellen Kreisen zu kriegen, an Leute heranzukommen, die wissen, was die Russen im Schilde führen?«

Einen Augenblick lang vergaß Holder seine übliche wohlkontrollierte Unterwürfigkeit. »Diese Chance ist ebenso groß wie meine Aussicht, Mitglied in Ihrem Klub zu werden. Hier bin ich ein Halbblut. Dort bin ich ein einfacher Tibeter.«

VII

Das ideale Werkzeug

Major Francis Younghusband, britischer Resident in Indore, ließ nicht die mindeste Gemütsbewegung erkennen, als er das Telegramm erhielt, das ihn »dringend« nach Simla rief. Er war stolz auf seine scheinbar durch nichts zu erschütternde Gelassenheit. Diejenigen, die den kleinen, drahtigen Mann mit den scharfen blauen Augen und dem herunterhängenden Schnurrbart kannten, fragten sich, wie es dazu gekommen sein mochte, daß er vor sechs Jahren, mit vierunddreißig, Helen Magniac einen Heiratsantrag gemacht und ihr Jawort erhalten hatte, denn er war reserviert und schweigsam, sie jedoch heiter, witzig, scharfzüngig und, im Gegensatz zu ihm, interessiert am gesellschaftlichen Leben.

Major Younghusband hatte seine vierzig Lebensjahre gut genutzt. Mit fünfundzwanzig war er durch ein riskantes Unternehmen ins Blickfeld der Öffentlichkeit getreten. Er hatte ganz allein eine bemerkenswerte Reise durch die Innere Mongolei und Sinkiang unternommen und über einen bis dahin unerforschten Paß, der sechstausenddreihundert Meter hoch lag, Kaschmir erreicht.

Nach verschiedenen dramatischen Zwischenfällen, darunter zwei Zusammenstößen mit russischen Soldaten, war er allgemein bekannt und genoß in Regierungskreisen den Ruf, in der Ausführung seiner Befehle bis zur äußersten Grenze und manchmal noch darüber hinaus zu gehen.

Vielleicht traf es zu, daß er, wie er selber behauptete, die wahren Ziele seiner Vorgesetzten richtig interpretierte, aber

Soldaten waren nicht dazu da, Politik zu machen. Man hatte ihn auf Eis gelegt, zuerst in Rajputana und dann in Indore.

Und nun hatte ihn der Ruf aus Simla erreicht, auf Veranlassung des Vizekönigs Lord Curzon höchstpersönlich, mit dem er als Anhänger der Vorwärtspolitik stets übereingestimmt hatte.

Das bedeutete mit Sicherheit einen Wendepunkt seines Schicksals. Aber er ließ sich nichts von der freudigen Erregung anmerken, die ihn erfüllte, und bewahrte jene äußere Gelassenheit, unter der sich ein heftiges Temperament und rücksichtslose Energie verbargen.

In Simla war die Saison auf ihrem Höhepunkt. Ein gesellschaftliches Ereignis löste das andere ab; unter der Oberfläche glanzvoller Feste gab es heimliche Liebesaffären und wurden Pläne von großer Tragweite ausgearbeitet.

Younghusband reiste unverzüglich zum Sommerpalast des Vizekönigs, wo er mit dem Satz empfangen wurde: »Seine Lordschaft hat Anweisung gegeben, Sie umgehend vorzulassen.«

Younghusband hatte Lord Curzon in Chitral kennengelernt, und dort hatten sie eine so feste Freundschaft geschlossen, wie sie zwei äußerlich derart reservierte Männer überhaupt schließen konnten oder wollten. Der Vizekönig ging ihm mit ausgestreckten Armen entgegen. Er verschwendete keine Zeit mit Vorreden, sondern kam sogleich auf den Kern der Sache zu sprechen.

»Ich möchte, daß Sie die Leitung einer Mission nach Tibet übernehmen. Ich habe Sie London bereits vorgeschlagen. Sie werden im Rang eines Obersten stehen, zumindest solange Sie dieses Kommando innehaben.«

Er sah Younghusband fragend an, der mit unbewegtem Gesicht zustimmend nickte.

»Lhasa?«

Curzon schüttelte ärgerlich den Kopf. »London hat das abgelehnt. Dort haben sie Angst vor einer eventuellen russischen Reaktion, sobald wir über die offizielle indische Grenze vorrücken.«

»Ich frage mich manchmal, ob die Leute in Whitehall je einen Blick auf die Karte werfen«, sagte Younghusband.

»Es wäre vielleicht ganz klug, wenn wir auf unsere friedlichen Absichten hinwiesen. Ich will ja nur die gleichen politischen Rechte, die den Russen eingeräumt werden: einen Vertreter in Lhasa...«

»Die Russen leugnen ab, daß sie einen haben.«

»...und die Gewißheit, daß man unsere Briefe beantwortet. Es ist doch ekelhaft, wenn man von den Tibetern mit der Erklärung abgespeist wird, daß Peking verantwortlich ist, und dann von Peking erfährt, daß die Tibeter Pekings Anweisungen nicht befolgen. Der Dalai-Lama hat mir zwei Briefe ungeöffnet zurückgeschickt.«

»Aber er schreibt nach Sankt Petersburg.«

»Eben. Wenn der Dalai-Lama tatsächlich die Geschäfte selber führt und nicht diese ungewaschenen Lamas um ihn, verhält er sich wirklich wie ein Narr. Es ist eine glatte Provokation, Dorjew mit einer Grußbotschaft zum Zaren zu schicken und sich gleichzeitig zu weigern, unsere Briefe überhaupt zu lesen, wo wir an seiner Grenze stehen und nicht tausende Meilen weit weg. Jedenfalls hilft dies Verhalten denen von uns, die die Dinge realistisch sehen.«

Younghusband hätte gern gewußt, wohin ihn das Kommando führen würde, da London Lhasa als Ziel abgelehnt hatte, aber er wußte, daß keine Aussicht bestand, den Redefluß des Vizekönigs zu stoppen. Curzon war dafür bekannt, daß er seine Ansichten stets öffentlich vortrug, um sich selber von ihrer Richtigkeit zu überzeugen.

»Hamilton und Landsdowne sind im Grunde meiner Meinung, aber sie sind nicht die Regierung, und Balfour hat nach Südafrika die Nerven verloren. Ich habe zu Verhandlungen in Lhasa geraten. Der Dalai-Lama übt dort allem Anschein nach die Macht aus. Der neue chinesische Amban sollte ebenfalls anwesend sein, wenn wir ein angemessenes Übereinkommen schließen. Ich habe vorgeschlagen, eine Mission nach Lhasa zu entsenden und ihr, um jeden Widerstand auszuschließen, eine genügend starke militärische

Eskorte beizugeben – obwohl die militärische Stärke der Tibeter geradezu lächerlich ist. Aber das alles wurde abgelehnt. Sankt Petersburg drohte mit Gegenmaßnahmen andernorts, und da hat Whitehall kalte Füße gekriegt.«

Younghusband wartete schweigend. Jetzt würde es kommen.

»Also mußte ich mein Ziel tiefer stecken. Ich schlug vor, wir sollten mit den Chinesen und den Tibetern in Khamba Dzong zusammentreffen, der grenznächsten tibetischen Ortschaft. Unser Bevollmächtigter sollte von zweihundert Schützen begleitet werden. Reservetruppen stehen in Sikkim. Whitehall hat zugestimmt unter der Bedingung, daß ohne vorherige Rücksprache mit London von Khamba Dzong aus kein weiterer Vorstoß unternommen werden darf. Das Ganze muß wie eine lokale Kontroverse über Weiderechte und kaum ins Gewicht fallende Handelserleichterungen aussehen.«

Lord Curzon verzog den Mund zu einem Lächeln, was er selten tat. Es war beinahe ein Grinsen.

»Es ist ein sonderbares Kommando und, unter uns, geradezu zum Scheitern verurteilt. Deshalb möchte ich, daß Sie es übernehmen.«

Younghusband heftete seine leuchtendblauen Augen auf Curzons bleiches, gutgeschnittenes Gesicht, hinter dessen glatter Stirn, wie er wußte, ein hartes, scharfes Hirn arbeitete, und wartete auf die Erklärung.

»Die Chinesen und die Tibeter sind mit einem Treffen einverstanden, aber nicht in Khamba Dzong, das zwanzig Meilen von der tibetisch-indischen Grenze entfernt liegt. Wir gehen trotzdem dahin in der Annahme, daß sie sich weigern werden, dort zu verhandeln. Zweifellos werden sie zu dem Schluß kommen, daß man unsere Streitmacht von zweihundert Gewehren in einem gottverlassenen Nest wie Khamba Dzong in ihrem eigenen Saft schmoren lassen kann. Vielleicht sollten wir sie auf Umwegen wissen lassen, daß wir Befehl haben, nicht weiter vorzurücken. Dann können wir sicher sein, daß sie unnachgiebig bleiben.«

Younghusband lächelte unter seinem buschigen Schnurrbart. Die Konturen zeichneten sich jetzt klar ab. In Curzons Händen wurde alles ganz einfach.

»Ein Rückzug würde zur Folge haben, daß wir im ganzen Orient das Gesicht verlieren, kommt also nicht in Frage«, fuhr Curzon fort. »Vielleicht können wir so erreichen, daß sich meine Ansicht durchsetzt: daß wir nämlich von den Tibetern keine Genugtuung erhalten, wenn wir nicht Truppen nach Lhasa schicken. Ich weiß, daß das auch Ihre Ansicht ist.«

Younghusband nickte.

»Sie, mein lieber Younghusband, haben die Ausdauer und die Standfestigkeit einer Pyramide, und da wir in der Beurteilung der Lage übereinstimmen, übertrage ich Ihnen diese Aufgabe.«

»Die ich mit Stolz und Freude übernehme, Sir. Und ist die Vermutung abwegig, daß Sie, wenn Sie mir die Leitung der Mission anvertrauen, mich auch für das größere Wagnis danach vorgesehen haben?«

Curzon erhob sich. »Bereiten Sie sich zunächst auf die Mission nach Khamba Dzong vor, und erstatten Sie mir vor der nächsten Sitzung des Gesetzgebenden Rates am kommenden Dienstag Bericht.«

»Es ist wirklich eine unglaubliche Sache, auf die ich mich da eingelassen habe«, sagte Younghusband abends im Bett zu seiner Frau.

Alle, die ihn kannten, hätten es für unvorstellbar gehalten, daß der eiskalte Major überhaupt einem Menschen Einblick in sein Inneres gestattete. Seiner Frau aber offenbarte er seine wahren Gefühle – ihr und seinem in England lebenden Vater.

»Der Empfang in Simla war wirklich recht erfreulich für mich.«

»Echt oder gespielt?« fragte sie. »Wie kann man das bei solchen Leuten mit Sicherheit wissen?«

»Curzon war überaus freundlich zu mir, Helen«, sagte er, ihren Spott ignorierend. »Tatsächlich überwältigend freundlich. Du weißt, wie kühl er sonst gegen alle ist. Am Tag vor der Ratssitzung kamen wir zusammen und sprachen meine Vorschläge durch. Er notierte sie sich, und dann stellte er alles in Frage, was ich gesagt hatte. Er griff meine gesamte Beweisführung an, aber ich kämpfte um jeden Punkt und gab nicht nach. Schließlich sagte er, er wolle es alles dem Rat vorlegen, und lud mich ein, dabei anwesend zu sein.«

»Lieber Gott«, sagte seine Frau, »war dir nicht ganz unbehaglich zumute, wo doch dieser furchtbare Kitchener dabei war?«

»Überhaupt nicht. Kitchener war im Gegenteil sehr entgegenkommend. Ich saß direkt neben Lord Curzon, links von ihm, und er gab eine lange Erklärung ab. Es war wirklich sehr amüsant. Er trug alle Argumente vor, die ich ihm am Tag zuvor vorgetragen hatte, und führte alle meine Vorschläge auf. Jedesmal drehte er sich zu mir um und fragte: ›Das ist es doch, was Sie empfehlen, nicht wahr?‹ Und so weiter...«

»Ich glaube, sie haben alle Angst vor ihm. Haben denn auch andere noch was gesagt?«

»Zwei oder drei. Aber sie wurden sehr schnell zum Schweigen gebracht. Kitchener tat, als langweile ihn diese ganze Sitzung, und als Curzon ihn fragte, ob er etwas zu der Sache zu bemerken habe, lehnte er sich in seinem Stuhl zurück und sagte: ›Nein, nein.‹«

»Ein sonderbarer Oberbefehlshaber, Francis.«

»Na, ich glaube, er hat nicht allzuviel zu tun. Aber den Tag darauf sprach ich ihn allein, und da war er sehr freundlich, fast herzlich. Ich bat ihn vor allem um ein paar englische Soldaten. In dem vorläufigen militärischen Plan war nicht ein einziger britischer Soldat vorgesehen, nur Eingeborene. Ich sagte, wir sollten ein paar weiße Gesichter zeigen, und Kitchener entschied: ›Also gut, Sie kriegen eine Batterie Gebirgsartillerie und zwei Maschinengewehrabteilungen, alles Briten. Und ich werde Befehl geben, daß kein Mann kleiner als ein Meter achtzig sein darf.‹«

»Er scheint netter zu sein, als er aussieht.«

»Das ist er, Helen. Und ich soll direkt an ihn schreiben, wenn ich etwas brauche. Das ist wirklich ein Segen. Es ist gut, mit beiden, mit Curzon und Kitchener, privat zu korrespondieren. Alle sind beeindruckt von Curzons Vertrauen zu mir.«

Seine Frau drehte sich zu ihm hin und küßte ihn auf die Stirn. »Daß dir das bloß nicht zu Kopf steigt, mein Lieber. Vertrau weder Fürsten noch irgendeinem Menschenkind. Das fehlte noch, daß ausgerechnet du zum Heldenanbeter wirst.«

Er lachte in sich hinein. »Keine Angst. Aber ernsthaft, Curzon ist wirklich ein Kopf. Du weißt, ich habe das schon gesagt, als ich damals in Chitral mit ihm bekannt wurde.«

»Nein, das weiß ich nicht. Damals hast du mir erzählt, seine Selbstsicherheit und sein hoheitsvolles Getue gingen dir auf die Nerven. Mein lieber Francis, du läufst Gefahr, ein Snob zu werden!«

»Curzon hat seine Schwächen, wie wir alle. Aber er kann mehrere Schachzüge im voraus berechnen. Das ist vielleicht seine faszinierendste Eigenschaft. Sein eigentliches Ziel ist Lhasa, da bin ich mir ganz sicher. Er möchte als der Mann in die Geschichte eingehen, der Tibet für Großbritannien gewonnen hat. Aber Whitehall scheut davor zurück. Gut, sagt sich Curzon, dann schieben wir unsern Fuß irgendwo anders dazwischen, in eine ganz andere Richtung, und werden hinausgeworfen oder dringend ersucht zu verschwinden. Dann aber muß Großbritannien reagieren und diese schmuddeligen Lamas lehren, das britische Empire zu respektieren.«

Seine Frau gähnte. »Für mich klingt das alles wie eine Mischung aus Illoyalität, Leichtsinn und Heimtücke. Dein neuer Freund, der Vizekönig, haut beide Parteien übers Ohr, die britische Regierung ebenso wie die Tibeter.«

»Ach, diese Burschen in London haben doch keine Ahnung von den Realitäten. Die Natur haßt das Vakuum. Wenn wir nicht schnell handeln, fällt Tibet durch unsere Schuld den Russen zu. Und das würde bedeuten, daß wir einen unserer mächtigsten Feinde an unserer Grenze haben. Nein, mein Liebes. Curzon hat recht. Unser eigentliches Problem sind nicht die Russen, die Chinesen oder die Tibeter – unser Problem ist, wie man Whitehall zum Handeln zwingt.«

»Unser«, sagte Mrs. Younghusband und gähnte erneut. »Oh, oh.«

In Lhasa trat der Rat der Nationalversammlung fast täglich zusammen und beriet ergebnislos darüber, wie man sich der kleinen, ein paar hundert Mann starken britischen Streitmacht gegenüber verhalten solle, die zwanzig Meilen hinter der tibetisch-indischen Grenze bei Khamba Dzong Lager bezogen hatte. Der Rat setzte sich aus Vertretern der drei großen Klöster von Tibet – Drepung, Sera und Gaden –, hohen Würdenträgern und führenden Adeligen zusammen, die ihren Wohnsitz in Lhasa hatten.

Wenn sie einig waren, hatten die drei großen Klöster die Macht, nicht das Recht, selbst den Gottkönig zu überstimmen, doch sie waren nicht oft einig, und jetzt weniger denn je.

Dic britische Maßnahme wirkte wie ein Katalysator: einerseits machte sie deutlich, wie die Interessen zwischen den Chinesen, den Briten und den Russen hin und her schwankten, andererseits festigte sie die totale Opposition gegen alle drei. Es war eine günstige Gelegenheit, frische Zutaten in den Kessel zu werfen, in dem die Suppe am Kochen war.

Umgeben von einer Leibwache aus Eisenstab-Klosterpolizisten, ritt der Abt von Gaden, der Dzeba, tief in Gedanken versunken von dieser Stätte der Frömmigkeit und des Ränkespiels, die zwanzig Meilen von Lhasa entfernt lag, zur Heiligen Stadt. Er hatte beschlossen, Gaden bei der morgigen Sitzung der Nationalversammlung persönlich zu vertreten.

Gaden und Sera waren sich traditionsgemäß stets einig gegen Drepung, Tibets ältestes Kloster, in dem acht- bis zehntausend Mönche lebten. Der Weg des Dzeba führte am Drepung vorbei und dann in nördliche Richtung über die Milchebene nach Sera, wohin ihm ein Bote vorausgeeilt war, um sein baldiges Erscheinen anzuzeigen.

In einer Geheimtasche trug der Dzeba einen Bericht bei sich, den ihm einer der Mönchskaufleute von Gaden aus Kalimpong geschickt hatte und der Dorjews Reise quer durch Britisch-Indien nach Sankt Petersburg betraf.

Während seines Ritts durch die Berge hatte der Abt alle Aspekte dieser Nachricht gründlich bedacht und war zu dem Schluß gelangt, daß sie beträchtliche Möglichkeiten bot.

Wächter, die andere Wächter durch Rufe davon in Kenntnis setzten, daß der erwartete Gast eingetroffen sei, geleiteten ihn durch den Haupteingang von Sera. Er ritt zwischen ineinandergeschachtelten weißgekalkten Lehmbauten, die der Linie des Gebirgstals folgten, eine mit Stufen versehene Rampe hinauf. In diesem Labyrinth verbrachten etwa sechstausend Mönche zwischen sechs und sechzig Jahren ihr ganzes Leben. Sie kamen meist aus armen Familien und verrichteten alle anfallenden Arbeiten.

Vor und hinter ihm gingen die Wächter, die laut »Pha gjuk!« – »Aus dem Wege!« – riefen, und aus jedem Winkel starrten ihn schmutzige, verwilderte leibeigene Mönche an. Der Besucher ritt zu einem mit Kopfsteinen gepflasterten Hof empor und stieg dort ab. Den Rest des Weges zum Empfangsraum des Abtes von Sera mußte er auf von Butter blankpolierten Leitern zurücklegen.

Der Dzeba von Gaden war ein hochgewachsener, hagerer Mann mit kahlgeschorenem Schädel, der Andeutung eines Schnurrbarts und einem Büschel dünnen Haars unter der Unterlippe. Schwere Tränensäcke machten seinen Gesichtsausdruck noch melancholischer, als er ohnehin war, vermochten jedoch den verschlagenen Blick seiner Augen nicht zu verbergen.

Der Abt von Sera hatte den gleichen verschlagenen Blick, aber im übrigen war er das genaue Gegenteil seines Amtskollegen von Gaden: fett, mit Handgelenken und Fingern wie ein Baby und mit einem dreifachen Kinn.

Die Unterredung begann erst, nachdem sie zu Abend gegessen und die Mönchsdiener entlassen hatten.

»Werdet Ihr morgen an der Versammlung teilnehmen, Tsongsam?« fragte der Dzeba von Gaden.

»Für gewöhnlich vertritt der Norbhu Kempo das Kloster Sera.«

»Ich meine, Ihr solltet morgen kommen. Aber urteilt selbst,

wenn Ihr angehört habt, was ich zu sagen habe. Doch zuerst müßt Ihr dies hier lesen.«

Er überreichte dem fetten kleinen Abt ein Blatt ausländisches Papier, das jener dicht vor seine Nase hielt und mühsam las. Wie fast alle hohen Lamas entstammte er einer der großen Adelsfamilien des Landes – ein typischer Vertreter des klerikalen Feudalismus, der Tibet regierte. Im Gegensatz zu ihm mußte der Dzeba von Gaden, gleichgültig ob Aristokrat oder Gemeiner, stets der führende Intellektuelle der lamaistischen Religion sein oder, besser gesagt, ihr fähigster Repräsentant, und das war gewöhnlich, wie in diesem Fall, ein Gemeiner.

Der Abt las langsam. Er war nie ein Mann des Geistes gewesen, aber immer ein Meister der Intrige. Er warf die Lippen auf, schüttelte den Kopf, runzelte die Stirn, und als er zu Ende gelesen hatte, schien er nicht recht zu wissen, was er sagen sollte. Also murmelte er: »Äußerst interessant« und hoffte, daß der Dzeba von Gaden seine Meinung kundtun werde.

Da sein Gegenüber schwieg, sagte er: »Wieder Dorjew.«

»Und diesmal, mein lieber Tsongsam«, gab der andere grimmig zurück, »glaube ich, daß unser mongolischer Freund sich übernommen hat. Wenn wir es richtig anstellen, können wir ihm, Drepung und den Chinesen gleichzeitig den Garaus machen.«

Alles, was geeignet war, dem Kloster Drepung und den Chinesen Schaden zuzufügen, behagte dem Abt von Sera. Er begriff zwar die Aufregung des Dzeba von Gaden über Dorjews Reise durch Indien nicht, doch er hatte die größte Hochachtung vor der Intelligenz und dem Weitblick seines Amtskollegen und sagte sich, in diesem Fall sei es das beste abzuwarten.

»Und was ist mit den Briten in Khamba Dzong?« Er wußte, daß diese Frage töricht war.

»Eins nach dem andern«, erwiderte der Dzeba. »Wir müssen zuerst die Lage hier bei uns klären. Seit der Rimpotsche sein Amt übernommen hat, hat ihn dieser ausländische Mönch so sorgfältig bewacht wie ein eifersüchtiger Ehemann seine Frau. Es ist absurd, daß der Dalai-Lama völlig unter dem Einfluß dieses Burjäten steht, der ein Intimus des russischen Zaren und des berüchtigten christlichen Scharlatans Rasputin ist. Schon lange hat keiner von uns mehr das Ohr des Dalai-Lama gehabt.«

»Sehr richtig. Er ist zugleich halsstarrig und schwach geworden.«

»Nach diesem Schreiben da« – der Dzeba von Gaden klopfte auf den Brief –, »ist Dorjew mit einer persönlichen Grußbotschaft Seiner Heiligkeit zum Zaren gereist.«

»Sehr seltsam«, sagte der Abt von Sera.

Der Dzeba von Gaden verzog ärgerlich das Gesicht, aber er erwiderte höflich: »Fürwahr. Und mehr als seltsam. Der Innere Rat, der stets bei Angelegenheiten zu Rate gezogen werden muß, die die Beziehungen zur Welt draußen betreffen, wurde nicht informiert. Wir wissen, daß der Rimpotsche nichts Unrechtes tun kann, aber das gilt nicht für Dorjew, und jetzt bietet sich uns die Gelegenheit, einen Schlag gegen Drepung zu führen und Dorjews Einfluß auf den Dalai-Lama zu schwächen.«

»Aha«, sagte der Abt. »Ich verstehe.«

»Soeben habt Ihr die Briten bei Khamba Dzong erwähnt. Was können wir gegen die britischen Eindringlinge tun, wenn der Abt-Tutor des Kostbaren Beschützers selber ein britischer Spion ist?«

»Ein britischer Spion? Aber das ist doch unsinnig.«

Der Dzeba hob eine Hand. »Ist es tatsächlich so unsinnig? Wie konnten er und ein Gefolge von Drepung-Mönchen ohne das Einverständnis der Briten durch Indien reisen und auf einem britischen Schiff nach Europa fahren? Und wieso sind die Briten kurz danach in unser Land eingefallen und haben ihr Lager bei Khamba Dzong aufgeschlagen?«

Ein verständnisinniges Grienen breitete sich auf dem Gesicht des fetten Abts aus.

»Wenn man es so darstellt«, sagte er, »klingt es überzeugend, aber ...«

»Aber damit es wirkt, müssen wir zusammenarbeiten. Es nimmt sich natürlich besser aus, wenn wir so tun, als seien wir nicht der gleichen Ansicht. Ich schlage vor, Ihr gebt bekannt, daß Dorjew durch Indien gereist ist, und beschuldigt ihn, für die Briten zu spionieren. Ich erwidere darauf, daß es dafür keine Beweise gibt und daß Ihr voreilig urteilt. Dann erkläre ich, eins sei aber ganz klar, daß nämlich Dorjew einen schweren Verstoß begangen hat, indem er Angelegenheiten, die unsere Beziehungen zu ausländischen Mächten betreffen, selber in die Hand genommen hat, anstatt sie dem Inneren Rat zu überlassen. So bleibt der Rimpotsche aus dem Spiel, und wir geben zu verstehen, daß Dorjew sich die Befugnisse des Inneren Rats und auch die des Dalai-Lama anmaßt.«

»Ausgezeichnet.« Der Abt rieb sich die Hände. »Aber was ist mit Drepung? Wie ziehen wir Drepung da mit hinein?«

»Ich denke, in diesem Stadium der Dinge können wir das nicht direkt. Es genügt, mein lieber Tsongsam, wenn ich, der ich bekanntermaßen unparteiisch bin, unseren mongolischen Freund als den Tse-ni Kempo bezeichne, was ausschließlich ein Drepung-Rang ist. Vor allem wollen wir objektiv und gerecht sein. Morgen schlagen wir die erste Bresche. Dorjew hat mächtige Gönner. Später werden wir sehen. Es hängt viel davon ab, was die Engländer tun.«

VIII

Schwert aus Wachs

Brigadegeneral J. R. L. Macdonald von den Königlichen Pionieren war nicht wohl bei dem Kommando, das ihm durch schieren Zufall zugefallen war. General Macdonald war ein Feigling, doch da er sich bisher noch nie in einer Lage befunden hatte, wo er Mut oder Entschlossenheit hätte zeigen müssen, war das bisher unbemerkt geblieben.

Nach vier Monaten Stillstand in Khamba Dzong entsprach das britische Parlament, wie es Curzon vorausgesagt hatte, der Forderung des Vizekönigs, die britischen Truppen nach Gjantse weitermarschieren zu lassen. Das war die halbe Strecke bis Lhasa.

Lord Kitchener ernannte den gerade erst zum Brigadegeneral beförderten Macdonald zum Befehlshaber der Truppe, die die militärische Deckung von Younghusbands »politischer« Mission übernehmen sollte. Macdonald wurde nicht etwa deshalb ausgewählt, weil er für diese heikle und hohe Anforderungen stellende Aufgabe besonders geeignet gewesen wäre, sondern weil er der einzige Offizier im entsprechenden Rang war, der in Sikkim zur Verfügung stand, und weil Kitchener zu träge war, sich eingehender mit der Sache zu befassen. Zuerst hatte Macdonald lediglich die Wege und rückwärtigen Verbindungen der Mission sichern sollen, aber dann, wie es bei Armeen manchmal zu gehen pflegt, sah er sich zum militärischen Befehlshaber der Tibet-Missions-Eskorte ernannt, nur weil er zufällig an Ort und Stelle war. Dennoch blieb es erstaunlich, daß man ihm ein so wichtiges

Kommando in einem der unwegsamsten Gebiete der Welt übertragen hatte, ihm, der drei Jahre zuvor im sogenannten Boxeraufstand lediglich Chef der Fesselballonabteilung gewesen war. Macdonald war sich seiner eigenen Unfähigkeit durchaus bewußt und, wie schon gesagt, ein Feigling, und infolgedessen zeichneten sich alle seine Reaktionen durch ein Gemisch von aggressiver Selbstbehauptung, Vorsicht, Launenhaftigkeit, Sturheit und Unschlüssigkeit aus. Seine Ernennung war eine Ehre, die er nicht ablehnen konnte, ohne sich bloßzustellen, aber was Younghusband so begeistert begrüßt hatte, übernahm er schweren Herzens.

Die Tibeter leisteten keinen Widerstand, als sich die britische Streitmacht von zwölftausend Mann, begleitet von mehr als zehntausend Trägern und doppelt soviel Tieren, schwerfällig durch das Land bewegte und an einem völlig unbedeutenden Ort namens Tuna haltmachte, der über fünftausend Meter hoch, weit oberhalb der Baumgrenze, inmitten einer riesigen Ebene lag, über die fast immer scharfe, eisgeladene Winde fegten. Die Ebene von Tuna erstreckte sich, trübselig und tief verschneit, bis in jene Ferne, wo das gewaltige, in ewigen Schnee und ewiges Eis gehüllte Massiv des Tschomolhari fast achttausend Meter hoch in den Himmel ragte. Tuna selbst bestand aus ein paar verstreut liegenden Steinhäuschen und ihren verschreckten Bewohnern. Von einer tibetischen Armee war nichts zu sehen.

Durchgefroren und niedergeschlagen langte die Vorhut der britischen Streitmacht kurz vor Einbruch der Dunkelheit an diesem trostlosen Ort an. Der einzige sichtbare Feind war das Wetter. Erschöpft von der Anstrengung des Marschierens in der dünnen Luft, mitgenommen von Kälte und Hunger, entzündeten die Soldaten so viele Feuer, wie sie nur konnten, und drängten sich um sie. Sie warteten auf das Eintreffen der Zelte und Schlafsäcke, des Proviants und der Kochkessel.

Younghusband schritt von Gruppe zu Gruppe, versuchte die Stimmung zu heben und sich gleichzeitig warm zu halten. Macdonald war in seinem gerade erst aufgestellten Zelt verschwunden.

Zwei Stunden später machte sich Macdonald auf die Suche nach Younghusband. Zu diesem Zeitpunkt war alles ringsum in Bewegung: Die Mannschaften bauten ihre Zelte auf, Feuer prasselten unter Kochkesseln, und die Unbilden der letzten zwei Stunden waren zum größten Teil vergessen.

»Das hier ist ein scheußlicher Ort«, sagte General Macdonald zu dem Oberst.

Younghusband nickte. »Die Entscheidungmvon Whitehall. Die Mitglieder von Mr. Balfours Kabinett haben keine Ahnung, wo Tuna liegt oder wie es hier aussieht. Sie sind der Meinung, wir sollten genau so weit in Tibet stehen, wie wir bei Khampa Dzong standen. Und nun sind wir hier.«

Macdonald strich sich den Schnurrbart und musterte den Bevollmächtigten mit blaßblauen Augen, die in dem eisigen Wind tränten.

»Hier können wir nicht bleiben, Younghusband«, sagte er. »Wir müssen morgen den Rückzug antreten.«

Younghusband starrte ihn an. »Sind Sie verrückt geworden, Mann?«

»Aber überlegen Sie doch selbst. Es gibt weder Brennstoff noch Gras hier, und die Männer vertragen die Kälte nicht. Wir können einfach nicht hier bleiben.«

»Ganz gewiß können wir. Ich habe genug Feldzüge in ähnlichen Gebieten hinter mir, und verglichen mit dem Pamir beispielsweise gibt es hier Brennstoff und Gras in Fülle.«

»Aber ich sage Ihnen doch, die Männer vertragen die Kälte und die Höhenlage nicht. Sie werden sterben wie die Fliegen, und ...«

»Was das betrifft«, unterbrach ihn der Bevollmächtigte, »ist es immer noch besser, fünfzig Mann sterben am Klima, als daß wir uns zurückziehen.«

Er ging mit schnellen Schritten auf und ab. »Lieber Gott, Mann. Wir marschieren in Tibet ein und finden nicht eine einzige Kanone, nicht mal einen Bogen gegen uns gerichtet. Die Tibeter, denen wir bisher begegnet sind, haben zur Begrüßung die Zungen herausgestreckt. Und nun sollen wir ohne Grund wieder abziehen?«

»Ich habe nur sieben Tagesrationen. Gras und Brennstoff reichen nicht aus.«

»Und ich sage Ihnen als Leiter dieser Mission, daß Sie dieses Problem lösen müssen. Ich lehne es strikt ab umzukehren. Und wenn Sie mit Ihrer gesamten Streitmacht abrücken, bleibe ich allein in meinem Zelt hier. Ich denke, Sie kennen mich gut genug, um zu wissen, daß ich dazu imstande bin.«

»Würden Sie mir das schriftlich geben?«

»Mit dem größten Vergnügen. Was Sie da vorschlagen, wäre nicht nur militärisch gesehen eine Schande, sondern darüber hinaus eine politische Katastrophe ersten Ranges.«

General Macdonald zögerte einen Augenblick, drehte sich dann auf dem Absatz um und schritt davon.

Younghusband sagte: »Einen Augenblick noch, Macdonald. Dieser Ort hier liegt über fünftausend Meter hoch, und es ist zur Genüge bekannt, daß diese Höhen bei uns allen vorübergehend geistige Verwirrung hervorrufen. Überlegen Sie sich's. Wenn Sie auf Ihrer Absicht bestehen, werde ich das in der Tat schriftlich fixieren, und ich glaube, Sie würden das sehr bedauern.«

Als Macdonald verschwunden war, wandte sich auch Younghusband zum Gehen. Compton trat aus dem dunklen Schatten hinter seinem Zelt hervor.

»Ich habe leider gehört, was hier gesprochen wurde, Sir, und ich bin nicht der einzige. Bei allem Respekt, Sir, ein paar von der Truppe meinen bereits, der General sei nicht der richtige Befehlshaber für eine Sache wie die hier.«

Ein beturbanter indischer Tschuprassi, der wartend dagestanden hatte, kam jetzt näher und fragte Younghusband, ob er zu speisen wünsche – das Abendessen sei aufgetragen.

Der Oberst aß allein – die Strafe für den Führer – und las dabei in einem Buch. Er war noch nicht fertig mit Essen, da bat ein von Macdonald geschickter Tschuprassi um die Erlaubnis, eine Nachricht seines Herrn überbringen zu dürfen, dessen Zelt zwanzig Schritt entfernt stand. In kalter

Wut las Younghusband die Mitteilung und entließ den Mann mit einem Kopfnicken.

Als er seine Mahlzeit beendet hatte, verließ er sein Zelt und trat in den heulenden, eisgeladenen Wind hinaus. Ein Wachposten öffnete die Klappe von Macdonalds Zelt. Der Befehlshaber des militärischen Begleitschutzes lag auf seinem Feldbett. Er richtete sich auf, als der Bevollmächtigte eintrat.

»Fühlen Sie sich nicht wohl?« fragte Younghusband kalt.

»So lala. Ich wollte nur ...«

»Ein Augenblick«, unterbrach ihn der Oberst. »Ich muß Sie bitten, in mein Zelt zu kommen, wenn Sie mich zu sprechen wünschen, und mich nicht in Ihres zu rufen.«

Macdonald heftete seine blaßblauen Augen auf den adretten kleinen Mann, der nach diesem höllischen Tag immer noch frisch und munter wirkte.

»Als militärischer Befehlshaber ...«, begann er und ließ den Satz unvollendet.

»Macdonald.« Younghusbands Stimme klang ganz ruhig. »Die Truppe, die Ihrem Kommando untersteht, hat die Aufgabe, die Mission zu schützen und ihre Sicherheit in jeder Lage zu gewährleisten. Alle politischen Entscheidungen treffe ich in meiner Eigenschaft als Leiter der Mission. Ist das klar?«

»Man kann doch politische und militärische Entscheidungen nicht so scharf voneinander trennen.«

»Wenn es irgendwelche Kompetenzprobleme gibt, entscheide ich und nehme die Verantwortung auf mich. Die Gründe, warum wir uns nicht in ein günstigeres Klima zurückziehen können, sind politischer Natur.«

Macdonald nickte mißmutig. »Ich wollte Ihnen nur sagen, daß es mir vorhin nicht gut ging. Ich war nicht ich selbst. Und was die Angelegenheit betrifft, die wir vorhin besprochen haben: Ich bestehe nicht darauf, daß Sie es mir schriftlich geben.«

»Dann bleibt das Ganze unter uns. Und die Mission bleibt hier in Tuna. Ich werde Oberstleutnant Waddell zu Ihnen schicken, oder wünschen Sie einen anderen Arzt?«

Younghusband trat wieder in den Sturm hinaus und schritt

auf sein schlechtbeleuchtetes Zelt zu, in dem er jetzt seinen Tagesrapport nach Kalkutta telegraphieren würde. Auf dem Weg begegnete er einem von Macdonalds Offizieren.

»Es geht das Gerücht um, Sir, daß der Befehlshaber umkehren will. Hoffentlich stimmt das nicht.«

Aber Younghusband ließ sich nichts entlocken. »Gute Nacht, Major«, sagte er, als hätte er nicht hingehört. »In dieser Höhe hat man Schlafschwierigkeiten. Trotzdem gute Nacht.«

Das Eintreffen des Expeditionskorps in Tuna löste in England allgemeine Aufregung aus. Rußland reagierte überhaupt nicht: Es war mit dem neuen Krieg gegen Japan beschäftigt.

Hinter der »leidigen Expedition nach Tibet« konnte man mit Leichtigkeit die kriegerische Hand Lord Curzons erkennen, der als Führer der Vorwärtspolitiker ein nervöses britisches Kabinett in ein neues Abenteuer hineinlancierte – so kurze Zeit nach Südafrika. Im britischen Oberhaus griff Lord Roseberry Lord Curzon an, weil dieser, wie er sagte, ein Volk dazu zwingen wollte, indischen Tee zu trinken, dem der Tee aus Ja-an mehr zusagte.

Die Zurüstungen für den weiteren Vormarsch in Tibet gingen langsam voran. Macdonald hatte sein Verbindungshauptquartier sechzig Meilen näher zur Grenze und sechzehnhundert Meter tiefer aufgeschlagen, ein ganzes Stück unterhalb der Baumgrenze, wo es genügend Gras und Brennstoff gab, und auf diese Weise sein Problem gelöst.

Aus Lhasa erging trotz aller politischen Zwistigkeiten Befehl an die Güter und Klöster, bewaffnete Männer aufzubieten, die den Weg zur Heiligen Stadt blockieren sollten. Während die britischen Soldaten in Tuna Stein und Bein froren, sammelte sich etwa zehn Meilen entfernt bei Guru eine buntscheckige Streitmacht. Es waren meist nomadische Leibeigene von den Hochweiden, die ihre Schwerter, Speere, Schießbögen und uralten Luntengewehre mitbrachten, und leibeigene Mönche, denen die Klöster in aller Eile ähnliche

Waffen aushändigten. Sie hatten keinerlei militärische Ausbildung und keine geschulten Offiziere; sie verließen sich ganz und gar auf die Zauberkraft ihrer Amulette, für die sie oft alles hingegeben hatten, was sie besaßen, und die sie vor Verwundung oder Tod in der Schlacht schützen sollten.

Das Erscheinen der Briten war für die Klöster ungemein einträglich. Fast die gesamte Bevölkerung zog zu den Lamas, brachte ihnen Geschenke und erhielt dafür Talismane gegen alle Übel, die die Ferenghi über sie bringen mochten. Diese Amulette schützten, je nachdem, wie wertvoll sie waren, das heißt, wieviel sie gekostet hatten, vor Kugeln, Krankheit, den Gefahren des Weges, den Angriffen menschenfressender Dämonen und vermochten in einigen Fällen sogar den Tod des Feindes herbeizuführen. Es waren in Gaos gefaßte oder in Tierhaut oder Papier eingewickelte heilige Schriftzeichen, Haare und Knochensplitter wilder Tiere, winzige Götterstatuetten oder Götterbilder und die Exkremente so heiliger Personen wie der Lebenden Buddhas.

Bald entstand eine Art Kontakt zwischen den beiden ungleichen Streitmächten, die einander unter den Eismassen des Tschomolhari gegenüberstanden. Britische berittene Infanteriepatrouillen klommen zu den Bergkämmen empor und spähten von dort auf die Tibeter hinunter. Einzelne Tibeter wurden gefangengenommen, verhört und zurückgeschickt.

Abgesandte aus dem tibetischen Lager ritten des öfteren in das Lager der Briten und überbrachten immer dieselbe Botschaft: Verhandlungen seien nur dann möglich, wenn die Briten nach Yatung hinter die tibetische Grenze zurückkehrten. In Tibet selbst könne es keine Verhandlungen geben.

Es war genau dasselbe wie in Khamba Dzong. Die Tibeter legten sich nicht mit den britischen Truppen an. Ein Markt entstand, auf dem tibetische Händler Fleisch, Schnaps und Schmuckstücke an die Ferenghi verkauften. Es war den britischen Soldaten streng verboten, die wenigen Häuser zu betreten, die es in Tuna gab, aber das verhinderte nicht das Entstehen von Prostitution. Weder die Invasoren noch die Tibeter wußten, wie das alles enden sollte.

Das Dorf Takla lag an einem wenig benutzten Lam, aber Holder hatte entdeckt, daß ein Nebenweg von Takla nach Tuna führte. Das Dorf hatte nur ein einziges Rasthaus, und er, Galei, Namu und Aneh waren die einzigen Gäste.

Seit er damals so plötzlich allein abgereist war, um die Fahrkarten für Dorjew zu kaufen, hatte Namu ihn wieder im Verdacht, daß er ihr nicht die Wahrheit über seine Unternehmungen sagte, wie damals, als er ihr erzählt hatte, er habe einen Freund getroffen, der ihm ein gutes Geschäft in Kalimpong vermitteln könne, wenn er sich nur beeile. Und er hatte als Beweis viel Geld mit zurückgebracht. Trotzdem...

Der Wirt des Rasthauses erzählte ihnen, Reisende hätten berichtet, bei Tuna, das einen guten Vierstundenritt in südlicher Richtung entfernt lag, habe eine gewaltige Armee ihr Lager aufgeschlagen.

Holder und Namu verbrachten den Morgen damit, mit Aneh im Schnee zu spielen. Galei versorgte ihre beiden Pferde und das große Maultier, das Namu ritt, da es einfachen Frauen nicht erlaubt war, Pferde zu reiten. Aneh liebte Schnee, und ein alter, gesprungener gußeiserner Kochtopf, den ihnen der Wirt geliehen hatte, gab einen herrlichen Rodelschlitten ab.

Holder dachte mit Unbehagen an das, was ihm bevorstand. Nach diesem fröhlichen Morgen mit Aneh war alles noch schlimmer. Ein Spion müsse mit dem Herzen bei dem sein, was er tat, fand er; man sollte sich einer Seite verpflichtet fühlen oder zumindest Spionage als eine Kunst oder als eine Lebensform betrachten. Er aber wollte nichts weiter als der Falle entkommen, die sich um ihn geschlossen hatte, seit er sich bereit erklärt hatte, für die Briten zu arbeiten.

Jetzt war es wieder Dorjew, der sein Pfund Fleisch verlangte.

Dorjew hatte ihn zu sich beordert, nachdem die Nachricht

von der britischen Invasion auf dem Tscha-lam Lhasa erreicht hatte.

»Es ist ganz normal«, hatte Dorjew gesagt, »Sie sind ihr Mann, und es wäre verdächtig, wenn Sie nicht sofort in Tuna mit ihnen Kontakt aufnähmen. Wenn Sie vorsichtig sind, besteht gar keine Gefahr.«

Erst am letzten Abend hatte Holder Namu und Galei mitgeteilt, daß er etwas auf dem Lam zwischen Takla und Tuna zu tun habe – ein Geschäft, über das er sich nicht näher auslassen mochte. Er wollte allein losreiten und in ein paar Stunden wieder zurück sein. Namus Argwohn erwachte sofort wieder, aber sie konnte nichts weiter aus ihm herausbekommen.

»Ich begleite dich«, drängte Galei. »Namu und Aneh sind hier ganz sicher, Losan. Es ist gefährlich, allein auf einem solchen Weg zu reiten.«

Namu, die zuerst ebenfalls protestiert hatte, erhob keine Einwände mehr und bat auch Galei, nichts mehr zu sagen; aber sie warf ihm, ohne daß Holder es sah, einen warnenden Blick zu. Die Auskunft des Wirts, zwischen Takla und Tuna gäbe es weder Häuser noch Menschen, trug nicht gerade dazu bei, Holder zuversichtlich zu stimmen, doch er beharrte auf seinem Entschluß. Insgeheim verwünschte er Dorjew und Compton.

Er nahm genügend Tsamba, Dörrfleisch, Tee, Butter, Yakmist und Pferdebohnen mit für den Fall, daß er im Freien übernachten müßte. Als er am Paß anlangte, winkte er zurück und ritt in Richtung auf den Tschomolhari weiter, der sich trügerisch nah über den Bergketten erhob. In dem frischen Pulverschnee machten die unbeschlagenen Hufe seines Pferdes kaum ein Geräusch. Er ritt, ein Mensch allein auf der Welt, von den Obos geleitet, von Paß zu Paß und beobachtete, wie das gewaltige Massiv sich langsam um seine Achse drehte, bis es sich schließlich drohend über der ganzen Szene auftürmte. Der Mond löste die Sonne ab und stieg riesengroß hinter dem Berg auf, dessen funkelnder Eismantel sein Licht vervielfachte.

Holder ritt zu einem Paß empor, dessen Obo höher als üblich war, und erblickte unter sich die schnurgeraden Zeltreihen des britischen Lagers. Er stieg ab, ging ein Stück zurück, band sein Pferd an einer Felskante fest, warf einen Stein auf den Obo und lächelte über seinen Aberglauben.

Geschickt jede schattige Stelle ausnutzend, kletterte er zu einer Ecke des Lagers hinunter. Hinter einer hohen Klippe verborgen, sah er einen Posten auf und ab schreiten. Sein Atem quoll weiß aus dem Mund.

Als der Mann den Punkt erreicht hatte, wo die Entfernung zwischen ihnen am kürzesten war, hustete Holder.

Der Mann fuhr herum, das Gewehr mit dem aufgepflanzten Bajonett im Anschlag.

»Halt! Wer da?«

Laut flüsternd erwiderte Holder: »Still! Ein Freund! Ich bin allein.«

Der Posten spähte angestrengt ins Dunkel.

»Hände hoch! Treten Sie zwei Schritte vor, und weisen Sie sich aus.«

»Keine Angst, Kamerad.« Holder trat mit erhobenen Händen hinter der Klippe hervor.

»Jesus! Bist du einer von uns? In dieser Aufmachung?«

»Bitte führen Sie mich sofort zu Captain Compton oder einem anderen britischen Offizier.«

»He, Bill!« rief der Posten. »Löse mich für eine Weile ab. Jesus«, sagte er, zu Holder gewandt, »du hast mich ganz schön erschreckt.«

»Also Sie sind's«, sagte Compton. »Herein. Herein. Wirklich eine Überraschung, Holder. Sehr umsichtig von Ihnen, sofort herzukommen. Hoffentlich waren Sie vorsichtig.«

»Ich bin von Nordwesten gekommen.«

»Trinken Sie einen Scotch?«

»Natürlich.«

»Corporal!«

»Sir?«

»Gießen Sie dem Herrn einen Scotch ein, und sehen Sie zu, was Sie sonst noch für ihn tun können.« Und zu Holder gewandt: »Eben hat mich der Leiter der Mission rufen lassen. Ich werde ihn von Ihrer Ankunft unterrichten.«

Als er an dem Corporal vorbeiging, bedeutete er ihm durch ein Zwinkern und ein Stirnrunzeln, er solle den Neuankömmling nicht aus den Augen lassen.

Holder setzte sich auf das Feldbett, trank in kleinen Schlucken seinen Scotch und rauchte eine englische Zigarette, während der Corporal unbeteiligt vor sich hin starrte.

Als Compton zurückkam, entließ er den Mann und legte einige Papiere auf den Klapptisch.

»Telegramme«, sagte er, das Gesicht verziehend. »Nie hat man Ruhe vor diesen verdammten Dingern.«

Er goß sich sein Glas wieder voll. »Nun, Holder, was führt Sie her?«

»Ich dachte, es wäre angebracht, mich bei Ihnen zu melden. Neue Lage.«

»Sehr gut. Wie nehmen sie es denn in Lhasa auf?«

»Alles ist in Aufregung. Alle großen Tiere rasen zwischen dem Dschokhang und dem Potala hin und her. Die Stadt schwirrt von Gerüchten. Ich konnte nur in Erfahrung bringen, daß die Engländer in Tibet eingefallen seien, bei Tuna ihr Lager aufgeschlagen hätten und einen Vertrag forderten, der ihnen die Kontrolle über Tibet sichert.«

»Na, das ist nicht gerade wenig. Aber die Frage ist doch: Werden die Tibeter einen Vertrag mit uns unterzeichnen oder nicht?«

»Diese Frage kann niemand beantworten. Ich vermute, daß der Schata Schapé, der die Briten haßt, der Großkämmerer und der Jutok Schapé alle gegen Verhandeln sind. Drei von vier Mitgliedern des Geheimen Rats, plus dem Dalai-Lama.«

»Und Dorjew?«

»Natürlich dagegen.« Nun, da er einmal begonnen hatte, Auskünfte zu fabrizieren, fuhr Holder fort: »Aber einige hohe Würdenträger meinen: besser über sekundäre Angelegenheiten wie Grenzen und Handel reden als durch Sturheit die Lage noch verschlimmern. Nach meinen Informationen haben die Chinesen gar nichts dagegen, daß die Briten die Tibeter in Schach halten – sie glauben, daß die Briten Tibet nicht ewig besetzt halten können.«

»Gar nicht so dumm.« Compton goß sich neuen Whisky ein. »Glauben Sie, daß die Tibeter versuchen werden, uns herauszutreiben?«

»Nein. Aber alle Güter und Klöster in Westtibet haben Befehl erhalten, bewaffnete Männer aufzubieten und sich kampfbereit zu machen.«

»Und wie zuverlässig sind Ihre Informationsquellen?«

Holder entschloß sich zu einem Manöver, das er sich unterwegs überlegt hatte.

»Ich wollte das ohnehin zur Sprache bringen. Ich mußte für diese Informationen einiges lockermachen, und ich konnte Sie nicht deswegen konsultieren.«

»Viel?«

»Nicht nach britischen Maßstäben. Fünfhundert Rupien.«

»Das ist nicht so schlimm. Sagen wir: vierzig Pfund. Erzählen Sie mir noch mehr.«

Holder begann an seiner Geschichte Gefallen zu finden. »Er ist ein Beamter des fünften Grades, der Sohn eines wohlhabenden Kaufmanns. Hat seinen Posten gerade erst angetreten und liebt es, sich überall zu zeigen. Spielt. Hat Kontakte zu den Schapés. Ich denke, es lohnt sich, diese Beziehung zu pflegen.«

Compton rieb sich das Kinn. »Natürlich ist es gut, in diese Kreise reinzukommen. Und Ihr Mann meint, Lhasa wäre bereit, hier in Tuna zu verhandeln?«

Holder nickte.

»Was ist mit der tibetischen Armee?«

»Es gibt keine Armee. Ein paar Generale, ein paar Garden, bewaffnete Mönche und Unfreie aus dem Hochland.«

»Gewehre?«

»Vorderlader. Meist Luntenmusketen. Selbstgemachtes Schießpulver und selbstgegossene Kugeln.«

»Artillerie?«

»Ein Witz. Sie haben ein paar Jingals – Vorderlader, die große Bleikugeln feuern.«

»Und ist etwas Wahres an dem Bericht, daß die Russen sie bewaffnen und die Münze zu einer Gewehrfabrik umbauen?«

»Wie ich schon sagte: nein.«

»Hoffentlich haben Sie recht. Wir können nicht wieder zurück. Aber durch Verhandlungen hier würden wir das Gesicht wahren und sie auch.«

Compton erhob sich.

»Bedienen Sie sich. Ich muß dem Leiter der Mission sofort mitteilen, was Sie mir berichtet haben. Und das Geld holen.«

Er ging zur Zeltklappe, machte wieder kehrt, steckte die Telegramme ein und verließ dann das Zelt. Holder lächelte und goß sich das Glas voll Whisky. Die Versuchung, echte Spionage zu betreiben, war an ihm vorübergegangen. Es war besser und viel einfacher, jedem das zu erzählen, was der andere gesagt hatte.

Dorjew hatte ihn angewiesen, Compton anzudeuten, daß sich die Aussichten für Verhandlungen besserten. Holder schmeichelte sich, daß ihm das gelungen war. Und nun hatte Compton erklärt, daß die Briten bereit seien, in Tuna zu verhandeln.

Er leerte sein Glas und goß es erneut voll. Compton kam zurück, als der Whisky in der Flasche noch immer hin und her schwappte, und warf einen Blick darauf. Scotch war knapp in Tuna.

Er legte ein Päckchen auf den Tisch.

»Oberst Younghusband ist sehr zufrieden. Er wünscht, daß Sie uns regelmäßig Bericht erstatten. Hier sind siebenhundert Rupien. Zweihundert mehr.«

Holder nahm das Päckchen. Es war zum Verrücktwerden! Gefangen zwischen zwei Auftraggebern, unmöglich, sich da herauszuwinden, jetzt, wo er genügend Geld hatte, um ein anständiges Geschäft zu beginnen.

»Nehmen Sie sich den Rest von dem Whisky mit, Holder. Die Nacht ist kalt.«

Genau wie die verdammten Sahibs. Nicht mal eine halbe Flasche. Er steckte sie ein, ohne sich zu bedanken.

Wenige Meilen von Tuna entfernt wurde Holder von der Sonne geweckt, die soeben über den Kamm des Tschomolhari aufstieg und ihre Strahlen auf die Stelle unter dem Felsüberhang unweit des Weges fallen ließ, wo er die Nacht verbracht hatte. Das Pferd, dem er die Vorderbeine gefesselt hatte, war mit Reif bedeckt; es zitterte und stampfte im Schnee. Er fütterte es mit Bohnen und aß, rein aus Pflichtgefühl, etwas pulverisiertes Hammelfleisch, das er mit Whisky hinunterspülte. Als sich der untere Rand der Sonne über den Kamm des Tschomolhari erhob, saß er längst im Sattel.

Plötzlich sah er die Hufspuren eines anderen Pferdes. Sie überschnitten sich mit den Spuren, die er hinterlassen hatte. Jemand war ihm nachgeritten und vor ihm umgekehrt.

Die Abdrücke kamen ihm bekannt vor; der rechte Hinterhuf zeigte ein wenig nach außen.

Es war Galeis Pferd.

Er war wütend und erschrocken zugleich. Er zweifelte nicht daran, daß Namu ihm den Treiber hinterhergeschickt hatte – zum Schutz und aus Neugier. Aber zu wissen, daß er, Holder, in Verbindung mit den Ferenghi stand, war für jeden von ihnen lebensgefährlich, für Galei ebenso wie für Namu. Galei war ein wohlmeinender Nomade mit einer Schwäche für Alkohol, und bei ihm bestand die Gefahr, daß er ihn unwissentlich verriet.

Holder ritt weiter, so schnell er konnte, um ihm nicht zuviel Zeit zum Trinken und Schwatzen zu lassen. Er kam an einer kleinen Höhle vorbei, in der der andere die Nacht verbracht hatte, und die ganze Zeit überlegte er, was er mit Galei machen sollte.

Nicht weit von Takla entfernt ritt er zu einem Paß hoch, und da auf einmal erblickte er mitten in der Ebene eine reglose Gestalt auf einem Pferd. Der Reiter winkte.

Es war Namu, die ihm gefolgt war – auf Galeis Gaul.

Sie sprengte ihm entgegen und hielt vor ihm an. Ihr Gesicht zeigte nicht die Spur eines Lächelns.

»Ach, Losan«, rief sie und brach in Tränen aus.

Er sprang vom Pferd und ging auf sie zu, aber sie stieß seine Hände weg.

»Also du warst es, die mir nachgeritten ist.«

»Du bist in das Fringhi-Lager gegangen.«

»Und du hast Aneh allein zurückgelassen!«

»Aneh! Als ob du dir Gedanken um Aneh machtest! Galei ist natürlich bei ihr.« Sie wischte sich mit dem Ärmel die Tränen ab.

»Warum bist du mir nachgeritten?« fragte Holder aufgebracht.

»Um herauszukriegen, was du auf diesen geheimnisvollen Ausflügen tust.«

»Und hast du's herausgefunden?«

»Ich glaube, du spionierst für die Ferenghi.«

»Was spielt es für eine Rolle, wenn ich es tue?«

»Wenn es keine Rolle spielt, warum versuchst du es dann geheimzuhalten? Und ohne Erfolg«, setzte sie fast mitleidig mit einer kleinen Grimasse hinzu.

Er überhörte ihre Frage.

»Warum bist du den ganzen Weg allein, vor mir, zurückgeritten?«

»Ich brauchte Zeit zum Nachdenken. Ich überlegte, was ich tun soll.«

»Du hättest mir nicht hinterherspionieren sollen.«

Sie ließ sich vom Pferd gleiten und stand nun vor ihm.

»Losan! Du weißt nicht viel von Menschen wie Galei. Er ließ sich nicht abhalten. Sobald du außer Sicht warst, sattelte er sein Pferd. Ich kam gerade noch rechtzeitig aus dem Rasthaus. Er sagte, er wolle dir nachreiten, so, daß du ihn nicht bemerktest, nur zur Sicherheit, damit dir nichts passiert. Ich hinderte ihn daran. Ich war mir fast sicher, daß du in das Fringhi-Lager wolltest. Es gibt nicht mal einen Lhega zwischen Takla und Tuna.«

»Weiß Galei das auch?«

»Natürlich. Aber er ist ein sehr ehrlicher Mensch und ahnt nicht, daß du ein halber Fringhi bist und nie vorher in Tibet warst. Er verehrt dich, weil du ihm das Leben gerettet hast, und ich glaube, ihm wäre es gleich, ob du ein Spion bist oder nicht. Was schuldet er, was schulde ich den Aristokraten? Wir waren beide Sklaven, und jetzt sind wir Duitschuns. Können die Fringhi schlimmer sein? Der Jammer mit Galei ist, daß er nach ein paar Aroks den Mund nicht halten kann. Ich habe ihm etwas vorgelogen.«

Sie lehnte sich gegen die Flanke ihres Pferdes und stützte das Kinn in die Hände.

»Armer Galei. Ich erzählte ihm, es gäbe da zwischen Takla und Tuna einen heiligen Schrein, vor dem du eine Reihe von Manis sprechen müßtest, und du hättest ein Amulett mitzunehmen vergessen, das nur du und ich berühren dürften und das ich dir bringen müßte, und deshalb müsse er hierbleiben und auf Aneh aufpassen. Da sagte er, niemand würde mich sehen, und deshalb könnte ich ruhig sein Pferd nehmen. Deshalb habe ich hier auf dich gewartet, damit wir zusammen nach Takla zurückreiten können.«

Sie schwieg, und eine ganze Weile sprach keiner von ihnen ein Wort. Dann sagte Holder: »Du wolltest dir überlegen, was du tun sollst. Hast du einen Entschluß gefaßt?«

Die Kälte in seiner Stimme fiel ihm selber auf, und er streckte eine Hand aus, um Namu zu berühren. Sie stieß sie beiseite.

»Ach, Losan. Du mußt wissen, was du tust. Du bist kein Narr. Für mich ist das nicht so wichtig, auch wenn du gesagt hast, du liebst mich. Aber ich dachte, du liebst Aneh.«

»Ich liebe dich auch.« Es klang mehr wie eine Anklage.

Sie schüttelte den Kopf und wischte sich mit der Hand eine Träne ab.

»Das glaubte ich. Aber die ganze Zeit warst du ein Spion und hast mich benutzt, damit du dich ungehindert bewegen kannst, ohne daß man dir auf die Spur kommt. Ach, das war schlau – schlauer, als ich dir zugetraut hätte.«

»Das ist nicht wahr. Es stimmt nicht mal für die erste Zeit.«

»Egal. Wir wollen keine Gerstenkörner spalten. Die Fringhi sind in Tibet eingedrungen. Die Männer werden aufgerufen, Widerstand zu leisten. Was würden sie mit einem Mann tun, der für die Fringhi spioniert? Was würden sie mit seiner Frau und seinem Kind tun? Mit seiner Mutter? Seinem Diener? Ach, du Narr, du Narr mit einem Herzen aus Stein! Wie konntest du Anehs Leben aufs Spiel setzen? Ich habe Angst.«

Er schlang die Arme um sie, und sie wehrte sich nicht.

»Was können wir tun? Ich hätte im Grasland bleiben sollen. Du hast mich immer belogen; du hast mit der Lüge gelebt, mich hinters Licht geführt. Warum? Warum? Warum? Losan, warum? Vielleicht haben auch andere das Fringhi-Lager beobachtet. Sie können jederzeit kommen, um dich zu holen. Jeder, der bei dir ist, schwebt in Gefahr. Wir müssen fort, Aneh und ich.«

»Aneh und du«, wiederholte er tonlos.

Sie schlang die Arme um seinen Nacken.

»Losan! Begreifst du, was du getan hast? Denk scharf nach. Gibt es einen anderen Ausweg für uns? Aber zuerst mußt du mir die Wahreit sagen, die ganze Wahrheit. Noch eine Lüge, und du siehst uns nie wieder.«

IX

Maximgewehre und Luntenmusketen

Ein gottverlassenerer Ort für einen Winteraufenthalt als Tuna war kaum vorstellbar – es sei denn Phari. Younghusbands Mission, kärglich versorgt von dem sechzig Meilen näher an der Grenze stationierten General Macdonald, litt unter allem, was eisige Kälte, Höhe und Langeweile hervorzurufen vermochten. Die Gurkhas, die Madras-Sappeure und Mineure konnten sich nicht an die extreme Witterung gewöhnen. Lungenentzündung wütete mit tödlichen Folgen. Bei den Dreiundzwanziger Pionieren starben elf von zwölf Männern, die an Lungenentzündung erkrankt waren. Erfrierungen und Hunger taten ein übriges; die Moral sank noch tiefer als die Temperaturen. Die Täler von Tuna wirkten wie natürliche Windfänge, und die gefürchteten scharfen Winde aus dem Norden verdichteten sich in ihnen zu Sand- und Eisstürmen.

Delegationen von hohen Lamas und ehrenamtlichen Offizieren der tibetischen Armee, jener buntscheckigen, zerlumpten Schar eingeschüchterter Männer, die sich zehn Meilen entfernt bei Guru verschanzt hatte, statteten dem britischen Lager Besuche ab. Sie beharrten unnachgiebig darauf, daß die britischen Streitkräfte nach Yatung zurückkehren müßten, nur dann seien die tibetischen Behörden zu Verhandlungen bereit und würden Bevollmächtigte dorthin entsenden.

Dieser Vorschlag wurde von der britischen Mission immer wieder rundweg abgelehnt. Nach einem solchen Besuch schrieb Younghusband in seinem Bericht nach Kalkutta: »Mit positiven Ergebnissen ist nur dann zu rechnen, wenn wir nach Lhasa marschieren.«

Diese Mitteilung blieb ohne Antwort, und dies wiederum machte einen Widerspruch in Younghusbands Stellung deutlich, der den gewöhnlich unerschütterlichen Oberst allmählich zu beunruhigen begann. Eine seiner Hauptschwächen war die Unfähigkeit, sich die Wirkung seiner lauttönenden Propaganda auf diejenigen vorzustellen, für die sie bestimmt war.

Fast täglich schickte er Berichte über die wachsende russische Gefahr nach London. Ein Strom russischer Waffen ergieße sich nach Lhasa, russische Berater würden in immer größerer Zahl dorthin entsandt. Sein immer schriller werdender Ton vermochte Whitehall jedoch nicht zu beeindrucken. Wenn das zutraf, was er behauptete, warum hatten dann die Russen die Tibeter nicht angewiesen, die eingefrorene britische Streitmacht zu vernichten? London betrachtete Younghusbands Depeschen schließlich als die Verlautbarungen eines Mannes, der seine eigenen Interessen verfolgte und dessen Urteile auf vorgefaßten Meinungen beruhten. Und was für die Anhänger der Vorwärtspolitik noch schlimmer war – die britische Außenpolitik nahm eine Kursänderung vor: Annäherung an die Russen und Abkühlung des Verhältnisses zu Deutschland und Japan. Die Mission schien in Tuna ebenso auf Eis zu liegen wie in Khamba Dzong.

In Younghusband wuchs die Angst, daß das, was er seiner Frau als »eine wirklich fabelhafte Sache« geschildert hatte, als eine einmalige Chance, seinen Namen in das Buch der Geschichte einzuschreiben, sehr wohl damit enden könnte, daß man um den Verkauf von Tee und die Wiedererrichtung einiger Grenzposten in Yatung feilschte.

In seinem steifgefrorenen Zelt hörte er sich ohne Begeisterung Comptons Bericht über Holders Besuch an. Er beschloß plötzlich, die Zauderer in Whitehall zum Handeln zu zwingen und Macdonalds Verzögerungstaktik ein Ende zu machen, die, wie er sehr wohl erkannt hatte, auf persönlicher Feigheit und nicht auf Vorsicht beruhte.

Er sprach mit niemandem über das, was er vorhatte. Er war es, der die Entscheidungen zu fällen hatte, oder Kalkutta oder London. Aber in Tuna mußte er mit seinen schrecklichen Problemen allein fertig werden.

Der neue Tag war unwahrscheinlich kalt, aber strahlend klar. Younghusband gab Anweisung, sein Pferd zu satteln, ließ Captain Compton und einen Dolmetscher zu sich in sein Zelt kommen und befahl ihnen, ein Gleiches zu tun.

»Wohin geht's denn, Sir?« fragte Compton.

»Nach – wie zum Teufel nennen sie diesen Ort, wo die Tibeter ihr Lager aufgeschlagen haben?«

»Guru, Sir. Die heißen Quellen.«

»Ah ja. Guru.«

»Wissen sie, daß wir kommen, Sir?«

»Nein. Ich möchte ihnen einen inoffiziellen Besuch abstatten.«

Compton verzog den Mund. »Nur wir drei, Sir?«

»Jawohl.«

Compton starrte den Oberst an. »Keine Eskorte, Sir?«

Younghusband nickte. »Ich sagte: wir drei.«

»Also gut, Sir. Etwas riskant, meine ich.«

Younghusband ignorierte diese Bemerkung.

»Wir brechen sofort auf«, sagte er.

Younghusband an der Spitze, verließen sie das Lager von Tuna und ritten nach dem zehn Meilen entfernten Guru.

Guru war, wie sich herausstellte, ein aus planlos verstreuten Lehmhütten bestehendes Dorf in einer Landschaft von unwirtlicher Kahlheit, mit dem üblichen Quantum zerrissener und flatternder Gebetsfahnen in den heiligen Farben. Auf der Ebene und den angrenzenden Hügeln sammelten Tibeter Yakmist, um ihn als Brennmaterial zu benutzen. Nicht ein Wachtposten war zu sehen. Keine Spur von Verteidigungsanlagen.

Als die drei Engländer angeritten kamen, hielt jedermann in seiner Tätigkeit inne, um die Fremden zu betrachten – alle ohne Haß, eher so, als sei dies ein aufregendes Ereignis in ihrem ereignislosen Leben. Sie lachten und versetzten einander Rippenstöße. Die einzigen Waffen weit und breit waren diejenigen, die alle tibetischen Hochländer trugen: kurze Schwerter, Dolche, Speere, Luntengewehre, Bogen und Pfeile. Hinterlader waren überhaupt nicht zu sehen.

Die Briten fragten nach dem Befehlshaber und wurden zu dem größten Haus gewiesen. Der Befehlshaber war der Depon Namseling von Lhasa, ein ruhiger, gutgekleideter Aristokrat, der sie freundlich empfing. Er und einige Offiziere führten die Engländer in einen großen, von Yakmistrauch erfüllten Raum.

Am anderen Ende des Raumes saßen drei Lamas aus Lhasa in weinroten Kaschmirgewändern. Einer von ihnen trug die goldene Schürze eines hohen Priesters. Sie begrüßten die Briten eisig, blieben auf ihren Matten sitzen, und alle hockten sich hin. Tee wurde serviert, und einige höfliche Floskeln gingen hin und her, um der Form Genüge zu tun.

Dann trat ein langes Schweigen ein.

»Ich bin nicht in offizieller Eigenschaft gekommen«, begann schließlich Younghusband, »sondern ohne Eskorte, zu einem zwanglosen Gespräch, in der Hoffnung, eine friedliche Lösung zu finden.«

Nach dieser kurzen Erklärung herrschte zunächst Stille. Der Lama in der Mitte blickte auf den Depon Namseling.

Er sprach mit leidenschaftsloser Stimme. »Sie befinden sich auf tibetischem Boden. Sie sind uneingeladen gekommen, ja gegen unseren Wunsch, wie wir oft genug erklärt haben. Tibet ist ein geistlicher Staat, und unsere Gesetze verpflichten uns, Ferenghi von unserem Territorium fernzuhalten, um unsere Religion zu bewahren. Das entspricht auch unseren eigenen Wünschen. Wenn Sie aufrichtig eine friedliche Regelung anstreben, ersuche ich Sie dringend, zur Grenze nach Yatung zurückzukehren, wohin wir bereitwillig kommen werden, um mit Ihnen zu verhandeln.«

Die Lamas nickten.

»Der Teufel soll sie holen«, sagte Younghusband zu dem

Dolmetscher. »Sagen Sie ihnen, daß wir wissen möchten, warum sich Tibet den Briten gegenüber feindlich zeigt, nicht aber den Russen gegenüber. Warum schickt der Dalai-Lama dem Zaren durch Dorjew Briefe und weigert sich, Briefe Lord Curzons, des Vizekönigs von Indien, entgegenzunehmen? Wenn die Tibeter sich uns gegenüber unfreundlich verhalten, den Russen gegenüber aber freundlich, müssen sie damit rechnen, daß wir auf unsere vertraglichen Rechte pochen.«

Während dies übersetzt wurde, sagte Compton ruhig zu Younghusband: »Mit Verlaub, Sir, nach unseren Instruktionen sind wir nicht Dorjews und der Russen wegen hier, sondern weil unsere Grenzen fortwährend verletzt und unsere Proteste ignoriert werden.«

»Ja, ja«, sagte der Bevollmächtigte gereizt.

»Tibet unterhält keinerlei Kontakte zu Rußland«, erklärte der Depon.

»Absolut keine«, setzte der oberste Lama hinzu. »Wir mögen die Russen so wenig wie alle anderen Ferenghi. Es gibt keine Russen in oder bei Lhasa. Der Mann, den Sie Dorjew nennen, ist kein Russe. Er ist ein burjätischer Mongole, ein lamaistischer Gelehrter.«

Ein anderer Lama wiederholte. »Kehren Sie zurück nach Yatung. Verlassen Sie unser Land, dann sind wir bereit, über alle tatsächlich wichtigen Probleme mit Ihnen zu verhandeln. Wenn Sie das nicht tun, dann ...«

Compton sagte: »Das bringt uns nicht weiter, Sir.«

»Ich glaube, Sie haben recht.« Younghusband wandte sich an den Dolmetscher. »Sagen Sie ihnen, wir müßten jetzt aufbrechen.«

»Nein, Sie gehen nicht, Sie bleiben hier«, rief der oberste Lama aufgebracht.

Einer der Begleiter des Depon sagte: »Sie haben sich selbst ins Unrecht gesetzt, indem Sie in unser Land gekommen sind und sich weigern, es zu verlassen. Sie sind Banditen. Sie bleiben so lange hier, bis Sie uns ein Datum nennen, an dem Sie Tuna verlassen und sich nach Yatung zurückziehen werden.«

Einer der Offiziere erhob sich und ging hinaus. Draußen erschallten Trompetensignale.

Compton lächelte ein wenig mühsam. »Sieht ganz schön mulmig aus, Sir.«

Younghusband befahl dem Dolmetscher: »Bleiben Sie ganz ruhig, lächeln Sie und erklären Sie ihnen, daß ich nur den Befehlen meiner Regierung gehorche, so wie sie den Befehlen der Ihren. Ich werde meinen Vorgesetzten eingehend über ihren Standpunkt berichten und bitte sie, ein Gleiches zu tun. Sagen Sie, daß ich sehr hoffe, Tibet schnell verlassen zu können, denn ihr Land ist kalt, und ich habe eine Frau und ein Kind in Darjeeling, die ich so bald wie möglich wiedersehen möchte.«

»Gehen Sie«, rief der Mönch. »Nennen Sie das Datum, an dem Sie abziehen werden.«

»Ein Bote wird Sie nach Tuna begleiten«, sagte der Depon von Lhasa. »Er kann uns die Antwort des britischen Vizekönigs überbringen.«

»Sehr gut«, erwiderte Younghusband mit einem Lächeln, und die Depons geleiteten die Briten höflich hinaus zu ihren Pferden.

»Um Haaresbreite«, sagte Compton, als sie Guru hinter sich hatten.

»Ja, einen Augenblick lang sah die Sache gefährlich aus. Haben Sie sich gut umgeschaut?«

»Aber gewiß doch. Diese Kerle haben keine Ahnung von militärischen Dingen. Wir könnten ihre Stellung mit der Hälfte unserer Truppen nehmen.«

»Sogar mit einem Viertel«, setzte Younghusband nachdenklich hinzu. »Und ist Ihnen aufgefallen, daß sie offenbar keinen einzigen Hinterlader besitzen und daß fast alle Feuerwaffen Luntengewehre sind?«

Er war in gehobener Stimmung. Als sie in Tuna anlangten, schickte er den Boten des Depon sogleich wieder mit der Botschaft nach Guru zurück, er habe Befehl vom Vizekönig, in Tibet zu bleiben.

Der Wirt des Rasthauses in Takla winkte ihnen nach, bis sie auf dem zum Hauptweg nach Lhasa führenden Pfad seinen Blicken entschwunden waren. Galei ritt voraus; ihm folgte Namu auf ihrem Maultier, mit Aneh in einem warmen Schafledersack auf dem Rücken, und Holder ritt als letzter.

Er hatte ein Gefühl von Freiheit und Erleichterung, nun, da er Namu die ganze Wahrheit erzählt und auch den Gedanken aufgegeben hatte, nach England zu gehen oder sogar nach Indien zurückzukehren und dort zu leben.

In der klaren, kalten Dämmerung entwarf er unbestimmte Pläne. Schon öfter hatte er erwogen, nach Schigatse zu reiten und Namu von ihrem Grundherrn freizukaufen. Das würde sie aus der gefährlichen Lage befreien, in der sich eine Duitschun stets befand. Sein eigener Fall war schwieriger. Solange Dorjew da war, konnte er ihn entweder als englischen Spion ans Messer liefern oder ihn dazu erpressen, daß er für ihn arbeitete. Wenn sich die Situation nicht änderte, würde er nach Osten ziehen müssen, nach Tschamdo oder Da Tsen Do, und mit den Chinesen Geschäfte machen.

Aneh lehnte sich in ihrem Schafledersack zurück und forderte ihn auf, mit ihr ihr Lieblingsspiel zu spielen. Er mußte schnell auf sie zu galoppieren, sie jagen, dann duckte sie sich im letzten Augenblick und verschwand lachend und quiekend in ihrem Sack, während er so tat, als suche er nach ihr. Namu sah sich um, lächelte und ließ die Perlen ihres Rosenkranzes über ihren Zeigefinger gleiten, während sie ihre Manis betete.

An einem Paß machte Galei halt und wartete. Unten erblickten sie Gebetsfahnen und einen Obo. Es war der Hauptweg, der in nördlicher Richtung nach Gjantse und in südlicher nach Guru und Indien führte.

Als sie eine ganze Weile nach Norden geritten waren, gelangten sie an einen Felsvorsprung, und als sie ihn umrundet hatten, sahen sie sich einer Schar berittener Männer gegenüber. Normalerweise wäre ein solcher Trupp hintereinander geritten, um sie vorbeizulassen, aber diese hier reihten sich nebeneinander auf und versperrten ihnen den

Weg. Es waren fünf, drei Laien, ihrer Kleidung nach Dienstleute einer vornehmen Familie, und zwei Eisenstabmönche mit geschwärzten Gesichtern und ausgestopften Schultern. Keine Banditen also. Alle waren bewaffnet. Einer der Dienstleute griff Galei in den Zügel.

Die Hand des Treibers fuhr an sein Schwert; er zog die Klinge halb aus der Scheide. Namu erbleichte unter ihrer Sonnenbräune und warf Holder einen entsetzten Blick zu. Sie fürchtete, man könnte ihm auf die Spur gekommen sein.

Er schüttelte den Kopf. »Laß dein Schwert stecken, Galei, die da sind keine Khampas.«

Der gelassene Klang seiner Stimme überraschte ihn selber. Er fürchtete dasselbe wie Namu.

»Was ist los?« fragte er.

Einer der Mönche ritt dicht an ihn heran.

»Im Namen Seiner Heiligkeit, des Dreizehnten Gjalwa Rimpotsche«, sagte er gewichtig, »und im Namen des Lehding Depon Namseling befehle ich dir und dir« – er deutete zuerst auf Galei, dann auf Holder –, »da ihr beide waffentragende Männer seid, mit uns zu kommen. Wir müssen den Ferenghi den Weg zur Heiligen Stadt verlegen.«

Holders erste Empfindung war Erleichterung, und er sah, wie die Farbe in Namus Gesicht zurückkehrte. Aber dann wurde ihm klar, was dieser Befehl bedeutete.

Er sagte: »Herr, ich möchte in großer Demut zu bedenken geben, daß ich meine Frau und mein Kind auf diesem Weg nicht allein lassen kann. Ich bin durchaus bereit, dafür zu zahlen, daß zwei Männer an meine und meines Dieners Stelle treten.«

Für gewöhnlich wäre eine solche Angelegenheit mit ein paar Silbermünzen zu regeln gewesen. Aber die Männer blickten einander zögernd an. Offenbar gab es Gründe, warum sie sich nicht bestechen lassen konnten – weil sie zu fünft waren oder weil sie aus unterschiedlichen Sphären kamen. Einer der Mönche schüttelte den Kopf.

»Nein. Wir haben unsere Anweisungen. Unsere Religion und unser Volk sind in Gefahr.«

Er betrachtete Namu.

»Woher kommt ihr?«

»Aus Takla. Einen halben Tagesritt von hier.«

»Gibt's dort ein Rasthaus?«

»La-les.«

»Dann schick deine Frau dorthin zurück. Dort ist sie sicherer als auf dem Tscha-lam. Und später ...«

Er gab Holder so etwas wie einen Wink, ohne daß die anderen es bemerkten.

»Aber, ihr Herren ...«

»Kein Aber.«

Einer der Dienstleute schüttelte eine schwere, offensichtlich vielbenutzte Reitpeitsche aus ungegerbtem Leder. Ein zweiter packte den Zügel von Holders Pferd und zog es herum. Holder sah Namu auf ihrem Maultier an und runzelte warnend und besorgt die Stirn.

»Wir müssen tun, was sie sagen, Namu.«

Wenn sie Widerstand leisteten, würde das nur dazu führen, daß man sie auspeitschte.

»Schnell«, sagte der Mönch barsch.

»Einen Augenblick, Herr«, sagte Holder. »Sie hat kein Geld. Bitte, laßt den Zügel los. Ich reiße nicht aus.«

Der Dienstmann ließ den Zügel fallen, und Holder ritt dicht an Namus Maultier heran und tastete in seinem Gewand nach dem Päckchen Rupien, das Compton ihm gegeben hatte.

Unbemerkt steckte er es ihr zu und flüsterte: »Bleib in Takla, bis ich komme.« Und lauter setzte er hinzu: »Diese Kupfermünzen reichen sicherlich für ein oder zwei Wochen.«

»Losan, Losan«, jammerte Namu, »sei vorsichtig.«

»Sei ein braves Mädchen, Aneh«, sagte er und küßte das kleine Mädchen. »Daddu ist bald wieder da.«

Das Kind, das merkte, daß etwas nicht in Ordnung war, fing an zu weinen.

»Los. Hör auf zu plärren, du Stück Mist«, schrie einer der Büttel. Er versetzte Holders Pferd einen Schlag mit seiner Peitsche, und das Tier bäumte sich hoch auf.

Sie ritten nach Süden, und Namu blieb mit Aneh auf dem Lam zurück.

Die Dienstleute und die Eisenstabmönche – Lakaien der Doppelmacht von Gutsherren und Klöstern – waren vom üblichen Schlag: arrogant und grausam gegen das einfache Volk, kriecherisch gegenüber ihren Vorgesetzten, prahlerisch gegenüber ihresgleichen. Die Dienstleute waren von Kopf bis Fuß in schwarzes Leder gekleidet; ihre Stiefel reichten bis zu den Knien. Ihre Hüte erinnerten an große, flache Champignons mit roten Troddeln in der Mitte, deren Fransenenden nach allen Seiten über den Rand hingen. Sie waren mit Luntengewehren, Schwertern und Peitschen bewaffnet.

Galei und er konnten von Glück sagen, daß sie einer gemischten Gruppe in die Hände gefallen waren, überlegte Holder. Wären es alles Dienstleute oder alles Mönche gewesen, hätten sie sich vermutlich darauf geeinigt, ihm sein Gewehr wegzunehmen, von dem sie, obwohl er es eingewickelt hatte, den Blick nicht lassen konnten, da es offensichtlich ein Hinterlader war. Galei hatte klugerweise an seinem alten Martini-Henry-Gewehr zwei Zacken befestigt und es in ein Stück zerschlissenen Stoff gewickelt, damit es wie eine gewöhnliche Luntenmuskete aussah. Sogar auf dieser niederen Ebene galt die Regel, daß die Kleriker und die Laien einander überwachten, so wie es keinen Dzong ohne ein nahebei gelegenes Kloster gab.

Bis Guru waren es ungefähr sechs Meilen. Unterwegs sprach keiner auch nur ein Wort. Sie ritten zu einem Paß empor, der auf dem Gipfel eines niedrigen Bergrückens lag, und der Anblick, der sich ihnen von dort oben bot, zwang sie anzuhalten.

Etwa eine halbe Meile weiter südlich hatte man zwischen einem Bergausläufer und einer Hausruine, die etwa hundertfünfzig Schritt auseinanderlagen, quer über den Weg eine brusthohe Mauer aus rohen Steinen errichtet.

Auf der ihnen zugewandten Seite der Mauer wogte eine dichtgedrängte Menge von Tibetern hin und her – Hirten,

Lamas, Dienstleute und eine Handvoll Leibeigene von den Gütern. Zur Rechten sah man einige reichgeschmückte Zelte, vor denen Diener mit gesattelten Pferden und zwei oder drei Männer standen, offensichtlich Adelige. Die Menschenmenge quirlte ziellos durcheinander.

Der rangältere Eisenstabmönch sagte: »Wartet hier. Ich reite hinunter und sehe nach, was da los ist.«

Sie verharrten dicht aneinandergedrängt an dem ebenen Paß, während er zu den Zelten hinuntergaloppierte.

Plötzlich bemerkte Holder, daß mehr als eine Meile entfernt eine dünne Linie von Männern zu Fuß gleichmäßig vorrückte. Es war die britische Armee.

Die Nachricht, die er Dorjew hatte überbringen wollen, daß nämlich die Briten in Tuna zu Verhandlungen bereit seien, war bereits überholt.

Die britische Streitmacht, die an diesem Tag, dem 31. März 1904, aus Tuna ausrückte, war etwa tausend Mann stark: zwei Pioniereinheiten, die Achten Ghurkas, zwei Kompanien berittene Infanterie, zwei Zehnpfünder-Geschütze der Siebenten Gebirgsbatterie, zwei Siebenpfünder-Geschütze der Ghurkas und zwei Maxim-Maschinengewehre der Norfolks.

Sie erblickten die »Befestigungen« von Guru fast im gleichen Augenblick, als Holder, Galei und ihre Bewacher am Paß haltmachten.

Den Briten bot sich folgendes Bild: zur Linken ein Felsvorsprung, zur Rechten ein verfallenes Haus, dazwischen eine Steinmauer, und zwischen der Ruine und einem etwa zweitausend Schritt entfernten See, der den Namen Bam Tso trug, freies Gelände. Der See hatte offenbar einst die Fundamente des Hauses umspült, doch das Wasser war zurückgegangen. Infolgedessen war die Mauer als Verteidigungsanlage gänzlich nutzlos, da man sie zwischen dem Haus und dem See umgehen konnte.

Nichts hätte die mangelnde militärische Erfahrung der Tibeter deutlicher demonstrieren können als dieser sinnlose

Wall, hinter dem sich etwa tausend Mann gesammelt hatten, bewaffnete Mönche und Hirten ohne jede militärische Ausbildung, die hier in der selbstgebauten Falle saßen.

Ihre Feuerwaffen, vorsintflutliche Luntenmusketen, waren Familienerbstücke, und die Munition bestand aus selbsthergestelltem Schwarzpulver, handgegossenen Kugeln und Lunten, verfertigt aus in Salpeter gekochten Grasschnüren.

Dies war die von dem ehrenamtlichen tibetischen Oberkommandierenden General Namseling aufgebotene tibetische Armee.

Von einem bitterkalten, staubgeladenen Wind vorwärts getrieben, marschierten die britischen Truppen über die tiefgefrorene Ebene, die bis auf hin und wieder aus dem Schnee hervorlugende Disteln völlig kahl war. Als sie nur noch ein paar hundert Schritte von der Mauer trennten, kam ihnen ein Bote entgegengeprescht. Er meldete, daß die Depons von Lhasa und Schigatse und ein Vertreter des Klosters Gaden – Gesur Jesche Wangjuk – sogleich erscheinen würden.

Augenblicke später waren sie da. Sie stiegen ab, ein Teppich wurde vor ihnen ausgerollt, und die Konferenz begann.

Die Briten erklärten, es sei nicht üblich, unter Druck zu verhandeln. Die tibetischen Soldaten hinter der Mauer hätten die Lunten ihrer Musketen angezündet. Dagegen könne jeder sehen, daß die Briten keine Lunten entzündet hätten, da sie in friedlicher Absicht gekommen seien.

Ein Bote wurde zu den Männern hinter der Mauer entsandt. Er überbrachte den Befehl, die Lunten auszulöschen, die natürlich nur mit Stahl und Feuerstein wieder angezündet werden konnten.

General Namseling forderte Younghusband mehrere Male dringend auf, nach Yatung zurückzukehren. Der Dalai-Lama habe versprochen, Emissäre mit Verhandlungsvollmacht dorthin zu entsenden.

Oberst Younghusband wiederholte, er habe Befehl, nach Gjantse zu marschieren, und er könne nichts tun, bevor er nicht diese Stadt erreicht habe.

Die Tibeter bildeten einen bunten Farbfleck in der tristen Umgebung: die gelben und grünen Mäntel der Generäle, die roten und blauen Gewänder der unteren Offiziersränge, die Musketen mit Gewehrauflagen und mit eingelegten Türkisen und Korallen, die glänzenden silbernen Schwertgriffe und Schwertscheiden.

Schließlich verkündete Younghusband, sie hätten eine Viertelstunde Zeit, den Weg frei zu machen, und wenn sie sich weigerten, würde man sie mit Gewalt entfernen.

Nach dieser Erklärung galoppierten die Tibeter, ein kakadubunter Schwarm, an die Mauer zurück.

Die Briten marschierten bis zur Mauer vor, ohne daß die Tibeter irgendwelchen Widerstand geleistet hätten.

Sie warteten, dicht zusammengedrängt, bestürzt, ohne jede Vorstellung von dem, was eigentlich vorging. Sie hatten keinen Befehl zum Rückzug, keinen Befehl, ihre Lunten wieder anzuzünden und ihre Waffen bereitzuhalten.

General Namseling, der offensichtlich ebensowenig wie die seinem Kommando unterstellten Männer wußte, was in dieser Situation zu tun sei, saß, umgeben von seinem Stab und seiner Leibwache, vor der Mauer – die Inkarnation passiven Widerstands.

Die Dreiundzwanziger Pioniere umgingen ihn und bezogen Stellung an der Mauer, wo sie die Tibeter in Kernschußweite hatten. Hinter ihnen gingen die vier Geschütze und die Maxim-Maschinengewehre zur Rechten der Hausruine in Feuerstellung, und die Infanterie rückte links und rechts von den Tibetern vor. Die berittene Infanterie preschte zu einer Stelle, die einige hundert Schritt hinter der Mauer im Rücken der Tibeter lag. Niemand versuchte sie aufzuhalten.

Neben der Hausruine stehend, gaben Younghusband und Macdonald ihren Truppen Befehl, aus allen Rohren das Feuer zu eröffnen, falls die Tibeter schießen würden. Dann befahl Macdonald den Sikhs und den Ghurkas, sie sollten den Tibetern, die bestürzt die Lage erörterten, die Waffen fortnehmen. Offenbar kannten sie ein Maschinengewehr weder vom Sehen noch vom Hörensagen, und ebensowenig ahnten sie etwas von der mörderischen Wirkung der Lee-Metford-Gewehre, die direkt auf sie gerichtet waren.

Sikhs und Ghurkas drangen auf die Tibeter ein und versuchten, ihnen die Gewehre zu entreißen, die ihr kostbarster Besitz waren, Schwerter zu entwinden, die sie von ihren Vorvätern geerbt hatten. Ob es Younghusband wußte oder nicht – kein Tibeter wird jemand anderem gestatten, auch nur an sein Schwert zu rühren. Der Griff an die Waffe eines anderen wird traditionsgemäß als Herausforderung betrachtet. Auf der windgepeitschten Hochebene rangen britische Soldaten mit tibetischen Hirten um nutzlose Luntenmusketen, Schwerter und Speere.

Jemand gab einen Schuß ab.

Im selben Augenblick brach von drei Seiten britisches Schnellfeuer wie ein Orkan los. Tausende von Schüssen peitschten in die dicht aneinandergedrängten Tibeter hinein wie Hagel in ein Weizenfeld.

Salve um Salve schlug in die Menge ein. Die Ghurkas feuerten aus zwanzig Meter Entfernung, die Sikhs schossen, ohne überhaupt zu zielen, und von rechts sprühten die Maxim-Maschinengewehre pausenlos ihren metallenen Gischt. Es war, als kämpfe ein Schwergewichtsboxer gegen ein kleines Kind.

Im tödlichen Geschoßhagel der Schnellfeuerwaffen war die tibetische »Armee« im Nu auseinandergebrochen. Die tibetischen Kommandeure waren tot. Man konnte nur noch versuchen zu fliehen, aber es gab keinen anderen Fluchtweg als den entlang der Feuerlinie.

Taumelnd, einander schiebend und stoßend, verstört, benommen und hoffnungslos verloren, über Steine und tote oder sterbende Kameraden steigend, entfernten die Tibeter sich langsam, wie in einem Traum, vom Schauplatz der unbegreiflichen Katastrophe, die sie getroffen hatte.

Zweihundert Schritt von der Mauer entfernt war ein Felsvorsprung, der aussah, als könnte er Schutz bieten. Aber auch er lag in der Feuerlinie der Ghurkas und wurde zudem von der berittenen Infanterie mit Flankenfeuer bestrichen.

So mußten sie, zum Tode verurteilt, hilflos weiterlaufen durch den Hagel der jaulenden und zischenden Kugeln, durch das Schrapnellfeuer, und nur wenigen gelang es, sich eine halbe Meile weiter zu schleppen, wo sie aus dem Schußbereich heraus waren.

In diesem Augenblick griff die berittene Infanterie ein und vollendete das Gemetzel.

Auf dem Weg verstreut, einzeln und in Haufen, tot oder totgeweiht in der bitteren Kälte, lagen mehr als siebenhundert Tibeter.

Die Briten hatten zwei Verwundete zu verzeichnen.

Holder, Galei und die vier anderen sahen von oben zu, wie britische Truppen ungehindert die tibetische Armee umzingelten. Holder, der keine Ahnung von militärischen Dingen hatte, beobachtete, wie die Briten ihre Artillerie und ihre Maschinengewehre in Stellung brachten. Es sah aus wie ein langsames Ballett.

Der Eisenstabmönch, der jetzt bei den Zelten angelangt war, stieg ab, ging von einem Zelt zum andern und schritt dann auf die Mauer zu. Das war das letzte, was sie von ihm sahen.

Die Dienstleute und der andere Eisenstabmönch starrten verständnislos auf die von Menschen wimmelnde Ebene hinab.

»Sollen wir hinunterreiten?« fragte einer der Dienstleute, offenbar um sich zu versichern, daß das nicht angebracht war.

»Warten wir lieber ab«, sagte der Eisenstabmönch. »Das können wir immer noch tun, wenn wir wissen, was da unten vor sich geht.«

In diesem Augenblick brach der Sturm los und löste das Problem. Angstvoll, allmählich begreifend, verstört sahen sie dem langsamen Todesmarsch zu, blickten einander mit vor Entsetzen geweiteten Augen an, schauten dann wieder auf die stolpernde, taumelnde, fallende und immer mehr zusammenschrumpfende tibetische Armee – die erste, die je mit modernen Waffen in Berührung gekommen war.

Die Tibeter machten keinen Versuch zu rennen, sie bewegten sich wie Menschen in einem Traum. Das Unglaubliche war geschehen. Talismane und Amulette vermochten nichts auszurichten gegen die dämonische Macht, der sie sich ausgeliefert sahen.

Und als sie sich von der Mauer entfernten, betäubt und verwirrt, brach die britische berittene Infanterie von der Flanke her über sie herein, um ihnen den Garaus zu machen, grauenerregend in ihrem Eifer, zu töten und immer wieder zu töten.

Plötzlich wurde sich die kleine Gruppe, die oben am Paß wie gebannt dieses Schauspiel verfolgte, der Gefahr bewußt, in der sie selber schwebte. Einige Tibeter, die den Feuersturm überlebt hatten, langten bei den Pferden an, die vor den Zelten angebunden waren, und stiegen auf. Die britische berittene Infanterie vollzog eine Schwenkung wie eine Meute, die bellend ein Wild verfolgt, und jagte ihnen, aus dem Sattel schießend, nach.

Drei Briten, die in einer Gruppe ritten, erblickten die Männer am Paß in dem Augenblick, als diese, vereint durch das Entsetzen, das jeden von ihnen erfüllte, ihre Pferde herumrissen und flohen. Sie hatten einen Vorsprung von fünf- oder sechshundert Schritt, aber Holder und Galei fielen bald zurück. Die Vorräte, die sie mit sich führten, Bohnen, Butter, Tsamba, all die Utensilien, Decken, ein Teegefäß, Blasebälge und so weiter, die man für eine Reise auf dem Lam brauchte, erwiesen sich für schnelle Flucht als hinderlich.

Die Briten kamen näher. Zielsicheres Schießen war nicht möglich, aber sie feuerten blindlings aus ihren Karabinern, und Holder, auf dem Hals seines Pferdes liegend, hörte zum ersten Mal das Zischen schneller Kugeln aus kurzer Entfernung. Verzweifelt versuchte er vergebens, sein Pferd zu größerer Schnelligkeit anzutreiben.

Es gelang ihm, sein Mannlicher-Gewehr aus der Umhüllung zu befreien. Er prüfte den Verschluß, ließ die Waffe dabei um ein Haar fallen, hängte sie sich um den Hals und stöhnte vor Erleichterung, als er das fertiggebracht hatte.

Plötzlich aber hatte er kein Pferd mehr unter sich und rollte über das harte Steppengras. In Angstschweiß gebadet, suchte er Deckung hinter dem nächsten Felsen. Sein Pferd lag schreiend und um sich schlagend am Boden; ein Bein war gebrochen, dank einem Zufallstreffer der Verfolger. Es richtete sich mühsam auf und stand nun in der Schußlinie. Das gebrochene Bein hing schlaff hinunter.

Galei hielt an und ritt zurück, den Felsen als Deckung zwischen sich und den näher kommenden Briten. »Schieß doch! Schieß!« schrie er.

Die Briten glaubten sicherlich, daß die Aufgabe, die vor ihnen lag, nicht gefährlicher war als das Schlachten eines Lamms. Sie kamen unaufhaltsam näher.

Noch nie hatte Holder auf einen Menschen geschossen. Einen Augenblick lang zögerte er.

»Schieß!« schrie Galei.

Holder zielte mit seinem Mannlicher-Gewehr auf die herannahende Gruppe. Pardon wurde nicht gegeben, das hatte die Schlacht im Todestal gezeigt.

Einer der Briten hatte seinen Hut verloren, und Holder sah blondes, kurzgeschorenes Haar und ein hartes, rosiges Gesicht. Er wünschte sich, es wäre Compton, und in dem gleichen Augenblick, als Galei sich neben ihn fallen ließ und, so schnell es ging, sein altes Martini-Henry-Gewehr auswickelte, drückte er auf den Abzug.

Er hatte besser geschossen, als er vermutet hatte. Hätte er den Blonden mit dem rosigen Gesicht getroffen, wären die anderen unweigerlich näher gekommen. Statt dessen hatte er den Mann verfehlt und das vorderste Pferd erwischt. Es fiel wie vom Blitz getroffen um und warf seinen Reiter ab, der von den anderen niedergeritten wurde. Der zweite Reiter wurde ebenfalls abgeworfen, der dritte hielt an und stieg ab.

Plötzlich hatte sich das Blatt gewendet. Die Jäger, allein auf der Ebene, waren zum Ziel geworden.

Galei legte an. Holder packte den Lauf und drückte ihn hinunter.

Alle Briten waren wieder auf den Beinen, einer hatte offensichtlich starke Schmerzen, und die beiden anderen stützten ihn. Zwei Pferde standen, und das dritte lag um sich schlagend auf der Erde.

Galei drehte Holder das Gesicht zu und sah ihn fassungslos an; gleichzeitig versuchte er, sein Gewehr hochzuheben.

»Loslassen! Loslassen! Töte sie!« schrie er. »Mistfressende Welpen, räudige Köter! Im Namen aller Götter und Teufel, was tust du da?«

Holder hielt den Lauf fest und starrte auf das Bild vor ihm. Er war plötzlich völlig ruhig, als sei er an dem, was hier geschah, überhaupt nicht beteiligt. Alles war ganz klar und einfach, aber er hatte keine Zeit, es dem aufgebrachten Galei zu erklären.

Die drei Briten befanden sich im offenen Gelände. Wenn er und Galei schossen, waren sie gezwungen, hinter ihren Pferden in Deckung zu gehen und zu kämpfen. Jeden Augenblick konnten weitere Briten auftauchen. Er und Galei besaßen nur ein einziges schwerbeladenes Pferd, die Briten aber hatten zwei Pferde. Sie waren eindeutig im Vorteil. Wenn er und Galei sich versteckt hielten und die drei nicht angriffen, würden sie vielleicht kehrtmachen und abziehen.

Er flüsterte Galei zu: »Hör auf zu schreien, du Idiot. Schieß nicht! Ich erklär's dir später!«

»Du hast doch gesehen, was sie getan haben! Warum willst du sie schonen?« zischte Galei.

»Das sag ich dir später. Versprich mir, nicht zu schießen, dann laß ich deinen Lauf los. Versprich es!«

Galei nickte.

Holder nahm die Hand von Galeis Gewehr.

Zwischen den Grasbüscheln liegend, beobachteten sie, wie die drei berittenen Infanteristen, die hinter ihren Pferden in Deckung gegangen waren, beratschlagten. Dann trat einer von ihnen, geschützt von den Gewehren seiner beiden Kameraden, zu dem verwundeten Pferd heran, erschoß es mit seinem Revolver, schnallte den Sattel ab und ging zu den zwei anderen zurück. Sie kehrten um; die beiden Unverletzten stützten den Verwundeten und zogen die Gäule als Deckung hinter sich her.

In der Ferne blies ein Horn zum Rückzug, und Holder trat hinter seinem Felsstein hervor und erschoß sein Pferd, das sich mit Anstrengung aufgerichtet hatte. Sie nahmen, was sie zu tragen vermochten, und marschierten los. Vielleicht gelang es ihnen, die anderen einzuholen.

Galei sagte: »Du hattest recht, Losan. Ich sehe es ein. Aber hast du denn nicht das Verlangen, dich an den Fringhi zu rächen für das, was sie in dem Tal angerichtet haben?«

Holder gab keine Antwort. Das Gemetzel unten im Tal war so ungeheuerlich und so grausam gewesen und hatte sich derart schnell vollzogen, daß er es immer noch nicht fassen konnte. Doch wie klein und unbedeutend seine Rolle bei dieser britischen Invasion auch sein mochte, die zu diesem Massaker geführt hatte – die Tatsache, daß es auch ohne seine Verbindung zu Compton geschehen wäre, war kein Trost. Wie hatte er diese Briten beneidet, verräterische und erbarmungslose Schurken trotz all ihres gentlemanhaften Getues und voller Verachtung für die »niederen« Rassen! Er fragte sich, ob er sich an dieser wütenden Vernichtung wehrloser Unschuldiger beteiligt hätte, wenn er ein echter Engländer gewesen wäre. Hätte er bereitwillig überlegene Waffen benutzt, um Menschen auszulöschen, die vielleicht weniger wußten als Compton, aber soviel angeborene Würde und Kultur besaßen, daß Compton dagegen roh, rücksichtslos und bäurisch wirkte? Es war auch kein Trost, daß man ihn dazu erpreßt hatte, für die Briten zu spionieren. Er hätte nach Osten flüchten können – ungeachtet aller Schwierigkeiten.

Galei, der vor ihm ging, war offensichtlich genauso fassungslos wie er.

»Sie sind noch schlimmer als die Mönche und die Adeligen«, sagte er.

Aber das stimmte nicht, wie Holder nur zu gut wußte. Er mußte an Namus Vater denken. Die tibetischen Aristokraten befahlen, Menschen öffentlich totzupeitschen, zu verstümmeln, sie öffentlich zu foltern, um die anderen einzuschüchtern, gefügig zu erhalten. Und Einschüchterung war auch das Ziel des Massakers von Guru gewesen. Militärisch gesehen, hätte man die hinter der Mauer zusammengedrängten Tibeter nahezu ohne Tote und Verwundete umgehen können.

»Nichts konnte sie aufhalten, nichts«, sagte Galei niedergeschlagen. Mit einer für ihn ganz ungewöhnlichen dramatischen Gebärde breitete er beide Arme aus, als wollte er die Landschaft vor sich umfassen, und fragte: »Wo waren die Götter?«

Holder begriff plötzlich, daß dies der eigentliche fürchterliche Schlag gewesen war – geführt gegen alles, woran sie glaubten. Kein Mann, der bei Guru nicht von den Mönchen für teures Geld gekaufte Amulette und Talismane getragen hätte, die ihn vor Tod und Verwundung in der Schlacht und vor allen Gefahren des Kampfes gegen die Ungläubigen bewahren sollten. Die Talismane hatten die Tibeter ebensowenig gerettet wie die Schneegöttin Tschomolhari, die aus ihren eisigen Höhen auf sie herunterblickte. Wie betäubt durch die Vernichtung ihres Glaubens, waren sie nicht einmal davongerannt, sondern im Spaziergängertempo langsam von den britischen Kanonen weggestolpert.

»Ganz gewiß kann man die Briten nicht dadurch zum Stehen bringen, daß man unsere Leute im offenen Gelände zusammentreibt, damit sie sich dort wie Schafe abschlachten lassen.«

»Man kann sie auch nicht mit Musketen aufhalten«, sagte Galei. »Ihre Gewehre schießen zehnmal so weit. Aber mit Gewehren wie deinem und meinem könnte man's schaffen.«

Holder wußte es besser, aber er widersprach nicht. Die Briten besaßen weit mehr als überlegene Waffen, nämlich militärische Ausbildung, Disziplin, Erfahrung. Eine vergleichsweise geringe Anzahl von ihnen hatte den riesigen indischen Subkontinent unterworfen. Britische Aristokraten fanden, wie er gesehen und gehört hatte, Spaß am Morden; sie bezeichneten diese Tätigkeit als »Sport«, und ihre Erbarmungslosigkeit ging weit über das Töten von Elefanten, Tigern, Füchsen und Rotwild hinaus. Er hatte Leute in Kalimpong und Darjeeling kennengelernt, die fröhlich schilderten, wie man indische Patrioten – Feinde der Briten – vor die Mündungen von Kanonen gebunden und sie zu Brei zermalmt hatte. Ein betrunkener englischer Offizier hatte damit geprahlt, er sei der Anführer eines aus Freiwilligen bestehenden »Hängekommandos« gewesen, das einige Dutzend Männer, Frauen und Kinder dadurch »erledigt« habe, daß man sie auf die Rücken von Elefanten stellte, ihnen Stricke um den Hals band, diese Stricke an Mangobäumen befestigte und dann die Elefanten in die Flucht jagte. Wie er berichtete, machten die Kinder den meisten Spaß, da sie infolge ihres geringeren Gewichts länger zum Sterben brauchten – »sie tanzten auf Luft«, sagte er.

Der Abend dämmerte bereits, als Holder und Galei endlich das andere Pferd einfingen, und nun sahen sie sich nach einem Platz um, wo sie die Nacht verbringen konnten. Es war viel zu spät, den Rückweg nach Takla zu finden – das mußten sie auf den nächsten Tag verschieben.

»Bist du wach, Losan?« fragte Galei, nachdem sie eine Stunde schweigend gelegen hatten.

»Ja.«

»Ich kann nicht schlafen. Haben wir das alles nur geträumt, das da unten in Guru?«

»Nein. Ich kann auch nicht schlafen.«

»Losan, so etwa muß es damals gewesen sein, als Srongtsan Gambo König von Tibet war. Die Ältesten unseres Klans haben uns oft davon erzählt, und noch heute gibt es Leute, deren Urgroßväter sich an die Tage erinnern konnten, als wir freie Männer und Frauen waren, nicht Hörige der Klöster und der adeligen Grundherren, als jeder Stamm und jeder Klan seine eigenen gewählten Häuptlinge hatte und jedes Zelt genug Vieh und genug Weideland.«

Holder sagte: »Aber Srongtsan Gambo ist doch schon gar nicht mehr wahr.«

»Ja, es ist lange her, doch jeder Vater erzählt seinen Söhnen und jede Mutter ihren Töchtern noch heute von ihm.«

Srongtsan Gambo, erinnerte sich Holder, lebte im frühen

siebenten Jahrhundert. Sein Name bedeutete: der von Gerechtigkeit und Strenge Erfüllte.

»Srongtsan Gambo«, fuhr Galei fort, »achtete seine Mutter und alle anderen Frauen, aber seinen Vater und andere ältere Männer verachtete er. Er sammelte die jungen Männer um sich und lehrte sie zu kämpfen. Seinen Lehren ist es zu danken, daß unsere Frauen bis auf den heutigen Tag geachtet werden. Und damals waren die Adeligen nicht verzärtelte, weichfingerige Tieflandgewächse, sondern Hochländer, deren Vorväter durch Generationen im Kampf gefallen waren.«

Unter den großen Sternen, deren Licht ein paar Meilen entfernt die Hunderte Toten von Guru beschien, erklang Galeis Stimme mit ihrem Hochlandakzent: »Feinde drangen in Tibet ein und eroberten die Täler, aber nie gelang es ihnen, die Stämme des Hochlands zu unterwerfen. Die Hirten verstanden sich darauf, spurlos zu verschwinden und die Eindringlinge aus dem Tiefland in Pässe zu locken, wo die giftige Luft ist, in der wir leben können, aber nicht sie. Wir wurden niemals geschlagen, und deshalb sehen wir anders aus als die Tiefländer. Doch schließlich wurden wir – wenn auch auf andere Weise – besiegt. Einige unserer Führer stiegen in die Täler hinunter und lebten dort, verweichlichten in der Stadt, wetteten, würfelten und gerieten in Schulden, und langsam wurden auch die Hochländer versklavt, wenn auch vielleicht nicht ganz so schlimm wie die im Tiefland.

Aber wenn wir auf den weisen Srongtsan Gambo hören, dann können wir die Schlacht gegen die Fringhi gewinnen. Man greift einen wilden Yak mit Bogen und Pfeil nie von vorn an, sondern stets von der Seite, und jeder hütet sich, seinen Hörnern zu nahe zu kommen. Wir müssen nachdenken, Losan.«

X

Die Schlucht der Roten Götzen

Die Schlacht von Guru hatte über Nacht alles verändert. Da die britischen Invasoren und ihr Train den Tscha-lam verstopften, ging der Handel zwischen Indien und Lhasa nur noch auf Nebenwegen vonstatten.

Holder, Galei und Namu warteten ein paar Tage im Rasthaus von Takla ab, wie sich die Dinge entwickeln würden, ständig in Unruhe, weil das Rasthaus so dicht am Hauptweg lag. Nachrichten drangen zu ihnen, daß »wilde« Preßpatrouillen die Gegend durchstreiften, alle gesunden, wehrfähigen Männer ergriffen, ihre Besitztümer beschlagnahmten und sie wie Vieh zu den Sammelplätzen der »Armee« trieben.

Namus Hauptsorge aber war Aneh. »Wir müssen fort von hier, weit fort«, sagte sie mehrmals am Tage.

Zuerst drängte sie, sie sollten hinunter ins Grasland ziehen, wo es Platz genug gäbe.

»Sollen wir dort Gras fressen?« fragte Galei. »Ich kenne die Ebene etwas besser als du, Namu. Wie besitzen keine Yaks, gehören zu keinem Klan und haben infolgedessen auch kein Weideland.«

»Dann sollten wir in das Gebiet östlich von Lhasa ziehen.«

»Aber wir wissen doch gar nicht, wie es dort aussieht. Es ist eine lange Reise bis dahin, und die Gefahr ist ziemlich groß, daß Galei und ich unterwegs eingefangen und in den Kampf geschickt werden.«

»Kampf!« sagte Galei verächtlich. »Ich bin bereit zu

kämpfen, aber nicht so. Ich meine, wir sollten uns lieber noch eine Weile versteckt halten und abwarten, was geschieht.«

»Geld haben wir genug«, erklärte Holder. »Wir könnten also irgendwo untertauchen und von unserm Geld leben, so lange, wie es uns ratsam erscheint.«

»Geld ist kein Problem«, gab Namu zögernd zu und tastete nach dem harten Rupienpäckchen in ihrer Schuba, »aber mir wäre östlich von Lhasa wohler zumute.«

Das wiederholte sie immerfort, seit sie wußte, daß Holder mit den Briten in Verbindung stand. Sobald sie ihn östlich von Lhasa hatte, war diese Verbindung abgerissen, und außerdem würde sie dort einigermaßen sicher vor ihrem früheren Grundherrn sein. Holder mußte ihr darin recht geben, aber auf dem Lam zwischen Lhasa und China war das Leben noch schwerer, und östlich von Lhasa konnte ihm sein größter Vorteil, die Kenntnis des Englischen, nichts mehr nützen. Zwischen all den schlauen und gerissenen Han, Yi, Miao und den übrigen buntscheckigen Händlern zwischen Tibet und Szetschuan wäre er nichts als ein leicht zu übertölpelnder Neuling.

»Dorthin können wir immer noch«, sagte er, »wenn wir wissen, was weiter geschieht. Sicherlich ziehen jetzt alle nach Osten. Vielleicht ist es das Dümmste, was wir tun können.«

»Aber wo wollen wir uns verstecken?« fragte Galei. »Hier sind wir nicht sicher.«

»Die Fringhi sind schon in Gjantse, und der Weg nach Lhasa ist blockiert, behauptet der Wirt. Also sind wir ohnehin von Lhasa abgeschnitten«, sagte Holder.

»Wenn wir den richtigen Zeitpunkt abpassen, könnten wir den Tscha-lam überqueren und uns östlich davon einen Ort suchen, wo wir untertauchen, und wenn es zum Schlimmsten kommt, können wir immer noch weiter nach Osten gehen.«

»Das wäre das beste«, sagte Namu, »aber was tun wir mit Aneh? Es ist zu gefährlich.«

»Galei und ich reiten ein Stück voraus und vergewissern uns, ob die Luft rein ist.«

Einen Zweistundenritt in östlicher Richtung vom Lam entfernt fanden sie einen idealen Platz unter einem riesigen, in ewiges Eis gehüllten Gipfel, der eiskalte Ströme in alle Richtungen entsandte. Einer davon, mit sandigem Bett, floß durch die kleine grasbewachsene Ebene, auf der sie sich unter einem Felsüberhang wohnlich einrichteten. Am Fuß der niedrigeren Berge gegenüber sprudelte eine heiße Quelle, in der Namu, Aneh und Holder ausgiebig herumplätscherten. Galei hingegen hielt es für sinnlos und außerdem für gefährlich, ins Wasser zu steigen, sei es nun heiß oder kalt, denn in der Nähe des Wassers lebten jene unsichtbaren Teufel, die Badenden Lungenentzündung anzauberten.

Der Boden unter dem Überhang bestand aus federweichem, vom Wind glattgefegtem Sand. Sie errichteten Steinbarrieren davor, um den Wind abzuhalten, und schufen sich so eine warme Wohnhöhle.

Galei verbrachte viel Zeit damit, die Tarnung seines Martini-Henry-Gewehrs zu verbessern. Er hatte gute Gründe dafür. Der erste Grund war, daß jeder Mann im Hochland alles tun würde, um in den Besitz eines Hinterladers zu gelangen, sogar eines dreißig Jahre alten wie Galeis. Alles – und er würde auch nicht vor einem Messerstich zwischen die Rippen des Besitzers zurückschrecken.

Luntengewehre, wie sie die meisten Tibeter trugen, hatten eine lange hölzerne Gabel als Schießauflage, am Lauf angeklappt, so daß das Gewehr wie eine Forke aussah. Galei hatte die Gabel seiner alten Luntenmuskete an dem Henry-Martini-Gewehr befestigt, um ihm das Aussehen eines Vorderladers zu geben; und um selbst aufmerksame Beobachter zu täuschen, hatte er den Lauf in ein Stück alten Stoff eingewickelt. Das hintere Ende, Verschluß und Abzug, verbarg ein extra Stück Stoff, das man in Sekunden herunterziehen konnte.

Holder, der Galeis liebevollen Bemühungen zusah, sagte: »Mit dem da wirst du immer genug Fleisch für den Kochtopf haben – wenn du genug Patronen hast.«

Galei hob eine der plumpen Messingpatronen hoch, die er

mit seinen schmutzblanken Fingern auf Hochglanz poliert hatte, und rieb sie zwischen seinen Handflächen.

»Nein, Losan. Die hier verschwende ich nicht für die Jagd auf Wild. Von denen ist jede einzelne für einen Fringhi bestimmt.«

Er ließ eine Patrone in den Lauf gleiten und sie gleich darauf wieder herausspringen.

»Also muß ich das ganze Fleisch schießen?«

»Oder ich schieße es mit deinem Mannlicher. Das ist nur gerecht. Du hast mehr Patronen.«

»Du hältst also an deiner Absicht fest?«

Der Hirt nickte und schob die dicke Unterlippe vor, so daß das Rosa der Innenseite über der fast schwarzen Sonnenbräune sichtbar wurde.

»Ja.« Er streichelte sein Gewehr. »Wenn die Fringhi einen Mann mit so einem Gewehr und einem Bogen auf dem Rücken auf einem Bergkamm sehen, werden sie lachen. Sie glauben doch fest, daß man mit keinem von beiden einen Yak auf hundert Schritt Entfernung treffen kann. Dann gelingt's mir vielleicht, einen oder auch zwei Fringhi zu töten und danach zu entwischen. Wenn wir zwei sind, desto besser.«

»Aber jemand muß sich doch um Namu und Aneh kümmern.«

Galei zuckte die Achseln. »Eine Menge Frauen kommen ohne Männer zurecht. Sollen wir uns wie rückgratlose Memmen verhalten, während diese feueräugigen Fringhi in unserem Land tun und lassen, was ihnen gefällt? Wir haben genug Silber für lange Zeit. Handel ist sowieso nicht möglich, jetzt, da die Fringhi in Massen auf dem Tscha-lam herumkriechen wie die Läuse auf einem Bettler am Lingkhor. Ich dürste nach Fringhi-Blut.«

»Glaubst du denn, wir beide könnten sie aufhalten?«

»Nein. Aber vielleicht können wir ein paar von ihnen zur Strecke bringen und ihnen ihre Gewehre und Pferde wegnehmen und Männer finden, die sich uns anschließen. Auch Khampas sind Tibeter, und die würden allein schon für die Beute kämpfen.«

»Du hast gesehen, was in Guru geschehen ist, Galei. Hunderte Tote in einem Augenblick.«

»Natürlich. Es war Wahnsinn, alle diese Männer zusammenzutreiben und darauf zu warten, daß die Fringhi sie umbringen. Und sie werden dasselbe wieder tun, diese Narren in Lhasa. Nein, Losan. Wir müssen kämpfen wie in den Tagen Srongtsan Gambos, denn dies ist unser Land, und wir kennen jeden Weg und jeden Bergkamm und jeden Fluß darin, und wir fürchten auch nicht die giftige Luft in den Hochpässen. Wir müssen im Hochland bleiben, rasch zuschlagen und ebenso rasch wieder verschwinden, nachts angreifen, ihnen ihre Waffen wegnehmen und eine Armee aufstellen, die aus ebenso weiter Entfernung schießen kann wie sie.«

Holder sah ihn an. Er beneidete diesen analphabetischen Hirten um seinen Mut und seinen Zorn. Dieser stolze Hochlandnomade mit der Hakennase und dem trotzigen Mund war das wahre Tibet, er und nicht die zänkischen Aristokraten und Lamas, die nichts aus der Katastrophe von Guru gelernt hatten, die ihren verhängnisvollen Fehler an der Schlucht der Roten Götzen wiederholt hatten und jetzt drauf und dran waren, ihn ein drittes Mal zu wiederholen, wenn sie sich bei Gjantse mit ihren Luntenmusketen und primitiven Kanonen gegen Maschinengewehre und moderne Artillerie zur Wehr zu setzen versuchten.

Galeis Optimismus war ansteckend, aber Holder bezweifelte, daß er selber den Mut haben würde, eine Fringhi-Kolonne anzugreifen.

»Gewiß«, sagte er, »tapfere, gutberittene Männer können dafür sorgen, daß die Fringhi jeden Schritt mit Blut und Tod bezahlen müssen. Aber sie haben in Indien noch mehr Truppen und noch mehr Waffen.«

»So? Ergeben sich Hirten den Khampas aus Furcht, es könnten noch mehr kommen? Nein, nein. Diese Männer in Guru sind wie die Schafe gestorben. Und wenn die Dinge so liegen, wie du sagst, dann will ich wie ein Hochländer sterben, mit Blut an meinem Schwert. Du kannst meinethalben hierbleiben und im Wasser plätschern und darauf warten, daß die Fringhi kommen und dich umbringen.«

Galei kam eher zu seinem Fringhi-Blut, als er erwartet hatte.

Er weigerte sich, mit einer anderen Waffe als mit Holders Mannlicher zu jagen, damit er seine eigenen großkalibrigen Patronen sparen konnte, und aus dem gleichen Grund schoß er nur Großwild. Zahmes Wild gab es in den Bergen Tibets in Hülle und Fülle, viel mehr als Menschen, und er konnte sich sogar einer Herde wilder Esel auf sechzig Schritt nähern. Das beste Fleisch für den Kochtopf lieferte die schöne tibetische Gazelle, die Goa, die ein wenig kleiner als der wilde Esel war und fast ebenso begehrt wie das große tibetische Schaf, das eine Schulterhöhe von über einem Meter hatte. Diese Tiere waren reichlich vorhanden, und Galei schoß niemals daneben. Auch Hasen gab es genug; er benutzte sie zu Zielübungen mit seinem Bogen. »Wenn ich einen treffe, kann er nicht mit meinem Pfeil weglaufen, und wenn ich ihn verfehle, ist es kein Verlust«, sagte er. Ein Hase gab nur eine einzige Mahlzeit ab und war deshalb keine Kugel wert.

Sie brauchten nicht zu hungern, aber Tsamba und Käse gingen ihnen aus. Aneh, die nur Fleisch und Suppe zu essen bekam, verlor ihren Appetit, und Namu bestand darauf, daß einer von ihnen losziehen und Tsamba, Butter, Käse, Tee und Salz einkaufen müsse, gleichgültig, wie gefährlich es sein mochte.

Bisher hatten sie in der weiteren Umgebung keine Ortschaft ausmachen können, abgesehen von den Dörfern, die unmittelbar am Tscha-lam lagen. Das nächste dieser Dörfer war Tandesa, ein paar Meilen von Kang-ma entfernt.

Sie beschlossen, daß Galei, da er der bessere Schütze und außerdem im Hochland zu Hause war, Namu mit dem Mannlicher-Gewehr und ihrem einen Pferd bis zum Tscha-lam begleiten sollte. Dann wollte sie mit dem Maultier nach Tandesa gehen, dort alle notwendigen Waren einkaufen, das Maultier damit beladen und wieder zu der Stelle zurückkehren, wo Galei auf sie wartete. Holder sollte inzwischen bei Aneh bleiben.

Im ersten Frühlicht brachen sie auf. Nach einem zweistündigen Ritt über wegloses hügeliges Gelände erreichten sie einen Kamm, von dem aus man auf den Tscha-lam hinunterschauen konnte, und erblickten eine halbe Meile in nördlicher Richtung entfernt am Ufer des Njang das Dorf Tandesa. Ihm gegenüber, am anderen Ufer, lag auf einem Felshügel das übliche Kloster.

Galei band sein Pferd ein Stück hinter dem Kamm an, so daß man es von unten nicht sehen konnte, und wählte sich eine Stelle aus, wo er, auf dem Bauch liegend, den Tscha-lam bis Tandesa und in südlicher Richtung etwa eine Meile weit überblicken konnte. Als er, mit einer Patrone in der Kammer des Mannlicher, seine Position eingenommen hatte, kletterte Namu bereits den steilen Hang hinunter, das Maultier an seinem langen Zaum hinter sich herziehend.

Bevor sie das Dorf erreicht hatte, kam von Norden her eine Karawane in Sicht. Die Vorhut bildeten zwei Mann der britischen berittenen Infanterie, die ihre Gewehre quer vor sich über den Sattel gelegt hatten. Hinter ihnen liefen mehrere Ponys, beladen mit den Besitztümern der Treiber. Sie sahen lustig aus mit ihren hin und her wippenden Troddeln aus rotgefärbten Yakschwänzen, die die Fliegen abhielten. Als sie um einen Felsvorsprung bogen, konnte Galei die Messingglöckchen bimmeln hören. Ihnen folgten langsam die Yaks mit der unerschütterlichen Gelassenheit, die dieser Tierart eigen ist. Gelegentlich versuchten die Treiber sie durch schrilles Pfeifen und sogar durch Steinwürfe zu schnellerem Tempo anzutreiben; dann liefen die Yaks ein kurzes Stück etwas geschwinder, um gleich darauf wieder in ihren üblichen Elefantentrott zu verfallen. Sie trugen Kisten auf ihren Packsätteln.

Ohne haltzumachen, schlängelte sich die weit auseinandergezogene Karawane durch das Dorf. Die Nachhut bildeten wiederum zwei Mann der berittenen Infanterie, die ebenfalls mit Karabinern bewaffnet waren. Sie saßen träge auf ihren Ponys und rauchten, aber Galei sah, daß sie ihre Blicke immer wieder die Kämme entlangschweifen ließen. Er hütete sich, den Kopf zu heben, spähte nur vorsichtig unter dem Rand seines schwärzlichen Filzhuts hervor, der längst jede Form verloren hatte.

Das Dorf Tandesa bestand aus weit verstreuten, planlos hier und da hingesetzten Lehmhäusern und Verkaufsbuden, deren Zahl sich seit der britischen Invasion vervielfacht hatte. Die Buden hatten sich darauf eingerichtet, die Bedürfnisse der nie abreißenden Kette von Karawanen, ihrer Treiber und aller anderen Personen zu befriedigen, die sich plötzlich in mit Gewinn arbeitende Diener der britischen Krone verwandelt hatten.

Von seinem Aussichtspunkt beobachtete Galei, wie die Karawane von Norden her in das Dorf zog und wie Namu, ihr schwarzes Maultier am Zügel führend, es bald darauf am südlichen Ende verließ. Am Sattel hingen mehrere Säcke, und zwischen ihnen baumelte ein Butterbehälter aus ungegerbtem Leder.

Als Namu die Stelle erreicht hatte, wo sie den Aufstieg zu Galei beginnen wollte, drehte sie sich noch einmal um und sah, wie die Karawane gerade das Dorf verließ. Da zog sie das Maultier in eine schmale Ausbuchtung am Weg und ließ sich, den Zügel in der Hand, auf einem Felsstein nieder.

Namu hatte erkannt, daß es gefährlich wäre, die Schlucht hochzusteigen, solange sie sich im Blickfeld der Karawane befand. Die britischen Soldaten könnten argwöhnisch werden und sich fragen, was sie dort mit einem beladenen Maultier zu suchen hatte. Wenn sie jedoch sitzen blieb, wo sie jetzt saß, unterschied sie sich in nichts von allen anderen, die in diesen bewegten Tagen auf dem Tscha-lam reisten.

Die ersten, die an ihr vorbeiritten, waren die beiden berittenen Infanteristen, die die Vorhut bildeten. Es waren zugleich die ersten Fringhi, die sie in ihrem Leben sah. Holder hatte recht gehabt mit dem, was er ihr von den Fringhi erzählt hatte. Der eine war so dunkel wie ein Tibeter, nur seine

Gesichtsform war anders, sein Gefährte hingegen hatte rotes Haar und blaue Augen.

Der Rothaarige drehte den Kopf zu ihr hin und rief ihr zu: »Hoppla, Süße!« Zu seinem Kameraden sagte er: »Verdammt, so eine würd' ich zu gern vernaschen.«

Namu lächelte und zuckte die Achseln, um den beiden deutlich zu machen, daß sie ihre Worte nicht verstand.

»Danke vielmals«, antwortete sein Gefährte. »Die schlafen hier alle quer durcheinander. Sie werden schon mit Syphilis geboren.«

Namu wartete geduldig, bis die Karawane an ihr vorübergezogen war. Den Schluß bildeten wiederum zwei Mann der berittenen Infanterie.

»Ah«, sagte der erste und verlangsamte das Tempo. Sein Kamerad tat das gleiche. Sie sahen der Karawane nach, die soeben hinter der Felsnase verschwand, die unten an der Straße endete. Namu war allein mit den beiden Fringhi.

Der erste stieg ab und kam auf Namu zu. Im Gehen knöpfte er sich die Hosen auf. Namu betrachtete ihn mit weit aufgerissenen Augen.

Er war ein großgewachsener, kräftiger Mann mit einem mehrere Tage alten Bart – etwas, das Namu noch nie gesehen hatte – und einem braunen Schnurrbart, den Tabaksaft hier und da noch dunkler gefärbt hatte als seine Zähne, die jetzt, als er lächelte, sichtbar wurden. Namu wich ein paar Schritte zurück.

»Komm, Süße«, sagte er. »Ich wette, du hast so was schon mal gesehn.«

»Komm zurück, Ted«, rief der andere. »Ein Scherz ist ein Scherz, aber wir müssen jetzt weiter.«

»Halt's Maul, Frank, und sieh dich ein bißchen um, während ich es dem Mädel hier besorge, und dann tu' ich das gleiche für dich. So 'ne Gelegenheit bietet sich doch nie wieder – so'n nettes sauberes Ding, nicht wie diese syphilitischen Huren in Gjantse.«

Während er das sagte, trat er an Namu heran, die ihr Messer gezogen hatte und die Spitze auf ihn gerichtet hielt.

»Jesus, sieh bloß, Frank, ein Messer, das kleine Luder. Nicht zu glau...«

Namus Messer schoß vorwärts, aber er wich ihm mit der Gewandtheit eines Boxers aus, schlug ihr das Handgelenk hinunter und schleuderte sie mit einem Hieb seiner rechten Faust zu Boden. Sie lag reglos da, mit blutender Lippe. Er kniete sich hin, öffnete ihren Gürtel und schlug ihre Schuba zurück.

»Sieh doch bloß, Frank«, sagte er. »Kannst du da widerstehen, nach so vielen Monaten?«

Sein Kamerad hörte das Knacken des Mannlicher nicht mehr. Er fiel sterbend vom Pferd, aber im Fallen zog er noch, wie er es gelernt hatte, die Füße aus den Steigbügeln.

Ted sprang auf und hatte gerade noch Zeit, zum Kamm hochzusehen, bevor ihn Galeis Kugel herumwirbelte. Sie tötete ihn nicht sofort; er taumelte noch ein ganzes Stück zurück, bis er hintenüber in den Fluß stürzte und fast im selben Augenblick in seinen tosenden Fluten verschwand.

Als Namu wieder zu sich kam, sah sie Galei, der sich über sie beugte und ihren Gürtel zuband.

»Komm schnell«, keuchte er. »Sie werden gleich hier sein.«

Sie erhob sich schwankend.

»Nimm dir eins dieser Pferde. Über den Kamm, so schnell du kannst.« Er hob die beiden Gewehre der Toten auf.

Die Pferde waren Gebirgsponys, kurz, rund und zäh. Namus Pony trug sie wie eine Rakete die Schlucht hinauf. Galei, der das Maultier mitziehen mußte, brauchte länger.

»Sie kommen!« schrie Namu.

Die beiden berittenen Infanteristen, die die Vorhut gebildet hatten, kehrten im Galopp zurück, aufmerksam zum Kamm emporspähend. Galei verschwand in demselben Augenblick hinter dem Grat, als sie sich aus dem Sattel schwangen, um genau zielen zu können, und dann war es zu spät für sie, da sie keine Deckung hatten, während ihr Gegner hinter dem Kamm verborgen lag. Sie flohen, auf dem Hals ihrer Pferde liegend und im Zickzack reitend, um Galei kein sicheres Ziel zu bieten.

Namu war sehr bleich. Sie hatte gerade die gebratenen Gerstenfladen ausgebrochen, die sie im Dorf gegessen hatte.

Galei hatte einen Schuß auf die fliehenden Briten abgegeben, sie verfehlt und jammerte jetzt um die vergeudete Patrone.

Er blieb liegen, wo er lag, das Gewehr im Anschlag, die Straße in beiden Richtungen überschauend, bereit, den nächsten Gegner aufs Korn zu nehmen, der indessen nicht erschien. Einige Dorfbewohner wagten sich bis zum Ende des Dorfes vor, aber nicht weiter als bis zum letzten Haus, wo sie sich offenbar noch irgendwie geschützt fühlten.

Namu saß auf dem Boden, in kalten Schweiß gebadet; ihr war übel nach dem K.-o.-Schlag; sie fühlte sich nicht aufgelegt zum Reden.

Galei aber war glücklich, wie berauscht vom Erfolg seiner Theorie. »Ein Mann und ein anständiges Gewehr«, sagte er begeistert. »Und jetzt haben wir zwei Pferde, und gute dazu, zwei Gewehre und Munition. Du siehst, das ist die Methode, wie man gegen die Fringhi kämpfen muß.«

Namu nickte. Aber sie erkannte, daß die Sache einen Haken hatte.

»Trotzdem, wir haben Glück gehabt.«

»Glück? Gut schießen ist doch nicht Glück.«

»Nein. Du bist ein hervorragender Schütze. Aber ich war's, die die beiden abgelenkt hat.«

Sie sah ihn an und lachte.

»Du hast eins vergessen, Galei. Zwei Pferde, zwei Gewehre – und Namu. Du bist zu bescheiden. Aber vielen Dank für das, was du getan hast.«

»Sieh mal, was ich gefunden habe«, sagte Namu, nachdem sie zu Abend gegessen hatten.

Sie hielt ein Stück hellroten Draht in der Hand.

»Es stammt von den Fringhi. Ich wollte mir daraus einen Haarschmuck machen, aber Galei sagte nein.«

Sie ließ es in Holders Hand fallen. Es war kupferner Telegraphendraht – eine Verbindungsstelle, wo zwei Enden zusammengedreht und dann mit einer Zange abgeknipst worden waren.

»Gab's nicht noch mehr von diesem roten Zeug als das hier? Hast du Holzstangen gesehen mit so einer Schnur dazwischen?«

»Ja. Die Stangen waren so hoch wie zwei Männer. Jede hatte so ein weißes Ding oben drauf, und die rote Schnur lief einmal um sie herum und dann weiter zur nächsten Stange.«

»Und wußte jemand, was das ist?«

»Natürlich. Im Dorf haben sie mir erzählt, die Fringhi haben diese Stangen aufgestellt, weil sie Angst haben, sich im Nebel oder bei Schneesturm zu verirren. Ein paar Leute wollten sie alle nachts umwerfen, aber der Dzongpon verbot es. Wenn man sie niederreißt, sagte er, finden die Fringhi nicht mehr aus Tibet heraus.«

Holder seufzte. Die Adeligen, die Anführer im Kampf gegen die Briten, waren vom gleichen Schlag wie dieser Dzongpon. Er saß schweigend da und fütterte Aneh mit Tsamba und Buttertee. Offenbar war es eine der ersten Taten der Briten gewesen, eine Telegraphenleitung zu bauen.

Wenn es ihm gelang, sie anzuzapfen, konnte er vielleicht eine Möglichkeit finden, den Tibetern wirklich zu helfen. Er hatte keine Ahnung, wie er das anfangen sollte, und er wußte auch nicht, mit wem außer Dorjew er Kontakt aufnehmen könnte. Aber das hatte Zeit. Was war als nächstes zu tun? Das war das große Problem.

Wie sollte man Menschen, die nie von Elektrizität gehört hatten, begreiflich machen, wie ein Telegraph funktionierte? Holder entschloß sich zu einer metaphysischen Erklärung. Die Kupferschnur, sagte er, sei eine Teufelsschnur, wie es Galei geargwöhnt habe. Sie habe ein Loch in der Mitte, zu klein für menschliche Augen, aber winzige Teufel könnten sich in dieser Schnur schneller hin und her bewegen, als der berühmte Rotkappen-Lama Nub-tschen-nam-kar-ning-po sich von einer Seite der Welt zur anderen zu katapultieren vermöge.

»Sie sind so schnell«, erzählte er seinen atemlos lauschenden Zuhörern, »daß sie von Darjeeling nach Gjantse gelaufen sind, während ihr einmal mit dem Auge zwinkert. Die Fringhi haben diese kleinen Teufel in der Kupferschnur gefangen und zwingen sie, ihre Befehle auszuführen. Sie bedienen sich dazu sprechender Götzen, die an beiden Enden der Schnur sitzen. Wenn ein Fringhi in Darjeeling einem Fringhi in Gjantse etwas erzählen will, sagt er es dem sprechenden Götzen in Darjeeling, und im nächsten Augenblick kann es der andere sprechende Götze in Gjantse dem Fringhi dort erzählen.«

Namu und Galei sahen ihn starr an.

Plötzlich nahm Namu Aneh von seinem Schoß herunter und sagte: »Wirf das Stück Kupferschnur weg, Losan, oder vergrab es. Es können Teufel darin sein.«

Holder schüttelte den Kopf. »Nein. Wenn die Fringhi den Draht aufhängen, ist er leer. Sie lassen die Teufel erst dann hinein, wenn sie an beiden Enden ihre sprechenden Götzen postiert haben. Es ist genau umgekehrt: dieser leere Kupferdraht ist der beste Talisman gegen die kleinen Teufel, weil sie nicht gern darin gefangen werden möchten.«

Er drehte die beiden Enden auseinander, kerbte jedes in der Mitte mit seinem Messer ein und brach es durch. Jetzt hatte er vier Stücke. »Eins für jeden«, sagte er.

Sie nahmen es zögernd. Namu schob ihr Stück in ihren Gao und Anehs in deren kleine Börse. Galei steckte seins in seinen Zopf.

»Bist du ganz sicher?« fragte Namu.

»Ganz sicher.« Holder tat sein Stück Draht in seinen Geldbeutel. »Galei kommt morgen mit mir, dann sehen wir uns diese Kupferschnur genauer an.«

Galei wurde bleich unter seiner braunen Haut, und seine Augen weiteten sich vor Entsetzen. »Nein«, rief er. »Nein, nein, nein. Ich bin bereit, gegen zehntausend Fringhi zu kämpfen, aber nicht gegen Teufel. Ich will keinen Streit mit der anderen Welt.«

»Er hat recht«, sagte Namu. »Wir wollen die Finger davonlassen. Wenn wir nachts aufbrechen, könnten wir in das Gebiet östlich von Lhasa gelangen. Dort wären wir sicher.«

»Keine Teufel«, wiederholte Galei.

»Ha!« sagte Holder. »Wo ist jetzt dein Mut, Galei?«

»Bei Tschenresi!« Galei sprang auf, die Hand am Schwert. »Ich zeig's dir, wenn du mit mir da draußen aufs Gras kommst.«

»Die Fringhi können genug Tibeter töten. Du brauchst ihnen nicht noch dabei zu helfen.«

Galei hatte sein Schwert halb aus der Scheide gezogen. Er sagte: »Fringhi können nur töten. Aber wer weiß, was die Teufel uns in diesem und im nächsten Leben antun können?«

»Nichts, versichere ich dir. Ich weiß, wie man ihnen ihre Macht nimmt. Nur ich werde die Kupferschnur berühren, und vielleicht nicht mal ich. Aber wir müssen sie uns ansehen.«

Galei setzte sich wieder, und eine ganze Weile schwiegen sie alle drei.

Holder hatte keine Ahnung, was er mit dieser Telegraphenleitung tun könnte. Doch wohl nichts anderes als den Draht durchschneiden, und das würde lediglich dazu führen, daß man die Leitung in Zukunft sorgfältiger bewachte. Er könnte natürlich nach Kalimpong oder Darjeeling gehen und versuchen, sich einen Summer zu beschaffen, um den Draht anzapfen zu können. Aber zuerst mußte er sich die Leitung ansehen, und dazu brauchte er Galei, den Scharfschützen, den zähen Hochländer.

Namu merkte, daß Galei bereits schwankend wurde. Jetzt, da er zwei neue Gewehre und eine ganze Menge Munition hatte, war es für ihn unmöglich, tatenlos herumzusitzen.

»Macht, was ihr wollt«, sagte sie gereizt. »Aber ich bleibe nicht hier. Ich will nicht, daß Aneh von Luchsen gefressen wird oder daß Khampas über sie herfallen.«

Sie zog Aneh an sich. »Wir reiten nach Nagartse, nicht wahr, meine kleine Aprikose?«

Aneh nickte. »Nagartse. Ja, Mama. Aber Baba und Galei kommen mit.«

Holder sah ein, daß sie nicht ungeschützt hierbleiben konnten. Im Geist sondierte er das Terrain.

»Namu hat recht. Wir werden nicht lange brauchen. Aber nicht Nagartse. Wir bringen dich nach Ralung. Dort wartest du auf uns.«

Zam Trang – die Schlucht der Roten Götzen – hatte in grauen Zeiten wegen der farbigen Ritzzeichnungen auf ihren fast senkrechten Wänden diesen Namen erhalten. Es war ein unwahrscheinlich tiefer Einschnitt im massiven Felsgestein des Berges. Jedem, der ihn zum ersten Mal sah, verschlug es den Atem. Die Schlucht sah aus, als habe man sie mit einem riesigen Beil aus dem Berg herausgeschlagen. An ihrem höchsten Punkt ragten ihre steilen Wände tausend Meter hoch über dem Weg empor. Selbst mittags war der Boden der Schlucht dunkel und kalt. Durch diesen Beinahe-Tunnel wanden sich, miteinander um Platz kämpfend, der Tschalam, besät mit großen Felssteinen, die von den Seiten heruntergefallen waren, und der tobende Njang-Fluß, dessen eisiger Gischt wie gefrorener Dampf in der feuchtkalten Luft hing.

Hätten die Tibeter auch nur die Hälfte der britischen Feuerkraft und einen einzigen guten General besessen, wäre es ein leichtes für sie gewesen, die Schlucht der Roten Götzen in eine uneinnehmbare Verteidigungsstellung gegen die Invasoren zu verwandeln. Aber unter den Granaten der britischen Gebirgsartillerie und den Kugelströmen der Maxim-Maschinengewehre brachen die Linien der entsetzten Bauern, die die tibetische »Armee« bildeten, auseinander, und zweihundert Tote blieben in der Schlucht zurück, auf dem Weg verstreut liegend, im Gestrüpp und in den Felsklippen hängend. Die Briten hatten drei Verwundete zu verzeichnen.

Und hinter den britischen Truppen her lief der leuchtende Kupferdraht der Telegraphenlinie von Mast zu Mast. Ihm folgten jetzt Holder und Galei.

Wie Holder wußte, machten der Weg und die Schlucht an dieser Stelle eine große Hufeisenkurve um den Berg herum; auch der Fluß folgte dieser Kurve. Die Techniker der britischen Armee hatten, vielleicht um Draht zu sparen, die Telegraphenlinie über den Berg hinweg von einem Ende des Hufeisens zum anderen gelegt.

Auf jeden Fall durften sie sich nicht in die Schlucht wagen, wenn sie nicht Gefahr laufen wollten, entdeckt und gefaßt zu werden. Also folgten Holder und Galei zu Pferde am Berg entlang der Telegraphenlinie. Galei hielt respektvollen Abstand von ihr und blickte immer wieder nervös auf Holder, der ihm aufmunternd zunickte.

Der Weg war übersät mit toten Tibetern, die in der Hochlandluft angetrocknet und schon halb von Geiern aufgefressen waren.

Der Draht lief von Isolator zu Isolator. In diesem rauhen, menschenleeren Terrain waren die Isolatoren meist mit Haken befestigt, die man in den Fels getrieben hatte, denn so sparte man Maste, die von unterhalb der Baumgrenze heraufgetragen werden mußten.

An ihrem offenen Ende war die Hufeisenkurve, die der Fluß und der Weg beschrieben, etwa drei Meilen lang. Sie hatten bereits annähernd zwei Meilen dieser Strecke zurückgelegt, als Galei Holder aufgeregt zuflüsterte: »Sieh doch! Die Schnur, Losan!«

Der Kupferdraht zitterte – zitterte so stark, daß der leichte Wind, der ihnen ins Gesicht wehte, nicht die Ursache sein konnte.

Galeis entsetzter Gesichtsausdruck mochte übertrieben sein, aber zweifellos hatte er Angst.

»Das müssen die kleinen Dämonen sein, die da innen langlaufen«, sagte er.

Holder legte den Finger auf den Mund und winkte Galei abzusteigen. Sie prüften ihre Gewehre. Holder gab Galei seinen Zügel zum Halten und ging gebückt zu Fuß weiter. Dreißig Schritte vor ihnen, auf der Horizontlinie, war ein großer Felsstein, und in eine seiner Schrunden war ein Haken eingeschlagen. Dieser Haken hielt den Draht, der auf der anderen Seite hinunterlief. Holder spähte um den Felsen.

Sofort fuhr er wieder zurück und machte Galei ein Zeichen,

er solle bleiben, wo er war. Schnell atmend vor Aufregung, lugte er vorsichtig wieder um den Stein.

Der britische Soldat war ungefähr sechzig Schritt entfernt. Er trug Uniform unter einem großen Schaffellmantel und hatte einen Tropenhelm auf. Er war allein und offenbar ohne Reittier, aber hinter ihm, mehr als eine halbe Meile entfernt, war eine Gruppe britischer Soldaten bei der Arbeit: sie schlugen Haken ein und rollten Draht ab. Ihre Pferde fraßen das spärliche Gras, das zwischen den Felsen wuchs.

Der Mann, der Holder so nahe war, hatte einen kleinen Kasten auf dem Boden stehen, und von diesem Kasten lief ein Draht zum Telegraphendraht hin. Er überprüfte die Leitung.

Holders Puls raste. Er zitterte halb vor Aufregung, halb vor Furcht, diese unvorstellbar günstige Gelegenheit könnte ungenutzt vorübergehen. In dem kleinen Holzkasten befand sich ein Morsesender und -empfänger. Wenn er ihn in seinen Besitz brachte, konnte er die Meldungen abhören, die zwischen Younghusbands Hauptquartier und der Regierung von Indien über den Draht hin und her gingen.

Holders Gedanken überschlugen sich. Der Mann war zu weit entfernt, als daß er sich hätte auf ihn werfen können. Eine Kugel würde die anderen auf den Plan rufen. Angenommen, er riefe ihn auf englisch an und versuchte ihn durch irgendeinen Vorwand zu sich heranzulocken? Unsinn.

Galeis Bogen! – Gebückt lief er zu Galei hin.

»Ein Fringhi, Galei.«

Der Hochländer griente und streichelte sein Gewehr.

»Nur einer?«

Holder schüttelte den Kopf. »Er ist nur einen Steinwurf weit weg«, sagte er mit gedämpfter Stimme. »Kannst du ihn mit deinem Bogen kriegen? Es darf kein Geräusch geben. Seine Kameraden sind nicht sehr weit entfernt.«

»Wie weit?«

»Sechzig Schritt. Siebzig.«

»Schwierig. Pfeile töten nicht so gut wie ein Gewehr.«

»Versuch's. Beeil dich.«

Angesteckt durch Holders Erregung, ließ Galei die Zügel fallen, legte sein Gewehr auf den Boden und streifte sich die lockere, ungespannte Schnur seines Bogens über den Kopf. Bei verschiedenen Gelegenheiten hatte Holder erfolglos versucht, ihn zu spannen. Galei tat das mit einer einzigen Bewegung von Fuß, Knie und Hand, die spielend leicht aussah. Der geschweifte Bogen maß dann von Spitze zu Spitze etwa ein Meter siebzig.

»Paß auf, daß er dich nicht sieht. Und die anderen auch nicht. Ich führe die Pferde näher heran. Wenn du ihn kriegst, komm sofort zurück, dann geh' ich zu ihm hin.«

»Aber ...«

»Beeil dich. Beeil dich. Laß deinen Hut hier. Schnell.«

Galei wählte zwei Kriegspfeile mit schweren Spitzen aus. Als er losging, murmelte er eine Zauberformel über ihnen. Holder hielt die Pferde fest, damit sie in Deckung blieben. Wieder zitterte er vor Erregung, als Galei um den Felsen spähte.

Galei steckte sich seinen Daumenring an, der, wie man ihm versichert hatte, aus einem Splitter des Schenkelknochens eines großen Kriegers geschnitzt war, leckte seinen Zeigefinger an, hielt ihn in den Wind, steckte einen Pfeil neben sich in den Boden und bewehrte seinen Bogen mit dem anderen. Seine Bewegungen wirkten unbedacht, zufällig. Er brauchte so gut wie keine Zeit zum Zielen. Er zog die Schnur zurück, der Pfeil folgte, bis der Knochenring an seinem Ohr lag; dann ließ er sie los. Seine rechte Hand langte nach dem zweiten Pfeil. Mitten in der Bewegung hielt er inne, warf Holder einen Blick zu und nickte.

Holder ließ die Zügel, seinen Hut und sein Gewehr fallen, glitt langsam über die Felsen und kroch auf den Engländer zu. Er lag auf dem Rücken, und Galeis Pfeil steckte in seiner Brust.

Holder war ziemlich sicher, daß die anderen Soldaten aus einer so weiten Entfernung nichts merken würden, sobald er den Tropenhelm des Engländers aufhatte und das Gesicht von ihnen abwandte. Er brauchte eine ganze Weile, bis er den

Toten erreicht hatte, denn vor jeder Bewegung mußte er sich vergewissern, daß niemand zufällig zu ihm herübersah.

Jetzt konnte er hören, wie der kleine Morsesender seine schnellen Signale aussandte.

»Hallo. Jackson bitte melden. Jackson bitte melden. Können Sie mich hören? Hallo. Hallo.«

Holder nahm Jackson den Helm ab und setzte ihn sich auf. Sofort fühlte er sich sicherer. Er erhob sich. Galeis Schuß war ein Meisterschuß gewesen, denn selbst bei einem mit solch einem Bogen abgeschossenen Pfeil konnte man nie sicher sein, daß er auch wirklich die schwere Kleidung eines Mannes durchbohrte. Der Pfeil hatte Jackson direkt unter dem Schlüsselbein getroffen.

Aber als Holder in die offenen Augen des Mannes sah, stockte ihm der Atem. Jackson war nicht tot. Seine blauen Augen irrten hin und her, und auf seinem Mund stand Schaum, der Blasen bildete, wenn er atmete.

»Hallo. Hallo. Jackson bitte melden.« Der Holzkasten summte dicht neben Jacksons Hand.

Holder klemmte den Draht ab. Das Summen hörte mitten in einem »Hallo« auf.

Er überlegte, was er mit dem immer noch lebenden Jackson tun sollte. Als er sich umdrehte, setzte sich der Mann plötzlich auf, starrte ihn an und röchelte.

Holder konnte kein Glied bewegen. Die weit aufgerissenen Augen schienen ihn voller Haß anzusehen.

»Mary«, stöhnte Jackson. »Mary. Komm ...« Ein Blutstrom brach aus seinem Mund, seine Augen wurden trübe, und er fiel zurück.

Langsam lockerten sich Holders verkrampfte Muskeln. Die britischen Nachrichtentechniker hatten sich weiter entfernt. Sie hatten nichts bemerkt. Jetzt, da die Spannung nachließ, wurde ihm beinahe übel; er atmete tief durch und hob den Kasten und die Rolle isolierten Kupferdraht auf, der zu der Klemme lief.

Es hätte Verdacht erregt, wenn er nur das und nichts anderes hätte mitgehen lassen. So öffnete er den Mantel des

Toten und nahm dessen Revolver und den Patronengürtel an sich. Ein Photo fiel heraus – das Brustbild einer Frau in einem schwarzen Spitzenkleid mit hohem Kragen, das Haar nach der Mode der Zeit hochgekämmt. Auf der Rückseite stand: »Denk an mich. Mary«. Er ließ es liegen und steckte die Wasserflasche des Toten ein. Galei konnte sie für seinen Arok brauchen.

Langsam ging er auf den Kamm zu, hier und da innehaltend, als überprüfe er die Leitung, und dann war er auf der anderen Seite. Er fiel Galei um den Hals und schlug ihm auf den Rücken.

»Der beste Schuß, den du je abgegeben hast.«

»Mein bester Pfeil«, grollte Galei. »Wo ist er? Du hast ihn dagelassen, wie? Und was ist hier drin?«

»Später. Später. Vergiß den Pfeil. Wir müssen fort sein, bevor sie ihn finden.«

Mary Jacksons Gatte lag reglos da und starrte mit offenen Augen in den Himmel. Er konnte den Lämmergeier nicht sehen, der mit unbeweglichen Schwingen über ihm schwebte und darauf wartete, daß die Lebenden fortritten, damit er sein Mahl beginnen konnte.

Nachdem er den Pfeil auf den Engländer abgeschossen hatte, war Galei der kleine Kasten aufgefallen. Er hatte gesehen, daß er mit der Telegraphenleitung verbunden war. Jetzt hatte ihn Holder an seinen Sattel gehängt, und Galei argwöhnte, daß in ihm jene sprechenden Götzen gefangen waren, mit deren Hilfe die Fringhi die kleinen Dämonen in der Kupferschnur unter Kontrolle hielten.

In scharfem Tempo ritt Holder von der Schlucht der Roten Götzen weg in die Berge hinein. Galei blieb ein gutes Stück hinter ihm zurück, Holder und seinen Kasten beunruhigt im Auge behaltend. Galei sah seinen Arbeitgeber jetzt in einem neuen Licht. Es war Sache der Lamas, mit der anderen Welt zu verkehren. Laien, die das taten, galten als Finsterlinge und waren dafür berüchtigt, daß sie sich auch mit schwarzer Kunst, Zauberei, Geisterbeschwörung, mit Unholden und

Dämonen aller Art abgaben. Galei fiel es schwer, sich Losan in dieser Rolle vorzustellen, aber andererseits war es allgemein bekannt, daß Zauberer, die Böses im Schilde führten, meist angenehme Manieren und ein unschuldiges Wesen zur Schau trugen.

Vor ihnen lag ein kleines, geschütztes Tal, durch das ein Bach floß, und Holder sagte: »Hier bleiben wir. Hier sieht es gut aus.«

Galei hatte ein Stück entfernt angehalten und ritt jetzt in einem Bogen um Holder herum zu einer anderen Stelle.

»Ich will mit diesen Fringhi-Dämonen nichts zu tun haben«, sagte er laut. »Es ist doch möglich, daß der sprechende Götze in diesem Kasten jetzt den Fringhi verrät, wo wir stecken, oder seine Gefährten ruft, damit sie uns verderben.«

»Nein, Galei. Ich kenne mich in diesen Dingen aus, und ich . . .«

»So? Und woher hast du diese Kenntnisse? Wie kann ein einfacher Mann mit diesen Teufeln auf vertrautem Fuß stehen? Bist du ein Zauberer?«

Holder schüttelte den Kopf. »Ich habe das alles in Kalimpong von einem sehr gelehrten und heiligen Guru gelernt. Sei ganz ruhig, Galei. Die Dämonen können nicht aus diesem Kästchen heraus.«

»Trotzdem, Losan, will ich nicht in ihre Nähe kommen.«

Holder stellte den Kasten auf einen flachen Stein, legte seinen Sattel darüber und ging dann zu Galei hin, der mit Stahl und Feuerstein ein Yakmistfeuer zu entzünden versuchte.

Er seufzte innerlich. Seit er das unverhoffte Glück gehabt hatte, ein Morsegerät zu erbeuten, überlegte er, wie er Nutzen aus ihm ziehen könnte.

Die meisten Botschaften, die über diese Leitung liefen, waren sicherlich nicht sensationell: Berichte, Materialanforderungen, Befehle und so weiter. Um an das Gold zu kommen, würde er viel Zeit mit nutzlosem Abraum verschwenden müssen. Da er nur etwa fünfzig Meter isolierten

Kupferdraht besaß, konnte er sich auch nur so weit von der Leitung entfernen und mußte daher ständig Gefahr laufen, von Patrouillen überrascht zu werden; es sei denn, er hörte die Leitung bloß nachts ab. Im günstigsten Fall konnte er einen Platz finden, wo ihn sogar Patrouillen nicht entdecken würden oder wo er sie zumindest eher sah als sie ihn.

Es würde auf jeden Fall schwierig genug werden, und dazu kam noch Galeis Furcht vor dem Übernatürlichen, die zu groß war, als daß er ihm viel hätte helfen können. Doch ohne Galei oder Namu war er, Holder, im Himalaja verloren.

Das Abendessen verlief in gedrückter Stimmung, und die Nacht war kalt. Am Morgen heiterte Holder Galei dadurch ein wenig auf, daß er ihm sagte, er wolle den Kasten irgendwo an einem sicheren Ort verstecken, während sie beide das Terrain sondieren würden.

Galei war froh, daß ihm die Rolle des berittenen Begleiters zufiel, während Holder in der Nähe der Leitung umherstreifte, in dem Abschnitt, den sie gestern ausgekundschaftet hatten – dem offenen Ende des Hufeisens.

Nahe der Stelle, wo Fluß und Weg in die Schlucht eintraten, verschwand die Telegraphenleitung über dem Rand der Felswand. Holder kroch an den Rand und spähte hinüber. Unter ihm fiel die Wand mehr als hundert Meter tief zum Fluß ab, der kochend und tosend gewaltige Felssteine gegeneinanderschleuderte und die Schlucht mit Gischt erfüllte. An seinem Ufer wand sich der langsam ansteigende Weg entlang. Der Draht zog sich von dort, wo Holder lag, in einer Zickzacklinie von einem Isolator zum nächsten, und die Isolatoren waren an Haken befestigt, die schwindelfreie Kletterer in den Felsen eingeschlagen hatten.

Holder war schon im Begriff, sich zurückzuziehen, da sah er, daß fast genau unter ihm durch einen Bruch im Fels ein schmales Gesims entstanden war. Das Gesims endete in einem Spalt, der, wie es schien, tief in die Felswand hineinreichte. Er war ideal für seine Zwecke, aber bei der Vorstellung, die zwanzig Meter zu dem Sims hinunterklettern zu müssen, klammerte sich Holder nur noch fester an die Felskante. Und was die Sache noch gefährlicher machte – etwa zehn Meter tiefer ragte der Felsen über das Sims hinaus, so daß die Hände eines Kletterers weiter draußen wären als seine Füße.

Als Versteck hatte dieser Spalt den Vorteil, daß jeder, der die Leitung überprüfte, von oben zwar feststellen konnte, daß sie in Ordnung war, ohne aber sehen zu können, daß sich jemand in dem Spalt nahe der Leitung befand. Wenn man Vorräte für ein paar Tage besaß, war Wasser das einzige Problem.

Galei hatte stets ein Seil bei sich. Holder rief ihn heran. Er näherte sich vorsichtig und ließ dabei den Draht keine Sekunde aus den Augen.

Er war gegen dieses ganze Unternehmen. »Losan«, bat er inständig, »hören wir doch auf mit diesem Dämonen-Unsinn! Wir haben drei Pferde – wenn das graue immer noch in dem Tal ist, wo wir es zurückgelassen haben. Wir haben vier gute Gewehre. Binnen kurzem könnten wir genug Pferde und Waffen zusammenbringen, um eine ganze Schar Männer auszurüsten, und dann jagen wir die Fringhi wie die Winterwölfe den wilden Yak.«

Aber ein paar Minuten später saß Galei über der Wand, die Füße gegen zwei Vorsprünge gestemmt, sein Yakhaarseil um den Körper gebunden, an dem Holder sich langsam hinabließ, das Gesicht zur Wand, mit den Füßen hinuntertastend. Laut rufend wies er Galei an, das Seil nachzulassen oder einzuhalten. Am Überhang wurde er sich angstvoll bewußt, daß jetzt kein Fels in Griffnähe war, und ihm wurde beinahe übel. Galei ließ wieder ein Stück Seil nach, und Holder schwang sich auf das Sims. Mit weißen Fingerknöcheln klammerte er sich an den Überhang.

Zoll um Zoll bewegte er sich vorsichtig abwärts, mit den Augen den grauen Fels absuchend, mit den Händen einen Halt nach dem anderen ertastend. Schließlich griff seine Rechte um den scharfen Rand des Spalts, und er war drinnen. Es sah nicht so aus, als habe sich je ein lebendes Wesen hier hineinverirrt, außer vielleicht ein schutzsuchender Vogel. Am Eingang war der Spalt etwa einen Meter breit, wurde dann immer schmaler und endete nach etwa zehn Metern. Wie meist in solchen Höhlen bildete das Oberflächenwasser ein dünnes Rinnsal, und das genügte für seine Bedürfnisse. Dank dem überhängenden Felsen würde sein Anzapfdraht von oben unsichtbar sein. Es war tatsächlich ein idealer Ort, um die Botschaften der Briten in Ruhe abzuhören.

Holder kroch zurück zur Öffnung, und als er hinunterblickte, sah er eine Yak-Karawane, von Sepoys bewacht, langsam dahintrotten. Es dauerte lange, bis sie hinter einer Biegung der Schlucht aus seinem Blickfeld verschwanden und er Galei ein Zeichen geben konnte, daß er wieder hoch wollte. Hinauf ging es viel leichter als herunter; er glaubte fast, er hätte es auch ohne Seil geschafft, aber dann blickte er zufällig hinab und klammerte sich in panischer Angst an der Wand fest.

Es war fast noch dunkel am nächsten Tag, als Galei die letzten Vorräte für Holder in den Spalt hinunterließ. Er behielt genug für sich zurück, für die vierundzwanzig Stunden, die er brauchen würde, um nach Ralung zu reiten und Namu zu finden. Es war Zeit, Abschied zu nehmen, und Galei war erleichtert, daß er endlich aus der Nähe dieser Teufel in der Kupferschnur und der sprechenden Götzen weg kam.

In der Tiefe donnerte der dahinjagende Fluß, und Galei mußte laut schreien, damit ihn Holder verstehen konnte: »Das ist alles, Losan. In fünf Tagen bin ich wieder zurück. Sei dreimal gesegnet, und Gott schütze dich vor den bösen Geistern.«

»Grüß Namu und Aneh von mir«, schrie Holder zurück. »Paß auf, wenn du zurückkommst. Vergewissere dich, daß keine Fringhi in der Nähe sind.«

Plötzlich brach die Dunkelheit herein, und zugleich fegte ein mit Sand geladener Wind durch die Schlucht, aber am schwarzen Nachthimmel gingen riesig und hell die Sterne auf. Die Einsamkeit war majestätisch, furchterregend.

Es war trocken in dem Felsspalt bis auf das dünne Wasserrinnsal, und der Staub von Jahrhunderten bedeckte den Boden. Funken flogen von Holders Feuerstein, und der Wind half ihm, den Yakmist anzuzünden. Bald hatte er den Buttertee für seine Tsamba und das getrocknete Hammelfleisch fertig, aber er aß nur wenig, denn seine Vorräte waren nicht sehr reichlich.

Es war pechschwarz in dem Spalt, und er wollte keine Butter für Licht verschwenden. Seine Notizen würde er eben im Dunkeln machen.

Er schaltete den Empfänger ein, und das schnelle, pfeifende Summen begann – eine lange Liste von Anforderungen. Einen Beutel mit Tsamba unter dem Kopf, Notizbuch und Bleistift in der Hand und getröstet durch einen Mundvoll Arok – Galeis letzten Viertelliter –, lag er da und begann die Strapazen des Tages zu spüren.

Die Anfangssignale einer neuen Meldung rissen ihn aus dem Halbschlaf.

»Daily Mail, London, von Candler, Gjantse, Tibet.

Fortsetzung.

Sie waren von Lhasa angerückt, um Kang-ma zu nehmen, und sie wollten nicht zurückweichen. Sie kamen die Schanze heruntergestürzt, rissen Steine heraus und schleuderten sie auf unsere Sepoys; springend versuchten sie unsere Gewehrläufe zu ergreifen; sie mühten sich, irgendwo Fuß zu fassen und sich auf die Brüstung zu schwingen; sie fielen, von Kugeln durchbohrt, und ein paar rannten verzweifelt wieder zur Schanze zurück. Es wäre nur eine Frage der Zeit, eine Frage von Minuten gewesen, dann hätte das gleichmäßige Schnellfeuer der Dreiundzwanziger Pioniere auch den letzten Mann niedergestreckt. Hundertsechs Tote lagen schließlich am Fuß der Schanze, und weitere sechzig wurden erschossen, als sie zu fliehen versuchten. Noch nie gab es einen derart hoffnungslosen, hilflosen Kampf, solche verzweifelte und nutzlose Tapferkeit. Fortsetzung folgt.«

Hier brach die Meldung ab, und es wurden verschiedene Mitteilungen durchgegeben, die den Nachschub betrafen.

Dann ging es weiter: »Daily Mail, London, von Candler, Gjantse, Tibet.

Fortsetzung.

Es besteht keine Aussicht, daß die Tibeter die Briten als eine ernst zu nehmende Macht ansehen, bevor wir nicht einige tausend Tibeter getötet haben. Die meisten von uns glauben, daß wir die Hauptstadt nur nach einem entsetzlichen Blutbad erreichen können. Wir stellen uns vor, wie die vierzigtausend Mönche von Lhasa sich verbissen auf unser Lager werfen. Wir sehen sie reihenweise von Maschinengewehren niedergemäht. Aber wir müssen weiter, wir haben keine andere Wahl. Ende der Meldung. Candler.«

Es folgte eine lange Pause. Dann begann der Summer wieder zu ticken.

»Ich habe nichts mehr für Sie. Haben Sie noch etwas. Simla.«

»Ja. In Kürze folgt eine wichtige Meldung. Gjantse.«

Einige Zeit verstrich. Holder wartete gespannt, aber der Summer blieb vorerst still.

Plötzlich begann er wieder zu arbeiten.

»Hier Gjantse. Simla bitte melden.«

»Hier Simla.«

»Dringend. Vertraulich. Nachricht nur für Lord Ampthill vom Leiter der Mission. Es gibt heftigen Widerstand gegen den Dalai-Lama, und es besteht durchaus die Möglichkeit, daß man ihn durch ein Attentat aus dem Wege räumt. Das ist keineswegs ungewöhnlich, denn ein vorzeitiger Tod ist das Schicksal der meisten Dalai-Lamas. Sollten sich die Dinge in dieser Richtung entwickeln, hätten wir in Lhasa wieder den üblichen Zustand anstelle der gegenwärtigen unnormalen Lage, wo wir es mit einem Dalai-Lama zu tun haben, der alt genug und entschlossen ist, für sich selbst zu sprechen und zu handeln. Ich glaube, daß die Chinesen uns in dieser Angelegenheit unterstützen werden. Younghusband.«

Holder war sprachlos über die kalte Skrupellosigkeit, die aus dieser Meldung sprach. Die Interessen des britischen Empires erforderten, daß die Tibeter zu Tausenden hingeschlachtet wurden. Das würde sie lehren, Großbritanniens kulturbringenden Einfluß in Zukunft zu respektieren. Younghusbands Botschaft war nichts anderes als ein kaum verschleierter Hinweis für den amtierenden Vizekönig Lord Ampthill, er solle den Chinesen zu verstehen geben, daß die Briten die Ermordung des jungen Dalai-Lama als für beide Seiten nützlich betrachten würden.

Holder blieb wach, bis der Telegraphist in Gjantse durchgab: »Ende. Gjantse.«

»Ende. Simla. Bibi.«

»Bibi bis zehn vormittags.«

XI

Die heilige Sau

Sichtlich aufgeregt betrat Namu das winzige Haus aus getrocknetem Lehm am Rand von Nagartse, nicht ohne vorher rasch nach beiden Seiten zu blicken. Galei spielte gerade mit Aneh das Knöchelspiel und verlor jedesmal. Sie waren nachts von Ralung zu der größeren Ortschaft Nagartse geritten und hatten dort ein Zimmer gemietet, um der Öffentlichkeit eines Tasam-Hauses zu entgehen.

»Galei!« Namus Stimme klang hektisch. »Wir müssen sofort aufbrechen.«

»Aber wir sind doch gerade erst angekommen.«

»Ich weiß. Aber ich habe Tjima gesehen. Er ist mit einer Karawane hier angelangt.«

»Tjima?«

»Der älteste der drei Brüder, mit denen ich verheiratet war.«

»Und die anderen?«

»Keine Spur von ihnen.«

Galei seufzte. Er hätte sich gern hier verborgen gehalten, bis es Zeit war, zur Schlucht der Roten Götzen zurückzureiten. Aber er brauchte Namu, um die Einkäufe zu erledigen.

Der ganze Tscha-lam schwirrte von wilden Gerüchten und stark übertriebenen Berichten über das Massaker von Guru und den britischen Vormarsch auf Gjantse. Die Briten standen nur noch einen Gewehrschuß weit von der Stadt entfernt. Der Lam war wie eine Ameisenstraße; zahllose Menschen flohen nach Osten, nàch Lhasa, und andere wurden in die entgegengesetzte Richtung in Marsch gesetzt, um gegen die Ferenghi zu kämpfen, oder sie zogen aus eigenem Antrieb gen Westen, um zu sehen, ob es in der Nachbarschaft der beiden Armeen nicht etwas zu holen gab.

Namu war auf dem Markt gewesen und hatte auf dem Rückweg den gedrungenen, vierschrötigen Banditen aus Kham erblickt, der auf den Hochweiden ihr Gatte gewesen war.

Sie hatte ihn zu spät bemerkt, als daß sie ihm noch hätte ausweichen können, aber er war gerade erst mit der Karawane angelangt, und bevor er sie stellen konnte, hatte sie sich wie ein Rauchwölkchen in ein Seitengäßchen verflüchtigt und war mit klopfendem Herzen auf Umwegen zu ihrem Haus zurückgelaufen.

»Aber wohin sollen wir denn gehen? Überall auf dem Lam können wir ihm wieder begegnen.«

»Dann reisen wir eben nicht auf dem Lam. Wir dürfen nicht länger bleiben.«

Namu packte bereits ihre Habseligkeiten zusammen. Sie hatte die Nerven verloren, seit sie den verhaßten Tjima erblickt hatte. Er wußte, daß sie eine Duitschun der Familie Dschigme in Schigatse war, und er würde Geld für sie bekommen, und dann schwebte auch Aneh in Gefahr, eine Sklavin zu werden.

»Beruhige dich, Namu«, sagte Galei. »Wir werden doch nicht vor dem Wolf Reißaus nehmen, nur um im Rachen eines Tigers zu enden. Ich kenne ein Dorf namens Dala auf der anderen Seite des Sees, sehr weit vom Lam entfernt.«

»Dann komm!«

»Nein. Nur bei Nacht, wenn du nicht wieder Tjima begegnen willst. Wir reiten ein paar Li von hier weg und kampieren im Freien.«

Es war eine trockene Nacht, und sie schliefen im Schilf, am Ufer des »Hochweidensees« Jamdok Tso, des heiligsten tibetischen Sees, den viele Tibeter wegen seiner auffallenden grünblauen Farbe Türkissee nannten. Der Vollmond verwandelte die Nacht in bleichen Tag; er schien von einem mit Sternen übersäten Himmel auf sie herunter und aus dem stillen Wasser des Sees zu ihnen herauf. Sogar jetzt bei Nacht konnten sie das Kloster Samding auf einem Berg liegen sehen und den Dzong, der es beschützte, obwohl sie etwa acht Li davon entfernt waren.

»Samding«, flüsterte Namu ehrfürchtig Aneh zu.

Das war das dreimal heilige Samding Gompa, dessen Bewohner alle männlichen Geschlechts waren, mit Ausnahme der Äbtissin, die diese heilige Stätte regierte, welche im ganzen Land höchste Verehrung genoß.

Die Äbtissin trug den Ehrentitel Donnerschlag-Sau, Dorje Phagmo. Sie war Tibets einziger weiblicher Gottmensch, die einzige Frau, die nicht als Mann wiedergeboren werden mußte, um in der endlosen Folge der Wiedergeburten eine höhere Stufe zu erreichen; die einzige tibetische Persönlichkeit, die außer dem Dalai-Lama und dem Pantschen-Lama das Recht hatte, in einem Palankin zu reisen. Sie war eine Lebende Göttin, die wiedergeborene Göttin Tara. Einer Legende zufolge hatte die Dorje Phagmo, als das Kloster Samdung vor zweihundert Jahren von dsungarischen Eindringlingen bedroht wurde, sich und alle ihre Diener in Schweine verwandelt. Dandub Serung, der Befehlshaber der Dsungaren, erklärte, er wolle keine Stätte plündern, an der es nichts als Schweine gäbe, woraufhin die Dorje Phagmo wieder ihre menschliche Gestalt annahm und sich von den erschreckten Mongolen anbeten ließ.

Der Morgen kam, und die riesige Sonnenscheibe war, bevor sie sich vom Horizont löste, so nahe, daß man den Eindruck hatte, sie sei in einem Halbtagesmarsch zu erreichen. Aneh beklagte sich bitter, daß sie nur ein kaltes Frühstück bekam, und spie das meiste davon wieder aus. Als sie die Ebene überquerten, versank Galeis Pferd bis zu den Fesseln in dem sumpfigen Boden, der zwar einen Menschen, aber kein Pferd tragen konnte. Also mußten sie den längeren Weg rings um Dala einschlagen, am Fuß der niedrigen Berge, die den See einschlossen. Das bedeutete, daß sie den heiligen Ort entgegen dem Uhrzeigersinn umrunden mußten, und Namu war darüber sehr beunruhigt. Galei fürchtete sich zwar vor den Teufeln in der Kupferschnur, aber im übrigen schenkte er den Vorschriften des Lamaismus wenig Aufmerksamkeit. Er begnügte sich damit, einen Stein auf jeden Obo zu werfen und im Reiten rasch ein paar Manis zu murmeln.

Als sie um den ersten Bergausläufer ritten, packte Namu plötzlich Galei am Arm und zeigte nach oben. Sie brachte ihr Maultier zum Stehen. Auf einem Kamm vor ihnen hielten sechs oder sieben Berittene, jeder mit einem Luntengewehr bewaffnet, das hinter seinen Schultern emporragte, und einem Schwert quer vor dem Körper. Sie zogen blank und kamen mit in der Sonne funkelnden Klingen heruntergeprescht. Es waren allesamt Dienstleute; sie trugen schwarze Gewänder und Hüte mit roten Troddeln.

»Sie müssen vom Dzong sein«, flüsterte Namu Galei zu. »Laß mich mit ihnen reden.«

Die Männer umringten sie, und zum Zeichen ihrer Unterwürfigkeit streckten Galei und Namu die Zunge heraus, zeigten ihre Handflächen und sogen ihren Atem wieder ein.

Was sie hier wollten?

Sie hofften, erklärte Namu, sich auf ihrer Pilgerfahrt nach Lhasa noch mehr Verdienste zu erwerben, wenn sie einmal um das Kloster der Erhabenen Meditation herumritten und so der heiligen Jara huldigten, die in der Donnerschlag-Sau verkörpert sei.

Der Wortführer der Dienstleute ließ seine Peitsche knallen und sagte, dies sei ganz offenkundig eine Lüge, da sie den Gompa nicht zu ihrer Rechten hätten. Ohne eine Erwiderung abzuwarten, schlug er Galei mit der Reitpeitsche ins Gesicht. Der stöhnte vor Schmerz und Schreck, und Tränen liefen die roten Striemen hinunter, die sofort dick anschwollen.

»Herr«, sagte Namu flehend, »bitte, denk daran, daß unnötige Strenge deine Verdienste mindern könnte.«

Aneh fing an zu weinen, und Namu fürchtete, die tückisch

aussehenden Männer könnten darauf mit einer neuen Grausamkeit antworten. Sie versuchte sie zu beruhigen.

»Die Frau sieht gar nicht übel aus«, sagte einer der Dienstleute zu dem Wortführer. »Wirklich, ein seltener Fund in dieser Gegend.«

»Das stimmt. Wir nehmen sie mit zum Dzong.«

Namu drückte Aneh an sich, da sie fürchtete, man würde ihr das Kind wegnehmen. Aber einer der Dienstleute faßte den Zügel ihres Maultiers, ein anderer den von Galeis Pferd, und so ritten sie über die Berge, die den See einfaßten.

Auf dem Weg zum Dzong kamen sie an dem kleinen Kloster vorbei. Vor der Festung mußten sie absteigen, wurden eine Rampe hinaufgetrieben, durch schmutzige Gänge gezerrt, während ein Wächter seine Dienstherren von ihrer Ankunft unterrichtete. Beide Dzongpons, der Laie und der Lama, erschienen. Namu und Galei mußten auf dem Boden niederknien, während ein Leibeigener die schreiende Aneh mit seinen schmutzigen Händen aus den Armen ihrer Mutter riß und sie festhielt.

»Sie lügen«, sagte der Lama, ein fetter Mann mit hervorquellenden Augen. Grienend wandte er sich an Namu: »Du sprichst, meine Liebe, als stammtest du aus Schigatse.«

Er wandte sich zu dem anderen Dzongpon, der ihm zunickte.

»Duitschuns natürlich. Aber die Frau ist hübsch. Der da«, er deutete auf Galei, »kann mit dem nächsten Transport von Nagartse nach Gjantse abgehen. Sieht aus, als würde er einen ganz brauchbaren Krieger abgeben.«

In diesem Augenblick kam ein schwarzgekleideter Bediensteter herein, verbeugte sich und meldete einen Besucher, der ihm auf dem Fuße folgte. Er strahlte Autorität und Arroganz aus. Nicht nur seine Kleider, auch der goldene Gao zwischen seinen beiden zu Knoten aufgesteckten Zöpfen und der lange, mit Perlen und Türkisen geschmückte Ohrring, der an seinem linken Ohr baumelte, deuteten darauf hin, daß es sich um einen Adeligen mit einem hohen offiziellen Rang handelte. Er war der Verwalter des riesigen Grundbesitzes der Dorje Phagmo, den alle Inkarnationen der Göttin Jara, der Donnerschlag-Sau, deren Reichtum unermeßlich war, noch weiter vermehrt hatten.

Nun war es an den beiden Dzongpons, sich zu verneigen. Sie beeilten sich, den hohen Gast zu dem seinem Rang gebührenden Sitz zu führen, und befahlen, Buttertee zu bringen, was sogleich geschah.

»Hinaus mit diesen beiden Vagabunden, und haltet sie fest, bis Seine Ehren die Geschäfte mit uns beendet hat«, sagte der Lama-Dzongpon.

»Laßt sie hier drinnen«, befahl der Neuankömmling.

»La-les. La-les.«

Er verspritzte mit dem kleinen Finger ein paar Tropfen des angebotenen Tees als Opfer für die Götter und nahm den vorgeschriebenen Schluck. Dann setzte er die Schale nieder und entledigte sich seines Auftrages.

»Ihre Heiligkeit hat zufällig aus dem Fenster gesehen, als ihr diese Leibeigenen herbrachtet. Haben sie irgendein Verbrechen begangen?«

»Das wissen wir noch nicht, Euer Ehren. Sie sind noch nicht peinlich befragt worden.«

»Nehmt bitte davon Abstand. Ihre Heiligkeit, die soeben eine Periode der Meditation beendet hat, wünscht, daß ihr die beiden eine Zeitlang Gesellschaft leisten.«

»Solche Leute, Euer Ehren?«

»Das ist weder eure noch meine Sache. Die Rimpotsche hat zweifellos gute Gründe für ihre Wünsche, die gewöhnlichen Augen nicht erkennbar sind.«

»La-les. La-les.«

Namu und Galei wechselten einen Blick, in dem Hoffnung aufflackerte. Aneh schluchzte leise vor sich hin, und Namu machte dem Leibeigenen ein Zeichen, er solle sie ihr wiedergeben.

»Das ist alles. Bringt sie zum Gompa und vergeßt nicht, daß die Rimpotsche ...«

»La-les. La-les.«

Es bedeutete zumindest eine Gnadenfrist.

Nachdem der Verwalter gegangen war, durften Namu und Galei sich setzen, Buttertee trinken und Gerstenfladen essen, während ihre Eskorte zusammengestellt wurde. Der Lama-Dzongpon wies darauf hin, daß man sie gut behandelt habe, und sagte, er hoffe, sie würden Ihre Heiligkeit das wissen lassen, und vielleicht könnte er ihnen später, wenn sie den Gompa verlassen hätten, von Nutzen sein.

Namu auf ihrem Maultier, Galei auf seinem Pferd wurden die Rampe hinauf in den Hof des Klosters und weiter in einen anschließenden Hof geführt, der zur privaten Wohnstätte der Donnerschlag-Sau gehörte. Diese war im üblichen tibetischen Stil gebaut, massiv, quadratisch, leicht nach innen gewölbt, mit flachem Dach; eine erlesene Weiterführung der endlosen Berge.

Drei Stufen führten zu den Privaträumen der Äbtissin empor. Der Mittelstreifen war mit Stoff belegt, den feine applizierte Motive schmückten; ihn durfte einzig die Göttin selber betreten. Ein Aufseher grüßte die Ankömmlinge herablassend, und sie verneigten sich, zeigten ihre Handflächen und sogen ihren Atem ein.

Er gab jedem von ihnen einen Nangtzu-khata aus feinster Seide, sechs mal zwei Fuß groß und einzig dafür hergestellt, um den drei höchsten Gottmenschen Tibets als Geschenk überreicht zu werden, deutete auf die linke und die rechte Seite der Treppe und winkte ihnen hinaufzusteigen.

Sie begriffen, daß sie sehr bald der Dorje Phagmo gegenüberstehen würden. Es war ein erschreckender Gedanke. Wie mochte dieses höhere Wesen, diese Göttin beschaffen sein, fragte sich Namu. War sie frei von den vierundachtzigtausend weiblichen Leidenschaften? War sie dagegen gefeit, unrecht zu tun? Ein Gottmensch, der das Nirwana bereits erreicht hatte und freiwillig in das Elend des Lebens zurückgekehrt war, um anderen zu helfen?

Durch eine schmale Tür traten sie in einen Raum und standen überwältigt da. Der Raum hatte keine Stützpfeiler und war von Wand zu Wand mit Teppichen ausgelegt. Zwei seiner Fenster hatten sogar Glasscheiben – auf dem Rücken von Yaks aus Indien importiert –, jede freie Fläche bedeckten reichgeschnitzte und bemalte Holzfresken oder kostbarer chinesischer Brokat, und überall schimmerten Gegenstände aus reinem Gold. Ein Brokatvorhang teilte sich in der Mitte, und ein Mädchen von etwa zehn Jahren stand in der Öffnung. Sie trug ein Kleid aus feinstem weinrotem Kaschmir.

Langsam kam sie näher, gefolgt von einer Frau, die wie eine Adelige aus Lhasa gekleidet war.

Plötzlich wurde Namu klar, daß dieses Mädchen in dem Nonnengewand die Dorje Phagmo selber war. Sie vergaß die Anweisung des Aufsehers, den Khata über die Unterarme der Lebenden Göttin zu legen, und warf sich ihr zu Füßen. Aneh begann zu weinen und klammerte sich krampfhaft an Galeis Schenkel fest.

»Bitte, steh auf«, sagte das Kind.

»In ihren Privatgemächern mag die Rimpotsche keine Förmlichkeiten«, erklärte die Frau.

Aneh lief zu Namu und versuchte sie hochzuziehen.

Galei faltete seinen Seidenkhata auseinander, und die kleine Göttin streckte die Arme aus, die Handflächen nach unten haltend. Er legte die Schärpe darüber, ohne ihre Hände zu berühren, und sie reichte den Khata sogleich der Frau.

»Bitte, steh auf«, wiederholte das Mädchen. »Wie heißt du?«

Namu erhob sich auf die Knie und antwortete: »Namu, Eure Heiligkeit...«

Die Frau half ihr auf, nahm ihr den Khata ab und gab ihn einem Diener.

»Sei unbesorgt, Namu«, sagte sie. »Hier geht es ganz unzeremoniell zu. Ich bin die Mutter der Rimpotsche.«

Sie klatschte in die Hände. Diener erschienen mit Tee und getrockneten Aprikosen.

Am Türkissee war der Frühling so herrlich, wie er nur in der südlichen Region des 29. Breitengrades und fünftausend Meter über dem Meeresspiegel sein konnte.

Jeden Tag ging Namu mit Aneh zum See hinunter, um mit ihr in den flachen, von der Sonne angewärmten Kräuselwellen zu spielen, die der Wind über weißen Sand trieb. Zwanzig Schritt weiter draußen sank der Grund des Sees plötzlich in blaugrüne Tiefen ab, und die Kälte kroch einem im Nu bis ins Mark. Yaks und Ziegen, Eigentum des Klosters, grasten zwischen in allen Farben blühenden Blumen. Bei Karo La, das zwanzig Meilen entfernt und siebenhundert Meter höher lag, waren die Vergißmeinnicht kaum größer als Stecknadelköpfe gewesen, hier wuchsen sie groß und kräftig und wurden fast einen halben Meter hoch.

Im Samding Gompa reihte sich in endloser Folge Zeremonie an Zeremonie. Die Kindgöttin Dorje Phagmo, die in den Mauern des einsamen, wunderschönen Baus lebte, mußte ihre Tage mit Lernen und Beten verbringen und wartete stets ungeduldig auf den Abend, wo sie, von allen Pflichten befreit, mit ihrer Mutter und ihren neuen Freunden zusammen sein durfte.

Sie war ein hübsches Mädchen, ganz normal, abgesehen von einer Selbstbeherrschung, die ihrem Alter nicht entsprach – erstes Ergebnis der Erziehung zur Gottkönigin durch ausschließlich männliche Lamas. Die jetzt vierjährige Aneh war das einzige andere Kind, das sie seit ihrer »Entdeckung« zu Gesicht bekommen hatte. Voller Entzücken sah sie zu, wie Namu Aneh zu Bett brachte, und sang ihr Wiegenlieder vor, damit sie schneller einschlief.

Von einer seiner Handelsreisen hatte Holder Aneh eine englische Puppe mitgebracht. Sie hatte einen Pfirsichteint, blondes Haar und blaue Augen, die sich öffneten und wieder schlossen, und wenn man sie vornüber legte, sagte sie »Mama«. Aneh warf einen einzigen Blick auf die Puppe und brach in Tränen aus. Namu behielt sie, da sie annahm, Aneh würde später, wenn sie älter war, mit ihr spielen.

Die Dorje Phagmo sah die Puppe und war hingerissen. Das war etwas ganz anderes als die Götter und Dämonen, die abstoßenden, gräßlich verkrüppelten, tyrannischen, bluttrinkenden Ungeheuer, die ihre Lama-Lehrer ihr darboten, und obwohl diese versuchten, ihr das unpassende Spielzeug auszureden, wurden sie und die kleine blonde Puppe unzertrennlich.

Sie nannte sie »Mila«, und zum Entsetzen ihrer Erzieher zog sie Mila aus und brachte sie zu Bett, wie es Namu mit Aneh tat. Der Regent der Kindgöttin versuchte, ihr die Puppe fortzunehmen, doch die Antwort darauf war ein Wutausbruch. Er gab es auf. Schließlich mußte er an die Zeit denken, in der die Rimpotsche die Verwaltung ihrer Güter und die Leitung des Klosters in die eigenen Hände nehmen würde. Gegenüber den Dalai-Lamas und den Pantschen-Lamas, die stets von ehrgeizigen und skrupellosen Mönchen umgeben waren und gewöhnlich vor ihrer Volljährigkeit ermordet wurden, besaßen die Dorje Phagmos einen gewaltigen Vorteil: sie wuchsen in der Obhut ihrer Mütter auf.

»Eure Hoheit sollten diese Leute wegschicken«, sagte der Regent zur Mutter seiner Schutzbefohlenen. »Sie sind sehr gewöhnlich und stören die Rimpotsche bei ihren Studien.«

»Ich werde es mir durch den Kopf gehen lassen«, erwiderte Laschi, die Mutter, »aber wie Ihr wißt, ist es der Wille der Rimpotsche, daß sie bleiben. Sie freut sich, sie hier zu haben.«

Das galt auch für Laschi. Laschi kam, ebenso wie Namu, aus dem einfachen Volk, und das Benehmen und die Redeweise der hohen Lamas und der Laien-Würdenträger schüchterten sie ein. Sie fühlte sich ihnen unterlegen und in ihrer Gegenwart stets unbehaglich. Namus Gesellschaft hingegen war ihr angenehm und ebenso Galeis – während seines kurzen Aufenthalts im Kloster. Und Aneh bedeutete eine Gespielin für die Lebende Göttin.

Galei blieb nur anderthalb Tage; dann belud er sein Pferd mit Vorräten und brach nachts auf, um Holder wie verabredet aus der Schlucht der Roten Götzen zu befreien.

Namu bat ihn, er solle versuchen, Holder zu überzeugen, daß er seine gefährliche Tätigkeit einstellen und mit ihnen zusammen das Unruhegebiet des westlichen Tibet verlassen müsse.

»Das Blut erstarrt mir, wenn ich daran denke, was im

Dzong hätte passieren können«, sagte sie. »Und alles wegen Losans und natürlich auch deiner Dummheit. Wenn die Rimpotsche nicht zufällig aus dem Fenster gesehen hätte, wärst du mit einem Strick um den Hals nach Gjantse abgeschoben worden, um dort gegen die Briten zu kämpfen, und mich hätten die Mönche zu ihrem Vergnügen im Kloster behalten und mich schließlich zu den Dschigmes zurückgeschickt.«

Galei machte ein verlegenes Gesicht. Sie hatte recht. Es war ein glücklicher Zufall gewesen.

»Und was wäre dann mit Losan in diesem Felsenloch in der Schlucht der Roten Götzen geschehen?« fuhr sie fort. »Er wäre verhungert. Und du hättest nichts tun können. Nichts. Vielleicht hast du recht, was die Art betrifft, wie man die Fringhi bekämpfen muß. Aber wer hört schon auf dich? Wir müssen vor allem an uns selber denken.«

»Aber wie?« Galei schüttelte den Kopf. »Du bist eine Duitschun. Ich bin ein entflohener Hirt, das ist beinahe noch schlimmer. Und außerdem werde ich wegen Schulden gesucht.«

»Wir sollten weit weg gehen, irgendwohin, wo wir in Sicherheit sind. Denk an Aneh.«

Holder war hungrig, durchfroren und enttäuscht. Seine verkrampften Muskeln schmerzten. Außerdem hatte er Angst. Galei war bereits zwei Tage überfällig.

Er war enttäuscht, weil nach den ersten vielversprechenden Nachrichten, die er abgehört hatte, nichts Wesentliches mehr gefolgt war. Das meiste betraf langweilige Nachschubprobleme, und nur hin und wieder gab es einen Depeschenwechsel zwischen Younghusband und dem amtierenden Vizekönig Lord Ampthill, denn Curzon war nach England auf Urlaub gefahren. Meist waren es Meldungen von Younghusband, daß die Russen in Lhasa auf Kosten Großbritanniens weitere Fortschritte machten, und Antworten von Whitehall, die erkennen ließen, daß das britische Kabinett sich über andere Dinge den Kopf zu zerbrechen hatte und nicht geneigt war, Younghusband die Genehmigung zum sofortigen Vorstoß nach Lhasa zu geben, die er so dringend verlangte.

Holder hielt es für möglich, daß die britischen Invasoren sehr wohl längere Zeit in Gjantse stehenbleiben würden, während die politischen Schachzüge woanders erfolgten. Und wegen dieser spärlichen Informationen saß er nun hier in einer Felsspalte an einem Abgrund fest, ohne Nahrung, ohne Feuer, und getraute sich auch nicht, hinauf- oder hinunterzuklettern.

Es hatte in der Nacht geschneit, und nicht nur das Felssims, sondern auch jeder Griff war mit gefrorenem Schnee bedeckt. Aber mittags kam die Sonne herum, und innerhalb einer Stunde war der Schnee weggetaut, und die Felsen waren trocken und dampften. Bedauerlich einerseits, denn nun hatte er keinen Vorwand mehr, noch länger zu zögern, und der Gedanke an die bevorstehende Kletterpartie schnürte ihm die Kehle zu. Aber er mußte es jetzt versuchen. Wenn er noch länger wartete und Galei weiterhin nicht kam, würde er zu schwach sein und den Aufstieg nicht mehr schaffen.

Er zog seine Stiefel aus und hängte sie hinten an seinen Gürtel. Das Gewehr hängte er ebenfalls auf den Rücken. Vorsichtig arbeitete er sich Zoll um Zoll das schmale Sims entlang, nach jedem Halt tastend, bis seine Finger schmerzten. Bis jetzt waren seine Ängste nur eingebildet gewesen, aber nun neigte sich die Klippe leicht nach außen, so daß seine Füße weiter innen waren als seine Hände. Seine Halsmuskeln schmerzten von der Anstrengung. Er starrte blindlings auf die Felswand, während er nach Vorsprüngen tastete, die seinen Händen und Füßen Halt boten, und löste seine zitternden Finger erst dann von einem Griff, wenn er sicher war, daß die andere Hand einen festen Halt gefunden hatte. Als er sich schließlich mit dem Bauch gegen den Rand des Überhangs preßte und das Schlimmste fast vorbei war, klapperten ihm die Zähne. Aber jetzt lehnte er sich in die Klippe hinein, und während ihm der Schweiß in Strömen über Brust und Rücken lief, kletterte er keuchend das letzte

Stück bergab und fiel mit dem Gesicht nach unten auf den Boden. Langsam, schluchzend, kam er wieder zu Atem.

Über ihm sagte eine Stimme auf englisch: »Keine Bewegung, mein Freund.«

»Der versteht doch kein Wort, Jack«, sagte eine zweite Stimme. »Ich nehm' ihm das Gewehr ab.«

Holder bewegte sich, aber ein Fuß stemmte sich zwischen seine Schultern, und eine Hand zog sein Messer aus der Scheide. Er hob die Augenlider ein wenig, ohne den Kopf zu heben, und sah ein Bein mit einer Wickelgamasche und einen Armeestiefel.

Der Lederriemen, der sein Gewehr hielt, wurde durchgeschnitten. Das Gewehr war in Stoff eingewickelt – eine normale Vorsichtsmaßnahme gegen Staub.

»Das ist keine Luntenmuskete, George! Sieh doch.«

Gleich darauf sagte George: »Großer Gott, Jack, es ist ein Mannlicher. Das könnte der Mistkerl sein, der Percy umgelegt hat.«

»Unwahrscheinlich. Sie sagten, der hätte einen Schaffellmantel angehabt und sein Gewehr mit einer Gabel getarnt.«

Galei, dachte Holder.

»Dreh den Kerl um, George. Ich halte ihn derweil in Schach.«

Ein Fuß drehte ihn unsanft auf den Rücken und hielt ihn in dieser Lage fest.

Auf ihn starrten braungebrannt und rosig zwei Angehörige der Herrenrasse herab. Sie trugen Tropenhelme und zerknitterte Khakiuniformen. Der eine richtete einen schweren Webley-Dienstrevolver auf ihn, der andere beugte sich zu ihm herunter und tastete seine Kleidung ab.

»Hier kommt noch was«, sagte er und zog Holders Pistole heraus. »Interessanter Bursche, wie?« Er bedeutete Holder mit einer Kopfbewegung, er solle aufstehen, und versetzte ihm zur Aufmunterung einen sanften Fußtritt in die Rippen.

Holder erhob sich und stand nun in der unterwürfigen Haltung eines einfachen Tibeters da, verbeugte sich, zeigte seine Handflächen und streckte die Zunge heraus.

»La-les. La-les«, sagte er und sog seinen Atem ein.

Nicht weit von ihm standen zwei kräftige, gutgesattelte Ponys mit Karabinern in den Sattelhalftern. Die beiden Briten gehörten zur berittenen Infanterie, der neuen Waffengattung, die in einem fort vergrößert wurde.

»Was hast du da unten gemacht?« fragte George und fuchtelte drohend mit seinem Webley herum. »Wo hast du diesen Mannlicher her?«

»Spar deinen Atem, Junge. Es wird spät. Wir nehmen ihn mit ins Lager. Vielleicht sind noch andere von seiner Sorte hier in der Nähe.«

»Von mir aus, solange sie nicht alle Mannlicher-Gewehre haben. Aber was hat er da unten gemacht? Dort läuft doch die Leitung lang.«

George ging zum Rand der Schlucht, legte sich auf den Bauch und spähte hinunter.

»Es ist unglaublich, du. Da ist eine Klemme am Draht. Er muß ihn angezapft haben.«

Er erhob sich und sah Holder mit zusammengekniffenen Augen an.

»Sehr sonderbar, Jack. Dahinter steckt sicherlich mehr, als es auf den ersten Blick scheint. Wenn er die Leitung angezapft hat, muß er Englisch verstehen. Halt den Misthund fest.«

Der eine, der Jack genannt wurde, packte Holders Handgelenke und drehte ihm die Arme auf den Rücken.

»Jesus, der stinkt«, sagte er. »Mach schnell.«

George band Holders Schärpe auf, und heraus fielen alle Gegenstände, die er täglich brauchte, aber auch die Notizen über die Depeschen, in englisch hingekritzelt.

»Nicht möglich. Englisch. Was zum ...?«

Das war das Ende seiner Abhörtätigkeit, dachte Holder. Und sein Ende überhaupt, wenn sie ihn in das britische Lager schleppten.

»Vielleicht können wir ihn zum Reden bringen, Jack.«

Sie warfen ihn zu Boden, verdrehten seine Arme und verstärkten den Druck, bis er schrie.

»Rede, du Hund.«

Mit erstickter Stimme sagte Holder etwas auf tibetisch.

Jack zündete eine Zigarette an und hielt das glühende Ende dicht an Holders Wange.

»Laß hören, ob du auf Englisch ›ich ergebe mich‹ sagen kannst.«

Holder zuckte zusammen, als die Zigarette immer näher kam.

»Schluß, Jack«, sagte der andere. »Sieh mal zur Sonne. Es wird spät. Und vielleicht ist es besser, wir bringen ihn heil zurück.«

»Compton weiß schon, was er tun muß.«

»Mit dem Kerl kommen wir ohnehin nicht so schnell vorwärts, und mir knurrt der Magen. Außerdem fehlen mir ein paar Glas Whisky zum Normalzustand.«

Sie ließen Holder seine Stiefel anziehen, banden ihm die Hände vor dem Körper zusammen und zogen ihn in flottem Tempo hinter sich her.

George versuchte die Notizen zu entziffern. »Y. an Amp. Sim. Attentat auf D. L. mögl.... Unglaublich. Unglaublich.«

Das waren die letzten Worte, die er in seinem Leben sprach.

Die Kugel schlug ihn vom Pferd. Fast im selben Augenblick knackte ein Gewehr. Im Fallen ließ er das Seil los, an dem der Gefangene festgebunden war, und Holder warf sich zu Boden und blieb unbeweglich liegen.

Der andere, Jack, der an der Spitze ritt, reagierte blitzschnell. Er trieb dem Pferd seine Absätze in den Bauch, legte sich flach nach vorn und galoppierte auf das offene Ende des Hufeisens zu. Aber gerade dort lauerte die Gefahr.

Jeder Satz trug ihn näher an den Felsen heran, hinter dem Galei versteckt lag. Von hier aus hatte er beobachtet, wie die Fringhi Holder bei seinem gefährlichen Aufstieg zusahen. Er hatte den Reiter im Visier, und als er auf den Abzug drückte, lagen nur noch fünfzig Schritt zwischen ihnen.

Der Engländer fiel vom Pferd und wurde ein paar Meter mitgeschleift. Dann blieb das Pferd stehen.

Galei erhob sich und humpelte auf Holder zu. »Losan, Losan!« schrie er. »Ich konnte nicht eher hier sein, ein fürchterliches Schneegestöber.«

Holder richtete sich schwankend auf und winkte ihm zu.

Die Tage, die er mit Namu und Aneh an den Ufern des Türkissees verbrachte, erschienen Holder als die angenehmsten seines Lebens. Die Sonne strahlte mit nie nachlassender Kraft in einem tiefblauen Himmel. Jeden Tag badeten sie im See, das heißt, sie plantschten nackt in dem von der Sonne angewärmten flachen Uferstreifen herum, denn weiter draußen war das Wasser eiskalt. Sie gingen früh zu Bett und genossen das Gefühl des Behagens und der Sicherheit. Das Essen im Samding Gompa war das Beste, das sie je kennengelernt hatten; es entsprach dem Rang der Rimpotsche. Kaum vorstellbar, daß keine fünfzig Meilen entfernt die britische Armee, vorzüglich ausgebildet und mit modernen Waffen ausgerüstet, einer eilig zusammengetriebenen Schar tibetischer Leibeigener gegenüberstand, die nichts als Steinschloßgewehre und Donnerbüchsen besaß.

Seit seinen Erlebnissen in der Schlucht der Roten Götzen und seiner Gefangennahme durch die beiden britischen Soldaten war Holder innerlich ganz und gar auf die tibetische Seite übergegangen. Obgleich seine Abhör-Ausbeute nicht besonders ergiebig gewesen war, hatte er beschlossen, diese Tätigkeit fortzusetzen, wenn auch auf weniger riskante Weise als in der Schlucht. Aber dazu brauchte er Galei als Beobachtungsposten. Auf dem Weg zum Samding war es ihm gelungen, den hitzigen Hochländer dafür zu gewinnen, indem er ihm anvertraute, daß er die britische Telegraphenleitung im geheimen Auftrag des Dalai-Lama abhöre. Da sie unter dem Schutz Seiner Heiligkeit stünden, könnten ihnen die bösen Geister in der Kupferschnur nicht das mindeste antun. Galei schwor auf seinen Gao, dieses Geheimnis für sich zu behalten.

Zunächst weihte Holder Namu nicht in seine Pläne ein. Er wußte, daß sie sofort leidenschaftlich Einspruch erheben würde, und er wollte ihr die schöne Zeit im Samding nicht verderben.

Mit der Ankunft von Namus gutaussehendem und redegewandtem Gatten eröffnete sich für die Mutter der Dorje Phagmo, Laschi, eine ganze Skala neuer Möglichkeiten.

Sie war eine Frau Anfang der Dreißig, ursprünglich eine Leibeigene, in jungen Jahren verwitwet – bald nachdem ihre Tochter als der Körper entdeckt worden war, den die Göttin Jara erwählt hatte, um darin eine weitere Lebensspanne inmitten des Jammers der Welt zu verbringen. Als Mutter der dritthöchsten – und einzigen weiblichen – lebenden Gottheit in Tibet gehörte Laschi nun zu den ersten Aristokratinnen des Landes und hatte schnell das gebieterische Wesen angenommen, das ihrem Rang entsprach. Sie hatte sich daran gewöhnt, zu tun, was ihr beliebte.

Aber sie hatte nicht wieder geheiratet. Sie besaß genügend natürliche Schlauheit, um einzusehen, daß eine Heirat innerhalb der Aristokratie von Lhasa, die sich sehr leicht hätte arrangieren lassen, ein Sprung ins Ungewisse war, in ein Labyrinth von Verschwägerungen und einander befehdenden feudalen Verbindungen, die ein Neuling niemals durchschauen oder ausloten konnte. In der adeligen Gesellschaft von Lhasa herrschten verwirrende sexuelle Beziehungen, darunter Inzest, Homosexualität und andere Perversitäten, die sie sich kaum vorzustellen vermochte. Wer in diese Kreise eindrang, lief Gefahr, das Schicksal der unglücklichen Frau des Ersten Ministers zu teilen – öffentlich ausgepeitscht, entehrt und auf Lebenszeit aus Lhasa verbannt zu werden. Warnungen aus der übrigen neugeschaffenen Aristokratie hatten Laschi nur noch in ihrer Haltung bestärkt; vor allem die Mutter des Dalai-Lama hatte ihr dringend geraten, sich von den führenden Adelsfamilien fernzuhalten. Dadurch aber verringerte sich das Angebot an passenden Heiratskandidaten beträchtlich. Losan mit seinem guten Aussehen und seinem Lhasa-Dialekt schien ihr der Himmel gesandt zu haben; er bedeutete eine einmalige Chance.

Im Samding gab es, wie in einigen – beileibe nicht in

allen – adeligen Häusern, eine Toilette, einen über einem Stall gelegenen Raum mit zwei in den Fußboden eingeschnittenen Schlitzen, jeder mit einem hölzernen Deckel darauf. Die Tür hatte selbstverständlich keinen Riegel.

Zehn Tage nach seiner Ankunft wurde Holder, als er in diesem Raum hockte, peinlich überrascht durch das Eintreten von Laschi, die ihm guten Morgen wünschte und sich fröhlich plappernd über den anderen Schlitz hockte.

Sie verschwendete keine Zeit. »Losan«, sagte sie, »ich beneide Namu, daß sie einen Mann wie dich gefunden hat.«

Darauf konnte man nichts erwidern.

»Dabei bist du ihr eindeutig überlegen«, fuhr Laschi fort. »Aber es steht mir nicht an, so etwas zu sagen. Wenn ich jetzt auch eine reiche Adelige bin, so war ich doch auch einmal eine arme Leibeigene.«

Losan schien nicht auf ihre Worte zu achten. Er murmelte ein eiliges »Taschidele« und ging hinaus.

Aber Laschi fuhr fort, ihm ihre Absichten unmißverständlich klarzumachen. Des öfteren legte sie ihre Hand auf seine Hand und ließ sie einen Augenblick zu lange dort liegen, und bei den Mahlzeiten setzte sie sich neben ihn auf ein Polster, schob ihren Schenkel dicht an seinen oder drückte, wenn sie sich vorbeugte, um von einem Gericht zu nehmen, ihre Brust gegen seinen Arm.

Namu gab durch kein Zeichen zu erkennen, daß sie bemerkte, was da vor sich ging. Eines Tages aber kam sie überraschend dazu, als Holder gerade in Laschis Auge nach einem Sandkorn suchte. Er fuhr zusammen, machte ein schuldbewußtes Gesicht und sagte lahm: »Laschi ist etwas ins Auge geflogen.«

Als sie allein waren, sagte Namu: »All dies täte sie nicht, wenn du sie nicht ermutigen würdest.«

»Was täte sie nicht?« fragte Holder unschuldig.

Namu sagte es ihm.

»Es gefällt mir ebensowenig wie dir«, erklärte er. »Ich tue alles, was ich kann, um sie mir vom Leibe zu halten. Aber es wäre sehr unklug, sie sich zum Feind zu machen.«

»Und ebenso unklug, etwas mit ihr anzufangen, Losan. Das wäre gefährlich.«

»Keine Sorge.«

Es war eine günstige Gelegenheit, ihr mitzuteilen, daß er und Galei zu der Telegraphenleitung zurückkehren wollten.

Sie gingen auf dem silbrigen Ufersand des Sees entlang, und Aneh in ihrer kleinen Schuba lief plappernd hinter ihnen her.

Namu blieb stehen.

»Nein, nein«, flehte sie. »Losan, bitte, hör auf, dich in diese Dinge einzumischen. Du wirst uns alle ins Unglück stürzen. Sicherlich sind die Fringhi nicht schlimmer als die Adeligen und die Lamas. Können sie Schlimmeres tun als einen zu Tode peitschen? Laß uns zusammenbleiben, Losan, du und ich und Aneh – und Galei. Laß uns nach Osten ziehen, nach Bomi oder Tschamdo, weg von den Fringhi. Und weg von Laschi. Ich habe Angst vor ihr, jetzt, wo sie es auf dich abgesehen hat.«

Holder sagte: »Du verstehst die Fringhi nicht. Wenn sie siegen, bleibt uns nichts weiter übrig – zumindest mir nicht –, als zu den Chinesen zu gehen. Aber jetzt stehen die Fringhi bei Gjantse und warten. Ich weiß nicht, was sie als nächstes tun werden, aber vielleicht kriege ich es heraus. Begreifst du denn nicht, daß wir uns, wenn ich dem Dalai-Lama helfen kann, nie wieder Sorgen zu machen brauchen? Sei ganz ruhig, Namu, ich bleibe nicht lange fort, ich verspreche es dir.«

Er legte den Arm um sie.

»Es fällt mir sehr schwer. Und muß ich ruhig zusehen, wie Laschi sich dir an den Hals wirft?«

»Nein. Wir reiten morgen früh los, Galei und ich, und du bist hier vorerst sicher. Und wenn wir nicht zurückkommen – du kennst alle Stellen, wo wir Geld versteckt haben.«

»Red nicht so, Losan. Wann seid ihr wieder hier?«

»In spätestens zehn Tagen. Vielleicht auch eher. Wir brechen morgen auf, ohne Laschi etwas zu sagen.«

XII

Rückzug nach Lhasa

Die Meldungen, die Holder zwangen, auf schnellstem Wege zum Samding zurückzukehren, wurden am siebenten Tag durchgegeben.

Seine neue Abhörmethode war ganz einfach. Er und Galei waren der Leitung bis Kang-ma gefolgt und hatten dort eine trockene Schlucht ausfindig gemacht, die vorzügliche Dekkung bot und zugleich einen idealen Fluchtweg abgab, falls Fringhi-Patrouillen in der Nähe auftauchen sollten. Galei hielt Wache an einem hochgelegenen Punkt mit einem meilenweiten Blick in alle Richtungen. Holder konnte gefahrlos die Berichte abhören und sich, wenn die Morsetelegraphisten ihre Durchsagen beendet hatten, behaglich in einer Höhle schlafen legen.

In dieser Woche hatte er erstklassiges Material über die Pläne der Briten in Tibet gesammelt und überlegte nun, ob er noch länger bleiben oder sofort nach Lhasa aufbrechen und Dorjew aufsuchen sollte. Da wurden die Meldungen durchgegeben, die ihn zur Umkehr bewogen.

Die erste Meldung kam von dem Kommandeur von Younghusbands militärischer Eskorte, Colonel Brander. Brander, unterstützt von Younghusband, informierte General Macdonald, der sich wie gewöhnlich weit im Hinterland, in Tschumbi, befand, daß er Befehl gegeben habe, die Tibeter von den Höhen von Karo La zu vertreiben.

Das bedeutete, daß Colonel Brander den größten Teil der verfügbaren britischen Streitmacht von Gjantse abziehen würde. Seine und Younghusbands Begründung für diese tollkühne Aktion war, daß die Route von Ralung nach Kangma bedroht war und die Möglichkeit bestand, die Tibeter könnten die britischen Verbindungswege abschneiden. Branders »Einsatzkolonne« würde versuchen, den Paß zu räumen, und dann zurückkehren.

Diese Mitteilung löste in Tschumbi, Simla und London beinahe eine Panik aus. Innerhalb von Augenblicken kam die Anweisung zurück: »Haltet die Leitung frei. Macdonald«.

Holder wartete gespannt. Einige Stunden vergingen. Dann hörte er: »Leitung frei machen!« Er hockte mit gezücktem Bleistift da. Die Meldung kam von General Macdonald.

»Vormarsch der Einsatzkolonne nach Karo La erfolgte ohne mein Wissen. Wenn Sie keine Gefechtsberührung haben, kehren Sie sofort nach Gjantse zurück. Ihre Aktion wird als Versuch betrachtet, die Regierung unter Druck zu setzen.«

Karo La, der höchste Paß auf dem Weg zwischen Indien und Lhasa, blickte auf das Kloster Samding und den Türkissee herab und war nur fünfzehn Meilen entfernt. Holder kannte die Meinungsverschiedenheiten in London zwischen den Anhängern der Vorwärtspolitik und ihren Gegnern und wußte, daß Younghusband und sein Gönner Curzon zu jenem aggressiven Flügel gehörten, der für einen Marsch auf Lhasa eintrat, um das tibetische Hochland in einen britischen Vasallenstaat zu verwandeln. Und die Aggressiven waren in Tibet, während die Gemäßigten in London saßen. Wenn die Briten bereits an Gjantse vorbei waren und Karo La erreicht hatten, was sollte sie daran hindern, von dort aus weiterzumarschieren?

Aber immerhin war es bloß eine fliegende Kolonne, und Holder hatte Informationen genug, die bewiesen, daß die Briten aufzuhalten waren, wenn die tibetischen Führer nur die Vorteile ihres einzigartigen Terrains ausnutzen würden.

Aber zuerst mußten er und Galei schnellstens zurück zu Namu und Aneh.

Colonel Branders Einsatztruppe erreichte nach einem Gewaltmarsch Karo La und stellte fest, daß die Tibeter wieder einmal ihre Zeit damit verschwendet hatten, eine Mauer zu bauen: sechs Fuß hoch, vier Fuß dick und etwa achthundert Meter lang. Zu beiden Seiten stiegen die Felsen und Klippen so steil in die Höhe, daß sie beinahe den ewigen Schnee der noch höheren Berge im Hinterland verdeckten.

Die Tibeter hatten dreitausend Mann zusammengebracht. Wieder suchten die weltlichen und die geistlichen Adeligen ihr Heil in einer statischen Schlacht gegen eine zwar kleine, aber vorzüglich ausgebildete und mit überlegenen Waffen ausgerüstete Streitmacht.

Nachdem die Briten die Verteidiger erst einmal in der Flanke umgangen hatten, war das Ergebnis unvermeidlich. Die britische berittene Infanterie verfolgte die fliehenden Tibeter fast bis Nagartse, tötete eine große Zahl von ihnen und kehrte dann nach Gjantse zurück.

Im Samding, wo man das Schießen hören konnte, hatten die herrschenden Mönche nur zwei Gedanken: so weit wie möglich von dem Schlachtlärm wegzukommen und ihre Lebende Göttin, die Donnerschlag-Sau, in Sicherheit zu bringen.

Es wurde beschlossen, die Rimpotsche, ihre Mutter und alle führenden Mönche, das hieß, alle Adeligen, sofort zu evakuieren, während die einfachen Mönche im Kloster bleiben, die Feldarbeiten verrichten, das Vieh versorgen und irgendwie mit den Briten fertig werden sollten, falls sie kämen.

»Du und Aneh, ihr kommt mit«, sagte Laschi zu Namu. »Wir sind eingeladen worden, im Potala zu wohnen. Mach dich bereit. Wir brechen mittags auf. Du und ich, wir reiten auf Pferden, und die Rimpotsche reist in ihrem Palankin.«

Aber Namu hatte sich bereits anders entschieden.

»Ich bleibe hier und warte auf Losan«, sagte sie.

Die ältere Frau lächelte und schüttelte langsam mit einer Miene freundlich-mitleidiger Überlegenheit den Kopf.

»Aber das geht nicht, Namu. Du kannst nicht hierbleiben.

Diese Mönche mögen heilige Männer sein, aber sie sind auch unwissende Leibeigene. Wenn sie nicht unter strenger Aufsicht stehen...« Sie machte eine resignierende Geste.

Sie wußte genau, was in Namu vorging. Das Mädchen sah hier offenbar eine Chance, sie, Laschi, loszuwerden und Losan vor ihren Verführungskünsten zu bewahren. Aber Laschi hatte nicht die Absicht, so ohne weiteres auf diesen hochgewachsenen, gutaussehenden Kaufmann zu verzichten. Er würde einen passenden Gatten für sie abgeben. Als Herzog und Herzogin von Samding würden sie bei den Picknicks und Zeremonien in Lhasa eine gute Figur machen. Eine Toga aus Goldbrokat und der offizielle Gao im geflochtenen Haar würden ihm ausgezeichnet stehen. Natürlich mußte er sich das Haar lang wachsen lassen und einen langen Ohrring tragen. Die beste Art, ihn im Blick zu behalten, während sie die nächsten Schritte vorbereitete, war die, Namu und das Kind nicht aus ihrer Nähe zu lassen.

»Es wäre die schlimmste Torheit«, fuhr sie fort. »Diese Mönche sind Tiere. Sie schlafen miteinander, sie schlafen mit Tieren. Eine Frau wie dich würden sie in irgendein stickiges Loch schleppen und dort auf unvorstellbare Weise mißbrauchen. Du würdest nicht wieder lebend herauskommen. Und was Aneh betrifft...«

Sie sah Namu scharf an und merkte, daß sie schwankte.

»Sei vernünftig, Namu«, fuhr sie fort. »Wir hinterlassen eine Nachricht für Losan und Galei, daß wir im Potala Aufnahme gefunden haben, daß die Räume der Rimpotsche an der Nordseite liegen und wie sie uns dort erreichen können.«

Sie wechselte den Ton und ergriff Namus Hand.

»Sei nicht so halsstarrig. Denk doch, wie hübsch es für Aneh und die Rimpotsche ist, wenn sie zusammenbleiben. Ihre Heiligkeit hat dein kleines Mädchen so gern. Und es ist auch viel angenehmer, in der Behaglichkeit und Sicherheit des Potala auf Losan zu warten. Pack ein paar Sachen zusammen, und ich sorge dafür, daß du ein Pferd bekommst.«

Sie lächelte so freundlich, daß Namu sich ihrer Widerspenstigkeit schämte, obwohl sie sich über Laschis Absichten immer noch nicht im klaren war.

»Du bist sehr gut zu mir, Laschi«, sagte sie. »Aber ich habe Angst, daß Losan uns nicht findet.«

»Ich werde veranlassen, daß man ihm Bescheid sagt, meine Liebe. Und nun beeil dich. Ich möchte heute abend die Fähre erreichen und die Nacht im Tschaksam Gompa verbringen. Morgen sind wir in Lhasa.«

Die Nachricht hatte sich schnell verbreitet. Die Sorge, was die Ferenghi im Schilde führen mochten, wurde durch die Tatsache in den Hintergrund gedrängt, daß die Donnerschlag-Sau in ihrem Palankin auf dem Weg nach Lhasa war und dort im Potala wohnen würde. Das bot jedem Einwohner von Lhasa Gelegenheit, das fallen zu lassen, was er gerade in der Hand hielt, und sich zwischen dem Westtor und dem Norbhu Linka am Wegrand aufzustellen, in der Hoffnung, einen Blick auf die Kindgöttin in ihrer Sänfte mit den Seidenvorhängen werfen zu können, die ein Gefolge von Reitern, Würdenträgern und Dienern begleitete.

Es war ein großer Tag im ereignislosen Leben der Stadt. Eisenstabpolizisten, Dienstleute und Büttel versuchten mit vereinten Kräften, die aufgeregten Massen von der Rimpotsche fernzuhalten, und schlugen mit Stöcken und Peitschen auf sie ein. Händler, die Buttertee, Arok und gebratene Gerstenfladen verkauften, machten glänzende Geschäfte. Viele Leute saßen in Gruppen auf der Erde und vertrieben sich die Zeit mit Würfelspielen; räudige Straßenköter streunten umher und lauerten auf eine Gelegenheit, irgendwo etwas Freßbares zu erbeuten. Männer und Frauen, bis zur Taille nackt im strahlenden Sonnenschein, suchten nach unerwünschten kleinen Gästen und knackten sie mit den Zähnen, nach dem Grundsatz, daß »eine Laus nicht sehr nahrhaft ist, aber die Seele mit Genugtuung erfüllt«. Junge Mädchen hielten die Köpfe ihrer Liebhaber im Schoß und knipsten die Läuse aus den schwarzen, mit Butter eingefetteten Zöpfen. Gefährlich aussehende Geier schlugen, ohne

Scheu vor der Menschenmenge, mit ihren großen Schwingen. Überall waren kleine Yakmistherde aufgestellt, die den Tee heiß hielten. Es war eine mittelalterliche Szene, zu der auch Männer in handgewebten Kleidern gehörten, die mit schweren Bögen und langen Pfeilen um die Wette schossen.

Ein Schrei brandete auf, und der Zug kam in Sicht. In eine Staubwolke eingehüllt, wand er sich zwischen den begeisterten Menschen hindurch, die zu der Rimpotsche vordrängten und mit Peitschen zurückgeprügelt wurden. Unsichtbar hinter den Vorhängen, schwenkte die kleine Göttin segnend einen Yakschwanz. Links und rechts von ihr ritten Laschi und Namu. Aneh saß vor ihrer Mutter auf dem Sattel.

Die kleine Prozession zog durch das Westtor und in einem Bogen zur ansteigenden Rampe an der Rückfront des Potala. Eine Tür stand offen, die zu den einstweiligen Räumen der Dorje Phagmo führte, aber der Dalai-Lama zeigte sich nicht. Er durfte mit keiner Frau außer seiner Mutter in Berührung kommen, und auch bei dieser mußte das Zeremoniell gewahrt werden.

Die Heilige Stadt, in der es von Gerüchten schwirrte, wartete angstvoll, was die Fringhi als nächstes tun würden.

Gjantse Dzong, die uneinnehmbare Bergfestung an der Straße nach Lhasa und Schigatse, wurde seit je als der Fels angesehen, an dem sich jeder Eindringling aus dem Norden die Zähne ausbeißen mußte.

Die Briten jedoch hatten sie nicht erobert, sondern einfach ignoriert. An ihr vorbei war Branders fliegende Kolonne nach Karo La marschiert, hatte die Verteidiger des höchstgelegenen und bestbefestigten Passes ausradiert und war wieder umgekehrt, um gemeinsam mit den bei Gjantse verbliebenen Einheiten den Gjantse Dzong anzugreifen. Sie ließen sechshundert tote Tibeter zurück.

Es war ein Augenblick der Verzweiflung.

Die Einwohner von Lhasa eilten zum Dschokhang-Tempel, um dem dreiäugigen weiblichen Schutzpatron Palden-Lhamo, deren eine Inkarnation, wie man fest glaubte, die kürzlich verstorbene Königin Victoria war, Opfergaben darzubringen. Um die Statue der Göttin, die menschliches Hirn aus einem Schädel aß, wimmelten kleine braune Mäuse, und die Lamas machten glänzende Geschäfte mit Amuletten, die die getrockneten und zu Pulver zermahlenen Körper dieser Nagetiere enthielten.

Nach dem Massaker von Guru tagte der Innere Rat beinahe täglich. Alle vier Schapés, die das Kabinett gebildet hatten, waren eingekerkert und durch vier neue ersetzt worden. Jeder der hohen Würdenträger mißtraute den anderen. Immer neue Befehle ergingen an Klöster, Güter und Dzongs, mehr Leibeigene aufzubringen und Musketen, Schwerter, Speere und Bogen auszugeben.

Gewöhnliche Leibeigene, die von ihren Grundherren zur Verteidigung von Gjantse aufgeboten wurden, verschwanden meist unterwegs. Leibeigene Mönche waren wegen ihrer kahlgeschorenen Köpfe und der strengen Bewachung durch Eisenstabpolizisten »zuverlässiger«.

Aber nach Guru und Karo La glaubten nur noch wenige der tonangebenden Adeligen, daß Menschen, Gelände oder Wetter den britischen Vormarsch aufzuhalten vermochten.

Die Ansicht der Majorität teilte der neue chinesische Amban Ju Tai, der für die Reise von Peking nach Lhasa volle fünfzehn Monate gebraucht hatte.

Er stattete dem Dalai-Lama einen Antrittsbesuch ab. Der Gottkönig, umgeben von hohen Lamas, darunter dem Tschi-kjap Kempo, begrüßte ihn feierlich. Der Amban erledigte den formellen Teil schnell mit einem Mindestmaß an Höflichkeit und ersuchte dann um die Bereitstellung von Transportmitteln, da er sich zum Zweck von Verhandlungen zu den britischen Invasoren begeben wolle.

Mit freundlichem Lächeln versicherte ihm der Dalai-Lama, daß er diese Bitte mit Vergnügen erfüllen werde. Er hatte nicht die leiseste Absicht, das zu tun.

»Die Gewährung eines so geringfügigen Wunsches versteht sich von selbst«, sagte er. »Mein Haushofmeister« – er deutete auf den Tschi-kjap Kempo – »wird sich dieser einfachen Angelegenheit mit Freuden annehmen. Die Dinge können nur dann freundschaftlich geregelt werden, wenn einer für beide Seiten spricht und beiden Seiten gerecht wird«, setzte er dunkel hinzu. »Ich brauche das kaum zu erwähnen, da Sie, Exzellenz, es sehr gut wissen.«

Ju Tai kehrte in die Residenz der chinesischen Ambans in der Nähe des Dschokhang-Tempels zurück, um auf die Transportmittel zu warten, die, wie er wußte, niemals eintreffen würden. Er war kein Narr. Es paßte den tibetischen Regierenden nicht, nicht einmal denen, die Peking wohlgesinnt waren, daß die Dinge über ihren Kopf hinweg zwischen den Chinesen und den Briten ausgehandelt werden sollten. Ju Tais Bitte war eine reine Fomalität gewesen.

Der Dalai-Lama blieb unvermittelt stehen und wandte sich zu Dorjew um. Sein Gesicht war weiß vor Entsetzen.

»Das kann nicht wahr sein, mein Lehrer«, sagte er. »Du bist mein einziger Vertrauter, und du willst mich in dieser Zeit verlassen, wo mir von allen Seiten Gefahr und Verrat drohen?«

»Wir wollen unseren Spaziergang fortsetzen, Eure Heiligkeit, und bitte versucht, äußerlich ruhig zu bleiben. Wir können sicher sein, daß die Mauern Augen haben.«

Wie gewöhnlich spazierten sie auf dem flachen Dach des Potala auf und ab, doch sie mieden den Bezirk der goldenen Dächer, die so angelegt waren, daß es möglich war, Gespräche abzuhören. Tief unter ihnen, in den Eingeweiden des Baus, hockten in dunklen, nassen, eisigen Kerkerlöchern die vier Schapés, die den früheren Kaschag gebildet hatten. Höchstwahrscheinlich würden sie das Tageslicht nie wieder sehen. Dorjew hatte nicht den Wunsch, ihnen Gesellschaft zu leisten.

»Eure Heiligkeit«, sagte er, »Ihr könnt meinen Tod befehlen, und ich werde gehorchen.«

»Wir reden nicht von deinem Tod.«

»Gestern waren wieder Anschläge am Parkhor: ›Tod Dorjew!‹ und ›Tötet Dorjew, den Ferenghi-Spion!‹«

»Das ist lächerlich.«

»Aber kein Grund zum Lachen. Gestern wurde im Inneren Rat ein Angriff gegen mich lanciert. Der Wortführer war der Abt von Sera.«

»Sera, mein eigenes Kloster?«

Dorjew nickte.

»Sie wagen es nicht.«

»Sie haben es gewagt, die vier früheren Körper umzubringen, Eure Heiligkeit.«

Der junge Gottkönig seufzte. »Es sind böse Menschen, die in Zeiten der Krisis auf Kosten anderer Vorteile zu erlangen hoffen, anstatt gemeinsam zu versuchen, das Los aller zu verbessern. Insgeheim begrüßen die Chinesen die britische Invasion, während sie sie offiziell bedauern, und es gibt Tibeter, sogar sehr hochgestellte, die durch alle möglichen Ränke in wichtige Stellungen aufzusteigen gedenken.«

»Das ist richtig, Eure Heiligkeit«, sagte Dorjew, »aber es ist so, daß angesichts dieser Verleumdungen selbst die Autorität des Dreizehnten Körpers gefährdet wäre, wenn ich mein Amt als Abt-Tutor beibehielte.«

Es herrschte eine Weile Schweigen.

Dorjew fuhr fort: »Niemand kann Eurer Heiligkeit im Potala etwas zuleide tun. Ihr seid hier sicher, bis die Engländer kommen – falls sie kommen. Aber Ihr dürft nicht warten, bis sie in Lhasa sind. Wenn sie Gjantse Dzong erobern, müßt Ihr Lhasa auf der Stelle verlassen.«

Der Dalai-Lama hob verzweifelt die Hände. »Was kann ich allein unter all diesen einander befehdenden Gruppen ausrichten?«

»Eure Heiligkeit ist nicht allein. Der Oberste Magier ist verläßlich. Er wird Euch jeden Tag aufsuchen und alles arrangieren. Ich gehe nach Urga und warte dort ab. Wenn sich die Lage günstig entwickelt, kehre ich zurück. Wenn nicht, bringt Euch der Magier nach Urga.«

»Dann sehen wir uns wieder.«

»Hoffentlich in Lhasa.« Der Mönch mit dem apfelrunden Gesicht dämpfte seine Stimme zu zu einem Flüstern. Sie waren ein gutes Stück vom nächsten goldenen Dach entfernt. »Ich breche heute nacht auf, in Verkleidung. Ihr müßt erklären, daß Ihr einen neuen Abt-Tutor zu ernennen wünscht und daß Ihr den Obersten Magier konsultieren wollt, wer für dieses Amt in Frage kommt.«

»Sei gesegnet, mein Lehrer.«

Holder und Galei überquerten die pfadlosen Berge, so schnell ihre gut im Futter stehenden britischen Armeeponys sie zu tragen vermochten, und langten kurz nach Einbruch der Dämmerung am Samding Gompa an. Am Tor wurden sie keineswegs freundlich empfangen, und es mußten zunächst etliche Münzen von einer Hand in die andere wechseln, bevor ein wieselgesichtiger Lama erschien, der sich ebenfalls erst nach Empfang eines Bestechungsgeldes daran erinnerte, daß die Dorje Phagmo und ihr Gefolge Asyl im Potala gefunden hatten.

Um den Hauptweg zu vermeiden, ritten sie auf der Ostseite des Sees entlang, wo inmitten einer urwaldhaften reichen Vegetation einzig wilde Tiere und Vögel lebten, die keine Furcht vor Menschen zu haben schienen. In seit langem verlassenen Tälern entdeckten sie die Ruinen alter Schlösser und Überreste von Dörfern, die einst zu deren Besitz gehört hatten. All das zerfiel jetzt unter üppig wuchernder Kresse, Steinbrech, Flechten und Moosen. In der historisch nicht allzu fernen Epoche von Tibets Macht und Größe waren diese jetzt menschenleeren Gebiete voller Leben gewesen. Selbst gebildete Tibeter glaubten, daß die schwebende Schönheit des Potala und des Dzong von Schigatse Schöpfungen der Götter seien, da kein jetzt lebender Tibeter imstande war, derartige Wunderwerke zu entwerfen oder zu bauen.

Sie mußten entstanden sein, bevor Lang Darma, der letzte der Laienkönige, die das mächtige Reich Tibet geschaffen hatten, im Kampf gegen die Macht der Priester unterlegen war. Danach hatte die Entwicklung des Landes stagniert und die Zahl seiner Einwohner immer weiter abgenommen, weil ein großer Teil der männlichen Bevölkerung in den Klöstern verschwand; freie Bauern und Hirten wurden zu Sklaven gemacht, und die Wirtschaft war ruiniert worden.

Galei war ebenso nachdenklich wie Holder, aber seine Gedanken kreisten um andere Dinge.

»Losan«, begann er, »du bist ein kluger Mann und weitgereist. Kannst du mir eine Frage beantworten? Wir haben gesehen, was in Guru geschehen ist. Jeder der Männer, die dort ihr Leben hingaben, muß Amulette und Talismane besessen haben, die sein Leben schützen sollten. Unter den Toten waren auch viele Lamas. Die Kugeln der Fringhi haben sie alle getötet. Was nützen dann die Talismane, die wir von unseren heiligen Lamas kaufen?«

Der lange Hochländer runzelte die Brauen. Holder seufzte und sagte: »Aija.«

»Bis das in Guru passierte«, fuhr Galei fort, »haben ich und alle anderen Leute geglaubt, daß die Lamas uns vor Dämonen und bösen Geistern und den Kugeln unserer Feinde schützen könnten.«

»Und jetzt?«

»Jetzt glaube ich, daß die Götter und Teufel der Fringhi stärker als die unserer Lamas sind.«

Holder lachte. »Aber der Fringhi-Gott hat den Fringhi nicht geholfen, als auch du ein Fringhi-Gewehr besaßest, Galei. Vielleicht hat es gar nichts mit Göttern zu tun.«

»Ah.«

Nach einer Pause fuhr der Hirt fort: »Also ist meine Methode richtig. Ich habe einen Fehler gemacht, doch wären wir zu zweit oder dritt gewesen und hätten wir gutgefütterte Pferde gehabt, dann wäre die Sache anders ausgegangen. Ich meine, wir sollten nicht warten, bis sie uns umbringen, sondern sie aus dem Hinterhalt angreifen und ihnen ihre Gewehre wegnehmen.«

Holder fragte: »Glaubst du denn, daß die Fringhi noch schlimmer sind als die Mönche und die Adeligen?«

Galei zuckte die Achseln. »Vielleicht. Obwohl man es sich kaum vorstellen kann. Aber jetzt, da wir keinen Handel treiben können, warum nicht von den Fringhi leben? Es ist eine Möglichkeit, sich dem Zugriff der Adeligen zu entziehen. Ich habe keine Lust, mich in eine Falle wie Guru treiben zu lassen.«

Er blickte von dem Paß hinunter, den sie gerade erreicht hatten, und sagte: »Sieh nur, der Jalutsangpo. Und wir haben Glück. Da ist ein Fährmann. He! Heda!«

Der Fährmann stapfte mit seinem viereckigen Yakhautboot auf dem Rücken stromaufwärts. Hinter ihm trottete gehorsam ein Schaf, das die Siebensachen seines Herrn auf dem Rücken trug. Solche Yakhautboote trieben bei jeder Überfahrt über den Fluß ein ganzes Stück ab und mußten zur Fährstelle zurückgetragen werden.

Der Mann verlangte von jedem der Reiter eine halbe Kupfermünze und setzte sein großes, leichtes Fahrzeug, das sehr wohl ein Tonne Gewicht zu tragen vermochte, in das stehende Wasser am Ufer. Holder und Galei nahmen ihre Besitztümer an sich und stiegen, die Pferde am Zügel haltend, vorsichtig in das Weidengerippe, über das ungegerbte Yakhaut gespannt war. Das Schaf hüpfte leichtfüßig hinein, und der Fährmann stieß ab. Er steuerte sein seltsames Boot furchtlos in die reißenden Fluten, während die Pferde hinterherschwammen.

Galei sagte, er kenne ein Tasam-Haus auf der anderen Seite des Flusses, in Nam. »Ich bin ein Freund der Frau, die es führt. Dort kriegen wir eine gute Mahlzeit und schlafen warm.«

Sie langten dort an, als das letzte Rosa unter den fernen Wolken verschwunden war und große weiße Sterne wie Löcher in einem indigoblauen Himmel glänzten. Das Haus war verriegelt und verrammelt, aber Galei rief: »He, Tshilla, ich bin's, Galei!«

Sofort wurde die Leiter vom ersten Stockwerk heruntergelassen, und die Wirtin hielt ihren großen Bullenbeißer in Schach, als sie hereinstiegen.

Oben war es warm, und ein Yakfleischgericht köchelte auf dem Herd vor sich hin. Es wurde mit auf der Pfanne gebackenen Buchweizenfladen gegessen und dazu guter

Tschang und Arok getrunken. Außer ihnen befand sich nur noch ein Gast im Haus, der anscheinend schlafend an einer Wand lag, dort, wo der matte Schein der einzigen Butterlampe nicht hindrang.

Galei war, wie sich zeigte, ein sehr guter Freund der Wirtin, denn nach dem Essen stiegen beide in den zweiten und obersten Stock hinauf, wo Tshilla ihren Raum für sich hatte und wo ihre wenigen Vorräte untergebracht waren; und Holder hörte, wie sie sich liebten und wie sie versuchten, dabei sowenig Geräusch wie möglich zu machen, wie es überall bei den Armen und Bedrängten auf der Welt der Fall ist. Unten raschelten, scharrten und schnaubten die Tiere. Infolge der Wärme und des Tschang mußte er urinieren und trat zu diesem Zweck an das quadratische Loch im Fußboden, das zugleich der Eingang und der Abort war.

Als er an dem anderen Gast vorbeigehen wollte, sagte eine wohlbekannte Stimme leise zu ihm: »Seien Sie dreimal gesegnet, mein guter Holdeer.«

Dorjew. Holder hatte das Gefühl, sein Magen drehe sich um.

Der Burjäte war wie ein bettelnder Pilger in schmutzige Lumpen gehüllt, und die schwarzen Augen in ihren schmalen Schlitzen funkelten unter einer Art Turban hervor.

»Verdammt, Dorjew. Was wollen Sie denn hier von mir?«

Die Augen des Mönchs funkelten noch lebhafter.

»Nichts. Ob Sie es glauben oder nicht, diese Begegnung ist ganz zufällig. Sicherlich haben wir beide diesen Nebenweg aus den gleichen Gründen gewählt – um unser Licht unter den Scheffel zu stellen, wie ihr Christen sagt. Verhökern Sie immer noch das Marktgeschwätz von Lhasa an die Briten?«

Holder ignorierte die Frage und betrachtete abschätzend Dorjews Lumpen.

»Verlassen Sie Lhasa?«

»Offensichtlich«, erwiderte der Mönch trocken. »Aber ich gehe nicht sehr weit weg, und ich bleibe in Verbindung mit meinen Freunden. Sie aber wollen nach Lhasa, und Sie sind ein britischer Agent.«

Er kniff die Augen zusammen. Holder überlegte, wie er sich seinem Gegenspieler gegenüber verhalten sollte. Es war ein höchst unglückliches Zusammentreffen.

»Kommen Sie, trinken wir etwas«, sagte Dorjew. Er ging Holder voran zu dem flachen Stein auf dem Fußboden, wo ein Yakmistfeuer etwas Wärme spendete, und nahm den Arok-Krug hoch.

»Was ich Ihnen früher einmal sagte, gilt auch heute noch«, sagte er, wischte sich den Mund ab und reichte Holder den Krug. »Die Russen bedeuteten für Tibet nie eine Bedrohung. Wäre es anders, hätte ich ihnen nie geholfen.«

»Sie geben also zu, daß Sie ihnen geholfen haben?«

»Ihnen gegenüber gewiß. Warum auch nicht?«

»Und trotzdem ist Ihr Wirken schließlich der Vorwand für die britische Invasion geworden.«

Dorjew sah ihn mitleidig an. »Glauben Sie im Ernst, die Briten hätten dafür einen Grund gebraucht? Es war schon lange ihre Absicht.«

Holder nickte.

»Aber jedenfalls, mein guter Holdeer, vermochte ich den Dalai-Lama vor dem Schicksal seiner vier Vorgänger zu bewahren. Und das kann schließlich entscheidend sein.«

Er schüttelte den Kopf und sah Holder an.

»Ich habe stets nach meinen Grundsätzen gehandelt. Aber Sie kann ich nicht verstehen – Ihre Käuflichkeit, Ihren Zynismus, Ihre totale Unmenschlichkeit... Aija!«

»Worte«, sagte Holder, verletzt, aber um eine Antwort verlegen.

»Tatsachen. Es braucht Mut, ein Spion zu sein. Aber zu heiraten, nur um unverdächtig zu erscheinen, das Leben Ihrer Frau und Ihres Kindes zu riskieren, sie vielleicht einem langsamen, qualvollen Tod zu überantworten...«

Der Mönch wechselte den Ton.

»Bezahlen sie Sie gut? Haben Sie eine legale Ehefrau, zu der Sie eines Tages zurückkehren, nachdem Sie die Eingeborenen für Ihre Zwecke benutzt haben?«

Dorjew versuchte ganz offensichtlich, ihn zu einem unbedachten Geständnis zu provozieren. Holder blieb stumm und überlegte.

Nach Lhasa zu gehen und Dorjew zum Feind zu haben war gefährlich – jetzt, da der Mönch wußte, daß er nach Lhasa wollte. Dorjew brauchte nur ein Wort fallenzulassen, und er, Holder, würde in einem Kerker verfaulen.

Er wagte es.

»Ich arbeite nicht für die Briten, sondern gegen sie.«

Dorjew lächelte ungläubig.

»Das ist nicht sonderbar. Ich war nur gezwungenermaßen ihr Spion...«

»Und ein schlechter dazu.«

Holder widersprach nicht.

»Ich habe keine andere Frau. Was ich bei Guru gesehen habe, hat mir genügt. Guru war für mich der Wendepunkt.«

»Sie waren in Guru?«

»Beinahe hätte es mich auch erwischt. Danach beschloß ich, alles zu tun, was in meinen Kräften steht, um den Briten eine Niederlage oder einen Schaden zuzufügen. Deshalb reise ich jetzt nach Lhasa. Ich möchte den Tibetern helfen.«

Das Lächeln des Mönchs verstärkte sich.

»Welchen Tibetern?« fragte er ironisch. »Jeder tastet den Rücken des andern ab, um sein Messer hineinzustoßen.« Er hielt inne. »Außer dem Dalai-Lama natürlich.«

»Er ist der Herrscher.«

»Aber er wird schlecht unterrichtet, jetzt, da ich nicht da bin. Es besteht kein Zweifel für mich, daß die Schlacht bei Karo La absichtlich verloren wurde. Danach herrschte Panik in Lhasa. Aber der Dalai-Lama sagte nur, es sei an der Zeit, seine persönliche Leibwache, die Goldene Armee, in den Kampf zu schicken. Er will die gesamte Bevölkerung von Lhasa mobilisieren. Er hat auch einige Unterstützung. Der Tsaron Depon dringt darauf, daß Nagartse uneinnehmbar gemacht wird; daß bewegliche berittene Verbände die Briten von ihrem Nachschub abschneiden. Er wünscht, daß die Boote der Tschaksamer Fähre zerstört werden. Alles gut. Aber andere, die glauben, daß die Briten Lhasa ganz sicher einnehmen werden, wollen nicht in den Ruf kommen, antibritisch zu sein. Sie tun, was sie können – verbreiten Gerüchte, sabotieren die Verteidigungsmaßnahmen.«

Dann herrschte eine Weile Schweigen. Holder war immer noch nicht sicher, ob er dem Mann trauen konnte, der zugegeben hatte, seit zwanzig Jahren ein Spion zu sein.

»Sonderbar«, sagte er, »jetzt, da wir hätten zusammenarbeiten können, fliehen Sie und können nicht mehr helfen.«

»Wobei helfen?«

»Es ist zu spät. Und ich habe einen Fehler gemacht. Ich dachte, alle Tibeter wären gegen die Briten.«

»Sprechen Sie bitte nicht in Rätseln.«

»Ich habe«, sagte Holder, »sehr wichtige Informationen, die ich dem Dalai-Lama persönlich überbringen möchte.«

»Was für Informationen?«

»Sie brauchen sie nicht zu kennen, da Sie Lhasa verlassen. Kann ich denn sicher sein, daß Sie nicht für die Engländer arbeiten?«

Dorjew seufzte. »Selbst Krähen hacken nach einem lahmen Hund. Und wie soll ich wissen, ob *Sie* auch wirklich gegen die Engländer arbeiten?«

»Patt«, sagte Holder. »Es ist wohl besser, ich gehe nach Lhasa und versuch's.«

»Sie riskieren den Tod«, sagte Dorjew. »Aber ich könnte natürlich dafür sorgen, daß der Dalai-Lama Sie empfängt.«

Wieder herrschte eine Weile Schweigen. Holder war derjenige, der es beendete, da es ihm an Geduld fehlte.

»Ich kenne den Inhalt sehr wichtiger Meldungen von Younghusband an die indische Regierung und umgekehrt.«

»Und Sie sind sicher, daß Ihr Material echt ist – nichts, was man Ihnen absichtlich in die Hände gespielt hat?«

»Das ist unmöglich. Ich habe die britische Telegraphenlinie angezapft. Ich war früher Telegraphist.«

Dorjews Hand fuhr zwischen seine Lumpen und zog ein Tintenhorn, Papier und eine Bambusfeder hervor. Er schrieb eine kurze Notiz, faltete das Blatt zusammen und gab es Holder.

»Hierin bitte ich Seine Heiligkeit, Sie zu empfangen, da Sie bedeutungsvolle Nachrichten für ihn haben. Übergeben Sie das dem Obersten Magier im Na-tschung Tschos-kjong. Es ist so abgefaßt, daß er es sofort weiterleiten wird. Er wird Ihnen eine Audienz beim Rimpotsche verschaffen.«

Als Holder am Morgen erwachte, war Dorjew bereits verschwunden.

»Ich hätte die größte Lust, dich draußen auf dem Hof auspeitschen zu lassen«, sagte Laschi.

Der Mann, der vor ihr stand, bemühte sich, seine Erleichterung zu verbergen. Seine vor Schmutz glänzenden Hände, deren Fingernägel wie abgebrochene Krallen aussahen, umklammerten einen Hut, der längst jede Form verloren hatte. Er verbeugte sich immer wieder, streckte die Zunge heraus, sog geräuschvoll seinen Atem ein und wiederholte in einem fort »La-les« wie ein Vaterunser. Er war völlig fehl am Platze in der bunt ausgemalten und vor Gold strahlenden Zimmerflucht, die man der Dorje Phagmo im Potala zur Verfügung gestellt hatte: vierschrötig, unförmig, gewaltig in seiner schweren schmutziggrauen Schaffellschuba, die über dem Gürtel einen dicken Wulst bildete. Sein Schwert trug er quer über dem Leib.

Es war Tjima, Namus früherer Gatte.

»Und du bist sicher, daß es deine Frau ist?«

»La-les. Sie war es, die mit Eurer Hoheit neben dem Palankin der Rimpotsche ritt, als sie in Lhasa einzog.«

»Und sie ist eine Duitschun – eine Leibeigene der Familie Dschigme?«

»La-les. La-les.«

Laschi blickte auf Tjimas Froschgesicht, ohne es wahrzunehmen. Sie überlegte, was sie tun sollte.

Wenn sie Namu als entflohene Leibeigene denunzierte, sprang für sie nichts dabei heraus. Mindestens ein Drittel der tibetischen Landbevölkerung waren Duitschun, die geflohen waren, weil ihnen wegen ihrer Schulden die Versklavung drohte, und die neue Herren gefunden hatten. Es war eine

Folge der brutalen Ausbeutung der Leibeigenen durch Fronarbeit und Wucher. Niemand würde so töricht sein, vorzuschlagen, die Duitschun ihren einstigen Grundherren zurückzugeben. Dann wäre ein Chaos entstanden.

Theoretisch hätte Tjima zum Stadtrichter von Lhasa gehen und Namu anzeigen können. Das aber hätte dem Stadtrichter die unvorstellbar hohen Kosten für den Rücktransport Namus und Anehs nach Schigatse aufgebürdet. Also würde der Stadtrichter Tjima peinlich befragen lassen, um zu dem Ergebnis zu kommen, daß Namu keine Duitschun, sondern das Opfer von Tjimas Eifersucht sei, und Tjima würde höchstwahrscheinlich in dem großen Gemeinschaftskerker unter dem Hof landen.

Aber es war auch noch etwas anderes zu bedenken. Die Namu, die er im Gefolge der Dorje Phagmo gesehen hatte, ritt ein Pferd und war wie eine Edelfrau gekleidet. Sie hatte es offensichtlich zu etwas gebracht. Als er versucht hatte, zu ihr vorzudringen, und statt dessen vor Laschi geführt worden war, hatte ihn lediglich die Aussicht getrieben, aus ihr einen Silbertranka oder zwei herausschlagen zu können.

Laschi starrte ihn weiterhin in Gedanken verloren an, und der Bandit wurde unruhig. Er begann rückwärts zu gehen, sich demütig verneigend und seinen Atem einziehend, in der Hoffnung, mit heiler Haut davonzukommen.

Mit einer Handbewegung befahl sie ihm stehenzubleiben, griff unter ihre gestreifte Schürze und zog eine Börse aus Damhirschleder hervor.

»Hier«, sagte sie und zählte. »Fünf Silbertrankas. Das ist angemessen, weil du mich in guter Absicht unterrichtet hast. Doch ich habe die ganze Zeit gewußt, daß diese Frau früher den Dschigmes gehörte. Die Angelegenheit ist bereits geregelt.«

Fünf Trankas! Das war ungeheuer viel Geld. Davon konnte er sich ein Jahr lang betrinken. Tjima verbeugte sich tief, sog seinen Atem ein, setzte sich den Hut auf, um ihn loszuwerden, und streckte die linke Hand vor, Handfläche nach oben, wobei er den linken Ellbogen mit den Fingerspitzen der rechten Hand stützte. Dann ließ er zwei Münzen in die Rechte und unter seine Schuba gleiten, und danach nahm er den Hut wieder ab.

»Geh jetzt«, sagte Laschi barsch, »und laß dich hier nie wieder blicken.«

»La-les. La-les.«

»Und solltest du dieser Frau zufällig noch einmal begegnen, dann wage es nicht, mit ihr zu sprechen oder irgendwie zu erkennen zu geben, daß du sie schon einmal gesehen hast. Ist das klar?«

»La-les. La-les.«

»Wenn du sie in irgendeiner Form belästigst, lasse ich dir die Haut von den Beinen abziehen und die Kniescheiben zerschlagen. Verschwinde.«

Laschi ließ sich Zeit und erwog jede Möglichkeit, bevor sie Namu rufen ließ. Namus Herz schlug heftig, als sie Laschis düster-mitleidiges Gesicht sah.

»Ich habe dir etwas Wichtiges zu sagen, Namu.«

Namu blickte sie in angstvoller Erwartung an.

»Schlechte Nachrichten. Tjima, dein erster Mann, ist bei mir gewesen. Eigentlich wollte er dich sprechen, aber zum Glück war ich hier.«

Namu erbleichte. »Was will er? Wo ist er?«

Sie ging kopfschüttelnd auf und ab, die geballten Fäuste unter dem Kinn.

»Er hat dich gesehen, als wir in die Stadt einritten.«

»Götter und Teufel! Ich hätte im Samding bleiben sollen.«

Laschi legte beruhigend ihre Hand auf die der jungen Frau.

»Wann war er hier?«

»Gestern.«

»Warum hast du mir das nicht schon eher gesagt? Ich muß weg. Er ist imstande und zeigt mich beim Stadtrichter an.«

»Namu, beruhige dich. Ich bin keine Närrin. Er erklärte, du seist eine entflohene Leibeigene, und er fordere sein Recht.« Laschi schlug zornig mit der Faust in ihre Handfläche. »Sein Recht! Wenn er zu mir ins Samding gekommen wäre, hätte ich ihn auspeitschen lassen. Hier in Lhasa muß ich vorsichtig sein. Also fragte ich ihn, wie hoch er seine Rechte veranschlagt, und er erwiderte: Zehn Trankas. Ich gab ihm zwölf.«

»Und dann ist er gegangen?« fragte Namu erleichtert. Sie ergriff Laschis Hand und küßte sie. »Aber...« Sie ließ die Hand wieder los. »Ich kann dir die zwölf Trankas erst zurückzahlen, wenn Losan kommt.«

»Das ist doch nicht wichtig. Du hast mich gefragt, warum ich es dir nicht gleich erzählt habe. Weil ich Zeit zum Nachdenken brauchte! Ich habe diesem Tjima einen Diener hinterhergeschickt. Natürlich steuerte er geradenwegs in den nächsten Schnapsladen, und binnen einer Stunde war er völlig betrunken und prahlte, seine Frau sei jetzt eine Adelige und wohne im Potala und werde ihm eine Menge Geld geben, damit er sie nicht als Duitschun anzeige.«

Namu versank erneut in Verzweiflung.

»Ich muß fort. Um Anehs willen.«

»Aber nicht doch. Natürlich können wir diesem Tjima nicht trauen. In Lhasa bin ich machtlos, und er wird sicherlich bald wiederkommen und mehr Geld verlangen. Ich glaube auch, daß es besser ist, wenn du verschwindest. Ich sage dir, wohin du gehen sollst, und sobald Losan zurückkehrt, schicke ich ihn zu dir.«

Namu kniete vor Laschi nieder.

»Ich danke dir, ich danke dir. Hoffentlich kann ich dir deine Güte eines Tages vergelten.«

»Komm, steh auf«, sagte Laschi und half ihr dabei. »Keine Ursache, meine Liebe. Ich bin in deiner Schuld, weil du mir Gelegenheit zu einer verdienstvollen Tat gibst. Wir müssen praktisch denken. Dir steht nur ein Weg offen – nach Osten. Du läßt dich bei Radschjaba über den Kyi bringen, und dann nimmst du den Lam, der nach Bomi führt. Nach ein paar leichten Tagesmärschen kommst du zu einem Ort namens Go-tsang, wo es einen Markt und Tasam-Häuser gibt. Wieviel Geld hast du?«

»Acht Trankas in Rupien.«

»Eine ganze Menge. Und wir werden gleich noch einige Waren kaufen, die du dann für mich in Go-tsang verkaufst, damit du einen Grund für deinen Aufenthalt dort hast.«

»Wie kann ich das wiedergutmachen, Laschi?«

Laschi tätschelte ihre Hand. »Du brichst am besten morgen so früh wie möglich auf. Leider mußt du wieder ein Maultier reiten, da du nicht mit der Rimpotsche reist. Vergiß nicht den Namen des Ortes: Go-tsang. Und ich sage Losan Bescheid.«

»Habt ihr von mir gesprochen?« Die kleine Lebende Göttin stand mit Aneh in der Tür. »Gehst du fort, Namu?«

Laschi kehrte ihrer Tochter den Rücken zu und sah Namu an. Sie schloß die Augen und spitzte die Lippen, zum Zeichen, daß Namu ihr nichts sagen solle.

»Nur auf den Markt«, log Namu.

Erregt schritt Holder in Laschis Empfangsraum auf und ab.

»Ich kann nicht glauben«, sagte er, »daß Namu weggegangen ist, ohne mir eine Nachricht zu hinterlassen, wo ich sie finden kann.«

»Dann muß sie sie bei jemand anderem hinterlegt haben. Ich begreife deinen Ärger, Losan, aber das ist noch lange kein Grund, mich eine Lügnerin zu nennen«, sagte Laschi und zog ein beleidigtes Gesicht.

»Das habe ich auch nicht getan.«

»Nein? Du sagtest, du könntest nicht glauben, daß ich nicht weiß, wohin Namu und Aneh gegangen sind. Ist das nicht dasselbe? Was habe ich je anderes getan, als euch beiden zu helfen? Ist das deine Dankbarkeit?«

»Nein, nein, Laschi, so habe ich es ja nicht gemeint. Ich weiß einfach nicht, was ich denken soll.«

Holder war zwei Tage nach Namus Verschwinden in Lhasa eingetroffen. Er hatte seinen Besuch beim Obersten Magier aufgeschoben und war zuerst zum Potala geeilt, um Namu und Aneh zu begrüßen.

»Setz dich doch erst einmal, und spül dir den Staub aus

der Kehle, Losan. Ich gebe zu, daß du allen Grund zur Beunruhigung hast, aber deshalb brauchst du nicht unhöflich gegen mich zu sein. Ich habe eben überlegt – mir ist eingefallen, daß Verschiedenes, was sie sagte, vielleicht Licht in die Sache bringt. Komm, trink deinen Tee.«

Sie hob den ziselierten goldenen Deckel ihres Teekelchs an seinem Türkisgriff hoch, tauchte ihre Fingerspitzen hinein und verspritzte ein paar Tropfen für die Götter, bevor sie einen Schluck nahm. Holder war gezwungen, ihrem Beispiel zu folgen. Ein im Hintergrund wartender Diener wirbelte den Teekessel herum, damit sich die Butter wieder mit dem Tee vermischte, und setzte Deckel auf ihre Schalen.

»Namu sagte immer wieder«, fuhr Laschi fort, »du und Galei, ihr wäret schon so lange fort, und sie fürchte, euch sei etwas zugestoßen. Sie sagte, wenn die Fringhi jetzt bei Karo La stünden, könnten sie jederzeit in Lhasa sein. Sie hatte Angst – ich verstehe das. Ich habe auch Angst. Aber wir haben alle unsere Verpflichtungen. Was auch geschieht, ich muß bei der Rimpotsche bleiben. Namu hat immer wieder davon angefangen, daß die Fringhi hierherkommen werden. Ich habe versucht, sie davon zu überzeugen, daß in diesem Fall der Potala vielleicht der allersicherste Ort sei. Aber sie meinte, vielleicht sei er im Gegenteil der gefährlichste. Kann sein, daß sie gar nicht so unrecht hat. Wenn du meine persönliche Meinung hören willst – ich glaube, sie dachte, du würdest nicht wiederkommen, und deshalb beschloß sie wegzugehen, und sie brachte nicht den Mut auf, es mir mitzuteilen.«

Aber Holder fand es immer noch unbegreiflich.

»Vielleicht weiß die Rimpotsche etwas.«

Laschi erinnerte sich, daß die kleine Göttin in der Tür gestanden und Namu gefragt hatte: »Gehst du fort?«, und Namu hatte geantwortet: »Nur auf den Markt.« Es war besser, wenn Losan das Kind nicht zu sehen bekam.

»Ich erinnere mich«, sagte sie nachdenklich, »daß sie der Rimpotsche erzählte, sie wolle einkaufen gehen, und von diesem Gang ist sie nicht zurückgekehrt. Am nächsten Tag habe ich auf dem Parkhor und auf dem Markt nach ihr gesucht, aber vergeblich.«

Laschi zögerte, ob sie aussprechen sollte, was ihr auf der Zunge lag. Sie wollte nicht zu dick auftragen, aber jetzt war die Gelegenheit günstig.

»Ich sagte ihr«, fuhr sie fort, »daß alles anders aussieht, wenn du zurückkommst. Aber sie entgegnete: ›Ich habe ihn flehentlich gebeten, nicht fortzugehen und mich in der Gefahr zurückzulassen. Wer weiß, wo er jetzt sein mag – vielleicht tot, vielleicht auch in einem Tasam-Haus mit einer anderen Frau.‹ Wirklich, Losan, ich finde auch, daß es sehr sonderbar war – die Art, wie ihr beide, du und Galei, euch davongemacht habt.«

Holder starrte sie mit offenem Munde an. »Hat Namu das gesagt? Mein armes Mädchen.«

»Armes Mädchen!« schnaubte Laschi. »Ist Galei mit dir zurückgekommen?«

»Ja. Er wartet am Markt im ›Freundlichen Leoparden‹ auf mich.«

»Dann hol ihn her. Ich sage den Wächtern Bescheid. Und auch im Fall, daß Namu wieder zurückkommt...«

Laschi lächelte. Wenn Galei in einem Gasthaus war, konnte Losan beschlossen haben, ebenfalls dort zu bleiben.

Die Gästezimmer im Potala waren komfortabler als überall sonst in Tibet. Sie hatten nicht nur regelrechte Toiletten, sondern auch Betten. Gäste schliefen nicht in ihren Kleidern, sondern nackt zwischen seidenen Bettlaken und unter weichen Fellen. Es stimmte, die Laken wurden nie gewaschen und zeigten die blutigen Spuren erfolgreicher mitternächtlicher Jagden auf Wanzen und auch Spuren anderer Art, aber es war trotzdem ein Genuß, nackt zu schlafen.

Holder bekam einen eigenen Raum, riesig groß, kahl, spartanisch, mit einem unverglasten Fenster in der zwei Meter dicken Mauer, vor dem ein schwerer Vorhang aus Yakwolle hing, so daß der Raum fast völlig finster war.

Im Halbschlaf spürte Holder warmen Moschusduft und

nacktes Fleisch neben sich. Er schmiegte sich dagegen und war im Begriff, wieder einzuschlafen, als ihm bewußt wurde, daß es nicht Namu war.

Laschi legte eine Hand auf seinen Körper und streichelte ihn. Sie atmete schnell und flach. Sie sprach nicht.

Holder lag reglos da und bemühte sich, gleichmäßig zu atmen und nachzudenken. Eine ihrer Brustwarzen preßte sich gegen ihn.

Er versuchte, unmerklich von ihr wegzugleiten. Sie ließ es geschehen, und dann lagen sie beide unbeweglich da. Je länger Holder schwieg, desto unmöglicher wurde es, diesen Verführungsversuch zurückzuweisen. Aber er wußte nicht, was er sagen sollte. Keiner von beiden rührte sich. In der dunklen Stille war nur ihr Atmen und in der Ferne das Jaulen streunender Hunde zu hören.

Er versank im Halbschlaf in der Wärme der Frau, die neben ihm lag. Ihr Atem ging jetzt ruhig, und er hoffte, daß auch sie einschlafen würde.

Aber ihre linke Hand glitt langsam von seiner Schulter zu seiner Hüfte hinunter, wanderte weiter zu seinen Knien und kehrte wieder zurück. Sie berührte kaum seine Haut, und ihn überlief ein Schauer der Erregung. Seine Muskeln spannten sich, halb erwartungsvoll, halb widerstrebend.

Ein flüchtiger Kuß streifte seine Stirn, und Laschi war verschwunden, lautlos auf nackten Sohlen, unsichtbar in der Finsternis. Sie ließ die Wärme ihres Körpers, Moschusduft und den Geruch ihres mit Butter eingefetteten Haars zurück.

Holder war verstört. Er fühlte sich schuldig. Er fragte sich, was er falsch gemacht hatte. Er hatte nichts getan, das war es. Er hatte *nichts* getan. Und deshalb hatte Laschi, schlau wie sie war, das Stadium der Blicke und »zufälligen« Berührungen beendet und eine intimere Beziehung zwischen ihnen hergestellt.

XIII

Der Dreizehnte Körper

Als Laschi verschwunden war, überlegte Holder, wie er es vermeiden könnte, ihr zu begegnen, bevor er und Galei den Potala verließen. Er war wütend auf sich. Auch auf sie, aber mehr noch auf sich. Er schämte sich, daß er Namu und Aneh betrogen hatte, obwohl er ja nichts getan hatte. Aber das war es ja gerade – er hatte stillgehalten und sich von ihr erregen lassen. Er wußte nicht, was er getan hätte, wenn sie einen Schritt weiter gegangen wäre. Es wäre sehr peinlich, mit Laschi zusammenzutreffen, bevor er Zeit zum Überlegen gehabt hatte. Vielleicht war es das beste, ihr nie wieder unter die Augen zu kommen. Aber das brauchte er nicht im Augenblick zu entscheiden; jetzt hatten andere Dinge den Vorrang.

Auch Laschi hielt es für taktisch klug, sich nun, nachdem sie ihre Absichten unmißverständlich offenbart hatte, nicht blicken zu lassen, und so machten Holder und Galei sich ungehindert auf den Weg in die eine halbe Meile entfernt liegende Stadt.

Holders Plan war einfach. Namu konnte nur einen Weg eingeschlagen haben – den nach Osten. Alle anderen Wege führten entweder zu den Fringhi oder zu ihren früheren Grundherren, den Dschigmes von Schigatse.

Zwei Männer waren nicht nötig, um sie auf dem nur wenig benutzten, nach Osten führenden Karawanenpfad zu suchen. Er überließ diese Aufgabe Galei. Sobald er seine Audienz beim Dalai-Lama gehabt hatte, würde er ihm nachreiten, und falls sie sich verfehlten, wollten sie sich im »Freundlichen Leoparden« treffen.

Sie hatten alle ihre Waffen, außer Holders Revolver und Galeis als Luntenmuskete getarntem Karabiner, in der Nähe von Lhasa in einer Höhle versteckt. Galei meinte, ein Hochländer ohne Gewehr sein wie ein zu Fuß gehender Abt.

Holder sah ihm nach, als er davonritt, machte dann langsam einen Rundgang auf dem Parkhor und suchte auf dem Markt vergeblich nach einem Lebenszeichen von Namu oder seiner Mutter. Zwei Männer, die sich eines Verbrechens schuldig gemacht hatten und deren Hände und Hälse in quadratischen hölzernen Prangerkästen steckten, zogen, von zwei bettelnden Frauen begleitet, durch die Straßen. Die Frauen waren sehr erfolgreich bei ihrer Tätigkeit, denn es galt als besonders verdienstvoll, Verbrechern ein Almosen zu geben, da diese nur selten aus dem Kerker gelassen wurden, um sich eine weitere Lebensspanne zu erbetteln. Holder schenkte jedem von ihnen eine Kupfermünze und bereute es gleich darauf, denn eine derart großzügige Gabe erregte die allgemeine Aufmerksamkeit und löste einige Verwunderungsschreie aus.

Er ging zur Hufschmiede, holte sein Pferd und ritt durch das Westtor zum Na-tschung tscho-kjong, dem Tempel des Staatspropheten, des Obersten Magiers der tibetischen Regierung. Dorjews Brief hatte er in seiner Stiefeltasche versteckt.

Der Wächter hinter dem Haupttor des Tempels entdeckte an Holder nichts, was auf dessen Zugehörigkeit zum Adel hingedeutet hätte: keine Diener, nur ein einfaches Gewand aus gutem Wolltuch, Handelsstiefel, Filzhut. Er reihte ihn sogleich in die Kategorie der kleinen Kaufleute ein, aber vielleicht ließ sich immerhin ein Schmiergeld aus ihm herausquetschen.

»Warte hier«, sagte er kurz angebunden und kehrte in das kleine Wächterhaus zurück. Er roch nach Schnaps.

Holder wartete eine angemessene Zeit und betrachtete währenddessen die äußerst lebensähnlichen – oder vielmehr todesähnlichen – Fresken, auf denen abgeschlagene Köpfe, geschundene menschliche Wesen, mit Blut gefüllte Schädel und Berge von menschlichen Eingeweiden zu sehen waren.

Dann ging er zum Wächterhaus und stieß die Tür auf. Der Torhüter fuhr wütend hoch und ließ eine Peitsche nur Millimeter von Holders Kopf entfernt durch die Luft sausen, so daß er den Wind spürte. Dann starrte er Holder an, der ein 2-Anna-Stück in die Luft warf, es auffing, erneut hochwarf, es auf den Boden fallen-und dort liegenließ.

Auch der Torhüter ließ es liegen, aber er fragte: »Was willst du?«

Holder zeigte ihm ein zweites 2-Anna-Stück. Er beugte sich nieder und zog den Brief aus seiner Stiefeltasche.

»Für den Abt«, sagte er. »Äußerst dringend.«

Plötzlich bellte der Wächter ein Wort. Ein kleiner, etwa achtjähriger Diener in einer weinroten Mönchstoga eilte herbei, verbeugte sich, sog seinen Atem ein und erhielt den Befehl, dieses Papier zu dem Abt-Hofmeister des Staatspropheten zu bringen.

Nach wenigen Minuten erschien ein kleiner, gebrechlicher, uralter Lama. Er verbeugte sich respektvoll vor Holder, und jetzt verneigte sich auch der Wächter und zeigte seine Handflächen.

Der verrunzelte kleine Abt führte Holder durch Türen, deren Rahmen aus Totenschädeln, herausgerissenen Augen und Zungen bestanden oder aber Menschen darstellten, die in irgendwelchen lamaistischen Höllen aufs gräßlichste gefoltert wurden. Er führte ihn in das Heiligtum, wo Holder plötzlich dem Obersten Magier in Person gegenüberstand.

Er war ein asketisch aussehender Mann in der Tracht seines Amtes, zu der die mit Juwelen und elfenbeinernen Totenschädeln geschmückte Krone des Staatspropheten gehörte. Er entschuldigte sich, daß man Holder am Tor hatte warten lassen.

»Wir wollen keine Zeit mit höflichen Floskeln verschwenden. Ich habe eine Nachricht zum Potala geschickt, worin ich den Rimpotsche bitte, Euch auf ausdrücklichen Wunsch des heiligen Tse-nji Ken-po zu empfangen. Nun warte ich auf die Antwort. Ich habe Befehl gegeben, ein Mahl zu richten, während Ihr Euch hier aufhaltet. Ihr seid sicherlich hungrig.«

Da alles in Lhasa sein eigenes Tempo hatte, schlug die untergehende Sonne bereits rotgoldene Feuergarben aus den obersten Dächern des Potala, als Holder gebeten wurde aufzubrechen. Sein Pferd, gefüttert und getränkt, wartete draußen im Hof; den Zügel hielt ein schmutziger leibeigener Mönch.

Zwei Eisenstabbüttel bildeten seine Eskorte. Einer grinste ihn wissend an: Bundu, der Mann mit der tiefen Narbe über der Augenbraue, jener, der ihn vor seiner ersten Begegnung mit Dorjew gefoltert hatte. Sie begrüßten einander nicht. Draußen auf dem staubigen Viadukt, der über die Milchebene führte, warteten weitere berittene Mönche.

Als sie ihn wie eine Leibwache umringten, fühlte Holder, daß er einen unwiderruflichen Schritt getan hatte – daß er sich in eine Auseinandersetzung mit unbekannten Mächten einließ, die für ihn so wenig real, so undeutlich erkennbar waren wie Schemen in einem Wachtraum. In diesem Augenblick wäre er am liebsten geflohen, aber es war zu spät.

Die Schar ritt durch den Pargo Kaling. Mehrmals wehrten die Mönche mit ihren langen Peitschen allzu zudringliche Hunde ab. Auf ein Kennwort hin öffneten sich die verrammelten, scharf bewachten Tore von Scho, und nun befanden sie sich im Bezirk des Potala. Auf Rampen, die im Zickzack bis zur halben Höhe des Palasts emporführten, ritten sie zum Hauptportal. Dort stiegen sie ab und schritten hinein. Im Zwielicht der Butterlampen hingen nahe dem Eingang zwei lange, mit Tigerfell bespannte Walzen – Symbole der Macht und der Gerechtigkeit. Holder stand im Potala: nicht so, wie es Compton immer gehofft hatte, nicht als britischer Spion, sondern als das Gegenteil. Er lächelte müde. Das chinesische Sprichwort fiel ihm ein: Wer einen Tiger reitet, hüte sich; es ist gefährlich, von ihm abzusteigen.

Leibeigene Mönche mit Butterlampen aus Messing führten sie durch das Labyrinth der Gänge, von denen dunkle Gemächer und muffige Kapellen abgingen. Gedämpfter Trommelklang und leiernder Gesang zeugten davon, daß hier in der Abgeschlossenheit von tausend lichtlosen Räumen, inmitten von staubigem Gold und Juwelen, die Lebenden den Toten dienten.

Holder stolperte hinter den mit sicheren Schritten vorauseilenden Dienern her, gefolgt von seiner Eskorte, deren Rohledersohlen über den Steinboden schlurften. Auf schwankenden Birkenholzleitern gelangte man von einem Stockwerk zum nächsthöheren. Die Leitern waren glitschig, blankpoliert von verschüttetem Buttertee und der aus unzähligen Lampen getropften Butter, und nur auf einer Seite konnte man sich an einem ebenfalls glitschigen Geländer festklammern. Der Aufstieg kam Holder endlos vor.

Sie stiegen an den Gräbern der früheren Körper vorbei. Diese großen, mit einer massiven Feingoldschicht belegten Tschorten ragten drei Stockwerke hoch bis zu den goldenen Dächern, die Lhasa im Sonnenschein meilenweit sichtbar machten. Auf ihrem Weg begleitete sie jener Geruch nach ranziger Butter, Yakmistrauch, Weihrauch und menschlichen Exkrementen, vermischt mit verbrauchter Luft, der untrennbar mit Tibet verbunden war.

Der Eingang zu den Privatgemächern des Gottkönigs schien Holder sonderbar. Durch ein quadratisches Loch gelangten sie auf ein flaches Dach, und Holder wurde zu einem Dachhaus geführt. Eine halbe Meile entfernt lag Lhasa unsichtbar zwischen Bäumen – dunkel, ohne ein einziges Lichtfünkchen, still bis auf das Bellen und Jaulen herumstreunender Hunde, das der Wind zu ihnen herübertrug.

In einem von Butterlampen hell erleuchteten Vorraum klopfte einer der Eisenstabmönche an eine Tür und verschwand hinter ihr. An den Wänden sah Holder die gemalten Darstellungen aller sexuellen Akte, von denen er je gehört hatte, und vieler, die ihm unbekannt waren. Sie symbolisierten einige der Leidenschaften, für die die Dalai-Lamas oder vielmehr alle Lebenden Buddhas unempfänglich sind. Nur einer, der Sechste Körper, hatte von sich geschrieben: »Unter meinem Palast liegt der kleine Ort Scho. Dort nennen sie mich Tschebo Tangsan Wongbo, den Lasterhaften, denn meine Lieben sind zahlreich.« Er wurde entehrt und nicht im Potala begraben.

Der Eisenstabmönch kam wieder zum Vorschein, gefolgt von einem Lama in einer Toga aus feinem Kaschmir, der sich verneigte und Holder einen Nangtzu-khata überreichte. Diese seidene Schärpe, so erklärte er, sei extra als Geschenk für den Gottkönig angefertigt worden. Man müsse sie ihm über die Handgelenke legen und sorgfältig darauf achten, Seine Heiligkeit dabei nicht zu berühren. Holder wurde in den angrenzenden Raum geführt. Der Mönch zeigte auf eine Tür, und einen Augenblick später stand Holder dem Herrscher Tibets gegenüber.

Der Lebende Gott war ein hochgewachsener, kräftig gebauter Mann mit regelmäßigen Zügen. Sein spitz zulaufendes Kinn gab dem geschorenen Schädel eine eiähnliche Form. Er hatte abstehende Ohren – eins der Kennzeichen eines Dalai-Lama. Die mandelförmigen Augen standen weit auseinander, und er trug einen Schnurrbart, etwas bei den Tibetern nahezu Unbekanntes. Der Schnurrbart war lang und dünn, mit gewachsten scharfen Spitzen. Der Dalai-Lama trug keine rote Kaschmirtoga, sondern ein Gewand aus dunkelblauem Seidenbrokat mit Ärmeln und einem hohen Kragen im chinesischen Stil.

Den Khata nahm er mit einem Lächeln entgegen und legte ihn sorgfältig zur Seite. Mit einer Handbewegung forderte er Holder auf, in einem geschwungenen Rosenholzsessel Platz zu nehmen. Alles in dem Raum zeigte starke Farben: die geschnitzte, bemalte Decke, die bemalte Holztäfelung, die brokatenen Wandteppiche und die Lhasa-Teppiche, die den Boden bedeckten. Der Rimpotsche setzte sich Holder gegenüber ebenfalls in einen Sessel und deutete auf die Erfrischungen, die auf einem niedrigen Tisch serviert waren. Ein Diener stand bereit, um ihnen neuen Tee in die ziselierten goldenen Kelche zu füllen, aber der Dalai-Lama entließ ihn. Alle seine Gebärden schienen keinen Anfang und kein Ende zu haben;

in ihrer beherrschten Geschmeidigkeit erinnerten sie an die Bewegungen eines Ballettänzers. Er hob seinen Kelch, als sei dieser schwerelos, und verspritzte einige Tropfen.

»Bitte, machen Sie es sich bequem«, sagte er. »Sie sind willkommen. Mein Lehrer Aguan Dorjew schreibt mir, daß Sie mir äußerst wichtige Informationen bringen.«

Er sah Holder forschend an.

»Vielleicht werden sie Eurer Heiligkeit nicht so wichtig erscheinen.«

»Wie auch immer, mein lieber –«

»Losan Namgyal.«

»– mein lieber Losan, wir klammern uns an jeden Strohhalm. Wir hoffen immer noch, daß wir unser religiöses Leben bewahren und allen Dingen, belebten wie unbelebten, den Frieden wiedergeben können. Bitte, sagen Sie mir, was Sie mir sagen wollen.«

Holder erzählte ihm seine Geschichte. Er machte keinen Versuch, seine Tätigkeit für die Briten zu vertuschen, und er beschrieb, wie er die britische Telegraphenleitung angezapft hatte. Der Dalai-Lama hatte, wie sich zeigte, bereits von der Telegraphie gehört.

Holder begann mit dem Bericht von Candler an seine Zeitung, die »Daily Mail«, worin dieser schilderte, wie 40 000 Mönche von Maxim-Maschinengewehren niedergemäht wurden. Er las Younghusbands verschleierten Hinweis im Wortlaut vor, es sei besser, einen den Briten genehmen Regenten zu haben als diesen Dalai-Lama, den der Oberst einen »jungen, aus der Gosse aufgelesenen Gernegroß« nannte.

Mit einem Mundwinkel lächelnd, sagte der Dalai-Lama: »Anscheinend habe ich von den Briten sehr wenig zu erwarten.«

»Nicht nur Sie, Eure Heiligkeit. Hier ist eine Botschaft vom Vizekönig Lord Curzon an seinen Stellvertreter Lord Ampthill: ›Viele meinen, jeder Vertrag sei eine Farce und wir sollten uns, nachdem wir soviel Schaden wie möglich angerichtet haben, aus Lhasa zurückziehen.«

Sein Zuhörer blickte auf das Bündel Notizen und hob eine Augenbraue.

»Sie kennen den Inhalt dieser vielen Papiere. Wäre es Ihnen möglich, die Hauptpunkte zusammenzufassen?«

»Gewiß, Eure Heiligkeit. Die britischen Führer haben unterschiedliche Auffassungen in bezug auf Tibet – über die Zweckmäßigkeit des Vorgehens. Es sind politische, keine moralischen Differenzen. Viele wollten sich überhaupt nicht mit Tibet anlegen, weil sie sich erst kürzlich im Burenkrieg die Finger verbrannt haben. Aber andere, vor allem Curzon, der Younghusband ausgewählt hat, ist von Ehrgeiz besessen und entschlossen, der Engländer zu werden, der Tibet zur britischen Kolonie gemacht hat.«

»Aber die britische Regierung...«

»...ist schwach und wankelmütig, und eine entschlossene Gruppe um Curzon treibt sie in dieses Abenteuer hinein. Andererseits ist General Macdonald, der militärische Befehlshaber – Younghusband ist der politische Bevollmächtigte –, strikt dagegen, daß die britischen Truppen über Gjantse hinausgehen. Er will Gjantse verschonen, wenn tibetische Bevollmächtigte zu Verhandlungen in diese Stadt kommen und –«

Der junge Prälat hob eine Hand.

»Vielleicht wissen Sie nicht, daß Gjantse bereits erstürmt und genommen ist.«

»Nein, das wußte ich nicht, Eure Heiligkeit. Aber das ändert im Grunde nicht viel. Darf ich zu Macdonald zurückkehren? Er hat versucht, den Angriff auf Karo La zu stoppen. Er und Younghusband haben ständig Streit miteinander. Macdonald ist ein kranker Mann und gilt als feige. Er betont immer wieder, daß die britischen Truppen nicht länger in Tibet bleiben können, und Younghusband wiederum hat erklärt, Macdonald sei eine Pistole, die aller Wahrscheinlichkeit nach niemals losgehen werde.«

Der Dalai-Lama seufzte. »Sie meinen, die Zeit arbeitet für uns?«

Holder nickte.

»Aber wir haben keine Zeit.«

»Zeit genug. Wir sollten die Briten zwingen, um jeden Fußbreit Boden zu kämpfen.« Während er sprach, mußte er an Galei denken. »Wir müssen aufhören, nutzlose Mauern zu bauen; wir müssen so viele Männer wie möglich aufbieten, die die Briten aus dem Hinterhalt angreifen, ihre Waffen erbeuten, sie von ihren Nachschubwegen abschneiden. Den britischen Meldungen entnehme ich, daß sie am Jalutsangpo leicht aufgehalten werden könnten, wenn wir uns entschließen würden, die großen hölzernen Fährboote zu zerstören. Anscheinend befürchten sie das. Und es ist geradezu ein Witz, Eure Heiligkeit, daß sie ungehindert ihre Telegraphenleitung benutzen können. Wenn sie keine Nachrichten hin und her senden könnten, wären sie taub, gefühllos und blind. Es ist Wahnsinn, daß wir unseren eigenen Leuten gestatten, ihnen Lebensmittel zu verkaufen, daß wir ihnen erlauben, sich hier in Tibet zu verproviantieren. Wir müssen sie von ihren Nachschubwegen abschneiden, sie zwingen, allen Proviant mit sich zu führen, wir müssen den Jalutsangpo auf unserer Seite befestigen. Wenn wir sie bis zum Winter aufhalten, können wir sie schlagen.«

»Losan«, sagte der Dalai-Lama, »glauben Sie nach Guru, Karo La und Gjantse wirklich immer noch, daß die Briten aufgehalten werden können – daß wir sie daran hindern können, Lhasa zu besetzen?«

»Ja, das glaube ich.«

»Tibeter sind keine Kämpfer, Losan.«

»Ich habe das Gegenteil gehört.«

»Fahren Sie fort.«

»Der gleiche Journalist, Candler, hat geschildert, wie die Tibeter gekämpft haben: ›Sie kamen die Schanze heruntergestürzt, rissen Steine heraus und schleuderten sie auf unsere Sepoys; springend versuchten sie unsere Gewehrläufe zu ergreifen; sie mühten sich, irgendwo Fuß zu fassen und sich auf die Brüstung zu schwingen; sie fielen, von Kugeln durchbohrt, und ein paar rannten verzweifelt wieder zur Schanze zurück ... Noch nie gab es einen derart hoffnungslosen, hilflosen Kampf, solche verzweifelte und nutzlose Tapferkeit.«

Der Rimpotsche hörte zu, das Kinn hatte er in die Hand gestützt.

»Was Sie da sagen, Losan, macht alles nur noch trauriger. Sie haben Ihr Leben gewagt, um in den Besitz dieser Informationen zu gelangen und sie mir zu bringen – und doch ist es umsonst.«

Er starrte vor sich hin, während die Perlen seines Rosenkranzes geräuschlos über seinen Zeigefinger glitten. Dann beugte er sich zu Holder und sagte so leise, daß dieser ihn kaum verstehen konnte: »Vier sind gestorben, Losan, vier meiner Vorgänger. Angeblich besitzt der Dalai-Lama unbegrenzte Macht, aber... Es ist wahr, niemand in seiner Umgebung würde ihm je widersprechen. Doch es liegt in der Natur der Sache, daß er sich auf andere verlassen muß, die seine Wünsche ausführen.«

»Aber...«

Der Gottkönig hob die Hand. »In Lhasa herrscht völlige Verwirrung. Zahlreiche führende Persönlichkeiten sind davon überzeugt, daß die Briten Tibet erobern werden. Sie intrigieren. Mit Worten leisten sie Widerstand, aber tatsächlich verfolgen sie nur ihre eigenen Interessen. Die Gefahr, daß der Dreizehnte Körper ermordet wird, ist nicht aus der Luft gegriffen.«

Seine Stimme klang so ruhig, als spreche er in der Tat über einen zeitweiligen Körper.

»Sie müssen Vorsichtsmaßnahmen ergreifen«, sagte Holder.

»Es ist jetzt nicht der Zeitpunkt für den Dreizehnten Körper, sich aus dem Leben zurückzuziehen«, sagte der Gottkönig. Er sprach noch leiser, fast flüsternd. »Ich verlasse Lhasa noch heute nacht.«

Holders Entsetzen spiegelte sich in seinem Gesicht wider.

»Und was dann?« fragte er schließlich.

»Ich werde den Regenten anweisen, alles zu tun, was Sie vorgeschlagen haben. Trotzdem habe ich wenig Hoffnung.«

»Gibt es denn jetzt einen Regenten?«

»Ich habe Anweisungen gegeben. Regent wird der Dzeba von Gaden.«

»Der Dzeba von Gaden! Oh.«

»Sie scheinen bestürzt, Losan.«

»Es ist vorbei, Eure Heiligkeit. In einer der abgefangenen Meldungen hieß es, der Dzeba von Gaden habe Verbindung mit den Briten aufgenommen und befürworte Verhandlungen mit ihnen.«

Der Dalai-Lama nickte melancholisch.

»Das überrascht mich nicht sehr. Ihnen aber danke ich von ganzem Herzen. Wenn ich nach Lhasa zurückkehre und Sie mich aufsuchen wollen, werden Sie sehen, daß ich nicht undankbar bin. Ich segne Sie.«

Er legte seine Hand auf Holders Kopf und läutete dann eine kleine goldene Glocke.

Das flache Dach des Potala glänzte im Mondlicht, das sich in den goldenen Dächern widerspiegelte. Wie Schatten tauchten die Mönche auf, nahmen Holder in Empfang und führten ihn zu dem quadratischen schwarzen Loch im Dach. Am Fuß der ersten Leiter warteten weitere Mönche im fahlen Lichtkreis der Butterlampe. Holder stieg die nächste schwankende, schlüpfrige Leiter rückwärts hinunter, und die Eisenstabbüttel folgten ihm.

Er wollte sie bitten, ihn zum »Freundlichen Leoparden« zu geleiten. Vielleicht hatte Galei Namu und Aneh bereits gefunden. Wenn er noch nicht zurück war, würde er, Holder, sich morgen nach seiner Mutter umsehen und dann, Galeis Spur aufnehmend, nach Osten reiten.

Er verlor jede Orientierung, als sie mit ihm von einem halben Stockwerk zum nächsttieferen stiegen, manchmal auf Leitern, manchmal auf Treppen, die in den jungfräulichen Fels gehauen waren. Von ferne hörte man leiernden Gesang, und hin und wieder drang aus einer luftlosen Zelle dumpf vibrierender Trommelschlag. Einmal schien es ihm, als ob weit weg ein Mensch schrie. Niemand sprach ein Wort. Er wußte nicht mehr, wieviel Stockwerke sie bereits hinuntergestiegen waren.

Eine durch ein Loch im Fußboden führende steinerne Treppe mündete in einen engen Gang mit einem Steinfußboden und kalten, schwitzenden Wänden.

Bundu drängte sich an den anderen Mönchen vorbei und ergriff eine Lampe.

»Hier«, sagte er.

Schlurfende Schritte näherten sich Holder. Plötzlich packten ihn starke Hände und stießen ihn vorwärts ins Dunkel, auf eine Art, die jeden Widerstand unmöglich machte. Jemand stellte ihm ein Bein, und er stolperte und fiel hin. Als er sich wieder aufrichtete, fiel krachend eine schwere Tür zu, und er sah sich Bundu gegenüber, der seine Lampe auf den nackten Stein stellte.

»Was...?« begann er verstört.

Bundus Faust, hart wie Fels, traf ihn mit voller Wucht. Er wankte. Seine Nase schmerzte. Der Eisenstabbüttel zog Holders Messer aus der Scheide und schnitt damit seine Schärpe durch, so daß alle seine Besitztümer zu Boden fielen. Er fischte Holders Börse und die Aufzeichnungen über die telegraphischen Meldungen heraus, nahm ihn in eine Armfessel, während er ihn durchsuchte, und versetzte ihm dann einen solchen Stoß, daß er sich um seine eigene Achse drehte und hinschlug.

Die in Holders Stiefelränder eingenähten Goldstücke hatte er nicht gefunden, aber Holder wußte, daß ein Bestechungsversuch aussichtslos war. Er unternahm einen letzten Vorstoß.

»Könnt Ihr mir sagen...?«

Die Tür hatte sich geöffnet, wieder geschlossen, und ein Riegel wurde quietschend in einen Schlitz geschoben. Ein dünner Lichtstrahl wurde blasser, verschwand, und dann umfingen ihn völlige Dunkelheit und Stille.

XIV

Galei und Namu

Laschi war es nicht gewohnt, mit dem Adel auf gleicher Ebene zu verkehren. Sie verneigte sich und zitterte vor Aufregung, als die erhabene Persönlichkeit des Dzeba von Gaden gemeldet wurde.

Sein Gesicht, streng, raubvogelhaft, war in düstere Falten gelegt. Die meisten Tibeter zupften sich ihre spärlichen Barthaare aus, er aber hatte sie zu einem langen, dünnen grauen Büschel wachsen lassen. Sein Schädel war kahl und glatt wie ein Ei. Eine gebieterische Gestalt in steifem Goldbrokat und weinrotem Kaschmir, mit der vorgebundenen Schürze, die das Zeichen seines Amtes war.

Nach einigen kalten formellen Floskeln sagte er, sein Besuch habe mit einem gewissen Losan Namgyal zu tun. Sei der Hochgeborenen dieser Mensch bekannt?

»Flüchtig, Eurer Ehrwürden. Bei einer Gelegenheit habe ich seiner Frau geholfen.«

Schweigen.

»Er wird gesucht«, sagte der Dzeba dann. Es war eine Lüge, denn natürlich wußte er, daß dieser Mann im Keller des Potala in einer Kerkerzelle saß.

Laschi zuckte die Achseln. »Das geht mich nichts an, ich kann Euch nicht helfen.«

»Er ist ein Ferenghi-Spion. Äußerst gefährlich. Die Frau könnte seine Komplizin sein. Ich möchte mit ihr reden.«

»Sie ist nicht mehr hier, Euer Ehrwürden. Sie ist vor ein paar Tagen von hier weggegangen.« Laschi überlegte, ob sie

Tjima erwähnen sollte, aber sie hielt es für klüger zu schweigen. Die Wahrheit war zu kompliziert. Wie sollte sie erklären, warum sie Tjima Geld gegeben hatte?

»Wie ich erfahren habe, war der Mann, Losan Namgyal, ebenfalls hier. Er blieb über Nacht mit einem anderen Mann.«

»La-les. La-les.«

»Und wer war dieser andere Mann?«

»Ein Niemand aus dem Hochland, Euer Ehrwürden. Galei nannten sie ihn.«

»Und Ihr habt keine Ahnung, wohin diese Leute gegangen sind?«

»La-les. La-les.«

»Wir werden uns vergewissern müssen, ob Ihr die Wahrheit gesagt habt.« Seine Stimme klang jetzt hart und drohend. »Taschidele.«

Im Hinausgehen nickte er jemandem zu, der nun eintrat. Es war Bundu, gefolgt von einem Eisenstabmönch aus dem Kloster Drepung. Sie näherten sich Laschi in unmißverständlicher Absicht.

»Nein. Das könnt ihr doch nicht tun«, sagte Laschi entgeistert. »Wißt ihr nicht, wer ich bin? Rührt mich nicht an!«

Bundu warf einen Blick zur Tür hin.

»Halt den Mund, Frau«, sagte der Dzeba von Gaden. »Ich weiß, wer du bist, und du solltest wissen, daß ich der Regent des Dreizehnten Kostbaren Beschützers bin. Nehmt sie mit«, sagte er.

Sie hatte nicht gewußt, daß aus den Gemächern der Dorje Phagmo eine verborgene Tür zum Haupttrakt des Potala führte. Die Mönche zerrten sie Treppen und Leitern hinauf und hinunter, meistens hinunter, und stießen sie dann in einen großen, mit Pfeilern abgestützten Keller, nicht weit von der Zelle entfernt, in der, umgeben von Dunkelheit und Schweigen, Holder saß. Der Keller wurde von an der Wand befestigten Butterlampen erhellt, und überall lagen Ketten und allerlei seltsame Instrumente herum. Es war eine Folterkammer. Unter einer Lampe stand ein Lama mit

Tintenhorn und Federkiel; hinter ihm warteten zwei andere Mönche. Bundu und sein Gefährte stellten sich zu beiden Seiten der Tür auf.

»Fangt an«, sagte der Lama. »Zuerst möchten wir wissen, wo diese Frau Namu und dieser Galei zu finden sind.«

Die beiden Folterknechte traten auf Laschi zu. Sie wich zurück, kreidebleich. Kalter Schweiß bedeckte ihr Gesicht. In ihrem tödlichen Entsetzen war ihr nicht aufgefallen, daß der Lama Losan Namgyal, um den es doch angeblich in erster Linie ging, nicht erwähnt hatte.

Die beiden Büttel entkleideten sie bis zur Taille und fesselten ihre Arme auf dem Rücken. Einer flocht ihr das Haar auf, und der andere trug einen großen flachen Stein herbei, der über zwanzig Pfund wog und ein vom Wasser eingeschnittenes Loch in der Mitte hatte. Durch dieses Loch zogen sie ihr Haar und banden es an einem Seil fest, in einer Höhe, daß sie mit dem Stein auf dem Kopf nur aufrecht stehen konnte, denn wenn sie die Knie beugte, lastete das ganze Gewicht auf ihrem Haar.

»Dies«, sagte der Lama, »ist die mildeste Methode, die wir haben. Meine Kollegen hier kennen wirksamere. Willst du jetzt reden?«

»Ich sage euch alles. Ich sage euch alles. Bitte, nehmt den Stein weg.«

»Wo steckt diese Frau Namu?«

»In Go-tsang. Oh, bitte.«

»Beschreib sie.«

»Sie ist jünger als ich. Ungefähr ebenso groß. Gut gekleidet. Reitet ein Maultier. Nicht von Adel.«

»Und dieser Galei?«

»Ich schwöre, ich weiß nicht, wo die Männer sind.«

Der Lama nickte. Einer der Folterknechte zog an dem Seil, so daß Laschi an ihrem Haar vom Boden gehoben wurde. Ihr war, als würde ihr durch das Gewicht des Steins jedes Haar einzeln ausgerissen. Sie ließen sie so hängen.

»Ich schwöre. Ich schwöre. Oh, bitte, nehmt den Stein weg.«

»Wir sollten lieber keine Zeit verschwenden«, sagte der Lama und drückte den Stöpsel in sein Tintenhorn. »Wenn wir die Frau kriegen, kriegen wir auch die Männer. Gebt ihr einstweilen zwei Weihrauchstäbchen lang den Stein und verwahrt sie dann in einer Zelle.«

Er verließ den Raum.

Bundu und sein Gefährte wechselten einen Blick und starrten dann die Folterknechte an.

»Zwei Stäbchen«, sagte Bundu. »Wir könnten die Zeit anders besser verbringen. Nette Titten.«

Einer der Büttel drückte Laschis Brüste so fest, daß sie aufschrie.

»Oh, bitte«, schluchzte sie, »nehmt den Stein weg. Ich will auch alles tun.«

»Das wirst du ohnehin«, sagte der andere Folterknecht. »Aber sie gehört uns«, wandte er sich an Bundu. »Es kostet jeden von euch eine Kupfermünze.«

Er band das Seil ab und nahm Laschi den Stein vom Kopf.

»Zieh dich aus und leg deine Sachen auf den Boden«, sagte er, als er ihr die Armfesseln löste.

Als sie sich entkleidete, erinnerte sie sich daran, was sie Namu über das Schicksal der Frauen erzählt hatte, die in die Hände der Mönche fielen.

Galei ritt aus Lhasa hinaus, der Frühsonne entgegen. Er durchwatete den Kyi und gelangte auf eine Ebene, wo hier und da inmitten parkähnlicher Gärten mit Birken- und Eschenhainen die Häuser adeliger Familien lagen. Leibeigene in unförmigen selbstgewebten Kleidern bestellten armselige Felder. Als er vorbeiritt, stützten sie sich auf ihre hölzernen Hacken und folgten ihm mit Blicken. Frauen mit nackter Brust säugten ihre Babys; größere Kinder liefen splitternackt herum. Hunde und riesige Raben behaupteten ihren Platz mitten auf dem Weg. Er überholte Fährmänner, die, gefolgt von ihren Tragschafen, mit Yakhautbooten stromaufwärts trotteten. Mönche von Rang ritten, die leibeigenen Mönche gingen zu Fuß, aber keinen Mönch sah man je arbeiten. Hin und wieder trabten in leuchtend bunte Stoffe gekleidete Adelige, Männer und Frauen, vorbei. Ein Tal öffnete sich in das nächste, und der Saumpfad, der dem Fluß folgte, verlief hier fast eben.

Galei ritt schnell. Mittags war er in De-tsin, einem kleinen Flecken, der aber immerhin sein Tasam-Haus mit einem warmen Fleischgericht hatte. Die Wirtin erinnerte sich an Namu und Aneh.

»So ein liebes kleines Mädchen«, sagte sie, «und eine angenehme Frau, aber nicht sehr gesprächig. Ihrem Dialekt nach stammte sie aus Schigatse. Gut gekleidet. Keine Adelige. Ritt ein Maultier.«

Namu hatte sich einer »schnellen« Karawane angeschlossen, die nach Osten zog – einer Karawane mit Pferden, Maultieren und Eseln, ohne Yaks.

Für einen Mann allein auf einem guten Pferd war ihr Vorsprung nicht beträchtlich, und kurz vor Go-tsang hatte Galei sie eingeholt. Er hielt sich ein Stück hinter dem Ende der Karawane, um festzustellen, welches Rasthaus Namu wählen würde. Dasjenige, in dem sie schließlich verschwand, hatte zwei Stockwerke, war wie üblich aus Lehm gebaut, die Fenster waren mit Läden verschlossen, und die Balken des oberen Stockwerks ragten aus der Mauer hervor.

Im Erdgeschoß gab es einen großen Gemeinschaftsraum, aber Namu bat um ein Extrazimmer im Dachgeschoß und nahm einen Topf voll Yakfleischsuppe mit nach oben. Behende folgte sie Aneh die in einen Baumstamm geschnittene Treppe hinauf, die durch ein quadratisches Loch in den oberen Stock führte.

Galei aß sich im Gemeinschaftsraum in aller Ruhe satt, füllte seine Flasche mit Arok und stieg dann hinauf. Oben gab es zwei Zimmer; vor der Türöffnung des einen hing ein schwerer Yakwollvorhang.

»Namu, ich bin's, Galei«, rief er mit gedämpfter Stimme und ging hinein.

»Galei!« Sie sprang auf und lief mit weit ausgebreiteten Armen auf ihn zu.

»Onkel Galei«, sagte Aneh und bot ihm etwas mit Fleisch vermischte Tsamba an.

Namu sah an ihm vorbei und löste sich aus der Umarmung.

»Wo ist Losan?«

»In Lhasa. Wir haben uns getrennt, um dich zu suchen.«

»Mich zu suchen?«

»Ja. Warum bist du so Hals über Kopf weggelaufen? Wir dachten uns gleich, daß du nur nach Osten gegangen sein könntest. Losan sagte, er hätte in Lhasa noch etwas zu tun und würde später nachkommen, und ich ritt los, dir nach.«

«Wart ihr denn nicht im Potala?«

»Aber ja.«

»Hat Laschi euch nicht mitgeteilt, daß ich in Go-tsang auf Losan warten wollte?«

»Nein.« Galei sah sie beunruhigt an.

»Aber ihr habt Laschi gesehen?«

»Ja, gewiß.«

Namu kniff die Augen zusammen. »Was hat sie denn über mich gesagt – was gab sie als Grund dafür an, daß ich nicht mehr bei ihr war?«

»Sie meinte, du hättest dich aus dem Staube gemacht.«

»Ha!« sagte Namu. Es klang argwöhnisch. »Und mein Mann ist in Lhasa geblieben. Wo? Doch sicherlich im Potala?«

In Galeis Gesicht malte sich ohne Grund Schuldbewußtsein. Er überlegte, was die Ursache für Namus Zorn sein könnte.

»Ich weiß nicht«, sagte er. »Wir waren eine Nacht im Potala. In den Räumen der Dorje Phagmo.« Er verbeugte sich, als er den Namen aussprach. »Am nächsten Tag fingen wir an, dich zu suchen. Losan erklärte, er hätte noch etwas in Lhasa zu erledigen und dann würde er nachkommen. Wenn wir einander verfehlten, wollten wir uns im ›Freundlichen Leoparden‹ am Marktplatz von Lhasa treffen.«

In Namus Augen war das Ganze ein ziemlich durchsichtiges Manöver, um Galei loszuwerden. »Du weißt also nicht, wo er sich jetzt aufhält?«

Galei schüttelte den Kopf.

»Dieses Luder! Mir hat Laschi erzählt, Tjima hätte gedroht, mich als Duitschun anzuzeigen. Sie riet mir, hierher zu gehen, und sie versprach, sie würde mir Losan nachschicken.«

»Und uns sagte sie, du hättest dich aus Angst vor den Fringhi aus dem Potala fortgemacht, ohne eine Nachricht zu hinterlassen.«

»Aha. Aneh, iß deine Tsamba auf, du kannst nicht nur von Fleisch leben. So ist das also. Vom ersten Augenblick an war sie hinter Losan her, diese läufige Hündin.«

Galei wurde immer verlegener. »Ich weiß nicht, was du meinst, Namu.«

»Nein? Hast du gar nicht bemerkt, wie sie sich ihm im Samding Gompa an den Hals geworfen hat?«

»Nun, wenn das so ist, laß uns nach Lhasa zurückreiten.«

Namu überlegte. »Nein. Dort ist Tjima. Das ist sicher. Aber sie will Losan einfangen, das ist ebenso sicher, warum hätte sie euch sonst verschwiegen, daß ich hier zu finden bin?«

Galei nickte. »Wahrscheinlich hast du recht.«

»Abgesehen von Tjima – Laschi ist reich und eine Adelige. Wenn ich zwischen sie und das trete, was sie haben will – in diesem Fall Losan –, kann sie mich zerquetschen – so.« Sie schnippte mit den Fingern. »Nein, Galei.« Sie zählte mit ihrem Daumen auf: »Laschi. Tjima. Fringhi. Duitschun. Ich bleibe hier. Ich gehe kein Risiko ein. Ich habe das Kind.« Sie umarmte Aneh. »Ich kann für mich selber sorgen – mir einen Verkaufsstand einrichten, Kuchen backen, Stiefel nähen, in einem Tasam-Haus arbeiten. Ich kann mir meinen Lebensunterhalt verdienen, und wenn Losan nicht will . . .« Sie zuckte die Achseln. »Glaubst du, es wäre sehr schwierig für mich, einen Gefährten zu finden, Galei?«

Galei machte ein unglückliches Gesicht.

»Nun, was meinst du?«

»Nein. Aber ich glaube, du tust Losan unrecht. Vielleicht stimmt das, was du über Laschi sagst, aber Losan meint es ehrlich, das weiß ich.«

Sie sah ihn mit einem leisen Lächeln an und beschloß, ihm nichts über Losans Verbindungen zu den Briten zu verraten. Es würde ihn nur noch mehr durcheinanderbringen.

»Ich glaube, du hast recht, Galei«, sagte sie schließlich. »Aber Losan ist keine einfache Natur wie du. Außerdem ist er schwach und kann nicht nein sagen.«

»Schwach? Nun, er ist kein Hochländer, aber er ist auch kein Feigling. Was also sollen wir tun? Ich reite zurück und unterrichte Losan, daß ich dich gefunden habe.«

»Ich muß überlegen.«

Sie saßen stumm da. Aneh, müde von der Tagesreise, war bereits eingeschlafen.

Plötzlich drückte Namu ihren Handrücken gegen ihren Mund und sah Galei erschreckt an.

»Aber Laschi weiß, wo ich bin, Galei. Und sie hat es dir und Losan nicht gesagt. Ich habe Angst vor ihr.«

»Was also sollen wir tun?«

»Laß mich nachdenken. Geh hinunter und schlaf. Wir besprechen es morgen.«

Die Büttel kamen sehr bald darauf – die üblichen brutal aussehenden Mönche mit den ausgestopften Schultern. Galei sah, wie sie die Treppe hinaufstiegen.

Sie sagten nur ein Wort: »Komm!«

Namu wollte fragen, um was es sich handle, aber ein Fausthieb schloß ihr den Mund, und ihre Nase begann zu bluten. Aneh fing an zu weinen, und eine harte Hand schlug sie ins Gesicht.

»Seid still und beeilt euch.«

Namu, rückwärts gehend, trug Aneh die Stufen hinunter. Sie sah Galei mit keinem Blick an. Alle in dem großen Gemeinschaftsraum waren wach, aber niemand verriet, daß Galei oben bei der Frau gewesen war. Einfache Tibeter nahmen nichts wahr, was sie nichts anging. Und wer würde einem Eisenstabpolizisten helfen?

Galei wartete, bis sie das Haus verlassen hatten, und lief dann hinaus, als müsse er seine Blase erleichtern. Im Osten ragte, in helles Mondlicht gebadet, die massige Silhouette des Dzong auf. Alle drei gingen zu Fuß darauf zu; Namu trug Aneh auf ihrer Hüfte.

Lange vor Tagesanbruch war Galei reisefertig. Die anderen Gäste des Tasam-Hauses begriffen, daß er fort sein wollte, bevor die Eisenstabmönche wiederkamen, um auch ihn zu holen, weil er oben bei der Frau gewesen war. Er ritt nach Westen, weg vom Dzong, in Richtung Lhasa. Aber nicht weit. Er mußte sich vergewissern, ob die Mönche Namu in die Heilige Stadt zurückbrachten.

Es war bereits hell, obwohl die Sonne noch nicht über den Bergen war, als er sie kommen sah: Die Mönche ritten, und Namu ging mit Aneh auf dem Arm zwischen ihnen. Einer der Eisenstabmönche verschwand in dem Rasthaus und kam mit Namus Maultier wieder heraus. Das Maultier sparte ihnen Zeit, und sie würden es natürlich verkaufen. Namu stieg auf, und sobald sie sich in Richtung auf ihn in Bewegung setzten, ritt Galei schnell weiter, ohne sich darum zu scheren, daß er in dem taunassen Staub Hufspuren zurückließ.

Er ritt länger als eine Stunde, ohne einer Karawane oder einem Menschen zu begegnen, machte dann kehrt und bog in den schmalen Seitenpfad ein, den er im Vorüberreiten bemerkt hatte. Dort band er sein Pferd so an, daß man es vom Hauptweg aus nicht sehen konnte.

Ein Bergkamm ermöglichte ihm einen guten Ausblick auf den Weg in beide Richtungen. Er wickelte seinen Karabiner aus, reinigte ihn mit dem Wischstock, prüfte das Magazin, stellte das Visier auf zweihundert Schritt ein, führte eine Patrone in den Lauf und wartete.

Sie kamen in einer Reihe hintereinander, Namu in der Mitte. Der an der Spitze reitende Mönch hielt einen Strick, dessen Ende um ihre linke Fessel gebunden war. Er hockte träge im Sattel, ein Bein über den Widerrist seines Pferdes gelegt. Der mußte es sein, wegen des Stricks, obwohl er gefährlich dicht vor Namu ritt. Sie kamen näher, und Galei schoß. Seine Kugel schlug den Mann regelrecht vom Pferd.

Der andere reagierte blitzschnell. Während Galei eine neue Patrone einlegte, riß er seinen Gaul herum, legte sich flach auf dessen Hals und peitschte ihn in einen Galopp. Die Kugel zischte an ihm vorbei. Galei, in Schweiß gebadet, zielte sorgfältig und drückte erneut auf den Abzug. Der Mönch fiel hin und überschlug sich. Ein Zucken ging durch seinen Körper, und dann lag er reglos da. Galei schoß noch einmal auf ihn.

Namu stieg von ihrem Maultier ab, lief auf Galei zu und umarmte ihn. Schluchzend vor Erleichterung küßte sie seine von der Sonne schwarzgebrannten Lippen.

Verwirrt über Namus Tränen, wischte er sich das Gesicht ab und knurrte: »Los, wir müssen uns beeilen. Jeden Augenblick kann jemand auftauchen, und dann findet er den Weg mit toten Mönchen besät. Los, gib mir den Strick.«

Er band die Fußgelenke des ersten Mönchs am Sattel von Namus Maultier fest und sagte: »Zieh ihn ein Stück weg, wo man ihn nicht sieht, und verwisch die Spuren auf dem Boden. Ich nehme den anderen.«

Sie scharrten mit den Füßen Staub über die Blutflecke, und dann führte Galei die beiden Pferde ein Ende fort und erschoß auch sie.

»Galei, wir müssen miteinander reden«, sagte Namu, als sie den schmalen Seitenpfad entlangritten, der nach Süden und Westen führte.

»Fang du an.«

»Warum sollten sie zwei Eisenstabmönche den ganzen Weg von Lhasa nach Go-tsang schicken, um mich festzunehmen – eine ganz unwichtige Person – eine Duitschun?«

»Du denkst, Laschi steckt dahinter.«

»In einer Hinsicht. Laschi wußte, daß ich in Go-tsang bin. Aber Laschi würde sich nicht mit den Eisenstabmönchen einlassen. Sie hat andere Methoden. Nein, Galei. Etwas ist schiefgelaufen, aber ich weiß nicht, was.«

Plötzlich sagte sie: »Losan.«

Galei drehte sich zu ihr um.

»Du sagtest doch, er wollte dir auf dem nach Osten führenden Tscha-lam folgen oder ihr wolltet euch später in diesem Gasthaus treffen – dem ›Freundlichen Leoparden‹. »Hast du oder hat Losan vor Laschi etwas von dieser Verabredung erwähnt?«

Galei sah aus, als strenge er sein Hirn bis zum äußersten an. Er spitzte den Mund und sagte: »Ich bestimmt nicht, aber vielleicht Losan.«

Dann ging ihm auf, was sie meinte, und er machte ein betroffenes Gesicht. »Du glaubst, sie haben im ›Leoparden‹ nach Losan gesucht?«

»Warum nicht, wenn sie meinetwegen bis hierher gekommen sind. Ich verstehe es nicht, Galei, aber etwas stimmt da nicht.«

Sie verstummte für eine Weile. »Galei«, sagte sie schließlich in einem so ernsten Ton, daß er sie ansah, »da ist etwas, was ich dir sagen muß – was vielleicht die Erklärung für alle diese Dinge ist oder zumindest doch für einige. Aber du mußt mir auf deinen Gao schwören, es für dich zu behalten.«

Galei fuhr mit der Hand in seine Schuba und zog einen schmuddeligen kleinen Brokatbeutel hervor, der an einer Lederschnur auf seiner Brust hing und verschiedene gesegnete und heilige Gegenstände enthielt, die ihn vor allen möglichen Gefahren beschützen sollten.

»Ich schwöre«, sagte er und schob den Beutel zurück.

»Losans Vater war ein Fringhi.«

Sie sah, wie sich Galeis Rücken steifte. Eine Zeitlang sprach keiner von ihnen ein Wort.

»Und seine Mutter?« fragte er dann.

»Seine Mutter ist Turin.«

»So. Mir macht das nichts aus.«

»An dem Abend damals in Takla«, sagte sie, »bin ich ihm nachgeritten. Er ging in das Fringhi-Lager bei Tuna.« Sie zog die Nase hoch, und Galei sah, daß sie weinte.

»Er hat für die Fringhi spioniert, Galei. Nicht weil er es wollte, sondern weil sie ihn dazu gezwungen haben. Ich sagte dir ja, er ist schwach. Dabei haßt er sie sogar. Ich habe ihm das Versprechen abgenommen, daß er nicht mehr länger für sie spioniert. Ich drohte ihm, wir würden ihn sonst verlassen.«

Sie nickte zu Aneh hin, die beim schaukelnden Trott des Maultiers eingeschlafen war.

»Aber es war wohl schon zu spät. Er steckte zu tief in der Sache drin. Ich glaube, seinetwegen haben sie die zwei Eisenstabmönche nach Go-tsang geschickt, um mich festzunehmen. Wir sind alle in Gefahr, Galei.«

Galei, den Blick nach vorn gerichtet, sagte: »Er ist ein Feind der Fringhi. Soviel weiß ich.«

»Ja«, sagte Namu erbittert. »Er und du, ihr wollt die Fringhi auf eigene Faust bekämpfen. Daher rühren ja all unsere Schwierigkeiten. Wen möchtest du lieber auf dem Buckel haben – die Fringhi oder die Mönche? Nein, Galei. Mein Entschluß ist gefaßt: Ich nehme Aneh und ziehe weiter nach Osten, verkaufe das Maultier, besorge mir andere Kleider, lasse mich nicht mehr in Lhasa blicken.«

»Und Losan?«

»Er kann nachkommen, wenn er das will. Er ist ihr Vater. Willst du denn wieder nach Lhasa zurück? Trotz ...«

»Trotz all der Dinge, die du mir eben erzählt hast? Ja. Losan und ich haben viel zusammen durchgemacht. Wir hängen mehr aneinander als Brüder. Ich kann ihn nicht ahnungslos in die Falle stolpern lassen.«

»Also gut«, sagte Namu mit klarer, fester Stimme. »Aber nimm dich in acht, Galei. Nach dem, was passiert ist, überleg dir gut, wie du dich dem ›Freundlichen Leoparden‹ oder dem Potala oder Turin näherst. Verkleide dich als Bettler. Sicherlich suchen sie auch nach dir.«

»Und Losan? Was soll ich Losan sagen?«

»Wenn du Losan findest, sag ihm, daß ich ihn gewarnt hatte. Sag ihm, ich will keinen Mann, der das Leben seines Kindes aufs Spiel setzt. Von mir rede ich nicht. Sag ihm das, Galei.« Es klang bitter. »Sag ihm, daß ich nach Dzamu gehe. Das ist weit weg von Lhasa, und es soll eine große Stadt sein. Sag ihm, daß ich dort auf ihn warte, aber nicht zu lange.«

Galei starrte unglücklich vor sich hin. Eine Träne rollte über seine Wange, und er wischte sie weg. Namu bemerkte es, und ihr Ton wurde sanfter.

»Du bist ein braver Kerl, Galei, solche wie dich gibt's nicht viele. Oder zumindest habe ich nicht viele wie dich kennengelernt. Für das, was du heute getan hast, stehe ich für immer in deiner Schuld, und du kannst jederzeit die Bezahlung fordern.«

Sie trieb ihr Maultier neben Galeis Pferd, beugte sich zu ihm hinüber und küßte seine nasse Wange.

Selbst Leuten aus seinem Klan wäre es schwergefallen, Galei zu erkennen, wie er da zerlumpt, schmutzig und mit hochgezogenen Schultern im Schatten saß, dreißig Schritt vom »Freundlichen Leoparden« entfernt, die Hand nach milden Gaben ausstreckend. Es war sein erster Tag als Bettler, und als es dunkel wurde, ohne daß er eine Spur von Losan gefunden hatte, suchte er sich ein schmutziges Loch in dem Armenviertel Radschjaba, wo, wie man ihm gesagt hatte, Bettler für den Bruchteil eines Kupfertrankas schlafen und essen konnten, eines winzigen Geldstücks, das in der Bettlerzunft kursierte. Daß er sich für einen solchen Ort entschied, bot auch die Gewähr dafür, daß ihn der Bettler-»König« und seine Henkersknechte nicht belästigen würden.

Bevor er am Tag darauf seinen Platz am Markt einnahm, beschloß er, bettelnd die Straße entlangzuziehen, in der Turin wohnte, und die Lage zu sondieren.

Namu hatte ihn eindringlich gewarnt, es sei sehr wohl möglich, daß jeder Ort, an dem sich Losan blicken lassen könnte, heimlich beobachtet würde, um jeden festzunehmen, der Nachforschungen nach ihm anstellte.

Auf dem Weg dorthin machte Galei mehrere Male den Rundgang auf dem Parkhor, aber Turin blieb unsichtbar. Er schlenderte zu ihrem Laden, bettelte an jeder Tür, ging vorbei, kehrte wieder um und trat in einen kleinen Hof. Auch dort schob er sich von einer niedrigen Tür zur nächsten und flehte in dem Stil, den er bei den Bettlern von Lhasa beobachtet hatte, um Almosen. Ohne daß er es gewagt hätte, sich nach Spitzeln umzusehen, klopfte er an Turins Tür und fuhr zurück, als sie einen Spalt breit aufklappte und ein

Straßenköter, vor Furcht knurrend, an ihm vorbeischoß und flüchtete. Durch den Spalt konnte Galei sehen, daß sich in dem Raum nichts weiter befand als ein zweiter Hund, der tot und schon halb aufgefressen war.

Glücklich, daß ihn niemand festgehalten hatte, ging er zum Parkhor zurück, hockte sich dort hin, greinte nach milden Gaben und hielt Ausschau nach Spitzeln.

Plötzlich sah er ihn, einen Mönch mit grobgeschnittenem Gesicht, der vor einem Haus auf einer Treppenstufe saß und Gebete leierte, als würde er vom Besitzer des Hauses dafür bezahlt. Er hatte keine ausgestopften Schultern, aber es war kein Zweifel möglich. Sein Aussehen war eindeutig.

Galei zog sich in den Schatten zurück und wandte sich an eine adrett gekleidete Frau, die auf einem Tablett Troddeln und Bänder und allerlei anderen Krimskrams feilbot.

»Der Mönch da«, er deutete mit einer Kopfbewegung zu ihm hin, »sieht aus wie ein Spitzel.«

Unter ihren Brauen hervor warf sie einen Blick auf den Mönch und verzog verächtlich den Mund. Sie nickte.

Galei riskierte es.

»Darf ich dich etwas fragen?«

»Ein Hund kann einen Abt wittern.«

»Ich suche eine Frau namens Turin.«

Die Händlerin erstarrte augenblicklich zur Salzsäule.

»Geh weg«, zischte sie. »Geh. Willst du auch mir den Tod bringen?«

»Auch?« sagte Galei. »Ich gehe. Aber bitte, ist sie tot?«

»Sie haben sie abgeholt. Vor zwei, drei Tagen. Eine Fringhi-Spionin, sagten sie. Sie war mit einem Fringhi verheiratet und hatte einen Sohn von ihm, einen Halbfringhi. Es heißt, sie ist unter der Folter gestorben. Geh jetzt.«

»Aber . . .«

»Geh sofort, oder ich fange an zu schreien.«

»Sei dreimal gesegnet«, sagte Galei laut, als danke er ihr für eine milde Gabe.

XV

Briten am Juwelenpark

Die Dunkelheit und Stille, die Holder umgaben, waren so vollständig, daß er die leisen Geräusche seines eigenen Körpers hörte. Er konnte nur liegen, dasitzen, mit dem Rücken gegen die Mauer gelehnt, oder hin und her gehen. Ein Wächter brachte ihm gelegentlich einen Krug Wasser und eine Schale minderwertiger Tsamba. Den Wächter begleitete stets ein leibeigener Mönch mit einer Butterlampe, und ihr Lichtschein zeigte Holder, daß die Wände seiner Zelle aus Steinquadern bestanden. Sie hatte keinen Abort, kein Bett, nicht einmal eine Strohschütte, aber zumindest war der Fußboden abschüssig, so daß er in dem höheren und trockneren Teil schlafen konnte.

Den Gedanken, seine Wächter mit den Goldstücken zu bestechen, die er bei sich trug, verwarf er sofort wieder. Sie würden ihm das Gold einfach wegnehmen. Er besaß kein Messer oder irgendeine andere Waffe. Seine Versuche, aus den Wächtern herauszuholen, wer für seine Einkerkerung verantwortlich sei, blieben fruchtlos.

Er horchte aufmerksam, wenn sie kamen und gingen. Offenbar hatte er keine Nachbarn. Die dicke Holztür seiner Zelle drehte sich in Steinangeln, und der Riegel, der sie versperrte, war in Kerben geschoben, die in den steinernen Türrahmen geschnitten waren. Ihm kam eine Idee. Er hatte einen breiten, schweren Gürtel, der seine Hosen hielt, und sowohl er wie seine Bewacher hatten übersehen, daß dieser Gürtel eine Schnalle besaß – wahrscheinlich weil sie mit Leder überzogen war. Unter dem Leder aber mußte Metall sein, und zwar hartes Metall. Er riß einen Streifen Stoff von seinem Hemd ab, band die Hosen damit fest und ging daran, die Schnalle aus dem Leder herauszulösen. Er scheuerte es an den schärfsten Steinkanten, die er ertasten konnte. Nun hatte er etwas zu tun in seiner stockfinsteren Zelle, und er arbeitete unentwegt, bis er die Schnalle herausziehen konnte. Zu seiner Befriedigung entdeckte er, daß sie nicht zusammengeschweißt, sondern nur gebogen war. Er riß sich die Finger blutig, bis er endlich den Metallstreifen einigermaßen gerade hatte. An das eine Ende band er einen Streifen Soff und besaß nun ein leidlich brauchbares Werkzeug, das dank dem Stoff nicht durch den Spalt im Türrahmen rutschen konnte. Da er kein Zeitgefühl mehr hatte, mußte er warten, bis seine Wächter kamen und wieder gingen, damit sie ihn nicht überraschten.

Sobald der schwache Lichtschein der Butterlampe verschwunden war, schob Holder das harterkämpfte Stück Stahl zwischen die Tür und den Türrahmen, drückte es hinunter und zog es wieder herauf. Wurde es durch den Riegel gehemmt, so packte er es mit beiden Händen und versuchte es mit aller Kraft nach oben zu drücken.

Er merkte, wie sich der Riegel hob und gleich darauf festklemmte. Zwischen Hoffnung und Verzweiflung schob er ihn wieder hinunter und drückte ihn erneut nach oben. Wieder klemmte er fest. Holder brach in Tränen aus. Der Riegel saß locker in seinen Kerben, aber er wurde durch eine Art Pflock festgehalten, der verhindern sollte, daß jemand die Tür von innen zu öffnen versuchte.

Erschöpft sank er gegen die Wand und weinte. Langsam faßte er sich wieder und erinnerte sich, daß er essen mußte. Als er nach der Tsamba und dem Wasserkrug tastete, fiel sein Streifen Stahl klirrend auf den Boden, und eine andere Idee zuckte durch sein Hirn. Vor Aufregung und Angst drehte sich ihm der Magen um. Er hockte in der Dunkelheit und überlegte. Das Risiko war enorm, aber er konnte seine Lage kaum noch verschlimmern. Das Hauptproblem war, sich selber zu dem Wagnis zu zwingen und nicht der Versuchung zu erliegen, der Gefahr im letzten Augenblick aus dem Wege zu gehen.

Er ließ den größten Teil der Tsamba stehen, und während sich seine Furcht langsam in nervöse Erregung verwandelte, die er als sonderbar genußreich empfand, begann er das Ende des Stahlstreifens auf dem Steinboden zu einer scharfen Spitze zu schleifen. Dann rieb er seine Finger an den Stiefelsohlen und wischte sich den Schmutz unter die Augen.

Als seine Kerkermeister wieder erschienen, lag er reglos da.

»He! He!« rief der leibeigene Mönch.

Der Gefangene versuchte sich auf einen Ellbogen zu stützen und fiel kraftlos wieder zurück.

»Er ist krank«, sagte der Leibeigene. »Ganz schwach.«

»Dann laß sein Essen stehen. Vielleicht geht's ihm morgen besser.«

»Er sieht nicht gut aus.«

»Verdammt, er wird schon nicht so schnell abkratzen. Ich muß heute abend unbedingt in die Stadt. Er wird schon wieder werden. Komm!«

Bis zum nächsten Erscheinen der Wächter schien endlose Zeit zu vergehen, aber dann näherte sich der gelbe Lampenschein, und wieder überkam ihn Angst. Er gab seinen Plan halb auf.

Dem leibeigenen Mönch, der als erster eintrat, bot sich ein dramatisches Bild: verschüttete Tsamba, ein zerbrochener Wasserkrug, ein auf dem Boden liegender, schwach vor sich hin stöhnender Gefangener. Gekaute Tsamba bildete eine Kruste um seinen Mund und gab ihm ein geisterhaftes Aussehen.

»Er ist krank, Sadsu«, rief der Mönch und stellte frisches Wasser und neue Tsamba auf den Fußboden.

Sadsu trat in die Türöffnung und betrachtete Holder im matten Licht der Butterlampe.

»Hat nichts gegessen.« Der Büttel stieß ihn mit einem Zeh an. Holder rührte sich nicht.

»Sieht aus, als würde er jeden Moment krepieren«, meinte

der leibeigene Mönch. »Ich hab's dir schon gestern abend gesagt, wir müssen es melden. Aber du mußtest ja unbedingt nach Lhasa, saufen und herumhuren.« Er sprach durch die Nase, in weinerlichem Ton.

»Halt's Maul, du Auswurf! Übergieß ihn mit Wasser.«

Als ihn der Wasserstrahl traf, tat Holder, als versuche er sich aufzurichten, und sank mit einem Stöhnen wieder zurück.

»Ich melde es«, sagte der leibeigene Mönch und wollte zur Tür hinaus.

Der Büttel packte ihn beim Ohr, und der Leibeigene schrie.

»Sei kein Idiot, du Rotznase. Ich geh'. Und wenn du weißt, was gut für dich ist, erinnerst du dich daran, daß er gestern abend noch ganz in Ordnung war.«

Holder hörte, wie Sadsu sich auf schlurfenden Sohlen entfernte, und sah durch halboffene Lider, daß der andere Kerkerwart Anstalten machte, ihm zu folgen. Plötzlich gab er einen halberstickten rasselnden Schnarchton von sich und hörte dann auf zu atmen.

Der Mönch trat zu ihm heran und beugte sich mit der Butterlampe über ihn.

Holders linke Hand griff um den Hals des Mannes, und seine Rechte schnellte wie ein Schlangenkopf auf ihn zu und trieb ihm den Stahlstreifen mit aller Kraft in den Hals. Er spürte, wie die Spitze in seine linke Handfläche drang. Er brauchte nicht noch einmal zuzustechen. Die Messinglampe fiel krachend um, doch der Docht brannte weiter. Er legte den Kopf des Mönchs, der von der Kehle bis zum Mund blutete, auf den Boden, nahm dessen Scheidenmesser und trat in den Gang hinaus.

Verblüfft über seine eigene Kaltblütigkeit, ließ er die Tür offen und den Docht in der Zelle weiterbrennen. Er wollte die Leiter hinaufsteigen, die zum nächsthöheren Stockwerk führte, doch dann fiel ihm ein, daß sie gleich zurückkommen würden, und er glitt an der Leiter vorbei in die schwärzere Dunkelheit hinter ihr und wartete.

Bald darauf kletterte Sadsu rückwärts die Sprossen herunter, gefolgt von einem fetten Mönch, unter dem die Weidenleiter heftig schwankte. Laut miteinander redend, gingen sie auf die Zelle zu, und Holder floh die Leiter hinauf.

Das Innere des Potala hielt keinem Vergleich mit der harmonischen Schönheit seines Äußeren stand. Es erschien Holder wie ein gewaltiges staubiges Wespennest, das ein künstlerisches Meisterwerk ausfüllte. Hinter der klassischen Fassade verbarg sich ein bizarres, planloses Gewirr von Räumen, Gängen, Kapellen und Versammlungshallen, durch die Jahrhunderte aufeinandergetürmt, mit Stockwerken in jeder Höhe, die hier durch eine Leiter, dort durch eine in den Stein gehauene Treppe miteinander verbunden waren – tausend Räume ohne erkennbaren Zweck.

Fast zwei Tage nach seiner Flucht aus dem Kerker befand sich Holder noch immer in dem staubigen Labyrinth und suchte nach einer Möglichkeit herauszukommen. Es war nicht schwer, sich vor den Mönchen zu verstecken, die nach ihm suchten und die offenbar ebensoviel Angst vor ihm hatten wie er vor ihnen. Ihre Zurufe, mit denen sie sich gegenseitig beruhigten, waren anscheinend auch als Warnung für ihn bestimmt. Durch niedrige, in den Stein gezwängte Türen trat er in riesige Gewölbe ein, die mit goldenen Götterbildern, staubigen Khatas und Juwelen vollgepfropft waren. Manche Türen führten mitten durch Wandgemälde oder öffneten sich auf halber Höhe einer Treppe. Schreine, Kapellen und Grabmäler boten genügend Verstecke, und die staubigen, aber eßbaren Opfergaben, das Wasser in den zahllosen Schalen vor den Götterbildern, die ranzige Butter in Tausenden von Butterlampen sorgten dafür, daß er weder Hunger noch Durst litt.

Einmal, als Mönche zu einer heiligen Handlung in die Versammlungshalle strömten, in der er sich gerade verbarg, gelang es ihm, eine Kanne voll Buttertee zu entwenden. Es war seine erste warme Nahrung seit seiner Einkerkerung. Er nahm ein schweres Bronzeschwert aus der Hand einer Statue und schulterte es wie eine Keule.

Durch das Haupttor hinauszugelangen erschien Holder nahezu aussichtslos. Die ganze Zeit suchte er nach einem Verbindungsgang vom Potala in den separaten Trakt, in dem sich gegenwärtig die Dorje Phagmo mit ihrem Gefolge aufhielt.

Während er so herumirrte, hörte er jemand kommen und versteckte sich in einer Kapelle. Der Raum hatte nichts Ungewöhnliches an sich. Zwischen Holztäfelungen bedeckten Zitate aus den heiligen Büchern des Buddhismus die Wände, fast unleserlich unter einer dichten Staubschicht, und ein Vorhang aus schwerem, brüchigem Brokat diente der lebensgroßen Bronzeplastik eines Stiers im Liebesakt mit einer Frau als Hintergrund. Holder verschwand hinter dem Vorhang, und ein Mönch trat ein. Holder beobachtete ihn durch eins der Löcher im Brokat.

Es war ein alter, ausgemergelter Mann, offensichtlich ein Lama niedrigen Ranges. Der Damaru, die kleine Handtrommel, die er trug, bestand aus zwei abgesägten menschlichen Schädeln, die wie ein Stundenglas ineinandergefügt und mit Menschenhaut bespannt waren. Er zog einen Schemel zu sich heran, verbeugte sich, bevor er sich darauf setzte, und stimmte einen leiernden Gesang an, den er mit leichten rhythmischen Schlägen auf die Trommel begleitete.

Plötzlich gab es ein lautes metallisches Geklirr, das Holder ebenso erschreckte wie den Mönch. Manhuschris Bronzeschwert war umgefallen. Holder hob es auf, lief um den Vorhang herum, stürzte sich auf den entsetzten Lama und riß ihn nieder. Der Kopf des alten Mannes schlug auf dem Steinboden auf, sein Mund öffnete sich zu einem Schrei, sein Körper wurde schlaff. Keuchend vor Angst zerrte Holder ihn hinter den Vorhang.

Da kam ihm eine Idee. Er zog dem Bewußtlosen seine rote Toga und seine wie Galeonen geformten kniehohen Stoffstiefel aus. Der Mann stank vor Alter und Schmutz, seine Füße waren schwarz zwischen den Zehen, und Holder schauderte, als er in die Stiefel schlüpfte und sich in den roten Kaschmir hüllte. Er betastete sein Haar, das er als

Klosterkaufmann stets kurzgeschoren getragen hatte. Es hatte jetzt etwa halbe Streichholzlänge, und das mochte hingehen.

Er fesselte den Mönch mit Stoffstreifen, ließ seine eigenen Kleider neben ihm liegen und trat dann in den Gang hinaus. Zum Zeichen seiner Echtheit trug er den Damaru und den kleinen Schemel. Jetzt kam es darauf an, so schnell wie möglich den Weg zu den Räumen der Dorje Phagmo zu finden.

Laschis Besuch in seinem Bett gab ihm Grund zu der Hoffnung, daß sie ihm bei der Flucht behilflich sein würde: im Hinblick auf spätere Eventualitäten, wenn sich die politische Lage änderte, oder sogar aus purem Altruismus, wenn für sie kein Risiko damit verbunden war.

Er arbeitete sich die Front des Potala entlang, um eine Stelle zu finden, wo er sich seiner Schätzung nach auf derselben Höhe wie die Gästequartiere befinden würde. Als er einen Raum durchquerte, dessen unverglaste Fenster nach Süden gingen, hörte er in der Ferne ein Hornsignal. Er schlüpfte in eine Kapelle und wartete mit angehaltenem Atem. Gleich darauf ertönte ein zweites Signal, ein klagender, unverkennbarer Klang.

Holder kletterte in den tiefen Fensterschlitz und spähte hinaus. Keine Meile entfernt, im Westen gegenüber dem Juwelenpark, wurden glockenförmige Gruppenzelte aufgeschlagen. Lärmend errichtete eine Armee ihr Lager.

Die Briten waren in Lhasa eingezogen.

Der Abt von Samding Gompa, Regent der Donnerschlag-Sau, der Kindgöttin, war höchst zufrieden mit der Entwicklung der Dinge. Er hatte die richtigen Verbündeten gewählt – oder sie hatten ihn gewählt, was war das schon für ein Unterschied? Es hatte Zeiten der Angst und Unsicherheit gegeben, vor allem als es so aussah, als seien die Briten nicht imstande, bei Gjantse durchzubrechen. Und einen Augenblick lang hatte es den Anschein gehabt, als werde der Tsarong Depon seinen Willen durchsetzen, die Fährboote bei

Tschaksam zerstören und sich dem Feind entgegenstellen. Sogar der Dzeba von Gaden hatte ihn gewarnt, daß in diesem Fall die Briten möglicherweise nicht durchkommen würden und all ihre sorgfältige Arbeit dann umsonst gewesen sei.

Die Verhaftung des Tsarong unter der lächerlichen Anklage der Komplizenschaft bei der Flucht des Dalai-Lama und der Übertritt der Familie Lha-lhu zur probritischen Partei hatte die Lage grundlegend verändert, und eine ganze Reihe von Leuten, die im Fall, daß sich die Dinge umgekehrt entwickelt hätten, dem Abt von Samding Gompa erhebliche Unannehmlichkeiten hätten bereiten können, saßen nun wohlverwahrt in Verliesen, die sich unter den verschiedenen Klöstern und Dzongs und auch unter dem Potala befanden.

Zu ihnen gehörte die Heilige Mutter – Laschi. Die Regentschaft war nun gesichert. Diese Frau, die sich in alles einmischte, hatte ihm die Kontrolle über die kleine Donnerschlag-Sau außerordentlich erschwert. Jetzt aber hatte er praktisch den ganzen ungeheuren Besitz der Gottkönigin in der Hand, und er würde dafür sorgen, daß dies auch in Zukunft so blieb. Wenn vier jugendliche Dalai-Lamas hintereinander das Zeitliche gesegnet hatten, bevor sie volljährig wurden, war eine junge Dorje Phagmo kaum der Erwähnung wert.

Zum ersten Mal seit Tagen fand der Abt von Samding Gompa heute Muße, sich der Opiumpfeife hinzugeben, die sein Lieblingsnovize gerade für ihn vorbereitete, denn er war Knaben zugeneigt.

Diese glückliche Entspannung wurde gestört durch das Erscheinen eines leibeigenen Mönchs, der meldete, daß der Dzeba von Gaden ihn zu sprechen wünsche. Ärgerlich schickte er den Jungen mit der Pfeife fort. Der Dzeba von Gaden war dafür bekannt, daß er manche seiner Eide zu ernst nahm.

Der Regent des Dalai-Lama war aufgebracht. Nach zwei Tagen hatte man immer noch keine Spur von dem entwichenen Holder entdeckt. Sein graues Bartbüschel zitterte vor Wut.

»Aber welchen Schaden kann er denn schon anrichten?« fragte der Abt, der so schnell wie möglich zu seiner Pfeife kommen wollte.

»Pah! Wir müssen ihn finden. Die Briten wollen ihn unbedingt haben. Und mir liegt auch daran. Die Papiere, die man bei ihm entdeckt hat, könnten in London ein Erdbeben auslösen, wenn sie dort bekannt würden. Zufällig werdet auch Ihr darin als einer der Freunde der Briten in Tibet erwähnt. Wir müssen ihn finden.«

»Ah, ich glaube, er ist längst über alle Berge.«

»Das ist er nicht, gepriesen seien die Götter. Er ist immer noch im Potala, oder jedenfalls war er es noch vor zwei Stunden. Er hat einen alten Lama niedergeschlagen, ihn gefesselt, ihm seine Toga ausgezogen und seine eigenen Kleider bei ihm zurückgelassen. Der Lama konnte sich befreien.«

»Der Mann ist also jetzt als Lama gekleidet.«

»Wir müssen damit rechnen, daß er nach draußen gelangt.«

Der Dzeba von Gaden ließ dem Abt, dessen Hirn langsamer arbeitete, ein wenig Zeit, all das in sich aufzunehmen.

»Ich habe einen Plan«, sagte er dann.

»Das war mir klar«, murmelte der Abt.

»Wir haben die Mutter der Dorje Phagmo noch einmal peinlich befragt, und dabei kam heraus, daß er sich mit diesem Hirten in einem Wirtshaus am Marktplatz treffen wollte. Es heißt ›Der Freundliche Leopard‹.«

»Dann müssen wir also nur aufpassen.«

Der Dzeba von Gaden seufzte. »Leider wissen wir nicht, wie die beiden aussehen.«

»Aber die Büttel, die ihn festgenommen haben, müssen es doch wissen.«

»Ja, aber die sind nicht in Lhasa. Sie sind vom Drepung fortgeschickt worden; sie sollen auf einem Gut, das einige Tagesreisen von Lhasa entfernt liegt, Schulden eintreiben. Die einzige Person, die zur Zeit verfügbar ist und die beiden Männer kennt, ist die Mutter Eurer Schutzbefohlenen.«

»Laschi. Nein, das werdet Ihr nicht tun.«

Der Dzeba von Gaden sah ihn mit gespieltem Erstaunen an.

»Was werde ich nicht tun?«

»Ich weiß nicht. Aber ich kenne Euch. Ich will, daß die Frau aus dem Wege geräumt wird. Keine Täuschungsmanöver.«

»Natürlich keine Täuschungsmanöver, mein lieber Tarin, auch um meinetwillen nicht. Wir beide brauchen einer den andern. Hört zu. Ich habe ihr versprochen, daß sie freigelassen wird und ihr altes Leben wiederaufnehmen kann, wenn sie uns behilflich ist und uns diese Leute zeigt.«

»Also doch! Von mir aus könnt Ihr Euch in alle tausend Höllen scheren«, brach der Abt aus. »Hütet Euch, meine Pläne zu durchkreuzen.«

Der Dzeba von Gaden lächelte mit einem Auge. »Beruhigt Euch, mein Lieber. Es ist doch nichts weiter als ein Versprechen.«

»Meint Ihr?«

»Natürlich. Für mich steht genausoviel auf dem Spiel wie für Euch.«

»Und angenommen, auch ihr gelingt es zu fliehen?«

»Keine Aussicht für sie.«

Der Abt von Samding spitzte den Mund.

»Begreift doch«, sagte der andere überredend. »Sie würde alles versprechen, um dort herauszukommen. Sie hat sogar angeboten, fortzugehen und ihr Kind nie wiederzusehen. Wir wären sehr töricht, wenn wir uns darauf einließen, ganz abgesehen von meinem Versprechen Euch gegenüber. Die Lage kann sich sehr schnell ändern. Aber ich hielt es für ein Gebot der Höflichkeit, Euch wissen zu lassen, was ich beabsichtige«, setzte er hinzu, um den anderen in seine Schranken zu weisen.

»Ihr müßt sehr roh verfahren sein, um sie so gefügig zu machen.«

»Keineswegs. Nur das übliche. Doch sie weiß, wohin es führt und wie lange es dauert. Und sie hat große Angst vor

Dunkelheit und Ratten.« Er lächelte. »Meinen Segen. Ich finde alleine hinaus, bemüht Euch nicht.«

Holder arbeitete sich, getrieben von Angst, durch die dunklen Eingeweide des Potala. Wenn es ihm gelang, die Gästeräume zu finden, würde ihm Laschi bestimmt helfen, davon war er überzeugt. Er überlegte. Er hatte nur ihr Wort, daß Namu verschwunden war, ohne eine Nachricht für ihn zu hinterlassen. Zwar hatte er Laschis Annäherungen lediglich aus Schwäche nicht zurückgewiesen, doch jetzt sagte er sich, daß das ein Glück für ihn war. Laschi würde sicherlich glauben, daß sie, wenn sich die Lage geklärt hatte und sie wieder am Türkissee volle Handlungsfreiheit besaß, mehr bieten konnte als eine arme Duitschun, die noch dazu weit weg war. Er würde die Betrügerin betrügen, beschloß Holder nicht ohne grimmige Genugtuung, obwohl ihm die unrealistische Natur dieses Planes durchaus bewußt war.

Er erschrak zutiefst, als ein anderer Mönch auf ihn zukam, und war schon willens, den Schemel als Waffe zu benutzen, doch der Mönch murmelte nur einen Gruß und ging im Halbdunkel an ihm vorüber.

Dann umfing ihn immer dichtere Dunkelheit, und er glaubte an der Rückseite des Palastes angelangt zu sein. Plötzlich aber schimmerte vor ihm Licht, und als er näher kam, sah er, daß dieses Licht von einer Butterlampe herrührte, die auf dem Fußboden einer kleinen Kapelle stand. Der Anblick wurde noch seltsamer durch die offenstehende Tür, die mit einem Kettenvorhang verhängt war. Das Schloß und die Kette, die sie gewöhnlich verschlossen hielten, lagen neben der Lampe auf dem Fußboden. Der einzige Gegenstand in der Kapelle war ein großes staubiges Messingstandbild des Dscho, über und über mit falschen Juwelen besetzt und mit der fünfzackigen Krone und der juwelenbesetzten Brustplatte geschmückt.

Es mußte einen Grund dafür geben, daß die Lampe hier stand. Nervös tastete Holder die Wände nach einer verborgenen Tür ab. Es kam ihm vor, als werde der Raum benutzt, und er wollte nicht riskieren, von einem zufällig Hereinkommenden überrascht, eingeschlossen oder, wenn er hinausging, ausgeschlossen zu werden.

Hinter dem Standbild war so viel Platz, daß ein Mann aufrecht stehen konnte, und er versteckte sich dort. Es verging eine lange Zeit. Dann hörte er ein metallisches Kratzen im Inneren der Statue, und als er um sie herumspähte, sah er, wie sie sich langsam öffnete. Durch den Spalt zwischen der sich in Scharnieren drehenden Vorderseite und der übrigen Statue erblickte er einen mageren Mann im Ornat des höchsten geistlichen Ranges. Sein haarloser Schädel glänzte, und ein dünnes Büschel grauer Barthaare trug dazu bei, den einschüchternden Eindruck zu verstärken, den er offenbar hervorzurufen bestrebt war.

Der Lama stieß die Vorderseite der Statue gemächlich wieder zu, und eine Feder schnappte ein. Er ergriff die Lampe, verließ die Kapelle und versperrte die Tür draußen mit der Kette. Holder war eingeschlossen, und ihn umgab völlige Finsternis.

Er brauchte eine Stunde, um den Hebel auf der juwelenbesetzten Brustplatte zu finden. Als sich die Statue endlich öffnete, war er in Schweiß gebadet. Im Inneren des Standbilds führte eine schmale Leiter ein Stück abwärts, dann sah er in Augenhöhe Licht schimmern, und vor ihm lag der Empfangsraum der Dorje Phagmo.

Von der kleinen Gottkönigin war nichts zu sehen und zu hören, ebensowenig von Laschi. Er durfte nicht in dem von einem Tanka verdeckten Geheimeingang stehenbleiben, denn der Lama konnte jeden Augenblick zurückkommen, und so schlüpfte er hinter einen in der Ecke des Empfangsraums stehenden bemalten Paravent.

Der Paravent sollte offenbar den Zug von einem Fenster abhalten, das auf die Rampe an der Hinterfront des Potala blickte, bis zu der Besucher hinaufreiten konnten. Die Rampe lag etwa neun Meter unter dem Fenster – zu tief, um zu springen. In jedem Fall mußte Holder auf den Einbruch der Dunkelheit warten.

Ein leibeigener Mönch mit den üblichen schmutzigen Händen brachte Essen herein und stellte es auf einen niedrigen bemalten Tisch. Bald darauf hörte Holder die Stimme des Lehrers der Lebenden Göttin, unverkennbar in ihrem weinerlichen Singsang, der die klare, trillernde Stimme des kleinen Mädchens antwortete.

»Aber warum kommt Mama denn nicht zurück?«

»Eines Tages kommt sie zurück, Eure Heiligkeit. Sie ist fortgegangen, um zu lernen und zu meditieren. Sie glaubt, daß Ihr Euren Studien nicht genug Zeit widmet und Euch nicht mit der genügenden Aufmerksamkeit auf Euer hohes Amt vorbereitet, wenn sie hier ist.«

»Wenn wenigstens Mila wieder bei mir wäre! Dann würde ich mich abends nicht so einsam fühlen.«

»Es tut mir leid, aber der Regent erlaubt das nicht, Eure Heiligkeit. Dieses fremdländische Abbild mit seinen blauen Augen und seinem gelben Haar ist ein sehr böser Geist aus der Vergangenheit, aus der Sekte der Antibuddhisten. Zum Glück gelang es uns, es zu verbrennen, bevor es Schaden anrichten konnte.«

»Oh! Ihr habt sie verbrannt!« Das kleine Mädchen brach in Tränen aus.

»Aber, aber«, greinte der alte Lehrer nicht ohne Mitgefühl, »Ihr sollt doch nicht weinen. Morgen kommt jemand, der sich um Euch kümmern wird – eine Frau aus einem kleinen Nonnenkloster bei Lhasa. Sie wird Euch Gesellschaft leisten, bis Eure Mutter wieder hier ist. Und je besser Ihr lernt und je braver Ihr seid, desto schneller kehrt Eure Mutter zurück.«

Das Kind zog die Nase hoch und wischte sich mit seinem wollenen Gewand die Tränen ab.

»So ist's recht, Eure Heiligkeit. Und jetzt werdet Ihr, hoffe ich, mit dem Segen der Götter Euer Abendessen einnehmen, und bevor Ihr zu Bett geht, werdet Ihr den Abschnitt im neunzehnten Band des Kandschur lesen, den wir heute durchgenommen haben.«

»Wann kommt die Nonne?«

»Morgen früh.«

Der Lehrer verließ das Zimmer, und die Lebende Göttin begann ihr einsames Mahl, das mit Rücksicht auf ihren hohen Rang kein Fleisch enthielt, denn alle Lebenden Buddhas waren frei von den vierundachtzigtausend menschlichen Leidenschaften und aus dem Nirwana zurückgekehrt, um den sündigen Menschen dieser Welt beizustehen.

Holder überlegte. Laschi war also nicht hier – eine schlimme Nachricht. Neun Meter unter ihm war die Freiheit, und doch war sie hier ebenso unerreichbar wie an den Toren des Palastes.

Er rührte sich nicht. Wie er wußte, wurden die Lebenden Buddhas ständig bewacht, sogar auf der Toilette, und zweifellos beobachteten funkelnde Augen durch ein verborgenes Guckloch die Dorje Phagmo beim Essen.

Er wartete, bis sie ihre heilige Schrift gelesen hatte und es dunkel geworden war. Ein Diener trug die Butterlampe in das Nebenzimmer, wo sie schlief, und bald darauf wurde das Licht gelöscht.

Die Zeit verstrich. Es gab keine Möglichkeit festzustellen, wie spät es war. Die Rampe lag im Schatten, aber der Mond leuchtete hell auf den Bergen ringsum.

Schließlich kroch Holder mit klopfendem Herzen, sich langsam Zoll um Zoll vorwärts tastend, in den angrenzenden Raum. Die Dorje Phagmo schlief. Ihr Kleid – ein langer Streifen weinroten Wollstoffs – lag zusammengefaltet auf der Fensteröffnung, denn sie schlief in anderen Kleidern, und dies brachte ihn auf einen Gedanken. Er zögerte, bevor er sie aufweckte, da er fürchtete, sie könnte Lärm machen, aber dann tat er es doch, und sie saß da, die Arme um seinen Nacken geschlungen. Sie weinte leise, als er ihr sagte, er könne nicht bei ihr bleiben, und er versuchte sie mit der halben Lüge aufzuheitern, er würde zurückkommen, sobald es ihm möglich sei.

»Aber zuerst muß ich Namu und Aneh finden«, flüsterte er.

»Die sind doch in Go-tsang.«

»Go-tsang? Woher weißt du das?«

»Mama hat ihnen geraten, dahin zu reiten und dort auf dich zu warten, und sie hat ihnen versprochen, es dir zu sagen.«

»Bist du ganz sicher?«

»Ich habe gehört, wie sie mit Namu sprach. Aber als ich Namu fragte, ob sie weggehen will, sagte sie, nur zum Markt. Doch sie ist nicht mehr zurückgekommen. Ich glaube, Mama und Namu wollten nur nicht, daß Aneh und ich traurig sind.«

Also das war es. Laschi hatte Namu absichtlich aus dem Wege geschafft.

»Willst du mir helfen?« flüsterte er. »Sie versuchen mich einzufangen, und ich muß zusehen, wie ich aus dem Potala herauskomme.«

Das kleine Mädchen spitzte den Mund. »Und dann gehst du weg und suchst Aneh?«

»Ja.«

»Und du kommst mit ihr hierher zurück? Ach, Losan, sie haben mir Mila weggenommen, und ich muß alle Tage beten. Und Mama ist verschwunden. Wenn du Namu und Aneh findest, vielleicht ist Mama bei ihnen.«

»Schsch! Ja, natürlich, ich werde sie alle finden. Aber jetzt muß ich hier heraus.«

»Am Tor stehen Wachen.«

»Drinnen oder draußen?«

»Drinnen. Nachts ist es kalt.«

»Hast du Kleider, die du nicht brauchst?«

»Viele. Dort in dem Schrank. Ich muß jeden Tag ein frisches Kleid anziehen. Wozu willst du sie haben?«

»Zum Herunterklettern.«

Sie kicherte vor Aufregung und sprang von der dicken Matratze herunter. Die Gewänder waren aus feinem Kaschmir, und aneinandergebunden ergaben sie ein Seil, das zehn Männer hätte halten können.

»Und wo wollen wir es anbinden?«

»Wie ist's hiermit?« Sie zeigte auf eine große bronzene Götterstatue, die mit ihren funkelnden roten Augen finster auf sie blickte.

»Nimm mich mit, Losan«, bettelte sie, als er das eine Ende des Seils am linken Bein des Ungeheuers festknotete.

»Später. Nicht jetzt, mein Kleines.«

»Aija. Es ist hübsch, wenn du ›mein Kleines‹ sagst. Als hätte ich einen Vater. Später. Versprich mir, daß du so bald wie möglich wiederkommst.«

Er wandte sich ab und zerdrückte die Tränen in seinen Augen. Was war schlimmer: auf den gefrorenen Hochebenen als Sklave geboren zu werden oder in diesem Kokon von religiösem Hokuspokus die Galionsfigur eines absurden. anachronistischen Regimes abgeben zu müssen?

»Ich verspreche es.« Er knüpfte die letzte Länge fest. Das würde reichen. »Und was erzählst du ihnen?«

»Nichts.«

»Du sagst, du hättest geschlafen.«

»Ja.«

»Und läßt das Seil da hängen.«

»Ja.«

Sie umarmte ihn, und er küßte sie.

Er ließ sich aus ziemlicher Höhe auf den Kies fallen und raste die Rampe hinunter, über den Lingkhor und weg von der Stadt, um den Hunden zu entgehen, die in der Nacht nach Beute suchten.

Als Holder sich aus seinem Versteck hervorwagte, war die Sonne eine Feuersichel mit gezacktem Rand, die den Nachtschnee auf dem Tanglagebirge aufleuchten ließ und die Ebene von Lhasa in Rot badete. Er mischte sich unter die Pilger, die im Uhrzeigersinn ihren Rundgang auf dem Parkhor machten, um die Götter zu ehren, verließ dann den heiligen Weg und ging auf der schmutzigen Hauptstraße, die zum Parkhor und zum nepalesischen Viertel führte, von Osten her in die Stadt.

Er besaß kein Geld außer seinen eingenähten Goldstücken, und so konnte er sich nicht einmal eine Schale Tee kaufen. Einige fünfzig Schritt vom »Freundlichen Leoparden« entfernt setzte er sich auf den Boden und beobachtete das vertraute Marktgetriebe. Er hatte beschlossen, nicht zum Haus seiner Mutter zu gehen, da es vermutlich beobachtet wurde.

Eins war ihm jetzt klar: seine Gefangennahme war das Werk der probritischen Partei in Lhasa. Man hatte seine Unterhaltung mit dem Dalai-Lama abgehört.

Er überlegte, wo Galei stecken mochte. Volle zehn Tage waren vergangen, seit sie sich getrennt hatten. Ob Galei Namu nun gefunden hatte oder nicht, inzwischen war er ganz bestimmt nach Lhasa zurückgekehrt, um sich, wie es verabredet war, mit ihm im »Freundlichen Leoparden« zu treffen.

Daß er kein Geld zum Ausgeben hatte, war ein Problem, denn so konnte er auch in keinem Rasthaus einkehren. Gegen Mittag beschloß er, nach Sching Dongkhar zu wandern, denn in der Nähe dieses Ortes hatten sie etwas Silber und sein Gewehr versteckt. Wenn er erst Geld hätte, könnte er sich andere Kleider kaufen und seinen Häschern, die ja nach einem Mönch Ausschau hielten, die Suche erschweren.

Plötzlich gab es einen Tumult, Lärm brach los, und eine Menschenmenge strömte in die Richtung, in der die Residenz des Amban lag.

»Die Fringhi, die Fringhi!« schrien aufgeregte Stimmen.

Es war Younghusband, begleitet von Offizieren der Mission und einer Eskorte von zwei berittenen Kompanien, der dem chinesischen Vizekönig einen Besuch abstatten wollte. Den Briten voraus ritt eine vom Amban geschickte Leibwache, denn Ju Tai hatte entschieden, daß jetzt der Zeitpunkt gekommen sei, bei den Ereignissen eine Hand im Spiel zu haben.

Nur mit Mühe gelang es Holder, sich dem Sog der Menge zu entziehen, die den Fringhi entgegendrängte. Die Briten trugen ihre goldbetreßten Galauniformen und Bibermützen. Er erblickte Compton unter ihnen und versuchte sich kleiner zu machen. Da der Weg zum Westtor blockiert war, ging er zurück zum Marktplatz, in der Absicht, einen anderen Weg einzuschlagen, der aus der Stadt herausführte.

So verfehlte er Galei, der ebenfalls herbeigeeilt war, um sich die Fringhi anzusehen.

Plötzlich begann eine Frau hysterisch zu schreien, und ihre Stimme überschlug sich vor Aufregung: »Da ist er! Da, dieser Mönch! Der da! Das ist der Fringhi-Spion!«

Holder drehte den Kopf in alle Richtungen, und erst als er die Worte »Fringhi-Spion« hörte, wurde ihm klar, daß er gemeint war.

Die Frau blickte aus einem Fenster im oberen Stockwerk des »Freundlichen Leoparden«. Er starrte sie sekundenlang an, wobei er wertvolle Zeit verlor, und dann erkannte er sie. Es war Laschi – zerzaust, schmutzig, abgemagert, aber unverkennbar Laschi. Zwei Mönche zerrten sie vom Fenster weg.

Holder machte kehrt und wollte flüchten, aber seine lange Toga hinderte ihn. Ein Mann kreischte: »Haltet ihn!« Er zwängte sich zwischen Verkaufsständen und Leuten hindurch, stolperte über einen schlafenden Hund und durch eine tiefe Pfütze. Jemand stellte ihm ein Bein, und er fiel hin. Sofort umringte ihn eine Menschenmenge, die immer größer wurde.

Unbeweglich daliegend, hatte er das Gefühl, daß alles über ihm zusammenbrach. Laschi hatte ihn verraten. Seine Anstrengungen, sich zu retten, den Kopf aus der Schlinge zu ziehen, waren umsonst gewesen. Inzwischen hatte er einen Mann getötet, wahrscheinlich sogar zwei Männer. Die Briten waren in Lhasa, und einer von ihnen war Compton. Es war ein Augenblick völliger Verzweiflung. Zwei Mönchspolizisten kamen vom »Freundlichen Leoparden« her auf ihn zugestürzt, und als sie ihn hochzerrten, standen Tränen in seinen Augen, so daß er die grinsenden, neugierigen Gesichter der Marktleute nur verschwommen wahrnahm.

Plötzlich kam ihm ein furchtbarer Gedanke: Laschi hatte ganz gewiß nicht nur ihn, sondern auch Namu verraten. Das erklärte Galeis Abwesenheit. Alles, was er anfaßte... Seine Berührung brachte allen den Tod. Holder verzog das Gesicht und versuchte die Vorstellung dessen zu verbannen, was man Namu und Aneh angetan haben mochte.

Zwei weitere Eisenstabpolizisten schleppten Laschi aus dem Gasthaus herbei. Sie schrie, halb außer sich, und versuchte sich loszureißen.

»Ihr habt ihn. Jetzt laßt mich frei! Laßt mich frei! Der Regent selber hat es mir versprochen!«

Sie fing Holders Blick auf, aber sie schien ihn nicht zu sehen.

»Bringt mich nicht dorthin zurück«, schluchzte sie und verdoppelte ihre Anstrengungen, sich zu befreien. Einer der Mönchspolizisten griff in ihr Haar und schlug sie jedesmal, wenn sie schrie, mit aller Kraft ins Gesicht, bis schließlich die Schreie zu einem Winseln wurden, und die ganze Zeit stand die Menschenmenge, Leibeigene, Hirten, Marktfrauen und Händler, erschreckt und mit verlegenem Grienen ringsherum.

Die vier Büttel zerrten ihre beiden Gefangenen in Richtung des Potala, den Weg entlang, der am Tengje-ling vorbeiführte, und so verfehlte Galei, der seine Wache in der Nähe des »Freundlichen Leoparden« wiederaufnahm, den Freund zum zweiten Mal.

Ein einfacher Mönch, erzählte man ihm, sei von Polizisten festgenommen worden, weil sie ihn beim Liebesspiel mit einer Frau erwischt hätten. Die Angelegenheit war das allgemeine Gesprächsthema auf dem Marktplatz. Alle Mönche, abgesehen von denen, die Knaben oder Tiere bevorzugten, und vielleicht dem Dalai-Lama und dem Pantschen-Lama, die zu scharf bewacht wurden, unterhielten Beziehungen zu Frauen; die meisten Prostituierten in Lhasa lebten von der Geistlichkeit, und sie fragten sich nun beunruhigt, ob dieser Fall symptomatisch sei oder ob die Frau vielleicht nur einen der Mönchspolizisten betrogen habe.

Alle Leute aber stimmten darin überein, daß die Geschichte merkwürdig sei.

»Wahrscheinlich hat sie im Kloster Geld gestohlen«, lautete Galeis Kommentar. Er setzte sich wieder auf seinen alten Bettelplatz, wo er den »Freundlichen Leoparden« im Auge hatte. Allmählich beunruhigte es ihn, daß Losan nicht kam.

Diesmal sorgte man im Potala dafür, daß Holder nicht noch einmal entkommen konnte. Sadsu, der Wächter, der sich von ihm hatte täuschen lassen, war vom höchsten Dach des Potala hinuntergestoßen worden – eine beliebte Methode, Menschen aus diesem Leben zu befördern, ohne sie mit eigenen Händen umzubringen. Die Tür von Holders Kerker blieb diesmal offen; zwei Wächter wurden davor postiert, ein Wachposten mit einem Kurzschwert blieb in der Zelle, und Holders Handgelenke wurden mit seinen Fußgelenken zusammengefesselt.

Nach ein paar Stunden erschienen drei weitere Büttel und mit ihnen ein Beamter des vierten Grades, der ein versiegeltes Schriftstück in der Hand schwenkte. Holder wurden die Fesseln abgenommen, und nach ein paar vergeblichen Versuchen – seine Muskeln waren völlig verkrampft – vermochte er sich wieder aufzurichten. Man führte ihn hinaus und den Gang entlang.

Laschis Körper lag blutüberströmt an der Wand. Sie hatte einen Kupfertranka auf dem Steinboden geschärft und sich damit die Pulsadern aufgeschnitten. Ihre offenen Augen starrten durch Holder hindurch, als er an ihr vorbeischritt.

Türen wurden mit viel Geklirr aufgeschlossen, als letzte eine kleine, sehr massive mit Eisenbeschlägen, deren Schlüssel über vier Pfund schwer war, und plötzlich standen sie im Freien auf einem von Mondlicht überfluteten sandigen Weg.

Sechs Reiter warteten auf schnaubenden, stampfenden, mit den Köpfen nickenden Pferden. Es waren Briten, Angehörige der berittenen Infanterie. Holder spürte seinen Hunger und Durst nicht mehr. Sein Magen war wie zugeschnürt.

Einer der Reiter, offensichtlich der Truppführer, stieg ab. Der Beamte des vierten Grades verbeugte sich und gab einem Büttel ein Zeichen, er solle dem Ferenghi den Strick überlassen, mit dem man die Hände des Gefangenen auf seinem Rücken zusammengebunden hatte. Der Brite ergriff ihn und reichte dem Beamten ein Stück Papier.

»Empfangsbescheinigung«, sagte er in schlechtem Tibetisch, als habe er dieses Wort auswendig gelernt.

Der Beamte erwiderte nichts, verneigte sich abermals und kehrte mit den Wächtern in den Palast zurück.

Der Truppführer fesselte Holder die Hände mit Handschellen, zog eine Kette hindurch und zerschnitt die Lederfesseln. Er stieg wieder auf.

»Los, komm«, sagte er.

Die anderen bildeten eine Eskorte rings um Holder.

»Wohin bringt ihr mich?« fragte Holder nervös.

»Ich bin stumm. Los, beeil dich.«

»Sie könnten wenigstens ...«

»Halt's Maul.«

Lhasa lag in Mondlicht gebadet da. Kein Mensch war zu sehen, nur die Hunde waren unterwegs und erledigten ihre geräuschvollen Geschäfte.

Sie wurden von keinem Wachposten angerufen, als sie durch den Pargo Kaling ritten und auf den Juwelenpark zuhielten. Kurz vor der Parkmauer bogen sie zu den Zeltreihen auf der Ebene ab.

»Halt! Wer da?«

»Freund.«

»Kommt näher und gebt euch zu erkennen.«

»Jesus! Was bringt ihr denn da – einen stinkenden Mönch?«

XVI

Und wieder Compton

»Hier sitzen wir nun«, sagte Younghusband, »in diesem schmutzigen, rückständigen, total anachronistischen Land, und überall begegnen wir nur Sturheit, Beschränktheit, Entschlußlosigkeit und Feigheit. Der Dalai-Lama und Dorjew sind auf dem Weg nach Kokonar; der Regent ist machtlos angesichts der rivalisierenden Interessen dieser sogenannten aristokratischen Familien. Und was dem Ganzen die Krone aufsetzt: Macdonald ist entschlossen, die Truppen nicht einen Tag länger hier zu lassen, als er unbedingt muß.«

Obwohl Younghusband den Eindruck absoluter Selbstbeherrschung erweckte, zerrten seine Auseinandersetzungen mit Whitehall und vor allem der Streit zwischen ihm und dem feigen und kränklichen Macdonald doch in zunehmendem Maße an seinen Nerven. Infolgedessen hatte er die Gewohnheit angenommen, hin und wieder mit Compton in seinem Zelt zusammenzusitzen und »laut zu denken«. In einem jener zahllosen Briefe, die offensichtlich für seine Memoiren bestimmt waren, schrieb er seinem Vater: »Ich würde ihn (Compton) nie als einen Partner für politische Diskussionen ansehen, und ich erbitte niemals seinen Rat; auch würde ich diesen Rat nie befolgen. Die schwere Verantwortung für die Mission liegt bei mir, und ich muß sie ganz allein tragen. Aber wenn ich laut rede, hilft mir das, meine Gedanken zu klären.« Und so redete der strenge, aggressive, schwierige und einsame Bevollmächtigte laut in seinem Zelt, und Compton saß schweigend dabei, beide mit Whiskygläsern vor sich.

Younghusband fuhr fort: »Macdonald hat die gemeinste Tat begangen, von der ich seit langem gehört habe. Es grenzt fast schon an Verrat. Er hat durch einen ärztlichen Ausschuß den spätesten Termin festsetzen lassen, bis zu dem wir mit der Kleidung, über die wir im Augenblick verfügen, hier bleiben können. Dann hat er die kommandierenden Offiziere durch seinen Lieblingsquacksalber, diesen wichtigtuerischen Trottel Waddell, davon unterrichten lassen, daß wir bis zu diesem Zeitpunkt Tibet verlassen haben müssen. Er hat keinen Versuch unternommen, hier an Ort und Stelle zusätzliche Kleidung für die Truppen zu beschaffen, und natürlich kann man welche auf dem Markt kaufen – alle möglichen Strickwaren, haufenweise und ganz billig, und warme Dekken. Der Mann ist verächtlich. Und wenn es das letzte ist, was ich tue – ich lasse ihn kassieren.«

Younghusband stand auf und ging im Zelt auf und ab.

»Bedienen Sie sich«, sagte er, als er Comptons leeres Glas bemerkte. »Und dann der Proviant. Diese Lamas, schmutzige, geile Tiere alle miteinander, haben versprochen, Lebensmittel zu liefern, und wir haben versprochen, diese Lieferungen zu bezahlen. Als Gegenleistung dafür, daß sie uns erlauben, Vorräte zu kaufen – wir hätten sie doch einfach beschlagnahmen können, wie es jede Armee der Welt täte –, haben wir zugesagt, die Klöster nicht anzutasten. Aber sie liefern einfach nicht! Ich habe Macdonald befohlen, ihnen ein Ultimatum zu stellen: Entweder der Proviant kommt morgen, oder wir brechen in die Klöster ein und nehmen ihn uns mit Gewalt. Gewalt ist das einzige, was sie verstehen.«

»Darf ich rauchen, Sir?« fragte Compton und zog eine polierte braune Meerschaumpfeife in einem waschledernen Futteral und einen Tabaksbeutel hervor.

»Bitte, Captain. Sie werden wie üblich nachgeben, da bin ich ganz sicher. Doch die Hauptsache ist, daß wir sie an den Konferenztisch kriegen und sie zwingen, einen Vertrag zu unterzeichnen. Deshalb sind wir ja gekommen. Wir brauchen Zeit, um ihre Verzögerungsmanöver zu vereiteln. Und deshalb ist es, verdammt noch mal, Hochverrat von Macdonald, wenn er verhindert, daß wir lange genug bleiben, um das zu erreichen. Und die Idioten in Whitehall reden davon, man solle diese Expedition aus einer friedlichen in eine Strafexpedition verwandeln, die Stadt in die Luft sprengen, soweit das technisch möglich ist, und einige führende Bürger als Geiseln nehmen.« Er schnaubte verächtlich. »Vielleicht den geflüchteten Dalai-Lama.«

Er trank einen Schluck Whisky. »Amateure!« rief er. »Anscheinend haben sie keine Ahnung, daß der gesamte Vorrat an Schießbaumwolle in Kalkutta verbraucht ist.«

Compton sagte: »Es wäre sehr viel Schießbaumwolle nötig, um auf Lhasa Eindruck zu machen – und alles müßte auf Tieren, die Futter brauchen, über die Berge transportiert werden.«

»Natürlich. Reiner Unsinn. Wir brauchen nichts weiter als ein kleines bißchen mehr Zeit. Meine Unterredung mit Ju Tai, dem chinesischen Amban, war übrigens sehr aufschlußreich. Im Gegensatz zu diesen stinkenden Mönchen ist er ein Mann von Format. Ich meine, daß er unser Eintreffen in Lhasa begrüßt. Ganz offensichtlich wird er die Besetzung Lhasas durch uns ausnutzen, um die chinesische Autorität in Tibet wiederherzustellen.«

In dem langen Schweigen, das nun folgte, saß Compton rauchend da, und zwischen den einzelnen Zügen polierte er seine Meerschaumpfeife mit dem waschledernen Beutel. Es war eine altgediente Pfeife mit dunkelbrauner Patina, Silberring und einem gebogenen Bernsteinmundstück. Schließlich sprach er.

»Glauben Sie, Sir, daß wir morgen eine Wiederholung von Guru erleben werden?«

Younghusband zögerte ein wenig mit der Antwort. »Hoffentlich nicht. Oder sollte ich besser sagen: Eigentlich dürfte ich es nicht hoffen? Vielleicht wäre es die schnellste Methode, wenn wir ihnen in ihrem größten Kloster, Drepung, eine Lektion erteilten. Aber die Würfel sind gefallen, und nun müssen wir abwarten, ob sie klein beigeben oder nicht. Wenn sie einen Zurückzieher machen, heißt das noch nicht, daß sie auch in dem Hauptpunkt oder in irgendwelchen anderen Punkten nachgeben. Ich stehe zwischen Scylla und Charybdis und zermartere mir das Hirn, wie ich diesen Mönchen nachdrücklich den Ernst der Lage klarmachen kann, ohne in London Entsetzen hervorzurufen.«

Der Bevollmächtigte strich sich seinen buschigen Schnurrbart und nippte an seinem Whisky.

»Die Moral geht zum Teufel«, begann er von neuem. »Auf dem Hermarsch wurden die Langeweile und die Ödnis von Khamba Dzong, Tuna und Gjantse noch dadurch kompensiert, daß die Truppen wild darauf waren, nach Lhasa zu kommen, in die geheimnisvolle Verbotene Stadt, die ersten zu sein, die dieses Ziel erreichen. Jetzt haben sie gesehen, daß Lhasa ein kleines, schmutziges, armseliges Kaff ist, das sie in zehn oder fünfzehn Minuten zu Fuß durchquert haben; daß es hier keinen Schnaps gibt, der diesen Namen verdient, daß sich die Frauen die Gesichter mit diesem gräßlichen Kutsch beschmieren und dem Vernehmen nach alle Syphilis haben – kein Wunder also, daß sie so schnell wie möglich zurück wollen. Das spielt Macdonald in die Hände, und die Zeit vergeht. Bisher war der Regent für uns absolut nutzlos.«

Compton machte eine seiner seltenen Zwischenbemerkungen. »Aber er könnte noch nützlich werden, Sir. Ich möchte meinen Kopf wetten, daß er seine Untergebenen dazu bringen will, eine probritische Haltung einzunehmen.«

»Wie kommen Sie darauf?«

»Es ist nur eine Geste, Sir, doch wenn man bedenkt, daß er zwischen all diesen Cliquen, die sich gegenseitig das Wasser abgraben, geradezu einen Balanceakt vollbringt, beweist es immerhin Entgegenkommen.«

»Ja, ja. Aber um was handelt es sich denn?«

»Er hat diesen Mann Holder aufgespürt und festgesetzt, diesen Geheimagenten, von dem wir vermuten, daß er uns an Dorjew verraten hat.«

Younghusband schien dieser Mitteilung keine besondere Bedeutung beizumessen. »Und wo steckt dieser Holder jetzt?«

»Er wird heute abend einer Eskorte übergeben, die ich zum Potala schicke. Da er mit Dorjew und dem Dalai-Lama zusammenarbeitete, war er natürlich ein Feind des Regenten. Ich hatte neulich eine zwanglose Unterhaltung mit dem Bevollmächtigten des Regenten, und dabei habe ich diese Angelegenheit zur Sprache gebracht.«

Younghusband verzog den Mund. »Es beweist Entgegenkommen, wie Sie richtig sagten, Compton, aber ich weiß nicht, ob uns das auch nur im mindesten weiterhilft.«

»Es könnte auch genau anders sein, Sir. Dorjew hat entdeckt, daß Holder für uns tätig war, und hat ihn erpreßt.«

»Ich verstehe das nicht«, sagte Younghusband. »Wenn dieser Holder gemeldet hätte, daß man ihm auf die Spur gekommen ist, hätte er doch in Indien bleiben können. Es ist gefährlich, für beide Seiten zu arbeiten.«

»Sehr richtig, Sir. Aber Dorjew hatte Geiseln. Holder ist mit einer Tibeterin verheiratet und hat eine Tochter von ihr, die er über alles liebt.«

Younghusband zuckte die Achseln. »Es kommt verdammt ungelegen. Wir stünden besser da ohne ihn. Er weiß nichts. Er war doch lediglich ein Lieferant von Marktgeschwätz.«

Compton blickte den Bevollmächtigten über seine Pfeife hinweg an. »Der Regent hat mir ein Bündel Notizen übergeben lassen, Texte von Depeschen, darunter einige von Ihnen, Sir. Es scheint, daß Holder unsere Telegraphenleitung angezapft und alles an Dorjew und den Dalai-Lama weitergegeben hat.«

Der Oberst starrte Compton mit seinen harten blaßblauen Augen an und sagte: »Puh! Sehr lax, Compton. Wichtige Depeschen?«

»Sehr wichtige, Sir.«

»Und warum wurde die Leitung nicht bewacht?«

»Weil niemand daran gedacht hat, Sir. Die Tibeter wußten doch nicht mal, wofür diese Leitung da ist. Sie glaubten, sie sei eine Art Wegweiser für uns, wenn es schneit.«

»Aber als Sie Holder damals angeworben haben, wußten Sie, daß er Telegraphist war?«

»Ja, Sir.«

»Selbst wenn kein wirklicher Schaden entstanden ist, was ich annehme, werden die Schakale heulen. Sieht verdammt schlecht für Sie aus, Compton, und letztlich stecke ich in der Geschichte mit drin.«

»Ich weiß, Sir. Es ändert nichts, wenn ich sage, daß es mir leid tut.«

Compton schwieg eine Weile, um Younghusband genügend Zeit zu lassen, die Tatsachen zu verdauen und sich über ihre Auswirkungen klarzuwerden.

»Es wäre ein Jammer«, fuhr Compton schließlich fort, »wenn eine solche schmutzige Affäre den Erfolg, auf den wir alle hoffen und für den wir alle arbeiten, beeinträchtigen, ihm seinen vollen Glanz rauben würde.«

Younghusband lächelte unmerklich, als er jetzt Comptons Blick auffing. Er ließ die Stille wirken und wartete gespannt auf die nächsten Worte des Captains.

»Ich meine, Sir, daß dies ein Fall sein dürfte, wo man Gerechtigkeit mit Zweckmäßigkeit verbinden könnte. Der Mann wurde auf dem Marktplatz aufgegriffen, genau zum Zeitpunkt Ihres Besuchs bei dem Amban, und er war bewaffnet.«

»In diesem Land ist jeder mehr oder weniger bewaffnet.«

»Gewiß, Sir. Aber er steht im Verdacht, ein Attentat auf Sie geplant zu haben.«

»Wer verdächtigt ihn?«

»Ich.«

Diesmal machte Younghusband keinen Versuch, sein Lächeln zu verbergen.

»Fahren Sie fort«, sagte er.

»Er war zu diesem Zeitpunkt als Mönch verkleidet.«

»Oh.«

»Ich möchte annehmen, Sir, daß es eine heilsame Wirkung sowohl auf die Mönche wie auf die Laien hätte, wenn man ihn öffentlich hängen würde, als warnendes Beispiel, als Beweis für die Sinnlosigkeit jeglichen Widerstands.«

»Es macht keinen guten Eindruck, wenn wir einen Mönch

hängen. In Großbritannien, meine ich. All diese glattzüngigen, leisetreterischen Kirchenmänner...«

»Oh, in dieser Hinsicht können wir uns sicherlich auf die hiesigen Korrespondenten verlassen. Die werden den Fall schon richtig darstellen. Ich habe gerade gelesen, wie Candler, der Mann von der ›Daily Mail‹, diese Mönche beschreibt.« Er zog ein Blatt Papier aus der Tasche.

»›Viele von ihnen machten einen primitiven und verwahrlosten Eindruck‹«, las er vor. »›Die Gesichter anderer verrieten Grausamkeit und List; ihre Brauen waren zusammengezogen, als schmiedeten sie in einem fort Ränke; manche sahen fast äffisch aus, als könnten sie keinen Gedanken fassen, der nicht tierisch oder sinnlich ist.«

Younghusband lachte. »Mein Gott! Und dieser Schund wird den bedauernswerten Lesern der ›Daily Mail‹ vorgesetzt?«

»Ja, Sir. Aber Candler weiß natürlich, was seinen Lesern gefällt.«

»Was seinem Brötchengeber Lord Northcliffe gefällt, würde ich sagen.«

»Auch wahr, Sir, und wenn Sie einem Hund einen schlimmen Namen geben, dürfen Sie ihn hängen.«

»Ich glaube, Ihr Vorschlag ist vernünftig. Die Angelegenheit bleibt strikt unter uns. Und bitte warten Sie, bis wir wissen, welches Ergebnis unser Ultimatum an die Mönche des Drepung hat. Sonst könnte man uns vorwerfen, wir seien schuld, wenn sich ihr Widerstand verstärkt. Danach – egal, ob sie nachgeben oder ob wir uns mit den Maxim-Gewehren durch Haufen von Toten den Weg in das Kloster bahnen müssen – hängen Sie den Mann öffentlich.«

Die Hand, die Holder durch den Zelteingang stieß, schien aus Eisen zu sein und von einer Maschine getrieben zu werden. Er stolperte ins Zelt und gewann nur mit Mühe das Gleichgewicht zurück, da seine Hände gefesselt waren. Vor ihm stand Captain Compton.

Comptons Gesicht glühte, röter denn je, was auf seinen

erhöhten Blutdruck auf dem Plateau und auf die unbarmherzige Sonne des Himalaja zurückzuführen war, die seine Nasenspitze wundgebrannt und sein helles Haar und die Augenbrauen beinahe weißgebleicht hatte. Sein hartes Gesicht mit den hohen Backenknochen, dem gekerbten Kinn und dem kleinen Mund strahlte vor Triumph und Bosheit. Er legte die Meerschaumpfeife beiseite und leerte rasch ein großes Glas Whisky.

»Ich würde Ihnen auch eins anbieten, Holder«, sagte er, als er das Glas auf den Zelttisch stellte, »aber ich trinke nicht mit Verrätern.«

Holder erwiderte nichts.

»So also treffen wir uns wieder, mein treuloser Freund«, fuhr Compton heiter fort. »Ich glaube allerdings nicht, daß Sie sich darüber ebenso freuen wie ich.« Er griente. »Wie ich sehe, sind Sie unterdes auch in einen heiligen Orden eingetreten. Ein Mönch in Handschellen!«

Seit dem Augenblick seiner Auslieferung hatte Holder nur einen Gedanken gehabt: Was würden die Briten mit ihm anstellen? Verräter! Das schmachvollste Wort im Vokabular des perfiden Albion.

»Aber ich bin natürlich doch etwas enttäuscht über Sie«, fuhr Compton selbstgefällig fort. »Ich dachte, wir hätten Sie recht anständig behandelt, und wir waren gewillt, noch mehr für Sie zu tun, doch die ganze Zeit haben Sie für zwei Seiten gearbeitet. Ich hätte nie gedacht, daß Sie das Zeug dazu hätten.«

Die höhnische Stimme sprach weiter, provozierend, selbstgefällig, aufreizend.

»Verraten Sie mir doch bitte, Holder, wenn Sie nicht die Sprache verloren haben, warum Sie auf die andere Seite übergegangen sind? Wir hatten doch abgesprochen, wenn Sie sich trotz Ihrer unglückseligen Familienverhältnisse als würdig erweisen sollten, Bürger eines Empire zu sein, dessen historische Aufgabe es ist, unter den zurückgebliebenen Massen der Welt Zivilisation zu verbreiten, sollten Sie auch die Vorteile eines echten Briten genießen.«

»Zivilisation!«

»Nennen Sie es, wie Sie es wollen«, sagte Compton und griente. »Nennen Sie es meinetwegen Evolution, Entwicklung. Wir sind die am höchsten Entwickelten, wir sind die Tüchtigsten, diejenigen, die überleben, und also von Natur aus die Herren dieser rückständigen Völkerschaften.«

»Zivilisation!« wiederholte Holder bitter. »Ich war in Guru.«

»Ah, Guru. Pah! Was war das schon, verglichen mit der Bartholomäusnacht?« Er leerte hastig ein zweites Glas Whisky. »Verglichen mit Karthago oder Troja? Wie Darwin sehr richtig sagte: Es ist alles ein Kampf ums Dasein. Aber lassen wir das. Warum sind Sie auf die andere Seite übergegangen?«

»Ich stehe auf keiner Seite. Ihr oder die tibetischen Mönche und Adeligen – nach Guru sehe ich keinen Unterschied mehr zwischen euch und denen. Ich empfinde nur Sympathie für das einfache Volk, die tibetischen Hirten und Leibeigenen. Sie und Dorjew, ihr habt mich dazu erpreßt, eure Arbeit zu tun.«

»Sie reden wie einer von diesen Sozialisten.«

»Ich habe keine Ahnung, wie die reden.«

»Ich eigentlich auch nicht. Aber sie nehmen alle Partei für die Unterdrückten und Zukurzgekommenen, während ich dafür bin, diese Spezies auch weiterhin hübsch unten zu halten. Der Reiche in seinem Schlosse, der Arme in seiner Hütte – solange ich nicht der Arme bin. Da finde ich es doppelt seltsam, daß Sie die Informationen, die Sie sich durch Anzapfen unserer Telegraphenleitung verschafften, an Dorjew und den Dalai-Lama weitergegeben haben. Die beiden gehören doch gewiß nicht zu den Unterdrückten und Zukurzgekommenen. Was ist Ihre Erklärung dafür?«

»Ich hoffte, ich würde die Tibeter davon überzeugen, daß sie die Briten aufhalten können, wenn sie zusammenstehen.«

»Die Briten? Demnach halten Sie sich nicht für einen Briten, wie? Und Sie glaubten im Ernst, dieser arrogante junge Prälat und ein paar Hirten und Bauern mit Speeren könnten geschulte Truppen aufhalten? Das ist doch lächerlich, mein lieber Holder. Wir haben immerhin das Gatling-Gewehr.«

»Also ist es nicht die überlegene Zivilisation, sondern das Maschinengewehr. Aber ich habe gesehen, daß selbst das Maschinengewehr zu schlagen wäre, wenn diese Hirten und Bauern richtig geführt und nicht von Cliquen dirigiert würden, die sich gegenseitig bis aufs Messer bekämpfen.«

Compton stopfte seine Pfeife und zuckte die Achseln.

»Wie dem auch sei – da Sie unsere Telegraphenleitung angezapft und die so gewonnenen Informationen an den Feind weitergegeben haben, sind Sie in unseren Augen ein Spion, und auf Spionage steht, wie Sie sicher wissen«, er hielt inne, um seine Pfeife anzuzünden, und blies das Wort in den blauen Rauch, »der Tod.«

Er sah Holder über die Pfeife hinweg an und weidete sich an dessen Schock. Dann wechselte er den Ton.

»Natürlich habe ich Mitgefühl mit Ihnen«, fuhr er fort, wie um das, was er soeben gesagt hatte, abzuschwächen. »Ich glaube, Ihr Fehler war, daß Sie sich mit dieser tibetischen Frau eingelassen haben.«

Holder schüttelte den Kopf. »Sie hatten mich gleich entdeckt – sobald ich über die Grenze war. Ein nepalesischer Kaufmann, der für Dorjew arbeitete. In diesem Land werden Spione – das heißt alle diejenigen, die sie Ferenghi nennen – getötet, qualvoll umgebracht. Aber ich hatte Geiseln, und deshalb ließ mich Dorjew am Leben.«

»Klingt plausibel. Und Sie halten viel von dieser Frau?«

Holder schwieg.

»Und das Kind. Das kleine Mädchen. Wie hieß es doch?«

»Lassen Sie die beiden aus dem Spiel.«

Diese Reaktion schien Compton zu amüsieren. Holder verfluchte sich. Es war klüger, den Mund zu halten.

»Und dann war da noch diese ältere Frau, Ihre Geschäftspartnerin. Man hat sie ins Drepung gebracht – oder vielleicht auch in den Potala. In eins von beiden. Wie ich erfahren habe, ist sie gestorben, während man aus ihr herauszukriegen versuchte, wo Sie sich aufhalten.«

Holder begann zu zittern. Er spannte die Muskeln an, weil er nicht wollte, daß Compton es sah, aber dieser betrachtete ihn mit sichtlicher Befriedigung. Er konnte die Angst und den Jammer seines Opfers förmlich riechen. Arme Turin. Hob Compton sich vielleicht Mitteilungen über Aneh und Namu noch auf, als abschließenden sadistischen Leckerbissen?

Sein Gegenüber scharf beobachtend, fuhr Compton fort: »Folter. Keine angenehme Sache. Die Mönche nennen es ›peinliche Befragung‹, wie man es einst in Europa bezeichnet hat. Sie sehen, wie rückständig sie sind. Sie müssen zivilisiert werden.« Er legte eine Kunstpause ein. »Übrigens – sie haben Ihre Frau und das kleine Mädchen gefangen.«

Ohnmächtige Wut verdrängte langsam Holders Furcht.

»Warum erzählen Sie mir das? Alles Lüge.«

»Keine Lüge. Ihre Frau und Ihre Tochter wurden bei Go-tsang aufgespürt und von zwei Mönchspolizisten zurück nach Lhasa gebracht. Jemand hat die Polizisten erschossen. Jetzt fahndet man nach ihnen und nach einem Hirten, mit dem Sie herumgezogen sind – Ihrem Treiber, glaube ich.«

Galei. Prachtvoller Galei. Also hatte er Namu und Aneh gefunden und gerettet.

»Bestimmt fängt man sie bald wieder ein. Ihr Grienen ist fehl am Platze.«

Aber Holder lächelte beruhigt. Wenn sie sich vorsahen, war es unwahrscheinlich, daß man ihnen wieder auf die Spur kam. Ein Tibeter von dreien war ein Flüchtling.

Compton merkte, wie Holders Stimmung umschlug, und tat das Seine, sie noch weiter zu verbessern.

»Und Sie ... wie sehen Ihre Pläne für die Zukunft aus?« Es klang, als spreche ein Lehrer zu einem Schüler, der von der Schule abgehen wollte – freundlich, aber nicht sehr interessiert. Obwohl Holder sich alle Mühe gab, konnte er doch seine zunehmende Erleichterung nicht verbergen.

Er hob die gefesselten Hände. »Im Augenblick kann ich nicht über meine Zukunft entscheiden.«

»Aber nehmen wir einmal an, Sie könnten es.«

Comptons Worte klangen, als enthielten sie ein Angebot.

Wollte er ihm vorschlagen, ihre Beziehungen wieder aufzunehmen?

Holder leckte die Lippen. »Ich würde im Osten bleiben – östlich von Lhasa, meine ich.«

Compton schnitt eine Grimasse. »Geschäfte machen? Sich kümmerlich durchschlagen? Niemals ein Bad? Von Tsamba, Buttertee und Liebe leben?«

»Das Leben im Himalaja bietet Entschädigungen.«

»Zweifellos.«

»Und die Handelsstraßen sind eine Welt für sich.«

Es war wie eine freundschaftliche Unterhaltung, ohne die frühere Schärfe. Holders Puls ging wieder normal. Offenbar war das Schlimmste vorüber.

»Aber der Jammer ist«, seufzte Compton, »daß Ihr Fall eine sehr peinliche Angelegenheit für uns ist.«

»Was das betrifft, so wäre ich nur zu glücklich, Ihnen jede Peinlichkeit ersparen und für immer aus Ihrem Gesichtskreis verschwinden zu können. Ich möchte nie wieder etwas mit dem zu tun haben, was ich hier getan habe.«

Er merkte, daß er förmlich flehte, und das ärgerte ihn.

Compton ließ die Stille in der Luft hängen.

Holder konnte dem Verlangen nicht wiederstehen, Bescheid zu wissen. »Darf ich fragen, was Sie beabsichtigen?«

»Das dürfen Sie fürwahr«, erwiderte Compton träge, ohne den Ton zu wechseln. »Ja, das dürfen Sie. Wir haben beschlossen, Sie morgen zu hängen.«

Das war unfaßbar. Das konnte nicht wahr sein, dafür war Comptons Gesichtsausdruck zu unbeteiligt gewesen, hatten seine Worte zu gleichmütig geklungen. Natürlich war das einer dieser albernen Witze, wie sie die Engländer liebten. Holder lächelte, auf den Scherz eingehend.

»Es gibt absolut keinen Grund für Sie zu lächeln, Holder. Ich meine, was ich sage. Sie werden weder in den Osten noch anderswohin gehen. Sie haben Ihre Frau und Ihr Kind zum letzten Mal gesehen. Sie sind ein Spion und ein Verräter, und Sie werden morgen in Lhasa öffentlich gehängt.«

Holder starrte ihn an, und langsam dämmerte etwas wie

Begreifen in ihm auf. Er versuchte, seine zuckenden Muskeln zur Ruhe zu zwingen. Als er seine Stimme endlich wiederfand, war es nur ein heiserer Flüsterton.

»Das können Sie nicht tun. Das wäre Mord.«

»Wir können und wir werden. Auf Befehl des Leiters der Mission werden Sie auf dem Marktplatz am Halse aufgehängt, bis der Tod eintritt, und möge Gott sich Ihrer Seele erbarmen. – Ich glaube, das ist der korrekte Wortlaut, Holder«, fuhr Compton leichthin fort, und er gab sich nicht die geringste Mühe, zu verbergen, wie sehr er seine Macht genoß. »Wenn aber nicht, werden Sie mir einen kleinen Formulierungsfehler sicherlich verzeihen.«

Holder stand unbeweglich da, immer noch unfähig, die volle Bedeutung dieser Mitteilung zu erfassen. Er begann am ganzen Leibe zu zittern. Noch war die Gewißheit des Todes nicht in sein Bewußtsein eingedrungen. Compton beobachtete ihn gespannt. Er hatte oft zu Tode Verurteilte gesehen, und es hatte ihn jedesmal erregt. Aber stets waren sich die Opfer darüber klar gewesen, was sie erwartete, und nicht, wie in diesem Fall, vollständig überrascht worden. Das erhöhte natürlich den Reiz beträchtlich.

»Ich würde diese Arbeit sehr gerne selber übernehmen«, fuhr Compton fort, »doch das geht leider nicht. Aber Sie können sich darauf verlassen, ich werde Anweisung geben, daß man Ihnen nicht den Hals bricht. Sie werden langsam ersticken und im Sterben wie wild mit den Beinen strampeln, und ich werde zusehen und in Ihre brechenden Augen blikken. Es wird eine gute Lehre für all diese schmierigen Mönche sein und für diesen abergläubischen Pöbel.«

Eine Weile herrschte Schweigen. Holder vermochte den Tränen nicht Einhalt zu gebieten, die ihm aus den Augen strömten. Er wischte sie mit den gefesselten Händen ab.

»Das ist unmenschlich. Lassen Sie mich wenigstens meine Frau und mein Kind noch einmal sehen.«

Compton betrachtete ihn mit leichtem Lächeln.

»Mit Vergnügen, wenn Sie wissen, wo sie stecken. Der Regent wird sich freuen, denn er sucht nach ihnen.«

Natürlich. Der Todeskuß. Aber er konnte noch immer nicht wirklich glauben, daß er den morgigen Abend nicht mehr erleben sollte. Compton beobachtete ihn scharf, genießerisch, und Holder, vor Verzweiflung außer sich, fühlte, wie sein Zorn so übermächtig wurde, daß es ihm den Atem verschlug. Er schloß die Augen und hob die gefesselten Hände vor das Gesicht. Durch die Finger konnte er sehen, daß Comptons Blick interessiert auf ihm ruhte.

Die Fäuste mit den schweren Handschellen aneinandergepreßt, schlug Holder mit unglaublicher Kraft und Schnelligkeit zu. Mit einem Grunzlaut fuhr der Atem aus seinem Mund.

Der mit solcher Wucht von oben nach unten geführte Schlag riß die Haut von Comptons halber Stirn weg und mit ihr eine Augenbraue. Compton hob die Hände, um den nächsten Schlag abzuwehren, und Holder hörte und spürte, wie die Meerschaumpfeife zerbrach, als die Handschellen daraufschlugen. Compton schrie.

Holder hob die Hände und wollte ein drittes Mal zuschlagen, da wurde die Zeltklappe hochgehoben, zwei Wachposten stürzten herein und überwältigten ihn.

Im Licht einer Fackel sah er später, wie man Compton auf einer Trage forttrug. Sein Kopf war völlig bandagiert, und Blut sickerte durch den weißen Mull.

In einem natürlichen Amphitheater zwischen zwei Bergausläufern, einige Meilen westlich von Lhasa, war das Drepung eher gewachsen als planvoll angelegt – das größte Kloster der Welt, ein ausgedehnter, den Konturen des Tals folgender Komplex weißgetünchter Bauten, der seinen Namen Drepung – der Reishaufen – zu Recht trug. Gering gerechnet, lebten achttausend Mönche in seinen Mauern, darunter viele Mongolen wie Dorjew.

In der Frühdämmerung war die Ebene vor dem Kloster gewöhnlich mit rotgekleideten Mönchen übersät, die mit hochgeschlagenen Gewändern ihr Morgengeschäft verrichteten. Heute aber lag sie leer und verlassen da, ein Niemandsland zwischen den britischen Soldaten, meist Sepoys, und den unsichtbaren Mönchen. General Macdonald hatte seine Truppen etwa dreizehnhundert Schritt vom Kloster entfernt in Gefechtsstellung gehen lassen. Die Geschütze waren auf das Kloster gerichtet. Stunden verstrichen, und nichts geschah.

Ein britischer Offizier ritt, begleitet von einer Eskorte, mit einem Brief zum Klostertor. Wenn der angeforderte Proviant nicht innerhalb einer Stunde geliefert würde, so hieß es in dem Schreiben, erhielten die britischen Truppen Befehl, in das Kloster einzudringen und ihn sich mit Gewalt zu holen.

Eine Stunde verging. Dann traten, angeführt von einem Mönch mit einer weißen Fahne, mehrere kleine Gruppen von Mönchen aus dem Tor. Sie trugen einen zeremoniellen Khata und ein paar Körbe voller Eier. Ihr Sprecher forderte die Briten auf, in ihr Lager zurückzukehren.

»Wenn Sie aufhören, uns zu bedrohen, werden wir die Angelegenheit besprechen und morgen Vorräte in Ihr Lager schicken«, versprach er.

»Unverschämtheit«, rief Macdonald. Der Dolmetscher übersetzte es. »Sagen Sie diesen schmutzigen Lamas«, befahl ihm der General, »daß ich ihnen eine Stunde Zeit gebe. Wenn die Vorräte dann nicht zur Stelle sind, ergreife ich militärische Maßnahmen.«

Um die Verantwortung für alle etwaigen Geschehnisse auf den Bevollmächtigten abzuwälzen, schickte er Younghusband eine kurze Mitteilung über den Stand der Dinge.

Younghusband, kalt, entschlossen und felsenfest von der Richtigkeit seines Urteils überzeugt, sandte eine Antwort. Man dürfe sich keine neuen Schikanen mehr bieten lassen. Wenn die Mönche dieses neue Ultimatum nicht einhielten, müsse man ihnen eine Lehre erteilen, die sie sobald nicht wieder vergäßen. Der Proviant müsse sichergestellt werden.

Die Kraftprobe mit dem Machtzentrum des tibetischen Lamaismus hielt Younghusband für unvermeidlich. Der Schlag, zu dem er hier ausholte, war typisch für den kleinen, drahtigen Mann, dessen äußere Ruhe nichts von dem Ehrgeiz ahnen ließ, der in seinem Inneren wie ein Feuer loderte. Jetzt konnte ihm London nicht mehr in die Arme fallen. Wenn er das Herz dieses Drepung vernichten und ein paar hundert oder seinetwegen auch ein paar tausend dieser unverschämten Mönche umbringen müßte, würde er es ohne Gewissensbisse tun.

Eine nachdrückliche Lektion würde die Lamas der britischen Forderung nach Abschluß eines Vertrages geneigter machen und den Erfolg der Expedition sichern. Ein Lächeln wuchs unter seinem Schnurrbart. Die Younghusband-Expedition nach Lhasa im Jahre 1904.

Macdonalds Truppen saßen wartend da, rauchten, überprüften zum letzten Mal und höchst überflüssigerweise ihre Waffen und fragten sich, ob das ein neues Guru werden sollte, nur noch schlimmer diesmal, weil die Opfer sämtlich Mönche wären und ein unter Mönchen angerichtetes Blutbad als eine Schandtat in die Geschichte eingehen würde.

Nachdem Macdonald die formelle Verantwortung auf Younghusband, den politischen Offizier, abgewälzt hatte, ließ er seine beiden Artilleriebatterien bis auf tausend Schritt an das Kloster heranrücken. Die Kanoniere stellten die Entfernung neu ein und richteten die Mündungen ihrer Geschütze auf die Mitte des großen Komplexes.

In wenigen Minuten mußte die Entscheidung fallen, und die Spannung wuchs, obwohl jeder Soldat wußte, daß ihm nicht die mindeste Gefahr drohte. Es würde wieder wie in Guru sein: als kämpfe ein Kind gegen einen trainierten Boxer.

Im letzten Augenblick bewegte sich eine lange, dicht aufgeschlossene Reihe leibeigener Mönche langsam aus dem Tor. Auf ihren Rücken trugen sie Säcke voll Gerste, Packen Butter, gedörrtes Hammelfleisch und Ziegeltee.

Die Krisis war vorüber, der tibetische Widerstand zusammengebrochen.

Mit unbewegtem Gesicht nahm Younghusband die Meldung in seinem Zelt entgegen, aber als die Zeltklappe hinter dem Kurier gefallen war, vollführte er sogleich einen Freudentanz.

Jetzt war sein Hauptfeind Macdonald, dessen Wunsch, Lhasa so schnell wie möglich wieder zu verlassen, ebenso heftig war wie zuvor seine Abneigung, nach Lhasa zu marschieren, und der durch seine Haltung den Erfolg des ganzen Unternehmens und damit seine, Younghusbands, weitere Karriere gefährdete.

Er gab Befehl, die Märkte nach Decken, Schaffellmänteln, Strickwaren und warmen Bekleidungsstücken aller Art durchzukämmen. Die Kunde davon würde sehr schnell zu den maßgebenden Lamas der Stadt dringen und ihre Überzeugung erschüttern, es käme nur darauf an, bis zum Einbruch des Winters auszuhalten, da die Briten dann wegen des Wetters abziehen müßten. Auch Macdonald würde es schnell erfahren.

Aus mehr oder weniger den gleichen Gründen befahl Younghusband ferner, daß alle großen Klöster von Lhasa und ebenso der Kaschag bis auf weiteres jeden Monat eine bestimmte Menge von Lebensmitteln zu liefern hätten.

Dann vereinbarte er eine Zusammenkunft mit dem Regenten, um mit ihm den Vertragsentwurf zu besprechen, den Lord Curzon in Absprache mit Whitehall aufgesetzt hatte. Einen Bericht über alle diese Vorgänge schickte er per Eilkurier zum Endpunkt der Telegraphenleitung, damit er sofort nach Indien weitergeleitet würde.

Danach verließ er sein Zelt und ging die Lagerstraße entlang. Es war ein heißer Tag, die Klappe des Krankenzeltes war hochgeschlagen und festgehakt. Durch die Öffnung sah er Compton mit verbundenem Kopf auf dem Rücken liegen.

Er winkte den diensthabenden Arzt heraus.

»Wie geht's ihm?« fragte er leise.

Der Arzt spitzte den Mund und schüttelte langsam den Kopf.

»Sie brauchen nicht zu flüstern. Ich habe ihm ein Schlafmittel gegeben. Er wird's überleben.«

»Und seine Augen?«

»Ich hoffe, es bleibt unter uns, Sir. Wäre seiner Genesung sehr abträglich, wenn er es erführe.«

»Selbstverständlich«, sagte Younghusband ungeduldig.

»Sein linkes Auge ist hin. Nichts mehr zu machen. Der Pfeifenstiel ist zersplittert und hat sich in das Auge eingebohrt. Das rechte Auge...« Er zuckte die Achseln. »Es besteht eine geringe Chance, daß es einen Teil seiner Sehkraft behält. Meiner Ansicht nach ist er jetzt praktisch blind, Sir. Unglaublich, daß man dem Kerl die Hände nicht auf dem Rücken gefesselt hat.«

»Ich wußte das nicht, Doktor. Zu spät für Vorwürfe. Der Mann stirbt noch heute. Er wird gehängt.«

»Das freut mich, Sir.«

Seit dem Einzug der Fringhi in Lhasa hatte sich Galei einsam, verlassen und unsicher gefühlt, bald hierhin, bald dorthin gezerrt wie ein Hund, dessen Herr und Herrin in entgegengesetzte Richtungen fortgegangen waren. Jetzt war alles anders geworden. Bei Karo La und Nargatse hatte es keine Gegenwehr gegeben. Die großen hölzernen Fährboote bei Tschaksam waren nicht nur nicht zerstört, sondern im Gegenteil am anderen Ufer des Jalutsangpo für die Fringhi zurückgelassen worden. Die beste Gelegenheit, den Feind aufzuhalten, hatte man einfach verspielt. Seit die Fringhi den Dzong von Gjantse im Sturm genommen hatten, war kein einziger Schuß mehr auf sie abgefeuert worden.

In Lhasa herrschte große Aufregung, aber auch hier regte sich kein Widerstand. Die Einwohner von Lhasa waren Händler, und sie handelten mit jedem, der kaufen oder verkaufen wollte, in diesem Fall mit den britischen Invasoren.

Die Abwesenheit des Dalai-Lama änderte höchstwahrscheinlich kaum etwas am Verlauf der Dinge, doch sie lieferte den Adeligen die Rechtfertigung für all die Intrigen, durch die sie angesichts der neuen Lage ihre Interessen zu wahren und zu verbessern trachteten.

Gerüchte liefen um und wurden mit immer neuen Einzelheiten angereichert. Auf die Nachricht hin, die Mutter der Dorje Phagmo sei eingekerkert worden, verzichtete Galei darauf, sich im Potala nach Losan zu erkundigen. Allmählich wurde ihm klar, daß Losan etwas zugestoßen sein mußte, das ihn daran hinderte, ihre Verabredung im »Freundlichen Leoparden« einzuhalten, aber er wußte nicht, was er anderes tun sollte, als in der Nähe des Wirtshauses zu warten.

Doch auch das war gefährlich. In der jetzt herrschenden Atmosphäre von dunklen Machenschaften, Klatsch und Tratsch blühten nicht nur die Gerüchte, sondern auch die Denunziationen. In Lhasa, der Stadt der Pilger und Bettler, war es natürlich das beste, sich als Bettler zu tarnen, wenn man untertauchen wollte. Aber ein Bettler, der einfach am Marktplatz wartete, gab nicht nur zu Gerede Anlaß, sondern mußte früher oder später auch den Radschjaba-Banden auffallen.

Das klügste wäre, entschied Galei, Lhasa zu verlassen. Ihm kam der Gedanke, daß Losan ihn vielleicht verfehlt hatte, daß er allein nach Go-tsang geritten war, dort von der Gefangennahme einer Frau und eines Kindes gehört hatte und auch davon, daß die beiden Eisenstabmönche, die sie gefangengenommen hatten, unterwegs erschossen worden waren; vielleicht war er weiter nach Osten geritten, um dort Namu zu suchen. Es war sogar möglich, daß sie alle in Dzamu zusammen waren, während er, Galei, seine Zeit in Lhasa vergeudete. Von einem Tag zum anderen wurde ihm Lhasa unerträglich. Er mußte fort.

Er war bereits im Begriff, die Stadt zu verlassen, als sich das Gerücht verbreitete, daß am Drepung etwas Großes vor sich gehe. Vor dem Kloster, hieß es, stünden eine Menge Fringhi-Soldaten, und wenn die Mönche nicht die verlangten Vorräte herausgäben, würden die Soldaten das Kloster angreifen und alle Insassen umbringen. Galei machte wieder kehrt und zog mit der Menschenmenge mit, die sich das Schauspiel am Drepung ansehen wollte.

Auf dem Marktplatz gruben einige Sepoys kleine Löcher in den Boden. Nicht weit von ihnen lagen ein paar lange, schwere Holzstangen.

Im Boden zu graben, ohne die vorgeschriebenen religiösen Zeremonien zu beachten, stellte vor allem in Lhasa eine schwere Beleidigung der Erdgötter dar; doch obwohl die Fringhi nur eine bloße Handvoll waren, unternahm niemand etwas gegen dieses Sakrileg. Und unmittelbar vor der Stadt bereiteten sich Fringhi-Truppen darauf vor, Tibets wichtigstes religiöses Zentrum nach dem Dschokhang-Tempel anzugreifen. Galei fragte sich, was noch geschehen mußte, damit diese Tiefländer sich endlich gegen die Invasoren zur Wehr setzten.

Ein nepalesischer Kaufmann unterhielt sich mit einigen Männern, und hinter vorgehaltener Hand teilte bald einer dem anderen mit, daß später am Tage ein Mönch auf Fringhi-Art öffentlich bestraft werden sollte, weil er einen Fringhi-Adeligen geschlagen hatte.

Nachdem Galei das Westtor passiert hatte, lief er mit der Menge in Richtung des Drepung. Es waren meist Frauen und aufgeregte Kinder, dazwischen etliche Pilger und lahme Bettler, die plötzlich imstande waren zu laufen und sich trotz ihrer verbundenen Augen mit verblüffender Schnelligkeit bewegten. Kurz vor dem britischen Lager versperrten ihnen Mönchspolizisten und Dienstleute den Weg und versuchten sie mit Knüppeln und Peitschen zurückzudrängen.

In der Menge verbreitete sich die Nachricht, das Drepung habe bereits kapituliert und gebe die Vorräte heraus, die die Fringhi verlangt hätten. Galei wollte nach Lhasa zurückgehen, aber ein Eisenstabpolizist stieß ihn brutal beiseite, um den Weg für eine Kompanie britischer Soldaten frei zu machen, etwa zweihundert Mann, die in Kolonne marschierten.

In der Mitte der Kolonne zogen Sepoys einen flachen zweirädrigen Ekka, eins jener leichten Gefährte, auf denen die Briten ihren Proviant über die Berge transportiert hatten. Auf ihm lag, wie ein Embryo seitlich zusammengerollt, ein Mönch. Er wurde auf dem ungefederten, holpernden Karren hin und her geschleudert, und er war gefesselt und geknebelt.

Das Pferd zog ihn vorwärts. Holder stolperte, verlor das Gleichgewicht, wurde weitergeschleift und kam mit Mühe wieder auf die Beine. Die Handschellen schnitten in seine Gelenke ein. Sie zogen in das britische Lager, und diesmal wurde er in ein Wachpostenzelt gebracht und einem Sergeant und einem Corporal übergeben. Die beiden streiften ein zweites Paar Handschellen über diejenigen, die er bereits trug, und schlossen ihn an einer Zeltstange an. Dann setzten sie sich hin und spielten weiter Karten.

Nach einer Weile kam ein Stabsleutnant der Pathans herein. Der Sergeant und der Corporal sprangen auf und nahmen Haltung an.

»Sergeant«, sagte der Leutnant.

»Sir.«

»Stehen Sie bequem. Dieser Mönch, Sergeant, hat Captain Compton angegriffen – ein tückischer, durch nichts provozierter Überfall. Nach dem, was der Stabsarzt sagt, steht es so ziemlich fest, daß Captain Compton auf beiden Augen blind wird.«

Die beiden Unteroffiziere warfen Holder einen Blick zu.

»Ich lasse ihn in Ihrer liebevollen Obhut, Sergeant«, sagte der Leutnant mit leichtem Grienen.

Der Sergeant, ein großer, muskulöser Mann mit gebrochener Nase, beäugte Holder mit unheilverkündendem Interesse.

»Wird mir ein Vergnügen sein, Sir.«

»Da bin ich sicher, Sergeant. Aber denken Sie daran: Er soll morgen in Lhasa gehängt werden, deshalb wünsche ich, daß er in präsentablem Zustand übergeben wird und daß er gehfähig bleibt.«

»Überlassen Sie das getrost mir, Sir.«

»Ferner muß ein Peloton abkommandiert werden, um einen Galgen auf dem Marktplatz zu errichten.«

»Jawohl, Sir. Und wer soll's machen, Sir?«

»Was?«

»Ihn aufbaumeln – Verzeihung, Sir – ihn hängen, Sir.«

»Natürlich. Gut, daß Sie daran denken, Sergeant. Irgendwelche Vorschläge?«

»Der beste Mann wäre Kompaniesergeant Hubbard, Sir.«

»Aha, Hubbard. Hat er Erfahrungen auf diesem Gebiet? Ich will nicht, daß gepfuscht wird.«

»Mehr als genug, Sir. In Indien heißt er nur der Hängehubbard, Sir.«

Holder versuchte sich loszureißen und schrie, außer sich vor Entsetzen: »Ihr könnt doch nicht...«

Der Sergeant schlug ihm mit der Schnelligkeit und der Wucht eines Boxers in den Magen. Holder rang nach Atem, keuchte, würgte, sackte zusammen.

»Daß ich es nicht vergesse, Sergeant«, sagte der Leutnant, »der Mann spricht etwas Englisch. Es darf daher keinerlei mündliche Kommunikation geben. Ist das klar?«

»Jawohl, Sir.«

Holder gelang es, sich wieder aufzurichten, aber der Leutnant hatte bereits das Zelt verlassen.

»Jackson«, sagte der Sergeant. »Mach ihn von der Stange los und feßle ihm die Hände auf dem Rücken.«

Der Corporal trat an Holder heran.

»Jesus, der stinkt vielleicht, Sergeant.«

Er zerrte Holders Arme nach hinten, schloß die Handschellen um seine Gelenke und zog ihn am Ohr ins Lampenlicht.

»So ist's recht«, sagte der Sergeant und rieb eine große Faust in der Fläche der anderen Hand. »Also, was wolltest du sagen, du Mistkerl?«

»Ich habe ein Recht auf...«

Der Sergeant nickte, und Corporal Jackson stieß den Kolben seines Gewehrs in Holders linke Niere.

Holder schrie.

Sie waren versierte Schläger; sie verstanden es, ein Maximum an physischen Qualen zuzufügen und dabei ein Minimum an sichtbaren Spuren zu hinterlassen. Sein Gesicht verschonten sie. Während sie ihr Werk fortsetzten, murmelte der Corporal: »Jetzt eins auf den Musikantenknochen, Sergeant«, und der Sergeant drückte Holders Arm mit dem Fuß herunter, während der Corporal sein Gewehr auf Holders Oberarm niedersausen ließ. »Mußt du dabei nicht lachen, du

Schwein?« – »Ich denke, er könnte jetzt noch eins in den Bauch vertragen, Sergeant. Er kann schon wieder etwas atmen.«

Es ging weiter, auch dann noch, als Holder sich längst nicht mehr zu bewegen und kaum mehr zu schreien vermochte. Er würgte, stöhnte, lallte und flehte um Gnade, wenn er Atem hatte. Überall im Lager hörten Männer in ihren Decken und Umhängen zu, wie ein Mensch langsam zusammengeschlagen wurde; hörten ihn wimmern, bitten, immer wieder gellend aufschreien, hörten das geschäftsmäßige Murmeln des Sergeants und des Corporals, die dumpfen Schläge, und sie wechselten schweigend Blicke miteinander.

»O ja«, sagte der Sergeant und schlug sein Opfer in die Magengrube, »dich werden sie so hängen, Freundchen, daß du endlich kapierst, wie blöd du warst, als du dachtest, du könntest 'n englischen Offizier vertobacken. So wie Hubbard das anpackt, baumelst du volle zwanzig Minuten, bis du krepierst. Denk dran, Junge. Zwanzig Minuten mit 'm Strick um den Hals, und du strampelst wie wild nach 'm Halt für deine Füße.«

Sie schlossen ihn wieder mit den Handschellen an der Stange an. Nachdem Holder dreimal ohnmächtig geworden war, erwachte er langsam, zitternd zum Bewußtsein seiner Schmerzen. Ihm wurde allmählich klar, daß dies wirklich seine letzte Nacht war, daß in ein paar Stunden die letzte Morgendämmerung seines Lebens das Tanglagebirge in roten Glanz tauchen, daß er morgen um diese Zeit auf dem Marktplatz von Lhasa hängen würde und die großen zahmen Geier und Raben der Heiligen Stadt seinen Körper in Stücke reißen durften.

Zwanzig Minuten lang am Halse hängen.

Plötzlich begann er zu schreien.

»Hilfe! Hilfe! Ihr könnt das nicht tun! Ich habe ein Recht auf einen Prozeß. Ich verlange ein ordentliches Verfahren. Ihr könnt einen Menschen nicht hängen wie einen Hund. Hilfe! Hilfe!«

Sofort waren der Sergeant und Jackson wieder da.

Er hörte auf zu schreien, als sie erschienen, starrte nur auf ihre Stiefel, als sie auf ihn zukamen.

»Wir waren zu nett zu dem Schweinehund«, sagte der Sergeant. »Macht hier Krakeel, wenn man schlafen und wieder zu Kräften kommen will.«

Er hatte ein Stück groben Stoff und einen Bindfaden in der Hand.

»Tut mir leid, Jackson, du mußt den Kopf von dem Kerl festhalten.«

Er stopfte Holder das Stück Stoff in den Mund, schnürte den Bindfaden so um seinen Kopf, daß der Knebel nicht herausrutschen konnte, und beendete die Prozedur mit einem letzten Schlag.

Sie verschwanden und überließen ihn seinen Gedanken. Namu und Aneh. Der Tscha-lam. Galei. Wo war Galei? Wartete er immer noch beim »Freundlichen Leoparden« auf ihn? Würde er noch in letzter Minute etwas unternehmen können? Die phantastische Hoffnung erwachte in ihm, daß Galei, der treue Galei, eine Möglichkeit finden würde, ihn zu retten. Er dachte an das Leben auf den Saumpfaden, an die Rasthäuser, die frostklaren weißen Morgen, die alten Frauen, die Yakmilch und Wasser in die Mäuler der Kälbchen spritzten. Heiße Sonne, eisgeladene Winde, einfaches Essen, einfache Menschen. Namu. Aneh. Galei.

Es war die stillste Zeit der Nacht, und er hörte nichts weiter als gelegentliches Hundebellen in der Ferne und das Hämmern des Blutes in seinen Ohren. Compton jedenfalls war blind. Vielleicht aber hatte Compton nur geblufft, und er, Holder, hatte sein Geschick durch den unbesonnenen Angriff besiegelt? Unsinn. Er hatte es besiegelt durch das Anzapfen der Telegraphenleitung. Und Dorjew. Compton war ein lächerlich schlechter Geheimdienstoffizier, und er selber war ein Witz als Spion. Er wurde gehängt, damit man sicher sein konnte, daß er für immer schwieg. Nun, Compton war blind, und das war gut.

Aber Galei würde den »Freundlichen Leoparden« nicht verlassen, bevor er nicht wußte, was mit seinem Freund geschehen war. Vielleicht war es ihm gelungen, Männer seines Schlages um sich zu scharen, Männer, die einen Kampf nicht fürchteten. Trotz des Knebels, trotz Durst und Schmerzen versank Holder in eine Art Halbschlaf.

Als er die Augen wieder aufschlug, hatte sich jener Lichtwechsel vollzogen, der die nahe Dämmerung anzeigt. Wenn es doch nur dunkel bleiben würde! Es war sein letzter Morgen, und jetzt begann die Zeit zu rasen. Holder schloß die Augen und öffnete sie nach ein paar Minuten wieder, und da war es: die Veränderung des Lichts. Sein Magen krampfte sich zusammen, Entsetzen erfüllte ihn, denn jetzt konnte er bereits die Zeltklappe sehen.

Da keine neuen Schrecken hinzukamen, gab es offenbar eine Grenze, bis zu der man Angst empfinden konnte. Das Zelt wurde heller. Die Geräusche des Tages setzten ein. Sein zusammengeschlagener Körper war ein einziger Schmerz, der sich lokalisierte, wenn er sich bewegte. Der Durst wurde unerträglich, qualvoller als alle Schmerzen und selbst als die Angst. Der Tod verlor seinen Schrecken, und er hätte ihn als Erlösung begrüßt, hätte ihn nicht die Vorstellung gefoltert, auf welche Weise er ihn ereilen würde. Er verfiel in ein Koma und kam wieder zu sich. Er verlor jedes Zeitgefühl. Hornsignale ertönten, Befehle wurden gebrüllt. Die Vorbereitungen für den Angriff auf das Kloster Drepung begannen, aber davon wußte er nichts.

Sie ließen ihn angekettet stehen, ohne ihm etwas zu essen oder zu trinken zu geben. Die endlose, kostbare, verhaßte Zeit verstrich viel zu schnell, und dann hörte er sie kommen, hörte sie sprechen und lachen, und nun war der Augenblick da.

Sie traten in das Zelt, und er wich zurück, so weit es ging.

»Mistkerl«, sagte der eine, als sie ihn auf die Beine stellten.

»Der stinkt wie die Pest. Konntest du es nicht halten, du Schwein?«

Es war die äußerste Demütigung, daß sein Darm sich entleert hatte, als er ohnmächtig geworden war.

Er sackte immer wieder zusammen, sobald sie ihn hochgezogen hatten, und schließlich schleiften sie ihn mit dem

Kopf nach unten zu dem flachen, offenen Ekka, den sie mitgebracht hatten, und luden ihn darauf. Der Schmerz fuhr wie ein Messer durch seinen Körper. Es war ein kleiner Karren mit langen Stangengriffen, auf dem er knapp Platz hatte. Er lag auf der Seite, zusammengekrümmt, die Hände auf dem Rücken gefesselt. Seinen letzten Weg würde er auf dem ersten Räderfahrzeug zurücklegen, das Lhasa je gesehen hatte.

Eine Kompanie Soldaten nahm Aufstellung auf der ungepflasterten Hauptstraße, die an der Mauer des Juwelenparks entlangführte. Es waren etwa zweihundert Mann. Sie ließen einen Raum in der Mitte frei, da hinein wurde Holders Karren gezogen; jemand gab den Befehl zum Abmarsch, und die Kolonne setzte sich in Bewegung.

Holder wurde hin und her geschüttelt, als der ungefederte Karren im Marschtempo über Steine und Furchen holperte. Zu keiner Reaktion mehr fähig, machte er den Eindruck eines Menschen, dem man auf dem Rad alle Knochen gebrochen hatte.

Die Menge, die zusammengeströmt war, um die Geschehnisse vor dem Drepung zu beobachten, wurde jetzt wie Eisenfeilspäne von diesem neuen Magnet angezogen. Sie drängte vorwärts, gegen die Stöcke und Peitschen der Büttel, um den Mönch auf dem Karren betrachten zu können. Als der Ekka vorbeigerumpelt war, liefen die meisten wieder nach vorn und erwarteten ihn dort von neuem. Ihr Verhalten zeigte, daß sie gar nicht begriffen, warum die Fringhi einen Mönch mit gefesselten Händen, einem Knebel im Mund und Schnüren um den Kopf auf einem Karren hier entlangzogen, aber sie waren daran gewöhnt, daß ihre Herren Dinge taten, die sie nicht verstanden. Das Gerücht verbreitete sich, der Mönch solle bestraft, vielleicht sogar getötet werden, also eilten sie weiter, Hälse reckend, stolpernd und den Peitschen ausweichend.

Galei lief mit ihnen.

Fast bewußtlos vor Schmerzen, erschöpft von den unvorhersehbaren Sprüngen des Karrens, schloß Holder die

Augen, um das Kaleidoskop von Gesichtern nicht mehr sehen zu müssen, auf denen sich grinsendes Interesse mit Staunen mischte. Als er sie nach einer Weile wieder aufschlug, erblickte er Galei. Galei trug eine andere Haartracht, aber er war es ganz bestimmt.

Zuerst glaubte er zu träumen und schloß die Augen erneut, und als er sie dann öffnete, war Galei verschwunden.

Der Hirt war stehengeblieben, bis die Briten vorüber waren, war dann wieder nach vorn gelaufen und drängte sich jetzt erneut durch die Menge, um den Mönch betrachten zu können.

Es war ganz gewiß Galei. Hoffnung flammte in Holder auf. Treuer Galei. Galei war erschienen, um ihn zu retten, so wie er es vermutet hatte. Er gab sich keine Mühe, zu überlegen, wie es der Hirt anstellen sollte, ihn den rings um ihn marschierenden britischen Soldaten zu entreißen. Er hielt jetzt die Augen offen, und da war Galei wieder.

Galei hatte Holder nicht erkannt. Es war nicht nur das Mönchsgewand und der Gewichtsverlust nach allem, was er hatte ertragen müssen – der Knebel und die Schnüre um den Kopf verzerrten sein Gesicht derart, daß es zu grinsen schien. Dies war ein gefangener und gebundener Mönch, und nichts an ihm erinnerte an Losan, den Kaufmann.

Der Zug, umringt von rennenden, gaffenden Tibetern, marschierte den geraden Weg entlang, vorbei am Potala, vorbei am Kloster Tengje-ling, bis zum Marktplatz. Hier hatte man Holzpfosten senkrecht in den Boden gerammt und durch einen Querbalken miteinander verbunden. Das war der Galgen, und vor diesem Galgen machte der Karren halt.

Dort wartete Sergeant Hubbard, ein herkulischer Bursche, mit zwei ebenfalls äußerst muskulösen Soldaten, die ihm zur Hand gehen sollten. Er hatte bereits die Schlinge geknüpft, in der Höhe, die er für richtig hielt. Vier Mann schoben den Karren unter den Querbalken.

»Nehmt ihm die Fußschellen ab und stellt ihn auf die Beine«, befahl Hubbard. »Die Sache muß schnell gehn, damit die Eingeborenen nicht auf dumme Ideen kommen.«

»Steh auf, Freund«, sagte einer der Soldaten und versetzte Holder einen Stoß mit seinem Gewehrkolben.

Holder gelang es, sich herumzudrehen, aber er konnte nicht aufrecht stehen. Er wollte herausfinden, wo Galei war, doch als er sich bewegte, durchschnitt ein scharfer Schmerz seinen zusammengeschlagenen Körper, und er sank wieder zusammen, als hätte man ihm alle Knochen zerbrochen.

»Also gut«, sagte Hubbard, die Lage rasch erfassend. »Ihr da haltet den Karren waagerecht, da wo er jetzt steht. Wir beide klettern 'rauf, Thompson, und hieven ihn einfach hoch.«

»Der stinkt wie 'n Wiedehopf«, bemerkte Thompson.

Sie zogen ihn senkrecht hinauf.

Hubbard legte ihm die Schlinge um den Hals, zog den dicken Knoten herunter und zurrte sie fest. Holder zitterte, als der rauhe Hanf an seinem Hals kratzte, und schaute verzweifelt nach Galei aus. Endlich entdeckte er ihn, und Galei starrte ihn mit fremdem Blick an. Worauf wartete er noch? Verzweifelt versuchte Holder ihm ein Zeichen zu geben. Es war kein Augenblick mehr zu verlieren. Worauf wartete Galei?

Galei starrte auf den Mönch.

Holder hörte, wie Hubbard sagte: »Jetzt. Ich steig' 'runter, Thompson, und du bleibst auf dem Karren stehn und hältst den Kerl fest, daß er aufrecht steht. Wenn ich Befehl gebe, den Karren wegzuziehn, springst du ab und läßt ihn baumeln. Kapiert?«

»Und was ist mit dem Knebel? Bleibt er drin?«

»Nein. So 'ne öffentliche Exekution ist dazu da, die Kerle Mores zu lehren, ihnen Gottesfurcht beizubringen. Die beste Wirkung hat man, wenn sie seine Visage sehn können, dieweil er baumelt.«

Hubbard nahm ein Taschenmesser, schnitt die Schnur durch, die den Knebel festhielt, und zog ihn Holder aus dem Mund.

Holder blickte auf Galei. Er versuchte zu schreien, aber aus seinem ausgedörrten Mund und seiner geschwollenen Kehle kam nur ein heiserer, grunzender Laut.

In Galei kämpfte Erkennen mit ungläubigem, staunendem

Entsetzen, als er jetzt das Gesicht des Mönchs ohne den Knebel und die Schnüre sah.

Hubbard sprang behende hinunter, während Thompson auf dem Karren stehenblieb und Holder festhielt.

Holder, der keine Stimme mehr hatte, starrte Galei mit flehenden Augen an.

»Losan! Losan!« rief Galei außer sich.

»Karren weg!« befahl Hubbard in scharfem militärischem Ton.

Thompson sprang ab, und der Karren wurde unter Holders Füßen weggezogen, so daß er jetzt am Ende des Stricks am Hals hing.

Galei blickte sich nervös um. Niemand hatte seinen unwillkürlichen Aufschrei bemerkt. Aller Augen waren auf den rotgekleideten Mönch gerichtet, der sich unter gräßlichen Zuckungen am Strick drehte.

Langsam schob sich Galei in die Menge zurück. Alle sahen dem verzweifelten Kampf des hängenden Mannes zu und achteten nicht auf den Hirten, der zwischen den Menschen untertauchte.

Holders Körper drehte sich langsam weiter um seine Achse. Die gespreizten Beine suchten nach einem Halt. Er sah nichts mehr, und er wollte auch nichts mehr sehen. Jede Zelle seines Körpers konzentrierte sich darauf, zu atmen. Es dauerte lange, bis er starb. Die Zuckungen wurden schwächer, waren nur noch ein Zittern, ein Flattern, ein Vibrieren, und dann endlich schien sich sein Körper mit einem Seufzer der Erleichterung zu entspannen, und seine Zehen wurden durch ihr eigenes Gewicht nach unten gezogen.

Doch da durchwatete Galei, von Grauen erfüllt, bereits den Kyi, auf dem Weg nach Dzamu, zu Namu und Aneh.

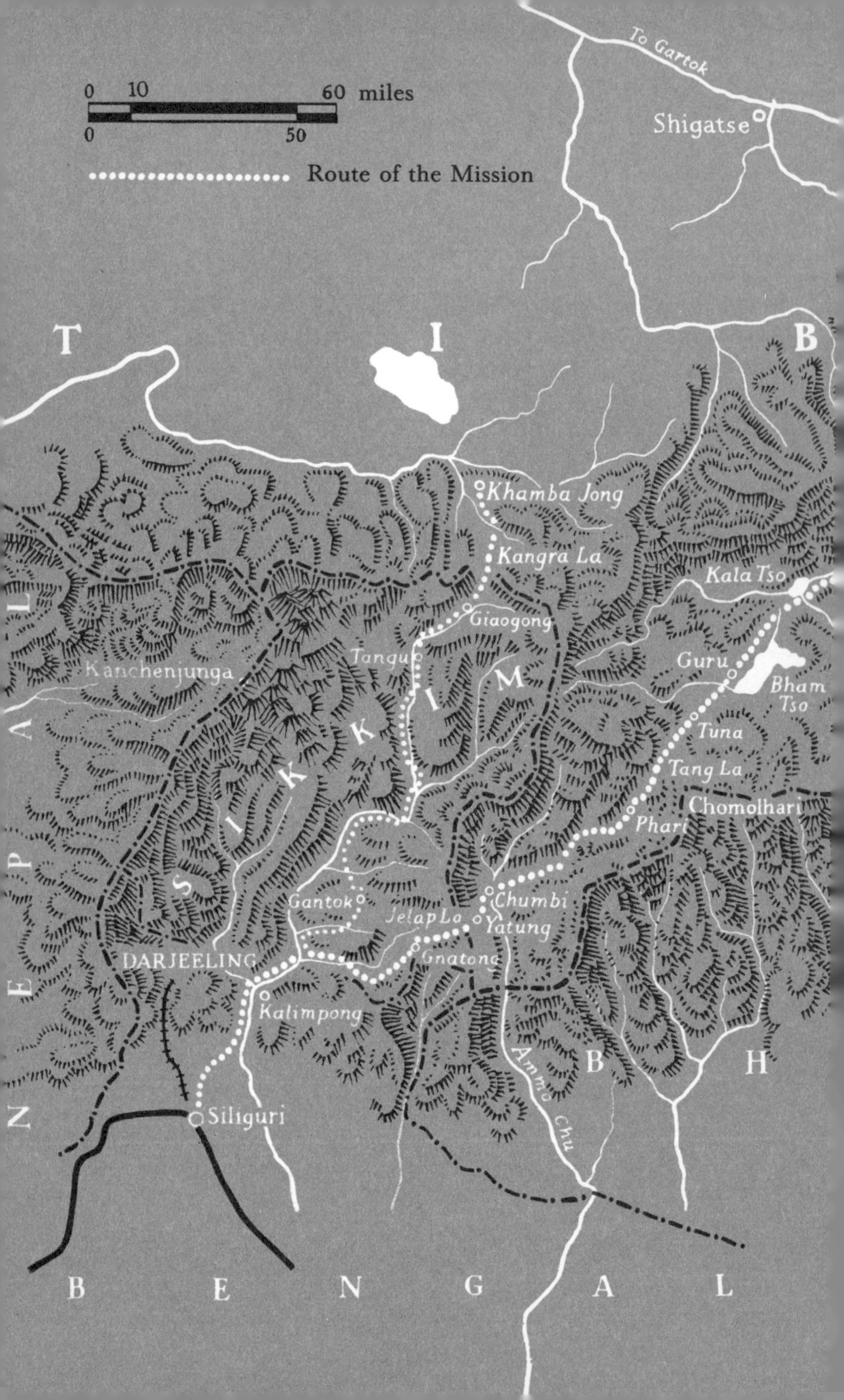

0 10 60 miles
0 50
Route of the Mission
To Gartok
Shigatse
T
I
B
Khamba Jong
Kangra La
Kala Tso
Giaogong
Tangu
Kanchenjunga
SIKKIM
Guru
Bham Tso
Tuna
Tang La
Chomolhari
Phari
Chumbi
Gantok
Jelap La
Yatung
Gnatong
DARJEELING
Kalimpong
NEPAL
Amo Chu
B
H
Siliguri
BENGAL